Das Buch

An ihrem achten Geburtstag endet die Kindheit der kleinen Myra auf tragische Weise: Ihr Zuhause wird von vermummten Männern überfallen und ihr über alles geliebter Adoptivvater Fadi wird getötet. Myra selbst gelingt in letzter Sekunde die Flucht in die eisigen Wälder Biaswads im Süden des Dominiums der Tränen. Zehn Jahre später ist aus dem kleinen Mädchen eine starke Kriegerin geworden, die mit ihren beiden brennenden Klingen an der Seite des mächtigen Fürsten Acrab für Frieden und Freiheit kämpft. So glaubt sie zumindest. Doch dann wird Myra von ihrer Vergangenheit eingeholt. Warum musste Fadi wirklich sterben? Und was weiß Acrab über den Tod ihres Vaters? Auf der Suche nach der Wahrheit stößt Myra auf Geheimnisse, die das ganze Dominium der Tränen in seinen Grundfesten erschüttern könnten …

Die Autorin

Licia Troisi, 1980 in Rom/Ostia geboren, ist eine der bekanntesten Fantasy-Autorinnen weltweit. Sie studierte in Rom Physik und Astrophysik, bevor sie für die italienische Raumfahrtagentur in Frascati arbeitete. Das Schreiben gehörte jedoch schon immer zu ihren großen Leidenschaften und ihr erster Fantasy-Zyklus um die *Drachenkämpferin* wurde auf Anhieb ein internationaler Bestseller. Darauf folgten *Die Schattenkämpferin*, *Die Feuerkämpferin*, *Drachenschwester* und *Nashira*. Licia Troisi ist verheiratet und hat eine Tochter.

LICIA TROISI

DIE EISKRIEGERIN

DIE DOMINIUM-SAGA

ROMAN

Aus dem Italienischen übersetzt
von Bruno Genzler

WILHELM HEYNE VERLAG
MÜNCHEN

Titel der italienischen Originalausgabe:
LA SAGA DEL DOMINIO – LE LAME DI MYRA

FSC
www.fsc.org
MIX
Papier aus verantwortungsvollen Quellen
FSC® C014496

Verlagsgruppe Random House FSC®N001967

Deutsche Erstausgabe 12/2017
Redaktion: Ulrike Schimming

Printed in Germany
Umschlaggestaltung: DAS ILLUSTRAT GbR, München,
Umschlagillustration: Dmitry Grebenkov
Satz: Christine Roithner Verlagsservice, Breitenaich
Druck und Bindung: GGP Media GmbH, Pößneck

ISBN: 978-3-453-31899-1

www.heyne.de

DIE EISKRIEGERIN

Helgoia
Heilige Insel
Dominium der Tränen
Großer Ozean
Heilige Insel
Astoria
Schwarze
Süd-Barrier

Asgarö
Eislande
Louchis
Oscar
Luftwald
Vak
Felsige Kette
Albon
Dennervel
Istris
Weißes Massiv
Gridanio
Eridia
Chyrra
Metalien
Scheitelgebirge
Echeria
Melania
Finsteres Meer
Schattenvölker
Wald des Schattens
Neu-Lunya
Alkak
Plasek
Kurrah
Weißes Meer
Bizzef
Phoinika
der
Hügel
Antraph
Biaswad
Naharar
Ebene der Fülle

ERSTER TEIL

DIE STIMME DER VERGANGENHEIT

Prolog

Zehn Jahre zuvor

Myra stürzt zu Boden und schürft sich die Hände auf. Die Versuchung, einfach liegen zu bleiben, ist groß, aber sie darf ihr nicht nachgeben. Eine unbekannte Kraft befiehlt ihr aufzustehen und weiterzufliehen. Sie muss, sie muss *überleben.*

So rappelt sie sich hoch und rennt wieder los. Eine Schulter schmerzt höllisch, ihr Blick verschleiert sich, aber sie läuft weiter. Doch sie will sich nicht nur in Sicherheit bringen. Wenn sie nur schnell genug läuft, kann sie vielleicht alles, was passiert ist, hinter sich lassen und ungeschehen machen: Tallia, reglos in der großen Blutlache am Boden, den Mann mit dem Dolch in der Brust, den erloschenen Blick ihres Vaters.

Vor allem den Blick ihres Vaters.

Wieder stolpert sie und stürzt, ihr Atem rast. Sie ist am Ende ihrer Kräfte, sie kann nicht mehr. Noch einmal rafft sie sich auf, schleppt sich voran, kommt aber nur ein paar Ellen weit. Dann bleibt sie liegen. Und die raue Wirklichkeit packt sie mit aller Macht wie ein wütender, alles zerstörender Sturm.

Warum ist das passiert? Warum ausgerechnet ihr? Fadi und sie haben doch niemandem etwas getan, und dieses Stück Land mit seinen Feldern gehört ihnen. Man hat es ihnen überlassen, und vor Ajel, dem Gott der Biaswader, und den Menschen hat man es bezeugt. Aber vielleicht ist das die einzig mögliche Erklärung: Alles war zu gut. Sie hatte alles, was man sich nur wünschen kann, aber es sollte nicht sein. Sie wird bestraft, weil sie die Liebe ihres Vaters und die Sicherheit eines Zuhauses hatte. Sie hat gesündigt, indem sie glücklich war, und Glück kann gefährlich sein, weil es Neid erweckt. War nicht das der Grund, weshalb die Ersten *aus ihrer Welt hinweggefegt worden waren?*

Der Tag ist wunderschön, vollkommen. Sie wacht auf, als ihr der Duft von Melhaks und Kossuths, ihren Lieblingsspeisen mit viel Honig und getrockneten Früchten, in die Nase zieht und Vater mit dem Tablett in das Zimmer tritt.

»Herzlichen Glückwunsch, meine Süße«, sagt er.

Sie reckt sich hoch und umarmt ihn so stürmisch, dass er fast das Gleichgewicht verliert.

Es ist ihr Geburtstag, sie wird heute acht, und alles ist in herrlichster Ordnung. Sie lebt mit ihrem Vater Fadi in Biaswad, einem Land im Süden des Dominiums, genauer bei der Stadt Antraph, inmitten der Ebene der Fülle. Dies ist die Kornkammer des Kontinents, die einzige Gegend in dieser vereisten Welt, wo der Sommer lang und mild genug für den Ackerbau ist. Ihnen gehört ein kleines Stück Land. Der frühere Grundherr von Vater hat es ihnen geschenkt, und dort bauen sie an, was sie zum Leben brauchen. Sie sind keine Großgrundbesitzer, und Fadi lässt sich bei der Feldarbeit nur von wenigen Thyrren-Sklaven helfen. Allerdings bezahlt er sie, denn Sklaven wollte er nie halten. Ihr Leben ist einfach, aber Myra liebt es. Sie mag die Feldarbeit, liebt es, wie auf wunderbare Weise aus Samen Leben entsteht und heranwächst. Sie arbeitet gern hart. So will sie später, wenn sie groß ist, auch leben, etwas anderes kann sie sich nicht vorstellen.

Einst war Vater ein Rewadir, einer jener biaswadischen Krieger, die die Waluds führen, jene besondere Waffe mit den zwei gekrümmten Klingen, die sich zu einer zweispitzigen Lanze zusammenfügen lassen. Er spricht nicht viel über diese Zeit, nur manchmal, wenn sie zusammen trainieren.

»Heute lassen wir das Üben aber ausfallen«, sagt Myra ernst. Sie liegt noch im Bett und isst ihre Süßigkeiten.

»Myra …«, erwidert Vater.

»Bitte, heute ist doch mein Geburtstag!«

Myra hat nie verstanden, wieso es Vater so wichtig ist, dass sie den Umgang mit Waffen erlernt. Kein anderes Mädchen weit und breit tut das. Alle beschäftigen sich mit viel hübscheren Dingen, lernen nähen, singen, tanzen und anderes. Sie ist die Einzige, die jeden Nachmittag diese langweiligen Übungen absolvieren muss.

»Das tut dir gut: Es macht dich nicht nur stark, sondern auch schön«, sagt Vater immer, aber sie glaubt das nicht so recht. Die Töchter der Munaks, ihre Nachbarn und Großgrundbesitzer, denen einmal ihre Felder gehörten, üben nie mit dem Schwert und sind doch wunderschön, mit Haut wie Ebenholz und schlanken, zierlichen Körpern. Dabei stellt sie sich mit den Waffen eigentlich recht geschickt an. Sie ist flink und gelenkig und lernt auch die schwierigsten Bewegungen mit natürlicher Leichtigkeit. Es ist nur so, dass es sie einfach nicht interessiert.

Fadi stöhnt. »Gut, einverstanden.«

Myra jubelt.

»Da wäre noch diese andere Sache ...«, murmelt sie.

Fadis Miene wird ernst. »Nein«, sagt er.

Myra drängelt nicht weiter. Sie schmollt nur, in der leisen Hoffnung, dass es doch etwas nützt.

Aber Vater stellt die Reste ihres Frühstücks auf das Tablett und geht einfach hinaus. So schleppt sich Myra in den Nebenraum, wo Fadi schon wartet. In der Hand hält er ein langes, sehr scharfes Messer, vor ihm steht ein Stuhl. Myra setzt sich, und er beginnt.

Es ist wie ein Ritual, das sie jeden Morgen über sich ergehen lassen muss. Fadi rasiert ihr den Schädel. Dies ist eines der Geheimnisse ihres Lebens: Obwohl sie eine Thyrren ist, wachsen ihr Haare. Alle anderen Bewohner der Insel Thyrra sind kahl. Aber auf ihrem Kopf bildet sich nachts ein Flaum, schneeweiß, wie bei den Menschen aus dem Land Albon.

Schon häufiger hat Myra versucht, der Sache auf den Grund zu gehen. Sie hat Fadi gefragt, ob ihr Erzeuger vielleicht ein Blutmagier gewesen sei. Fadi hat zwar Nein gesagt, aber nicht sehr überzeugend, wie sie fand.

»Warum muss denn mein Kopf überhaupt rasiert werden?«, fragt sie wieder, so als hätte sie das nicht schon unzählige Male getan.

»Weil die Leute dumm sind und andere ablehnen, die nicht so sind wie sie oder wie sie es gerne hätten. Du bist bereits eine Thyrren, aber keine Sklavin, stell dir nur mal vor, sie würden auch noch deine Haare sehen.« Auch diese Antwort ist immer gleich und hat sie nie zufriedengestellt.

Dennoch wehrt sich Myra nicht gegen das Rasieren. Nicht zuletzt, weil sie die Tätowierungen mag, mit denen Tallia dann ihre Kopfhaut verschönern kann:

Über den Ohren hat sie ihr je einen Drachen tätowiert und in der Mitte des Kopfes ein Blumengeflecht. Natürlich würde sie sich die Haare gern einmal wachsen lassen. Der Kontrast der weißen Haare zu ihren großen blutroten Augen sähe sicher toll aus. Zumindest würde sie sich dann aus der Schar der anderen Kinder in ihrer Gegend herausheben. Es wäre schön, etwas Besonderes zu sein.

Aber so wichtig ist das auch nicht. Sie hat heute Geburtstag, und den will sie sich nicht verderben.

Der Tag verläuft in den gewohnten Bahnen, und Myra freut sich. Anstatt zu üben, lässt sie zusammen mit ihrem Vater das Wasser aus einem Reisfeld ablaufen. Das hat sie schon immer geliebt. Sie patscht mit den Füßen durch das Feld, spürt, wie das fließende Wasser ihre Knöchel umspült. Es ist Hochsommer in Biaswad, und warm streichelt die Sonne ihre Haut. In keiner anderen Gegend des Dominiums ist diese Jahreszeit so angenehm.

Am Nachmittag trifft Tallia ein.

»Komm her, meine Kleine, lass dich drücken«, sagt sie zum Geburtstagskind.

Tallia ist eine recht beleibte Thyrren, die als Sklavin im Haushalt der Nachbarn arbeitet. Myra kam sie immer schon alt vor. Vor allem aber war sie immer schon wie eine Mutter für sie. Sie hat Vater geholfen, sie aufzuziehen, war bei allen wichtigen Ereignissen dabei und darf auch heute nicht fehlen.

»Acht Jahre schon, meine Kleine! Wie schnell du groß wirst«, sagt sie gerührt.

»Ja, Tante, aber fang bitte nicht an zu weinen. Es gibt doch Wichtigeres.« Myra streckt die Hände aus. »Zum Beispiel mein Geburtstagsgeschenk.«

Tallia ziert sich, lässt sich bitten und holt schließlich hinter dem Rücken etwas hervor, ein ledernes Etui, das Myra sehr gut kennt.

»Eine neue Tätowierung!«, jubelt sie.

Tallia lächelt. »Genau auf dem Scheitel, habe ich mir gedacht, wie bei einer richtigen jungen Dame.«

»Verstehe ich das richtig?«, fragt Fadi schmunzelnd. »Du willst an deinem Geburtstag leiden?«

»Ach du, sei bloß ruhig! Du hast mir noch gar nichts geschenkt.«

»Später, später«, sagt Fadi geheimnisvoll.

Tätowiert zu werden ist tatsächlich ein wenig schmerzhaft, aber Myra hat sich daran gewöhnt. Sie war zwei, als Tallia ihr zum ersten Mal etwas eingestochen hat. Und diese neue Tätowierung macht Myra dann, als Tallia endlich fertig ist, sprachlos. Eine sich öffnende Rosenknospe, die Farben und Schatten der Blütenblätter so perfekt, dass sie verblüffend echt wirkt.

»Oh, Tante, die ist wunderbar!«, sagt Myra mit glänzenden Augen und umarmt sie stürmisch.

»Du bist wunderbar«, murmelt Tallia, wieder gerührt und stolz.

Am Abend gibt es ein festliches Essen. Tallia hat für zehn gekocht, und die Gewürze verbreiten einen berauschenden Duft. Die drei essen, bis sie fast platzen: Myra, Vater und diese Frau, die ihr so viel bedeutet, wie es nur eine Mutter könnte.

Danach steht Fadi auf und holt sein Geschenk.

»Ich weiß, was es ist«, sagt Tallia, mit verschwörerischer Miene.

»Meinst du, es gefällt mir?«, fragt Myra.

Tallia lehnt sich zu ihr vor. »Ganz gewiss. Es sind neue Waffen«, flüstert sie.

»Wirklich?« Myra ist enttäuscht.

»Noch mal herzlichen Glückwunsch«, sagt Fadi, der ins Zimmer zurückkommt, und reicht ihr ein kleines Bündel. Es ist in Reispapier gewickelt und kann der Form und dem Gewicht nach keine Waffe enthalten.

Tallia lacht, sie hat einen Spaß gemacht.

Aufgeregt packt Myra das Geschenk aus, und zum Vorschein kommt ein herrliches Gewand wie für eine Prinzessin. Es ist nachtblau, die beliebteste Farbe in Biaswad, das weite, lange Oberteil ist mit feinsten Stickereien gesäumt, und die Hose darunter schimmert in einem hellen Grau.

Myra ist begeistert. Mit Tränen in den Augen blickt sie ihren Vater an und weiß nicht, was sie sagen soll.

»So ein Zeug gefällt dir doch, oder?«, sagt Fadi spöttisch.

Myra weiß, dass er keinen Sinn für schöne Kleidung hat und dass er es lieber hätte, wenn sie das mögen würde, was er mag. Aber genau das macht dieses Geschenk noch wertvoller für sie.

»So etwas Schönes hatte ich noch nie. Danke!« Sie presst den Stoff an ihre Brust. Er fühlt sich herrlich glatt und kühl an. Sie springt auf und drückt Fadi *so fest, wie sie nur kann. »Du bist der beste Vater der Welt«, murmelt sie und spürt, dass auch er ergriffen ist. Dann läuft sie ins Nebenzimmer und zieht das Gewand über. Sie kommt sich wie eine Prinzessin vor. Am liebsten würde sie gleich zu den Munak-Schwestern hinüberrennen und ihnen zeigen, wie schön sie ist. Aber dazu ist später noch Zeit. Im Moment reicht es ihr, sich von Tallia und ihrem Vater bewundern zu lassen. Und das tun beide.*

Myra läuft zum Spiegel in der Ecke, dem einzigen im ganzen Haus, und schaut sich lange an. Sie ist wunderschön.

Als sie zu Bett gehen, ist es schon spät, so spät, dass Fadi Tallia nicht mehr allein zu den Munaks zurückgehen lassen will. Der Weg ist lang und beschwerlich. Tallia wird bei ihnen übernachten, und Fadi wird morgen ihrer Herrschaft diese Nacht bezahlen. Die Munaks werden keine Schwierigkeiten machen: Geld ist das Wichtigste für sie und macht sie nachgiebig. Das ist anders als früher, als Noorjeb noch lebte und das Familienoberhaupt war. Seine Söhne haben nicht sein Format.

Myra ist so müde, dass sie es nicht einmal mehr schafft, ihr Gewand auszuziehen, und Fadi lässt sie darin schlafen.

Bevor sie die Augen schließt, kostet sie in Gedanken noch einmal jeden einzelnen Augenblick ihres Geburtstags aus. Dieser Tag war wirklich vollkommen.

Und so schläft sie langsam ein.

Plötzlich wacht sie auf. Sie weiß nicht, wie spät es ist. Die Wände des Zimmers schimmern im rötlichen Widerschein, und ein beißender Geruch hängt in der Luft. Einige Augenblicke ist Myra verwirrt. Ihr Kopf ist noch voll von dem wunderschönen Tag, den sie erlebt hat, und sie trägt sogar noch das Prinzessinnen-Gewand, das Fadi ihr geschenkt hat.

Da reißt Tallia sie aus dem Dämmerzustand. Nur mit einem weißen Nachthemd über dem üppigen Leib stürzt sie atemlos herein, mit einem Gesichtsausdruck, wie Myra ihn noch nie bei ihr gesehen hat. In der Rechten hält sie einen Dolch.

»Komm, steh auf«, ruft sie und ergreift Myras Arm.

»Was ist denn?« Myra bekommt es mit der Angst zu tun.

»Wir müssen fort.«

»Wo ist Vater?«

Tallia antwortet nicht und zieht sie mit sich hinaus. Doch Myra stemmt sich dagegen, während der erste Rauch durch die Fußbodendielen dringt.

»Wo ist er?«

Da sieht sie ihn zur Tür hereinkommen, und einen Moment lang legt sich die Angst. Sein Körper ist angespannt, zum Kampf bereit, an der Seite trägt er seine Walud-Klingen. Myra hat ihn bislang nur während ihrer täglichen Übungen bewaffnet gesehen.

»Vater!«

»Alles ist gut, aber du und Tallia, ihr müsst fort.«

»Aber was ist denn los, ich …?«

»Frag nicht, Myra, später erklär ich's dir, ja? Es wird alles gut, aber ihr müsst aus dem Haus und euch in Sicherheit bringen. Sofort.« Fadi zieht einen langen Dolch aus seinem Gürtel und drückt ihn ihr in die Hand. »Den benutzt du, wenn es sein muss, verstanden?«

Myra erschrickt.

»Sag mir doch, was los ist!«

Vater wendet sich an Tallia. »Flieht zum Kanal und versteckt euch dort. Kommt nicht raus, bis ich euch hole«, erklärt er.

Tallia nickt erschrocken, ergreift Myras Arm und zieht sie hinaus.

Als sie aus der Tür treten, steht ringsum alles in Flammen. Die Felder brennen, doch der Weg zum Kanal ist noch frei. Nach wenigen Schritten bleibt Myra stehen und sieht sich um, wie hypnotisiert vom Tanz der Flammen. Wer hat das getan? Und warum?

Da erblickt sie Fadi, der vor ihrem Haus steht, aufrecht, breitbeinig, die Waluds fest in der Hand. Im Lichtschein des Feuers glänzen sie rötlich.

So hat Myra ihn noch nie gesehen. Umgeben von den Flammen wirkt er verändert. Er sieht aus wie ein Krieger, der sich jeden Moment in die Schlacht stürzen wird. Myra kommt sich vor wie in einem Traum. Wie herrlich Vater aussieht, wie unbezwingbar.

Doch schon zieht Tallia sie fort.

Sie rennen am Feldrand entlang und erreichen den Kanal. Er ist Teil des Bewässerungssystems, mit dem sie die Reisfelder regelmäßig fluten und leeren.

Tallia stößt sie ins knietiefe Wasser und springt selbst hinein. Das kalte Wasser kneift in die Haut, sie ducken sich in den Graben. Tallia legt einen Finger auf die Lippen, damit Myra still ist. Sie zittert, und Myra weiß nicht, ob aus Angst oder vor Kälte. Alles um sie herum schimmert blutrot. Myra schaut wieder zurück, zu ihrem Haus, und kann Fadi immer noch sehen: Er wird nicht zulassen, dass ihnen etwas geschieht, er ist wieder der Krieger wie einst.

Da tauchen sechs Männer aus den Flammen auf: Sie tragen lange schwarze Gewänder, Kapuzen verbergen ihre Gesichter. Nur ihre Augen leuchten im Flammenmeer. Wie Gestalten aus der Hölle kommen sie Myra vor. Immer näher kommen sie, nur einer von ihnen, vielleicht ihr Anführer, hält sich ein wenig im Hintergrund. Ihre Fäuste umschließen merkwürdige Schwerter. Bis auf zwei sind es keine Schwerter, wie man sie in Biaswad kennt, sondern Waffen von außerhalb. Was wollen diese Fremden von ihnen?

»Ich geb sie nicht her. Niemals!«, ruft Fadi, und seine Stimme ist mehr ein Brüllen. »Hast du verstanden? Sie gehört mir! Mir!«

Die sechs Männer verharren einen Moment. Plötzlich springen zwei von ihnen vor. Doch Fadi lässt sich nicht überraschen. Gebannt verfolgt Myra den Tanz seiner Waluds. Fadis Bewegungen sind noch eleganter, noch präziser als sonst, wenn sie zusammen üben. Seine Klinge trifft den Bauch eines der Angreifer, doch der springt zurück, und so hinterlässt der Walud nur einen Schnitt im Umhang. Aber dessen Ränder sind verbrannt. Das ist eine Besonderheit von Vaters Waffe: Die Walud-Klingen schneiden nicht nur, sondern versengen auch, denn ihr Eisen glüht durch die Hitze eines verborgenen Feuers.

»Sie wurden ins Blut eines Wüstendrachen getaucht«, hat Fadi ihr erzählt, »dadurch erhielten sie seine Farbe und sein Feuer.«

Die beiden Fremden greifen wieder an, und wieder wehrt Fadi sie ab.

Mit pochendem Herzen, aber voller Stolz und Bewunderung sieht Myra ihn kämpfen. Doch irgendetwas stimmt nicht. In Fadis Bewegungen schleicht sich etwas Unharmonisches ein, das ihrem geschulten Blick nicht entgeht. Jahrelang hat Vater nicht mehr richtig gekämpft. Mindestens acht müssen es sein. Und so reagiert sein Körper nicht mehr so, wie er sollte. Den nächsten Hieb kann Fadi nicht mehr parieren, und die feindliche Klinge bohrt sich in seinen Arm.

Plötzlich tritt der Anführer vor, während zwei andere in Richtung der Felder laufen. Fadi stürzt sich auf sie. Die feindliche Klinge beschreibt einen weiten Bogen, dann bohrt sie sich in Vaters Rücken.

Die Zeit bleibt stehen.

Fadi ist alles für Myra. Er hat sie immer beschützt, hat ihr ein Zuhause gegeben und ihr die Zuneigung einer Familie geschenkt, hat sie vor dem Schicksal einer Sklavin bewahrt und vielleicht vor dem Tod gerettet. Fadi darf nichts geschehen, ihm kann nichts geschehen, denn niemand ist so stark wie er.

Doch er sinkt zu Boden, während der Fremde, dessen Klinge ihn getroffen hat und der der Anführer zu sein scheint, sich vor ihm aufbaut.

Die Waluds noch in Händen, kniet Fadi am Boden. Er schaut zu Myra, mit verzweifeltem Blick, einem Blick, der sie auffordert, das Weite zu suchen und zu leben, ein Blick des Abschieds. Dann fährt er herum und sticht zu. Die Klinge trifft und fährt dem Mann, wenn auch nicht tief, zwischen die Rippen.

Er weicht aus, dann springt er vor, schnell wie ein Raubtier, und versenkt sein Schwert in Fadis Brust. Durch die Flammen sieht Myra, wie sich Vaters Körper aufbäumt, und ihre Blicke suchen sich ein letztes Mal. Als sie sich treffen, ist dahinter nur noch das Nichts.

Alles um Myra verblasst, die Welt zerfällt, und alles verdichtet sich zu diesem einen Bild des geliebten Gesichtes, das sie mit verlöschendem Blick anschaut. Und ihrem Mund entfährt ein nicht enden wollender Verzweiflungsschrei. Sie schreit aus Leibeskräften, die Kehle zerreißt ihr bis aufs Blut. Da presst Tallia ihr eine Hand auf den Mund und zieht sie an sich.

»Schsch, schsch«, raunt sie ihr wie früher zu, als sie noch ein kleines Kind war und einschlafen sollte.

Der Anführer, der Mann, der Vater getötet hat, dreht sich um und zeigt seinen Männern die Richtung. Die beiden, die schon zu ihrem Versteck unterwegs waren, rennen los.

Tallia flucht und hebt Myra aus dem Wasser.

»Lauf, Myra, lauf!«, schreit sie.

Aber sie kann nicht. Ihre Beine rühren sich nicht. Sie kann den Blick nicht von Vaters Körper abwenden, der auf dem Boden liegt. Gleich springt er auf und lässt seine Waluds tanzen. Gleich wird er die Männer töten, wird sie retten, dann werden die Flammen erlöschen und sie drei kehren zusammen nach Hause zurück.

Da ergreift Tallia Myras Hand, und zusammen laufen sie durch die Felder, vorbei an den Flammen. Vor ihnen liegt ein kleiner Wald, und dorthin lenken sie ihre Schritte. Myra versteht nicht, welch mysteriöse Kraft ihre Beine bewegt, und doch rennt sie. In ihrem Herzen herrscht eine große Leere, und im Kopf ist nur Fadis lebloser Blick.

Sie rennen, so schnell sie können, doch Tallia ist zu alt und zu schwer und kann den beiden Verfolgern nicht entkommen. Die Männer kommen näher und näher, ihre Atemzüge sind tief und ruhig, im Takt mit ihren Schritten. Verzweifelt stößt Tallia Myra von sich. Sie fällt neben einen Dornbusch. In ein paar Monaten wird sie dort herrliche Beeren pflücken können, denkt Myra. Welch ein absurder Gedanke.

Da dreht sich Tallia um und sticht blind mit ihrem Dolch zu, und vielleicht gibt es doch einen Gott, denn ihre Klinge trifft einen der beiden Verfolger in die Seite. Aber der andere lässt sich nicht aufhalten. Er stürzt sich auf sie und wirft sie zu Boden.

»Lasst sie … sie ist doch noch ein Kind, ich …«

Mit einer raschen Bewegung schneidet der Mann Tallia die Kehle durch.

Auch Tallias Blick erlischt, so wie Fadis, während ihr Blut einen Bogen aus roten Tropfen in die Luft zeichnet. Noch vor wenigen Stunden hat Tallia sie so fest umarmt, als sie Myra in ihrem Geburtstagsgeschenk gesehen hat, dem wunderschönen Gewand, das sie immer noch trägt. Nur das ist ihr vom schönsten Tag ihres Lebens geblieben.

Da erhebt sich der Mörder von Tallias reglosem Körper. Er ist groß und schlank. Ein Turban verbirgt sein Gesicht. Nur seine Augen erkennt Myra. Blau und kalt sind sie. Aber lebendig.

Da begreift Myra: Vater ist tot und wird nie mehr zu ihr zurückkehren. Und Tallia ebenso. Dieser Mann jedoch, der ihr zusammen mit den anderen diese geliebten Menschen genommen hat, lebt.

Eine wahnsinnige Wut erfasst sie, zerreißt ihr die Brust, macht sie blind. In Händen hat sie immer noch Fadis langen Dolch. Sie schreit auf und greift an, mit einem Stoß von der Seite, der den Mann vollkommen überrascht. Er weicht zurück, und da stößt Myra wieder zu, genau wie ihr Vater es sie gelehrt hat. Doch sie ist nicht schnell genug, der Dolch streift den Gegner nur, und die Klinge *bohrt sich nicht in sein Fleisch. Immerhin hört sie, wie seinem Mund unter dem Tuch ein Stöhnen entfährt, und sieht, wie er sich leicht krümmt.*

Von unbändigem Zorn getrieben greift sie wieder an. Doch der Mörder verteidigt sich. Mit dem Heft seines Schwertes trifft er sie am Hals.

Myra stürzt.

Als er ausholt und sie im Rücken treffen will, wirft sie sich zur Seite. Der Hieb erwischt ihre Schulter. Ein furchtbarer Schmerz durchfährt sie, so stark, wie sie es noch nie erlebt hat, aber sie rollt noch einmal zur Seite und springt auf. Der Mann flucht in einer Sprache, die Myra nicht kennt. Das Schwert fährt auf sie nieder, und er versucht, sie zu packen. Doch flink duckt sie sich weg und schlüpft durch seine Beine, sodass der Hieb sie nicht mit voller Wucht trifft. Wieder ein furchtbarer Schmerz, sie schenkt ihm keine Beachtung. Mühsam steht sie hinter dem Mann wieder auf.

Er fährt herum, will nach ihr greifen, da braucht sie nur das Schwert auszustrecken. Und während der Feind sich dreht, fährt ihm die Klinge in den Leib.

Er ist so nah, dass er sie berührt, und Myra spürt, wie er im Todeskrampf zusammensackt. Er murmelt etwas, ein Wort, das sich obszön anhört, vielleicht verflucht er sie, dann sinkt er zu Boden und bleibt regungslos liegen.

Die Grillen zirpen, Myra keucht. Sie denkt an den Sommer, an die Spiele draußen, an ihr Leben, das es nicht mehr gibt. Das herrliche Gewand, das ihr Fadi geschenkt hat, ist an mehreren Stellen zerrissen und blutbesudelt. Tallia liegt bäuchlings im Gras. Myra ist allein zwischen all den Toten.

Verzweifelt fällt sie auf die Knie. Sie weint und weint und kann nicht mehr aufhören. Schließt sie die Augen, sieht sie, wie Vater stirbt, sieht seine Augen, den letzten Blick, mit dem er sie anschaut. So wird es nun monatelang sein, jahrelang, aber das weiß Myra noch nicht. Sie weiß nur, dass sie niemanden mehr hat, und ahnt, dass die anderen Männer nach ihr suchen werden. Einen von ihnen hat sie getötet, aber sie waren zu sechst. Schon meint sie, im Gras das Rascheln ihrer Schritte zu hören.

Sie rappelt sich auf, angetrieben von einer unbekannten Kraft.

Langsam tritt sie zu dem Mann, den sie getötet hat, und betrachtet ihn. Kein Mitleid regt sich in ihr: Er ist nur ein Ding, ein Haufen Fleisch und Stoff, und hat den Tod verdient. Furchtlos zieht sie ihm den Dolch aus dem Bauch.

Dann läuft sie los, läuft schneller und schneller, während das Prasseln der brennenden Felder hinter ihr zurückbleibt, läuft trotz der Erschöpfung, trotz des Schmerzes, und während sie läuft, wird ihr immer klarer, was geschehen ist: Tallia hat sich geopfert, um sie zu retten. Schlimmer noch, Tallia ist ihretwegen gestorben: Hätte Myra nicht so laut geschrien, wären sie unbemerkt geblieben. Und Vaters Leiche liegt dort, wo einmal ihr Zuhause war und jetzt nur Flammen sind. Sie hat alles verloren, sie hat nichts mehr auf dieser Welt, und dennoch läuft sie weiter.

Sie läuft und weint.

Myra liegt am Boden und wischt sich die Tränen aus dem Gesicht. Die Zeit, da Tränen trösten konnten, ist vorüber. Niemand kann sie mehr in den Arm nehmen und ihr versichern, dass alles gut wird.

Als sie den Mund öffnet, um zu weinen, merkt sie, dass sie keine Stimme mehr hat. Ihr Schrei, als Vater starb, muss ihre Stimme beschädigt haben, denn so wie ihre Wunden schmerzt auch ihre Kehle. Noch einmal sieht sie Vaters leere Augen. Nur noch so wird sie sich an Fadi erinnern.

Dann schwinden ihr die Sinne.

1

10. Oktober, Nachmittag

Der Schnee fiel in dichten Flocken. Am Boden lag er schon sehr hoch, und diese weiße Decke würde rasch noch weiter anwachsen. Ein schneidender Wind heulte über die endlose Hochebene und trieb die Schneewirbel vor sich her. So weit das Auge reichte, war alles flach, so wie fast überall im Land des Eises.

Der Krieger mit den roten Klingen musste ein paar Mal blinzeln, um wieder etwas sehen zu können. Er beneidete seine Gefährten um ihre pupillenlosen blauen Augen, die das blendende Licht gewohnt waren, und ebenso um ihre Körper, die diesem Klima besser gewachsen waren. Aber er war kein Asgarer, und obwohl er seit nunmehr sechs Jahren in Asgarö lebte, zitterte er erbärmlich, sobald die Temperatur schlagartig sank. Und dabei hatte der Herbst gerade erst begonnen.

Er zog die Schultern hoch und verbarg das Kinn tief in seinem Pelzkragen. Ein Helm schützte den Kopf, dazu trug er einen eisernen Brustpanzer und Hosen aus Leder, die in Fellstiefeln steckten. So unterschied er sich nicht so sehr von den anderen Soldaten, abgesehen von seinem recht zierlichen Körper und den beiden langen roten Klingen, mit denen er kämpfte. Feiner Dampf stieg auf, und es zischte, sobald Schnee auf die Klingen fiel.

Der Feind vor ihnen war eine graue Linie am nicht klar auszumachenden Übergang von schneebedeckter Erde zum Himmel. Es mochten nicht mehr als fünfhundert Mann sein, einer der üblichen Familienclans mit ihrem sinnlosen Stolz, eher im Kampf zu sterben, als sich zu beugen.

Aus der Schlachtreihe des Kriegers trat ein Mann in einem weiten Umhang vor, der ebenfalls mit einem hohen Pelzkragen besetzt war. Er trug schwere metallene Beinschützer und war mit einer langen *Dofrir* bewaffnet, der Doppellanze der asgarischen Stammesoberhäupter. Die durchsichtigen Spitzen aus *Frjosinn* wirkten zerbrechlich und wie aus Eis, dabei war dieses Material härter und widerstandsfähiger als jedes andere im gesamten *Dominium*.

Der Mann war allerdings kein Asgarer. Zwar besaß er dunkle, mandelförmige Augen und die gerötete, rissige Haut der Bewohner dieses Landes, war aber nicht dort geboren. Er hätte aus Alkak stammen können, aber es war schwierig, es genau zu sagen. Sein Gesicht war länglich und hager, und in der Tiefe seiner Augen schien sich vieles zu verbergen, nicht zuletzt ein eiserner Wille. Seinen Helm trug er noch unter dem Arm.

»Frey! Noch könnt ihr euch zurückziehen!«, rief er in akzentfreiem Asgarisch. »Ich bin kein rachsüchtiger Mann: Unterwerft euch, und niemandem wird etwas geschehen!«

Aus den feindlichen Reihen erhob sich eine tönende Stimme. »Was glaubst du, wen du vor dir hast? Wir sind Asgarer, wir ergeben uns nicht! Lieber lasse ich mich in Stücke hauen und mein Fleisch verbrennen, als vor einem Fremden ohne Herkunft und Ehre das Knie zu beugen.«

Über das Gesicht des Kriegers mit den roten Klingen huschte ein Lächeln.

»Und ich sage es dir zum letzten Mal«, rief sein Heerführer dem Feind zu. »Unterwirf dich, und du kannst mit all deinen Männern heil nach Hause zurückkehren. Greif mich an, und du endest zerstückelt im Feuer.«

Die Antwort war ein lauter Fluch.

Der Heerführer seufzte und kehrte in die erste Kampfreihe zurück. »Idiot«, brüllte er.

Der Krieger nahm seine roten Klingen fester in die Hand. »Du wusstest doch, dass er so handeln würde, Acrab«, sagte er mit einer rauen, krächzenden Stimme, die kaum menschlich klang.

»Nun, einen Versuch war es wert. Mir ist nicht so sehr nach Kämpfen, wenn man sich auch besaufen könnte.«

Der Heerführer und sein Krieger tauschten ein Lächeln.

Acrab setzte den Helm auf und hob die Lanze. Und als er sie vorreckte, griffen seine Männer laut brüllend an. Der Krieger und ein paar andere liefen jedoch in die Gegenrichtung, so als wollten sie sich zurückziehen.

Freys Männer rannten los. Wie zwei dunkle Flecke, die sich auf einer weißen Fläche ausbreiten, bewegten sich die beiden Heere aufeinander zu. Als sie nur noch wenige Ellen voneinander entfernt waren, öffneten Acrabs Männer die Reihen, und Freys Krieger sahen zwischen den feindlichen Soldaten etwas aufblitzen. Schon erklangen Schmerzensschreie, während sich der Schnee rot färbte.

Acrabs Männer hielten straff gespannte Seile, an denen in regelmäßigen Abständen hölzerne Vorrichtungen angebracht waren. An jedem hing ein Knüppel, in den jeweils vier Frjosinn-Spitzen eingelassen waren. Die Soldaten bewegten die Seile, sodass die Knüppel sich rasant drehten.

Im Nu trennten die Spitzen Arme und Beine ab, bohrten sich in die Leiber der Feinde, durchdrangen Stahl, als handelte es sich um Papier. So rückten Acrabs Soldaten vor. Schließlich ließen sie die Seile los, und ergriffen ihre Schwerter.

Da streckte der Krieger seine roten Klingen aus: Sie waren ungefähr zwei Ellen lang, leicht gekrümmt und bemalt. Sie dampften in der eiskalten asgarischen Luft. Er und die anderen, die sich zuvor scheinbar zurückgezogen hatten, standen im Rücken von Freys Männern. Sie hatten sie umzingelt.

Rasch und ohne Gnade griffen sie an.

Und wie in jeder Schlacht, ging der Krieger im Kampf auf. Sobald er seine Waluds zog, verschwand alles um ihn herum. Sein Kopf wurde leer, und alles war Kampf. Von ihm blieben nur seine Kampfkraft und seine vollkommene Körperbeherrschung.

Er hätte nicht sagen können, dass ihm der Kampf wirklich Vergnügen bereitete. Nach den zahlreichen Schlachten, die er in den zurückliegenden Jahren geschlagen hatte, war das Führen seiner Waffen für ihn eine Arbeit, und wäre sein Leben anders verlaufen, hätte er vielleicht nie ein Schwert zur Hand genommen. Nun aber beherrschte er einzig das Kriegshandwerk und zeichnete sich darin aus.

Um ihn herum warfen sich die Krieger mit aller Kraft aufeinander, und viele sanken zu Boden, getroffen von wuchtigen, wenn auch nicht präzisen Hieben.

Bei ihm war es anders. Er tanzte mit seinen Waffen.

Im Rhythmus der roten Klingen tauchte er ab, richtete sich auf, rotierte um die eigene Achse, während die Waluds todbringende Kreise um seine schlanke Gestalt zogen.

Mit gleichzeitigen Hieben von links und rechts, einer weiter oben, einer weiter unten, streckte er den nächsten Feind nieder. Dessen Kopf flog davon, während in seinem Bauch eine tiefe Wunde klaffte. Das verbrannte Fleisch zischte, und von den Waluds stieg Dampf in die eisige Luft auf.

Der Krieger vollendete die Bewegung, indem er zwei Feinden hinter ihm die Klingen zwischen die Rippen stieß, wirbelte wieder herum, duckte sich weg und riss einem anderen die Beine oberhalb der Knöchel auf. Dann wich er einem niederfahrenden Schwert aus, fügte mit einer geschmeidigen Bewegung die Waluds zusammen, ließ die Doppelklinge rotieren und schlitzte dem nächststehenden Feind den Bauch auf.

Versunken im Kampfesfluss rückte er vor. Einatmen, ausatmen, dem Rhythmus der Herzschläge gehorchen, weiter, immer weiter, die Übelkeit verdrängen, die das blutende Fleisch und das Sterben um ihn herum hervorriefen.

All das tat er für ihn. Für Acrab.

Da, ein Zischen. Der Krieger hörte es zu spät. Sein Rhythmus brach, sein Herz setzte einen Schlag aus. Er fuhr herum, aber der Pfeil war schon zu nah. Dann ein silberner Blitz, der die Spitze aufhielt und ablenkte.

Der Krieger hielt inne und starrte durch die wirbelnden Schneeflocken: Acrab. Er hatte einen seiner Dolche geschleudert und ihn gerettet. Nun nickte er ihm zu, kaum merklich, doch der Krieger mit den roten Klingen erkannte und erwiderte es. Acrab war immer für ihn da. Kurz versetzte es ihm einen schmerzhaften Stich, aber er ließ sich nicht aufhalten.

Erneut stürzte er sich in den Kampf und rückte unaufhaltsam vor, bis Acrab irgendwann einen Ruf ausstieß und für alle sichtbar einen Kopf in die Höhe hielt.

Es war Frey.

Stille senkte sich über das Schlachtfeld. Um sie herum war alles weiß und rot. Der Wind heulte.

»Dieses Schicksal erwartet jeden, der sich gegen mich stellt!«, rief Acrab. »Die Entscheidung liegt bei euch. Folgt ihr dem Beispiel eures Herrn, werdet ihr alle sterben. Schwört ihr mir aber Gehorsam, werde ich diesen blutigen Tag vergessen. Ich mache euch zu meinen Soldaten und führe euch zum Ruhm.«

Es blieb still nach Acrabs Worten, niemand rührte sich.

Schließlich fiel der erste von Freys Männern auf die Knie. Ihm folgte ein weiterer, und noch einer, und wieder einer, bis die Ebene mit grau gekleideten knienden Soldaten übersät war. Nur wenige blieben stehen.

Acrab warf Freys Kopf fort und trat zu dem Krieger mit den roten Klingen.

»Alle, die knien, sollen mit uns trinken. Die Toten überlassen wir den Drachen.«

Der Krieger nickte. »Und was ist mit den anderen?«

Acrab ließ den Blick über die Ebene schweifen.

»Ach, sollen sie gehen. Früher oder später wird das ohnehin alles uns gehören.« Er sah den Krieger genauer an. »Bist du in Ordnung?«

Der Krieger nickte und nahm den Helm ab. Darunter kam ein zerzauster Haarschopf zum Vorschein, der ebenso weiß war wie der Schnee in der Ebene, etwas länger an den Seiten und fast geschoren am Hinterkopf. Das Gesicht war rundlich, die Nase schmal und gerade, mit einigen Sommersprossen gesprenkelt, der Mund klein mit vollen Lippen. Die Gesichtszüge eines Mädchens. Eines Mädchens mit feuerroten Augen.

»Ja, alles in Ordnung«, sagte Myra mit einem Lächeln, »durch deine Hilfe.«

Nacheinander traten die geschlagenen Soldaten vor, setzten den Helm ab und warfen die Waffen zu Boden. Einen Monat lang würden sie ohne auskommen müssen. Hatten sie sich dann als vertrauenswürdig erwiesen, würden sie in die Schar von Acrabs Kriegern eingereiht werden.

Reglos stand Myra da, während der Wind den Schnee über die Ebene peitschte, und betrachtete diese betrübten, niedergeschlagenen Gesichter. Einer rief, er werde zurückkehren und Rache nehmen, um dann nach und nach in dem blendenden Weiß zu verschwinden, auf dem Weg ins Nichts. Denn in Asgarö gab es niemanden mehr, der Acrab die Herrschaft streitig machte. Entweder waren sie auf dem Schlachtfeld besiegt worden, so wie Frey und seine Truppe, oder sie hatten sich kampflos unterworfen und die Überlegenheit von Acrab und seinen Kriegern und die Genialität seiner Kriegsmaschinen anerkannt. Viele von denen, die die Unterwerfung verweigert hatten, würden noch vor dem Abend tot sein. Dafür würde das unbarmherzige Klima in diesen Landen sorgen.

Myra ließ noch einmal den Blick über die Reihe der besiegten Krieger schweifen, die sich ihnen anschließen würden. Einige waren schwerer verwundet. Sie standen vor einem großen Zelt. Wenn die Neuankömmlinge es betraten, würden sie merken, dass es beheizt war, und das nicht durch ein normales Feuer. Denn das Zelt besaß einen hölzernen Fußboden, unter dem, gleich über dem Eis, eine blaue Flamme brannte. Eine Flamme, die nicht mit Wasser zu löschen war und den Raum mit einer angenehmen, beruhigenden Wärme versorgte.

Mixtur nannte Acrab die wärmende Substanz, die er entwickelt hatte. Viel mehr hatte er nicht dazu gesagt, denn er machte gern ein Geheimnis um seine Erfindungen. So wusste Myra zwar nicht, wie dieses Feuer zustande kam, hatte aber schon häufiger mit eigenen Augen gesehen, was es bewirken konnte, einmal sogar bei einem Asgarer: Mit Schaudern erinnerte sie sich an dessen unmenschliche Schreie, während das blaue Feuer seine Knochen verzehrte. Er hatte sich in einen Wildbach gestürzt, doch sein Fleisch hatte weitergebrannt, so lange er noch zu sehen war, während das reißende Wasser ihn fortzog.

In dem warmen Zelt würden die Neuankömmlinge auch einen Tisch vorfinden, auf dem alle möglichen Fläschchen bereitgestellt waren. In Asgarö gab es keine *Blutmagier* – für die war das Land zu kalt und zu arm – und daher auch keine Magie. Krankheiten und Verletzungen behandelten die Asgarer mit einer Heilkunde, die auf natürlichen Essenzen basierte. Acrab mit seinen reichen Kenntnissen hatte diese geradezu revolutioniert. Viele der Substanzen in den Fläschchen waren seine Kreation, andere waren Weiterentwicklungen von Heilmitteln, die in Asgarö seit Urzeiten bekannt waren. Jedenfalls würden die Verwundeten versorgt werden und eine Schüssel Suppe erhalten. Nicht anders als Acrabs Soldaten auch.

Nach und nach würden die Besiegten die anderen Wunderdinge des Lagers kennenlernen und sich ein Bild davon machen, wozu

Acrabs Erfindungsgabe fähig war. Auch das würde sie überzeugen, die richtige Entscheidung getroffen zu haben, als sie nach der Niederlage das Knie vor ihm gebeugt hatten. Viele von Acrabs Soldaten waren diesen Weg gegangen.

Nur sie nicht. Sie war von Anfang an dabei gewesen.

Erneut spürte Myra diesen Stich in der Brust und schlang ihren Umhang fester um die Schultern. Doch die Kälte kam von innen, nicht von der schneebedeckten Ebene, auf der sie einen weiteren Sieg errungen hatten. Denn nach Jahren treuen Gehorsams und zahllosen Schlachten, in denen sie immer an Acrabs Seite in der ersten Kampfreihe zu finden gewesen war, würde sie bald diese Lande verlassen.

Sie betrachtete ihn, wie er letzte Anweisungen erteilte. Acrab – ihr Lehrmeister, ihr Beschützer, der wie ein Vater für sie war. Gerade hatte er ihr wieder, wie andere Male zuvor, das Leben gerettet, indem er einen auf sie zuschießenden Pfeil abgelenkt hatte.

Und nun, kurz vor der größten Unternehmung seines Lebens, würde sie ihn verlassen.

2

10. Oktober, Abend

Myra blieb einige Schritte vor Arcrabs Holzhütte stehen.

Seit drei Jahren waren sie ständig unterwegs und in Kämpfe verwickelt, und wenn sie irgendwo ihr Lager aufschlugen, war diese zerlegbare Hütte die Unterkunft ihres Anführers. Myra erinnerte sich noch an die Zeit, als dieses Wunderwerk nur als Zeichnung auf dem Papier, als einer seiner vielen, außerordentlichen Pläne existierte. Und nun hatte sie es vor sich, eine Konstruktion wie aus einer anderen Welt.

Die Hütte war im Grunde recht klein, nicht mehr als ein Würfel von vielleicht sechs Ellen Seitenlänge, und besaß ein abfallendes Dach, das mit einer Stoffplane überzogen war. Aus einem Schornstein am hinteren Ende stieg weißer Rauch und löste sich im stärker werdenden Wind auf. Rasch brach die Nacht herein, und es schneite immer heftiger.

Aus den Augenwinkeln sah Myra einige Männer einen Tunnel graben. Acrab erwartete also, dass sich die Wetterlage extrem verschlechterte. Wenn das so weiterging, würden sie bald wieder, wie jeden Winter, unter dem Eis leben müssen.

Sich nach einer Schlacht mit ihm zu treffen war eine feste Gewohnheit für sie, und unter anderen Umständen hätte sie es auch nicht verunsichert, dass er sie zu sich rufen ließ. Doch ihre Entscheidung, einige Tage zuvor getroffen, veränderte alles. Sie fühlte sich entsetzlich angespannt und nervös. In Acrabs Gesellschaft hatte sie sich sonst nie so gefühlt. Das *durfte* nicht sein.

Sie wechselte einen kurzen Blick mit der Wache vor dem Hütteneingang. Obwohl sie die Kapuze aufgesetzt hatte und der Pelzkragen ihren Mund verdeckte, erkannte der Mann sie. Allerdings brauchte man dazu auch nur ihre Augen zu sehen: Niemand sonst im Lager hatte solche Augen wie sie.

Der Asgarer zog die Lanze zurück und schlug die Hacken zusammen. Myra trat ein, und ein Schwall beruhigender Wärme umfing sie und hieß sie Willkommen.

Das Innere war bequem eingerichtet. An der hinteren Wand war eine Feuerstelle, über der in einem rußschwarzen Kessel etwas vor sich hin köchelte. Darunter züngelten gelbe Flammen.

Doch das wärmende Feuer war verborgen unter den mit Fellen belegten Fußbodenbrettern. Dort, in dem Hohlraum zwischen dem Erd- und dem Hüttenboden, befand sich ein Behälter mit Schmelzwasser. Die *Mixtur* brannte ununterbrochen und brachte es zum Kochen. Der Wasserdampf strömte durch tönerne Rohre, die in die Seitenwände eingelassen waren, und erwärmte die Hütte.

Vor der Feuerstelle stand in der Mitte des Raums ein großer Tisch, übervoll mit Pergamentrollen, Blättern und Büchern. Auf dem Fußboden und sogar auf dem Bett lag weiteres Material. Ein einfaches Holzgerüst in einer Ecke diente als Ständer für den Brustpanzer ihres Anführers.

Arcab saß an seinem Schreibtisch, in einer Haltung, die er sich nur ihr gegenüber erlaubte: Eine Tasse mit einem dampfenden Getränk in der Hand, und ein Bein über die Armlehne seines Sessels gelegt.

»Da bist du ja«, sagte er, »ich sterbe vor Hitze, komm, hilf mir doch mal.« Er trug noch seinen Brustpanzer und hatte nur seinen Umhang auf den Boden geworfen.

Schon seit Jahren war Myra nicht mehr sein Knappe, und dennoch liebten es beide, weiterhin diese kleine Szene zu spielen. Nie legte er seine Rüstung ohne sie ab.

Myra zog ihren eigenen Umhang aus und hängte ihn an einen Haken neben der Tür. In ihrer schweren Kampfmontur sah ihr Körper noch zierlicher aus. Sie trat auf Acrab zu und öffnete ihm in aller Ruhe Schnalle für Schnalle seiner Rüstung. Dutzende Male hatte sie dies schon getan, doch dieses Mal war es anders. Sie verwendete mehr Sorgfalt darauf und genoss es, immer wieder über seinen Körper zu streichen. Ihre Entschlossenheit geriet ins Wanken.

Aber die Entscheidung war gefallen.

Sie hängte den Brustpanzer an das Gerüst, während Acrab tief durchatmete und zu der Feuerstelle hinüberging. Er schöpfte einige Kellen der köchelnden Flüssigkeit in einen Tonbecher und reichte ihn Myra. Der herrliche Duft des *Kylirashs* trieb ihr fast die Tränen in die Augen. Es gab nichts Besseres als dieses stark berauschende Getränk aus vergorenem Kyliroth-Saft mit Gewürzen, um sich an den endlosen asgarischen Winterabenden aufzuwärmen – oder um zu feiern.

Sie stießen an.

»Auf den Sieg«, sagte Acrab, bevor beide ihren Becher an die Lippen führten.

Myra nahm sich einen Stuhl und stellte ihn vor den Schreibtisch. Bis zu diesem Moment hatte sie nicht bemerkt, wie erschöpft sie war. Sie setzte sich, nahm den Becher in beide Hände und trank einen weiteren Schluck. Heiß lief ihr das Gesöff die Kehle hinunter und ließ die alte Wunde wieder schmerzen, die nie richtig verheilt war: Die Kehle tat ihr häufig weh, eine bleibende Erinnerung an jenen Tag, an dem sie alles verloren hatte.

»Du solltest achtsamer sein in der Schlacht«, brach Acrab schließlich das Schweigen.

»Es muss am Wind gelegen haben. Er hat das Zischen des Pfeils übertönt«, erwiderte Myra mit rauer Stimme.

»So ist es nun mal in Asgarö, hier weht immer Wind, es schneit, und es ist entsetzlich kalt«, sagte Acrab. »Vergiss nicht, dass ich langsam in ein Alter komme, da ich nicht ständig die Amme für dich spielen kann. Meine Reflexe sind nicht mehr das, was sie mal waren.«

»Ich war einen Moment abgelenkt. Es wird nicht wieder vorkommen.«

»Gut, das hoffe ich.« Acrab lächelte. »Und das nicht nur für dich. Schließlich wüsste ich gar nicht, wie ich ohne meine rechte Hand auskommen sollte.«

Myra schwieg verlegen. Üblicherweise war Acrab nicht sehr freigiebig mit Komplimenten. Und ausgerechnet an diesem Abend musste er ihre Rolle so hervorheben.

»Sei's drum. Ich habe dich nicht kommen lassen, um mit dir zu schimpfen oder dich zu loben.« Acrab schwieg einige Augenblicke und fuhr dann fort: »Es ist soweit. Ich will es wagen. In Asgarö gibt es niemanden mehr, der meine Herrschaft in Frage stellt. Außer vielleicht diese paar Dummköpfe, die sich jetzt durch den Schnee schleppen. Aber die machen mir keine Sorgen. Das Land ist endlich vereint, und das unter meinem Kommando. Nun kommt der nächste Schritt.«

Im Grunde hatte Myra es gewusst, aber dies noch einmal aus seinem Mund zu hören, traf sie wie ein Messerstich. Seit mindestens sieben Jahren hatten sie auf diesen Moment hingearbeitet.

»Ich werde an deiner Seite sein. Für immer.« Ihre Lippen zitterten leicht.

Acrab lächelte. »Daran habe ich nie gezweifelt. Ich wollte nur, dass du es als Erste erfährst.« Und mit ernster Miene sprach er weiter: »Gewiss werden wir nicht gleich morgen zu dem Feldzug aufbrechen. Die Truppen müssen noch besser organisiert, einige Pläne noch genauer ausgearbeitet werden. Aber in einem Monat ziehen wir los. Und niemand wird uns aufhalten können.«

Myra senkte den Blick.

»Was ist? Du bist so … seltsam«, sagte Acrab. Er musterte sie aufmerksam.

Myras Herz schlug schneller. Diesem Blick konnte sie sich nicht entziehen, hatte es noch nie gekonnt, und das war ihr bewusst. So flüchtete sie sich in eine Halbwahrheit. »Ich wollte dich etwas fragen.«

»Was denn?«

Myra nahm allen Mut zusammen. »Da hier in den nächsten Wochen nichts Entscheidendes passiert, wollte ich dich bitten, mich eine Zeitlang zu entbehren.«

Sie konnte nicht einschätzen, ob Acrab überrascht oder verärgert war.

»Ich soll dich freistellen?«

»Ja. In den zurückliegenden Jahren haben wir uns keine Pause gegönnt. Ich habe unablässig gekämpft und bin nie dazu gekommen, mich einmal auf mich selbst zu besinnen, auf meinen Körper … auf die Verfeinerung meiner Kampftechniken. Ich brauche einfach ein wenig Zeit für mich, um zu trainieren. Dazu hatte ich zuletzt kaum Gelegenheit.«

Acrab sah ihr fest in die Augen. »Hat das mit unserem Gespräch vor einiger Zeit zu tun?«

»Ja.«

»Myra …«, setzte Acrab an.

»Ich weiß, was du sagen willst, aber …« Sie stockte und suchte nach den richtigen Worten, »… aber ich musste an jene Dinge zurückzudenken, die sehr, sehr schmerzhaft für mich sind. Auch deswegen würde es mir guttun, einmal nur für mich zu sein. Damit ich vergessen und mich ganz auf die Gegenwart konzentrieren kann. Auf die großen Dinge, die vor uns liegen.«

Acrab schien sich zu entspannen. »Deine Einstellung gefällt mir. Du weißt, ich habe lange Zeit um dich kämpfen müssen – gegen deine Vergangenheit. Und ich dachte, ich hätte gesiegt. Aber dieses Gespräch …« Er winkte ab. »Nun gut. Hauptsache, du bist mit ganzem Herzen bei mir. Also, ich gebe dir vier Tage frei. Sag mir nur, wohin es dich zieht.«

»Zu den Wasserfällen«, log sie und erschrak, wie leicht ihr das gelang.

»Sehr gut. Erhole dich an Körper und Geist, und kehre mit neuen Kräften zu mir zurück. Da draußen sind viele Männer, treue Berater, tapfere Krieger, aber niemand bedeutet mir so viel wie du. Denn du warst von Anfang an dabei, und ich weiß, dass du mich niemals verraten wirst. Du bist die Einzige, die ich in diesem wichtigsten Kampf meines Lebens unbedingt an meiner Seite wissen muss.«

Myras Kehle schnürte sich zu, und Tränen stiegen ihr in die Augen. Vor Jahren hatte sie zuletzt geweint, und damals hatte sie sich geschworen, sich nie wieder eine solche Schwäche zu erlauben.

Doch die Last ihrer Entscheidung war zu schwer, zu endgültig. Dazu noch Acrabs Nähe. Es war zu viel. So richtete sie sich auf und umarmte ihn, legte den Kopf an seine Brust, wie sie es als Kind getan hatte, und atmete seinen Geruch tief, tief ein, um sich für immer daran zu erinnern.

»Verzeih mir«, murmelte sie.

Ungelenk wie immer umfassten seine Arme ihre Schultern. Ebenso wie sie mochte Acrab körperliche Nähe nicht sonderlich.

»Ist schon gut. Das geht gleich vorüber. Du hast vielleicht ein wenig Angst, weil wir demnächst etwas wirklich Gewaltiges vollbringen«, sagte er. »Zum Teufel, manchmal kommt die Sache sogar mir zu groß vor.« Er lachte. »Aber wir schaffen es.« Er löste sich aus ihren Armen und schaute sie an. »Und wenn du zurück bist, gehörst du ganz mir.«

Sie nickte, und dieses Mal meinte sie es ernst.

Plötzlich streckte Acrab noch einmal die Hand aus und fing eine Träne aus ihrem Augenwinkel auf.

Myra trat von ihm weg. Dies war ihr Abschied.

Während draußen der Schneesturm heulte, feierten sie. In dem großen Zelt, in dem sie sonst ihr Essen fassten, floss der Kylirash in Strömen. Einer zupfte auf seiner Songvarish herum, einem Saiteninstrument, das von den asgarischen Bänkelsängern gespielt wurde, und die Soldaten sangen und tanzten. Sie wappneten sich gegen den Winter und gegen den Tod.

Unter den Anwesenden waren auch einige von denen, die neu zum Heer gestoßen waren. Sie sahen verwirrt aus und hielten sich am Rand. Myra ahnte, was ihnen durch den Kopf ging: *Ist es wirklich angebracht zu feiern. Sollte ich nicht lieber meinen Dolch ziehen und ein paar dieser Eindringlinge töten? Oder ihn gegen mich selbst richten, weil ich meinen Stamm verraten habe?*

Im Zelt allerdings saß man im Warmen, während sich draußen die Eishölle endlos ausbreitete. Auch radikale Gefühle waren letzten Endes nie so stark wie der Selbsterhaltungstrieb.

»Du bist zu ernst für diesen Abend«, riss eine Stimme sie aus ihren Gedanken.

Myra fuhr herum. Es war Gotín, mit einem Becher Kylirash in der Hand. Sein langes Haar trug er im Nacken zusammengebunden, und seine Augen, wie bei allen Asgarern blau und pupillenlos, glänzten vom Alkohol. Sein Atem stank dermaßen nach Kylirash, dass ihr fast übel wurde. Er war ein typischer junger Asgarer, groß und stattlich, mit schneeweißer Haut und markanten Gesichtszügen. Die asgarischen Frauen fanden ihn unwiderstehlich. Zudem war er ein sehr guter Krieger.

Myra antwortete nicht.

»Geh schon. Ich weiß doch, dass du es kaum aushältst und unbedingt mit ihm tanzen möchtest«, neckte Gotín sie und trat unangenehm nah an sie heran. Er deutete auf Acrab.

Dieser stand mitten im Trubel, den Becher fest in der Hand – der wievielte mochte es sein? – und sang aus voller Kehle. Normalerweise war er ruhig und nachdenklich. Nicht zuletzt war es sein kühler Verstand, der ihn so weit gebracht hatte. Hin und wieder aber wollte auch er alles vergessen und sich gehenlassen. Er selbst behauptete, dass er damit seine Männer noch enger an sich binden würde. Er wollte ihnen zeigen, dass er einer von ihnen war, einer, der mit ihnen trank und vorn in der Schlacht mit ihnen kämpfte.

Myra hatte da ihre Zweifel.

»Komm, geh schon«, lallte Gotín, »zeig doch einmal, dass du eine Frau bist … falls das überhaupt stimmt.«

Er streckte eine Hand zu ihr aus. Sofort zog Myra ihr Walud und hielt es ihm so dicht an den Hals, dass sich die Haut von der Hitze rötete.

»Fass mich nicht an«, zischte sie.

Gotín hob beide Hände und lachte. »Du fängst zu leicht Feuer.« Er spuckte auf den Boden aus. »Halbblut!« Dann kippte er den Rest Kylirash hinunter, gesellte sich zu Acrab und stimmte aus vollem Hals in den Gesang mit ein.

Myra rührte sich nicht. Ihr war, als sei sie bereits meilenweit von diesem Lager entfernt, und habe Acrab schon verloren.

»Gib nichts drauf«, hörte sie eine andere Stimme neben sich. Brennar.

Myra blickte den alten, weisen Mann an. Er war der älteste Krieger in ihrem Heer, trug einen langen weißen Bart und war Asgarer. Er hatte sich als einer der Ersten Acrabs Überlegenheit gebeugt und es ohne Blutvergießen getan. Er hatte sich mit diesem Eroberer unterhalten, hatte seine Fähigkeiten erkannt und ihm, als kluges Stammesoberhaupt, Gehorsam geleistet. Der alte Mann war praktisch der Einzige in Acrabs Heer, mit dem Myra ein wenig befreundet war. Manchmal tranken sie zusammen, meistens schweigend, und spürten, dass etwas Tieferes sie verband. Myra war überzeugt, dass sie Brennar in gewisser Weise seine Tochter Asen ersetzte, die er bei einem Überfall verloren hatte, als sie noch sehr jung gewesen war. Jedenfalls fühlte sie sich bei ihm sicher und von ihm akzeptiert.

»Kümmere dich nicht um ihn. Das sind seine üblichen Spielchen«, sagte Brennar, wobei er mit dem Kinn auf Gotín deutete. »Der kann nicht anders. Weil er weiß, dass du besser bist als er.«

Myra erwiderte nichts, und eine Weile schwiegen sie.

»Du denkst immer noch daran, nicht wahr?«, sagte Brennar schließlich.

Myra nickte. »Ja, sicher, ich mache mir so meine Gedanken.«

»Und alles nur seinetwegen.« Brennar zeigte auf einen Mann mit sehr dunkler Haut, der mit den anderen sang und tanzte. Er war wie die anderen gekleidet, trug allerdings an der Seite zwei Waluds, so wie Myra, nur dass seine aus gewöhnlichem Metall waren. Er war Biaswade. Mehr noch: ein *Rewadir*-Krieger.

Myra zuckte mit den Achseln. »Ja, aber ich habe damit abgeschlossen.«

Brennar schaute sie an. »Das ist gut. Denn weißt du, ich habe auch lange auf Rache gesonnen. Irgendwann habe ich sogar meinen Stamm verlassen und Jagd auf Asens Mörder gemacht. Ich war wie von Sinnen.« Er hielt inne. Offensichtlich schmerzte es ihn immer noch, davon zu erzählen. »Schließlich fand und tötete ich ihn. Und soll ich dir sagen, was danach passiert ist? Meine Tochter war immer noch tot, und ich kam immer noch nicht damit zurecht. Mit anderen Worten: Es war alles wie zuvor.«

»Wie gesagt, ich habe mich damit abgefunden.«

Brennar seufzte. »Ich mag dich, Myra, und hoffe wirklich, dass das stimmt. Denn dieser Weg führt nur in einen tiefen Abgrund.«

Diesen Abgrund kenne ich schon seit zehn Jahren, dachte sie. »Ich gehe besser schlafen, ich bin müde.«

»Dann gute Nacht.«

Während sie sich zurechtmachte, um in den Sturm hinauszutreten, warf sie einen letzten Blick auf Jamled. Er tanzte und sang, als wenn nichts wäre. So als hätte er ihr Leben nicht zugrunde gerichtet, durch ihre Begegnung.

3

Drei Wochen zuvor

Myra hatte ihn sofort als Biaswaden erkannt. Aber das war auch nicht schwer. Ihre ebenholzdunkle Haut machte die Biaswaden unverwechselbar. Seit Ewigkeiten hatte sie keinen Bewohner ihrer Heimat mehr gesehen, und so hatte die Begegnung sie in helle Aufregung versetzt.

Sie erinnerte sich an Biaswad: Gab es dort noch diese angenehmen warmen Sommer? Und traten die Flüsse noch regelmäßig über die Ufer und sorgten für die Fruchtbarkeit der Felder? Was war von ihrem Zuhause wohl noch übrig?

Dann hatte sie sich auf diesen Mann besonnen.

Hin und wieder kam es vor, dass sich Söldner ihrem Heer anschlossen. Eigentlich aber hatten sich Acrabs Unternehmungen im Dominium noch nicht herumgesprochen, ein Umstand, für den er selbst sorgte, weil er den Überraschungseffekt nutzen wollte, wenn er zur großen Eroberung ansetzte. Doch im Nachbarland Ostar hatte man bereits von Acrab gehört. Und von dort legte immer mal wieder einer den langen Weg durch Schnee und Eis zurück, um diesen Mann zu treffen, von dem man sich so wunderbare und entsetzliche Dinge erzählte.

Zu diesen Männern zählte auch Jamled.

An einem Abend setzte sich Myra bei einer gemeinsamen Mahlzeit wie zufällig neben ihn.

Eine Zeitlang aßen sie schweigend, bevor sie schließlich den Mut fand und ihn ansprach.

»Du kommst aus Biaswad, nicht wahr?«, sagte sie.

Jamled schaute sie erstaunt an.

Myra wusste, wie ihre raue, geschundene Stimme wirkte. Sie passte nicht zu ihrem Mädchengesicht und ihrem zierlichen Körper, war aber das, was mehr als alles für sie stand. Sie war das hörbare Zeichen ihrer inneren Verwundung, einer Wunde, die nichts und niemand heilen konnte.

Jamled nickte.

»Es ist nur, weil ich auch in Biaswad zur Welt gekommen bin.«

Jamled kicherte. »Kann nicht sein.«

»Doch. Und ob das sein kann«, antwortete sie ernst. »Ich bin die Tochter einer Sklavin.«

»Und eines Blutmagiers würde ich sagen.«

»Mag sein.«

»Ich hätte nicht gedacht, dass in Biaswad noch weitere solcher Mädchen geboren wurden. Normalerweise werden schwangere Sklavinnen zur Abtreibung gezwungen.«

Myra spürte einen Stich in der Brust. »Wieso? Wen meinst du denn mit ›weiteren‹?«

Jamled blickte spöttisch, so als habe er es mit einer Begriffsstutzigen zu tun. »Du müsstest in dem Alter sein, um die Geschichte zu kennen. Damals war die Sache in aller Munde. Sie war ein kleines Mädchen, das zwar keine Haare hatte, aber doch zu blass war, um eine Thyrren zu sein. Es hieß, sie sei zur Hälfte Albonitin, aber mit Sicherheit sagen konnte das niemand. Sie war Fadis Tochter.«

Dieser Name riss Myra aus der Gegenwart und schleuderte sie zurück in eine ferne Vergangenheit, dass sie sich manchmal fragte, ob es sie überhaupt gegeben hatte.

Ihr Geburtstag, das Gewecktwerden mit den süßen Leckereien, die wunderschöne Tätowierung, mit der Tallia ihre Kopfhaut verschönt, das Prinzessinnengewand, das ihr Vater ihr schenkt.

»Was ist mit dir?«, fragte Jamled.

Myra schaute ihn verwirrt an.

»Du bist das? Das glaub ich ja nicht! Sie haben doch damals überall nach dir gesucht?!«

Myra versuchte, sich zu fassen. »Was ist nach Fadis Ermordung geschehen?«

»Man hat ihn mit allen Ehren zu Grabe getragen, und nach dir hat man gesucht. Weil man nirgendwo deine Leiche fand, hofften alle, dass dir die Flucht gelungen war. Außerdem war einer der Täter tot.«

»Wer hat die Bestattung ausgerichtet?«

»Die Munaks, wer sonst?«

Myra war sprachlos.

»Wundert dich das? Soweit ich weiß, hatten sie doch Fadi das Stück Land überlassen, ganz zu schweigen davon, dass das Familienoberhaupt in seiner Schuld stand …«

»Aber Noorjeb war tot.«

»Und wenn schon. Niemand hatte vergessen, dass Fadi einmal sein Leben aufs Spiel gesetzt und ihn gerettet hatte.«

In Myras Kopf drehte sich alles. Die Munaks waren es, *sie* waren es, die ihren Vater getötet hatten. Es konnte nicht anders sein.

Nachdem das alles geschehen war, hatte sie lange darüber nachgegrübelt. Und später hatte Acrab Nachforschungen angestellt, und danach konnte es keinen Zweifel daran geben, dass die Munaks hinter dem Verbrechen steckten. Warum hatten sie dann aber …?

»So viel ich gehört habe, haben sie sich nach Fadis Tod nicht einmal sein Land zurückgeholt. Seine Felder sollen immer noch verlassen daliegen. Als eine Art von Respekt: Vor Ajel hatten sie geschworen, dass es sein Land war, und seines sollte es bleiben, für immer.«

Myra wusste nicht, was sie darauf antworten sollte. Genau erinnerte sie sich noch an die Worte, die ihr Vater seinem Mörder zugerufen hatte. »Ich geb sie nicht her. Niemals. Sie gehört mir.«

Sie war immer davon ausgegangen, dass er von ihrer Parzelle gesprochen hatte, jenem Stück Land, das ihm Noorjeb, das kluge Familienoberhaupt, vermacht hatte, und dass seine habsüchtigen, heimtückischen Nachfahren es wieder an sich reißen wollten und ihren Vater deshalb getötet hatten.

»Als am Morgen nach dem Überfall«, fuhr Jamled fort, »der Rauch der Feuersbrunst viele Meilen weit zu sehen war, haben die Munaks ein paar Leute losgeschickt, um nachzuschauen, was los war. Zwei Tage haben sie gebraucht, um alle Brandherde zu löschen. Und nach den Trauerfeierlichkeiten sollen sie Fadi und diese tote Sklavin in derselben Grabstelle beigesetzt haben, in der ihre eigenen Vorfahren ruhen. Es war das erste Mal, dass einer Thyrren und einem früheren Söldner eine solche Ehre zuteilwurde.«

Myra nahm die Hände vors Gesicht. Alles schien zu zerfallen, und die Wirklichkeit zerrann wie die Farbe eines Gemäldes, unter dem sich noch ein anderes Bild verbarg. Nichts, was dieser Mann erzählte, passte zu dem, was sie wusste. Oder zu wissen glaubte. »Das kann nicht stimmen.«

»Jedenfalls haben sich die Munaks sehr anständig verhalten …«

»Nein«, unterbrach sie ihn, »sie wollten sich das Land zurückholen.«

»Aber wozu? Es ist kaum größer als ein Taschentuch, und liegt zudem bei den Sümpfen. Warum sollte ihnen so daran gelegen sein?«

»Aber wieso musste mein Vater dann sterben?«

Jamled zuckte mit den Achseln. »Das wissen nur seine Mörder.«

Myra starrte ihn an, sah ihn aber nicht. Plötzlich verlor alles seinen Sinn. Warum war ihr Leben zerbrochen? Warum waren damals die sechs Fremden aufgetaucht und hatten Tallia und ihren Vater getötet?

Sie hatte geglaubt, die Antwort zu kennen, aber jetzt schien alles falsch zu sein.

Seit jenem Gespräch mit Jamled ließen ihr die Zweifel keine Ruhe mehr. Und wenn die Munaks wirklich nicht dahintersteckten? Wenn völlig Unbekannte die Täter gewesen waren?

Diese Überlegung wurde zu einem fixen Gedanken, der sie zerriss: Ein Teil von ihr agierte weiterhin als Acrabs rechte Hand, der andere aber war im Geist mehr und mehr in Biaswad. Und deswegen hatte sie Acrab aufgesucht.

Sie hatte ihn in seiner Hütte, an seinem Schreibtisch sitzend, vorgefunden. Er war dermaßen versunken in den Entwurf neuer Waffen, dass er sie zunächst nicht hörte und fieberhaft weiterzeichnete.

Myra kannte diesen Eifer von ihm sehr gut, und so sah sie ihm zunächst bei der Arbeit zu, was ihr, seit sie sich kannten, Freude machte.

Nach einer Weile hob Acrab den Kopf und sah sie verwundert an. »Seit wann bist du hier?«

Sie lächelte. »Ach, schon länger.«

»Und warum hast du nichts gesagt?«

»Ich wollte dich nicht stören.«

»Aber du störst mich doch nie«, sagte er und klopfte sich mit dem Zeigefinger gegen den Kopf, »außerdem ist das hier eine fantastische Maschine. Auch wenn man sie mal anhält, kommt sie sofort wieder in Gang.« Er lehnte sich auf seinem Stuhl zurück und schaute sie an. »Was willst du?«

Myra zögerte. Sie hatte furchtbare Tage hinter sich, war von Erinnerungen und Ängsten gequält worden, und wenn sie nun davon erzählte, würde alles wieder hochkommen. Doch wenn es jemanden gab, der sie verstand, dann Acrab.

Und so erzählte sie ihm alles.

Er saß wie üblich reglos da und hörte zu. In seinem Gesicht zeichnete sich keinerlei Regung ab.

Aber Myra wusste, dass sein Verstand pausenlos arbeitete.

Als sie endete, schaute sie ihn an. Sicherlich würde Acrab etwas sagen, das alle Zweifel beseitigte und ihrer Qual ein Ende machte. So kannte sie ihn.

»Ich habe nicht den Eindruck, dass du etwas grundlegend Neues erfahren hast«, sagte er.

»Aber die Munaks haben sich unser Land gar nicht zurückgeholt.«

»Und wenn schon?«

Myra verstand nicht. »Wenn sie wirklich Fadi deswegen umgebracht haben, warum haben sie es sich dann nicht wieder angeeignet? Und warum haben sie nach mir suchen lassen?«

Acrab deutete ein Lächeln an. »Das gefällt mir so an dir, Myra. Nach so langer Zeit, nach all dem, was du gesehen hast und erleben musstest, hast du dir doch etwas Unverdorbenes bewahrt.« Er lehnte sich vor und stützte sich mit den Ellbogen auf dem Schreibtisch ab. »Das war eine Machtdemonstration, weiter nichts. Natürlich hatten die Munaks kein Interesse an eurem Land. Es war wenig und kaum etwas wert. Was sollten sie damit? Nein, es ging nicht um das Land, sondern ums Prinzip, nämlich darum, dass man es deinem Vater überlassen hatte. Das hat Jamled ja selbst gesagt. Fadi war ein ehemaliger Söldner, der plötzlich am Tisch der Reichen, der Großgrundbesitzer, Platz nehmen konnte, ein Niemand, dem einer der mächtigsten Männer Biaswads ein Haus und ein Grundstück geschenkt hatte, in einer Gegend, in der jeder Zoll Gold wert ist. Das war es, was die Munaks nicht ertragen konnten. Die Großgrundbesitzer bilden eine Kaste, Myra, und für diese Leute zählt Macht mehr als alles andere. Fadi hat an ihrer Machtposition gerüttelt. Denn seine Existenz bewies, dass auch Menschen, die von ganz unten kommen, etwas erreichen und ein ordentliches Leben führen können. Und das ist gefährlich für sie.«

Myra antwortete nicht und dachte nach. Schließlich sagte sie: »Und warum haben sie dann nach mir gesucht?«

Acrab zuckte mit den Achseln. »Um sich ein Alibi zu verschaffen? Um dich eigenhändig umzubringen? Wer weiß?«

Nun schaute Myra ihn eindringlich an. Diese Reaktion hätte sie nicht erwartet. Sie hatte geglaubt, dass die Dinge, die sie von Jamled erfahren hatte, auch Acrab beunruhigen müssten. Aber der schien dem keine Bedeutung beizumessen. »Glaubst du, dass du damals, als du selbst der Sache nachgegangen bist …«, sie zögerte einen Moment, »… wirklich die Wahrheit herausgefunden hast?«

Acrab stand auf. Seine Miene war ernst, als er um den Schreibtisch herumging und sich vor ihr aufbaute. »Du fragst mich, ob ich dich angelogen habe?«

»Nein, ich …«

»Vertraust du mir?«

»Ja, gewiss«, antwortete sie rasch, »du bist alles für mich, ich habe geschworen, dir überall hin zu folgen, ich …«

Acrab unterbrach sie, indem er ihr die Hände auf die Schultern legte. »Ich weiß, ich weiß doch«, sagte er. »Aber du bist meine rechte Hand, und das Vertrauen zwischen uns muss vollkommen sein.«

»Das ist es auch«, erwiderte sie.

Acrab musterte sie. Dann ging er zum Kamin, legte Holz nach und stand schweigend da. »Myra, das ist alles zehn Jahre her«, sagte er schließlich. »Derjenige, der den Mord an deinem Vater in Auftrag gegeben hat, ist tot. So wie du es wolltest.«

Sie wollte eigentlich nicht antworten, schaffte es aber nicht. »Und wenn er gar nicht verantwortlich war? Einige der Mörder leben noch, und …«

»Und du wirst sie niemals finden. Es ist zu viel Zeit vergangen, die werden auch tot sein. Das ist Vergangenheit, und du musst die Vergangenheit ruhen lassen, sonst wird sie dich noch zerstören.« Acrab sprach voller Inbrunst. »Ich habe erlebt, wie genau so etwas auch bei anderen geschah. Auch ich bin einst Gefahr gelaufen, mich von der Vergangenheit fesseln zu lassen, und ich werde nicht zulassen, dass du in diese Falle gehst.« Es kam selten vor, dass Acrab auf sein Leben, bevor sie sich kennengelernt hatten, anspielte. Myra wusste fast nichts davon. Dass er es tat, bewies, dass er außer sich war. »Was dich da umtreibt, ist wie ein Wahn, und wenn du ihn nährst, wird er dich verschlingen. Ich verstehe, wie du dich fühlst, ich weiß, dass dich die Ermordung deines Vaters schwer gezeichnet hat und dass dir dadurch etwas für immer genommen wurde. Aber du musst nach vorne blicken.«

Was sollte sie antworten? Myra hatte sich dieses Gespräch so vollkommen anders vorgestellt.

»Du hast alles getan, was du tun konntest. Jetzt lass es hinter dir.«

Myra rührte sich nicht. Dann, ganz langsam, nickte sie. »In Ordnung«, sagte sie, »in Ordnung.«

Acrab schien zufrieden. »Das Kapitel ist abgeschlossen, du hast es selbst abgeschlossen, erinnerst du dich?«

»Ja, mit deiner Hilfe.« Sie lächelte schwach.

»Genau«, sagte Acrab und sah sie eindringlich an.

Es blieb nichts mehr hinzuzufügen, Myra ließ ihn allein, und während sie die Schwelle überschritt, glaubte sie einen Moment lang tatsächlich, dass sie aufhören würde, daran zu denken. Dass Acrab also recht hatte. Aber sie brauchte draußen nur die eiskalte Luft einzuatmen und wusste, dass ihr dies niemals gelingen würde.

Die folgenden Tage wurden für Myra immer verwirrender. Das Gespräch mit Acrab hatte sie nicht weitergebracht. Zum ersten Mal, seit sie sich kannten, schien er sie nicht zu verstehen. In all ihren gemeinsamen Jahren hatte er immer die richtigen Worte für sie gefunden, so als könne er in ihrer Seele lesen. Doch als sie ihm nun das Wichtigste überhaupt anvertraute, spielte er die Sache herunter und legte ihr ans Herz, einfach nicht daran zu denken.

Doch alles, was sie heute war, hatte damals in der einen Nacht begonnen, als ihr Vater ermordet wurde. Das hätte Acrab wissen müssen.

Und so fand sich Myra einige Abende später vor Jamleds Zelt ein.

»Hallo, Fadis Tochter«, sagte er, als sie vor ihm stand. »Hast du mal wieder Lust, über die alte Heimat zu reden?«

»Weißt du noch mehr über Fadis Tod?«, fragte sie, ohne Vorrede.

»Denkst du immer noch daran?«

»Antworte.«

Jamled streckte sich träge auf seiner Pritsche aus, verschränkte die Hände im Nacken und tat so, als denke er nach, antwortete aber nicht.

Myra trat einen Schritt auf ihn zu, zog ihre Waffe und setzte ihm die Klingenspitze auf die Brust. »Ich meine es ernst.«

Jamled erbleichte. »Nein, mehr weiß ich nicht. Ich habe von deiner Geschichte doch auch nur gehört, weil man in Biaswad so viel darüber geredet hat. Aber …«

»Was, aber?«

»Ach, nichts, hab keine Ahnung, ob das von Bedeutung sein könnte …«

»Sprich!«, zischte Myra ihn an.

»Auf dem Weg hierher habe ich in Ostar einen alten Kameraden getroffen. Er hat sich aus dem Soldatenleben zurückgezogen und betreibt jetzt eine Mühle, aber früher haben wir zusammen gedient. Und zwar als Leibwache für einen eigentlich unbedeutenden Grundbesitzer. Dieser Kamerad übernahm aber immer mal wieder Sonderaufträge. Als wir uns wiedertrafen, haben wir was getrunken, haben geschwatzt, und er wurde immer gesprächiger. Er verriet mir, er habe seine Waffen an den Nagel gehängt, weil er es satt hatte, Dinge tun zu müssen, die ihm widerstrebten.«

»So ergeht es vielen«, sagte Myra kühl. Manchmal hatte sie selbst schon daran gedacht.

»Mag sein. Aber dieser Kamerad schien wirklich verstört. Er sagte mir, dass er wegen seinem letzten Auftrag keinen Frieden findet und deswegen sein Söldnerleben aufgegeben hat. Und zwar musste er einen Mann töten, und dessen kleine Tochter hat es mit angesehen, und den Schrei, den dieses Mädchen damals ausgestoßen hat, hat er nie mehr vergessen.«

So eine Geschichte hätte sich überall zugetragen haben können, mit so vagen Angaben, dass sie in unzählige unterschiedliche Zusammenhänge passte. Doch Myra *spürte*, dass sie dieses Mädchen war. Unwillkürlich griff sie sich an den Hals.

»Er hat noch gesagt, dass es ihm wenigstens erspart geblieben ist, auch das Mädchen zu töten, weil sie den klaren Befehl hatten, die Kleine am Leben zu lassen.«

Myra wankte. *Ja, dieses Mädchen war sie.* »Wie heißt dein Kamerad?«

»Warum willst du das wissen?«

»Wie heißt er?«, brüllte Myra.

Jamled zuckte zusammen. »Haggen. Er wohnt in Ostar, mitten in der Stadt.«

Myra steckte die Klinge zurück und verließ Jamleds Zelt ohne ein weiteres Wort. Nach wenigen Schritten sank sie in den Schnee und blieb auf allen Vieren reglos hocken, während sie langsam das Gefühl in den Händen verlor und die Kälte ihr Fleisch zu Eis gefror. Aber sie brauchte diesen Schmerz, denn sie war im Begriff, sich völlig zu verlieren.

Diese unbeantworteten Fragen würden ihr niemals Ruhe lassen. Und auch, dass sie allein war. Zu Acrab konnte sie nicht zurück, untätig bleiben auch nicht. In ihrem Leben gab es einen blinden Fleck, einen Abgrund, den sie in den zurückliegenden Jahren zu überbrücken geglaubt hatte. Aber er öffnete sich immer noch vor ihr.

An jenem Abend, als sie im Schnee kniete, hatte sie den Entschluss gefasst. Obwohl das bedeutete, dass sie Acrab an der Schwelle zu seinem lange geplanten Eroberungsfeldzug verlassen würde.

Sie musste sich auf den Weg machen, sie hatte keine andere Wahl. Sie musste die Wahrheit herausfinden.

4

Anderen Orts, ein Jahr zuvor

In tiefer Nacht betrat Graffias die Zelle, bekleidet mit einem weiten Winterumhang, die tief heruntergezogene Kapuze verbarg sein Gesicht vollkommen.

Er hatte die Zellentür allein geöffnet, und allein schloss er sie leise hinter sich. Dabei hörte er, wie sich der Gefangene hinter ihm bewegte. Mit der Fackel in Händen drehte er sich um, und der Mann hielt sich eine Hand vor das Gesicht.

Die Dunkelheit dort unten war fast vollkommen. Der Gestank von Schweiß, Exkrementen und Angst packte Graffias an der Kehle und rief ihm Dinge ins Gedächtnis, die er eigentlich hatte vergessen wollen. Er streckte die Fackel vor. Der Gefangene lag in einer Ecke am Boden. Er trug noch die blut- und schlammbesudelten Kleider, in denen man ihn gefangengenommen hatte. Eine klaffende Wunde an seiner Wade war notdürftig mit einem schmutzigen Verband versorgt worden.

Graffias steckte die Fackel in einen Ring an der Wand und beugte sich zu dem Gefangenen hinab, der endlich sein Gesicht zu ihm drehte. Er hatte sich sehr verändert, hatte sich einen Bart wachsen lassen, wie es im Land Metalien Brauch war. Seine Haare waren ein schwärzlicher Klumpen, der sein blasses, ausgezehrtes Gesicht umrahmte. Offenbar hatte er in den zurückliegenden Jahren einiges entbehren müssen. Doch er war es. Seine leuchtenden tiefgrünen Augen waren unverwechselbar, und aufmerksam erforschten sie, wer der Mann unter der Kapuze wohl war, der ihn in der Zelle aufsuchte.

»Du …«, sagte er gedehnt. »Was verschafft mir die Ehre?«

Er brauchte das Gesicht also nicht mehr verbergen. Graffias schlug die Kapuze zurück und richtete sich auf. »Die interessantere Frage ist, was *du* hier machst?«

Der Gefangene zuckte mit den Schultern. »Ich versuche zu überleben. Haben wir das nicht immer getan?«, antwortete er und sah den Besucher eindringlich an.

»Ich habe mit diesem Kapitel abgeschlossen.« Graffias Tonfall war kühl.

»Das sehe ich«, bemerkte der Gefangene. »Und doch habe ich dich sofort erkannt. Man macht nicht durch, was wir durchgemacht haben, ohne dass es Spuren hinterlässt … Es ist wie ein Zeichen, das an dir haftet. Und an ihr.«

Graffias presste die Lippen zusammen. Er musste Ruhe bewahren. Ruhe war immer schon das Geheimnis seines Erfolgs: sein kühler Verstand, mit dem er alle anderen überragte, seine Vernunft, die weder Moral noch Gnade kannte. Auf diese Weise hatte er die entscheidenden Fäden im Dominium in die Hand bekommen.

»Warum bist du hergekommen?«

»Reiner Zufall«, sagte der Gefangene. »Ich kämpfe da, wo man mich am besten bezahlt. Früher hast du das auch gemacht.«

»Nein, habe ich *nicht*.«

Der Gefangene lachte. »Erzähle mir nicht, du hättest schon mal Skrupel gehabt. Dir war doch kein Auftrag dreckig genug, und es hat dir Freude gemacht, ihn auszuführen. Du bist ein Schlächter, genau wie ich.«

Dieses Mal war es Graffias, der sich ein schiefes Grinsen erlaubte. »Das war schon immer dein Problem, Oppias: Du kannst Personen einfach nicht richtig einschätzen.«

»Vielleicht hast du recht. Aber so bin ich nun mal. Ein Söldner. Einen solchen Aufstieg wie du habe ich nicht erlebt.«

Graffias schaute Oppias lange an. Die gemeinsam verbrachten Jahre schienen weit, weit entfernt. Doch er hatte einen Fehler gemacht. Er hatte nicht bedacht, dass diese Vergangenheit sich zurückmelden und ihre Rechte einfordern könnte. Das ärgerte ihn, denn bis zu diesem Zeitpunkt war er unfehlbar gewesen. *Warum ist mir dieser Fehler unterlaufen. Ausgerechnet in dieser Sache?*, fragte er sich.

»Das heißt aber nicht, dass ich eine günstige Gelegenheit nicht zu nutzen wüsste«, fuhr Oppias mit einem angedeuteten Lächeln fort.

»Von welcher Gelegenheit sprichst du?«

»Von dieser hier. Dass wir beide jetzt zusammen sind.«

»Unsere Wege haben sich schon vor langer Zeit getrennt.«

»Mag sein. Aber unsere Taten wurden dadurch nicht ungeschehen. Wie viele Leute wissen, wer du wirklich bist?«

»Alle«, antwortete Graffias, bemüht gleichgültig.

»Tatsächlich? Sie kennen deinen richtigen Namen und wissen, woher du kommst und was du früher getan hast?« Oppias' Augen blitzten triumphierend. »Ich *weiß*, wer du bist, Graffias. Und wenn ich die Fakten zusammenfüge, kann ich mir auch ausmalen, was du hier tust. Du meinst, ich kann andere Menschen nicht richtig einschätzen. Da irrst du dich: Ich weiß, wie ehrgeizig du bist und welche Wut in dir kocht. Ich habe es erlebt, als wir noch zusammengearbeitet haben, und so ist es auch heute noch.«

Nun zuckte Graffias mit den Achseln. »Und wenn schon. Das wissen alle.«

»Nicht alle. Ich kenne mindestens eine Person, die es nicht weiß.« Oppias grinste. »Und ich weiß, dass diese Person brennend an der Wahrheit interessiert ist.«

»Willst du mir drohen?«, fragte Graffias. Langsam bewegte sich das Gespräch in die Richtung, die er sich vorgestellt hatte.

Oppias grinste immer noch. »Ich? Wie kommst du denn darauf? Nein, wir sind doch alte Kameraden und unterhalten uns einfach nur ein wenig über die vergangenen Zeiten.«

»Spuck's endlich aus: Was willst du?«

Das dreiste Grinsen wich aus Oppias' Miene, und er wurde ernst. Er richtete sich auf und brachte sein Gesicht nah an das von Graffias. Sein Atem roch nach Blut. »Als erstes will ich hier raus. Ich habe nichts getan, und es gibt keinen Grund, mich einzusperren. Und dann will ich meinen Anteil von der Beute.«

»Von welcher Beute?«

»Ich spreche von dem Geld, das du in den Jahren zusammengerafft hast. Nur mit viel Geld gelangt man dorthin, wo du jetzt bist. Und du wirst noch mehr brauchen, um noch weiterzukommen. Das Problem ist, dass du alles willst. Stimmt's? Das hast du selbst gesagt, damals, als du mich anwarbst. ›Ich brauche Geld, viel Geld, um mit dieser lausigen Arbeit aufhören und eine Gladiatorenschule aufbauen zu können: Ich habe in meinem Leben genug gearbeitet, jetzt will ich es endlich genießen.‹«

Graffias trat einen Schritt zurück und wandte den Blick ab. Er tat, als fügte er sich. »Gut, du hast gewonnen«, sagte er. »Ich gebe dir, was du verlangst.«

Oppias schien zu Kräften zu kommen. Sicherheit durchzog seinen Körper. Er streckte dem alten Waffenbruder eine Hand entgegen, um die geschlossene Vereinbarung zu besiegeln. Einen Moment zögerte Graffias und schaute ihn an.

Dann griff er zu.

Er packte Oppias' ausgestreckte Hand, zerrte ihn zu sich und schlang ihm einen Arm um den Hals. Doch der Gefangene fasste sich und zog mit der freien Hand ein Messer aus dem Stiefel hervor, das er offenbar vor den Wächtern hatte verbergen können.

Doch bevor er zustechen konnte, drückte Graffias ihn an eine Wand und schlug seinen Arm mehrmals dagegen. Oppias ließ das Messer fallen. Graffias presste ihm immer fester die Kehle zu und zischte ihm ins Ohr: »Glaubst du wirklich, nach allem, was ich getan habe, dass ich mir von jemandem wie dir Steine in den Weg legen lasse?«

Der alte Kamerad wand und zappelte in Graffias Griff. Doch sein eiserner Wille verlieh ihm genügend Kräfte. Graffias hatte einen Plan, und den musste er vollenden, koste es, was es wolle. Diesem Plan hatte er bereits alles geopfert. Auf einen Toten mehr oder weniger kam es nicht an.

Er verstärkte den Griff um Oppias' Hals.

»Niemand kann mich aufhalten. Niemand!«

Und mit einem letzten Ruck brach Graffias ihm das Genick.

Oppias sank zu Boden. Graffias betrachtete ihn einen Moment und spuckte dann auf die Leiche – und die Bedrohung, die dieser Mann für ihn bedeutet hatte. Dann richtete er den Tatort her: Aus dem Hemd des Toten knüpfte er eine Schlinge am Türsturz, ließ dessen Körper leblos darin baumeln.

Er hob den Dolch vom Boden auf und steckte ihn unter seinen Umhang. Das musste genügen. Unbemerkt würde er hinausgelangen, dank seiner Fähigkeit, mit den Schatten zu verschmelzen, wie er es in einem Kloster, in einem anderen Leben, gelernt hatte.

Auf der Schwelle, auf dem Weg hinaus, blickte er noch einmal in die erstarrten Augen des toten Oppias, und deren erloschener Blick erinnerte ihn an andere Augen, die er einmal gesehen hatte. Sie waren ebenso leer gewesen, hatten aber im Schein einer Feuersbrunst geglänzt. Es gab weitere Menschen, die Jahre zuvor dieselben Augen gesehen hatten.

Sie waren ein Problem, und das musste er lösen.

Er stellte Nachforschungen an, und nicht einmal einen Monat später fand er sich in einer Taverne in der Stadt Ostar ein.

An dem eiskalten Abend in einem tristen Sommer herrschte in der Wirtsstube der übliche Trubel. An den Tischen hockten betrunkene Soldaten und alle möglichen Händler, die lallend über ihre Geschäfte debattierten. Es war eine verrufene Spelunke, und Graffias hatte sie mit Bedacht gewählt: Dort würde ihn mit Sicherheit niemand kennen.

Das Gesicht wie immer unter einer Kapuze verborgen, saß er vor einem großen Krug gewürzten Bieres, von dem er in kleinen Schlucken trank. Er wartete. Ein breiter Kamin verströmte Wärme, während draußen die Schneeflocken durch die Luft wirbelten.

Er musste sich nicht lange gedulden. Der Mann, den er treffen wollte, trat über die Schwelle, schaute sich um und erkannte ihn. Zwischen den Tischen bewegte er sich auf ihn zu und nahm ihm gegenüber Platz. Die Bank knarzte, als er sich setzte.

Der Mann war ein Riese.

Das schwarze Wams mit den ledernen Schulterschützern spannte sich über dem mächtigen Oberkörper. Auch die Hose war schwarz. Der Mann maß sicher mehr als vier Ellen. An seinem Stiernacken traten die Adern so kräftig hervor, als wollten sie platzen, sein kahler Schädel glänzte, und seine groben Gesichtszüge deuteten darauf hin, dass er in seinem Leben einiges eingesteckt hatte: Seine platte Nase war mit Sicherheit mehrmals gebrochen, und um die Lippen herum waren zahlreiche Narben. Über seinen Schultern aber ragte, vier Handbreit hoch, ein schwarzes Heft hervor, das zu einem langen Schwert, wahrscheinlich einem Zweihänder, gehörte.

Graffias war zufrieden. Er hatte eine gute Wahl getroffen.

»Bist du Graffias?«, fragte der Mann laut.

»Sprich leiser«, zischte Graffias. Er beherrschte praktisch alle Sprachen des Dominiums, zog aber ein unauffälliges Albonitisch vor. Er durfte nicht auffallen.

»Ja oder nein?«, fragte der Mann noch einmal, wobei er mit dem Kinn auf ihn deutete.

Zur Antwort warf Graffias einen klimpernden Lederbeutel auf den Tisch.

Der Riese nickte, griff sich den Beutel und stocherte mit einem Finger darin herum, um die Münzen zu zählen. Dann verzog er das Gesicht und warf ihn auf den Tisch zurück.

Graffias erriet seine Gedanken. »Das ist nur für deine Bemühungen heute.«

»Was willst du?«

Graffias griff unter seinen Umhang und holte eine lederne Rolle mit einem Pergament hervor. »Hier findest du die Namen und Zeichnungen von zwei Männern mit einigen Angaben zu den Orten, wo sie zuletzt gesehen wurden. Ich möchte, dass du sie aufspürst und tötest.«

Der Riese zog das Pergament aus der Rolle und überflog es. »Viele Hinweise zu ihrem Aufenthalt sind das aber nicht«, sagte er dann.

»Ich weiß, es ist keine leichte Aufgabe, eben deshalb bezahle ich dich auch gut: hunderttausend Sterls.«

Der Riese zog eine Augenbraue hoch. »Da haben wir unterschiedliche Vorstellungen davon, was gut bezahlen heißt.«

»Hunderttausend sofort, wenn du den Auftrag annimmst. Dazu weitere hunderttausend für jeden Mord. Macht dreihunderttausend Sterls.«

Der Mann pfiff durch die Zähne, zögerte aber. »Das geht aber nicht von heute auf morgen.«

»Ich gebe dir ein Jahr«, unterbrach Graffias ihn. »Länger nicht.«

Nun schien der Riese richtig beeindruckt zu sein. »Wer bist du wirklich?«, fragte er. »Und warum willst du diese Männer tot sehen?«

»Das ist nicht von Bedeutung.«

Der Riese lehnte sich vor. »Hör mal, ich übernehme solche Arbeiten normalerweise nicht. Und mir ist nicht danach, mich auf solch ein Risiko einzulassen für jemanden, den ich nicht kenne …«

Wieder fiel Graffias ihm ins Wort. »Bei mir kannst du sehr gut verdienen. Ich bezahle Leute gut, die tun, was ich von ihnen verlange. Aber wer mir etwas schuldig bleibt, von dem treibe ich die Schuld gnadenlos ein. Verstanden?«

Der Riese nickte. Obwohl der Mann, der da vor ihm saß, sehr viel kleiner war als er selbst, ging etwas Bedrohliches von ihm aus, eine Kälte und schier übermenschliche Entschlossenheit. Dieser Mann würde die geleistete Arbeit bezahlen, sich aber auch fürchterlich rächen, falls nicht alles zu seiner Zufriedenheit verlief. Ein Schauer lief dem Riesen über dem Rücken, und er überlegte, ob die Sache das Risiko lohnte.

Wieder erriet Graffias seine Gedanken. »Bedenke, du wirst dir deine Wünsche erfüllen können und damit deine Freiheit erlangen.«

Der Riese schwieg eine Weile.

»Einverstanden, ich werde diese Männer für dich töten«, sagte er schließlich.

Graffias lächelte und bleckte seine Wolfszähne. »Sehr gut. Auf dem Pergament steht auch, was du von jedem dieser Männer an dich nehmen sollst, wenn du ihn getötet hast. Ich zeige dir eine Stelle, wo du die Beweise hinterlegen wirst, und innerhalb von drei Tagen werde ich dir an der gleichen Stelle das Geld zukommen lassen. Dieses Treffen wird unsere einzige Begegnung bleiben. Wir werden uns nie wiedersehen.«

Er stand auf und ließ ein paar Münzen auf dem Tisch zurück. »Komm mit. Ich händige dir deinen Vorschuss aus.«

Er verließ als Erster das Wirtshaus und trat in die eiskalte Luft hinaus.

Der Riese folgte der dunklen Gestalt, die trotz der schneidenden Sturmböen zielstrebig ausschritt, bis zur Stadtgrenze. Dort übergab Graffias ihm einen größeren Beutel mit dem versprochenen Geld.

»Jetzt tu, was du zu tun hast«, sagte er nur.

Dann verschwand er ohne ein weiteres Wort im Schneegestöber. Er schien aus Eis zu sein.

Vielleicht war er das, vielleicht war der Mann wirklich ein seelenloser Teufel, aus der Hölle geboren. Erneut fragte sich der Riese, mit wem er da einen Pakt geschlossen hatte, und ob er seine Entscheidung einmal bereuen würde.

Dann zog er den Beutel auf, sah die Sterls darin glitzern und verjagte seine Skrupel.

Er musste einen wichtigen Auftrag erfüllen.

5

11. bis 15. Oktober

Wenn du diesen Brief liest, sind die vier Tage, die du mir gegeben hast, vorüber, und ich bin nicht zurückgekehrt. Ich habe dich belogen, ich weiß. Es ist mir nicht leichtgefallen, aber es gab keinen anderen Weg. Doch du musst wissen: Ich will dich nicht verlassen. Ich folge bloß der Spur, die mir Jamled aufgezeigt hat. Versuche bitte, mich zu verstehen. Ich muss wissen, was tatsächlich geschehen ist, sonst kann ich mich nicht mit allen Kräften für unsere Mission einsetzen, kann nicht die scharfe Waffe sein, die ich für dich sein soll und will.

Ich bitte dich, folge mir nicht. Sobald ich geklärt habe, wer für den Tod meines Vaters verantwortlich ist, kehre ich zu dir zurück, rechtzeitig genug, um an deiner Seite zu unserem Eroberungsfeldzug aufzubrechen.

Verzeih mir! Wenn ich zurück bin, akzeptiere ich jede Strafe, die du mir auferlegst. Nur abwenden darfst du dich nicht von mir. Ich will immer an deiner Seite stehen. Denn ich gehöre dir.

Myra

Sie las den Brief noch einige Male durch. Es gelang ihr einfach nicht, den großen Schmerz, den ihr Handeln ihr selbst bereitete, auszudrücken, und auch die Unausweichlichkeit ihres Vorhabens brachte sie nicht zu Papier. Hoffentlich würde Acrab sie dennoch verstehen, so wie er es in ihren langen gemeinsamen Jahren immer getan hatte.

Sie faltete den Brief zusammen und versteckte ihn unter dem

Kopfkissen auf ihrer Pritsche. Im richtigen Moment würde er ihn finden und lesen, da war sie sich sicher. Ihr Blick fiel auf ihren Quersack mit allem Notwendigen für die Reise.

Während der Vorbereitung hatte sie sich gewundert, wie wenig sie brauchte. Sie besaß nicht viel, und ihr Zelt war nicht anders als die der anderen Krieger. Der einzige Unterschied waren die Bücher über die *Ersten*, die in einer Ecke aufgestapelt waren. Acrab hatte sie ihr geschenkt, als sie sich für deren Technologie interessiert hatte. Es waren natürlich keine Originale, denn im ganzen Dominium gab es nur wenige, die ihre Sprache verstanden.

Viel mehr besaß sie nicht. Ihre Rolle im Lager begann und endete mit Acrab. Und ebendiesen Mann verriet sie jetzt.

Sie schüttelte den Kopf und nahm ihren Quersack, dazu eine Landkarte – nur zur Sicherheit, denn sie kannte den Weg – und Proviant für ein paar Tage. Dann trat sie zu einem niedrigen Tischchen an der Feuerstelle. Darauf lag das Einzige, worauf sie keinesfalls verzichten konnte: ihr Walud. Wann immer möglich, deponierte sie die beiden Klingen neben dem Feuer, damit die Glut in ihnen nicht erlosch. Als sie die Waffe nahm, spürte sie die rauen Stellen auf den Heften. Diese Gravuren stammten von ihr selbst, und entsprechend unsicher war die Linienführung, denn sie war künstlerisch nie besonders begabt gewesen. Aber die Zeichen waren klar zu erkennen und drückten aus, was früher und was heute von größter Bedeutung für sie war. Auf dem einen Heft stand FADI, auf dem anderen ACRAB. Sie wusste, dass sie im Grunde nichts weiter brauchte.

Sie schlug den Zelteingang zurück und trat hinaus.

Die Luft war klar wie selten in Asgarö. Der Sturm hatte den Himmel gesäubert, der transparent wie ein Kristall wirkte. Das Morgengrauen tauchte ihn im Osten in ein rosafarbenes Licht, während der Rest noch dunkelblau war. Der Wind war eisig, und Myra sog die Luft tief ein. Sie roch rein und unverbraucht, wie ein neuer Anfang.

Das Lager lag noch im Schlaf: einige hundert Zelte, ordentlich aufgereiht in dieser weiten grenzenlosen Ebene. Nur Acrabs Holzhütte ragte aus dieser Einförmigkeit hervor.

Myra betrachtete sie ein letztes Mal. Es versetzte ihr einen Stich ins Herz. Dann ging sie den ersten Schritt und fühlte sich leichter.

Ihre Reise hatte begonnen.

Den Blick auf den Boden gerichtet, stapfte sie durch das blendende Weiß. Bald flimmerten vor ihren Augen schwarze Pünktchen, hervorgerufen durch das grelle Licht, das die Schneefläche reflektierte. Große grüne Wälder gab es zwar auch in Asgarö, aber sie lagen im Süden. Weiter nördlich war alles von ewigem Eis bedeckt. Vielleicht lagen darunter Berge und Täler, doch die enormen Eismassen hatten alles eingeebnet.

Myra holte ein Tuch hervor und band es sich zum Schutz der Augen um. Das lockere Gewebe war mit einer von Acrabs Substanzen bestrichen.

Kaum spürte sie das Tuch auf ihrer Haut, drang ihr der herbe Geruch der Kräuter in die Nase, und ihr war, als werde sie um sieben Jahre zurückversetzt. Es war seltsam, wie wenig es bedurfte, damit sie sich wieder klein, verloren und verlassen vorkam.

Sie schaute zur tief am Himmel stehenden Sonne. Solange ihr Weg über die Hochebene führte, war sie ihre einzige Orientierungsmöglichkeit. Zum Glück war die Strecke nicht kompliziert: Immer nach Südwesten, bis die ersten Bäume auftauchten.

Ein einziges Mal hatte sie diesen Weg zurückgelegt. Aber sie erinnerte sich noch genau daran.

Sie machte erst Halt, als beim Sonnenuntergang der letzte rote Schimmer am Horizont erloschen war. Um sie herum war alles einförmig und flach, die Grenze zwischen Himmel und Erde kaum zu erkennen. Der einzige Farbton in dieser grenzenlosen Einöde kam von den Kyliroth-Blüten, die stets zu leuchten begannen, sobald der Abend sich neigte. Die Kyliroth-Pflanze wuchs im Eis und brachte mitten im Winter große milchige Früchte hervor, aus denen die Asgarer den Kylirash gewannen. Einer asgarischen Legende nach wies das Licht der Kyliroth-Blüten den Geistern der Verstorbenen den Weg in ihre ewige Heimstatt.

Ein Windstoß fuhr unter ihren Umhang und riss sie aus ihren Gedanken. Sie schlang sich den Stoff fester um den Körper und machte sich an die Arbeit.

Zu den ersten Dingen, die sie in Asgarö gelernt hatte, gehörte, wie man sich unter dem Eis ein Lager einrichtete. Im Winter wohnten die Asgarer in Unterkünften, die aus einem Labyrinth unterirdischer Gänge bestanden, aber wie richtige Häuser mit bescheidenem Komfort eingerichtet waren. Im Sommer verließen die Bewohner sie und zogen nach Süden, um zu jagen und Vorräte anzulegen, und kehrten zu Herbstbeginn in ihre Behausungen zurück. Dieser lange Zeit gültige Rhythmus hatte sich erst durch Acrab verändert: Nun bestimmte der Krieg die Wanderungsbewegungen der großen Sippen.

Aus ihrem Quersack holte Myra einen kleinen Spaten, wie ihn die Asgarer für diese Aufgabe benutzten, und begann zu graben. Es war dunkel, als sie fertig war. Am Himmel flimmerten die Bljkiadir, die Nordlichter, in Grün, Violett und Hellblau, bildeten lange Bänder, die sich umeinander wanden und voneinander lösten und auf eine nicht hörbare Musik zu tanzen schienen.

Einen Moment lang stand Myra da und beobachtete dieses Schauspiel am Himmel. Sie kannte es längst, aber nun betrachtete sie es zum ersten Mal allein. Auch das erinnerte sie wieder an Acrab. Es war seltsam: Solange sie an seiner Seite gelebt hatte, waren ihre Gedanken immer wieder zu Fadi und dem Rätsel seiner Ermordung gewandert. Nun ging ihr Acrab nicht aus dem Kopf. Vermutlich war es ihr Schicksal, dass sie nirgendwo Frieden fand.

Sie ließ sich in ihre Höhle unter dem Eis hinab und entzündete als erstes die *Mixtur*, damit es warm wurde, und breitete dann die Decke aus, die sie zusammengerollt auf ihren Quersack geschnallt hatte. Zuletzt verschloss sie den Eingang mit einigen Fellen, damit die Wärme nicht entweichen konnte. Sie stärkte sich ein wenig mit einem kargen Mahl aus Brot und Trockenfleisch. Während sie aß, ging ihr Blick ins Leere. Wenn nichts dazwischenkam, würde sie in vier Tagen Ostar erreichen und sogleich Haggen aufsuchen, den Mann, an den Jamled sie verwiesen hatte. Erfuhr sie von ihm alles, was sie wissen musste, würde sie sich wieder auf den Rückweg machen. Vorausgesetzt Haggen war wirklich der Mann, für den sie ihn hielt.

Myra schloss die Augen. Sie war müde, und ihre Gedanken wirbelten, wie die Schneeflocken draußen, wirr durcheinander. Sie hüllte sich fester in ihren Umhang und fiel in einen tiefen, traumlosen Schlaf.

Vom Nachmittag des zweiten Tages an begann das einförmige grelle Weiß zu zersplittern, hier und da wurden Flächen sichtbar, gefroren zwar, aber mit kränklich wirkendem, gelbem Gras und schneeweißem Moos überzogen.

Aber sie war immer noch in Asgarö. Daran erinnerte sie auch ein lautes Brüllen, das plötzlich durch die Luft hallte. Erschrocken blickte Myra hoch und entdeckte in der Ferne eine Gestalt, die selbst auf diese Distanz riesengroß wirkte, mit einem mächtigen länglichen Rumpf und gewaltigen membranartigen Flügeln, die zu voller Spannweite ausgebreitet waren. Ein Eisdrache.

Myra warf sich zu Boden, machte sich klein und zog sich den Umhang über den Kopf. Üblicherweise griffen diese Tiere keine Menschen an, aber sie hatte schon von Ausnahmen gehört. Außerdem waren die Drachen in Asgarö an den Genuss von Menschenfleisch gewöhnt. Da hier, im Reich des ewigen Eises, Erdbestattungen unmöglich waren, ließen die Asgarer die Leichen ihrer Verstorbenen von Drachen verspeisen, denn diese Tiere waren ihnen heilig. Besonders die asgarischen Krieger sahen dies als einzig würdige Grabstätte an.

Das Brüllen ertönte noch einige Male und verstummte. Myra wartete, bis das letzte Echo verklungen war. Dann erhob sie sich und schaute zum Himmel. Von einem Drachen keine Spur.

Sie seufzte erleichtert und machte sich wieder auf den Weg. Immer zahlreicher wurden die eisfreien Flächen, und ihr Ziel rückte näher, was Myra zunächst in Hochstimmung versetzte, bis ihr klar wurde, dass sie Asgarö hinter sich ließ, jenes Land, das zu ihrem Zuhause geworden war.

Sie kehrte in die südlicheren Regionen des Dominiums zurück, und eine leichte Unruhe beschlich sie.

Jede Angst verschwand, als sich nach und nach die Umrisse des Dominiums vor ihr abzeichneten. Geografisch zählte auch Asgarö zum *Dominium der Tränen*, wie dieser Kontinent genau hieß. Einst gehörte er zum *Reich des Überflusses* und war nach den *Hundert Tagen des Schattens* erhalten geblieben. Doch wie die meisten sah auch Myra in Asgarö eine eigene Welt. Das Dominium war für sie etwas anderes: Es hatte sie hervorgebracht und ihr dann Stück für Stück alles wieder genommen, bis sie fast völlig zerstört war.

Von einem Felsvorsprung in der Hochebene aus konnte sie in der Ferne die höchsten Gipfel der Schneeberge im Land Albon erkennen, und östlich, ebenfalls in der Ferne, die Berge der Felsigen Kette. Was dahinter lag, konnte sie nur erahnen, nämlich das Land Metalien mit dem Scheitelgebirge, das das Schwarze und das Weiße Meer trennte. Und noch weiter im Süden, endlose Meilen dahinter, Biaswad, das Land in dem sie zur Welt gekommen war.

Doch ihr Weg führte sie immer weiter geradeaus in das Land Ostar mit der gleichnamigen Hauptstadt. Sie meinte, sie sogar ausmachen zu können, eingezwängt in einem Tal, in dem sich bestellte Felder aneinanderreihten und das von dem Fluss Vak durchzogen wurde, der für die Fruchtbarkeit des Böden sorgte. Davor aber lag der Luftwald, mit den Fliegenden Bäumen, deren Luftwurzeln ineinander verflochten über dem Erdboden schwebten, und deren Kronen mit ihren tiefroten Blättern an eine gigantische offene Wunde erinnerten.

Noch einen Moment genoss Myra das Panorama und machte sich dann wieder auf den Weg. Der Abstieg nach Ostar war schwierig, denn die Hochebene brach abrupt über dem Tal ab. Doch schnell fand sie ihren Rhythmus und bewegte sich mit sicheren Schritten und ihrem ausgeprägten Gleichgewichtssinn, den Fadi mit seinen Übungen geschult hatte, den steinigen Pfad hinunter. Immer noch war um sie herum nur Stille und Einsamkeit.

Abgesehen von ihrer Beziehung zu Acrab und dem gelegentlichen Beisammensein mit dem alten Brennar kostete es sie stets eine gewisse Überwindung, sich unter anderen Menschen aufzuhalten. Jeglicher Körperkontakt war ihr lästig. Wanderte sie jedoch allein durch die Natur, verwandelte sie sich. Dann erwachte etwas in ihr. Entfernte Stimmen sprachen zu ihr, auch wenn sie den Sinn ihrer Worte nicht verstand. Sie spürte eine Lebenskraft, die alle Dinge durchdrang und sie selbst erfasste. Und manchmal war es, als nehme diese geheime Kraft Gestalt an. Dann erblickte sie im Augenwinkel geisterhafte Figuren, flüchtige Visionen, die, so sehr sie sich auch bemühte, immer undeutlich blieben. Vielleicht hätte sie sich vor ihnen fürchten müssen, doch sie hatten etwas Tröstliches für sie. Etwas Bedrohliches ging jedenfalls nicht von ihnen aus, wohl aber eine gewisse Melancholie, eine Trauer, eine Schwingung im Gleichklang mit jener schweren Wunde in ihr, die sich nicht schließen wollte.

Fast ohne es zu merken, durchquerte Myra unter den schwebenden Wurzeln der Fliegenden Bäume den Luftwald, und kurz vor Sonnenuntergang breitete sich die Stadt Ostar vor ihr aus.

Sie erblickte Häuser aus Stein, deren Dächer mit Tonziegeln in verschiedensten Farben gedeckt waren. Dicht an dicht drängten sie sich in dem engen Tal und zogen sich, zwischen größeren Schneefeldern, die umliegenden Hänge hinauf.

Nach all den Jahren im ewigen Eis überkam Myra beim Anblick

der Stadt eine seltsame Melancholie. Und einen Augenblick lang sah sie sich wieder so wie bei ihrem letzten Besuch: als kleines, spindeldürres Mädchen, mit seiner ganzen Habe auf dem Rücken und einer ungewissen Zukunft vor sich. Dann ging die Sonne unter, und der Wind fegte auch dieses Bild hinweg.

Myra riss sich los und stieg den letzten Abschnitt des Abhangs hinunter. Nur noch ein Wort beschäftigte ihren Geist, nur noch ein Name: Haggen.

6

16. Oktober, Abend

Während Myra sich durch die Straßen neben den Kanälen im Zentrum Ostars bewegte, begleitete sie das Klappern der Wassermühlen. Überall in der Stadt waren sie anzutreffen. Die größte war die des Königspalastes, gespeist von einem mehr als sechzig Ellen hohen Wasserfall. Insgesamt gab es wohl mehr als fünfzig Mühlen in allen möglichen Größen.

Wie überall im Dominium fürchtete man auch in Ostar den technischen Fortschritt, vor allem wegen der Erinnerung an die Geißel der Hundert Tage des Schattens, die sich einst über die *Ersten* gelegt und sie – als Strafe für ihre hochentwickelte Technik – schließlich vernichtet hatte. Im Gegensatz zu anderen Völkern jedoch, die allein auf die Kräfte der Magie vertrauten, war man in Ostar teilweise wieder zum Bau von Maschinen übergegangen. Nichts, was in irgendeiner Weise mit den genialen Erfindungen Acrabs vergleichbar gewesen wäre, aber immerhin hatten die Ostarer den Vak kanalisiert und nutzten die Kraft seines Wassers.

Diese Mühlen sorgten jedoch für Ostars schlechten Ruf im gesamten Dominium. Über die Bewohner der Stadt erzählte man sich die absonderlichsten Geschichten: Sie seien Geisterbeschwörer, ernährten sich vom Blut der Völker im ewigen Eis und seien Nachkommen der übelsten Vertreter der *Ersten*. Myra hingegen hatte den Eindruck, dass es sich um ein ungewöhnlich friedfertiges Volk handelte: Es gab keine Sklaven und nur wenige Blutmagier.

Ihr selbst waren die meist aus Albon stammenden Magier allerdings alles andere als sympathisch. Sie mochte es nicht, wie sie ihre magischen Künste einsetzten.

Als sie am Geländer vor einem der Kanäle stehen blieb, glaubte sie plötzlich, einen *Elemental* zu sehen, der im Wasser umhertrieb. Solche Urgeister beschworen die Blutmagier für ihre Zauber. Dazu trugen sie die Geister unter der eigenen Haut, und zwar mittels komplizierter Tätowierungen mit *Kristallblut,* das die Elementale wehrlos machte. Zur Ausführung von Magien setzten sie die Elementale frei und banden sie anschließend wieder an sich. Das ging so lange, bis deren magisches Potenzial verbraucht war. Allgemein war man der Ansicht, Elementale seien reine Werkzeuge, denen jedes Gefühl fehle. Aber immer wenn Myra ein solches Wesen sah, kam es ihr traurig und verzweifelt vor.

Sie ging weiter und fand bald ein Wirtshaus, vor dessen Tür sie stehen blieb. Sie zögerte. Dort drinnen würde sie in jenes Gedränge geraten, das sie so verabscheute. Andererseits musste sie Erkundigungen einholen, und da der Abend immer kälter wurde, lockte die Wärme, die nach außen drang.

Sie atmete einmal tief durch, trat ein, und das Stimmengewirr, die Farben und Gerüche überwältigten sie. Mächtige metallene Kronleuchter im astorianischen Stil, die jeweils Dutzende von Kerzen trugen, spendeten Licht. Die Decke war niedrig, und das Tonnengewölbe ruhte auf schweren, rußgeschwärzten Balken. Der Raum war in zahlreiche kleine Nischen unterteilt, die alle mit Bänken für etwa zehn Gäste ausgestattet waren. Ein riesengroßer offener Kamin an der hinteren Wand beheizte den Saal. Aus der Küche wurden in einem fort Teller mit frisch zubereiteten Speisen gereicht, auf einer breiten Theke abgestellt und von den Bedienungen an die Tische gebracht. Diese Mägde trugen die typische Tracht der Ostarinnen: rote Röcke und aufreizende Schnürmieder über schneeweißen Blusen. Die Wirtsstube war überfüllt, und die Gäste lärmten und sangen.

Myra war so unbehaglich zumute, dass sie schon die Kapuze ihres Umhangs hochziehen wollte, um ihr Gesicht zu verbergen, als plötzlich eine Magd neben ihr stand und sie ansprach: »*Leh mi zuch wehnster?*«

Myra brauchte einen Moment, bis sie begriff, was die Frau fragte. Acrab hatte zwar darauf bestanden, dass sie alle Sprachen des Dominiums lernte, doch besaß sie leider nicht sein phänomenales Gedächtnis, und vor allem war es zu lang her, dass sie zuletzt Ostarisch gehört oder gesprochen hatte. Deswegen antwortete sie auf Albonitisch. »Ich möchte gerne etwas essen und hier schlafen.«

Die Magd erstarrte einen Moment lang, aber nicht wegen der Sprache, sondern wegen Myras heiserer Stimme. Zum Glück fand sie rasch wieder zu ihrer freundlichen Art zurück. »Tut mir leid, ich hätte sehen müssen, dass Ihr fremd seid«, sagte sie in einem einfachen Albonitisch. »Folgt mir.«

Myra machte sich klein, um, ohne jemanden zu berühren, durch die Menge zu gelangen. Versammelt waren hier nicht nur gewöhnliche Ostarer, die an den Augen in verschiedenen Blautönen und den roten Haaren zu erkennen waren. Myra erblickte auch einige rasierte Köpfe mit einem Streifen weißer Haare in der Mitte. Blutmagier.

Die Magd wies ihr einen Platz an, einen Stuhl an der Ecke eines Tisches, an dem bereits fünf Valenkji-Soldaten, Angehörige der Leibgarde der Königin von Ostar, saßen. Sie schwenkten biergefüllte Krüge und schienen ordentlich angeheitert.

Bemüht, nicht auf sich aufmerksam zu machen, nahm Myra Platz und bestellte. Der Lärm war fast unerträglich. Vor allem die Soldaten an ihrem Tisch waren unsagbar laut. In einem fort stießen sie ihre Krüge aneinander und brachten Trinksprüche aus. Sie feierten die Rekrutierung eines ihrer Zechgenossen, eines sommersprossigen Jünglings, der ungefähr Myras Alter haben mochte und schüchtern in der Runde saß.

Endlich erschien die Bedienung mit ihrem Teller und wollte schon wieder verschwinden, als Myra sagte: »Ich suche jemanden.«

»Ostar ist keine kleine Stadt. Wen sucht Ihr denn?«

»Einen Mann. Einen gewissen Haggen.«

Die Magd schrak zusammen. »Tut mir leid, den kenne ich nicht«, sagte sie, wobei sie sich verstohlen umblickte. Sie machte einen Knicks und verschwand.

Myra sah ihr nach und war sich sicher: Sie log. Doch hätte sie die Frau weiter bedrängt, hätte sie nur Verdacht erregt. Sie wandte sich ihrem Essen zu. Die bestellte Kwari-Suppe war ein typisches Gericht der Region und wurde aus dem Saft zubereitet, der beim Schmoren eines Nagers gleichen Namens austrat und der dann mit verschiedensten Kräutern und Gewürzen verfeinert wurde.

Myra tauchte den Löffel hinein und kostete: Es war delikat.

»Du suchst Haggen, nicht wahr?«, sagte da jemand.

Sie fuhr herum und fand sich Ellbogen an Ellborgen mit einem der Soldaten wieder. Der junge Rekrut, die roten Haare kurz geschnitten und die grünen Augen vom Alkohol glänzend, war betrunken.

»Da bist du zwei Wochen zu spät.« Der Jüngling kicherte.

»Was heißt das?«

»Dass er tot ist. Erdolcht, mit zehn Stichen, und dann in einen Kanal geworfen.«

Unwillkürlich griff Myra nach ihrem Walud. »Wer hat das getan? Und wieso?«, fragte sie erregt und viel zu laut.

Der Rekrut sah sie misstrauisch an. »Was soll das werden, ein Verhör? Warum bist du denn so nervös?«, lallte er.

»Pass auf, was du sagst«, zischte Myra.

Mittlerweile waren seine Kameraden aufmerksam geworden.

»He, willst du Ärger?«

Myra schaute ihm fest in die Augen, widerstand aber der Versuchung, sich Respekt zu verschaffen, und löste die Hand von ihrer Waffe. Sie murmelte eine Entschuldigung, kauerte sich in ihrer Ecke zusammen und wandte sich wieder ihrer Suppe zu. Sich gleich bei ihrer Ankunft in Ostar mit fünf Valenkji-Gardisten anzulegen, war keine gute Idee. So schwach und verwirrt sie auch sein mochte, Haggen war ihre einzige Spur, und sie brauchte Auskünfte und keine neuen Schwierigkeiten.

Lustlos und grübelnd aß sie zu Ende und stieg dann die Treppe zu ihrem Schlafplatz im Obergeschoss hinauf. Am nächsten Morgen würde sie ihre Suche fortsetzen. Wie, wusste sie allerdings nicht.

Hätte sie doch nur herausfinden können, dass dieser Haggen nichts mit dem Tod ihres Vaters zu tun hatte. Dann hätte sie sagen können, dass sie sich verrannt hatte und dass es keinen Sinn hatte weiterzusuchen. Sicher hätte sie dann die Kraft gefunden, zu Acrab zurückzukehren, sich vor ihm niederzuwerfen und ihn um Vergebung zu bitten. Aber da man Haggen ermordet hatte …

Auf dem mittleren Treppenabsatz traf sie die Magd, die sie unten bedient hatte. Myra hatte ihr ein wenig Trinkgeld gegeben und dachte, dass sie sich dafür bedanken wollte.

Das tat sie und sagte noch: »Ich führe Euch zu Eurem Lager.«

»Das ist nicht nötig.«

»Bitte.« Die junge Frau blickte Myra so an, dass sie sich darauf einließ.

Sie nahmen die weiteren Stufen und erreichten den Schlafsaal. Der große Raum war vollständig mit Holz verkleidet und mit Strohlagern ausgestattet, die wiederum durch schäbige Stoffvorhänge voneinander getrennt wurden. Die einzige Wärmequelle war eine Feuerschale in der Mitte des Raumes, in der nur noch wenig Glut glomm.

Myra griff in ihre Tasche und wollte dem Mädchen eine weitere Münze reichen, doch die wehrte ab.

»Nein, darum geht's mir nicht«, sagte sie. »Tut mir leid, dass ich anfangs etwas unfreundlich zu Euch war. Aber Ihr müsst wissen, Ostar ist eigentlich eine friedliche Stadt, und wenn dann so ein Verbrechen geschieht, macht einen das misstrauisch.«

Myra verstand. »Du kanntest Haggen, nicht wahr?«

»Ja. Er kam häufig her, trank ordentlich, und manchmal betrank er sich auch richtig.«

Myra spürte ihr Blut in den Schläfen pochen. »Und worüber sprach er so, wenn er betrunken war?«

»Ach, er lallte meist unverständliches Zeugs ... über irgendeine Schuld aus früherer Zeit.«

Eine Schuld aus früherer Zeit.

»Wann habt Ihr ihn zuletzt gesehen?«

»An dem Tag, als er ermordet wurde. Er war in Begleitung eines Fremden, eines Metalieners. Er wirkte angespannt, besorgt. Und mit dem Fremden flüsterte er nur.«

»Wie sah dieser Mann aus?«

»Ich habe ihn nur von hinten gesehen, aber er war sehr groß und sehr breit, muskulös, und ohne Haare auf dem Kopf. Nach Haggens Ermordung haben mich auch Gardisten nach ihm befragt. Und sie haben wohl lange nach ihm gesucht. Aber er ist verschwunden und hat keine Spuren hinterlassen. Als hätte er sich in Luft aufgelöst.«

Myra schwieg einen Moment und dachte nach. Diese schwache, undeutliche Fährte, die sie nach Ostar geführt hatte, schien ihr wieder klarer erkennbar. Sie war ihr einziger Anhaltspunkt. Haggen war tot, aus ihm ließ sich nichts Brauchbares mehr herausholen, aber ihr blieb noch dieser mysteriöse, spurlos verschwundene Metaliener.

»Wie war der Mann bewaffnet, mit dem Haggen gesprochen hat?«, fragte sie die junge Frau.

»Mit einem ellenlangen Schwert mit einer dunklen Klinge. Es war wirklich riesig, so etwas habe ich noch nie gesehen. Als er eintrat, trug er es mit einem Gurt auf den Rücken gebunden.«

Myras Herz schlug schneller, und das Blut in den Schläfen pochte heftig. »Erinnert Ihr Euch, wie das Heft ausgesehen hat?«

Die Magd schüttelte den Kopf. »Nein, nur dass es auch groß war, und schwarz. Mehr kann ich nicht sagen. Mit Schwertern kenne ich mich nicht aus.«

Eine absurde Idee nahm in Myra Gestalt an. Aber bevor sie sie in die Tat umsetzte, musste sie sicher sein. »Wer könnte mir mehr zu Haggen und den Umständen seines Todes sagen?«

»Ragnad, seine Frau«, antwortete die Magd.

»Wo kann ich sie finden?«

Diese Gegend der Stadt war anders als das Zentrum. In vielen Fenstern brannte kein Licht, die Läden waren beschädigt, von den Häuserwänden bröckelte der Putz, die Farben der Dachziegel waren verblichen. Der Schnee in den Straßen war von schwärzlichem Dreck überzogen, und es roch nach schlechtem Essen und schmutziger Kleidung. Kurz, nach Armut.

Dort lag Haggens Mühle. Ein marodes altes Mühlrad drehte sich knarrend um die Achse. Das Wohnhaus daneben war heruntergekommen. Offensichtlich hatte der Söldner in seinem Soldatenleben nicht viel zurücklegen können.

Myra klopfte an. Niemand antwortete. Die Magd hatte ihr erzählt, dass Haggen und seine Frau keine Kinder hatten, die Frau musste also allein sein.

Es war später Abend. Konnte sie um diese Zeit noch unterwegs sein?

Durch die Läden eines Fensters schimmerte ein schwaches Licht. Myra trat heran und spähte hinein. Eine Küche mit wenigen einfachen Möbeln. Niemand war zu sehen. Doch im Kamin brannte ein Feuer, und darüber hing ein großer Kessel.

Es musste also jemand im Haus sein.

Noch einmal klopfte Myra an und wartete. Wieder nichts.

Da machte sich die Enttäuschung, die sich durch die Nachricht von Haggens Tod in ihr angestaut hatte, Luft. Ohne lange zu überlegen, versetzte sie der Tür einen kräftigen Tritt. Das dünne, morsche Holz gab nach.

Myra stürzte hinein und sah rechts von sich etwas aufblitzen. Ihre Kriegerreflexe erwachten, sie fuhr herum und trat in die Richtung, in der sie jemanden mit einer Waffe vermutete.

Eine Frau stürzte zu Boden, Haggens Witwe Ragnad.

Myra hob entschuldigend die Hände. »Verzeiht, ich wollte Euch nicht wehtun.«

Und das stimmte. Sie wollte sie auch nicht erschrecken, sondern sie nur befragen.

Ragnad stemmte sich hoch, ein langes Küchenmesser in der Hand. Sie mochte um die Vierzig sein, hatte graues Haar und wirkte erschöpft und verängstigt. »Hau ab oder ich bringe dich um!«, rief sie auf Ostarisch.

Anders als im Wirtshaus antwortete Myra in derselben Sprache: »Ich möchte mich nur mit Euch unterhalten.«

»Das glaube ich nicht«, antwortete die Frau und streckte die Klinge nach Myra aus.

»Gut, dann entwaffnet mich.« Myra deutete auf ihr Walud. »Dies sind meine Waffen. Nehmt sie an Euch.«

Unsicher verharrte Ragnad einen Moment lang und gab sich dann einen Ruck. »Aber versuch nicht, mich aufs Kreuz zu legen …«

Myra ließ zu, dass die Frau ihr die Spitze ihres Küchenmessers an die Kehle hielt, die Walud-Klingen ergriff und sie zu Boden warf.

»Was willst du?«

»Mehr über Euren Mann erfahren. Was hat er in Biaswad getrieben?«

Im Blick der Frau flackert es.

Myra hatte ins Schwarze getroffen. Er war es, er war es wirklich gewesen.

»Und vor allem möchte ich wissen, wie das damals war, mit diesem kleinen Mädchen …«

Ragnads Schweigen verriet mehr als tausend Worte.

»Das kleine Mädchen bin nämlich ich.«

Sie setzten sich vor das Feuer. Ragnads Misstrauen war noch nicht verflogen, und so hielt sie weiter das Messer in der Hand, richtete es aber nicht mehr auf Myra. Sie wirkte noch älter und starrte ratlos in die Flammen.

Myra ließ ihr alle Zeit, die sie brauchte.

Endlich drehte die Frau sich zu ihr und sah sie an. »Ich weiß, dass mein Mann entsetzliche Dinge getan hat. Trotzdem war er kein schlechter Mensch.«

Myra erwiderte nichts. Sie wollte nicht richten. Das Leben hatte sein Urteil bereits gesprochen.

»Was hat er Euch erzählt?«

»Über diese Sache in Biaswad? Nun, nicht viel. Nur einmal hat er darüber geredet, und das war kurz bevor wir geheiratet haben. Wir waren damals schon eine Weile zusammen, und ich spürte, dass ihn etwas bedrückte … ein Ereignis aus seiner Vergangenheit. Ich wusste ja, dass er der Leibwache einer Sippe von Großgrundbesitzern angehört hatte, aber das erklärte nicht, was ihn so umtrieb … Erst wollte er nicht darüber reden, aber ich bestand darauf, dass wir, wenn wir heiraten wollen, auch alles teilen müssen, versteht Ihr?« Ragnad lächelte traurig. »Nein, ich glaube nicht, dass Ihr mich versteht.«

Doch Myra verstand. Genau das hatte sie sich von Acrab immer gewünscht. Sie hatte ihm alles von sich erzählt, Gutes und Schlechtes, Licht und Schatten. Alles. Er hingegen war immer viel verschwiegener gewesen, und dieses leichte Ungleichgewicht in ihrem Verhältnis war geblieben.

»Eines Abends, als er betrunken war, hat er mir davon erzählt«, fuhr Ragnad fort. »Nüchtern hätte er es wahrscheinlich nie getan. Er sagte mir, er habe damals seinen Sold aufbessern wollen, indem er auch heiklere Aufträge übernahm. Aber das habe er dann sein lassen. Ich wüsste nicht, warum das ein Problem sei, antwortete ich, aber er ließ sich nicht beruhigen, und sagte, er könne eine bestimmte Geschichte nicht vergessen und wolle sich endlich von dieser Last befreien. Es gab da nämlich einen bestimmten Vorfall, der ihn dazu bewogen hat, dieses ganze Leben hinter sich zu lassen, eben jene Sache in Biaswad wahrscheinlich, nach der du gefragt hast. Den Rest kennst du wohl.«

»Ja, aber ich muss es genauer wissen.« Myra hatte Mühe, ruhig zu bleiben.

»Nun, er war wirklich am Boden zerstört …«

»Berichtet mir nur, was er gesagt hat.«

»Er sagte, er habe bei der Ermordung eines friedlichen Bauern mitgemacht. Sie sollten seine Tochter entführen.«

In Myras Armen und Beinen kribbelte es. Ihr wurde schwindlig, und sie musste die Augen schließen und sich an ihrem Stuhl festhalten. Sie tat es mit solcher Kraft, dass sie sich einige Splitter einzog.

»Warum hat er das getan?«

»Für Geld. Nur für Geld. Es war ein gut bezahlter Auftrag. Er war mit ein paar anderen Männer angeheuert worden.«

Myra öffnete die Augen. »Wie hieß der Mann, von dem der Auftrag kam?«

»Graffias«, sagte Ragnad.

»Was wisst Ihr über ihn?«

»Ich habe nie nach ihm gefragt.« Die Frau lehnte sich ein wenig zu Myra vor. »Interessiert hat mich nur mein Mann. Diese Gewissensbisse ließen ihn nicht los. Er sagte, es sei ein feiger Hinterhalt gewesen, und dass dieser Bauer, den sie getötet hatten, erstaunlich gut kämpfen konnte. Aber gegen die Überzahl hatte er keine Chance gehabt. Und dann war da noch das kleine Mädchen …«

Myra wusste, was die Frau erzählen würde. Dass das Mädchen einen unmenschlichen Schrei ausgestoßen hatte, und wahrscheinlich auch, dass ihr Mann in diesem Moment begriffen hatte, was er da tat. Und so war es.

»Ich sagte ihm, dass ich damit leben kann«, fuhr Ragnad fort, »und dass ich ihn trotzdem lieb habe und dass das kleine Mädchen mit dem Leben davongekommen ist. Aber er hat mir geantwortet, dass man das nicht weiß. Das Mädchen war verschwunden, und sie wussten nicht, was aus ihm geworden ist, und auch wenn das Kind überlebt hat, ist ihm sicher ein trauriges Schicksal beschieden.«

Ragnad schaute sie an.

Die Frau hatte recht. Aber Myra würde ihr nichts davon erzählen.

»Ich muss mehr über Graffias wissen«, sagte sie stattdessen, bemüht, das Zittern in ihrer Stimme zu vertreiben.

»Wie gesagt, ich habe nie nach ihm gefragt. Daher kann ich nicht sagen, woher er stammt oder wie er aussieht. Ich weiß aber, dass mein Mann ihn gefürchtet hat. Er ist vor ihm geflohen. Die Seele dieses Graffias ist von ungeheurer Finsternis, hat er gesagt, wie er es bei noch keinem Menschen erlebt hat.« Ragnad schaute einen Moment lang zu Boden und fuhr dann fort: »Nachdem mein Mann sich abgesetzt hatte, hat er sich in Ostar versteckt – vor diesem skrupellosen Ungeheuer und vor seiner eigenen Tat. Aber er konnte das alles nicht hinter sich lassen. Wir haben keine Kinder«, erklärte sie mit brüchiger Stimme. »Aus eben diesem Grund.«

Ihr standen Tränen in den Augen, aber Myra empfand kein Mitleid. Mochten Haggens Gewissensbisse und das Leid seiner Frau auch echt sein. Es machte nichts ungeschehen: Man hatte ihren Vater ermordet und ihr Leben zerstört, und immer noch war sie innerlich zerrissen.

Sie stand auf und hob den Walud vom Boden auf.

»Danke für Eure Hilfe«, sagte sie kühl zu der Frau.

Dann ging sie hinaus.

»Er hat es bereut!«, rief Ragnad ihr nach. »Er war kein schlechter Mensch.«

Myras Schritte auf dem Pflaster trugen diese Worte fort.

7

16. Oktober, Nacht

Als sie Haggens Haus verließ, war es Nacht geworden. Es hatte zu schneien begonnen, und der Schnee fiel in dichten, dünnen Flocken. Ideale Bedingungen für das, was sie ihm Sinn hatte.

Sie schlang ihren Umhang fester um die Schultern und drang tiefer in dieses ärmliche Viertel ein. Zwar kannte sie sich in der Stadt kaum aus, wusste aber etwas über die Bestattungssitten ihrer Bewohner. Die Ostarer waren wenig kriegerisch gesinnt und fürchteten die Drachen. So begruben sie ihre Toten auf einem dafür eingerichteten Gelände, das gleich hinter der Stadtgrenze lag. Myra meinte sich zu erinnern, in welche Richtung sie gehen musste.

Zu dieser späten Stunde waren die Straßen Ostars fast völlig verwaist, und auf ihrem Weg begegneten ihr nur wenige Wachen auf Streife, meist einzelne Valenkji-Gardisten, die verschlafen immer dieselbe Runde drehten.

Sie hatte Glück. Nachdem sie ein Gewirr von Gassen hinter sich gelassen hatte, tauchte der Totenacker vor ihr auf. Er war von einer Ziegelsteinmauer und einem Kanal eingefasst, über den eine kleine Holzbrücke zu einem Gittertor führte.

Myra verwarf die Idee, dort hinüber zu klettern. Das Tor war zu hoch, und man hätte sie sehen können. Zwar war kaum jemand unterwegs, dennoch war das Risiko zu groß.

So blieb ihr nur der Weg durch das Wasser.

Sie lief ein Stück am Kanal entlang bis zu einer Stelle, genau auf der gegenüberliegenden Seite des Tores, wo die Mauer niedriger war. Hier schien der Wasserlauf weniger breit, und so legte sie Umhang und ledernen Waffenrock ab. Der Wind war bitterkalt, und wie Nadeln stachen ihr die Schneeflocken in die Haut. Die Kleidung verstaute sie in ihrem Quersack und nahm dann einen Wurfhaken hervor, den sie mit Schwung über die Mauer warf. Sie vergewisserte sich, dass er hielt, und sprang dann in den Kanal. Der Atem stockte ihr im eiskalten Wasser, und sie spürte kaum noch ihre Beine, aber mit einigen kräftigen Stößen schwamm sie hinüber und kletterte flink die Mauer hinauf. Sie brauchte sich nur noch auf der anderen Seite hinunter zu lassen.

Sie war auf dem Totenacker.

Ein dünner Nebel stieg vom Boden auf und wand sich um die trockenen Stämme der wenigen verdrehten Bäume und die Grabsteine, die in dichten unordentlichen Reihen aus der Erde ragten.

Vor Kälte zitternd machte sich Myra auf die Suche nach Haggens Grab. Sie erkannte es an der frisch aufgeschütteten Erde mit einer Blumengirlande, die wahrscheinlich Ragnad niedergelegt hatte. Auf dem Grabstein stand tatsächlich sein Name. Die Daten darunter verrieten Myra, dass er fünfzig Jahre alt gewesen war, als er getötet worden war. Das Schicksal hatte ihm zwanzig Jahre mehr zugestanden als ihrem Vater, an dessen hinterhältiger Ermordung sich dieser Mann beteiligt hatte.

Tief atmete Myra die kalte Luft ein, um diesen Gedanken zu vertreiben. Sie hatte keine Zeit, sich in Erinnerungen zu verlieren. Rasch machte sie sich an die Arbeit.

Sie zückte ihre Waluds und ließ die glühenden Klingen so rotieren, dass die harte Erde aufsprang und zur Seite geschleudert wurde. Im Nu hatte sie den hölzernen Sarg freigelegt, hebelte ihn auf und riss mit bloßen Händen die erste Holzleiste herunter.

Ein widerlich süßlicher Gestank schlug ihr entgegen. Sie schrak zurück und musste gegen einen Brechreiz ankämpfen. Zwar war sie mit Leichen vertraut, weil sie in der Schlacht immer davon umgeben war, hatte aber noch nie gesehen, was geschieht, wenn das Fleisch zerfällt.

Sie wartete einen Moment und riss dann mit einem Ruck die ganze Abdeckung auf.

Haggens Körper schien fast noch intakt. Aber das Gesicht war aufgebläht, die Haut bläulich, und die Gesichtszüge waren grauenhaft verzerrt. Ein schrecklicher Gedanke schoss ihr durch den Kopf: Auch ihr Vater musste nach seinem Tod so ausgesehen haben, abstoßend und entstellt.

Noch einmal überwand sie den Ekel und beugte sich über die Leiche. Hatte Haggen ihr lebendig nichts mehr verraten können, dann vielleicht als Toter. Deswegen war sie hier.

Aufmerksam untersuchte sie den Leichnam und fand die Wunden unter der schon zerfallenen Kleidung. Zehn Einstiche, hatte der Valenkji-Rekrut gesagt, sie aber zählte nur sechs. Die anderen vier mussten am Rücken sein.

Sie unterdrückte den Ekel, strich über die offenen Stellen und betrachtete die sichtbaren Verletzungen genauer: Haggens Mörder kannte sein Handwerk, zu töten war sein Geschäft. Alle sechs Stiche waren tödlich gewesen. Einer hatte das Herz aufgerissen, zwei die Lungen, weitere zwei den Bauch, und der sechste hatte einen langen Schnitt unterhalb der Kehle hinterlassen. Wahrscheinlich der Gnadenstoß. Form und Tiefe der Wunden stimmten mit der Beschreibung überein, die ihr die Magd in dem Gasthaus von der Waffe gegeben hatte: ein mächtiger Zweihänder mit einer flachen, sehr scharfen Klinge. Und die Frau hatte auch gesagt, dass der Fremde, mit dem Haggen aufgetaucht war, ein Metaliener gewesen sei.

Nahm man beides zusammen, konnte das nur eins bedeuten: Dieser Mann war ein Gladiator. Niemand sonst benutzte eine solche Waffe.

Myra schauderte, dieses Mal aber nicht vor Kälte. Ihre Vergangenheit tauchte wieder auf, doch nun erschien sie in einem anderen Licht.

Noch einmal fuhr sie über den Schnitt unterhalb der Kehle: Er war tief und hatte einen unregelmäßigen Rand, der von rechts nach links verlief. Der Mörder hatte die Waffe also nur mit einer Hand geführt – hätte er beide genommen, wäre der Schnitt glatter gewesen – und zwar mit der linken. Ein Linkshänder, der über sehr viel Kraft verfügen musste, bedachte man das Gewicht dieser Waffe.

Myras Anspannung wuchs. Ein letztes Detail fehlte noch, dann wusste sie, ob ihr Verdacht begründet war. Noch einmal schaute sie sich die Wundränder genauer an. Das Fleisch war schon in Verwesung übergegangen, doch ihre geübten Augen erkannten genau, wonach sie suchte. Dort, wo der Schnitt begann, rechts also, waren fünf Kratzer im gleichen Abstand voneinander zu sehen, erstere weniger tief, letztere markanter, Zeichen, die eine im unteren Teil gezackte Klinge hinterließ.

Ein Gedanke schoss ihr durch den Kopf, als sie plötzlich abgelenkt wurde.

Nicht das Rascheln im Gras, sondern ihre in langen Kriegsjahren entwickelte Fähigkeit ließ sie die Gefahr wittern, noch bevor sie zu erkennen war. Sie warf sich zur Seite, rollte sich ab, ergriff ihre Waluds, sprang auf und nahm Kampfstellung ein. Hinter einem Busch tauchten drei Valenkji-Gardisten auf. Unwichtig, wie sie hergekommen waren. Sie durfte sich nicht aufhalten lassen. Nicht jetzt!

»Wirf die Waffen weg, du bist verhaftet«, sagte der Mann, der ihr am nächsten stand und ihr sein Schwert entgegenstreckte.

Der Blick des zweiten fiel auf den geöffneten Sarg mit Haggens verwesendem Leichnam. »Was zum Teufels tust du da?!«, schrie er, während sich der dritte Mann im Hintergrund hielt.

»Lass sofort deine Waffen fallen!«, befahl der erste noch einmal.

Er schien die besten Nerven zu haben. Ihn musste sie als erstes ausschalten.

Myra sprang vor, und mit zwei gleichzeitigen Hieben ihrer Walud-Klingen öffnete sie seine Deckung. Der Gardist parierte, musste aber den Griff um sein Schwert lockern, während er wegen des Stoßes seine Arme spreizte. Myra hob eine Klinge, zog durch und streifte ihn an der Seite. Ein präziser Hieb. Sie wollte niemanden töten. Wozu auch?

Sie wollte bloß verschwinden.

Der Mann krümmte sich, und Myra wandte sich dem nächsten zu. Eine schnelle Drehung um die eigene Achse, und mit dem Heft einer Klinge traf sie den Gardisten an der Schläfe. Er sank zu Boden.

Der Weg war frei. Sie rannte los.

Aus den Augenwinkeln erkannte sie, dass der dritte Mann loslief und ihr folgte.

Sie floh, so schnell sie konnte, erreichte die Umfassungsmauer, ergriff das Seil und hangelte sich hinauf.

Sie war schon fast oben, als sie die Klinge spürte. Ein stechender Schmerz in der rechten Schulter, sie krümmte sich und ließ das Seil los. Doch sie fand einen kleinen Vorsprung in der Mauer. Mit dem unverletzten Arm klammerte sie sich fest und verhinderte, dass sie abstürzte. Der dritte Gardist stand unter ihr, mit einem weiteren Messer in der Hand, bereit zum Wurf.

Myra nahm alle Kräfte zusammen und kletterte mit nur einem Arm und der Kraft der Beine bis zur Mauerkante hinauf und ließ sich auf der anderen Seite hinunterfallen.

Als sie in das eiskalte Wasser eintauchte, wurde einen Moment lang alles schwarz. Aber sie musste hindurch. Der dritte Valenkji-Gardist war vielleicht noch nicht abgeschüttelt, und auch seine beiden Kameraden würden sich bald erholen.

Sie musste weiter.

Am anderen Ufer stemmte sie sich keuchend aus dem Wasser

und rannte in die erste Gasse hinein, um in der Dunkelheit zu entschwinden.

Während sie lief, tastete sie die Wunde an ihrer rechten Schulter ab. Dabei kam ihr diese andere Wunde in den Sinn, die sie gerade untersucht hatte, jene unter Haggens Kehle, die ihm eine gezackte Klinge zugefügt hatte. Sie kannte nur eine Waffe mit solch einer Klinge, und sie kannte auch deren Besitzer.

Er hatte sie einige Jahre zuvor fast hingerichtet: Vesnis, der Henker.

8

Kyllen

Nervös trommelte Kyllen mit den Fingern auf seinen Oberschenkeln herum. Gewelltes schneeweißes Haar umrahmte ein schmales Gesicht mit einem kurzen, nachlässig rasierten Bart. Er blickte mit goldgesprenkelten grünen Augen durch ein großes Fenster des Saales auf die verschneiten Berge. Das Weiß der Gipfel bildete einen scharfen Kontrast zum dunkelvioletten Himmel. Ein Sturm kündigte sich an, Vorbote eines langen, harten Winters, wie er nach den Hundert Tagen des Schattens überall im Dominium zur Regel geworden war.

Kyllen wartete. Und wie so oft in jüngster Zeit, wenn er zum *Unbefleckten* bestellt war, verspürte er ein seltsames Unbehagen.

Ihre erste Begegnung war fünf Jahre her. Stolz war er gewesen und hatte den Wunsch gehabt, einen guten Eindruck zu machen. Damals fühlte er sich noch als Teil einer großen Bewegung und brannte darauf, seinen Beitrag zu leisten.

Was war danach bloß geschehen? Warum wollte er dieses Treffen nun so schnell wie möglich hinter sich bringen und zu seinen täglichen Aufgaben zurückkehren? *Vielleicht bin ich nur alt geworden*, dachte er und musste lächeln. Er war einundzwanzig Jahre, doch an diesem Morgen kam es ihm so vor, als habe er Jahrhunderte auf dem Buckel.

Eine Tür öffnete sich, und ein Jüngling in einem langen grauen

Gewand mit gewebten geometrischen Mustern durchquerte entschlossen den Saal und verschwand auf der gegenüberliegenden Seite. Kyllen beneidete ihn um seine Selbstsicherheit. Er schien genau zu wissen, was er zu tun hatte.

Eine Berührung an der Schulter ließ Kyllen herumfahren. Er schaute in das junge Gesicht eines der Leibdiener des Unbefleckten. Es lächelte ihn an. »Du bist dran.«

Kyllen stemmte sich aus dem Sessel und richtete sich den Mantel und das Hemd darunter, beide grau, so wie die Kleidung des Jünglings: Die Farbe der *Reinen*.

Er folgte dem jungen Diener in einen anderen, etwas kleineren und dunkleren Saal, in den nur durch ein einziges, düsteres Buntglasfenster Licht einfiel. Auf diesem Fenster war ursprünglich eine Szene von Magiern und Elementalen dargestellt, die in Harmonie miteinander lebten. Dies war der Kern ihrer Philosophie, der Philosophie der *Reinen*: eine Magie zu entwickeln und zu praktizieren, die nicht auf der Versklavung der Elementale durch das Kristallblut beruhte, sondern auf der nutzbringenden Zusammenarbeit von Magiern und Naturgeistern. Es hieß, der Unbefleckte habe das Glasfenster vor etwa fünfzehn Jahren umgestalten lassen. Nun zeigte es ein gesichtsloses Wesen, schön und stattlich wie eine Gottheit, umgeben von Scharen ihn verehrender Elementale: Dieser *Befreier* würde, wie es in der Prophezeiung hieß, die Ausbeutung der Elementale durch das Kristallblut beenden. Verdrossen betrachtete Kyllen die Szene. Die Darstellung gefiel ihm nicht. Er verstand den Unterschied zwischen dieser Art Halbgott und einem beliebigen Magier nicht, der sich die Elementale unterwarf und sie solange ausbeutete, bis deren Kräfte restlos verbraucht waren.

Vorbei an dreibeinigen bronzenen Leuchtern, aus denen warme Flammen schlugen, durchquerte er den Saal und warf im Vorübergehen einen Blick auf die zahlreichen Statuen in den Wandnischen. Sie stellten jene *Reinen* dar, die die Geschichte ihrer Bruderschaft, der *Kongregation*, geprägt hatten.

Der Unbefleckte saß am Ende des Raumes hinter einem hauchdünnen schwarzen Vorhang, durch den Kyllen seine mit einem Umhang bekleidete Gestalt erkennen konnte. Sein Gesicht aber war hinter einer Maske aus fein geschliffenem Holz verborgen, der alle Züge fehlten und die nur drei Löcher für Augen und Mund aufwies. Als Kyllen in die Kongregation aufgenommen wurde, hatte man ihm erklärt, dass dies Tradition sei: Die *Reinen* lehnten alle Formen der Macht ab, und aus diesem Grund habe ihr Vorsteher, der Unbefleckte, kein Gesicht und sei nur einer unter vielen, der für einen bestimmten Zeitraum dieses Amt bekleide.

Der Gedanke, dass dieser Apparat eine einzige Heuchelei war, drängte sich ihm auf: Seit über dreißig Jahren saß der Unbefleckte wie ein König auf dem Thron der Kongregation und konnte nicht genug Macht anhäufen.

Dennoch verneigte Kyllen sich und legte zum Gruß eine Hand an die Stirn.

»Auf die Hoffnung, die uns beseelt«, sagte er, wenig überzeugt.

»Möge diese Hoffnung dich immer begleiten«, antwortete der Unbefleckte durch die Maske mit gedämpfter Stimme.

Kyllen wurde nervös: Zweimal im Jahr hatte er Bericht zu erstatten, und wie immer gab es wenig, was berichtenswert war. »Verzeiht, aber ich habe keine neuen Hinweise auf den *Befreier* finden können.«

Der Mythos von der Ankunft dieses Heilbringers wurde seit Jahrhunderten innerhalb der Kongregation tradiert, doch leider wies die Prophezeiung einige Lücken auf, und so schickte der Unbefleckte schon seit Jahren seine besten Magier in alle Länder aus, um Erkenntnisse zusammenzutragen, mit denen sich diese Lücken füllen ließen.

Hin und wieder fand jemand eine vage Spur und berichtete dem Unbefleckten davon. Dann war die Aufregung groß, und alle stürzten sich auf diesen Anhaltspunkt wie ausgehungerte Hunde auf einen Knochen, bis auch diese Spur unweigerlich im Sande verlief. Seit einigen Monaten hatte Kyllen es aufgegeben, sich in dieser Angelegenheit zu engagieren.

Der Unbefleckte ließ einige Augenblicke unbehaglichen Schweigens verstreichen und sagte dann: »Von allen *Reinen* der Kongregation hast du mir als Einziger noch nie irgendwelche Ergebnisse geliefert.«

»Bei allem Respekt, aber die Neuigkeiten, mit den Euch andere versorgten, haben sich stets als unbrauchbar erwiesen.«

Der Unbefleckte lehnte sich auf seinem Sessel vor. »Aber sie geben sich wenigstens Mühe.«

Das stimmte.

»Kyllen, was ist los mit dir?« Der Ton des Vorstehers der Kongregation wurde sanfter. »Als du dich damals unserer Vereinigung angeschlossen hast, bist du voller Eifer jede dir übertragene Aufgabe angegangen.«

»Da konnte ich auch meine magischen Fähigkeiten einsetzen und anderen helfen. Das hat mir gefallen.«

»Und den *Befreier* zu suchen gefällt dir nicht?«

Kyllen biss sich auf die Lippen. Er wusste, was er hätte antworten sollen, aber es gelang ihm nicht. »Nein. Ich finde, das ist Zeitverschwendung.«

»Aber es ist das, worum ich dich gebeten habe«, sagte der Unbefleckte, weiterhin in sanftem Ton. So war er immer: Er gab sich freundlich und nachgiebig, doch tatsächlich waren seine Bitten Befehle.

»Viele andere *Reine* widmen sich ebenfalls dieser Suche, und das mit viel mehr Ergebnissen, als ich sie vorweisen kann, wie Ihr selbst bemerkt habt«, erwiderte Kyllen. »Warum kann ich nicht einfach nur unsere reine Magie praktizieren? Ich glaube, daran besteht Bedarf. Die Blutmagier gewinnen überall stark an Boden, und häufig wissen die Menschen nicht einmal mehr, ob sie unserer friedlichen Magie vertrauen können oder deren tückischen Hexereien, die auf Ausbeutung und Leid beruhen.«

»Du weißt doch, unsere magischen Künste sind noch nicht voll entwickelt.«

»Aber sie sind weit akzeptabler als das Vorgehen der Blutmagier!«, ereiferte sich Kyllen. »Wir unterwerfen keine Elementale durch Tätowierungen mit Kristallblut, wir erwerben sie nicht von Händlern, die sie in *Käfigen* herbeigeschafft haben, und wir nutzen sie nur, wenn sie für einen Zauber unerlässlich sind. Und danach sind sie wieder frei! Das ist ein großer Unterschied.«

»Das reicht aber nicht«, antwortete der Unbefleckte. »Andere entwickeln eine Magie, die völlig ohne die Blutsklaverei auskommt.«

»Warum erlaubt Ihr mir dann nicht, mit diesen Magiern zusammenzuarbeiten?«, beharrte Kyllen. »Ich bin sicher, ich könnte einen wertvollen Beitrag zu ihrer Arbeit leisten. Wertvoller jedenfalls als das, was ich auf der Suche herausfinde, mit der Ihr mich beauftragt habt.«

»Weil es nicht mein Wille ist!« Der Unbefleckte sprang auf. »Als du der Kongregation beigetreten bist, geschah das aus völlig freien Stücken. Aber damals hast du mir absoluten Gehorsam geschworen!«

Kyllen senkte den Kopf. Er war zu weit gegangen. »Verzeiht. Es steht mir nicht zu, Eure Entscheidungen in Zweifel zu ziehen. Ihr habt recht, so wie immer.«

Der Unbefleckte schwieg abermals und nahm wieder Platz.

»In Zukunft erwarte ich größere Anstrengungen von dir«, fuhr er dann fort. »Es ist eine Ehre, nach dem *Befreier* suchen zu dürfen. Diese Aufgabe übertrage ich nur jenen *Reinen*, denen ich blind vertraue.«

»Ich weiß, und ich bitte Euch nochmals, mir meine Anmaßung zu verzeihen.«

Der Unbefleckte tat es mit einer Handbewegung ab, ohne noch etwas hinzuzufügen.

Erst als er den düsteren Saal verlassen hatte, glaubte Kyllen, wieder richtig atmen zu können. In jüngster Zeit hatte er immer häufiger das Gefühl, keine Luft mehr zu bekommen. Die Begeisterung für die Kongregation war nach und nach verflogen, und geblieben waren nichts als Zweifel.

Dabei hatte er einen schmerzhaft hohen Preis bezahlt, um dorthin zu gelangen. Deutlich erinnerte er sich noch an die Worte seines Meisters, als er damals von ihm Abschied nahm. »Dann tue, was du für richtig hältst. Aber ich bin sicher, eines Tages wirst du zu mir zurückkehren wollen. Doch dann bin ich nicht mehr für dich da.«

Er schloss einen Moment die Augen und spürte die Last jener Entscheidung, die ihm heute auf tragische Weise verfehlt vorkam.

»… kurzum, der kleine Junge hatte nichts Außergewöhnliches an sich. Aber immerhin habe ich ihn aus seinem Sklavendasein befreit«, schloss Ezren seine Erzählung mit einem Lächeln in seinem stets fröhlichen Gesicht.

Kyllen erwiderte das Lächeln. Er und Ezren waren zur selben Zeit der Kongregation beigetreten, und auch wenn sie sich zuletzt immer seltener gesehen hatten, war Ezren sein einziger echter Freund.

Auch Ezren hatte dem Unbefleckten Bericht erstattet, sie hatten sich im Haus getroffen und saßen nun in einem halb leeren Wirtshaus in Dennervel zusammen. Allerdings war diese Stadt nur ein kleiner, abseits der großen Verkehrswege gelegener Ort. Umgeben von drei Gebirgen, den Schneebergen, dem Weißen Massiv und dem Höhenkamm, war das Städtchen bekannt für sein schauerliches Klima mit endlosen Niederschlägen. Abgesehen vom Sitz der Kongregation gab es dort nichts.

»Jedenfalls ist alles gut ausgegangen«, sagte Ezren noch einmal. Während dieser seine Bestellung mit wenigen Bissen herunterschlang, rührte Kyllen sein Essen kaum an. »Ich will damit sagen, der Junge ist ganz sicher nicht der *Befreier*, aber er wird auch nicht als *Käfig* missbraucht werden.«

Kyllen nickte. Thyrren-Sklaven wurden *Käfige* genannt. Kaufleute benutzten sie, um Elementale im Dominium hin und her zu transportieren, bevor sie an Blutmagier verkauft wurden. Wie die Alboniter vertrugen auch Thyrren Tätowierungen mit Kristallblut, das für alle anderen Bewohner des Dominiums tödlich war. Sie verstanden sich aber nicht auf die Magie, und so wurden sie von Händlern als eine Art Gefäß, als *Käfig* eben, missbraucht. Es war eines der härtesten Schicksale, das einem Thyrren widerfahren konnte.

»Schön, dass du dieser absurden Jagd noch etwas Gutes abgewinnen kannst.«

Ezren sah ihn verwirrt an. »Was meinst du damit?«

»Dass wir einem Gespenst nachjagen.«

Ezren schaute sich um, ob jemand sie belauschte. Kyllens Worte waren für ihn wie ein Fluch. »Was redest du da?«, fragte er besorgt.

Kyllen musterte den Freund einen Moment. »Warum bist du eigentlich in die Kongregation eingetreten?«, fragte er dann.

Ezren schien überrascht. »Nun ... weil ich, ebenso wie du, die Praktiken der Blutmagier ablehne, die Unterwerfung der Elementale, die *Käfige* ...«

»Und was hast du in den vergangenen Jahren konkret getan, um diese falsche Magie zu bekämpfen?«

»So viel ich konnte ...«

»Nein, Ezren. Was hast du *wirklich* dagegen getan?«

Der Freund zögerte, und so antwortete Kyllen für ihn: »Du hast unzählige Bücher durchforstet, auf der Suche nach irgendeinem Hinweis auf den *Befreier*. Aber wann hattest du mal die Möglichkeit, deine Magie anzuwenden?«

»Ich brauche sie in einem fort.«

»Ja, aber wann hast du damit einen Blutmagier ersetzt? Wann zum letzten Mal einen Elemental gerettet?«

Ezren schien nicht zu wissen, was er antworten sollte. »Ich verstehe ja, was du sagen willst, aber die Fragmente der Prophezeiung zu vervollständigen ist auch sehr wichtig«, sagte er schließlich.

»Nein, das ist eine Sackgasse.«

»Glaubst du gar nicht mehr daran?«

Kyllen schwieg. Er musste seine Antwort gut abwägen. Einzugestehen, dass er nicht an die Prophezeiung glaubte, würde seine Stellung in der Kongregation untergraben. Aber tatsächlich hatte er sich diese Frage in jüngster Zeit häufig gestellt. »Ich würde mir nur wünschen, dass sich die Kongregation mehr darum kümmert, die Magie der *Reinen* zu verbreiten«, sagte er.

»In früheren Zeiten hat sie das getan«, bemerkte Ezren.

Kyllen horchte auf. »Wie meinst du das?«

»Nun, soweit ich weiß, war man früher nicht so wild darauf, den *Befreier* zu finden. Da standen andere Dinge im Vordergrund. Offenbar hat sich das in den vergangenen fünfzehn Jahren geändert.«

»Unter dem jetzigen Unbefleckten also?«

»Ich weiß nur, was man sich so erzählt.« Wieder schaute Ezren sich um, ob von den wenigen Gästen in der Wirtsstube auch niemand mithörte. »Anfangs, als die Kongregation noch mehr im Verborgenen operierte, haben sich deren Mitglieder fast ausschließlich auf die Magie konzentriert. Man sandte die *Reinen* aus, um neue Anhänger zu gewinnen, und versuchte, Zauber um Zauber, die Blutmagier zurückzudrängen und den Menschen mit der eigenen Magie zu helfen. Damals war der Unbefleckte derselbe wie heute. Vor fünfzehn Jahren hat sich die Situation aber schlagartig verändert. Der Unbefleckte ließ das Mosaikfenster im Großen Saal austauschen und versteifte sich immer mehr auf die Suche nach dem *Befreier*.«

»Aber wieso dieser Wandel?«

»Ich weiß es nicht. Ich habe das ja auch nur gehört, wer weiß, ob es stimmt. Fest steht aber, dass uns der Unbefleckte aus dem Dunkel ans Licht geführt und dafür gesorgt hat, dass die Kongregation enorm an Bedeutung gewonnen hat.«

Indem er sie missbraucht und in eine Organisation verwandelt hat, die den Blutmagiern heute sehr viel weniger gefährlich wird, dachte Kyllen.

Ezren sah ihn aufmerksam an. »Was ist eigentlich mit dir los?«

Kyllen seufzte. »Ich habe meinen Enthusiasmus verloren … Ich kann dieser langwierigen Suche nach dem *Befreier* nichts mehr abgewinnen. Dafür habe ich meinen Meister nicht verlassen.«

… und mir seine bösen Abschiedsworte angehört, ergänzte er in Gedanken.

»Vielleicht bist du einfach nur erschöpft«, versuchte Ezren, Kyllens Zweifeln nicht allzu viel Bedeutung beizumessen.

»Aber sag doch mal ganz ehrlich«, erwiderte Kyllen. »Wie geht es dir mit der Entwicklung der Kongregation?« Vielleicht war er ja nicht der Einzige, der sich so quälte. »Fühlst du dich manchmal auch so … überflüssig?« Er las die Antwort in den Augen des Freundes, bevor dieser den Mund aufmachte.

»Das geht doch allen mal so«, sagte Ezren, doch er log. Ihm ging es nie so. Er stellte nie infrage, was der Unbefleckte verlangte. Er führte es aus, so einfach war das für ihn.

Doch das konnte Kyllen nicht mehr. Er zwang sich zu einem Lächeln. »Hat mich wirklich gefreut, dich wiederzusehen.«

»Mich auch.« Ezren erwiderte das Lächeln und klopfte ihm auf die Schultern. »Du wirst sehen, es wird alles gut.«

Kyllen hätte gern dran geglaubt. Doch die Berichterstattung vor dem Unbefleckten und Ezrens Erzählung hatten ihn auf einen Gedanken gebracht. Andere hätten ihn sicherlich verscheucht und nichts weiter als ihre Pflicht getan. Er nicht.

Zudem war es ihm noch nie leichtgefallen, so wie alle anderen zu sein, und ebenso wenig, Befehlen blind zu gehorchen.

Zum Abschied umarmte er Ezren, dann verließ er das Wirtshaus. Der Sturm erfasste ihn.

Kyllen aber spürte weder Wind noch Schnee oder Kälte. Er spürte nur diese drückende Last, die mit jedem Tag wuchs.

9

17. bis 22. Oktober

Erschrocken und schweißnass fuhr Myra aus dem Schlaf hoch. Sie hatte von Fadis Ermordung geträumt.

Das war ihr schon jahrelang nicht mehr passiert.

Anders in der ersten Zeit: Da hatte sich der Traum Nacht für Nacht wiederholt, und auch wenn sie wach gewesen war, hatte sie die Bilder, wie ihr Vater und Tallia ermordet wurden, in einem fort vor Augen gehabt. Doch die Jahre waren ins Land gegangen, und irgendwann hatte Myra geglaubt, den Schock überwunden zu haben. Aber die Vergangenheit war ein heimtückisches Tier: Sie schien gezähmt und hatte sich brav in einen Winkel ihres Geistes zurückgezogen. Tatsächlich aber wartete sie nur auf den rechten Augenblick, auf einen Moment der Schwäche, um hervorzuspringen und sie brutal zu überfallen.

Immer noch verwirrt und verstört nach diesem Traum, schaute Myra sich um und begriff, wo sie war.

Plötzlich war alles wieder da.

Die Nacht zuvor. Der Totenacker, Haggens Leiche, die Schnittwunde an seinem Hals, die Valenkji-Gardisten, der Kampf und ihre Flucht. Mit blutender, wie Feuer brennender Schulter hatte sie sich in ihre Herberge geschleppt. Dort traf sie wieder die Magd, die sie zu Haggens Witwe Ragnad geschickt hatte. Mit einem großzügigen Trinkgeld konnte sie sie bewegen, sie nicht im

Gemeinschaftsschlafsaal unterzubringen, sondern in einem Abstellraum, wo sie vor neugierigen Blicken geschützt war.

Doch eine sichere Unterkunft war nicht genug. Kaum hatte Myra sich niedergelegt, fühlte sie sich einer Ohnmacht nah, und so musste sie die Frau noch einmal um Hilfe bitten. Die Blutung musste gestoppt werden. Sie entblößte ihre Schulter und versuchte herauszufinden, wie schlimm die Verletzung war. Sehen konnte sie die Wunde unter dem rechten Schulterblatt nicht, doch sie ertastete sie. Das Fleisch war fast bis zum Knochen aufgeschlitzt.

Sie musste die Wunde verschließen, und dafür gab es nur eine Möglichkeit.

»Ihr müsst eine dieser Klingen auf die Wunde pressen«, sagte Myra und deutete auf ihre Waluds. »Die sind immer heiß.«

»Ich habe so was noch nie gemacht, ich glaube, ich kann das nicht ...«

Auch wenn sie dafür bezahlt wurde, hatte sich die Magd ihr gegenüber bislang sehr freundlich verhalten, und Myra wollte sie nicht unter Druck setzen. Doch diese Ziererei konnte sie nicht gebrauchen. »Ihr habt mein Geld genommen, nun tut auch, worum ich Euch bitte«, sagte sie.

Die Magd tat es.

Der Schmerz nahm Myra fast den Atem, und nur mit Mühe konnte sie einen Schrei unterdrücken, während ihr Fleisch unter der glühenden Klinge zischte.

Aber sie hielt durch, ließ nicht zu, dass ihr die Sinne schwanden, und erteilte der Magd weitere Anweisungen. Die Frau musste aus ihrem Quersack einige Fläschchen mit Medikamenten holen, die Myra vor ihrem Aufbruch Acrab entwendet hatte, und etwas davon auf der gereinigten Wunde verteilen. Sofort fühlte sie sich erfrischt. Schließlich verband die Magd ihr die Wunde.

Nun aber, immer noch ein wenig in Traum und Erinnerungen verloren, hörte sie draußen, außerhalb des Abstellraumes, ein

Geräusch. Sofort ergriff sie ihre Waluds – wobei ihr alles wehtat – und lauschte angestrengt. Irgendetwas wurde auf dem Boden abgestellt, dann entfernten sich Schritte. Schließlich wieder Stille.

Leise zog Myra die Tür ein wenig auf. Davor, auf dem Boden stand eine dampfende Schüssel. Daneben lag ein schon etwas abgetragener schwarzer Umhang, das perfekte Kleidungsstück für einen Reisenden, der unerkannt bleiben wollte. Ohne Zweifel hatte die Magd es von sich aus gebracht.

Myra bückte sich, warf sich den Umhang über und hob die Schüssel auf. Eine wunderbare Wärme strömte davon in ihre Hände, und gleich fühlte sie sich besser. Es war eine Kartoffelsuppe mit einigen Stücken Kuhnd-Fleisch, dem Fleisch von jenem mächtigen Rind mit dem zotteligen Fell, das in der Gegend um Ostar als Mast- und Lasttier gehalten wurde. Ein schlichtes Mahl, das Myra gierig verschlang. Sie war noch schwach, und die Wunde pochte heftig unter dem Verband, aber durch das Essen fühlte sie sich gestärkt. Als die Schüssel leer war, schlief sie sofort wieder ein und blieb dieses Mal von Albträumen verschont.

Am nächsten Tag erholte Myra sich weiter und ordnete ihre Gedanken.

Die Zeit, die Acrab ihr als Urlaub eingeräumt hatte, war längst verstrichen. Wenn sie sich nicht täuschte, waren sie bereits acht Tage unterwegs, das Doppelte von dem, was er ihr für den Aufenthalt an den Wasserfällen zugestanden hatte. Aber das war ohnehin nur ein Vorwand gewesen.

Nun stand sie an einem Scheideweg.

Zum einen war sie auf einen Namen gestoßen, der ihr nichts sagte: Graffias. Zum anderen hatte sie durch eigenes Geschick eine Spur gefunden, die viel konkreter war, sie aber noch viel weiter von Asgarö wegführen würde, in eine Gegend, an die sie die allerschlimmsten Erinnerungen hatte.

Und diese Spur hieß Vesnis, der Gladiator.

Myra kannte nicht nur ihn, sondern auch den Mann, der ihn

gekauft hatte und in seiner Schautruppe in Etheria, einer der größten Städte Metaliens, kämpfen ließ.

Dort müsste sie hin.

Aber dafür müsste sie das Weiße Massiv überqueren und immer weiter Richtung Süden wandern, einem Stück Vergangenheit entgegen, mit dem sie nichts mehr zu tun haben wollte.

Und damit würde aus den wenigen Tagen eine lange, gefährliche Reise, beeinträchtigt durch die Wunde an der Schulter.

Aber sollte sie etwa aufgeben?

Myra zog den Umhang fester um sich. In diesem Abstellraum, in dem die Magd sie untergebracht hatte, gab es keine wärmende Glutschale. Dafür aber schwelte das Feuer ihrer Wut beständig in ihr. Die zehn Jahre, die seit der Ermordung ihres Vaters vergangen waren, hatten diese Glut nicht löschen können. Und wenn sie nichts unternahm, würde sie sie noch verzehren.

Myra hatte keine Wahl. So wie vor einigen Wochen, noch in Asgarö, nach dem Gespräch mit Jamled, drängte es sie wieder hinaus. Sie musste die Wahrheit erfahren. Dieses Verlangen war einfach zu stark, dass alles andere daneben verblasste.

»Aber Acrab …« Der Gedanke versetzte ihr einen Stich. Die Stadt, in der sie sich aufhielt, würde die erste sein, die er einnehmen würde. Aber sie wäre bereits wieder fort.

»Nein! Zum Auftakt des Feldzugs werde ich zurück sein, koste es, was es wolle«, sagte sie sich.

Doch zunächst mussten alle Rechnungen der Vergangenheit beglichen werden. Ein für alle Mal.

Am nächsten Morgen brach Myra vor Tagesanbruch in Ostar auf. Vorsichtig schlich sie sich aus dem Abstellraum, denn sie fürchtete immer noch, dass ihr draußen jemand auflauern könnte. Doch der Weg war frei, und der Himmel noch dunkel.

In der Wirtsstube stellte die Magd einige Stühle zusammen. Myra dankte ihr im Stillen, ohne sich von ihr zu verabschieden.

Sie kannte noch nicht einmal den Namen dieser Frau, die so viel für sie getan hatte.

Der Himmel war verhangen, aber der Mond warf ein schwaches Licht auf die menschenleeren Straßen. Ideale Bedingungen, um ungesehen die Stadt zu durchqueren. So huschte sie vorsichtig durch die Gassen, hielt sich die wunde Schulter und versuchte, mit der Stille um sie herum zu verschmelzen und ganz in ihr aufzugehen.

Im Morgengrauen ließ sie die letzten Häuser hinter sich und wanderte am Fluss entlang aus der Stadt. Niemand hatte sie angehalten. Zwar war sie einigen Wachsoldaten begegnet, hatte sich aber an ihnen vorbeidrücken können.

Irgendwann blieb sie am Ufer des Vak stehen und schaute zurück nach Ostar. Auf diese Entfernung erschien sie nur noch wie eine dicht gedrängte Ansammlung bunter Dächer im Tal, auf die die ersten Sonnenstrahlen weiße Lichtflecken warfen. Obwohl ihr Aufenthalt schmerzhaft gewesen war, empfand sie eine seltsame Sympathie für diese Stadt.

Dann wandte sie sich ab und schaute nur noch nach vorn.

In den ersten Tagen kam Myra rasch voran, obwohl ihre Beine schwer waren und es in ihrer Schulter in einem fort heftig pochte. Die Schmerzen hatten nicht nachgelassen, und Myra machte sich Sorgen. Da stimmte etwas nicht. Die Schulter heilte nicht so, wie sie sollte. Myra zitterte. Und trotz Acrabs *Mixtur* wurde sie nachts nicht mehr warm.

Dennoch gelangte sie bald, an einem kalten, sonnigen Morgen, zur Mündung des Vak. Hier wirkte dieser Fluss, der eigentlich recht breit war, nur noch wie ein Bächlein gemessen an der riesigen Wasserfläche der Istris, in die er mündete. Gemächlich und majestätisch, die Oberfläche wie Gold glänzend, floss dieser Strom dahin. Am Zusammenfluss war das Bett der Istris vier Meilen breit.

Genau dort lag auch eine kleine Inselgruppe, auf der die südlichsten Bauwerke des Königreiches Ostar aufragten. Von Myras Standpunkt aus wirkten sie wie ein Wald aus gigantischen Türmen, die sich schwarz und massiv vor dem blauen Himmel abzeichneten. Sie waren unterschiedlich hoch und breit und miteinander durch ein System von Brücken verbunden, die auf verschiedenen Ebenen angebracht waren. Es waren die Hürlichtürme, und alle Reisenden, egal ob sie in nördliche oder so wie Myra in südliche Richtung unterwegs waren, mussten dort vorbei. Über die Ursprünge dieser Türme gab es unzählige Geschichten. Einig waren sich jedoch fast alle darin, dass solch zyklopische Bauwerke unmöglich dem Erfindungsgeist irgendeines Volkes des Dominiums entsprungen sein konnten. Je näher man ihnen kam, desto beeindruckender war die Vollkommenheit ihres Aufbaus. Die schwindelerregend hohen Turmmauern wurden von sehr wenigen schmalen Fensteröffnungen durchbrochen, Schießscharten gleich, und sie waren so sagenhaft glatt, dass man nicht einmal die Fugen zwischen den Blöcken, aus denen sie errichtet waren, erkennen konnte.

»Die Oberfläche sieht nicht nur so glatt aus, sie fühlt sich auch so an«, hatte Myra einmal einen Söldner erzählen hören. »Es gibt gar keine Fugen. Diese Türme müssen aus einem einzigen gigantischen Block gehauen worden sein.«

Myra wollte es nicht glauben, allerdings sahen die Türme wirklich atemberaubend aus und schienen aus einer fernen, längst vergessenen Epoche zu stammen. Heute wäre niemand mehr in der Lage, derartiges zu errichten.

Die Geschichte, wie die Türme unter die Herrschaft Ostars gelangt waren, war ein wenig verworren und ging auf die Zeit unmittelbar nach den Hundert Tagen des Schattens zurück, als die Völker des Dominiums in Kriegen gegeneinander ums Überleben kämpften. Die gesamte Anlage war einmal eine Art Festung gewesen, hatte erbitterte Schlachten und lange Belagerungen erlebt, die unzählige Opfer forderten. In sternenlosen Nächten, wenn der Wind um die Türme pfiff, so erzählte man, könne man noch das Wehklagen der Toten vernehmen.

Irgendwann war die Zeit der Kriege zu Ende gegangen, und nach und nach hatten sich die Bewohner der Turmanlage aufgemacht und Ostar besiedelt. Das Interesse anderer Völker an dieser Gegend erlosch, geblieben waren die Hürlichtürme als Zeugen einer weit zurückliegenden grausamen Vergangenheit. Nun waren sie ein Sinnbild des kalten, abweisenden Nordens, der sich in sich selbst zurückgezogen hatte.

Je näher Myra kam, desto deutlicher erkannte sie die Einzelheiten. Wie bei einem Spinnennetz gingen von den Hürlichtürmen Seile aus, die sich bis zu den Ufern der beiden Flüsse spannten. An jedem Seil war ein Kahn befestigt, der sich mit dieser Vorrichtung über das Wasser ziehen ließ. Nur so ließ sich die mächtige Istris überqueren, und für die Überfahrt musste ein Fährgeld entrichtet werden.

Myra kramte in ihren Taschen nach Münzen und betrachtete fasziniert diese gigantischen Hürlichtürme. Jetzt verstand sie, wieso diese Bauwerke so viele Sagen hervorgebracht und so viele Menschen in ihren Bann gezogen hatten. Etwas Finsteres, Unheimliches, nahezu Nicht-Menschliches strahlten sie aus. Sie riefen die Erinnerung an die *Ersten* und deren exzellentes Wissen wach, ihre Kenntnisse, die an Hexerei grenzten, und ihren Hochmut, der zum Streit mit den Göttern geführt hatte.

Die Kapuze tief ins Gesicht gezogen, trat Myra zur Anlegestelle. Die Überfahrt zu den Hürlichtürmen dauerte recht lang, und mitten auf der Istris war der Obolus zu entrichten, um weiterreisen zu können. Jeder Kahn wurde von einem Blutmagier gesteuert. Sie mussten auch das Treibeis fernhalten, das den Fluss heruntertrieb. Die Seile, an denen die hölzernen Fähren hinübergezogen wurden, waren mit mächtigen Holzrädern auf den Turmspitzen verbunden, die, so wurde erzählt, von Brinnern angetrieben wurden, jenen starken Bären aus den Wäldern Albons. Offenbar sollten die Blutmagier jenen Zauber aufrechterhalten, der verhinderte, dass die Tiere sich gegen ihr Schicksal wehrten und über ihre Herren herfielen.

An der Anlegestelle warteten ein paar Kaufleute und ein Blutmagier. Der Mann war alt, trug eine bodenlange weiße Tunika und auf dem geschorenen Kopf einen Streifen schneeweißen Haars, der in einen langen Pferdeschwanz auslief. Der Magier schien sehr erfahren zu sein, denn sogar sein Gesicht war mit Tätowierungen übersät. Ein dichtes Netz verschlungener Linien, unter denen Myra sich langsam bewegende blasse Gestalten, die Elementale, erkennen konnte. Einige von ihnen schienen sie neugierig anzuschauen.

Sie wartete, bis sie an der Reihe war, und hielt von dem Magier Abstand. Diese Blutmagier waren für die Versklavung der Thyrren verantwortlich, zudem sperrten sie die Elementale ein und quälten sie für ihre Zauber.

Zusammen gingen sie an Bord, und langsam glitt der Kahn über den Fluss. Vor sich erblickte Myra die Bergkette des Weißen Massivs, ihr nächstes Ziel. Die Berge waren etwa zehn Meilen entfernt, und es schien, als ragten die Berge aus dem Flussbett selbst auf. Der untere Teil der Bergkette war bewaldet, darüber dominierte dunkler, fast schwarzer Fels, der unter einer dicken Eisschicht lag. Die Wände waren steil und schienen nahezu senkrecht abzufallen. Doch ein Pass führte unterhalb des Glautico entlang, des höchsten Gipfels dieses östlichen Teils der Gebirgskette.

Es gab keine andere Möglichkeit hinüberzugelangen und auch nicht herauszufinden, ob der Weg überhaupt frei war.

Einen Augenblick lang erschien Myra das Weiße Massiv wie eine unüberwindbare Mauer, die sich zwischen ihr und ihrem Ziel aufbaute.

Mit den anderen Passagieren verließ Myra den Kahn und fand sich in der Flussmitte der Istris wieder. Fast machte die Vorstellung sie schwindlig. Friedlich, aber grenzenlos breitete sich das Wasser um sie herum aus, und inmitten dieser ebenen Fläche wirkten die

Hürlichtürme wie schwarze Reißzähne, die aus dem Herzen der Erde emporragten.

Da sie ihnen nun so nah war, erkannte sie, dass die Türme tatsächlich nicht aus Blöcken, sondern aus einem einzigen gewaltigen Fels gehauen schienen. Die Sockel waren ungefähr vier Ellen hoch und über und über mit Schriftzeichen bemalt. Manche hatten ihren Namen hinterlassen, andere, um sich die Zeit zu vertreiben, irgendeinen Unsinn hingeschrieben. Bei den meisten Inschriften aber handelte es sich um flehentliche Hilferufe und Zeugnisse furchtbaren Leids, die an die Zeit erinnerten, als diese Inseln so erbittert umkämpft waren. Manche Inschriften verstand Myra nicht: Sie erkannte nur die Schriftzeichen, die noch von den *Ersten* stammen mussten.

Da traf sie ein Stoß, und ein stechender Schmerz in der Schulter ließ sie herumfahren.

»Verzeihung, ich hatte nicht gesehen, dass Ihr verletzt seid«, sagte ein junger Kaufmann, in einem Albonitisch mit stark metalienischem Akzent.

Myra hob eine Hand, dass alles in Ordnung sei.

Aber der andere ließ sich nicht abwimmeln.

»Euer Umhang ist voller Blut«, sagte er.

Myra erschrak. »Das ist nur ein Kratzer«, sagte sie bemüht gleichgültig.

Mit den anderen ging sie zu einer kleinen Holztheke, wo das Fährgeld bezahlt werden musste. Sie holte ein dutzend albonitischer Sterls hervor. Dann bestieg sie den nächsten Kahn, der sie ans gegenüberliegende Ufer der Istris brachte.

Als sie an Land ging, kam sie sich mit einem Mal verloren vor. Sie war nicht zum ersten Mal allein im Dominium unterwegs, aber nun war sie viele Meilen von den Gegenden entfernt, in denen sie in den vergangenen Jahren heimisch geworden war. Nach Albon war es nicht mehr weit, und dahinter wartete Metalien auf sie. Erst jetzt begann ihre Reise richtig.

Doch zunächst musste sie noch etwas anderes tun.

Einige Meilen folgte sie dem Weg, bis sie eine kleine kreisrunde Lichtung zwischen den Bäumen fand. Magier glaubten, dass so geformte Lichtungen vor den Hundert Tagen des Schattens die Heimstatt der Elementale gewesen seien. Auch wenn sie dort nicht mehr zu finden waren, weil man sie eingesperrt oder die Zauber der Blutmagier sie vernichtet hatten, seien diese Orte, so hieß es, weiterhin von den segensreichen Kräften dieser Naturgeister durchdrungen. Myra wusste nicht, ob das stimmte, doch auch Acrab hatte häufiger gesagt, dass gerade solche Lichtungen als Versteck gut geeignet seien, weil man dort vor den Elementen und in gewissem Maße auch vor der Bosheit der Menschen geschützt sei.

Sie gab sich einen Ruck und entblößte ihre Schulter. Dann betastete sie die Wunde durch den Verband und spürte, dass die Ränder hart waren, doch in der Mitte schien sie immer noch feucht zu sein. Das war kein gutes Zeichen. Als sie vorsichtig den Verband entfernen wollte, klebte er an der Haut. Auch das war nicht gut.

Sie zog ihre Waluds und neigte eine Klinge so, dass sie die Wunde betrachten konnte. Was sie sah, gefiel ihr nicht. Die eine Hälfte war geschlossen oder heilte zumindest, die andere aber war immer noch offen. Sie erkannte, wie kleine Tropfen hellen Bluts hervortraten, während die Haut darum herum gelblich war. Eine Entzündung.

Dagegen konnte sie nicht viel tun. Ohne Hilfe war die Stelle äußerst schlecht zu erreichen, und so blieb ihr nichts anderes übrig, als Acrabs Salbe darauf zu verteilen. Vielleicht hätte sie sich den Heilkünsten eines Magiers anvertrauen sollen. Doch die Vorstellung, dass ein Elemental gequält wurde, damit es ihr besser ging, ertrug sie nicht.

»Entweder schaffe ich es alleine, oder eben nicht«, sagte sie sich.

Sie gab etwas Salbe auf die Wunde und verteilte sie, so gut es ging, dann legte sie sich den Verband wieder an. Einige Stunden Rast wollte sie sich erlauben. Dann würde sie sich wieder auf den Weg machen. Myra blickte zu den Bergen, die bedrohlich nah über ihr aufragten.

Fels, Eis, Schnee und Sturm erwarteten sie.

10

23. bis 31. Oktober

Myra durchquerte den Wald an den unteren Hängen und begann mit dem Aufstieg. Je höher sie kam, desto zahlreicher wurden die Rotbäume, wie sie für Albon typisch waren. Seltsam unwirklich kam es ihr vor, unter diesen majestätischen Bäumen dahinzuwandern, die über fünfhundert Ellen hoch werden konnten. Ihr war, als schreite sie durch eine Kathedrale mit blutroten Wänden. Die Rotbäume verdankten ihren Namen der Farbe ihrer schlanken Stämme, deren Rinde aus großen Flächen verkrusteten Blutes zu bestehen schien, durchzogen von hellroten Linien. So ähnelten sie Säulen mit pulsierenden Adern. Und so zerbrechlich sie auch wirkten, war ihr Holz doch unglaublich hart und andererseits auch formbar, weshalb albonitische Handwerker alle möglichen Gegenstände daraus herstellten. Die Hefte von Myras Waluds waren daraus gefertigt.

Der Wind blies heftig. Weit über ihr rauschten die Kronen, und die elastischen Stämme knarzten leicht. Wenn sie genau hinhörte, kam es Myra wie ein Wehklagen vor, und sie fragte sich, ob wohl die Elementale das Los ihrer versklavten Brüder beklagten. Sie schüttelte den Kopf. Es war nicht nur der Ort, der sie auf solche Gedanken brachte.

Sie legte eine Hand an die Stirn: Sie glühte. Myra fühlte sich benommen. Die Entzündung in der Schulter wurde zu einer Gefahr. Aber sie konnte nichts anderes tun, als weiterzumarschieren.

So wanderte sie dahin, winzig klein im Schatten der Rotbäume, während der Chor der Baumstämme unaufhörlich sein Klagelied sang.

Obwohl es ihr schlecht ging, ließ Myra schon am zweiten Tag den Wald hinter sich: Die Bäume waren niedriger geworden, ihr Abstand größer, bis sie schließlich ganz verschwanden. Die Luft war dünner und noch kälter, und die Landschaft vor ihr erinnerte sie an Asgarö. So weit das Auge reichte nur Fels, Eis und Schnee. Zwischen von Flechten überzogenem Gestein folgte sie einem schmalen Pfad, der sie zum Glautico-Pass führen würde.

So schnell wie möglich versuchte Myra voranzukommen, doch ihre Schulter quälte sie, und auch ihr Kopf schmerzte. Wie verloren in einer öden Wüstenei, kam sie sich vor. In dieser Landschaft existierte kaum Leben, dieses Gestein hatte es lange vor ihr gegeben und würde es auch weiter geben, wenn sie nicht mehr war, und ihre Füßen hinterließen nicht die kleinste Spur auf dem Fels.

Am Abend legte sie erneut die Wunde frei, um sie zu behandeln. Als sie sie im Spiegel ihrer Walud-Klinge betrachtete, erkannte sie, dass die Entzündung weiter fortgeschritten war. Wie war das möglich? In ihrem Leben als Kriegerin hatte sie weit schlimmere Verwundungen davongetragen, aber alle waren gut verheilt. Und nun zwang dieser Schnitt, der kaum mehr war als ein Kratzer, sie in die Knie. Sie trank einen Schluck von dem Elixier, das bislang nur ihr Fieber heruntergebracht und sonst nichts anderes bewirkt hatte.

Aus der dünnen Schneeschicht wurde eine immer dickere harte Kruste, die das Gehen zunehmend erschwerte. Der Pfad war noch schmaler geworden und führte immer wieder an steil abfallenden Abgründen entlang. An manchen Stellen musste sie sich an einem Seil entlanghangeln, das an der Felswand befestigt war. Myra fiel es schwer. Sie wankte, konnte kaum das Gleichgewicht halten, und ihr Körper gehorchte ihr nicht mehr so, wie sie es gewohnt war. Zu ihren Füßen lag nur ein schmales, durch Eis und

Schnee rutschiges Felsband, darunter der Abgrund, der ihr im Fieberwahn zu schwanken schien und wie das aufgerissene Maul eines Ungeheuers vorkam. Zweimal stolperte sie und fing sich im letzten Moment ab. Ihre Beine zitterten, und es fiel ihr schwer, sicheren Tritt zu finden. Beim dritten Mal fiel sie und rutschte auf den Abgrund zu. Das Seil spannte sich, der Ring, mit dem es befestigt war, krachte, und ein schmerzhafter Ruck ging durch ihren Körper.

Myra hing über dem Abgrund, aus dem ein eiskalter Wind hinaufwirbelte und das Haar vor ihrem Gesicht zerzauste. Einen Moment lang kam es ihr verlockend vor, einfach loszulassen und ins Nichts zu gleiten. Sie war müde und erschöpft. Doch sie klammerte sich fest. Schließlich hatte sie ein Ziel, und das wollte sie erreichen. Sie spannte alle Muskeln an und zog sich mit letzten Kräften wieder hinauf auf den Pfad.

Am späten Abend dieses Tages, während sie ein Loch ins Eis hackte, in dem sie die Nacht verbringen wollte, hörte sie es zum ersten Mal. Der Wind war laut, deshalb glaubte sie zunächst, sich getäuscht zu haben. Doch da klang etwas durch, was nicht zum Heulen der Sturmböen gehörte, ein Brüllen, mächtig, aber sehr fern. Myra kroch in ihre Eishöhle und streckte sich aus, während die Flamme der *Mixtur* vor ihr brannte.

Am folgenden Tag war dieses Brüllen wieder da, nun lauter und deutlicher. Auch in diesem Gebirge, so wie in allen sehr kalten Gebieten des Dominiums, lebten Eisdrachen, aber Myra hatte nie damit gerechnet, einmal einem zu begegnen. Selbst in Asgarö, wo die Drachen das Tierreich unangefochten beherrschten, waren sie scheu und mieden den Kontakt mit Menschen. Dieser Drache musste allerdings schon in der Nähe sein. Das spürte sie.

Gegen Abend, während sie noch weiter ihrem Pfad folgte, wurde es still. Der Wind legte sich, die Kälte war etwas erträglicher, und es schneite nicht mehr. Die Stille ringsum war fast vollkommen. Und doch war Myra unruhig. Der Himmel schien geteilt zu sein: Über ihr standen unzählige Sterne, doch vor ihr, am Horizont, erhob sich eine dunkle, von Blitzen durchzuckte Wand. Ein schönes und erschreckendes Schauspiel.

Langsam ging Myra weiter. Etwas lag in der Luft.

Plötzlich erscholl das Brüllen wieder, nun so laut, dass die Erde unter ihren Füßen bebte. Ihr war, als durchfahre, als zerreiße es sie. Eine unbändige Wut lag in dem Gebrüll, aber auch Schmerz.

Unwillkürlich schlossen sich ihre Finger um die Waluds, obwohl sie ahnte, dass sie sich damit nicht würde verteidigen können. Ein ausgewachsener Eisdrache konnte bis zu acht Ellen hoch werden, und bis zu zwanzig lang. Dies war kein Gegner, mit dem es ein Krieger allein, zumal verletzt und schwach wie sie, aufnehmen konnte.

Vorsichtig schlich sie weiter, als das Brüllen abbrach. Vielleicht hatte das Tier sie gewittert und sich zurückgezogen.

Drachen ernähren sich nicht von lebendigen Menschen, versuchte sie sich zu beruhigen.

Kurz bevor sich der Pfad um einen Felsvorsprung wand, bemerkte sie etwas. Sie blieb stehen, reckte sich vor und spähte vorsichtig um die Felskante.

Ihr Herz setzte einen Schlag aus.

Dort lag ein Drache, nicht einmal zehn Schritt von ihr entfernt. Und er war gigantisch. Myra hatte Drachen fliegen sehen, meilenweit über ihr, oder von fern beobachtet, wie sie die Leichen verstorbener Asgarer während des Bestattungsritus' verspeisten. Doch so nah war sie noch nie einem dieser Tiere gekommen.

Er lag auf der Seite und versperrte den Pfad, ein gewaltiges, wunderschönes, aber auch furchterregendes Tier. Sein Leib war mit blaugemaserten weißen Schuppen überzogen, die im Licht der Sterne wie Eissplitter glitzerten. Er war mindestens zwanzig Ellen lang, und so wirkte sein mächtiger Leib dennoch schlank. Sein dünner Hals trug einen länglichen Kopf, umrahmt von einem Kamm mit spitzen Höckern. Sein riesiger Brustkorb hob und senkte sich im Rhythmus seiner Atemzüge. Durch sein transparentes Schuppenkleid konnte Myra zwischen den Rippen sogar sein schlagendes Herz erkennen, ein warmer roter Farbfleck in all dem Weiß und Blau seines Leibs, der sich wie ein zappelnder Fisch auf einem zugefrorenen See bewegte. Unermüdlich und auch zornig – wie Myra zu spüren glaubte – pumpte es.

Nach einer Weile hob der Drache den Kopf und schickte wieder sein ohrenbetäubendes Brüllen zum Himmel hinauf. Dabei öffnete er nur ein Auge, und dieses war rot wie Blut.

Hingerissen vom Anblick dieses imposanten Tieres stand Myra reglos da und zog sich schließlich wieder hinter die Felskante zurück. Der Drache versperrte den einzigen Weg über die Gebirgskette. Eine andere Möglichkeit wäre nur, die Schneeberge, so hieß das Weiße Massiv im Norden, zu umgehen. Aber das würde ihre Reise um Wochen verlängern. Das war ausgeschlossen.

Wieder brüllte der Drache, und Myra spürte, wie er sich schüttelte und erneut die Erde unter ihren Füßen erbeben ließ. Warum lag er dort? Warum flog er nicht davon?

Sie gab sich einen Ruck, trat noch einmal zu dem Felsvorsprung, lugte um die Ecke. Der Drache hatte mit seinen langen scharfen Krallen das Eis unter sich aufgerissen. Offenbar versuchte er, von dort wegzukommen, schaffte es aber nicht. Da bemerkte Myra, dass sein langer Schwanz unter einem Berg aus Fels und Eis begraben war. Offenbar war ein Erdrutsch niedergegangen. Darum also war das Tier so wütend. Es saß fest.

Was sollte sie tun? Plötzlich hörte Myra Brennars Worte wieder, die er Jahre zuvor einmal zu ihr gesagt hatte: »Du darfst dir die Fafrjos nicht wie gewöhnliche Tiere vorstellen, denn das sind sie nicht. Eisdrachen sind Abgesandte der Götter. Sie wissen und verstehen sehr viel mehr von uns, als wir ahnen.«

Myra schloss die Augen und atmete tief ein und aus. Ihr war schwindlig, und das Fieber stieg. Sie musste sofort handeln.

Mit einem Schritt trat sie vor, mitten auf den Pfad. Der Drache wandte den Kopf, schaute sie einen Moment lang an, reckte dann die Schnauze zu ihr vor und brüllte. Myra sah das satte Rot in seinem Rachen, in dem ein Feuer brannte, heißer als in jeder Brennerei, und die Doppelreihe spitzer Zähne, ein jeder lang genug, um ihren Körper zu durchbohren. Eine Ur-Angst erfasste sie.

Und doch blieb sie stehen und widerstand dem Impuls wegzulaufen.

Sie öffnete ihre Hände und ließ ihre Waluds zu Boden fallen. Es zischte, und Dampf stieg aus dem schmelzenden Schnee auf.

»Ich will dir helfen«, sagte sie mit ihrer heiseren Stimme.

Im Herzen war sie eine Biaswadin, und anders als Brennar und die Asgarer hielt sie Eisdrachen nicht für Abgesandte der Götter. Eigentlich hatte sie den Glauben an irgendwelche Götter verloren, und zwar an dem Tag, an dem sie alles andere verloren hatte. Doch als der Drache sie mit seinem einen roten Auge ansah, erkannte sie in seinem Blick ein Wissen um urzeitliche Dinge, die ihr selbst und allen anderen Menschen verschlossen waren: Erinnerungen, Leidenschaften und ein tiefes Verständnis, das jenes der gelehrtesten Völker im Dominium übertraf.

Lange schaute er sie an, und Myra war, als lese er in ihrer Seele. Dann blitzte etwas in seiner Pupille auf, er reckte den Kopf, so hoch er konnte, und stieß ein kurzes Brüllen aus.

Rasch kroch Myra dicht an seinem immensen Leib entlang bis zu der Stelle, wo sein Schwanz von den Erdmassen verschüttet war. Die düstere Wand am Horizont hatte sich weiter vorgeschoben und noch mehr Sterne verschluckt, doch der Mond war noch da und spendete ein wenig Licht. So erkannte sie, dass die Erdmassen zwar gewaltig, die einzelnen Steine aber nicht sonderlich groß waren.

Vielleicht war es zu schaffen.

Du bist verrückt, dachte sie, während sie sich bückte und an die

Arbeit machte. Sofort fuhr ihr ein Stich durch die verletzte Schulter, und das Schwindelgefühl wurde heftiger. Doch anstatt aufzugeben, wühlte sie immer schneller. Dabei spürte sie von der Seite den Atem des Drachen wie einen gigantischen Blasebalg, spürte seine Größe, seine Kraft. Sie war ihm ausgeliefert, doch er schien nicht gesinnt, ihr das zum Verhängnis werden zu lassen.

Stein für Stein räumte sie das Geröll fort, gab nichts auf die schmerzende Schulter, den Schwindel und die Kälte. Der Drache beobachtete sie, aber Myra hätte nicht sagen können, was im Blick des einen geöffneten Auges lag. Über das andere, geschlossene Auge verlief quer eine helle Narbe, die ihm wohl von einem Kampf geblieben war.

Ein Krieger, dachte sie, obwohl Drachen natürlich keinen Krieg führten, sondern höchstens um ein Revier oder Nahrung kämpften.

Doch sie fühlte sich ihm verwandt.

Er ist ein Krieger wie ich, dachte sie.

Schließlich wuchtete sie den letzten Felsblock zur Seite. Mit einem Ruck hob sich der Schwanz des Drachen, und mit einer kraftvollen Bewegung drehte sich das Tier und spreizte seine schier unermesslichen Flügel. Sie waren wunderschön. Anders als sein Leib hatten sie keine Schuppen, sondern waren mit einer feinen durchscheinenden Haut überzogen, die das Geflecht der Adern und lange dünne Knochen erkennen ließ.

Der Drache stellte sich auf die Hinterbeine, richtete sich zu schwindelerregender Größe auf und stieß wieder ein Brüllen aus. Ein Triumphgeschrei. Dann hob er ab, und ohne sich noch einmal zu ihr umzuschauen, flog er davon und verschwand in Richtung der höchsten Gipfel, bis er nur noch ein kleiner Punkt am Himmel war.

Überwältigt von der Erschöpfung, der Anspannung und ihrer Verwundung sank Myra zu Boden. Sie blickte zum immer dunkler werdenden Himmel. Der Mond begann sich zu verschleiern.

Einen Moment lang schloss sie die Lider und sah wieder das rote Auge des Drachen vor sich.

Er hat meine Augen.

Nach dieser Nacht kam sie immer schwerer voran. Obwohl sie ihre Wunde, so gut es ging, versorgte, entzündete sie sich weiter. Und durch die Anstrengung der Drachenbefreiung hatte sich der Schnitt wieder vergrößert.

An einem frühen Morgen nahm sie erneut eine Veränderung wahr, eine Bedrohung. Sie blickte hoch. An dem bleiernen, blitzdurchzuckten Himmel kam eine gigantische weiße Wolke auf sie zu. Es war, als bewege sie sich langsam, doch Myra ahnte, dass sie rasend schnell war.

Erschrocken hüllte sie sich fester in ihren Umhang und duckte sich. Schon wurde sie erfasst, viel heftiger, als sie es befürchtet hatte. Die Orkanbö warf sie zu Boden und brauste über sie hinweg. Kurz versuchte Myra, die Augen zu öffnen, doch sofort pressten die Naturgewalten sie wieder in den Schnee. Sie konnte sich nicht mehr halten, wurde mitgerissen, überschlug sich, immer wieder, bis sie nicht mehr wusste, wo oben und unten war. Himmel und Eis wurden eins.

Die nächste Bö schleuderte sie gegen eine Felsrippe, dort blieb sie keuchend liegen.

Alles um sie herum war in Aufruhr, während sie reglos dalag, am Ende ihrer Kräfte, ausruhen wollte und einschlafen.

Als sie eine Gestalt durch den Schneesturm undeutlich auf sich zukommen sah, atmete sie auf.

Acrab. Das musste Acrab sein. Er allein konnte sie ausfindig machen und retten.

Ich habe niemanden außer ihm, dachte sie, während sie eine Hand zu ihm ausstreckte.

Dann wurde alles weiß.

11

Acrab

Die Sonne ging über der verschneiten Stadt Ostar auf. Die ganze Nacht hindurch war Schnee gefallen und hatte alles in eine weiße Decke gehüllt. Nun war der Himmel klar, die kalte Luft sauber, und auf den Straßen herrschte eine friedliche Atmosphäre. Die Menschen schliefen noch, und nur einige patrouillierende Gardisten waren unterwegs. Ihre Hauptaufgabe war die Bewachung des königlichen Palasts, in dem die Königin ebenfalls noch nicht erwacht war. Es versprach ein ruhiger, angenehmer Tag zu werden, so wie eigentlich immer in Ostar, und das schon seit vielen hundert Jahren.

Ungewöhnlich war nur das viele Eis auf den Kanälen. Üblicherweise wurden im Winter, wenn die Kanäle zuzufrieren drohten, Blutmagier beauftragt, mit bestimmten Zaubern die Eisschollen auf dem Wasser zu schmelzen und so die Wasserstraßen passierbar zu halten. Noch wunderte sich keiner der Gardisten über das viele Eis. Schließlich war der Herbst in diesem Jahr ungewöhnlich kalt gewesen, und die Schneefälle in der Nacht ausgesprochen dicht. Nichts also, was einem verdächtig vorkommen musste.

Doch dann prallte ein gewaltiger Eisblock, der gegen den Strom schwamm, gegen einen Steg. Die oberste Eisschicht barst. Eine Schar weißer Krieger brach hervor und verteilte sich lautlos.

Zur selben Zeit geschah exakt das Gleiche auf allen anderen

Kanälen der Stadt. Alles war so perfekt aufeinander abgestimmt, dass den Gardisten mit einem Schlag klar wurde, dass dies ein lange geplanter Angriff war. Einer wollte schreien, da bohrte sich ein Dolch in seine Stirn, und der Mann brach zusammen.

Nur wenige Minuten vergingen, bis Alarm gegeben wurde, aber die waren entscheidend. Wie eine Flut ergossen sich die weißen Krieger in die Straßen der Stadt und stachen alles nieder, was sich ihnen in den Weg stellte.

Erstickte Schreie zerrissen die Stille, dazu das Stöhnen und Röcheln von Sterbenden. Als die Alarmglocke des königlichen Palastes zu schlagen begann, war es zu spät.

Die zweite Welle rollte heran.

Hatten sich die Krieger der ersten Angriffswelle im Eis verborgen, so ließen sich die der zweiten vom Luftwald herab, und zwar mit Seilen und seltsam geformten Haken, die sie in lange gebogene Dolche verwandeln konnten. In Windeseile fielen auch sie in die Stadt ein.

Seit vielen, vielen Jahren kannte Ostar keinen Krieg mehr. Ihren Reichtum verdankte die Stadt dem Handel und ihren offenen Grenzen. Sie besaß keine Stadtmauer und auch keine anderen Verteidigungssysteme, und die Valenkji-Gardisten hatten sich zumeist mit Kleinkriminalität beschäftigen, sich aber nie in echten, grausamen Schlachten bewähren müssen. Anders die weißen Krieger: Sie kämpften seit Jahren, hatten angegriffen, getötet, und auf ihrem langen unaufhaltsamen Marsch Dörfer und Städte erobert.

So rückten die weißen Krieger, wie befohlen, auf den Königspalast vor, und während sie die Valenkji-Gardisten niedermachten, krümmten sie der Bevölkerung kein Haar und machten nur jene wenigen, die Widerstand leisteten, kampfunfähig.

An ihrer Spitze stand ein schlanker Mann, der Helm und Doppellanze trug. Ihr Anführer, ihr Feldherr, ihr König.

Acrab.

Fast alle, die mit ihm kämpften, hatten sich nur seinetwegen dem Heer angeschlossen. Sie bewunderten seine Kraft, seinen Geist, seinen Mut. Seine gewaltige Präsenz riss sie mit. In der Schlacht war er stets an ihrer Seite und kämpfte mit ihnen, ließ mit der einen Hand seine Lanze herumwirbeln und führte mit der anderen ein stählernes Schwert, das in all dem Weiß aus eigener Kraft zu strahlen schien.

Bald zeichnete sich am Hang über der Stadt der Königspalast vor ihnen ab. Viele Ellen hoch erhob er sich zum Himmel, trutzig und dennoch leicht wirkte er, und ganz oben ragten drei schlanke Türme auf. Der zentrale Teil des Gebäudes mit seinem stark geneigten, überstehenden Dach, vermittelte denselben Eindruck von Leichtigkeit und Festigkeit. Auf der Rückseite aber stürzte sich von einem hohen Steilhang ein tosender Wasserfall in die Tiefe und trieb ein gewaltiges Rad an, das so die Energie der Wassermassen nutzte.

Anders als die Stadt wurde der Palast von einer hohen Umfassungsmauer mit einem massiven Tor aus Holz und Bronze geschützt, das man rechtzeitig geschlossen hatte. Doch davon ließen die weißen Krieger sich nicht abschrecken. Sie öffneten die Reihen und ließen lange, speziell gefertigte Leitern bringen. Sie besaßen keine zwei seitlichen, sondern nur einen zentralen Holm, von dem links und rechts versetzt die Sprossen abgingen. Unten befanden sich Räder sowie ein seltsamer Mechanismus, dessen Funktion zunächst noch rätselhaft war.

Die Valenkji-Gardisten, die den ersten Angriff überlebt hatten, sammelten sich. Sie verschanzten sich im Palast und ließen einen unaufhörlichen Pfeilregen auf die Angreifer niedergehen. Diese verteidigten sich zunächst nur, hoben ihre Schilde über die Köpfe und bildeten eine einzige hölzerne Fläche, die für die Geschosse kaum einen Spalt freiließ. Dennoch wurden einige getroffen und sanken zu Boden.

»Greift an! Lasst euch nicht abschrecken!«, rief ihr Anführer und trat, ohne sich um den Pfeilregen zu kümmern, aus dem Schutz der Schilde vor und reckte seine Lanze.

Und seine Krieger gehorchten, weil sie an ihn glaubten und weil er bei ihnen war, mitten unter ihnen. Rasch legten sie die Leitern an die Mauern, und als die weißen Krieger hinaufstiegen, setzten sich die Mechanismen am Fuß der Leitern in Gang, trieben die Sprossen an und schoben die Männer hinauf.

Die Valenkji-Gardisten verstärkten ihre Verteidigung, immer mehr Pfeile regneten hinab, zahlreiche Angreifer fielen, doch die Geschwindigkeit, mit der sie hinaufbefördert wurden, war zu hoch, um sie aufhalten zu können. Auf den Wehrgängen entbrannte der Kampf, Klingen schlugen aufeinander, und nur der Wasserfall übertönte ihr Klirren und die Schreie der Verwundeten.

Einer der Gardisten schaute sich suchend nach dem schlanken Mann um, der auf solch imponierende Art seine Truppen führte. Aber er fand ihn nicht.

Denn in diesem Moment erreichte Acrab den höchsten Punkt der Ringmauer auf der anderen Seite, beim mächtigen Wasserrad. An der Spitze eines Trupps hatte er als Erster eine der Leitern erklommen. Er stach drei Wachen nieder, indem er seine Doppellanze herumwirbelte.

»Der Weg ist frei!«, rief er. »Los!« Und wieder tat er als Erster etwas Unvorhersehbares. Mit einem weiten Sprung erreichte er das Wasserrad. Er hielt sich daran fest, stellte sich auf eine Schaufel und ließ sich hinauftragen. Einen Moment lang umstrahlte ihn die Sonne, während ihn das Wasser bis zum höchsten Punkt des Palastes beförderte, von wo aus er am leichtesten in die Gemächer der Königin eindringen konnte. Fast wirkte er wie ein Gott, der gekommen war, das ihm zustehende Reich zu beanspruchen.

Seine Männer folgten ihm, ließen sich von den Schaufeln hinauftragen, und niemand der Valenkji-Gardisten bemerkte sie.

Schon als das Rad nur die Hälfte seiner vollen Umdrehung zurückgelegt hatte, kam es Acrab so vor, als liege ihm ganz Ostar zu Füßen: Weiß und rot zeichnete sich die Stadt unter ihm ab, und er musste an Myra denken.

Heftig schüttelte er den Kopf: Das war ein vollkommen unpassender Zeitpunkt für solche Gedanken. Er musste erst verwirklichen, was er sich vorgenommen hatte.

So trug das Rad ihn hinauf. Oben angekommen, warf er einen Haken aus, der sich in der Brüstung eines Fensters verfing. Blitzschnell schwang er sich hinüber.

Er schlug die Scheibe ein und sprang hinein.

Einen kurzen Augenblick lang wurde ihm schwindlig. Er hatte es geschafft. Sein Plan war aufgegangen. Aber er war kein Mensch, der sich von seinen Gefühlen hinreißen ließ. Er gab seinen Männern ein Zeichen, und sie folgten ihm.

So rückten sie durch die Flure des Palastes vor und trafen auf weitere Gardisten. Obwohl die weißen Krieger zahlenmäßig unterlegen waren, agierten sie so geschwind und überraschend, dass sie alle Gardisten niederkämpften, die sich ihnen in den Weg stellten.

Acrab führte sie sicheren Schritts.

Er kannte den Weg, hatte die entsprechenden Karten doch von einem Valenkji-Gardisten erhalten, der einige Jahre zuvor desertiert war und sich seinen Truppen angeschlossen hatte. Acrab hatte sie studiert und sich so gut eingeprägt, dass er nicht zögerte. Das Gehirn war seine beste Waffe und hatte ihn noch nie im Stich gelassen.

Er riss die Tür des letzten Zimmers am Ende eines langen Ganges auf. Sie hatte er gesucht. Seine Männer kümmerten sich um die vier Wachen, während er zum Bett trat.

Darin lag die Königin.

Detmarinde war fast noch ein Mädchen. Er hatte sie nur ein einziges Mal gesehen, vor Jahren, in einem prachtvollen Gewand, das wunderschöne rote Haar reich geschmückt. Nun kam sie ihm noch jünger und verlorener vor: ihr Körper von einer fast kindlichen Zartheit, das runde Gesicht mit Sommersprossen gesprenkelt, die Augen von einem blassen Grün. Ihr langes Haar fiel ihr wie ein Sturzbach aus Blut über die Schultern.

Wieder musste Acrab unwillkürlich an Myra denken. Gleichzeitig nah und fern kam sie ihm vor: So präsent war sie in seinen Gedanken, als würde sie an seiner Seite kämpfen, und doch war er sich ihrer Abwesenheit schmerzhaft bewusst. An diesem besonderen Tag war niemand an seiner Seite, dem sein besonderer Schutz galt, und auch niemand, dem er blind vertraute.

Mit einem kräftigen Hieb erledigte er den letzten Gardisten, der sich zwischen ihm und der Königin aufgebaut hatte.

Die junge Frau schrie auf.

»Ich bin nicht gekommen, um Euch etwas anzutun«, sagte Acrab.

Detmarinde griff zu dem Dolch, der auf dem Schränkchen neben ihrem Bett lag, und streckte ihn gegen ihn aus.

»Glaubt mir, ich bin wirklich nicht gekommen, um Euch etwas anzutun«, beteuerte Acrab noch einmal. Er trat einen weiteren Schritt auf die Frau zu und ließ zu, dass ihre Klingenspitze seinen Bauch kitzelte. »Da draußen sterben Eure Soldaten. Welch sinnloses Blutvergießen. Ein Wort von Euch würde genügen, dem ein Ende zu setzen.«

Detmarinde sah ihn mit ihren großen Augen an. Sie hatte Angst und wusste offensichtlich nicht, was sie tun sollte. Acrab dachte, dass sie tatsächlich kaum den Kinderschuhen entwachsen war, diese nutzlose Herrscherin eines Königsreichs in Friedenszeiten. Doch im Dominium ging es grausam zu, und bald würde es Krieg geben. Blut musste vergossen werden, damit die Dinge sich änderten, und Ostar brauchte einen kriegerischen König.

Es brauchte ihn.

Blitzschnell packte er das Handgelenk der Königin und drehte es um, bis sie den Dolch fallen ließ.

»Ich bitte Euch nur, vor die Tür zu treten und Euch zu ergeben.«

»Nein, niemals!«, rief die Frau.

Acrab lächelte bitter. »Dann wollt Ihr also, dass Eure Männer alle sterben. Und was soll aus den braven Bürgern der Stadt werden? Ich kann meine Krieger jederzeit zurückrufen, aber dazu müsst Ihr Eure Kapitulation erklären.«

Er ließ ihr Handgelenk los und schaute sie abwartend an.

Detmarinde seufzte.

Acrab widerstand der Versuchung, sie zu packen und zu schütteln. Immerhin war sie eine Königin. Sie musste selbst einsehen, was das Beste für alle war.

Detmarinde ließ ihren verschleierten Blick durch den Raum schweifen. Am Boden lagen ihre toten Gardisten, und die Luft war vom Gestank des Blutes gesättigt.

Dann blickte sie wieder zu Acrab und nickte. »Nun gut, ich werde tun, was Ihr verlangt.«

Da ergriff er ihren Arm und half ihr auf. »Wir werden es gemeinsam tun.«

Alle hielten inne, als Detmarinde und Acrab auf den Balkon traten, auf dem sich die Königin gewöhnlich ihrem Volk zeigte. Die Asgarer brachen in Jubelrufe aus, während die Einheimischen aufstöhnten oder verzweifelt aufschrien.

Acrab bat die Königin vorzutreten. Zitternd zeigte sich Detmarinde an der Brüstung. Sie trug immer noch das Nachtgewand, in dem sie aus dem Schlaf gerissen geworden war. Angst und Kälte setzten ihr zu.

»Ich fordere beide Seiten auf, die Feindseligkeiten einzustellen«, rief sie mit erstickter Stimme. »Ostar ergibt sich, aber es darf kein Blut mehr fließen!«

Dann brach sie in Tränen aus.

Die Asgarer ließen die Waffen sinken, und Stille legte sich über die Stadt.

Acrab vertraute die Königin Gotín an, der während des gesamten Angriffs nicht von seiner Seite gewichen war, und gab Anweisung, die junge Frau in ihre Gemächer zurückzubegleiten, wo sich die Kammerzofe ihrer annehmen sollte.

Dann trat er auf den Balkon. »Bewohner von Ostar«, wandte er sich an die Menge, »wir haben eure Stadt angegriffen und erobert. Wir sind die Sieger, ihr die Besiegten. Und doch haben wir im Kampf so viele Menschenleben wie nur möglich verschont. Denn ich bin nicht gekommen, um euch zu unterdrücken, sondern um euch zu befreien. Für euch mag heute ein Tag des Verlustes und der Trauer sein, doch mit der Zeit werdet ihr lernen, ihn als den Tag eurer Widergeburt zu begreifen. Denn von heute an werden eure Königin und ich zusammen daran arbeiten, das Dominium zu erneuern und lebenswerter zu machen. Es soll ein Kontinent werden, auf dem alle frei sind, auf dem es keine Sklaven mehr gibt und wo Gerechtigkeit herrscht. Kehrt in eure Häuser zurück. Bald werdet ihr die Früchte unseres Bündnisses ernten.«

Ohne noch etwas hinzuzufügen, entfernte er sich, während die Soldaten wie aus einem Mund seinen Namen riefen.

Es war ein Triumph.

Kaum hatte er sich ins Palastinnere zurückgezogen, fühlte er sich plötzlich völlig erschöpft. Die Anspannung der Tage vor dem Angriff, all die Vorbereitungen und dann die langen Stunden des Kampfes hatten seine Kräfte stark beansprucht. Jetzt, da es vollbracht war, fühlte er sich leer.

Er lehnte sich an die Wand und hob unwillkürlich den Blick, so als suche er sie. Myra. Sie hatte die Anfänge seines Traumes miterlebt, war immer bei ihm gewesen. Aber jetzt war sie nicht da. Sie war gegangen. Sie hatte ihn verraten.

Er ballte eine Faust und dachte an den Brief, den er unter ihrem Kissen gefunden hatte, an die niedergeschriebenen Worte und die grenzenlose Wut, die ihn erfasst hatte, als er sie gelesen hatte. So hatte er sich acht Jahre lang nicht mehr gefühlt. Dieser Zorn gehörte zu einem anderen Leben, zu einem anderen Acrab.

»Ist alles in Ordnung?« Gotín war zurück und sah ihn besorgt an. Offenbar war die Wut, die innerlich an ihm nagte, ihm an den Augen abzulesen.

»Ja, mir geht's gut«, antwortete er mürrisch. »Ich will Brennar sprechen.«

Er empfing den alten Krieger im Thronsaal. Alles bestand aus weißem Marmor, einschließlich des Thrones, zu dem einige Stufen hinaufführten. So als gebe es dort draußen, in dem ewigen Winter dieser Breiten, nicht schon genug Weiß.

Acrab stand am Fuß der Stufen. Auf dem Thron Platz zu nehmen, kam ihm plötzlich voreilig vor oder vielleicht auch als schlechtes Omen.

Er blickte zu Brennar, der schwer atmend nahte. »Du wolltest mich sprechen?«

»Ja. Du musst etwas für mich tun.«

Die Haltung des alten Kriegers änderte sich. Er richtete sich gerade auf und blickte seinen Herren entschlossen an. »Alles, was du willst.«

12

1. bis 2. November

Als Myra erwachte, war sie umgeben von Eis und wusste nicht, wo sie war.

Sie erinnerte sich an den Orkan und wie er sie erfasst hatte, und ihr fiel auch wieder ein, dass sie Acrabs Gegenwart gespürt hatte, greifbar nah, bevor sie das Bewusstsein verlor. Doch von Acrab war weit und breit keine Spur. Wie hätte es auch anders sein können? Sie hatte ihn verlassen und war viele, viele Meilen von ihm entfernt.

Sie war allein.

Mit schmerzender Schulter drehte sie sich auf die Seite. Sie ruhte auf einer weichen Unterlage aus getrocknetem Kyliroth, einer behelfsmäßigen Matratze, die auf einer glatten Eisfläche ausgebreitet war. Kyliroth war ein hervorragender Isolierstoff, das wusste sie, und das wusste auch derjenige, der sie dort niedergelegt hatte, wer immer das gewesen sein mochte.

Myra stützte sich auf den unversehrten Arm und setzte sich auf. Sie war in einer großen Höhle aus purem Eis. Die Decke über ihr wölbte sich in mindestens acht Ellen Höhe, und das Weiß um sie herum ging in ein faszinierend schimmerndes Blau über. Die Wände waren wie glatt geschliffen und von einer dünner Schicht gefrorenen Wassers überzogen.

Mochte die Kyliroth-Matratze sie auch noch so gut vor der

Bodenkälte schützen, hätte Myra in dieser Eishöhle eigentlich frieren müssen. Doch ein blaues Feuer, das in einem Ring aus Steinen in der Mitte brannte, erwärmte die Höhle. Die äußeren Flammen flackerten heftig, während das Feuer weiter unten, dort wo die Scheite ruhig verbrannten, fast durchscheinend war. Sofort dachte Myra an die Flammen der *Mixtur*. Aber darum konnte es sich nicht handeln, denn die hatte Acrab entwickelt. So ein Feuer hatte Myra noch nie gesehen, und eine Weile betrachtete sie fasziniert dieses Wunder.

Dann riss sie sich los.

Jemand musste sie aus dem Orkan gerettet und hierher gebracht haben. Doch wer? Und warum?

Sie ließ den Blick durch die Höhle schweifen und suchte nach einem Eingang. Doch sie fand keinen. Die glatten Wände um sie herum spiegelten nur den Feuerschein und vervielfachten ihn. Die einzige Öffnung war ein Spalt in der Wand vor ihr.

Myra stemmte sich hoch, doch kaum war sie auf den Beinen, rotierte alles. Sie atmete tief ein, um den Schwindel unter Kontrolle zu bringen. Nach und nach drehten sich die Wände langsamer, bis sie sich nicht mehr bewegten.

Während sie so dastand und mit Blicken die Höhle maß, spürte sie doch die Kälte. Sie trug nur ihr Hemd, und zudem war ihre verwundete Schulter entblößt. Sie warf sich ihren Umhang über und ging langsam auf den Spalt zu. Sie hasste es, so geschwächt zu sein. Schließlich war ihr Körper eine Maschine, eine Waffe, die ihr genauso zuverlässig gehorchte wie ihre Waluds. Aber jetzt ließ er sie im Stich, und sie fühlte sich kraftlos. Dabei hatte sie sich vor Jahren geschworen, dass sie nie mehr schwach sein würde.

Endlich erreichte sie die gegenüberliegende Wand. Der Widerschein der Flammen war anders als an den übrigen Wänden. Diese Wand bestand aus Schnee, der, seiner Festigkeit nach zu urteilen, vor nicht mal einem Tag aufgeschichtet worden war. Durch die Wärme des Feuers war er etwas zusammengesackt, aber nicht so stark, als dass man nicht mit bloßen Händen einen Durchgang hätte freilegen können. Es war also keine Absperrung, die sie gefangen halten sollte, sondern eine Tür. Und dieser Spalt diente wohl dazu, die Luft zirkulieren zu lassen.

Myra beugte sich vor und brachte das Gesicht so nahe an den Spalt, dass sie hinaussehen konnte. Draußen war nichts als Weiß, und immer noch wütete der Schneesturm. Sie kannte solche Stürme. In Asgarö konnten sie manchmal wochenlang toben. Doch sie war nicht in Asgarö und hoffte, dass so ein Schneesturm im Weißen Massiv nicht länger als ein paar Tage dauerte, da es noch nicht einmal Winter war.

Langsam kehrte sie zu ihrem Lager zurück und setzte sich nieder. Zwar fühlte sie sich kraftlos, aber sie hatte kein Fieber mehr. Es war Zeit, die Wunde zu kontrollieren.

Die Waluds steckten an ihrem Gürtel. Wer auch immer sie in diese Höhle geschafft hatte, war nicht darauf aus, sie wehrlos zu sehen. Sie zog eine Klinge und betrachtete die Wunde im Spiegelbild des blitzenden Stahls. Sie lag frei, der Verband war entfernt worden, und die Wunde selbst war mit einer seltsamen Paste bestrichen worden, die Myra noch nie gesehen hatte. Sie war gräulich und schien auf ihrer Schulter hart geworden zu sein. Über dieser Schicht hatte eine andere Substanz, wie um das Ganze zu verschließen, eine dünne, durchscheinende Haut gebildet.

Was war geschehen? Jemand hatte sie versorgt, aber auf eine Weise, die weder mit den Methoden der Blutmagier noch mit der nicht-magischen Heilkunst zu tun hatte.

Myra ließ die Klinge sinken und lehnte sich mit dem Kopf an die Wand hinter ihr. Zwar fühlte sie sich nicht bedroht, doch was hatte das alles zu bedeuten?

Noch einmal blickte sie sich in der Höhle um. In einer Ecke war etwas, das ihr zuvor nicht aufgefallen war. Auf ein großes Stück Baumrinde hatte jemand etwas zu essen gelegt: Kyliroth-Beeren, verschiedenartige Wurzeln und die kopflosen Kadaver einiger Tiere, die weder ausgenommen noch abgezogen oder gerupft waren.

Bei dem Gedanken an Fleisch drehte sich Myra zwar der Magen um, doch sie war hungrig. Sie griff sich eine Handvoll Beeren und schlang sie hinunter. Dann zog sie ihren Quersack heran, der neben ihrem Lager stand, holte das Fläschchen mit dem Kyliroth-Tonikum heraus und trank davon einen ordentlichen Schluck. Die Flüssigkeit brannte ihr in der Kehle, tat aber sofort gut. Der Geschmack erinnerte sie an Zuhause, an Acrab, und plötzlich fiel ihr wieder ein, was sie sich vorgenommen hatte. Jede in dieser Eishöhle verbrachte Stunde hielt sie länger von ihm fern. Eine unbändige Sehnsucht erfüllte sie. Sie musste so schnell wie möglich wieder aufbrechen, der Weg vor ihr war lang, und sie hatte noch nicht einmal den Pass über das Weiße Massiv überwunden.

Wenn du jetzt rausgehst, stirbst du. Auch wenn es dir etwas besser geht, du bist zu schwach, und der Schneesturm tobt. Du kannst nichts weiter tun, als zu warten und dich auszuruhen, ging es ihr durch den Kopf

In hilfloser Wut umkrallte sie das Fläschchen, dann nahm sie noch einen Schluck. Wenn sie etwas hasste, dann war das warten. Sobald es ein wenig aufklarte, würde sie sich wieder auf den Weg machen. Das stand fest.

Den Rest des Tages lag Myra auf ihrem Lager und wartete. Wer auch immer sie gerettet hatte, würde sich früher oder später zeigen müssen, dachte sie. Aber es kam niemand. In der Stille der Höhle hörte sie draußen gedämpft den Wind brausen. Sonst nichts. Das bläuliche Feuer, das der *Mixtur* ähnelte, brannte mit gleichmäßiger Flamme vor sich hin.

Auch am nächsten Tag war es nicht viel anders. Als sie die Augen aufschlug, hatte sich in der Höhle nichts verändert, offenbar war in der Nacht niemand dort gewesen. Von ihrem mysteriösen Retter keine Spur.

Trotz des leichten Ekels würde es ihr sicher guttun, etwas von dem Fleisch zu essen, und so brachte sie eine Weile damit zu, eins der Beutetiere zu enthäuten. Der Kopf war wohl mit einem festen Ruck abgetrennt worden, die unregelmäßig verlaufenden Ränder deuteten auf einen Biss hin. Das war keine Klinge gewesen. Vielleicht war das Tier von einem größeren Tier getötet worden, und ihr Retter hatte nur den Rumpf gefunden und mitgenommen. Doch auch die anderen Tiere waren auf die gleiche Weise getötet worden. Die Köpfe waren abgerissen. Das sah nicht nach der Hand eines Menschen aus.

Myra schob alle Gedanken beiseite und kümmerte sich nur noch um ihr Essen. Als sie alles verspeist hatte, kontrollierte sie noch einmal die Wunde an ihrer Schulter. Die dünne durchsichtige Haut und auch die harte Paste hatten Risse bekommen und sich schon teilweise gelöst. Darunter konnte sie das klaffende Fleisch erahnen. Es war noch nicht verheilt. Die Wunde war in der Mitte rot und an den Rändern weißlich, aber es bildete sich eine dicke Kruste. Offenbar war die Entzündung von den Mitteln absorbiert worden. Wenn sich der Schneesturm gelegt hatte, würde sie sich in spätestens zwei Tagen wieder auf den Weg machen können, und das kräftiger als zuvor.

Im Moment aber konnte sie wieder nichts anderes tun, als sich auszuruhen. Sie streckte sich auf ihrem Kyliroth-Lager aus.

Da brach die Schneewand gegenüber, mit dem Spalt darin, laut krachend zusammen.

Myra sprang auf, griff zu ihren Klingen und stellte sich in die Mitte der Höhle. Ein starker Luftzug wehte herein und zerrte an ihrem Haar. Gleich darauf wurde die Öffnung durch einen gewaltigen Leib wieder geschlossen. Und im matten Licht des Feuers sah sie ihn, den Drachen, dem sie geholfen hatte. Die mächtigen Flügel gespreizt, stand er in seiner imposanten Gestalt vor ihr. Er war es, zweifellos, denn nur ein Auge war geöffnet.

An Kampf und Gefahren gewohnt, riss Myra unwillkürlich ihre Waluds hoch und streckte sie dem Drachen entgegen. Der brüllte auf, und sein Brüllen war so laut, dass die Höhle bebte. Einige Eisstücke lösten sich von der Decke und krachten zu Boden. Myra erstarrte, doch der Drache rührte sich nicht. Er stand auf seinen Hinterbeinen und reckte die Schnauze zu ihr vor. Er beobachtete sie, schien sich aber nicht auf sie stürzen zu wollen.

So verharrten sie in höchster Anspannung voreinander. Plötzlich fügten sich in Myras Kopf alle Einzelheiten zusammen: ihr Lager, das magische Feuer, ihre versorgte Wunde, die kopflosen Beutetiere …

Sie verstand.

Die Waluds weiter fest in der Hand, ließ sie die Klingen langsam sinken und richtete sich ein wenig aus der Kampfstellung auf. Der Drache hatte den Kopf zu ihr ausgestreckt und die Reißzähne ein wenig entblößt. Er musterte sie mit seinem einen Auge von Kopf bis Fuß.

Plötzlich schlug er mit einer raschen Schwanzbewegung gegen die Eismassen am Boden und verschloss so die Öffnung, durch die er hereingekommen war. Myra ließ es geschehen. Der Drache wollte sie nicht einsperren, sondern die Kälte aus der Höhle fernhalten. Und ohne das Auge von ihr abzuwenden, schleuderte er eine Feuerzunge auf die Scheite in der Höhlenmitte, woraufhin das Feuer mächtiger aufloderte.

Myra steckte ihre Klingen zurück, und nach einem kurzen Moment wandte der Drache endlich seinen Blick ab. Er schnupperte ein wenig in der Höhle herum, die offensichtlich sein Zuhause war, und legte sich dann an der längsten Seitenwand hin.

Auch Myra ließ sich wieder auf ihrem Lager nieder. Der Atem des Drachen erfüllte die Luft, und sie betrachtete fasziniert dieses herrliche Tier: seinen geschuppten Rücken, der wie aus Eis wirkte, seine starken Muskeln, die sich unter der Haut abzeichneten. Er war gigantisch, gewaltig und wunderschön.

Und er kann dich töten, wenn er will, vergiss das nicht, ging es ihr durch den Kopf. Doch sie empfand keine Furcht.

So lagen sie beide da, wach, wachsam, jeder eingeschlossen in die eigene Einsamkeit.

Nach und nach spürte Myra, wie ihr die Müdigkeit in die Glieder kroch. Und fast ohne es zu merken, schlief sie ein.

An der Wand hinter ihr bewegte sich der Drache, drehte langsam den Kopf, gerade nur so viel, dass er, bevor auch er einschlief, mit seinem einzigen Auge noch einmal dieses seltsame winzige Geschöpf betrachten konnte, das ihm aus irgendeinem Grund das Leben gerettet hatte.

13

3. bis 5. November

Als Myra am nächsten Morgen die Augen aufschlug, war der Drache verschwunden. Alle Wände waren geschlossen, das Feuer brannte, und neben diesem lag wieder ein erlegtes Tier, ohne Kopf und nicht ausgeweidet. Als sie ihre Schulter berührte, stellte sie fest, dass die seltsame Paste, die die Wunde verschloss, erneuert worden war.

All das war geschehen, während sie geschlafen hatte. Sie hatte nichts bemerkt, hatte friedlich geschlummert in der Obhut eines zwanzig Ellen langen Tieres, das sie mit einem einzigen Biss hätte zweiteilen können.

Die asgarischen Mythen über die Fafrjos, die Eisdrachen, kamen ihr wieder in den Sinn, also der Glaube, dass sie Gesandte der Götter seien. Aber sie erinnerte sich auch an die Drachenmahlzeit, der sie Jahre zuvor einmal beigewohnt hatte, als Acrab und seine Männer ihre gefallenen Kameraden im Eis zurückgelassen hatten. Sie hatten sich zurückgezogen und aus der Ferne beobachtet, wie ein Drache sich näherte und das Fleisch der Toten verschlang.

»Unsere Brüder kehren zu Modir zurück«, hatte Brennar gesagt, und gemeinsam hatten sie ein Gebet gesprochen und diesen ihren Gott gepriesen und seine Abgesandten, die Drachen. Aber Myra hatte weniger die Wärme einer gemeinsamen mystischen Erfahrung empfunden als vielmehr ein Grausen angesichts der langen Zähne, die das Fleisch der toten Kameraden in Stücke rissen.

Ihr jedoch war es besser ergangen. Wollte der Drache ihr etwas antun, hätte er viele Gelegenheiten dazu gehabt. Er hätte sie auch nicht aus dem Schneesturm gerettet und versorgt. Sie musste sich darum keine Sorgen machen, sondern schnell wieder auf die Beine kommen, damit sie ihren weiten Weg nach Etheria fortsetzen konnte.

Dort würde sie den Gladiator Vesnis aufspüren, Haggens Mörder, den Mann, der plötzlich wieder aus ihrer Vergangenheit aufgetaucht war.

Sie trat zu dem Spalt in der Schneewand und schaute hinaus. Noch immer war alles weiß, aber der Sturm tobte weniger heftig. Vielleicht würde sich das Wetter morgen beruhigen.

Missmutig seufzte sie. Wann war sie das letzte Mal so lange zur Untätigkeit verdammt gewesen? Das musste in ihrer Kindheit in Biaswad gewesen sein, als Fadi ihr Bettruhe verordnet hatte, weil sie krank gewesen war. Wenn sie ihren Körper nicht bewegte, rasten die Gedanken stets besonders heftig und flatterten wie aufgescheuchte Vögelchen herum. Das hielt sie nur schwer aus. Sie schaute wieder nach draußen.

So verging der Tag, langweilig und gleichförmig, in einer Stille, die nur das Heulen des Windes durchdrang.

Der Drache kam erst am folgenden Tag wieder. Als sich die Schneewand öffnete, stellte Myra fest, dass sich der Sturm beruhigt hatte. Es schneite, aber die dicken Flocken fielen fast kerzengerade herab.

In Myra keimte Hoffnung.

Doch der Drache hinkte und schnappte nach Luft. Myra trat zu ihm. Er war verletzt. Quer über seine Schnauze zog sich eine lange Schramme und eine weitere über eine Tatze. Sie streckte eine Hand aus, doch er knurrte und hob den Kopf.

Myra wich zurück. »Schon gut, ich hab verstanden.«

Sie legte sich wieder auf ihr Lager in der Ecke, und auch der Drache streckte sich an der längsten Seitenwand aus, genauso, wie zwei Tage zuvor.

So konnte Myra seine Wunden genauer betrachten. Sie sonderten eine zähe veilchenblaue Flüssigkeit ab, die zu Boden tropfte. Als sich der Drache die Tatze leckte, fiel ihr ein, dass Brennar ihr einmal erzählt hatte, dass der Speichel der Fafrjos ein wirksames Heilmittel sei. Damit pflegten Drachen ihre Wunden.

Unwillkürlich griff sie sich an die Schulter. Also damit behandelte der Drache ihre Wunde.

Immer wieder fuhr die Drachenzunge über die Schramme an der Tatze, aber der Riss an der Schnauze war für ihn unerreichbar.

Ach, verflucht, dachte Myra, stemmte sich hoch und ging zu ihm.

Der Drache hob wieder die Schnauze, und diesmal brüllte er.

»Was denn? Ich will mir doch nur deine Wunde ansehen!«, rief Myra. Ihre Stimme war noch rauer und heiserer als sonst.

Der Drache verharrte, erstaunt.

»Das nennt man Dankbarkeit.«

Aus sicherer Entfernung versuchte sie, die Wunde besser einzuschätzen. Der Riss war tief, aber nicht tödlich.

Wieder streckte sie eine Hand aus, der Drache schnappte danach, so als wolle er hineinbeißen, verfehlte sie aber um ein gutes Stück. Er wollte sie wohl nur erschrecken.

»Ich will dir wirklich nicht wehtun«, sagte Myra noch einmal, so als könne das Tier sie verstehen. Es war verrückt, aber sie hatte tatsächlich das Gefühl, dass dieser riesige Drache den Sinn ihrer Worte begriff.

Aus ihrem Quersack holte sie ein Fläschchen mit Acrabs Heilmittel hervor. »Das kann dir helfen«, sagte sie, wobei sie es dem Drachen entgegen hielt. »Du kannst dort liegen bleiben und weiter leiden oder dir helfen lassen. Es ist deine Entscheidung.«

Einige Augenblicke schauten sie einander reglos an. Der Drache richtete sein gesundes Auge fest auf sie. Und Myra hielt diesem Blick stand, verlor sich in dieser blutroten, goldgesprenkelten Iris und dem schwarzen Schlund seiner Pupille. Und in dieser Tiefe erkannte sie etwas, das ihr vertraut war, einen unersetzbaren Verlust, das Zeichen derer, die sich verletzt und zerrissen fühlten. Von Wesen, wie sie eines war.

Der Drache schnaubte noch einmal, dann legte er den Kopf auf den Boden und wandte den Blick von ihr ab. Myra trat zu ihm. Der berauschende Geruch seines Blutes stieg ihr in die Nase. Drachenblut. Es erinnerte sie an die vereiste Weite Asgarös, an die höchsten Berge mit ihren verschneiten Gipfeln. Die Wunde schien von einer ähnlich großen Kralle zu stammen wie seine eigenen. Vielleicht hatte er mit einem anderen Drachen um eine Beute oder sein Revier gekämpft.

»Ich hoffe, der andere hat es bereut, sich mit dir angelegt zu haben«, sagte Myra und lächelte.

Der Drache blickte wieder zu ihr, und Myra meinte in seinem Auge so etwas wie ein stolzes Grinsen aufblitzen zu sehen.

Sie gab etwas Tonikum auf ihre Hand und legte sie dann, nach kurzem Zögern, auf die verwundete Drachenchnauze. Sofort schloss das Tier sein Auge und verzog, offenbar vor Schmerz, sein Maul. Doch Myra ließ die Hand auf der Drachenhaut ruhen, auf den kalten, scharfen Schuppen, die sich wie aus Frjosinn anfühlten und das gleiche Gefühl einer tödlichen Härte vermittelten. Darunter jedoch pulsierte die Wärme und das Leben.

Behutsam verteilte sie das Tonikum auf der Wunde und darum herum. Eigentlich mochte sie es nicht, andere zu berühren oder berührt zu werden, doch bei diesem Tier war es anders. Ihr war, als schmiegten sich seine harten Schuppen geradezu an ihre Handfläche an, an die Schwielen, die sich durch den langen Gebrauch der Waluds gebildet hatten. Ihre Kriegerinnenhand auf seinem Kampfharnisch.

»Fertig«, sagte sie schließlich, als sie sich von ihm löste.

Der Drache reckte die Schnauze und berührte damit ihre Schulter.

»Was denn?«

Er stupste sie ein wenig an, und sie verstand. Das Tier wollte sich um ihre Verwundung kümmern. Myra zog Umhang und Hemd ein wenig herunter und entblößte die nackte Haut. Ihr Herz schlug schneller. Zum ersten Mal ließ sie ihn an ihre Wunde, während sie wach war.

Sie schloss die Augen und spürte den warmen Drachenatem im Nacken, und schon lief ihr ein Schauer nach dem anderen den Rücken hinunter. Dann leckte er sie ab. Rau, warm und klebrig war seine Zunge. Sie beseitigte zunächst alle Reste der eingetrockneten alten Paste und leckte dann die Haut darum herum sauber. Es tat nicht weh, sondern war wohltuend. Und es war ihr nicht unangenehm, berührt zu werden. Sicher, es handelte sich nicht um einen anderen Menschen, sondern um ein Tier. Aber der Drache zeigte ein Einfühlungsvermögen, das ihn fast menschlich wirken ließ. Und dennoch war ihr der Körperkontakt nicht lästig.

Nun würgte der Drache eine breiige Paste hervor, die er mit der Zunge auf ihrer Wunde verteilte, sicher der gleiche Brei, mit dem er sie zuvor schon versorgt hatte. Myra ließ alles geschehen, bis er den Kopf zurückzog.

»Danke«, sagte sie, während der Drache sich wieder in seiner Ecke zusammenkauerte. Aber er antwortete nicht. In diesem Moment sah sie etwas an seiner Vordertatze baumeln, einen zerschlissenen Lederriemen mit einem Stein daran, auf dem einige Worte eingeritzt waren. Es schien Albonitisch zu sein.

Ohne lange zu überlegen, trat Myra näher und griff nach dem Anhänger. Sie schaffte es gerade noch, die mit kindlicher Schrift geschriebenen Worte »Icenwharth und Thommas« zu lesen, da richtete sich der Drache in voller Größe vor ihr auf, fletschte die Zähne und brüllte.

Erschrocken wich Myra zurück. »Verzeihung«, rief sie, sehr laut gegen das Brüllen an. Zu laut für ihre mitgenommene Stimme, denn ein stechender Schmerz fuhr ihr durch die Kehle und unwillkürlich legte sie eine Hand an den Hals. Diese Geste schien den Drachen ein wenig zu besänftigen, denn er kauerte sich wieder zusammen und knurrte nur noch warnend.

»Verzeihung«, wiederholte sie.

Der Drache schnaubte und wandte ihr den Rücken zu.

Myra rührte sich nicht. Sie hätte selbst nicht sagen können, wieso, aber dieser Anhänger erinnerte sie an das Gewand, das Fadi ihr kurz vor seiner Ermordung geschenkt hatte. Vermutlich standen beide Objekte für einen unersetzlichen Verlust.

»Tut mir wirklich leid«, sagte sie leise. »Ich glaube, ich verstehe dich.«

Aber der Drache bewegte nur etwas den Rücken. Betrübt zog sich Myra in ihre Ecke zurück und legte den Kopf auf die Knie. Sie dachte an Fadi und Tallia, fragte sich, was der Drache wohl verloren hatte, und gab sich ihren Erinnerungen hin und ihrem Schmerz.

Dem Drachen erging es ebenso. Schmerzhafte Erinnerungen stiegen in ihm auf, an Ereignisse, die er in all den langen Jahren nie hatte vergessen können, obwohl er sich immer wieder bemüht hatte, sie tief in sich zu begraben.

Nun hatte er sie wieder vor Augen, die Bilder dessen, was damals geschehen war, klar und deutlich, obwohl seither viele Generationen von Menschen gekommen und gegangen waren, verfestigt durch den Schmerz und all die Gefühle, die ihn damals bewegt hatten.

Icenwharth, ich werde dich Icenwharth nennen. Auch diese hohe Stimme, die das gesagt hatte, hörte er wieder, und erneut war alles so wie damals.

Ein Menschenjunge, ein Alboniter, hatte sich im Wald verirrt und war eine Böschung hinuntergestürzt. Der Drache wusste selbst nicht, warum er ihn ge-

rettet hatte. Die Angehörigen seiner Art hatten sich von Menschen immer ferngehalten. Sie waren ihnen zu feige, zu gewöhnlich, mit ihren Leben, die in einem Augenblick vorübergingen, mit ihrer Magie, die das Unbeherrschbare zu beherrschen versuchte und mit ihrer anmaßenden Selbstüberschätzung, die Krone der Schöpfung zu sein und über alles verfügen zu können, als sei es ihr rechtmäßiges Eigentum.

Doch dieser Junge hatte ihn an sein eigenes Junges erinnert, sein einziges, das viele Winter zuvor an Hunger und Kälte gestorben war. So hatte er den Menschenjungen sanft mit seinen Krallen gepackt, war aus dem Abgrund hinaufgeflogen und hatte ihn oben auf dem Pfad abgelegt. Andere Menschen waren in der Nähe und würden sich um ihn kümmern.

Er hatte seine Rettungstat nicht bereut. Er würde den Jungen nicht mehr wiedersehen, und diese barmherzige Geste würde die einzige seines Lebens bleiben.

Doch der Junge war zurückgekehrt.

Er war klein, hatte schneeweißes Haar und tiefgrüne Augen. Und er hatte ihm Fleisch hingelegt, oberhalb der Böschung, die er hinuntergestürzt war. Fleisch, zubereitet und gegart, wie es bei den Menschen Sitte war und wie die Drachen es verabscheuten. Er ließ das Fleisch verschwinden, so als hätte er die Gabe angenommen, vor allem, um der Angelegenheit ein Ende zu setzen.

Doch der Junge war immer wiedergekommen, immer mit einer Gabe, und er gewöhnte es sich an, auf ihn, den Drachen, zu warten. Es nützte nichts, dass er sich verborgen hielt und dem Jungen aus dem Weg ging. Der blieb einfach da, blieb hartnäckig dort sitzen und wartete.

»Zeig dich doch mal!«, rief er. »Nur ein einziges Mal!«

Und schließlich tat er ihm den Gefallen und zeigte sich ihm in seiner imposanten Gestalt, brüllte zum Himmel hinauf und spreizte seine mächtigen Flügel, in der Hoffnung, den Jungen verschrecken zu können. Aber das Gegenteil geschah. Der Kleine war fasziniert und starrte ihn bewundernd an.

»Icenwharth, ich werde dich Icenwharth nennen«, sagte der Junge.

Und er, der Drache, ließ sich davon fesseln. Denn Namen haben Macht, und nicht umsonst gaben sich Drachen keine Namen, um frei zu bleiben von Bindungen und Gefühlen. Doch dieser Junge rief ihn bei einem Namen, und damit änderte sich alles.

Langsam, und ohne dass er es eigentlich wollte, begann er sich an der Anwesenheit des Jungen zu freuen.

»Ich bin Thommas«, hatte der Kleine noch gesagt, und so wie Thommas ihn ansah, mit seinen strahlenden Augen in dem winzigen Gesicht, und wie er mit ihm sprach, so kindlich vertrauensvoll, was etwas Neues für ihn war und ihn in einem Maß erfreute, dass er es sich nicht erklären konnte. Irgendwann begann er sogar, an sich selbst mit diesem Namen zu denken, den der Junge ihm gegeben hatte. Nicht dass sie gemeinsam großartige Dinge unternommen hätten: Thommas sah ihm beim Fliegen zu, erzählte ihm von seinem Zuhause, von seiner Familie, brachte ihm immer eine Kleinigkeit mit und kam jeden Tag. Hin und wieder bat er ihn, ihn streicheln zu dürfen, und auch wenn er sich zunächst sträubte, ließ er es schließlich geschehen, sodass auch diese letzte Barriere fiel.

Sie waren Freunde geworden. Anders konnte man ihre Bindung nicht bezeichnen.

Eines Tages brachte ihm Thommas einen Lederriemen mit einem Stein daran mit, auf den er mit seiner kindlichen Schrift ihre Namen geschrieben hatte. Obwohl es für einen Drachen eigentlich peinlich war, etwas von Menschenhand zu tragen, ließ sich Icenwharth den Anhänger bereitwillig an eine Tatze binden. Denn für ihn war das nicht so. Für ihn war der Anhänger wie ein Unterpfand, das Symbol einer Bindung, die für ihn außerordentlich bedeutend geworden war.

Die anderen Drachen und Menschen wussten nichts davon. Sollten sie auch nicht. Denn keine der beiden Arten hätte ihre Freundschaft verstanden. Sie ging nur sie beide etwas an, Icenwharth und Thommas, den Drachen und den kleinen Menschenjungen.

Eines Tages jedoch musste ihn jemand beobachtet haben, als er näher als gewöhnlich an dem Menschendorf vorübergeflogen war, denn Thommas kam völlig aufgelöst zu ihm gerannt.

»Du musst fliehen. Sie wollen dich töten«, rief er atemlos, während er mit seinen kurzen Armen seinen immensen Drachenleib umarmte.

Aber Icenwharth hatte keine Angst. Menschen schreckten ihn nicht: Noch nie hatte ein Mensch einen Drachen getötet. Doch Thommas war voller Angst und ließ sich nicht beruhigen, beschwor ihn, das Weite zu suchen, und war nicht dazu zu bewegen, wieder nach Hause zu gehen.

Dann waren sie gekommen. Mit ihren lächerlichen Lanzen und Schwertern. Und mit Feuer.

Immer noch hatte der Drache keine Angst. Thommas drückte sich an ihn, so als wollte er mit seinem schmächtigen Körper den mächtigen Drachen beschützen.

»Er ist mein Freund, er hat mir das Leben gerettet!«, rief er.

Aber die Menschen antworteten mit ihren üblichen Lügen. »Nein, er hat dich geraubt und wird dir was antun.«

Icenwharth ahnte, dass etwas passieren würde. Deswegen schüttelte er sich heftig, damit Thommas ihn losließ. Doch dadurch gerieten die Menschen in Panik, beschossen ihn mit Pfeilen und schleuderten ihre Fackeln auf ihn.

Er konnte nicht sagen, wie es geschehen war: all die gegen ihn gerichteten Pfeile, und Thommas mittendrin. Plötzlich krümmte sich der Junge am Boden, und eine Blutlache breitete sich unter ihm aus.

Da explodierte sein Zorn.

Er hatte noch nie einen Menschen getötet, hatte sie einfach nicht beachtet, so wie es all seine Artgenossen taten. Doch zum ersten Mal empfand er echten Schmerz: Als hätten ihn unzählige Krallen zerfleischt, als hätte eine Klinge sein Herz zerrissen. Und in diesem Schmerz tat er das, was der Natur eines Drachen entsprach: Er griff an, zerschmetterte, zerriss, verbrannte diese Menschen, die ihm das angetan hatten, bis niemand mehr lebte und wieder Stille einkehrte.

Dann hatte er sich durch den Schnee geschleppt, der rot war von Blut, doch nur ein Blut war es, das ihn interessierte. Er drehte Thommas auf den Rücken und begann seine Wunde zu lecken, doch der Geschmack dieses Blutes ließ ihn befürchten, dass es zu spät war. Der Kleine lächelte erschöpft und streichelte ihm über die Schnauze. Als er die Hand zurückzog, war sie feucht von Drachentränen, die er zum ersten Mal in seinem Leben weinte.

»Ich möchte fliegen«, murmelte der Junge, »lass mich fliegen.«

So lud er sich den kleinen Thommas behutsam auf den Rücken, und dachte nicht daran, welch ein Sakrileg er damit beging. Denn ein Drache ist kein Reittier, für niemanden. Dennoch erhob er sich in die Lüfte und flog so hoch er konnte. Trotz seiner dicken ledrigen Schuppen spürte er Thommas' Herz schwach schlagen, spürte, wie sein Atem durch die Aufregung ein wenig schneller ging. Dann, hoch oben, lockerte sich der Griff des Jungen und sein Atem stand still. Und schon glitt er von seinem Rücken langsam ins Nichts. Und der Drache ließ ihn gehen.

Gebrochen, so als habe er einen Teil seiner selbst verloren, kehrte er zu den anderen Drachen zurück. Aufgereiht oben auf einer Klippe warteten sie auf ihn. Ihre finsteren Blicke und ihre Leiber, die eine undurchdringliche Mauer vor ihm bildeten, sagten ihm deutlich: Dort kam der Verräter, der Drache, der sich vor den Menschen erniedrigt hatte, indem er sich einen Namen geben ließ und sogar einen Menschenjungen auf seinem Rücken trug. An seiner Tatze hing sogar noch der Riemen mit dem Geschenk des Menschenjungen. Dieser Drache hatte seine Seele verkauft, und das sollte er büßen.

Der Anführer der Drachen fiel über ihn her, als er am schwächsten war. Der Tatzenhieb schlitzte ihm die Schnauze auf und riss ihm ein Auge aus, und Icenwharth brüllte wie von Sinnen, aber er hätte nicht sagen können, ob wegen der Schmerzen im Gesicht oder der in seinem Herzen. Doch dieser Schmerz gab ihm Kraft. Er schlug dem anderen die Reißzähne ins Fleisch und traktierte ihn mit seinen Krallen, bis er am Boden lag.

Er verspürte keinerlei Genugtuung über den Sieg. Er blickte die anderen Drachen an, die nicht wussten, wie sie sich verhalten sollten. Dieser Nichtswürdige hatte ihren Anführer besiegt. Was sollten sie tun? Nach einer Weile beugten die ersten zum Zeichen der Unterwerfung das Haupt, doch Icenwharth empfand nur Verachtung für sie. Noch engherziger als die Menschen kamen sie ihm vor und viel, viel kleiner als der kleine Thommas.

Er hatte ein Brüllen zum Himmel geschickt, hatte die Flügel gespreizt und war davongeflogen.

Er war nie mehr zurückgekehrt.

Das Mädchen schlief tief und fest. Wie aus einem Traum tauchte Icenwharth aus seinen Erinnerungen auf. Warum hatte er sie in seine Höhle geschleppt? Warum hatte er sie aus dem Schneesturm gerettet? Sicher, er war ihr etwas schuldig gewesen. Aber mittlerweile hatte er diese Schuld mehr als großzügig beglichen.

Es durfte nicht wieder alles von vorn beginnen. Das durfte es einfach nicht. Er knurrte und richtete sich auf. Ein letztes Mal betrachtete er sie. Dann wandte er sich ab, riss die Schneewand der Höhle ein und verschwand.

Als Myra erwachte, war es kälter als sonst. Ihr Atem bildete weiße Wolken vor ihrem Mund. Das Feuer brannte nicht mehr. Sie stand auf und musste mit den Händen ihre Augen gegen all das Licht abschirmen. Der Höhleneingang war geöffnet und nicht wieder geschlossen worden, und der Himmel draußen strahlte in einem tiefen blendenden Blau.

Den Umhang fester um die Schulter zusammengezogen, trat Myra zum Eingang. Der Sturm hatte sich gelegt, der Weg war frei. Doch die Höhle hinter ihr war leer.

Der Drache war fort.

14

5. bis 9. November

Ruhiger und gewissenhafter als nötig machte Myra sich fertig. Bis zu diesem Augenblick hatte sie eigentlich nur wieder losziehen wollen, um so schnell wie möglich dieses irrsinnige Unternehmen hinter zu sich bringen und zu Acrab zurückzukehren.

Doch an diesem Morgen ließ sie sich absichtlich Zeit. Sie wartete auf Icenwharth. So nannte sie den Drachen bei sich, seit sie seinen Namen auf dem Anhänger gelesen und dessen Bedeutung für ihn erkannt hatte.

Irgendwie fühlte sie sich schuldig, weil sie am Abend zuvor hinter sein Geheimnis gekommen war. Und zumindest hätte sie sich gern bei ihm bedankt und von ihm verabschiedet. Denn Myra spürte, dass sie beide, wenigstens einen Moment lang, tief verbunden gewesen waren.

Aber nun konnte sie nicht länger warten. Sie musste nach Etheria.

Bevor sie sich aufmachte, trat sie zu einer Höhlenwand, zog eine Walud-Klinge und ritzte einige Worte ins Eis, die hoffentlich nicht verschwinden würden. Sie schrieb auf Albonitisch, jener Sprache, in der sie immer mit dem Drachen gesprochen hatte und die eine Art allgemeine Verkehrssprache im Dominium war. Schließlich steckte sie die Klinge zurück und strich einen Moment lang mit den Fingern über die Schriftzeichen.

Dann schulterte sie ihren Quersack und trat endlich ins Freie. Die Luft war kalt, und die gesamte Landschaft glitzerte in einem herrlichen Weiß. Die Umrisse stachen klar hervor, wie vom Licht ziseliert. Sie blickte zur Sonne und rief sich in Erinnerung, wo der Pass lag, und marschierte los. Der erste Schritt fiel ihr noch schwer, dann ging es immer leichter. Hinter ihr blieb die leere Höhle zurück, mit ihren Worten an der Wand:

Danke Icenwharth, du Herz im Eis,
Hoffentlich sehe ich dich wieder.

Die heftigen Schneefälle und die Verwehungen durch den Sturm hatten alles verschluckt, was zur Orientierung hätte dienen können, und so fand sie den Pfad über den Pass erst am Abend.

Auch an den nächsten beiden Tagen kämpfte sie sich durch den ellenhohen weichen Schnee mühsam voran und musste immer wieder mit der Hand die Augen abschirmen, weil der Widerschein des Sonnenlichts so blendete. Von Zeit zu Zeit schaute sie zurück und hoffte, dass hinter ihr Icenwharths gigantischer Leib auftauchte. Aber sie blieb allein, in einer ohrenbetäubenden Stille und umgeben von grenzenlosem Weiß.

Sie bewegte sich in einem Bereich, in dem Raum und Zeit aufgehoben schienen. Wo war der Pass? Würde sie ihn je erreichen? Nur das scharfe Profil der Berge, die mal näher, mal ferner wirkten, veränderte sich. In manchen Augenblicken ragte der schwarze Fels hoch vor ihr auf und wirkte so nah, als könne sie nach ihm greifen, andere Male schienen die Gipfel so fern wie eine fremde Welt. Sie hasste diese Wanderung. Zwar kannte sie sich mit Magien nicht besonders gut aus, begann aber von einem Elemental zu träumen, der sie in einem Augenblick aus diesen Bergen nach Etheria versetzen könnte, geradewegs zu dem Mann, hinter dem sie her war.

Natürlich war es nur eine Fantasie, die sie aber von dem beharrlichen Gedanken an Acrab ablenkte, der in dieser leeren Weite noch eindringlicher in ihrem Kopf widerhallte. Doch ihr blieb nichts anderes übrig, als diese Schneemassen Elle um Elle zu durchpflügen.

Am Morgen des dritten Tages vernahm sie zum ersten Mal wieder ein lautes Geräusch. Ein tiefes, düsteres Grollen, wie ein Donner. Sie fuhr herum. In der Ferne rasten enorme Schneemengen eine Bergflanke hinunter. Eine Lawine. Es war die erste einer ganzen Reihe in den nächsten Tagen, manche ganz nah, andere weiter entfernt. Doch Myra ließ sich nicht aufhalten und setzte ihren Weg fort. Mühsam und sehr viel langsamer, als sie erhofft hatte. Aber sie kam voran.

Am Nachmittag des fünften Tages sah sie ihn endlich: den Pass. Ein schmales Tor zwischen den hohen Felswänden zweier Berge. Sie war fast auf dem Dach des Dominiums. Nach dem Pass würde es nur noch bergab gehen. Sie hatte mindestens zwei Tage länger gebraucht als geplant, dazu war ihr langer Aufenthalt in Icenwharths Höhle gekommen, aber immerhin hatte sie es fast geschafft. Sie rechnete sich aus, dass sie in höchstens anderthalb Tagen den Pass erreichen würde. Von da an, so hoffte sie, würde alles leichter werden.

Noch entschlossener schritt sie aus, und vielleicht waren es ihre kraftvollen Schritte, die das Unglück auslösten. Plötzlich erhob sich zu ihrer Rechten ein seltsamer Wind, und sie vernahm wieder dieses Donnern, das sie in den vergangenen Tagen häufiger gehört hatte. Der Instinkt riet ihr, sich zur Seite zu werfen, doch der Anblick dieser gigantischen weißen Wolke, die merkwürdig langsam auf sie zukam, lähmte sie. Denn es gab keinen Ort, wo sie Schutz hätte finden können. Gleich würde alles vorüber sein.

Schon erlosch das grelle Licht, das sie in den zurückliegenden Tagen so geblendet hatte, und ein dichter weißer Nebel umhüllte sie.

Da packte etwas sie schmerzhaft unter den Armen und zog sie hoch. Die zu Tal stürzenden Schneemassen, die alles in ihrem Weg mitrissen, streiften noch ihre Füße. Sie aber wurde immer weiter hinaufgetragen, in schwindelerregende Höhen, während die Berge um sie herum kleiner und kleiner wurden. Als sie den Kopf hob, erblickte sie zwei mächtige weiße, blaugeränderte Flügel, die die Sonne verdeckten. »Icenwharth!«, rief sie, doch der Drache antwortete nicht, sondern trug sie weiter und weiter, über den Pass und zwischen den Bergwänden hindurch, bis sie schließlich zu einer weißen Hochebene gelangten. Dort setzte Icenwharth sie sanft ab und landete.

Der Schnee wirbelte auf, als er seine Flügel schloss.

Myra sah ihn an und musste der Versuchung widerstehen, ihm um den Hals zu fallen und ihn zu umarmen. So stand sie nur da und bewunderte seine prächtige Gestalt.

Er hatte sie aus dem Schneesturm und nun vor der Lawine gerettet: Icenwharth, der Eisdrache, der sie vor den Tücken des Eises beschützte.

»Tut mir wirklich leid, dass ich dir neulich abends zu nahe getreten bin«, sagte sie, »ich wollte dich nicht verletzen und hab mich da wohl in eine Sache eingemischt, die nur dich angeht.«

Der Drache rührte sich nicht. Riesengroß und wunderschön, umstrahlt von einem herrlichen Licht, stand er vor ihr.

»Deine Schnauze ist aber gut geheilt.«

Icenwharth schnaubte zustimmend.

Myra hätte gern noch mehr zu ihm gesagt, aber sie wollte ihn nicht belästigen, nicht, nachdem er ihr erneut das Leben gerettet hatte.

Von der Hochebene aus meinte sie schon die ersten Ausläufer von Metalien zu erkennen. Sie sollte weitermarschieren, überlegte sie, ihr Weg war noch weit, doch es fiel ihr schwer. Schließlich gab sie sich einen Ruck, warf sich den Quersack über die Schulter und zog ihren Umhang fester zusammen.

»Leb wohl«, sagte sie, mit einem Kloß im Hals. Sie wandte den Blick und suchte nach dem Pfad.

Da brummte Icenwharth hinter ihr, und Myra drehte sich zu ihm. Erneut brummte der Drache und machte dabei eine seltsame Kopfbewegung.

Myra schaute ihn verwirrt an. Was wollte er?

Nun trat Icenwharth, die Flügel angelegt, zu ihr, bewegte wieder seinen Kopf und deutete auf seinen Rücken.

Myra verstand.

»Nein, nein, das hat keinen Sinn. Mein Ziel liegt viel zu weit weg«, sagte sie ernst. »Ich muss nach Etheria, und ab da weiß ich noch nicht, wohin mein Weg mich führt.«

Icenwharth schaute ihr lange in die Augen und deutete dann wieder auf seinen Rücken.

Myra musste lächeln. »Aber dieses Mal weiß ich noch weniger, wie ich es dir vergelten kann.«

Icenwharths Schnauze verzog sich zu einer Art Grinsen, während er sie weiter anschaute.

Da trat Myra fast feierlich, so als handle es um ein religiöses Ritual, nah an ihn heran, so nah, dass sie seinen ruhigen Herzschlag spürte, und legte ihm die Hand auf die Schuppen. Der Drache bebte.

Ein Schauer durchfuhr ihn, als er die Hand des Mädchens spürte. Jahrhunderte der Einsamkeit und des Hasses auf die Menschen hatten ihn geprägt, und in den zurückliegenden Tagen war ihm diese Last besonders bewusst geworden. Doch dann hatte sie diesen Namen an die Höhlenwand gekratzt. Der Name, den ihm der kleine Junge gegeben und dieses Mädchen dem Vergessen entrissen hatte. Namen waren bedeutsam, sie kennzeichneten ihren Träger und prägten dessen Schicksal. Und dieses Menschenmädchen hatte ihm geholfen. Daher war es für ihn keine Schande, von ihr geritten zu werden. Das schmälerte seinen Stolz und seine Kraft nicht.

Myra saß auf, mit jener Leichtigkeit, die sie im Umgang mit Pferden erworben hatte, und der Drache wartete, bis sie festen

Halt gefunden hatte. Dann stieß er ein Brüllen aus und schwang sich in die Lüfte.

Myras erster Flug war berauschend und beängstigend zugleich. Nie hätte sie geglaubt, einmal von einem Drachenrücken aus auf die Welt hinabsehen zu können. Soweit sie wusste, ließen diese Tiere sich niemals von Menschen reiten, auch nicht unter Zwang, und erst recht nicht aus freien Stücken. Doch sie hielt sich an Icenwharths Kamm fest. Seine Brustmuskeln spannten und entspannten sich unter ihren Beinen, während seine Flügel die Luft peitschten.

Der Wind in Myras Gesicht war stärker als jeder Schneesturm in Asgarö, und so hielt sie die Augen zunächst geschlossen. Es dauerte eine Weile, bis sie das flaue Gefühl in der Magengegend bekämpft hatte und den Mut fand hinunterzuschauen. Ein heftiger Schwindel erfasste sie: Alles war so winzig und wirkte so fremd, als wäre das nicht das Dominium, über das sie da hinwegschwebten. Von hier oben war die mächtige Gebirgskette des Weißen Massivs nur noch ein Geflecht dunkler Striche zwischen weiten weißen Flächen.

Langsam begann Myra, den Flug zu genießen, und atmete ruhig tief ein und aus. In dieser Höhe war der Himmel noch blauer, und ein Gefühl absoluter Freiheit überkam sie, wie sie es noch nie erlebt hatte. Sie bekam Lust, Icenwharth loszulassen und vor Freude die Arme auszubreiten, aber sie hielt sich zurück. Es war, als sei sie wieder Kind, und zum ersten Mal seit langer, langer Zeit spürte sie nicht mehr die Last all dessen, was sie zu tragen hatte: die Ermordung Tallias und ihres Vaters und die schweren Jahre danach mit all dem Blut, all den Leichen, all den Schlachten. Sie fühlte sich leicht, mit sich selbst versöhnt, als sei sie nach Biaswad zurückgekehrt und würde an einem schönen Sommertag unbeschwert zwischen den Reisfeldern umherlaufen. Damals war alles noch so einfach, so wunderbar gewesen.

Dann aber brach der Abend herein, das Licht wurde schwächer

und die Luft immer kälter. Icenwharth schwebte nieder und landete auf einem kleinen Plateau immer noch in den Bergen.

Einen Augenblick lang blieb Myra ungläubig auf seinem Rücken sitzen. Icenwharth spürte, wie überwältigt sie war. Die letzten Sonnenstrahlen wärmten ihr Gesicht, dann verschwanden sie hinter einer Bergkette, und alles wurde in ein violettes Licht getaucht.

Für Myra war es, als würde ein Vorhang heruntergelassen. Plötzlich war die Bürde ihrer Vergangenheit und all dessen, was vor ihr lag, wieder zurück. Sie war wieder auf dem Boden gelandet, dachte sie, während sie von Icenwharths Rücken stieg, dem Boden einer Realität, dem sie nicht entfliehen konnte.

Der Drache entzündete ein Feuer, und so richteten sich beide darauf ein, auf dem Plateau die Nacht zu verbringen. Gewöhnlich brauchte Myra keine Gesellschaft, doch als sie sich gegen Icenwharths starken Rücken lehnte, wurde ihr mit einem Mal bewusst, wie allein sie sich bisher auf dieser Reise gefühlt hatte. Und sie ahnte, dass auch ihm etwas gefehlt hatte.

Acrab hatte nicht verstanden, wie notwendig diese Reise für sie war, um die wahren Hintergründe der Morde aufzudecken. Deswegen war sie allein aufgebrochen, ohne auf jemandes Hilfe zählen zu können. Und nun war Icenwharth da. Er war einfach bei ihr. Und er beurteilte sie nicht. Nur solch einen Gefährten konnte sie sich bei diesem Abenteuer überhaupt vorstellen.

Sie lehnte sich noch ein wenig bequemer an den Drachen und betrachtete das unermesslich weite Sternenzelt über ihnen. Wie beruhigend wirkten Icenwharths tiefe Atemzüge. Wie sicher fühlte sie sich an seinem starken Leib.

Und so schlief sie ein.

15

10. bis 17. November

Myra wunderte sich, wie schnell sie sich an Icenwharths Anwesenheit gewöhnte. Schon kam es ihr vor, als seien sie seit einer Ewigkeit zusammen.

Ohne sich lange verständigen zu müssen, machten sie sich nach der Nacht auf dem Plateau rasch fertig und brachen wieder auf. Dieses Mal schenkte ihr der Flug nicht mehr diesen Rausch wie beim ersten Mal und auch nicht mehr dieses herrliche Gefühl von Leichtigkeit, das sie so gern noch einmal verspürt hätte. Aber im Grunde war das nicht wichtig: Es zählte nur, Meile um Meile vorwärtszukommen, während das Eis mehr und mehr kargem Fels und Wäldern Platz machte.

Die folgenden zwei Tage verliefen wie nach einem festen Plan, ohne dass sie sich dafür hätten absprechen müssen. Sie flogen vom Sonnenaufgang bis gegen Mittag und dann noch einmal vom Nachmittag bis zum Sonnenuntergang. Dazwischen aßen sie. Während dieser Pausen hockten sie schweigend zusammen, ein jeder in seine eigenen Gedanken versunken. Nachts schliefen sie nah beieinander, sodass Myra die Wärme von Icenwharths mächtigem Leib genießen konnte.

Atemberaubend schnell kamen sie voran. Knapp zwölf Tage hatte sie bis zum Pass gebraucht und war dabei fast ums Leben gekommen, und nun konnte sie unter sich bereits Metalien sehen.

Dieses Doppelreich, wie es manchmal genannt wurde, war in zwei Protektorate, Melania und Leucania geteilt und wurde von königlichen Zwillingsschwestern regiert. Die Grenze zwischen den beiden Teilen bildete das Scheitelgebirge, das das gesamte Land der Länge nach durchzog. Doch auch in diesen Bergen lebte niemand, weil die klimatischen Bedingungen es nicht zuließen. Sie waren Niemandsland und erinnerten Myra an das heimische Asgarö.

An diesem Abend lagerten sie auf einem breiten Felsvorsprung umgeben von niedrigen Büschen, die ein wenig verschneit waren. Auch hier im Süden, wo das Klima milder war, hatte der Winter Einzug gehalten. Ihr Lagerplatz glich einer Aussichtsplattform auf Metalien. Myra stieg von Icenwharth ab und trat an die Felskante. Zu ihren Füßen ging es steil bergab, und in einigen Meilen Entfernung säumten Wälder karge Bergrücken. Dahinter begann die Ebene. Auch dort gab es zunächst einen bewaldeten Teil, der aber in weiten Flächen mit bestellten Feldern endete, der fruchtbaren Eridea-Ebene, die vom Eridanio durchflossen wurde.

Manche behaupteten, diese Ebene wäre genauso fruchtbar wie die Ebene der Fülle in Biaswad, sie sei so etwas wie deren kleine Schwester und vielleicht sogar noch lieblicher. Myra meinte sogar das schmale silberne Band des Eridanio zu erkennen, sowie die von Schnee und Raureif überzogenen Felder, die durch Baumreihen voneinander getrennt wurden. Für sie aber war die Ebene nicht vergleichbar mit der grenzenlosen Weite jener Ebene in Biaswad, in der sie aufgewachsen war, und gemessen an dem Naharar, der mit seinem regelmäßigen Hochwasser das Land fruchtbar machte, war der Eridanio nur ein Bächlein.

Während sie ins Tal hinunterblickte, stieg ein gewaltiger Zorn in ihr auf: Sie hasste Metalien, nicht nur weil sie dort schlimme Jahre verbracht hatte, sondern auch wegen der Dinge, für die es stand. Das blühendste Land des Dominiums verdankte seinen Wohlstand der Ausbeutung und der Unfreiheit. Es war das Land mit der höchsten Sklavendichte im ganzen Dominium. Regelmäßig machten sich die Metaliener zur Insel Thyrra, ihrer Kolonie, im Schwarzen Meer auf, durchkämmten die Dörfer, raubten Frauen und Männer, entrissen sie ihren Familien und verkauften sie als Sklaven.

Myra biss die Zähne zusammen. Dieses Land war ihr Reiseziel. Sie musste Wut und Abscheu überwinden, denn ihr Verlangen, die Wahrheit über den Mord an ihrem Vater herauszufinden, war stärker als alles andere.

Die Sonne ging hinter den Bergen unter, und die Ebene tauchte langsam ins Dunkel. Icenwharth war verschwunden, schon seit sie gelandet waren, wahrscheinlich um Nahrung zu beschaffen, aber Myra war nicht beunruhigt. Er würde sie nicht im Stich lassen. Da war diese tiefere, nicht leicht zu erklärende Bindung, die ein wenig dem Gefühl ähnelte, wenn sie irgendwo in der Natur Elementale entdeckte und diese sie anschauten. In gewisser Hinsicht war Icenwharth aus dem gleichen Stoff, nur konkreter, körperlicher. Und auch er schien in ihr etwas Wohlbekanntes wahrzunehmen. Dabei war es praktisch unmöglich, dass ein Drache einem Menschen vertraute.

Während sie wartete, malte sich Myra aus, wie es wäre, auf dem Rücken eines Eisdrachen nach Asgarö zurückzukehren. Gotín würde sprachlos sein, viele erschrocken, doch Acrab würde den Drachen als möglicherweise hervorragende Waffe in der Schlacht zu schätzen wissen und wäre vielleicht eher geneigt, ihr zu verzeihen. Sie stellte sich vor, wie Icenwharth auf ihre Feinde niederging, dachte an die langen, eisigen Nächte in Asgarö, die sie an seiner Seite verbringen könnte.

Doch das waren alles Hirngespinste. Bald würde sie wieder allein weiterziehen müssen. Das Königreich Metalien unterschied sich sehr von Asgarö, als auch von Ostar. Es war viel größer und bevölkerungsreicher, und auch die unwegsamen Gegenden waren bewohnt. Man würde schnell auf sie und den Drachen aufmerksam werden, und das würde zu Problemen führen.

Es war schon stockdunkel, als Icenwharth zurückkehrte. Myra hörte, wie er sich neben ihr ausstreckte. Und wie jede Nacht lehnte sie sich an ihn und dachte, dass dieser Drache doch ein Geschenk war, wie es das Leben ihr schon lange nicht mehr gemacht hatte. Sicher das erste seit Acrab. Ein Geschenk allerdings, von dem sie sich bald trennen musste. Es sei denn …

Eine Idee nahm in ihrem Kopf Gestalt an. Doch darum würde sie sich kümmern, wenn Etheria in Sichtweite kam.

Myra fielen die Augen zu, und sie ließ sich, zumindest noch ein weiteres Mal, von dem ruhigen Drachenatem in den Schlaf wiegen.

Innerhalb von zwei Tagen durchquerten sie die Eridea-Ebene, indem sie dem silbernen Band des Eridanio folgten, und erreichten abends die Ausläufer des Scheitelgebirges.

Auf den ersten Blick war dieses Gebirge völlig anders als das Weiße Massiv, es wirkte weniger steil, weniger karg, weniger abweisend. Die Gipfel waren abgerundet, und es gab Wälder und sanfte Abhänge.

Doch das Scheitelgebirge war ebenso tückisch wie das Weiße Massiv, wenn auch auf andere Weise. Die Hügel würden irgendwann öderen Landschaften Platz machen, mit steilen Abbrüchen und engen Schluchten, die ins Herz des Gebirges hineinführten.

»Willst du mir noch weiter folgen?«, fragte Myra den Drachen.

Icenwharth schnaubte, wie es seine Art war. Das war keine Frage für ihn. Er würde das Mädchen nicht allein lassen.

Für den Weg über das Scheitelgebirge benötigten sie weitere fünf Tage. Sobald ein Dorf in Sicht kam, schlugen sie eine andere Richtung ein, und solche kleinen Siedlungen gab es überall. Meistens handelte es sich um eine Handvoll Häuser, die sich, um den obligatorischen Tempel herum, an den Fels klammerten. Diese Tempel waren kreisrund und besaßen gewölbte Dächer in unterschiedlichen Farben, je nach der Gottheit, die dort verehrt wurde. Und Götter gab es in Metalien so viele, dass es hieß, kein Bewohner des Landes kenne von allen die Namen.

Zur Orientierung folgten sie mehr oder weniger der goldgelben Spur der Kastanien. Sie waren von einer besonderen Art und in den Wäldern des Landes die mit Abstand verbreitetsten Bäume. Jetzt im Spätherbst warfen sie ihr Laub ab, und die Blätter leuchteten in den herrlichsten Gelbtönen.

Gewöhnt an Asgarö, in dem es fast nur Schwarz und Weiß gab, war Myra hingerissen von diesen Farben, von der Schönheit im Dominium, und sie fragte sich, warum es dort nur so grausam zugehen musste.

Abends suchten sie sich einen Lagerplatz auf irgendeiner Lichtung im Wald, wo sie ungestört waren. Der Drache machte Feuer mit Kastanienholz, das die Luft mit einem warmen, angenehmen Duft erfüllte. Und während sie sich in dieser wohligen Wärme ausruhten, aß Myra von den dunklen stacheligen Früchten, die diese Kastanienart in Metalien hervorbrachte, genauer deren süßes und saftiges veilchenblaues Fruchtfleisch. Diese Früchte, Neveen genannt, wurden in Metalien sehr geschätzt, und die meisten Gerichte des Landes bestanden daraus. Myra hingegen hatte sie nie besonders gemocht, aber allein in diesem schönen Wald an Icenwharths Seite schmeckte ihr alles. Sie genoss jeden Augenblick dieser Reise und fühlte sich wie der Zeit enthoben. Dabei wusste sie, dass das Ziel nah war und ihr die härteste Prüfung bevorstand.

Am letzten Tag änderte Myra den Kurs und ließ Icenwharth eine Reihe von Siedlungen überfliegen. Sie schien jede Vorsicht vergessen zu haben, und der Drache fragte sich, was dahinterstecken mochte, fand aber keine Antwort. So nah er sich diesem Mädchen auch fühlte, so war sie immer noch ein Menschenkind, und er hatte schon vor langer, langer Zeit begriffen, dass es unmöglich war, diese Wesen voll und ganz zu verstehen.

Die Nacht verbrachten sie auf einer niedrigen Anhöhe und lagerten auf einem Teppich aus Kastanienblättern. Es hatte wieder zu schneien begonnen, und die Sterne waren von milchig-weißen Wolken verhangen.

Irgendwann zog Myra einen Dolch aus ihrem Stiefel und umklammerte ihn. Dann atmete sie tief durch, griff sich ins Haar und schnitt sich, zunächst langsam, ein Büschel Haare ab, die wie weißer Regen zu Boden fielen und sich mit dem Schnee vermischten. Icenwharth sah ihr reglos zu, während sie nun immer mehr Haarbüschel absäbelte und in den Schnee fallen ließ.

Zum ersten Mal seit Jahren schor sie sich den Kopf kahl. Seit der Ermordung Fadis und Tallias hatte sie die Haare wachsen lassen und sie nur regelmäßig gekürzt. Ihr kahler Kopf gehörte für sie zu einem Leben, das erloschen war. Außerdem war es schmerzhaft, sich selbst mit der Klinge über die eigene Kopfhaut zu schaben. Sie erinnerte sich noch, wie sanft Fadi dabei vorgegangen war, als er ihr jeden Morgen den über Nacht gewachsenen weißen Flaum rasierte oder auch an die feste, sichere Hand Tallias, wenn sie ihr eine Tätowierung in die Haut gestochen hatte.

Doch nun musste sie sich den Kopf scheren, wollte sie, dass ihr Plan gelang.

Als sie fertig war, fuhr sie sich mit der Hand über den glatten Schädel und spürte dabei unter den Fingern die etwas raueren Stellen der Tätowierungen. Sie betastete die letzte, die sie erhalten hatte, mitten auf dem Scheitel: die Rosenknospe, die sich nie geöffnet hatte.

Als sie aufschaute, blickte Icenwharth sie fragend an.

»Egal, was passiert, du musst dich in Sicherheit bringen, verstanden?«

Der Drache verzog die Schnauze zu einem besorgten Ausdruck.

»Ich weiß, was ich tue«, sagte Myra, und während sich ein Schatten auf ihre Miene legte, fügte sie hinzu: »Ich suche den

Mörder meines Vaters und bin zu allem bereit, um ihn aufzuspüren. Wirklich zu allem.«

Ohne dass sie darüber nachgedacht hätte, war ihr diese Erklärung über die Lippen gekommen. Ihre Stimme zitterte, aber dieses Bekenntnis war ihr leichter gefallen, als sie geglaubt hätte. Ihr kam es so vor, als bewegte Icenwharth ein wenig die Tatze, an der der Anhänger seines jungen Freundes Thommas hing.

»Wenn du willst, werden wir uns wiedersehen, und du wirst mir helfen«, fügte sie hinzu, und in dem einen roten Auge des Drachen las sie, dass er einverstanden war. Sie lächelte, ein kurzes, flüchtiges Lächeln, das so schnell verflog, wie es sie überkommen hatte.

In dieser Nach schlief sie nicht. Die Tätowierungen brannten auf ihrer Haut, als wären sie gerade erst gestochen worden. Doch das war es nicht allein. Sie musste hellwach sein. Bald würde es losgehen. Da war sie sich sicher.

Mitten in der Nacht rückten sie an.

Als Erstes sah Myra den flackernden Widerschein des Lichts auf einem Netz dünner Fäden. Dann vernahm sie einen leiernden Singsang auf Albonitisch – der Sprache der verfluchten Magier –, der nur eins bedeuten konnte: ein Zauber.

Die Waluds fest in den Händen, sprang sie auf. Um sie herum war ein Ring aus Flammen, die ein darüber geworfenes metallenes Netz erhellten. Jenseits davon erkannte sie die Umrisse von vier bewaffneten Kriegern.

Und dann sah sie ihn, den Blutmagier. Er war noch jung, und seine Haut war nur mit wenigen Tätowierungen überzogen, unter denen sich einige blasse Elementale bewegten. Er streckte eine Hand zu ihr und Icenwharth aus, die Handfläche nach oben gerichtet, in der deutlich die *Blutpforte* zu erkennen war: An dieser Stelle würden die Elementale hervortreten, um mit ihren Kräften das Netz zu verstärken, sodass ihre Waluds es nicht durchschlagen konnten. Hinter ihr brüllte Icenwharth. Dabei schlug er mit den gespreizten Flügeln, erreichte aber nur, dass er sich an den Metallmaschen verletzte.

Myra musste schnell sein.

Da wirbelte sie ihre Klingen herum und durchtrennte so viele Fäden, wie sie konnte, während die Blutpforte in der Hand des Magiers aufsprang und ein Elemental auf sie zu schoss. Einen Moment lang kreuzten sich ihre Blicke. Dieser Naturgeist war hauchdünn wie alle Elementale, sein Körper geschmeidig und ätherisch wie eine Nebelschwade. Er besaß durchscheinende Flügel. Seine riesengroßen Augen nahmen fast sein gesamtes kindliches Gesicht ein. In ihnen erkannte Myra den Schmerz seiner Existenz: Er war seinem Zuhause entrissen und versklavt worden, eingesperrt zunächst unter der Haut eines Thyrren und dann eines Magiers, und nun dazu gezwungen, für seinen Kerkermeister zu kämpfen, immer und immer wieder, bis seine Kräfte verbraucht wären und er sich im Nichts auflösen würde.

Gleich hinter ihm sah Myra einen weiteren Elemental, rot wie Feuer und umgeben von kaum wahrnehmbaren Flammen, aber mit dem gleichen leidvollen Blick.

Einen Augenblick meinte Myra, in den Augen dieser Wesen einen verzweifelten Hilferuf zu erkennen. Doch im nächsten Moment stürzten sie sich in das Netz, dessen Maschen plötzlich gold- und silberfarben aufleuchteten. Sie schlossen sich um Myras und Icenwharths Körper und versetzten ihnen einen Schlag, sodass sie laut aufschrien.

Myra bemühte sich verzweifelt, klaren Kopf zu bewahren. Sie hatte gewusst, dass dies passieren würde, hatte es absichtlich herbeigeführt. Diese Idee war ihr in der Eridea-Ebene gekommen. Doch Icenwharth musste sich befreien, sonst würde ihr Plan nicht aufgehen. Blieb er gefangen, war alles umsonst.

»Flieh!«, schrie sie, so laut, dass es ihr die Kehle zerriss. Wieder warf sie sich gegen das Netz und drosch mit den Waluds auf die

Drähte ein, durchschlug eine ganze Reihe davon, aber es würde nicht reichen. Allein schaffte sie es nicht.

Doch Icenwharth hatte verstanden, hatte erkannt, dass sie auf ihn zählte.

Myra spürte, wie er sie von hinten packte und in die Höhe riss, bis das Netz sie stoppte. Dabei schnitten ihr die Drähte ins Fleisch, aber sie achtete nicht drauf, sondern hieb kraftvoll auf die Maschen ein, während Icenwharth sie hin und her bewegte. Schließlich überwanden die Muskelkraft des Drachen und die Schärfe ihrer Klingen das Netz. Es zerfiel. Die beiden Elementale mussten ablassen, und wurden von dem Blutmagier zurückbeordert. Durch die Blutpforte schlüpften sie wieder unter die Haut des Magiers, in ihr Gefängnis. Sie kehrten zurück zu ihren Leidensgenossen, die sich unter den Tätowierungen bewegten.

Entkräftet sank Myra zu Boden, während Icenwharth sich zu voller Größe aufrichtete und seine Wut hinausbrüllte. Drohend schlug er mit den Flügeln, die er sich an mehreren Stellen an dem Drahtgeflecht verletzt hatte.

Da schleuderte ein Soldat aus dem Hintergrund eine Lanze. Icenwharth wich aus, doch der Stahl bohrte sich in seine Rippen und blieb stecken.

»Flieh! Flieh!«, schrie Myra, immer noch am Boden, mit so heiserer Stimme, dass man sie kaum noch hören konnte. »Vergiss nicht, was wir abgemacht haben!«

Einen Moment lang schaute Icenwharth sie mit seinem einen Auge an. Und er verstand, was sie von ihm erwartete.

Ein letztes Brüllen, dann flog er davon.

Myra lag am Boden und lächelte. Wieder versuchte sie aufzustehen, doch da traf sie etwas mit Wucht im Nacken, und alles versank in Finsternis.

16

Kyllen

Kyllen zögerte einen Augenblick. Die Unterkunft des Unbefleckten lag nur wenige Schritte entfernt. Er wusste, dass der Vorsteher nicht da war. Er war kurz zuvor herausgekommen und hatte sich in Begleitung eines Leibdieners zur Bibliothek entfernt. Hineinzugelangen wäre kein Problem. Für einen Magier war ein Türschloss kein Hindernis, und in solch einer ungemütlichen Nacht, in der der Wind um die Ecken heulte und alle anderen Geräusche übertönte, würde ihn sicher niemand bemerken.

Doch wenn er dort eindrang, würde er eine Grenze überschreiten, hinter die es kein Zurück mehr gab. Wollte er das? Wollte er wirklich so viel für etwas riskieren, in das er sich vielleicht nur hineingesteigert hatte?

Kyllen presste die Lippen aufeinander. Wäre es nicht besser, einfach in seine Zelle zu seinen Büchern zurückzukehren, und morgen in die Welt zu ziehen und wieder nach dem *Befreier* zu suchen? Auch wenn der möglicherweise nicht mehr als eine dumme Sagengestalt war.

Dieser letzte Gedanke überzeugte ihn. Er schlüpfte aus dem Schatten und würde also nachprüfen, ob das, was er in den vergangenen fünf Jahren getan hatte, nicht im Dienste einer großen Lüge geschehen war.

Seit dem Gespräch mit Ezren hatte er unablässig recherchiert, Schriften und Bücher verschlungen. Die Andeutungen seines Freundes hinsichtlich der Geschichte der Kongregation hatten seine Zweifel weiter verstärkt. Dabei hatte er sich zunächst mit den Texten über die Prophezeiung beschäftigt, die in ihrer Bibliothek zu finden waren. Schließlich musste er so viele Hinweise auf den *Befreier* wie möglich zusammentragen, um die ihm anvertraute Mission erfüllen zu können, sagte er sich. Doch bald stellte er fest, dass zwei wichtige Texte fehlten. Obwohl sie im Katalog verzeichnet waren, befanden sie sich nicht in der Kongregationsbibliothek. Und so war seine Suche ins Stocken geraten.

Der Bibliothekar, von dem Kyllen sich Aufschluss über den Verbleib der Text erhoffte, gab sich ahnungslos. »Die sind sicher früher mal zerstört worden«, sagte er, maß dem Verlust aber keinerlei Bedeutung zu.

Ganz im Gegensatz zu ihm, Kyllen. Schließlich handelte es sich um Schriften, die sich mit dem *Befreier* befassten, um den sich in den vergangenen Jahren in der Kongregation alles gedreht hatte. Wie konnten sie verloren gehen, ohne dass sich deswegen jemand sorgte?

Und so konzentrierte er sich auf die Geschichte der Kongregation und des Unbefleckten in den vergangenen zwanzig Jahren. Zunächst ohne Erfolg. Doch als er schon zu der Überzeugung gelangte, dass er sich wohl tatsächlich alles eingebildet hatte und sein Misstrauen unbegründet war, fiel ihm etwas auf.

Manche der Schriften zum *Befreier* waren von Unbefleckten, die in den zurückliegenden Jahrhunderten aufeinander gefolgt waren, eigenhändig verfasst worden. Dementsprechend umfassten sie einen Zeitraum von mehreren Jahrhunderten, und so war es nicht verwunderlich, dass die Handschriften sehr verschieden waren und den Übergang von einem zum anderen Unbefleckten markierten. Die Handschrift der Texte, die vor zwanzig Jahren geschrieben wurden, hatte sich jedoch, verglichen mit der von vor zehn

Jahren, merklich verändert. Dabei war der Unbefleckte immer noch derselbe.

Natürlich konnte man dafür eine einfache Erklärung anführen: Seit dreißig Jahren versah der Unbefleckte sein Amt, er war in dieser Zeit alt geworden und seine Handschrift drückte das aus. Aber Kyllen glaubte nicht daran.

Vor fünfzehn Jahren hatte es in der Kongregation eine Wende gegeben. Und genau seit diesem Zeitpunkt wirkte die Handschrift unsicher. Sollte das nur ein Zufall sein?

Kyllen hatte sich alle Schriften vorgenommen, die der Unbefleckte während seiner Amtszeit verfasst hatte. Tage und Nächte hatte er sie studiert, und schließlich war er sicher, etwas Wichtiges gefunden zu haben.

Dabei ging es nicht so sehr darum, dass sich die Handschrift verändert hätte. Die Form der Buchstaben war mehr oder weniger gleich geblieben, doch die Hand, die sie geschrieben hatte, schien ungenauer geworden zu sein. Die Buchstaben wirkten gedrängter, ihre Bögen und Striche zittrig. Und dann, als er genauer hinsah, entdeckte er, dass einige Buchstaben völlig anders geschrieben waren. Manchmal nur ein paar Zeilen lang, dann normalisierte sich die Schrift wieder. Doch einige schienen sich definitiv verändert zu haben. Wenn Kyllen die Schriften von vor dreißig Jahren mit denen von heute verglich, war der Unterschied offensichtlich.

Es war, als habe jemand versucht, die Handschrift eines anderen nachzumachen. Dieser Gedanke war Kyllen plötzlich gekommen und hatte ihn nicht mehr losgelassen. Unablässig gingen ihm die Überlegungen und Fragen durch den Kopf, die damit verbunden waren. Was folgte daraus, wenn diese Texte nicht von dem Unbefleckten selbst geschrieben wurden? Wenn ein anderer sie verfasst hatte? Wer könnte das gewesen sein? In welchem Zusammenhang stand das mit dem jähen Wandel in der Kongregation in den vergangenen Jahren? Oder war der Unbefleckte gar nicht der Mann, der er zu sein vorgab?

Die Beweise, die Kyllen in der Hand hatte, waren recht dünn und konnten auch anders gedeutet werden. Dennoch konnte er an nichts anderes mehr denken. Denn sollte der Unbefleckte vor fünfzehn Jahren tatsächlich auf irgendeine Weise ausgetauscht worden sein, so war alles Betrug, was die Kongregation von diesem Zeitpunkt an beschlossen hatte.

Aber wer konnte seinen Platz eingenommen haben, und was steckte dahinter? Was hatte es mit der hartnäckigen Suche nach dem *Befreier* auf sich? Warum hatte diese für den Unbefleckten höchste Priorität?

Die Fragen bestürmten ihn und ließen ihn nicht mehr los.

Kyllen musste sich entscheiden: Wollte er der Sache auf den Grund gehen und Antworten auf all diese Fragen finden? Oder sich ein für alle Mal sagen, dass er sich Dinge eingebildet hatte und sich wieder dem zuwenden, was er immer getan hatte?

Schließlich fand er sich vor dieser Unterkunft wieder: Wäre der Unbefleckte die ganze Nacht über dort geblieben, hätte er die Sache auf sich beruhen lassen. Er wäre am nächsten Morgen aufgebrochen und hätte versucht, diese Geschichte zu vergessen. Doch als der Unbefleckte hinauskam, war das ein Zeichen für ihn.

Kyllen schaute sich um. Niemand war da.

Geschwind legte er eine Hand an die Wand, und sofort erwachte die Blutpforte beim Kontakt mit dem Stein. Aus diesem Stein rief er einen Elemental herbei, und im nächsten Moment spürte er, wie der Geist über seine Handfläche glitt, in das Türschloss eintauchte und es aufspringen ließ. Kyllen zog die Hand zurück, dankte dem Elemental mit dem vom Ritus vorgesehenen Gebet. Die ätherische Gestalt verschwand wieder in demselben Stein, aus dem sie hervorgekommen war.

Dann stieß er die Tür auf.

Er wusste nicht, was er erwartet hatte. Die Privaträume des Unbefleckten waren nur einigen Leibdienern zugänglich, und dies nur in Gegenwart des Unbefleckten selbst. Nur wenige kannten sich also darin aus. Vielleicht hätte er etwas Prächtigeres erwartet oder gehofft, ihm spränge etwas Bedeutsames ins Auge und brächte ihn der Wahrheit ein großes Stück näher, sobald er nur eintrat. Stattdessen fand er sich in einem Raum wieder, der sich von der Unterkunft eines beliebigen *Reinen* nicht sehr unterschied, auch wenn er geräumiger und heller war, dank der zwei großen Fenster, durch die man auf die Berge blicken konnte. Es gab keinen Prunk, nichts was auf die Machtposition ihres Vorstehers hindeutete, auf seine dreißig Jahre an der Spitze der Kongregation.

Kyllen schloss die Tür hinter sich und trat langsam weiter vor, während das Blut in seinen Schläfen pochte. Nun, da er drinnen war, kam ihm sein Endringen wie Wahnsinn vor. Aber er blieb.

In einer Ecke war ein Bett, daneben ein Nachtschränkchen mit einem Stapel Bücher. Weitere Bücher standen in dem Regal an einer Wand. Dann gab es noch einen Schreibtisch voller Pergamentrollen und weiterer Schriften und dahinter einen großen Schrank. Auf der gegenüberliegenden Seite befand sich ein offener Kamin.

Kyllen verharrte reglos in der Mitte des Raumes. Und nun? Was suchte er genau?

Er trat zum Schreibtisch und begann, sich die Dokumente genauer anzusehen. Wieder fiel ihm die Handschrift auf einem Pergament auf: Sie war anders als in den Schriftstücken, die er in den vergangenen Tagen untersucht hatte, aber einige Buchstaben kamen ihm bekannt vor. Es waren jene, die in den offiziellen Schriftstücken mal so und mal so geschrieben waren und die ihn auf die Idee gebracht hatten, dass nicht der Unbefleckte selbst geschrieben hatte, sondern jemand, der seine Handschrift nachzumachen versuchte. Hier hatte er die echte Handschrift des Fälschers vor sich.

Kyllens Aufregung wuchs, und fast erwartete er, im nächsten Augenblick etwas Entscheidendes zu entdecken. Noch einmal betrachtete er die Papiere genauer. Es handelte sich um eilig hingeschriebene Notizen. Aber daran war nichts von der Unsicherheit zu entdecken, die ihm bei den offiziellen Schriftstücken aufgefallen war.

Er nahm sich einige andere Blätter vor: Bemerkungen verschiedenster Art, die allgemein mit den Aufgaben der Kongregation zu tun hatten. Einige betrafen offenbar aber auch Texte, mit denen sich der Unbefleckte beschäftigte, vielleicht jene, die aufgeschlagen auf dem Schreibtisch lagen.

Darunter war auch ein Dokument, das völlig anders als die anderen schien. Die Tinte, mit der es geschrieben war, sowie die Handschrift wiesen eindeutig auf eine dritte Person hin. Die Buchstaben waren Albonitisch, doch den Sinn der Worte verstand Kyllen nicht. Offenbar war der Inhalt verschlüsselt, und darunter fand sich nur das Kürzel »G.« anstelle einer Unterschrift.

Er steckte sich das Dokument kurzerhand in die Tasche. Im Moment wusste er nicht, was er damit anfangen konnte, hatte aber das Gefühl, dass sich etwas Wichtiges dahinter verbarg.

Als er sich zum Gehen wenden wollte, bewegte sich die Türklinke.

Panik ergriff ihn und ließ ihn zittern. Jemand hantierte am Türschloss herum. Verzweifelt schaute Kyllen sich nach einem Versteck um. Die Tür bewegte sich. Aus dem Augenwinkel erblickte er den Schrank hinter dem Schreibtisch, und ohne lange zu überlegen, schlüpfte er hinein. In dem Moment, als er die Schranktür hinter sich schloss, ging die Tür auf. Kleider raschelten, dann erklangen Schritte.

Kyllen spähte durch den Spalt zwischen den Türflügeln. Der Unbefleckte stand im matten Licht mitten im Raum und blickte sich misstrauisch um. Kyllen betete, dass ihm alles wie immer vorkam und er nicht über ein System verfügte, das ihm verriet, wenn jemand an seinen Sachen gewesen war.

Schließlich seufzte der Unbefleckte und nahm seine Maske ab. Unwillkürlich wollte Kyllen die Augen schließen, denn niemand durfte, aus keinem Grund der Welt, dem Unbefleckten ins Gesicht sehen. Aber wozu war er hier? Er wollte die Wahrheit ans Licht bringen.

Der Unbefleckte drehte sich um und setzte sich auf sein Bett. Im Lichtschein des Mondes erkannte Kyllen sein Gesicht deutlich. Es war nicht alt, sondern das Gesicht eines vielleicht Vierzigjährigen. Dieser Mann stand gewiss nicht seit dreißig Jahren an der Spitze ihrer Kongregation.

Kyllen erstarrte. Sein Herz schlug so laut, dass er fürchtete, der Mann auf dem Bett könnte es hören. Dieser fuhr sich mit einer Hand über den kahlen Schädel und das Gesicht. Er trug einen kurzen Bart. Der alte Unbefleckte hatte weder Kopf- noch Barthaare gehabt, er war vollkommen unbehaart gewesen, wie alle wussten. Er war so zur Welt gekommen.

Es stimmt also. Ich habe recht.

Plötzlich wurde Kyllen sich bewusst, dass er diese Möglichkeit nie wirklich in Betracht gezogen hatte. Im Grunde hatte er gehofft, dass er durch seinen Verdacht, seine fehlende Begeisterung für die Kongregation, die ihn seit zwei Jahren quälte, vor sich selbst rechtfertigen könnte. Doch die Spur, der er gefolgt war, hatte ihn zu einer ungeheuren Entdeckung geführt.

Was sollte er tun?

Der Mann legte sein Ornat ab und offenbarte seinen kräftigen Körper. Er trug nur noch eine graue Wildlederhose und, so wie alle *Reinen*, ein ärmelloses Hemd in der gleichen Farbe. Als er zum Kamin trat und Feuer machte, erkannte Kyllen auf einem Arm eine seiner vielen Blutpforten, die bei den *Reinen*, im Gegensatz zu den Blutmagiern, über den ganzen Körper verteilt waren. So konnten sie noch rascher die Elementale herbeirufen. Auf dem gleichen Arm entdeckte Kyllen jedoch auch etwas, das einem *Reinen* keinesfalls erlaubt war: eine mit Kristallblut gestochene Tätowierung, wie sie jeder albonitische Blutmagier trug. Gewiss, bei diesen war der Körper über und über mit solchen Tätowierungen bedeckt, die so einen Käfig bildeten, um unter der Haut möglichst viele Elementale einsperren zu können. Diese hier bedeckte nur seinen Unterarm, unter der sich, ganz blass, ein verzweifelter Elemental langsam hin und her bewegte. Kyllen kannte diese Naturgeister, mit denen die Blutmagier auf weite Entfernung mit anderen Magiern oder Auftraggebern, die für ihre Magie bezahlten, kommunizierten.

Der Mann, der sich als Unbefleckter ausgab, stand offenbar mit einem Blutmagier in Verbindung und empfing vielleicht sogar dessen Befehle.

Kyllen dachte an das Papier, das mit dem Kürzel ›G.‹ unterzeichnet war. Und ihn schwindelte.

Doch nun musste er erst einmal unbemerkt aus diesem Schrank herauskommen. Danach würde er überlegen, wie er weiter vorgehen würde. Nunmehr hatte er die Gewissheit, dass die Kongregation durch einen Schwindler in die Irre geleitet wurde. Zu welchem Zweck, war Kyllen jedoch völlig unklar.

Mittlerweile bekam er in dem Schrank kaum noch Luft. Der Mann betrachtete seinen Unterarm und trat dann zu dem Spiegel, der neben seinem Bett hing. Im flackernden Licht des Kaminfeuers sah das so unpassend junge Gesicht furchterregend aus. Er hielt die Blutpforte an den Spiegel, und langsam zeichneten sich Buchstaben auf dessen Oberfläche ab. Sie waren identisch mit denen auf dem Pergament, das in Kyllens Tasche steckte und ihm glühend heiß vorkam.

Der Mann stieß einen Fluch aus. »Graffias. Verdammt.« Dann setzte er die Maske wieder auf, zog sein Ornat über, verließ den Raum und warf die Tür hinter sich zu.

Kyllens Knie wurden weich, und er glitt mit dem Rücken ein Stück an der Schrankwand hinunter. Aber er durfte keine Zeit verlieren. Er schlüpfte aus dem Schrank, einige aufgehängte Kleider fielen zu Boden. Aber er kümmerte sich nicht darum, sondern stürzte aus dem Raum und hastete durch den Flur in seine Zelle.

Lange noch keuchte er, während er auf seinem Stuhl saß. Er fühlte sich völlig verloren, mehr noch als damals, als er seinen Meister verlassen hatte und allein durch das Dominium gezogen war, bevor er schließlich zur Kongregation gefunden hatte. Die Jahre in dieser Organisation hatten plötzlich ihren Sinn verloren. Wozu hatte man ihn benutzt? Zu welchem Zweck hatte er nach dem *Befreier* suchen müssen? Und in wessen Auftrag?

Über diese Dinge musste er unbedingt mit jemandem reden. Auf der Stelle. Er musste die gesamte Kongregation wecken und in die Räume des Unbefleckten führen, damit alle die Wahrheit mit eigenen Augen sahen. Er wollte schon aufspringen und hinauslaufen, als ihm klar wurde, dass er unmöglich so vorgehen konnte. Er besaß zwar Beweise, aber die reichten nicht aus. Um die *Reinen* dazu zu bringen, ohne die Erlaubnis des Unbefleckten in dessen Räume einzudringen, um sich die Beweise anzuschauen, oder ihn sogar, was einem Sakrileg gleichkam, dazu aufzufordern, die Maske abzulegen, bedurfte es weit mehr als ein paar Theorien bezüglich gefälschter Handschriften und einiger mit unsicherer Hand beschriebener Blätter. Fünfzehn Jahre lang hatte der Unbefleckte seine wahre Identität verbergen können – wenn es stimmte, was Ezren ihm erzählt hatte. Wieso sollte er sich so leicht überrumpeln lassen?

Er holte das Pergament aus seiner Tasche hervor. Dies war der Schlüssel. Er musste es entziffern. Vielleicht würde er dort die stichfesten Beweise finden, mit denen er den Schwindler überführen konnte.

Er griff zu seinem Quersack und packte rasch alles hinein, was er brauchen würde. Bleiben konnte er auf keinen Fall. Er hatte seine Spuren in der Unterkunft des Unbefleckten nicht getilgt, und zweifellos würde der Mann bald dahinter kommen, dass jemand bei ihm eingedrungen war.

Und wenn er herausfand, dass er es gewesen war?

Wieder betrat Kyllen den Flur. Alles war still. Seine Mitbrüder schienen zu schlafen, mit Ausnahme des Unbefleckten. Der war irgendwo dort draußen, vielleicht mit diesem Mann, dessen Name ihm über die Lippen gekommen war. Graffias.

Das war alles, worauf er sich stützen konnte: auf das Dokument in seiner Tasche und diesen Namen. Kyllen sagte ihn leise vor sich hin: »Graffias.«

Seine Schritte hallten von den hohen Steingewölben wider, während er, so schnell er konnte, das Gebäude durchquerte und schließlich das große Eingangstor erreichte.

Kurz zögerte er, dann zog er es auf. Ein eiskalter Wind erfasste ihn und trieb ihm Schneeflocken ins Gesicht. Er konnte kaum den Weg erkennen, der vom Kongregationsgebäude in den Bergen in die Stadt führte. Aber auf besseres Wetter oder den Tagesanbruch zu warten war ausgeschlossen.

So tauchte er in den Schneesturm ein, merkte aber nach wenigen Schritten, dass er es aus eigener Kraft nicht schaffen würde. Er schloss die Augen und streckte eine Hand aus. Die Blutpforte auf seiner Handfläche war gut zu erkennen: ein violett schimmernder Kristall, der in seinem Fleisch steckte.

Er sprach ein Gebet, und kurz darauf waren sie da, mit ihren kindlichen Gesichtern, den großen, erschrocken wirkenden Augen und dem durchscheinenden Körper. Wie die Schneeflocken wirbelten sie durch die Luft und schienen aus demselben Stoff gemacht. Sie blickten ihn an, gaben ihr spielerisches Umherwirbeln auf und begannen, sich um ihn herum zu drehen, sodass sie mit ihren Körpern eine Blase bildeten, die ihn schützend umgab.

»Danke«, murmelte Kyllen, setzte seinen Weg fort und ließ sich vom Sturm verschlucken, während das Kongregationsgebäude hinter ihm in völliger Stille versank.

Alle schliefen, bis auf den Unbefleckten.

Mit neuen Anweisungen, die er befolgen musste, war er von dem nächtlichen Treffen zurückgekehrt, schlechter gelaunt wie so oft, denn nichts lief so, wie er es sich erhofft hatte, seit er in den Rang des Unbefleckten aufgestiegen war. Aber es war längst zu spät, etwas dagegen zu unternehmen. Er saß in der Falle, und von allen Seiten zog sich die Schlinge immer enger zu. Ihm blieb keine Wahl: Er musste weiter mitspielen, sonst war er verloren.

Er öffnete die Tür seiner Unterkunft und erstarrte auf der Schwelle. Sein Schrank stand offen, und einige Kleidungsstücke lagen verstreut auf dem Boden. Während ihm der Schreck die Kehle zuschnürte, stürzte er zum Schreibtisch, wühlte in den Papieren herum und sah sofort, was fehlte. Ihn schwindelte, und er musste sich an der Tischkante festhalten.

Ruhe, ermahnte er sich. *Nur die Ruhe. Niemand kann dieses Dokument entschlüsseln. Das hat er selbst gesagt.*

Doch ruhig fühlte er sich keineswegs. Er musste etwas unternehmen, und zwar auf der Stelle.

Und so rief er nach ihm.

ZWEITER TEIL

BINDUNGEN

17

Acht Jahre zuvor

Die von blendendem Licht durchflutete Arena öffnet sich vor ihr, und schützend legt Myra eine Hand vor die Augen. Nach der Finsternis in der Zelle überwältigt diese Welt hier draußen sie mit ihren Geräuschen, ihren Gerüchen, ihren Farben. So steht Myra in ihrem dünnen Hemd aus grobem Stoff da, während ihr die Kälte dieses Spätsommermorgens in die Glieder fährt. Sie hört das Geschrei der Menge und riecht das Blut, das zuvor geflossen ist, Blut von Gladiatoren und anderen, die wie sie zum Tode verurteilt wurden.

Gleich wird ihr Blut hinzukommen.

Sie will fliehen, und kurz hofft sie, jemand werde kommen, sie retten und sie fortbringen. Aber es ist aussichtslos. Sie hat einen Mann getötet – einen der Mörder ihres Vaters –, und sie ist eine Sklavin. Da ist es nicht von Bedeutung, dass sie erst zehn Jahre alt ist und dass ihre Rache gerecht war. Sie soll ihre Tat mit dem Tode büßen, so verlangen es die Gesetze Metaliens, Gesetze, die der Macht dienen und die Schwachen unterdrücken.

Aber sie will nicht sterben: nicht hier und nicht jetzt.

Eine Woche zuvor ist es geschehen, aber es war nur das letzte Glied in einer Kette von Ereignissen, die vor zwei Jahren ihren Anfang genommen haben. Nach der Ermordung Tallias und ihres Vaters ist Myra von einer Sklavenkarawane aufgegriffen und nach Metalien, ins Herz des Sklavenhandels, geschafft worden. Von da an kommt sie zu wechselnden Herrschaften, dient in reichen Familien, in Wirtshäusern und landet schließlich bei einem Veranstalter von Gladiatoren-

kämpfen namens Missentia. Von ihrer Veranlagung her könnte sie in dessen Truppe kämpfen. Aber trotz ihrer weißen Haare, die, seitdem sie niemand mehr rasiert, ungebändigt wachsen, sieht man in Metalien nur ihr Thyrren-Blut. Sie soll einmal als Käfig *dienen, wenn sie alt genug für eine Tätowierung mit Kristallblut ist, ohne sie mit dem Leben zu bezahlen. Doch solange sie noch Kind ist, muss sie als Dienerin arbeiten.*

Ihren Herrschaften gefällt es, dass sie so schweigsam ist: Seit der Nacht, da sich ihr Leben so dramatisch verändert hat, spricht sie kein Wort mehr. Ihre Kehle schmerzt ständig, so als habe ihr der Schrei, den sie beim Anblick von Fadis Ermordung ausgestoßen hat, eine unheilbare Wunde zugefügt. Doch auch wenn es anders wäre, hätte sie keinen Grund, den Mund aufzumachen. Nach dem, was passiert ist, hat sie nichts mehr zu sagen, und es gibt niemanden mehr auf der Welt, mit dem es sich zu sprechen lohnen würde.

Myra aber ist nicht zum Gehorchen geboren, weswegen sie auch nie länger als einen Monat in einem Haushalt bleibt. Denn ihr Schweigen ist keineswegs Schwäche. Sie gehorcht nicht, führt Aufträge nur halbherzig aus und legt sich mit jedem an, der ihr zu nah kommt oder sie verletzt. Und das sind viele. Sie ist noch ein Kind, vergisst aber nie, dass sie schon einmal getötet hat. Und sie wird es wieder tun, wenn es sein muss.

In Missentias Haushalt bleibt Myra länger. Die Menschen dort bringen ihr mehr Respekt entgegen. Vielleicht hat auch sie selbst genug davon, sich gegen alles und jedermann aufzulehnen. Davon, dass sie überall fremd bleibt, werden Fadi und Tallia nicht mehr lebendig. Sie scheint sich abgefunden zu haben. Bis zu jenem Abend vor einer Woche.

Der Mann ist ein Gast des Spieleveranstalters, ein Gladiator, der sich selbstständig machen will. Myra bedient ihn bei Tisch. Eine der wunderschönen Sklavinnen, die man gewöhnlich für solche Aufgaben auswählt, ist krank geworden, und Myra soll sie ersetzen. Und als sie sich vorbeugt, um den Mero einzuschenken, das beliebteste alkoholische Getränk in Metalien, sieht sie es: Unverwechselbar funkeln die roten Waluds ihres Vaters, die ein wenig aus den Scheiden an der Seite des Mannes hervorstehen. Vor Myras Augen verschwimmt alles. Sie sieht nur noch Fadis erloschenen Blick, und ein unbändiger Zorn zerreißt ihr die Brust. Schier unwiderstehlich ist das Verlangen, diese Klingen zu ergreifen und den Mann abzustechen, gleich hier, ohne lang zu überlegen. Nur ein einziger Gedanke hält sie auf: Wenn dieser Mann einer der sechs Mörder ist, bleiben danach doch noch drei oder gar vier übrig, je nachdem, wie viele bei dem Überfall selbst getötet wurden, und wenn sie ihn vor aller Augen tötet, wird man sie ergreifen und zum Richtplatz schleppen. Damit wird ihre Rache Stückwerk bleiben. So lässt sie sich nichts anmerken und kehrt in die Küche zurück. Doch sie wartet nur auf den richtigen Moment.

Als das Mahl beendet ist und der Mann gähnend nach draußen wankt, klettert sie über die Grundstücksmauer der Villa und folgt ihm.

Was das Licht für einen Nachtfalter, ist das rote Funkeln der Waluds für Myra. Nichts anderes sieht sie in der Dunkelheit. Der Mann torkelt, er ist betrunken und biegt in eine abgelegene Gasse ein. Myra läuft schneller und stellt sich vor ihn hin. Der Mann verharrt. Er schaut sie verständnislos an, dann scheint er sie zu erkennen.

»Habe ich etwas vergessen?«, fragt er. »Oder lässt dein Herr mir etwas ausrichten?«

Myra schweigt. Sie atmet schwer, kann den Blick nicht von dem Mann abwenden.

Der tritt näher an sie heran. »Oder willst du *vielleicht etwas von mir?« Er lacht, während er eine Hand nach ihrer Brust ausstreckt.*

Da zieht sie eine Walud-Klinge aus der Scheide und rammt ihm das Heft gegen das Kinn. Der Mann ist so betrunken, dass er zu Boden geht. Myra wirft sich auf ihn und hält ihm die Klinge an den Hals. Die Haut zischt, der Mann schreit auf, und mit einer geschmeidigen Bewegung schneidet sie ihm die Kehle durch. Doch das reicht ihr nicht. Sie springt auf, zieht die zweite Klinge und sticht dem Toten die Klingen in die Brust, immer wieder, unzählige Male, in unbändiger Wut. Es stinkt nach Blut und verbranntem Fleisch, dass es kaum zu ertragen ist, und all der Schmerz, all die aufgestaute Wut der vergangenen zwei Jahre bricht aus ihr heraus, während sie auf das leblose Opfer einsticht. Wieder und wieder. Sie hört nicht auf, bis sie weggerissen wird.

Sie fährt herum und zieht die Klinge durch die Luft. Um sie herum hat sich eine Menschenmenge gebildet, aber mit den Waluds hält sie die Leute von sich fern. Undeutlich begreift sie, dass sie einen Fehler gemacht hat, dass sie sich mit ihrer Wut selbst zum Tode verurteilt hat. Doch das Gefühl der Befreiung, das sie erfasst hat, während sie auf den Mann einstach, hält noch an, und einen Moment lang ist alles andere unwichtig. Sie hat einen der Mörder ihres Vaters getötet, nun kann sie selbst sterben.

Dann verwirren sich ihre Erinnerungen. Man überwältigt sie, sie verliert die Besinnung, und als sie wieder zu sich kommt, ist sie in der Zelle.

Es gibt eine Verhandlung, eine Farce, in der sie sich nicht verteidigt. Wie sollte sie auch? Als sie etwas sagen wollte, bekam sie keinen Ton heraus. Sie hat verlernt, wie man spricht, oder vielleicht ist sie wirklich stumm geworden.

Nun steht sie in dieser Arena, und während sich ihre Augen langsam an das Licht gewöhnen, schaut sie sich um.

Von der Kampfbahn aus kommt ihr das Rund der Zuschauerränge gewaltig vor. Die Leute brüllen so laut, dass der Boden unter ihren Füßen bebt. Einige Sklaven tragen furchtbar zugerichtete Leichen hinaus, wahrscheinlich von Menschen, die ebenfalls zum Tode verurteilt waren. Eine hohe, aber schwache Sonne bescheint den feinen Sand zu Myras Füßen. Der kurze kühle Sommer in Metalien neigt sich dem Ende zu.

So wird sie also sterben, im Gebrüll der Menge, das ihr durch Mark und Bein geht, im erregten Schreien und Rufen Tausender von Menschen, die nur eins sehen wollen: ihr Blut.

Man löst ihre Ketten und drückt ihr ein altes, verrostetes Schwert in die Hand. Denn so ist es Brauch: Jeder soll sich verteidigen können, auch wenn er zum Tode verurteilt ist. Und die Menschen erwarten das, sonst haben sie keinen Spaß. Die Metaliener nähren sich von Gewalt, von Kampf und Tod.

Wie ein Schiffbrüchiger an eine Planke, klammert sich Myra an dieses Schwert. Sie probiert es aus, indem sie es durch die Luft sausen lässt, und die Menge pfeift und buht. Was kann sie anderes erwarten? Sie ist eine Sklavin und hat einen freien Mann getötet. Dagorlas hieß er und hatte sich erst kürzlich freikaufen können.

Da bricht die Menge in Jubelgeschrei aus.

Auf der gegenüberliegenden Seite der Arena ist ein Hüne aufgetaucht und tritt auf sie zu. Wie ein gewaltiger Berg kommt er Myra vor. Er ist riesengroß und breit und trägt einen ledernen Waffenrock und halblange Hosen, die sich über Beinen wie Säulen spannen. Seine Muskeln sind so angespannt, dass die Haut darüber zu reißen droht. Hinter seinem Rücken ragt das Heft eines Beidhänders auf, ein Schwert so lang wie er selbst. Myra begreift, dass es aussichtslos ist. Man hat einen Riesen als Gegner für sie ausgewählt. Sie ist verloren. Dennoch nimmt sie ihr rostiges Schwert fester in die Hand und versucht, sich an alles zu erinnern, was sie bei ihrem Vater gelernt hat. Ihre Beine zittern, von dem langen Aufenthalt in der winzigen Zelle, aber auch vor Angst.

Wie aus einem Mund ruft die Menge einen Namen: »Vesnis! Vesnis!«

Näher und näher kommt der Koloss. Allein seine Erscheinung verbreitet Angst und Schrecken. Und so muss Myra all ihren Mut zusammennehmen, um sich nicht abzuwenden und zu flüchten oder sich augenblicklich zu ergeben. Aber sie schafft es. Aufrecht steht sie da und sieht dem Feind ins Auge.

Als Vesnis nur noch wenige Schritte von ihr entfernt ist, bleibt er stehen. »Hätte ich gewusst, dass du so ein hübsches Mädchen bist, hätte ich gestern schon mal vorbeigeschaut«, sagte er mit einem bösen Grinsen.

Myra bleckt die Zähne. Du hast schon getötet, *versucht sie sich Mut zu machen,* du weißt, wie es geht, und du weißt, wie man kämpft. Du musst ihn treffen, wenigstens einmal … *Überleben ist alles, was sie will, mit jeder Faser ihres Körpers, und sei es auch nur, um ihren Vater vollständig zu rächen.*

Vesnis zieht sein Schwert. Es ist mehr als drei Ellen lang und besitzt eine schwarze Klinge, deren Ende gezackt ist. Wie leicht diese Klinge Fleisch aufreißen, in Muskeln eindringen, Knochen zerschlagen muss, schießt es Myra durch den Kopf. Doch es hilft nichts. Sie muss diese winzige Chance nutzen, die Arena lebend zu verlassen.

Mit erhobenem Schwert stürmt sie vor. Doch in der Zelle ist ihr Körper steif geworden und gehorcht ihr nicht so, wie er sollte, sie stolpert und fällt hin.

Die Zuschauer lachen. Und anstatt die Gelegenheit zu nutzen, lacht Vesnis mit ihnen, während er verächtlich auf sie herabschaut – wie auf eine leichte Beute eben.

Da begreift Myra: Dieser Mann unterschätzt sie. Zudem ist in der Arena Töten ein Spektakel, und er wird sie nicht hinrichten, bevor die Zuschauer nicht ihren Spaß gehabt haben. Diese Schwächen muss sie für sich nutzen. Auf dem Boden liegend, fährt sie herum und schlägt zu. Unglaublicherweise trifft die Klinge und zeichnet einen roten Strich auf das Bein des Giganten. Ein erstauntes Raunen durchläuft die Ränge. Ungläubig betrachtet Vesnis den blutroten Streifen auf seiner Wade. Ein Kratzer nur, aber so war das nicht gedacht. So ein kleines Mädchen kann ihn doch nicht verletzt haben.

Myra springt auf und stößt das Schwert wieder vor. Vesnis weicht aus, doch sie dreht sich weiter und trifft wieder, ein weiterer Schnitt, nun an der Schulter.

Die Menge johlt.

Und Vesnis packt die Wut.

»Bist du wahnsinnig?!«, schreit er und bringt alle zum Schweigen. »Du bist hier, um zu sterben!«

Doch Myra wirft sich in den nächsten Angriff, Vesnis schwingt seinen Zweihänder, will sie aufhalten, doch sie taucht mühelos unter dem Schlag hindurch. Wieder schwingt er in einem weiten Bogen die Klinge, und dieses Mal springt sie drüber.

Das Publikum verstummt.

Vesnis brüllt und versucht es mit einem Hieb von oben, doch Myra hat seine Schwächen erkannt. Der Mann ist riesengroß und bärenstark, aber unbeweglich, und sein mächtiger Zweihänder macht ihn noch schwerfälliger. Myra hingegen ist klein und nutzt das aus. Stets ist sie ihm eine Nasenlänge voraus. Sie duckt sich, rollt ab, huscht davon, taucht wieder auf, spielt mit ihm Katz und Maus, nur ist die Kleine die Katze und der Große die Maus.

Die Leute jubeln, wenn sie geschickt ausweicht und dem Tod entflieht.

Vesnis wird immer wütender. Kleine, flinke Gegner ist er nicht gewohnt.

Myra schlüpft ihm durch die Beine, richtet sich in seinem Rücken auf und stößt ihm die Klinge ins Fleisch. Anders als zuvor hat sie mit diesem Stoß genau getroffen. Vesnis brüllt vor Schmerz. Sie geht auf Distanz, während man hier und da in der Menge applaudiert.

Plötzlich ahnt sie, dass sie es schaffen kann.

Doch gegen einen Gegner wie Vesnis fehlt ihr vor allem eins: Kraft. Sie hat ihm wehgetan, doch nicht hart genug getroffen, und so setzt ihn die Wunde nicht außer Gefecht, sondern lässt seine Wut explodieren.

Wieder stürzt er sich auf sie, doch ohne sein Schwert. Er holt zum Faustschlag aus, dem Myra ausweichen kann. Aber den Tritt gegen ihre Beine kann sie nicht verhindern. Sie fällt. Rücklings liegt sie im Sand, und der Atem stockt ihr. Der zweite Faustschlag trifft, und alles ist nur noch Schmerz. Schon trifft sie der nächste Schlag, dann noch einer, und wieder einer. Sie hat sich getäuscht, als sie glaubte, es schaffen zu können. Zwar ist sie nicht ungeschickt mit dem Schwert, weil sie früher mit ihrem Vater trainiert hat. Und sie hat auch schon zwei Männer – mit Glück allerdings – töten können, aber sie ist viel zu schwach.

Und für Vesnis ist Töten sein Handwerk.

Gib nicht auf!, *schreit da eine Stimme in ihrem Herzen, und mit letzter Kraft stößt sie ihr Schwert noch einmal hoch und trifft die Faust, die auf sie niederfährt. Die Klinge bohrt sich so tief ins Fleisch, dass der Stahl bricht. Vesnis löst sich von ihr und hält sich die Hand. Diesmal hat sie ihn ernsthaft verwundet. Myra stemmt sich hoch. Wankend steht sie da, in der Hand nur noch den Rest ihres Schwertes. Aber den lässt sie nicht los.*

Vesnis reißt sich die halbe Klinge, die noch in seiner Hand steckt, aus dem Fleisch. »Ich schlag dich in Stücke!«, brüllt er, während er mit dem langen Zweihänder in nur einer Hand auf sie zurast. Er ist stark genug, um das Schwert auch auf diese Weise zu führen. Myra wirft sich zu Boden, in einem verzweifelten Versuch, dem tödlichen Hieb zu entgehen. Während sie fällt, schließt sie die Augen.

»Immerhin hab ich's versucht. Ich habe gekämpft«, sagt sie zu Tallia und Fadi, deren Gesichter sie vor sich sieht. So erwartet sie den Todesstoß.

Er bleibt aus.

An ihr Ohr dringt nur ein Raunen aus der Menge. Vielleicht spielt Vesnis noch ein wenig mit ihr.

Als sie die Augen öffnet, kann sie den Riesen nicht mehr sehen. Mit dem Rücken zu ihr, von Sonnenstrahlen umflossen, steht da ein anderer Mann: eine schlanke Gestalt, die eine außerordentliche Stärke ausstrahlt. Mit einem weit kürzeren Schwert blockiert er die Klinge von Vesnis' langem Zweihänder. Er hat sie vor dem Tode bewahrt und bildet ein Schutzschild für sie.

In der Arena herrscht eine unwirkliche Stille. Viele tausend Menschen sind verstummt, und selbst die Zeit scheint stehen geblieben zu sein. Myra sieht nur den Fremden mit angespannten Muskeln vor sich stehen, sowie Vesnis' verdutztes Gesicht.

Dann bricht der Zauber.

Ohne ein Wort öffnet der geheimnisvolle Fremde seine Deckung und zwingt Vesnis, sein Schwert sinken zu lassen. Dann ein Schlag mit dem Ellbogen gegen dessen Kinn. Vesnis ist ein Koloss, und der Fremde hat sicher nicht erwartet, ihn mit diesem Hieb gleich zu Boden schicken zu können. So setzt er nach, nutzt den Augenblick, da sein Ellbogen den Riesen ins Wanken gebracht hat, und greift mit einem Tritt in dessen Kniekehlen weiter an. Vesnis stürzt zu Boden und lässt sein Schwert los. Geschwind greift der Fremde danach und reißt es an sich. Einen Augenblick später kreuzt er beide Klingen – seine feinere sowie die ellenlange des anderen – vor dem schutzlosen Hals des Henkers.

So verharrt er.

Die Menschen auf den Rängen wissen nicht, wie sie reagieren sollen. Gewöhnlich sind solche Hinrichtungen nur der Vorgeschmack auf die eigentlichen Spiele, Appetithappen, die in Erwartung des Hauptgangs den Blutdurst der Menge anstacheln sollen. Und nun wird ihnen so ein unglaubliches Schauspiel geboten. Zunächst widersteht dieses Mädchen einem ruhmreichen Kämpfer wie Vesnis, dann besiegt dieser geheimnisvolle Fremde ihn sogar.

Jubel brandet auf. Die Menschen klatschen, bis ihnen die Hände wehtun, und schließlich fordert der erste Vesnis' Kopf. Doch der Fremde rührt sich nicht und hält dem Giganten weiter die gekreuzten Klingen an die Kehle.

Das Getöse legt sich und weicht erwartungsvoller Spannung.

»Ich weiß, Ihr seid gekommen, um Blut zu sehen«, sagt der Fremde zu der Menge.

Myra betrachtet ihn genauer. Er ist gerade mal dreißig, und doch geht eine Kraft von ihm aus, die die vielen tausend Menschen gefangen nimmt. Vielleicht ist es auch seine Stimme, die sie fesselt.

»... und ich kann es euch geben.«

Die Zuschauer klatschen und schreien. Vesnis fletscht die Zähne, Schweißperlen bilden sich auf seiner Stirn. Der Wind hat gedreht, er hat die Gunst des Publikums verloren. Der Fremde wartet, bis sich der Lärm wieder legt. Er scheint die Masse dirigieren zu können wie ein gezähmtes Tier. Es ist fast beängstigend, wie all die Leute an seinen Lippen hängen.

»Aber ich bin kein Gladiator«, fährt er fort, »und ein tapferer Kämpfer wie Vesnis hat einen ehrenvollen Tod in einem echten Kampf verdient.« Der mysteriöse Fremde blickt zur Ehrentribüne. Dort sitzt der Veranstalter der Kämpfe, dem Vesnis gehört. »Deswegen bitte ich euch um das Leben dieses Mädchens.«

Wieder geht ein lautes Raunen durch die Menge. Dieses Mal wartet der Fremde nicht, bis sich die Leute beruhigt haben, sondern fährt lauter fort. »Ich habe sie gerettet, und deswegen ist es nur recht, dass sie mir gehört. Vesnis' Leben gegen das dieser jungen Sklavin! Die Entscheidung liegt bei Euch.«

Endlich senkt er den Kopf und blickt Vesnis eindringlich an. Myra erkennt in dessen Miene seine Enttäuschung und seine Wut. Hier und da beginnt man zu klatschen. Die Zuschauer sind auf der Seite dieses geheimnisvollen Fremden, der Unglaubliches tut: Er rettet einer Sklavin das Leben, die einen Freien wie Dagorlas umgebracht hat, und beansprucht sie sogar für sich, um sie einem traurigen Schicksal zu entreißen. So eine Geschichte ergreift die einfachen Leute. Und nicht nur die. Auch die Königin auf der Ehrentribüne sieht den Fremden bewundernd an.

Vor allem aber Myra kann den Blick nicht von ihm abwenden. Er hat mich gerettet, *sagt sie sich immer wieder,* er bringt sich selbst in Lebensgefahr, um mein Leben zu retten, denn Vesnis hätte ihn in Stücke schlagen können, und vielleicht könnte er das noch immer. Warum tut er das?

Die Zeit verstreicht, und der Fremde steht weiter mit den Klingen in den Händen über Vesnis und wartet.

Myra weiß, welche Kräfte und welches Geschick vonnöten sind, um diesen kampferfahrenen Giganten am Boden zu halten, aber der Fremde verzieht keine Miene. Sein Griff ist eisern und sein Blick fest auf den Feind am Boden gerichtet. Zwei Rinnsale Blut laufen an Vesnis' Stiernacken hinunter.

Endlich steigt eine Delegation von der Ehrentribüne herab, der Hohepriester und der Besitzer von Vesnis.

»Nun gut, nimm das Mädchen mit«, sagt der Hohepriester verärgert, »aber hiermit werdet ihr beide aus Melania verbannt. Bis heute Abend müsst ihr ver-

schwunden sein. Wenn die Wachen euch morgen noch antreffen, haben sie Befehl, euch zu töten.«

Der Fremde nickt. »Einverstanden. Aber ich verlange einen Vertrag, in dem festgehalten ist, dass dieses Mädchen frei ist und Ihr alle Anschuldigungen gegen sie fallen lasst.«

»Ziehst du etwa mein Wort in Zweifel?« Der Hohepriester tritt näher. »Ich kann auch Befehl geben, dich auf der Stelle töten zu lassen, wenn dir das lieber ist.«

»Das würde auf einen Versuch ankommen. Aber ich wette, dass ich schneller bin und zuvor Eurem treuen Henker den Kopf abschneide.« Und während er das sagt, lächelt er verächtlich und presst die Klingen fester gegen Vesnis' Hals. Der fletscht die Zähne.

Der Veranstalter schaltet sich ein. »Sollte meinem Gladiator noch weiterer Schaden zugefügt werden, verlange ich eine vollständige Entschädigung«, sagt er.

Der Hohepriester ballt die Fäuste, muss aber einlenken. »Bringt mir den Siegellack.«

Vor der Menge wird das Dokument aufgesetzt, und der Hohepriester besiegelt es. Erst als sie ihm das Papier in die Tasche stecken, lässt der Fremde die Klingen an Vesnis' Hals sinken.

Aber der Gigant springt auf und geht mit bloßen Händen auf den Fremden los. Der jedoch rammt ihm das Heft seines Schwertes gegen das Kinn und schickt ihn zu Boden. Dann nimmt er das Dokument und schwenkt es vor der jubelnden und klatschenden Menge.

Schließich wendet er sich dem Hohepriester und dem Veranstalter zu und sieht sie herausfordernd an. »Freut euch. Ihr habt ein gutes Geschäft gemacht«, sagt er. Dann dreht er sich zu Myra.

Er kommt auf sie zu wie der Held jener Geschichten, die ihr Vater ihr früher vor dem Schlafengehen erzählt hat. Seine Haut ist olivfarben, sein Gesicht schmal und von einem kurzen Bart bedeckt. Sein Haar ist gelockt und fällt ihm lang in den Nacken, und seine Augen sind dunkel, fast schwarz, und mandelförmig, wie Myra es noch nie gesehen hat. Er ist groß und schlank und trägt einen ledernen Waffenrock, darunter ein weißes Hemd mit weiten Ärmeln, die von Bändern aus schwarzem Leder gerafft werden. Seine Hosen sind blassgrün und stecken in schweren Stiefeln. Sein Schwert trägt er an der Seite, aber er verfügt noch über weitere Waffen: Wurfmesser an einem Gürtel, quer über seiner Brust, sowie einen Dolch. Der Mann ist ein Krieger, ein echter Krieger.

Er bleibt vor ihr stehen und lächelt sie an.

Myra kann sich nicht erinnern, wann sie zuletzt jemand angelächelt hat. Alles kommt ihr wie ein Traum vor.

»Komm«, sagt er, »hier hast du nichts mehr verloren.« Damit wendet er sich ab und geht voraus.

Einen Augenblick ist Myra wie erstarrt.

Dann folgt sie ihm.

18

18. bis 19. November

Das rhythmische Schaukeln nahm Myra als Erstes wahr, als sie zu sich kam. Sie kannte es nur zu gut. Langsam blickte sie sich um, und kurz wurde ihr schwindlig, denn dies war wie ein Sprung in vergangene Zeiten: der mit Stroh ausgelegte Käfig, die erschöpften und verletzten Mitgefangenen, und draußen die Sklavenkarawane, die langsam vorwärts zog. Alles war so wie damals – in einem anderen Leben, als ein Sklavenjäger sie nach der Flucht aus ihrem brennenden Zuhause aufgegriffen und eingesperrt hatte. Nur die Landschaft um sie herum war anders: Dies war nicht Biaswad, sondern ein Kastanienwald in Metalien. Hier und da erhoben sich goldene Baumkronen auf den weiten Flächen frischen Schnees, und am Boden raschelten die gefallenen Blätter unter den Rädern des Käfigwagens.

Um ihren Hals spürte Myra das Gewicht eines eisernen Ringes, sie trug aber immer noch ihre eigenen Kleider, sogar ihren Umhang. Arme und Beine waren mit blutbefleckten Verbänden umwickelt. Dennoch fühlte sie sich nicht besonders schwach, offenbar waren ihre Verletzungen nicht schwer.

Es hatte geklappt – schmerzhafter als sie erhofft hatte, aber alles in allem konnte sie zufrieden sein. Und Icenwharth war nirgends zu sehen. Bis jetzt war ihr Plan aufgegangen.

Sie betrachtete die Menschen, die mit ihr in dem Käfig eingesperrt waren: Die meisten waren Frauen oder Kinder, eine Mutter stillte ihren Säugling, und alle waren Thyrren.

»Wohin bringen sie uns?«, fragte Myra in deren Sprache. Die Leute zuckten zusammen, als sie ihre krächzende Stimme hörten.

»Nach Etheria«, antwortete eine Frau mit einem breiten Verband um den Kopf. »Sie werden uns auf dem Sklavenmarkt verkaufen.«

»Wie weit ist es noch?«

Die Frau zuckte mit den Achseln. Sie wirkte matt und mutlos, und Myra befürchtete, dass sie in Gefangenschaft nicht lange überleben würde. Zunächst starben Herz und Geist, dann auch der Körper.

»Vom Fiscellicus-Pass aus sind wir schon sechs Tagesmärsche unterwegs«, antwortete die stillende Mutter, in resoluterem Ton als die andere.

Dann werden wir am Abend in der Stadt eintreffen, dachte Myra. Sie lehnte sich mit dem Rücken gegen die Gitterstäbe und versuchte, eine bequemere Lage zu finden. Natürlich fehlten die Waluds an ihrem Gürtel. Sie blickte sich um. Ihre Klingen hingen außen an einem kleineren Wagen, der alle möglichen Gerätschaften transportierte. Vermutlich würden die Händler sie zusammen mit ihrer Menschenbeute verkaufen.

Sie musste dafür sorgen, dass sie nicht von ihren Waffen getrennt wurde.

Zur Mittagszeit kam ein Thyrren-Sklave in den Käfig, ohne dass der Zug anhielt, und verteilte an jeden eine Schüssel mit einer dicken Suppe aus Mellus, einer Art Grieß, mit dem in Metalien viele Gerichte zubereitet wurden.

Ein Blutmagier begleitete den Sklaven und untersuchte die Gefangenen der Reihe nach. Myra erkannte ihn wieder, obwohl es bei ihrer letzten Begegnung dunkel gewesen war und der Kampf nicht lange gedauert hatte: Dieser junge Magier hatte Icenwharth fangen wollen. Auf dem Scheitel trug er den weißen Haarkamm und einen kurzen Pferdeschwanz im Nacken. Die Tätowierungen auf seinem Körper bildeten ein loses Netz auf seiner Haut. Darunter bewegten sich nicht mehr als vier blasse Elementale mit großen leiderfüllten Augen, die abwechselnd an seinem Hals auftauchten. Offensichtlich ein Anfänger, der Erfahrung und Ruhm zu sammeln versuchte.

Als Myra an die Reihe kam, kreuzten sich einen Moment lang ihre Blicke. Sie mussten ungefähr im selben Alter sein. Der kurze Bart, den der Magier sich hatte stehen lassen, konnte seine noch ein wenig kindlichen Züge nicht völlig verbergen. Dennoch sah er sie mit diesem typischen Hochmut der Magier an, die glaubten, ihnen stehe alles zu und die Welt gehöre ihnen.

Als er nach ihren Händen griff, um ihren Gesundheitszustand zu überprüfen, zog Myra sie zurück.

»Was soll das? Willst du dich etwa selbst behandeln?«

Mit dem Kinn deutete Myra auf ihren Quersack, der sich ebenfalls auf dem Karren mit den Waffen befand. »In meinem Beutel ist ein Tonikum. Gib mir das!«

Der Blutmagier kicherte, tat dann so, als habe er sie nicht gehört, und griff wieder nach ihrer Hand. Da schlang Myra ihm blitzschnell einen Arm um den Hals und verdrehte ihn leicht. Sie ließ den Griff allerdings so locker, dass der Magier noch schreien konnte.

Die Karawane hielt an, und einer der Sklaventreiber ließ die Peitsche knallen. »Lass ihn sofort los!«, schrie er in einem gebrochenen Albonitisch.

»Dann gebt mir mein Tonikum.«

»Was fällt dir ein, Sklavin? Willst du uns etwa Befehle erteilen?« Wieder ließ er die Peitsche knallen. Als Antwort packte Myra fester zu, sodass das Gesicht des jungen Blutmagiers blau anlief.

Der Anführer der Karawane mischte sich ein. Dieser Sklavenhändler war nach metalienischer Art gekleidet, mit einer langen

Tunika aus purpurfarbenem Damast und einer goldenen Stola um die Schultern, in die verschiedene schwarze Symbole, die Abzeichen der Sklavenhalter, eingewebt waren. Eigenartigerweise war er ein Thyrren und hatte sich wahrscheinlich seine Freiheit erkaufen können. Er war alt, beleibt, und unter seinen Gewändern sah man hier und da weißliche Narben, die ein Netz bildeten, das stark an einen *Käfig* erinnerte. Offenbar hatte er sich nach seiner Freilassung mit einer Klinge die Thyrren-Tätowierungen aus der Haut entfernt.

Myra überlegte, wie schmerzhaft das gewesen sein musste, und fragte sich, ob er das allein bewerkstelligt hatte. Ein Anflug von Wohlwollen gegenüber diesem Mann überkam sie, das sie aber schnell wieder zu vertreiben versuchte. Sie durfte mit diesen Leuten nicht vertraulich werden.

»Also, was ist, Mädchen? Lässt du ihn jetzt los oder willst du ausgepeitscht werden?«, fragte er sie. Anders als sein Scherge sprach der Karawanenführer ein tadelloses Albonitisch. Und seine Stimme war ruhig, ohne jede Spur von Zorn: Er hatte gelernt, wie man mit Sklaven umging.

Ein klein wenig, nur so viel, dass er nicht erstickte, lockerte Myra den Griff um den Hals des jungen Blutmagiers. »Ich will eure Magie nicht. Ich besitze ein Tonikum, mit dem ich meine Wunde behandele«, erklärte sie noch einmal.

Als der Thyrren ihre krächzende Stimme hörte, blickte er sie forschend an. »Was zum Teufel hast du mit deiner Stimme gemacht?«

Myra presste die Lippen zusammen und antwortete nicht.

»Nun gut. Aber meine Sklaven trinken nur das, was sie von mir bekommen. Woher soll ich wissen, was in deinem Gebräu drinnen ist?«

»Lass einen deiner Männer davon probieren«, antwortete Myra.

Der Thyrren zögerte und erteilte dann den Befehl, woraufhin einer seiner Leute in Myras Quersack kramte und die Flasche hervorholte. Der Karawanenführer gab ihm ein Zeichen, und der Mann trank, jedoch mit besorgtem Blick.

Nichts geschah.

Myra blickte den Thyrren abwartend an.

Dieser trat auf den Käfig zu und sah ihr in die Augen, die die gleiche Farbe hatten wie die seinen.

»Wer bist du?«, zischte er.

Myra lächelte. »Eine Gladiatorin.« Sie deutete auf einen der Rewadire, die die Karawane begleiteten. »Eine Kämpferin wie der da.«

Der Thyrren ließ sich nicht aus der Ruhe bringen. »Ach tatsächlich? Nun gut, aber niemand ist unersetzlich. Wenn du mir noch mal Ärger machst, lass ich dich töten. Auch wenn ich dabei draufzahle.«

Da ließ Myra den Blutmagier los, der keuchend und hustend auf allen Vieren von ihr fortkroch.

Der Thyrren legte den Kopf an die Gitterstäbe: »Braves Mädchen«, sagte er ruhig und entfernte sich.

Myra ließ sich das Tonikum reichen und trank.

Wie vorhergesehen, war es Abend, als sie in Etheria eintrafen, und hinter den mächtigen Stadtmauern ging die Sonne unter. In den spiegelglatten tiefschwarzen Granit dieser Mauer waren ringsum Muster eingraviert. Alle Städte Melanias, also jenes Teilreiches von Metalien, das am Schwarzen Meer gelegen war, besaßen solche Stadtmauern. Die Stadtmauern in Leucania hingegen, jenem Teil also, der sich zum Weißen Meer hin öffnete, waren aus weißem Marmor. Die Metaliener mochten es, mit der Doppelnatur ihres Landes zu spielen: zwei Meere, zwei Küsten, zwei Teilreiche, die von Zwillingsköniginnen regiert wurden, welche der Klerus als kleine Mädchen auserwählt und aufgezogen hatte.

Am Stadttor waren zwei in Schwarz gekleidete Wachen postiert, die die Karawane und alles, was sie mit sich führte, durchsuchen sollten. Der Sklavenhändler persönlich aber nahm die Männer zur Seite und steckte jedem, wie Myra fast bewundernd beobachtete, seelenruhig einen mit Sterls gefüllten Beutel zu, den diese ebenso selbstverständlich in ihre Taschen gleiten ließen.

Die hohen Tore aus Ebenholz öffneten sich, und sie zogen ein. Die Geschäftigkeit und Hektik, für die die Städte Metaliens bekannt waren, umfing sie. Überall stapelten sich Waren und drängten sich Menschen verschiedenster Hautfarbe, die schwatzten, feilschten, stritten und Geschäfte machten. Sklaven eilten hin und her, erledigten die ihnen übertragenen Aufgaben, und inmitten des einfachen Volkes ließen sich feine Herrschaften in Sänften durch die Stadt tragen. In den Vierteln abseits des Zentrums dominierten hohe Gebäude mit steinernen Sockeln, auf denen sich baufällig wirkende Holzkonstruktionen erhoben. Darinnen lebten, dicht an dicht, wie in einem Bienenstock, Dutzende von Familien, die jeweils nur eine winzige Kammer des Gebäudes bewohnten. Der durchdringende Holzgeruch überlagerte den von Eis und Schnee, der sogar hier, so weit im Süden, gefallen war. Zwar war er nur fingerhoch und regennass, doch überzog er alles mit einer gräulichen Matschschicht.

Langsam zog die Karawane durch die Gassen dieser Viertel am Stadtrand, vorbei an den Betrunkenen, die aus Wirtstüren torkelten, und den Bettlern am Straßenrand. Mehr benommen als neugierig schauten sich die Gefangenen um. Nur Myra nicht. Sie blieb in ihrer Ecke sitzen. Immer wenn sie in metalienischen Städten war, verspürte sie Abscheu bei dem Gedanken, wie die Menschen sich in diesem Land bereicherten, indem sie ihre Sklaven bis aufs Blut ausbeuteten.

In einiger Entfernung erblickte sie das Rund der Arena, und sofort war die Erinnerung wieder da, an jenen Tag, als sie dort um ihr Leben gekämpft hatte. Und an Acrab, der ihr so schmerzlich fehlte.

Schnell verscheuchte sie den Gedanken. Sie hatte eine Mission.

Die Karawane bog in eine weniger dicht bewohnte Gegend der Stadt ab. In diesem besseren Stadtviertel lebten hauptsächlich Geschäftsleute. Die Villa des Sklavenhändlers war von einer hohen und feuerrot gestrichenen Mauer umgeben. Durch das Tor gelangten sie in einen größeren Garten, der nicht sonderlich prächtig war, den meisten Sklaven aber wohl wie eine königliche Parkanlage vorkommen musste. Mittendrin stand die einstöckige Villa. Es lag kein Schnee. Breite Feuerschalen sorgten für eine gewisse Wärme und verbreiteten einen süßlichen berauschenden Duft.

Der Sklavenhändler stieg aus der Sänfte, die den Karren voran getragen wurde, und ließ sich von einigen Dienern empfangen, die Schalen mit warmem Wasser herbeitrugen, damit sich ihr Herr den Reisestaub von Händen und Füßen waschen konnte. Angewidert beobachtete Myra die Szene: Um sich einige kleinere Freiheiten zu verdienen, ließen sich viele Thyrren zu Aufpassern ihrer gefangenen Leidensgenossen machen. Das hatte sie schon in ihrer ersten Sklavenkarawane erlebt, die sie damals – in einem anderen Leben – von Biaswad nach Melania geschafft hatte. Aber dass sich ein Thyrren, der sich freigekauft hatte, selbst Sklaven hielt, wollte ihr nicht in den Kopf. Sie selbst, die sie so lange das Eisenband um den Hals getragen hatte, hätte es niemals einem anderen anlegen können.

In einer Ecke des Gartens standen Käfige für die Sklaven bereit. Widerstandslos ließ Myra sich einsperren, aß das, was man ihr vorsetzte – schon wieder Mellus –, und trank noch etwas von ihrem Tonikum und machte sich fertig für die Nacht. Neben ihr lag die Frau mit dem Säugling, den sie wieder stillte.

»Du bist nicht wie wir«, sagte sie irgendwann zu Myra, »du bist eine Kriegerin, und du bist stark. Warum versuchst du nicht abzuhauen?« Sie war jung und schön und presste ihr Kind an die Brust wie das Kostbarste, das das Leben ihr schenken konnte.

Kurz überlegte Myra, dass sie wirklich fliehen und die junge

Frau mitnehmen könnte. Aber wohin? Für eine Thyrren war das gesamte Dominium ein Gefängnis.

Unter Acrab wird sich das alles ändern. Acrab wird das Dominium zu einem gerechteren Ort machen, dachte sie, und ihr Verrat schmerzte sie.

»Ich bin dort, wo ich sein muss«, antwortete sie der Frau nur.

»Ich nicht. Niemand von uns gehört hierher.«

Zorn flackerte in Myra auf. »Schlaf jetzt«, sagte sie, »und bleib morgen dicht bei mir. Ich will sehen, was ich tun kann.«

Das Gesicht der Frau erstrahlte. »Danke«, murmelte sie.

Myra schlang sich den Umhang fester um den Körper und schlief in ihrer Ecke ein.

Bei Tagesanbruch lief ein Sklave an den Käfigen entlang, schlug mit einem Stock gegen die Stäbe und weckte sie. Myra war allerdings schon früher aufgewacht, als sich am Himmel der erste helle Streifen zeigte.

Nach einem kargen Frühstück wurden sie nacheinander abgeholt und zur Begutachtung vor ihren Herrn geführt.

Offenbar hieß der thyrrenische Sklavenhändler Isteve, denn überall im Haus, dessen Einrichtung wie bei allen Neureichen überladen war und von schlechtem Geschmack zeugte, war sein Name eingraviert.

An diesem Morgen saß er auf einem erhöhten Holzsessel, der mit Blattgold überzogen war, und ließ sich von seinen Sklaventreibern die Neuerwerbungen »Stück für Stück«, wie sie selbst sagten, vorführen.

Dass sie diesen Mann gestern noch fast wohlwollend betrachtet hatte, kam Myra ausgesprochen dumm vor. Hoffentlich gab es in der Hölle für Leute wie ihn einen besonderen Platz, für Sklaven, die irgendwie an die Spitze der Nahrungskette gelangt waren und sich nun von ihren einstigen Leidensgenossen nährten.

Wenig später mussten sich die Sklaven in verschiedenen Gruppen aufstellen, unterteilt nach Geschlecht und Alter, und ob sie sich als gesund betrachteten oder nicht. Trotz des allgemeinen Durcheinanders achtete Myra darauf, dass die junge Frau mit dem Säugling bei ihr blieb und die anderen vorließ. Und während sich die Gefangenen auf die Gruppen verteilten, ergriff sie ihren Arm und hastete mit ihr ein Stück in Richtung Grundstücksmauer.

»Lauf weiter in die Küche und lass dir irgendeine Arbeit zuweisen«, zischte sie ihr zu.

Die Frau schaute sie fragend an.

»Lauf schon!«, wiederholte sie lauter. »Wir Sklaven müssen uns gegenseitig helfen.«

Die Frau verstand und huschte im Schutz der Mauer mit ihrem Säugling davon. Aus der Ferne warf sie Myra noch einmal einen letzten, dankbaren Blick zu. Diese wollte gerade kehrtmachen, als sie ein Peitschenhieb am Kopf traf.

»Du willst wohl unbedingt im Bordell landen?!«, brüllte einer der Sklaventreiber sie an.

Myra zog den Kopf ein, gesellte sich zu den anderen Sklaven, und wartete in ihrer Gruppe mit den anderen Frauen, bis sie an der Reihe war. Dann trat sie einen Schritt vor und ließ sich von einem Gehilfen Isteves vor seinen Herrn führen, ließ es geschehen, dass er ihr den Mund aufriss, dass er sie befingerte, bevor er sie schließlich aufforderte, sich umzudrehen. Ihr Abscheu, wie Vieh behandelt zu werden, war groß, und es drehte ihr fast den Magen um, die Hände dieses Mannes auf ihrem Körper zu spüren. Aber sie unterdrückte das alles und wehrte sich nicht. Noch nicht. Der passende Zeitpunkt war noch nicht gekommen. Schließlich hatte sie einen Plan. So versuchte sie, an etwas anderes zu denken.

»Du bist also eine Kämpferin … und dabei eine Thyrren?«, fragte Isteve.

Myra nickte nur.

»Thyrren sind aber entweder *Käfige* oder Sklaven. Die Frauen häufig auch Huren.«

»Ich nicht.«

»Nun ja, du bist verwundet, und besonders in Form scheinst du mir auch nicht zu sein.«

Myra blieb gleichmütig. »Das käme auf einen Versuch an.«

Noch etwas neugieriger, sah Isteve sie wieder an. »Warum liegt dir so viel daran, in der Arena zu kämpfen?«

»Warum stellst du mich nicht auf die Probe, dann wirst du es schon sehen.«

Isteve machte eine Handbewegung, woraufhin ein Rewadir-Krieger vortrat.

»Gib ihr ein Holzschwert«, sagte er.

Myra lächelte spöttisch. »Nein, zwei.«

»Zwei? Wieso?«

»Ich bin auch eine Rewadir.«

»Knapp, aber bissig deine Antworten. Nun gut, aber was ist mit deiner Stimme? Hört sich an wie ein Reibeisen.«

Myra sparte sich eine Antwort.

Isteve hob wieder die Hand, woraufhin ein Thyrren-Sklave, fast noch ein Kind, vortrat und ihr zwei Holzschwerter reichte.

Myra prüfte, wie sie in der Hand lagen. Weder vom Gewicht noch von der Größe her hatten sie Ähnlichkeit mit ihren Waluds, aber es würde gehen. Sie sprang von dem Podest, auf dem die Sklaven inspiziert wurden, und ging zu einer Ecke des Hofes hinüber, wo ein kleiner Kampfplatz angelegt war. Dort wartete der Rewadir, und darum herum hatte sich eine Schar Sklaven versammelt. Myra nahm Kampfstellung ein.

Isteve kicherte wieder, und es kicherte auch der Rewadir, der ihr entgegentrat.

Myra wartete nicht ab, bis er bei ihr war. Sie sprang vor, schlug ihm mit zwei blitzschnellen, sich kreuzenden Hieben gleichzeitig von links und rechts die Waffe aus der Hand und setzte ihm die Klingenspitzen an die Kehle.

Im hohen Bogen flogen seine Walud-Klingen davon und blieben

dicht neben Isteves Füßen im Boden stecken. Erschrocken wich der Sklavenhändler zurück.

All das hatte nur den Bruchteil eines Augenblicks gedauert.

Myra stellte sich wieder zum Angriff auf. »Was ist? Machen wir endlich Ernst?«, rief sie ihrem Gegner zu.

Der Rewadir biss die Zähne zusammen und schaute mit wütendem Blick zu Isteve. Der zögerte kurz und nickte dann.

Der Krieger hob seine Waluds vom Boden auf und nahm ebenfalls wieder Kampfposition ein.

Myra legte nicht übermäßig viel Kraft in ihre Aktionen. Beim Kampf in der Arena war die Eleganz wichtiger als Effizienz. Letzten Endes handelte es sich doch um ein Spektakel für die Zuschauer. Deshalb hielt sie den Rewadir mit tänzelnden Bewegungen auf Distanz und ließ die Schwerter um ihren Körper herumwirbeln.

Bald wusste der Mann nicht mehr, wie er sich bewegen sollte, so verwirrt war er, so machtlos stand er ihrer ausgefeilten Kampftechnik gegenüber. In den Feinheiten des Schwertkampfes war er wohl nie unterwiesen worden, was übrigens für viele Biaswader galt, die sich als Schwertkämpfer verdingten, nur weil sie ihre Waffe mit den zwei Klingen für etwas Besonderes hielten.

»Das reicht.«

Myra brach ab und wollte unwillkürlich mit einer flüssigen Bewegung die Klingen an ihren Gürtel zurückstecken, vergaß aber, dass sie nicht in die Scheiden passen konnte. Aber die Eleganz auch dieser Bewegung fiel auf.

»Wie es aussieht, hast du nicht nur geprahlt.« Isteve musterte sie aufmerksam. »Bist du bereit, diese Vorführung auf dem Markt zu wiederholen? Niemand würde eine Sklavin wie dich kaufen, ohne zu prüfen, was sie so kann.«

»Ich bin immer bereit«, antwortete Myra. »Aber dazu brauche ich meine eigenen Waluds.«

»Das kannst du vergessen.«

»Warum verkaufst du sie nicht mit mir zusammen?«, versuchte es Myra noch einmal.

»Warum ist dir das so wichtig?«

»Weil sie mir so oft das Leben gerettet haben. Es sind meine Waffen. Und sie sind einzigartig. Es wird mit Sicherheit für Aufmerksamkeit sorgen, wenn ich mit meinen Waluds kämpfe.«

Isteve dachte einen Moment lang nach und stimmte dann zu. »In Ordnung. Du sollst deine Schwerter haben.«

Hinter einem Lächeln verbarg Myra all den Hass, den sie für diesen Mann empfand. Aber ihr Plan ging auf. Jetzt musste nur noch der richtige Spieleveranstalter sie kaufen.

19

Kyllen

In der Spelunke drängten sich die Gäste, und die meisten davon waren Sklavenhändler, stellte Kyllen fest.

Aber in Albon gab es sehr viele Leute, die sich auf diese Weise bereicherten, denn die Nachfrage nach Elementalen war ausgesprochen hoch. Denn obwohl es die Heimat der Magie war, gab es nur wenige Arten von Elementalen, nämlich nur die, die für die Basiszauber gebraucht wurden. Dies hatte Kyllen schon immer Probleme bereitet, wenn er hier in seinem Geburtsland seine magischen Künste ausüben wollte: Da die *Reinen* prinzipiell keine Elementale aus *Käfigen* einsetzten, konnten sie sich nur auf solche Geister stützen, die in der Umgebung heimisch waren. Immerhin hatte er mit den Jahren zu diesen Wesen so ein Vertrauensverhältnis aufgebaut, dass er ihre Fähigkeiten so gut wie möglich nutzen konnte, ohne stärkeren Zwang ausüben zu müssen.

Er hob seinen Krug, trank einen ordentlichen Schluck und seufzte, als er das Bier endlich absetzte. Er war erschöpft. Mit Vorbedacht hatte er sich einen Platz in einer Ecke, etwas abseits von den anderen Gästen, gesucht und seine Kapuze nicht abgenommen. Er war es nicht gewöhnt, auf der Flucht zu sein, und hatte das Gefühl, dass ihn alle beobachteten und hinter jedem Blick eine Falle steckte.

Dein Misstrauen wird langsam krankhaft, wies er sich selbst zurecht.

Aber was er herausgefunden hatte, quälte ihn. Ihm war, als trage er einen schweren Mühlstein um den Hals, den ihm niemand abnehmen konnte.

Er war allein, mehr als je zuvor.

Die Tür ging auf, und Schnee wirbelte in die Wirtsstube. Soldaten. Kyllen wandte den Blick ab und zog sich die Kapuze noch tiefer ins Gesicht. Dann setzte er den Krug noch einmal an, um sich besser gegen Kälte und Angst zu wappnen. Da erblickte er ihn und ließ den Bierkrug sinken.

Der Mann trug einen schwarzen Umhang, darunter aber lugten Kleider hervor, die genauso grau waren wie seine eigenen. Sein Gesicht war ebenfalls unter einer Kapuze verborgen. Dennoch spürte Kyllen, dass sein misstrauischer Blick auf ihn gerichtet war. Er kam auf ihn zu.

»Zum Wohl«, sagte er, mit dem Kinn auf Kyllens Bierkrug deutend, und nahm an seinem Tisch Platz.

»Hattest du Erfolg?«, fragte Kyllen leise.

»Zuerst das Geld.«

Kyllen suchte in dem Lederbeutel an seinem Gürtel herum, holte eine Handvoll Münzen hervor und warf sie auf den Tisch.

Der Mann schaute ihn zweifelnd an.

»Mehr kann ich dir nicht geben. Und wenig scheint mir das nicht zu sein.«

Der Mann zuckte mit den Achseln und strich das Geld ein. »Das sagst du nur, weil du noch nicht lange so ein einsamer Wolf bist«, meinte er. »Warte mal ab, wie es in ein paar Wochen aussieht, wenn du pleite bist und dir der Magen knurrt. Dann wirst du schon sehen.«

Kyllen ging nicht darauf ein. »Was ist nun? Hattest du Erfolg oder nicht?«, fragte er ungeduldig.

Der Mann nickte. »Aber verrate mir erst, wo das Pergament herstammt, das ich entschlüsseln sollte.«

Kyllen zögerte. Was für Folgen hätte es, wenn er es ihm verriet?

Und wie viel wusste der Mann ohnehin, weil er es aus dem Dokument, das er ihm überlassen hatte, schließen konnte?

»Zeig mir zuerst die Übersetzung, dann erzähle ich dir alles.«

Der Mann schnaubte, griff in seine Tasche, holte zwei ineinander gerollte Blätter hervor und reichte sie Kyllen. Hastig griff er zu und entrollte sie. Das Original legte er zur Seite und konzentrierte sich auf die Übersetzung. Es handelte sich um eine Liste, offenbar von Büchern. Einige sagten ihm nichts, weil er von den Titeln noch nie gehört hatte. Von anderen konnte er zwar die Wörter lesen, verstand sie aber nicht.

Doch ein Buchtitel erregte seine Aufmerksamkeit.

Er hatte dieses Buch in der Bibliothek der Kongregation gesucht, es aber auch mithilfe des Bibliothekars nicht finden können: Es handelte sich um einen der Bände, die auf mysteriöse Weise verschwunden waren. Darin ging es um die Prophezeiung.

Kyllens Herz schlug schneller. Er betrachtete das Pergament genauer. Durch eine weiße Linie getrennt, war eine weitere Liste aufgeführt.

Wiederum unverständliche Titel, bis auf einen, der auf ein Buch zur Magie der *Ersten* zu verweisen schien.

Schließlich noch eine Notiz mit folgendem Wortlaut:

Neuigkeiten bis zum Ende des Monats auf dem üblichen Weg.
G.

»Ich habe ziemlich lange gebraucht, um den Text zu entschlüsseln«, sagte der Mann. »Es ist kein Code, wie er im Krieg verwendet wird oder für manche Bücher gebräuchlich ist. Dieser Code ist völlig anders und wurde neu erdacht und entwickelt, und wer auch immer dahintersteckt, muss ein genialer Kopf sein. Jedenfalls hat es noch nie so lange gedauert, bis ich einen Text entschlüsseln konnte.«

Kyllen blickte weiter auf das Pergament und versuchte, diese

Notiz zu verstehen. Zweifellos stand dieses G. für Graffias, davon konnte er ausgehen.

»Einige Wendungen und Zeichen haben mich an die Klöster in Phoinika erinnert.«

Kyllen horchte auf. »Wieso?«

»Nun, die Mönche in den Klöstern tun ja häufig den ganzen Tag nichts anderes, als Texte zu kopieren, die sie manchmal noch nicht einmal verstehen. Besonders dann, wenn es sich um Quellen der *Ersten* handelt, die von unschätzbarem Wert sein können. Aber egal, jedenfalls entwickeln die Klöster eines Bereichs häufig einen eigenen Stil, eine spezielle Art, bestimmte Buchstaben zu zeichnen, ein Stil, der von Generation zu Generation weitergegeben wird, damit die Verständlichkeit erhalten bleibt. Wenn du mich fragst, hat der Erfinder dieses Codes in einem Kloster in Phoinika gelebt.«

Kyllen legte das Blatt nieder und überlegte eine Weile. »Graffias ist doch ein phoinikischer Name, oder?«

»Ja.« Der Mann schaute ihn forschend an. »Aber woher kennst du diesen Namen?«

Kyllen seufzte. *Wie viel kann ich ihm verraten? Wie viel muss ich ihm verraten, um noch mehr zu erfahren?*

Im Grunde war sein Gegenüber in einer ähnlichen Situation wie er selbst: Er war ein *Reiner*, der die Kongregation verlassen hatte. Bei dem Gedanken schwirrte Kyllen einen Moment lang der Kopf. Zum ersten Mal gestand er es sich ein, dass er diese Gemeinschaft für immer verlassen hatte. Bislang hatte er sich vorgemacht, seine Flucht könnte etwas Vorübergehendes sein. Jetzt nicht mehr.

Als er die Schwelle zu jenem Raum überschritten hatte, den er niemals hätte betreten dürfen, hatte er eine endgültige Entscheidung getroffen.

»Ich habe zufällig gehört, wie der Unbefleckte ihn genannt hat.«

Der andere lehnte sich überrascht vor. »Was?«

Kyllen betrachtete ihn einen Moment lang. »Warum bist du gegangen?«, fragte er dann.

Der Mann kicherte. »Und du?«

Kyllen antwortete nicht.

Mit einem seltsamen Grinsen im Gesicht fuhr sein Gegenüber fort: »Weißt du, was in den unterirdischen Kammern der Kongregation geschieht? Nun, ich weiß es. Irgendwann habe ich beschlossen, dass ich nichts mehr damit zu tun haben will.«

Kyllen blickte den ehemaligen Mitbruder unverwandt an. Sicher war ihre Lage ähnlich, und er hatte ihm geholfen. Im Grunde hätte er gern offen geredet, zögerte aber. Sich zu öffnen, und sei es auch gegenüber einem Abtrünnigen wie er selbst einer war, hieß immer, dass er sich angreifbar machte. Vor allem aber machte es die Dinge, die in jüngster Zeit in seinem Leben geschehen waren, zu unleugbarer Realität. Doch schließlich rang er sich durch. »Das Papier habe ich in der Unterkunft des Unbefleckten gefunden«, sagte er und erzählte ihm alles.

Der Mann schien nicht sonderlich überrascht.

»Das wusstest du bereits?«, fragte Kyllen.

Der andere schüttelte den Kopf. »Nein, das nicht. Aber ich habe so einiges mitbekommen. Und es wundert mich nicht, dass der Unbefleckte nicht der ist, der zu sein er vorgibt.«

»Ich habe dir alles erzählt. Du bist an der Reihe.«

Plötzlich schien dem Mann nicht mehr wohl in seiner Haut zu sein. Er trommelte mit den Fingern auf dem Tisch herum.

»Die Kongregation hat sich sehr verändert«, begann er.

»Das weiß ich. Aber was genau meinst du? Etwa diese Besessenheit des Unbefleckten für die Prophezeiung eines *Befreiers*?«

»Nein.«

»Nicht? Was dann?«, drängte Kyllen weiter.

Der Blick des Mannes schien sich in der Ferne zu verlieren. »Ich habe mich den *Reinen* aus den gleichen Gründen wie alle anderen angeschlossen: Weil ich überzeugt bin, dass die Elementale denken können und Schmerz empfinden, und weil ich nicht will, dass jemand meinetwegen versklavt wird. Ich wurde von einer Thyrren-Amme aufgezogen. Bevor mein Vater sie kaufte, war sie als *Käfig* missbraucht worden, aber er behandelte sie, als würde sie zu unserer Familie gehören.« Der Mann hielt einen Moment inne und fuhr dann fort: »Der Unbefleckte muss ihn gespürt haben, meinen – wie soll ich sagen? – Gerechtigkeitssinn, der so in mir gewachsen war. Denn er sagte, er werde mir eine Aufgabe übertragen, durch die alle Elementale und alle Thyrren befreit würden. Ich dürfe nur mit niemandem darüber reden.«

Kyllens Herzschlag beschleunigte sich. »Und das ist es, woran man in den unterirdischen Kammern arbeitet?«, fragte er und dachte dabei an eine Andeutung des Unbefleckten, als der ihm versichert hatte, dass sich andere in ihrer Organisation mit der Entwicklung einer Magie beschäftigten, die die Elementale ein für alle Mal befreien würde.

»Ja. Aber nicht so, wie du denkst!« Der Mann hob die Stimme. »Das Ziel ist richtig: Ich wünsche mir eine Magie, die niemanden ausbeutet. Und du doch auch. Wir alle wünschen uns das.«

Kyllen nickte nur und wartete, was noch kommen würde.

»Aber so läuft das nicht. Es ist schlimm, was dort passiert.« Die Hände des Mannes zitterten. »Sie werden gequält. Die Elementale werden gequält, angeblich, um sie zu befreien. Und ich habe anfangs dabei mitgemacht, weil … Ach, ich weiß nicht … Alle sagten, große Ziele verlangten immer einen hohen, manchmal sogar erschreckenden Preis, und so dachte ich eine Zeitlang, dass alles in Ordnung sei …« Der Mann verbarg sein Gesicht in den Händen. »Aber ich habe es nicht mehr ausgehalten. Mir war klar geworden, dass man die Elementale so mit Sicherheit nicht befreien wird. Das war nicht die Kongregation, in die ich eingetreten war.«

»Warum hast du niemandem die Wahrheit gesagt?«

Der Mann nahm die Hände vom Gesicht und blickte Kyllen verstört an. Er schien die Frage nicht verstanden zu haben. »Sollte ich aus diesem Grund den Text entschlüsseln?«

Kyllen ging nicht darauf ein. »Keiner der *Reinen* ist in die Kongregation eingetreten, um den Machthunger des Unbefleckten zu unterstützen. Und mit Sicherheit weiß niemand von ihnen, dass dort solche Experimente gemacht werden. Warum hast du dich niemandem anvertraut?«

»Aber du hast doch auch mit niemandem über deine Entdeckung gesprochen.«

»Ja, weil mir keiner geglaubt hätte. Ich wusste nicht, was du weißt. Aber du hättest nicht schweigen müssen!«

»Du verstehst das nicht«, murmelte der andere. »Ich habe dort unten in den Kammern entsetzliche Dinge mit ansehen müssen. Und ich habe erlebt, dass Leute zusammengebrochen und von einem Tag auf den anderen verschwunden sind. Ich habe gesehen, wie sich ihre Körper buchstäblich auflösten, so als hätten sie nie existiert, weil sie nicht mehr konnten, weil sie bei den Gräueln nicht mehr mitmachen wollten.«

»Und du hast einfach das Weite gesucht?«

»Was hätte ich sonst tun sollen? Ich bin kein Idealist und glaube nicht mehr daran, dass es so etwas wie Gerechtigkeit überhaupt gibt: nicht unter den Blutmagiern, aber auch nicht unter den *Reinen*, denn beiden geht es nur um die Macht. Und das ist ja auch verständlich: Da beherrscht jemand etwas und ist vielleicht sogar der Einzige, der sich darin auszeichnet – in unserem Fall: Es ist ihm gegeben, dass ihm die Geister gehorchen –, also wird er diese besondere Fähigkeit zu seinem Vorteil ausnutzen. Das ist es doch, was wir alle tun, oder nicht?«

»Nein«, antwortete Kyllen trocken. »Ich kenne niemanden, der so ist.«

Der andere lachte verbittert. »Du bist ein armer Irrer, wenn du das wirklich glaubst.«

Kyllen legte einen Finger auf das Pergament. »Wir sind alle hinters Licht geführt worden. Der Unbefleckte ist in der Hand dieses Graffias. Und dies hier …«, er zeigte auf einen der Titel in der erten Liste, »… ist ein Buch, in dem es um die Prophezeiung geht. Es stand in der Kongregationsbibliothek und ist verschwunden. Jemand muss es entwendet haben. Vielleicht sogar der Unbefleckte selbst, um es demjenigen auszuhändigen, dessen Befehle er empfängt.« Er deutete auf die zweite Liste. »Und diese anderen Texte werden wohl für die Experimente gebraucht, an denen du teilgenommen hast. Für wen, glaubst du, lässt der Unbefleckte sie durchführen?«

Der andere antwortete nicht.

»Für Graffias natürlich. Die Kongregation existiert praktisch nicht mehr und wird von diesem Mann für seine eigenen Ziele missbraucht. Und auch wenn wir nicht wissen, was das für Ziele sind, lassen doch seine Mittel darauf schließen, dass er vor nichts zurückschreckt, um sie zu verwirklichen.«

Der andere schwieg weiter.

»Willst du nicht, dass sich das alles ändert? Willst du sie nicht aufhalten?«

Der ehemalige Mitbruder hob den Blick und sah Kyllen an. »Wenn ich dir einen guten Rat geben darf: Kümmere dich um deine eigenen Angelegenheiten. Du scheinst ein aufgeweckter Kamerad zu sein, und vor allem bist du noch am Leben, das heißt, noch kannst du deinen Weg gehen. Nutze deine magischen Kenntnisse, halte dich bedeckt und setze dir als Ziel, nicht zu Schaden zu kommen.«

»Das reicht mir nicht. In der Kongregation bin ich in jüngster Zeit auch nur mitgeschwommen, bis ich mich entschlossen habe, diesem Leben den Rücken zu kehren.«

»Du spielst mit dem Feuer und wirst dich verbrennen.«

»Das ist mir gleich«, antwortete Kyllen entschlossen.

»Wie du meinst. Aber ich gehe einen anderen Weg.«

»Weißt du noch mehr über Graffias? Hast du irgendetwas aus den Dokumenten über ihn erfahren?«

»Nein. Wenn du willst, kann ich versuchen, etwas über diesen Mann in Erfahrung zu bringen. Aber es ist wohl wie die Suche nach der Nadel im Heuhaufen.«

Kyllen musste ihm recht geben, aber er konnte nicht so einfach aufgeben, nicht nach dem, was sein ehemaliger Mitbruder ihm gesagt hatte. Die Sache war noch dramatischer, als er angenommen hatte. Graffias ließ den Unbefleckten nach seiner Pfeife tanzen, was so weit ging, dass er ihn Bücher aus der Bibliothek entwenden ließ. Außerdem war Graffias sowohl an der Prophezeiung des *Befreiers* interessiert, als auch an der Entwicklung einer Magie, die sich nicht auf die Blutsklaverei stützte.

Plötzlich schien ihm Graffias' Ziel klar: Würde er den Befreier finden, könnte er möglicherweise die Magie, wie sie im Dominium praktiziert wurde, zunichte machen. Und wenn es dem Unbefleckten gleichzeitig gelang, eine neue Magie zu entwickeln, wäre Graffias der Einzige, der sie anwenden könnte.

Also war nicht nur die Kongregation bedroht. Das gesamte Dominium lief Gefahr, von Graffias beherrscht zu werden.

Kyllen erhob sich und wollte zur Tür.

Aber der andere ergriff seinen Arm und hielt ihn auf. »Ich habe zu viel gesehen, um mich dagegen aufzulehnen. Nur daran liegt es. Ich habe nicht mehr die Kraft dazu.«

»Dann werde ich es eben alleine versuchen«, erwiderte Kyllen. Auch wenn er nicht gutheißen konnte, wie sich der andere verhielt, wollte er ihn nicht verurteilen. »Es steht dir frei, zu tun, was du für richtig hältst.«

»Es tut mir leid.«

Kyllen wandte sich zum Gehen. In Gedanken war er schon anderswo. Die Beweise, die er in der Hand hatte, reichten ihm noch nicht. Dieser ehemalige Mitbruder würde sich gewiss nicht als Zeuge zur Verfügung stellen, und wenn doch, stand seine Aussage gegen die des Unbefleckten. Selbst das entschlüsselte Dokument reichte noch nicht, so wertvoll die darin enthaltenen Informationen auch sein mochten.

Er musste herausfinden, wer dieser Graffias wirklich war und was genau ihn mit dem Hochstapler, der sich als der Unbefleckte ausgab, verband.

Er musste Graffias finden.

Als er die Spelunke verließ, blies ihm eine Bö die Schneeflocken ins Gesicht. Er hüllte sich fester in seinen Mantel ein und ging, ungeachtet der Kälte, in das Schneetreiben hinein.

Im Dominium waren Kräfte am Werk, die er weit mehr fürchten musste als so einen eisigen Sturm.

20

19. November

Am späten Vormittag wurden sie zum Markt gebracht, zu Fuß und in Ketten. Diese verbanden die Eisenmanschetten um ihre Knöchel mit den Holzklötzen, in denen ihre Hände steckten, und den Halsbändern.

Gesenkten Hauptes durchquerte Myra die Stadt. Die Erniedrigung schmerzte, aber das musste sie aushalten. Zum Glück gab es nur wenige neugierige Blicke. So ein Zug von Sklaven war ein fast alltäglicher Anblick für jeden Metaliener, und so beachtete kaum einer sie, während sie sich mit den rasselnden Ketten über das breite Pflaster schleppten.

Sie hatten es nicht weit. Bald öffnete sich vor ihnen der große quadratische Marktplatz. Zu drei Seiten wurde er von Arkaden mit schneeweißen Säulen und feuerroten Sockeln abgeschlossen. Darunter reihten sich Lagerräume, vor allem aber Geschäfte jeder Art aneinander, die ihre Waren auch draußen auf hölzernen Tischen feilboten: Lebensmittel, Kleider, Waffen und vieles mehr. Entsprechend groß war das Hin und Her unter den Bogengängen, und laut war das Stimmengewirr.

Die vierte Seite des Platzes hingegen wurde von einem mächtigen Tempel eingenommen. Über eine Freitreppe aus rotem Marmor, passend zur Farbe der Arkadensockel, gelangte man zur Vorderseite, deren Fassade durch tropfenförmige, sich nach oben hin verjüngende Säulen gegliedert wurde. Der untere Teil war goldgelb gestrichen, und die gleiche Farbe wies auch die gigantische Kuppel auf, die das Gebäude überwölbte.

Vor dem Portal ragte eine blendend weiße Statue auf. Sie war so hoch wie die gesamte Fassade und stellte eine Göttin dar, ein Füllhorn in Händen, das von Früchten überquoll. Dies war Hermia, die Göttin des Handels, eine der zahlreichen metalienischen Gottheiten. Zu ihren Füßen lagen Münzen in kleinen Haufen.

Viele der Sklaven schienen beeindruckt von dem marmornen Glanz des Tempels, dessen Weiß in der vormitttäglichen Sonne strahlte. Nur Myra blieb gleichgültig. Sie hatte schon einige solcher grandiosen Gebäude gesehen und wusste, was sich hinter dieser Pracht verbarg.

Auf einem hölzernen Podest mitten auf dem Platz wurden sie ausgestellt. Links und rechts von ihnen führten andere Sklavenhändler ihre Waren vor, nur war Isteves Podest besonders breit, was darauf hinwies, dass er reich war und seine Geschäfte besonders gut liefen. Bald versammelte sich vor ihnen eine kleine Menschenmenge. Myra fielen einige Spieleveranstalter auf, die in schreienden Farben und so wie Isteve geschmacklos gekleidet waren – ein typisches Kennzeichen für jene Metaliener, die keinen angesehenen Familien entstammten und sich ihren Reichtum mit Geschäften verdienten, die allgemein verachtet wurden. Unter diesen Veranstaltern war auch der Mann, den Myra suchte. Sie musste es irgendwie schaffen, dass sie an ihn verkauft wurde.

Zunächst wurden die Frauen versteigert. Nacheinander wurden sie präsentiert, die attraktiveren in Kleidern aus billigem Stoff, aber mit figurbetonten Schnitten, die älteren in sackartigen Überwürfen. Die Angebote kamen sowohl von Privatpersonen als auch von Kaufleuten auf der Suche nach *Käfigen* für den Handel mit Elementalen. Die jungen Mädchen, die noch nicht achtzehn und daher für diese Aufgabe ungeeignet waren, wurden entweder für die Arbeit im Bordell oder in einem Haushalt ersteigert.

Dann kamen die Männer an die Reihe, und die Prozedur verlief ähnlich.

Schließlich wurden die Gladiatoren vorgestellt.

Myra rief man als zweite auf. Ein Bediensteter zog sie an der Kette in Richtung Podest. Bevor sie hinaufstieg, händigte man ihr ihre Waluds aus.

Isteve ergriff ihren Arm. »Mach mir keine Schande, Halbblut.«

Myra nahm ihre Waluds fester in die Hand und genoss das Gefühl, wie sich die Handflächen an die Hefte schmiegten. Das waren ihre Waffen, das war ein Teil von ihr.

»Eine junge Rewadir-Kriegerin. Lasst euch von ihrer Statur nicht täuschen. Sie ist eine erstklassige Kämpferin und wird das gerne in der Arena unter Beweis stellen. Mindestgebot zweihundert Axis«, rief der Auktionator.

Ein Pfeifkonzert ertönte aus der Menge der Umstehenden.

»Verkauft sie lieber ins Bordell!«, brüllte jemand.

»Das wäre Verschwendung, glaubt mir«, erwiderte Isteve und gab einem Mann in seiner Begleitung ein Zeichen. Gegen ihn hatte Myra am Morgen gekämpft. Und genau diese Vorführung wiederholte sie nun und konzentrierte sich dabei hauptsächlich auf die Eleganz ihrer Bewegungen. Sie drehte sich um die eigene Achse, entwaffnete blitzschnell ihren Gegner und zwang ihn auf die Knie. Diejenigen, die gerade noch gepfiffen hatten, verstummten. Dann wurde hier und da geklatscht, aber Myra blickte allein auf den Spieleveranstalter, zu dem sie wollte. Isserios hieß er. Und er schien nicht sonderlich interessiert.

Jemand rief ein Gebot, aber das genügte Isteve nicht. »Was ist, Männer? Ein Mädchen, das so kämpfen kann, ist viel mehr wert als zweihundertfünfzig Axis!«

»So einen netten Schaukampf, wie du ihn uns gezeigt hast, kann jeder aufführen. Aber in der Arena sieht die Sache anders aus«, rief jemand aus den hinteren Reihen.

Myra streckte eine ihrer Klingen aus.

»Lasst es mich gegen den versuchen«, sagte sie.

Im Publikum wurde es ruhig, nicht nur wegen ihrer krächzenden Stimme. Mehr noch verblüffte die Tatsache, dass dieses junge Mädchen auf einen breitschultrigen, mit einer Streitaxt bewaffneten Soldaten zeigte, der gleich hinter Isserios stand. Eine Wache aus dessen Gefolge also. Der Veranstalter blickte Isteve verwundert an.

»Warum nicht? Ein wenig Spaß bei den Geschäften kann nicht schaden«, sagte Isteve.

Isserios lächelte. »Mir soll's recht sein. Schauen wir mal, was du wirklich kannst«, erwiderte er und blickte zu Myra.

Ihre Augen funkelten.

Während sich der Soldat seinen Weg zum Podest hinauf bahnte, wurde in der Menge aufgeregtes Gemurmel laut. Es geschah nicht alle Tage, dass man außerhalb der Arena einen Kampf geboten bekam.

Die Podestbretter knarrten unter dem Gewicht des Hünen. Wie ein Jäger seine Beute betrachtete er Myra, die ihre Waluds um ihren Körper herumwirbeln ließ.

Mit einem wuchtigen Hieb seiner Streitaxt griff er an, die auf Myras Kopf niederfuhr. Sie aber kreuzte die Walud-Klingen und parierte, doch der Schlag war so gewaltig, dass er sie in die Knie zwang. Der Koloss lächelte und leckte sich die Lippen.

Jemand im Publikum pfiff.

Wieder erhob der Hüne die Streitaxt und ließ sie von der Seite gegen Myras Hüfte sausen, sie aber sprang hoch und duckte sich unter dem gleich folgenden Rückschlag hinweg.

»Was ist? Wollt ihr nicht endlich kämpfen?«, rief ein Zuschauer.

Myra grinste höhnisch.

Schon sprang sie vor, ließ die Klingen tanzen und deckte den Hünen mit blitzschnellen Schlägen ein. Der konnte zwar alle parieren, musste aber zurückweichen und kam immer mehr aus dem Gleichgewicht. Myras letzter Hieb traf das Heft seiner Streitaxt und trennte den unteren Teil sauber ab. Verdutzt schaute der

Mann auf seine zerstörte Waffe. Da sprang Myra ihn an, klemmte den Griff seiner Streitaxt zwischen den Füßen ein und riss sie ihm mit einer Drehung der Beine aus der Hand. In hohem Bogen flog die Waffe davon. Myra landete mit einem Salto wieder auf den Füßen, fügte blitzschnell die Walud-Klingen zusammen, stach mit der Lanze zu, die den Mann an der Schulter verletzte. Rasch zog sie zurück und fing die fallende Streitaxt auf. Sie presste sie dem Hünen an die Kehle.

Ein bewunderndes Raunen durchlief die Menge.

Myras Atem ging ein wenig schneller, während der Hüne wohl nicht richtig begriff, wie ihm geschah.

Die verblüfften Zuschauer hatten sich noch nicht beruhigt, als eine Stimme alle anderen übertönte. »Tausend Axis.«

Das Gebot kam von Isserios, die anderen schwiegen.

Und Myra musste ihr Lächeln verbergen.

Schnell war der Handel abgewickelt. Das Geld wechselte den Besitzer, und Myra fand sich in der Schar von Isserios' Sklaven wieder.

Das Haus des Spieleveranstalters war völlig anders als das von Isteve. Es lag an einem Hang in jenem Teil der Stadt, wo die reichen Familien wohnten. Darunter breitete sich der Hafen aus, und darüber, auf der Anhöhe, stand ein riesengroßer Tempel, der Jovas, der wichtigsten Gestalt der metalienischen Götterwelt, geweiht war. Seine goldene Kuppel war mit feinen Lochmustern verziert, die an überdimensionale Spitzen erinnerten. Sie war so gewaltig, dass man sie angeblich noch vom Fiscellicus-Pass aus erkennen könne. Der Durchmesser betrug mindestens einhundertzwanzig Ellen, und wenn sich abends die letzten Sonnenstrahlen darauf brachen, strahlte sie so hell, dass es blendete.

Isserios' Villa lag nur ein wenig darunter und bot einen fantastischen Blick aufs Meer. Jetzt gegen Mittag glitzerte das Wasser in einem tiefen Blau. Der Salzgeruch, den man selbst in dieser Höhe noch bemerkte, war rein und angenehm. Die kostbaren Stuckaturen der Grundstücksmauern erhoben sich über marmornen Basreliefs. Dahinter umgab ein prachtvoller Garten mit Wasserspielen, Bächen und herrlichen Springbrunnen, die trotz der niedrigen Temperaturen Wasser spien, das nur einstöckige Gebäude. Offenbar besaß Isserios genug Geld, um einen Magier zu beschäftigen, der einzig die Brunnen eisfrei zu halten hatte – auch dies eine Demonstration von Macht und Reichtum. In einem Teil des Grundstücks war eine echte Arena nachgebaut worden. Viele Veranstalter besaßen so etwas, nur war diese auffallend groß.

Die neuen Sklaven führte man in ein unterirdisches Labyrinth, das sich unter dem Hauptgebäude ausbreitete, und dann weiter in einen düsteren Raum, der nur von wenigen Fackeln an den Wänden erhellt wurde. Längs dieser Wände waren Bänke aufgestellt, auf denen vielleicht ein Dutzend Gladiatoren saßen. Sie trugen kurze lederne Wämser und eng anliegende Beinkleider, die sich besonders für das Training eigneten.

Myra schaute sie sich der Reihe nach an und suchte nach einem alten Bekannten: Vesnis.

Der Gladiator hatte damals schon lange bei Isserios gedient, und es kam selten vor, dass ein Kämpfer zu einem anderen Veranstalter wechselte, besonders wenn er so stark war und sein Herr so reich, dass er ihn bezahlen konnte. Aber er war nicht unter den Kämpfern im Raum. Vielleicht erledigte er wieder einen Spezialauftrag oder stand so weit über den anderen, dass er keine Gemeinschaftsräume mehr nutzte.

Myra verbarg ihre Enttäuschung und nahm mit den anderen Platz, setzte sich aber so weit von den Gladiatoren weg, wie es nur möglich war. Die Nähe dieser Körper war ihr unangenehm – es war warm dort unten, und das nicht nur wegen der Glutbecken. Andererseits durfte sie nicht auffallen, was nicht einfach war, da sie die einzige Frau unter all den Männern war.

So hockte sie ein wenig abseits in einer Ecke und ließ sich wie die anderen von Sklavinnen das Mittagessen bringen. Es handelte sich um zwei Thyrren-Frauen: Die eine, schon recht alt, trug einen großen Topf, dem der Duft von Fleisch und Mellus entströmte, die andere neben ihr, ein junges Mädchen, hielt einen Stapel Holzschüsseln in Händen. Sie mochte kaum zwölf Jahre alt sein, war abgemagert und wirkte ein wenig unsicher auf ihren dünnen Beinen. Ihr geschorener Kopf aber war mit einer herrlichen Tätowierung, einer blühenden Rose, vollständig bedeckt. Einige Blütenblätter hatten sich gelöst und fielen ihr sanft in den Nacken und auf die Schultern. Unwillkürlich musste Myra an ihre eigene Tätowierung denken, die wieder auf ihrer rasierten Kopfhaut sichtbar war. Auch sie hatte eine Rose, allerdings eine nie erblühte.

Unter dem spöttischen Gewitzel der Gladiatoren kamen die beiden näher. Plötzlich streckte einer der Männer das Bein vor, das Mädchen strauchelte und schlug der Länge nach mit den Schüsseln hin. Schon war die Alte bei ihr, schlug mit dem Kochlöffel nach ihr und schimpfte auf Thyrrisch, während die Gladiatoren sich vor Lachen ausschütteten.

Myra ballte die Fäuste, bis ihre Knöchel weiß wurden.

Eilig sammelte das Mädchen das Geschirr zusammen und widmete sich wieder ihrer Aufgabe.

»Ich müsste dich wohl ein wenig trainieren. Das sind doch keine Beine, sondern Zahnstocher«, lästerte einer, und versetzte ihr einen Schlag auf den Hintern. Das Mädchen versuchte, sich nichts anmerken zu lassen.

Dann kam Myra an die Reihe. Der Stapel mit den Schüsseln im Arm des Mädchens wankte und würde gleich fallen. Dem kam Myra zuvor, indem sie die oberste Schüssel ergriff und sie der Alten hinhielt. Verwundert starrte das Mädchen sie aus großen Augen an. Diese Augen waren blutrot und, ebenso wie ihr Mund, auffallend schön. Ihre Weiblichkeit würde bald vollständig erblühen und sie sich zu einer anmutigen Frau entwickeln. Dann lohnte es sich für Isserios, sie im Bordell arbeiten zu lassen. Dieser

Gedanke versetzte Myra einen Stich. Am meisten aber beeindruckte sie der Blick dieses Mädchens: Trotz der rohen Belästigungen durch die Gladiatoren wirkte er nicht niedergeschlagen oder demütig, sondern stolz, wach und voller Interesse. Keine einzige Träne war ihr in die Augen getreten.

»Danke«, sagte sie mit einem offenen Lächeln zu Myra.

Nicht der Rede wert, gab die ihr mit einem kurzen Nicken zu verstehen, und beobachtete, wie sie nun sicherer weiter an der Reihe der Gladiatoren entlang vorrückte.

Noch am selben Nachmittag begann für Myra das Training. Nachdem sie an den richtigen Mann verkauft worden war, musste sie nun das Vertrauen von jemandem in der Gladiatorengruppe gewinnen, der sie mit den benötigten Informationen versorgen würde. Daher zwang sie sich folgsam aufzutreten.

Der Ausbilder, ein groß gewachsener, hagerer Biaswader, nahm sie zur Seite und prüfte lange ihrer Fertigkeiten. Hin und wieder schauten die anderen Kämpfer neugierig zu ihnen herüber. Von Vesnis immer noch keine Spur.

»Du bist keine Gladiatorin«, sagte der Ausbilder irgendwann.

»Aber ich kann kämpfen. Wo ist das Problem?«

»Es könnte eins geben. Im Krieg zu töten ist etwas anderes, als in der Arena zur Unterhaltung der Zuschauer zu kämpfen. Gladiatoren werden selten getötet, und auch nur, wenn ihre Herren es so wollen.«

Myra zuckte mit den Achseln, aber der Mann schien weiter Zweifel zu hegen. Auch wenn er vielleicht kein Rewadir-Krieger war, hatte er doch erkannt, dass sie für den Zweikampf in der Schlacht ausgebildet war. Mit Sicherheit fragte er sich, was sie zu den Gladiatoren verschlagen hatte.

Myra aber erklärte ihm nichts und stellte an diesem Tag auch keine Fragen. Dafür war es noch zu früh. Vielmehr schaute sie sich immer wieder suchend nach Vesnis um. Ohne Erfolg. Dafür aber sah sie, während die anderen Gladiatoren nach dem Training in ihre Unterkünfte zurückkehrten, das magere Mädchen mit dem hübschen Gesicht am Rand der Arena. Sie kam auf Myra zu gerannt.

»Du sollst nicht mit den anderen gehen«, richtete sie Myra aus. »Komm mit mir.«

Myra tat es.

Das Mädchen trug ein Hemd aus grobem Stoff, das sie sich durch einige bunte Bänder, aufgenäht an den Ärmeln und Schultern, wohl selbst ein wenig verschönert hatte. Ihr Schritt war entschlossen, und ihr Auftreten hatte wenig von einer Sklavin. Einen Moment lang erinnerte sie Myra an ein Mädchen, das in der Ebene der Fülle sorglos durch die Felder gestreift war.

Sie schüttelte den Kopf und tauchte aus ihren Gedanken auf.

Das Mädchen plapperte wie ein Wasserfall. »Du bist neu hier, und du bist eine Frau, und die anderen sind Männer, deswegen will mein Herr, dass du einen anderen Schlafplatz bekommst. Nicht dass er denken würde, du kannst dich gegen die nicht wehren …« Sie drehte sich zu Myra und schaute sie mit ihren strahlenden Augen an. »… aber er will keinen Ärger, und er meint auch, du bist noch nicht ganz in Ordnung, wegen deiner Wunden …«

»Ich versorge meine Wunden selbst«, sagte Myra, während sie vor einer mit einem schweren Riegel verschlossenen Tür ankamen. »Ohne Magie.«

»Wirklich?«

»Ja, ich mag die Magie nicht.«

»Ich auch nicht.« Das Mädchen schaute sie wieder an. »Verzeihung, aber darf ich dich fragen, was du mit deiner Stimme gemacht hast?«

Myra war von der Offenheit des Mädchens überrascht, fühlte sich aber nicht belästigt davon. Stattdessen regte sich in ihr so etwas wie Wohlwollen für sie. »Das war ein Unfall. Ist schon lange her.«

»Deine Stimme ist schon speziell … Sie gibt dir was … Bedrohliches.« Das Mädchen lachte. Auch ihr Lachen war schön, fröhlich und echt.

Dann öffnete sie die Tür. Die Zelle dahinter war eng und besaß lediglich ein sehr schmales Fenster, das nur wenig Licht und Luft hereinließ. Das Bett in einer Nische in der Wand bestand aus einer Matratze aus trockenem Laub.

Verdrossen schaute Myra sich in der Zelle um.

»Tut mir leid …«, sagte das Mädchen, »aber die anderen Unterkünfte sind noch schlimmer.« Sie trat mit ihr ein und legte ein Säckchen mit duftenden Kräutern gegen die modrige Luft ans Kopfende des Lagers. »Die Kräuter habe ich selbst gesammelt«, erklärte sie, wieder lächelnd. Dann wurde sie ernst. »Darf ich dir noch eine Frage stellen?«

Myra nickte.

»Ich habe dich in der Arena beobachtet. Du kämpfst so fantastisch, und ich habe gehört, dass du bei einem Kampf auf dem Markplatz deine eigenen Waffen benutzen durftest. Richtige Waffen, meine ich …«

»Ja, und?«

»Warum bist du nicht geflohen?«

Auch Myras Miene wurde ernst. »Ich bin dort, wo ich sein muss«, sagte sie.

»Ich an deiner Stelle wäre schon lange abgehauen.«

»Es gibt auch andere Möglichkeiten. Man kann sich freikaufen.«

Das Mädchen verzog traurig das Gesicht. »Für mich nicht. Woher sollte ich das Geld nehmen? Vielleicht stecken sie mich bald in ein Bordell, oder sie tätowieren mich am ganzen Leib. Ich mache mir nichts vor, ich kenne unser Schicksal …«

Myra hätte ihr gern mit etwas Tröstlichem geantwortet, aber das Dominium war so: gnadenlos, und nur die Stärksten schafften es, sich vor dem Abgrund zu retten. Hilfe fand man nirgendwo. Und selbst wenn es einem gelang, diese Hölle zu verlassen, war der Weg in die Freiheit mit Leichen gesäumt. So hatte sie es jedenfalls erlebt.

»Ich heiße übrigens Marjane. Und du bist Myra, oder?«, sagte das Mädchen. »Ich freue mich, dass ich mich um dich kümmern darf.«

Sie lächelte ihr noch einmal zu und schloss dann die Tür hinter sich. Myra setzte sich auf ihr Lager und fuhr sich mit den Händen über den Schädel. Sie würde ihn bald wieder rasieren müssen.

Aber vor allem musste sie Vesnis finden.

21

20. bis 24. November

Auch an den folgenden Tagen ließ Vesnis sich nicht blicken. Myra verhielt sich weiter so unauffällig wie möglich und trainierte mit den anderen Gladiatoren, wenn auch lustlos. Sie hatte das Gefühl, Zeit zu verlieren.

Und so gab sie sich am dritten Abend einen Ruck.

Ohne große Mühe und mithilfe eines Messers, das sie bei einer Mahlzeit eingesteckt hatte, öffnete sie ihre verriegelte Zellentür und huschte hinaus. Als sie den großen Trainingsplatz der Gladiatoren überquerte, ließ sie sich einen Moment lang verzaubern von dem in dicken Flocken fallenden Schnee, von der unwirklichen, der Zeit enthobenen Atmosphäre, die darüber lag.

Schon seit dem ersten Tag wusste sie, wo sie suchen musste. Sie hatte zwei ältere Gladiatoren beobachtet, die sich in den Kellergewölben in eine andere Richtung entfernt hatten, und sich eingeprägt, welchen Weg sie genommen hatten. So stand sie bald in einem engen Gang, von dem vier Türen abgingen. Zwei Unterkünfte waren belegt, das wusste sie. Also konzentrierte sie sich auf die anderen zwei. Eine Tür konnte sie von vornherein ausschließen, weil dort der Riegel zurückgeschoben war. Bei der zweiten war der Riegel verstaubt und von der gleichen Machart wie der an ihrer Zellentür, also alt und leicht zu knacken. Allerdings kam es nur selten vor, dass Gladiatoren flohen: In einer Arena zu kämpfen war für einen Thyrren bei Weitem nicht so tragisch, wie als *Käfig* missbraucht zu werden. Daher wählten manche sogar freiwillig dieses Leben, und andere fanden bald Gefallen daran.

Ohne Schwierigkeiten gelangte Myra in diese Zelle. Drinnen sah es nicht anders aus als in ihrer. Der einzige Unterschied war die Größe des Matratzenlagers. Es war das Bett für einen Riesen. Für Myra war dies die Bestätigung, dass sie richtig lag und dies höchstwahrscheinlich Vesnis' Unterkunft war.

Die Staubschicht allerdings, die sich auf alles gelegt hatte, ließ vermuten, dass er schon lange nicht mehr hier geschlafen hatte.

An einem Holzgestell in einer Ecke hingen Teile einer großen Lederrüstung, in der Vesnis in der Arena gekämpft haben musste. Die Truhe in einer anderen Ecke erregte Myras Interesse. Darin fand sie Kleider, Umhänge, Jacken, Hemden. Das war ungewöhnlich für einen Gladiator. Normalerweise besaßen sie keine persönlichen Gegenstände. Gewiss, Vesnis war ein beliebter Kämpfer mit nur einem schwarzen Fleck auf der Weste – und den hatte sie ihm beigebracht –, aber nur selten räumte ein Veranstalter seinen Kämpfern solche Vergünstigungen ein. Allerdings durften Gladiatoren Geld sparen, also die geringen Summen, die sie in der Arena verdienten, oder aber jene Beträge, die ihnen durch die Erledigung anderer Arbeiten zuflossen.

Myra zweifelte nicht: Genau das tat Vesnis, und nicht nur, um sich ein paar zusätzliche Kleider leisten zu können. Er tötete für einen bestimmten Auftraggeber, um sich später ein angenehmes Leben in Freiheit leisten zu können.

Sie hockte sich vor die Truhe und durchsuchte sie nach weiteren Hinweisen, fand aber nichts. Doch in dieser Stellung entdeckte sie etwas unter dem Lager, reckte sich vor und zog getrocknete Blätter und Samen heraus. Sie roch daran und wusste sofort, worum es sich handelte. Und auch, was sie als nächstes zu tun hatte.

Niemand schien etwas von ihrem nächtlichen Ausflug bemerkt zu haben. Am folgenden Tag trainierte Myra mit den anderen und spürte dabei, wie so oft, den Blick von Marjane, die am Rand der Arena stand, auf sich. Seit ihrer Ankunft war das Mädchen eigentlich immer in ihrer Nähe. Das sei ihre Aufgabe, hatte sie Myra erklärt, ihr Herr wünsche es so.

»Ich bediene fast immer die wichtigsten Gladiatoren«, sagte sie, »deswegen glaube ich, dass mein Herr große Stücke auf dich hält.«

Doch Myra spürte, dass noch etwas anderes dahintersteckte. Zweifellos war Marjane fasziniert von ihr, einer jungen Frau und Thyrren, die eher zierlich wirkte und doch so zu kämpfen verstand, dass niemand sie besiegte. Man musste kein Genie sein, um zu erkennen, dass das Mädchen in ihr einen Rettungsanker sah, ein Vorbild, dem sie nacheifern wollte. Myra ihrerseits spürte ebenfalls eine besondere Nähe zu dem Mädchen, weil sie in ihr das Kind wiedererkannte, das sie selbst einmal gewesen war. Aber gerade deswegen gab sie sich ihr gegenüber besonders kühl. Sie durfte sich von Marjane nicht ablenken lassen. Sie hatte ein anderes Ziel.

Doch dann änderte sich alles.

Am Abend wollte Myra erneut auf Erkundungstour gehen, die beste Zeit, weil es dann am ruhigsten war. Anders als gewohnt, holte Marjane sie heute nach dem Training jedoch nicht ab. Myra wunderte sich, schaute sich nach ihr um, konnte sie aber nirgendwo entdecken. Wahrscheinlich ließ man das Mädchen etwas anderes erledigen, dachte sie und machte sich allein auf den Weg. Doch im Gang zu ihrer Zelle, hörte sie plötzlich ein schwaches Wimmern und eine bedrohlich flüsternde Stimme.

Myra folgte den Geräuschen. In einer Ecke dieses Labyrinths aus düsteren Gängen stand Marjane mit dem Rücken gegen eine Wand gepresst, und vor ihr Eirif, mit dem Myra in den zurückliegenden Tagen häufiger aneinandergeraten war. Dieser aufgeblasene Gladiator fühlte sich offenbar provoziert durch sie, die zierliche junge

Kämpferin, die es problemlos mit ihm aufnehmen konnte. Einmal hatte sie ihn glatt besiegt. Und jetzt presste er sich an Marjane, die von den Muskeln dieses Mannes fast zerquetscht wurde und noch kleiner und hilfloser als ohnehin schon wirkte.

Unwillkürlich trat Myra dem Kerl in die Rippen, packte ihn am Hals und knallte seinen Kopf gegen die Wand.

Benommen sank Eirif zu Boden, aber Myra ließ ihn nicht los und zischte ihm ins Ohr. »Das hat dir in der Arena wohl noch nicht gereicht, oder? Fass sie noch einmal an, und ich bringe dich um!« Und dabei verstärkte sie den Griff um seinen Hals so, dass ihm die Luft wegblieb. Als sie ihn endlich losließ, war sein Gesicht violett angelaufen.

»Was ist hier los?«

Myra sprang auf, und ihr Blick kreuzte sich mit dem des Biaswaden, dem der Trainingsbereich unterstand.

»Eirif ist gestürzt, und ich wollte ihm gerade aufhelfen«, antwortete sie, wobei sie dem Gladiator die Hand reichte und ihn hochzog. »Vergiss nicht, was ich dir gesagt habe«, flüsterte sie ihm ins Ohr und klopfte ihm dann auf die Schultern. Dabei hielt sie dem Blick des Ausbilders stand, der offensichtlich die Lage begriffen hatte, aber nicht gedachte, sich einzumischen.

»Pass bloß auf, Thyrren«, sagte er nur.

Myra verzog das Gesicht zu einem schiefen Lächeln.

Während sie sich entfernte, hörte sie, dass Marjane ihr folgte. Das Mädchen war verschreckt und schluchzte bei jedem Schritt. Vor ihrer Zelle ergriff Myra ihren Arm, zog sie hinein und schloss die Tür hinter ihnen.

»Was ist denn?«, fragte Marjane verwirrt.

»Ich muss mit dir reden.«

Langsam beruhigte sich das Mädchen. Sie zog die Nase hoch und wischte sich die Tränen von den Wangen. »Danke, dass du mir geholfen hast«, sagte sie. »Sonst schaffe ich es meistens auch allein, aber …«

»Du kümmerst dich auch um Vesnis, nicht wahr?«, fiel Myra ihr ins Wort.

Marjane zuckte zusammen. Sie kannte also diesen Namen, vielleicht war er mit traurigen Erfahrungen verbunden.

»Wie gesagt, ich habe mich meistens um die wichtigsten Gladiatoren zu kümmern«, antwortete sie und wandte den Blick ab.

Zwar war es für sie und ihr Vorhaben unbedeutend, aber Myra konnte nicht widerstehen und fragte: »Hat er dir etwas angetan?«

Marjane riss die Augen auf. »Auch wenn man es nicht glaubt, ich weiß mich schon zu verteidigen.«

Myra sah sie eindringlich an. »Wo steckt er?«

»Der ist fort, schon seit ein paar Monaten. Unser Herr hat es ihm gestattet.«

»Und wo ist er?«, ließ Myra nicht locker und beugte sich zu Marjane vor.

Einen Moment lang schien das Mädchen fast eingeschüchtert. Dann hellte sich ihre Miene auf. »Warum willst du das wissen?«

»Das kann dir egal sein.«

»Wer bist du?«

Das Gespräch lief in die falsche Richtung. »Antworte mir einfach«, brummte Myra.

»Als du hier ankamst, hast du zu mir gesagt, dass du nun da bist, wo du hin wolltest. Was hast du damit gemeint? Verfolgst du ein bestimmtes Ziel?«

»Sag mir endlich, wo Vesnis ist«, schrie Myra da, und mehr denn je klang ihre Stimme wie aneinanderreibende Tonscherben.

Marjane erschrak, auch weil Myra sie gegen die Wand drückte, fing sich aber schnell. »Nimm mich mit«, sagte sie.

Myra war überrascht.

»Du bist doch nur hier, um etwas über Vesnis herauszufinden. Und danach haust du wieder ab. Dann kannst du mich doch mitnehmen.«

Das Mädchen hatte alles durchschaut.

Myra wehrte sich. »Ich habe nicht vor, für irgendjemanden das Kindermädchen zu spielen.«

»Gut, dann musst du eben anders herausfinden, wo Vesnis hin ist.«

Myra schnaufte. »Du kannst mich nicht erpressen.«

Marjane deutete ein Lächeln an. »Doch, kann ich. Weil ich weiß, wo Vesnis steckt. Du aber nicht.«

Da packte Myra sie an der Kehle und drückte zu. Aber nicht so fest, wie sie gewollt hätte. »Sag es mir oder ich bring dich um!«

»Das würdest du niemals tun«, antwortete Marjane. Obwohl sie in Myras Griff kaum Luft bekam, klang ihre Stimme sicher.

Myra ließ sie los, und das Mädchen glitt an der Wand hinunter. »Ich will doch nur, dass du mich mitnimmst. Mehr verlange ich ja nicht.«

Myra schaute sie eine Weile an, bevor sie antwortete: »Vielleicht weißt du ja gar nichts.«

»Als Vesnis das letzte Mal hier war, hat er mit Isserios zu Abend gegessen, und ich habe sie bedient. Und dabei hab ich gehört, was sie geredet haben. Vesnis hatte einen Haufen Geld dabei, weil er sich freikaufen wollte. Nur hat das noch nicht gereicht. Dann haben sie sich geeinigt. Vesnis würde zweimal im Jahr für Isserios in der Arena kämpfen, gegen Gegner, die sie gemeinsam aussuchen würden, und das solange, bis er das fehlende Geld beisammen hätte. Vesnis war einverstanden, sagte aber auch, dass er bald mit einer größeren Summe rechne. Isserios hat gar nicht nachgefragt, wie er an dieses Geld kommen wollte. Das schien ihm gleich zu sein.«

»Und dann?«

»Dann haben sie noch über die Spiele in Melania gesprochen, die finden in zwei Wochen statt, und Vesnis meinte, dass er dann nicht da sei.«

»Und wo wollte er hin?«

Marjane antwortete nicht.

»Zwing mich nicht«, zischte Myra und ballte die Fäuste. Doch ihre Drohung verpuffte. Das Mädchen glaubte nicht, dass sie sie schlagen würde, und auch wenn, es wäre zwecklos: Marjane würde sich nicht beugen, da war Myra sich sicher. Sie selbst hatte diese Hölle erlebt und wusste, was in ihr vorging.

»Ich bin dreizehn, und mein Körper wird immer weiblicher. Bald bin ich eine Frau, allerdings können sie mich nicht tätowieren, bevor ich achtzehn bin. Aber ins Bordell stecken können sie mich. Und das werden sie auch tun. Du hast gesehen, was vorhin im Gang passiert ist. Das war nicht das erste Mal. Du bist auch eine Thyrren. Vesnis hat häufig versucht, mich mit Gewalt zu nehmen, aber bis jetzt konnte ich ihm immer entwischen. Früher oder später aber wird er sein Ziel erreichen. Und das ertrag ich nicht. Ich will so nicht enden«, sagte Marjane.

Myra erkannte in ihren Worten und ihrer Stimme eine Kraft und eine Verzweiflung, die ihr vertraut waren. Plötzlich hatte sie Acrabs Gestalt vor Augen, die sich gegen die einfallende Sonne in der Arena abzeichnete, an jenem Tag, als sie hingerichtet werden sollte.

»Du hast mich vorhin gerettet. Warum willst du mir jetzt nicht helfen? Du warst doch selbst Sklavin, oder nicht? Ich will dem allen entkommen, so wie du auch.«

Myra führte eine Hand zum Kopf und spürte den Flaum, der nachgewachsen war.

»Meinetwegen«, brummte sie dann. »Meinetwegen.«

Zwei Nächte später war es so weit. Schon seit dem Nachmittag hatte Myra sich seltsam unruhig gefühlt, ähnlich wie vor einem Gewitter, und sich alles gedacht.

Sie wunderte sich selbst, dass sie nicht daran zweifelte, was geschehen würde. Und das, obwohl sie sich dieses Mal nicht auf sich selbst, sondern auf einen anderen verlassen musste.

Der Moment war gekommen.

»Schlaf heute Nacht nicht«, flüsterte sie Marjane beim Abendessen zu.

Das Mädchen verstand nicht. »Warum?«

»Willst du immer noch fliehen?«

»Ja.«

»Dann tu einfach, was ich sage.«

Marjane nickte mit großen Augen.

Nach dem Essen zog sich Myra in ihre Zelle zurück und wartete.

Ein Luftzug, so gleichmäßig, dass sie sicher war, es als Einzige bemerkt zu haben, war das erste Anzeichen. Doch für sie war dieser kraftvolle Flügelschlag unverwechselbar. Kaum hatte sie ihn vernommen, schlug ihr Herz schneller.

Sie erhob sich und blieb wartend in der Zelle stehen.

Schon ließ ein Brüllen den Boden unter ihren Füßen erbeben. Wie eine wohltuende Strömung nahm Myra es in sich auf. Diese Kraft ließ sie endlich wieder sie selbst werden, befreite sie von der bedrückenden Gefangenschaft der vergangenen Tage und von den Fesseln der Erinnerung an die schlimmsten Zeiten ihres Lebens, die ihr in diesem Bau besonders zugesetzt hatten.

Er kommt mich holen.

Dann kam das Feuer, der gleiche flackernde Lichtschein wie in jener Nacht, als sich ihr Leben in Verzweiflung und Schmerz aufgelöst hatte. Doch diese Flammen wirkten anders, sie belebten, reinigten. Myra hörte, wie das Haus in Panik erwachte, wie die Sklaven aufgescheucht umherrannten, und hoffte, dass Marjane ruhig Blut bewahren möge.

So stand sie still da, während ihr Körper Icenwharths Bewegungen draußen wie ihre eigenen wahrnahm. Ihre Verbindung zu diesem Drachen hatte etwas Magisches, dass sie seine Gegenwart spürte, auch wenn er noch Meilen entfernt war, wie sie einander verstanden, ohne Worte benutzen zu müssen. Auch jetzt *spürte* sie, ohne es zu sehen, wie er im Bogen über der Arena schwebte und Feuer und Flammen darauf niederspuckte.

Wo bist du, Marjane?

Da rief das Mädchen ihren Namen. »Myra! Myra!«

Aufgeregt stürzte sie in ihre Zelle.

»Es ist alles gut.«

»Draußen ist ein Drache!«

»Ich weiß.«

Und Marjane verstand. »Du hast ihn erwartet. Deswegen hast du gesagt, ich soll mich bereithalten.«

»Ja. Und jetzt lass uns gehen.«

Myra ergriff ihre Hand, und sie rannten los. Aber nicht zum Ausgang, sondern Richtung Waffenlager. »Ich muss mir noch meine Waluds holen.«

»Das ist Wahnsinn«, schrie Marjane.

Aber Myra hörte nicht auf sie.

Während sie durch die Gänge hasteten, kamen ihnen die ersten Gladiatoren entgegen und rannten panisch in die andere Richtung. Unbeeindruckt setzte Myra mit dem Mädchen an der Hand ihren Weg fort.

Plötzlich stand der Ausbilder vor ihr. »Wo wollt ihr hin? Der Befehl lautet, sich in der Arena zu versammeln!« Obwohl er gefasster als die anderen schien, erkannte Myra die Angst in seinen Augen.

Sie hielt seinem Blick stand. »Geh mir aus dem Weg«, forderte sie ihn mit ruhiger Stimme auf. In der Miene des Mannes spiegelten sich Fassungslosigkeit, Verwirrung, und schließlich Erkenntnis und Wut.

»Du?«, murmelte er.

»Aus dem Weg! Du kannst mich nicht aufhalten.«

»Und wenn ich dabei draufgehe. An mir kommst du nicht vorbei.«

Myra war im Nachteil. Der Ausbilder hatte seine Peitsche in der Hand und ein langes Schwert am Gürtel, während sie unbewaffnet war. Sie ließ Marjane los und schnellte vor. Aber dieser Biaswade war nicht wie Eirif. Er war kein überheblicher Gladiator, und so ließ er sich nicht überraschen. Ein Knall, und der Peitschenriemen sauste auf sie zu.

Myra konnte sich wegducken und ihm ausweichen, versuchte aber gleichzeitig, mit einem Tritt die Beine des Biaswaden zu erwischen. Doch der trat blitzschnell zurück, wieder schnalzte seine Peitsche, und der Riemen wickelte sich um Myras Hals. Bevor sie noch die Finger dazwischenstecken konnte, zog der Mann mit aller Kraft.

Ihr wurde heiß, und sie begann zu röcheln.

Mit bloßen Händen war der Kampf gegen diesen Mann aussichtslos. Verzweifelt schloss sie die Augen. War das schon das Ende? Ausgerechnet jetzt, da sie so weit gekommen war.

Da rief eine helle Stimme ihren Namen. Marjane. Myra öffnete die Augen und sah gerade noch, wie ihre Walud-Klingen durch die Luft zischten – die eine genau auf den Peitschenriemen zu, die andere auf sie selbst. Sie riss eine Hand hoch, fing die Klinge auf und sah gleichzeitig, wie die andere den Riemen durchschlug. Sie war frei.

Der Ausbilder wich zurück und blickte Marjane an. »Verdammte Hündin!«, brüllte er und schlug ihr mit voller Wucht mit dem Handrücken ins Gesicht.

Wie der Blitz war Myra bei ihm. »Ich hab dich gewarnt«, zischte sie, »du hältst mich nicht auf.«

Dann stieß sie ihm die Klinge tief in den Bauch.

Ohne einen Laut brach der Mann zusammen, während Myra bereits die Klinge aus ihm zog und den anderen Walud an sich nahm.

Marjane lag benommen am Boden, schien aber nicht verletzt. Myra zog sie hoch. »Komm!«, und schon hasteten sie dem Ausgang zu.

Plötzlich blieb Marjane stehen. »Und der Drache?«

»Komm, du musst keine Angst haben.« Myra zog sie ins Freie.

Die Arena war ein einziger großer Feuerring. Durch die Flammen rannten Gestalten wie von Sinnen hin und her. Als sich die Feuerzungen zurückzogen, kamen die Umrisse eines gewaltigen Tieres zum Vorschein, seine gespreizten, durchsichtigen Flügel strahlten im Feuerschein.

Myras Herz machte einen Sprung, als der Drache vor ihr landete und sie mit seinem einen Auge ansah.

Sein Blick wirkte tadelnd. Schließlich hatte sie ihn enormen Gefahren ausgesetzt, damit sie sich einschleichen und nach Vesnis suchen konnte. Dennoch war Icenwharth zurückgekommen – so wie sie es sich versprochen hatten.

Myra trat zu ihm und legte ihm eine Hand auf die Schnauze, während er sein Augenlid schloss. Es war nur ein kurzer Moment, aber beide wussten, wie viel er bedeutete: Sie hatten sich wiedergefunden.

Als Myra sich Marjane zuwandte, merkte sie, dass der Drache sich verkrampfte. »Sie gehört zu mir«, sagte sie, und jedes weitere Wort war überflüssig.

Myra half dem Mädchen auf den Drachenrücken. Sie war federleicht. Als sie selbst aufstieg, erkannte sie in der wild durcheinander laufenden Schar der Gladiatoren und Sklaven Isserios. Er starrte sie mit ungläubigem, hasserfülltem Blick an. Kurz hielt sie diesem Blick stand, wandte sich dann ab und ließ Icenwharth abheben.

Der Drache schwang sich in die Lüfte, während unter ihnen rasch alles kleiner und kleiner wurde.

Marjane schrie vor Angst, und Myra schlang den Arm noch fester um ihren schmalen Körper. »Schon gut, schon gut«, redete sie ihr zu, »genieß einfach den Flug.«

Ein weiter Bogen, ein letzter Blick auf die Stadt unter ihnen, dann brüllte der Drache laut auf und hielt auf die Wälder zu. Weg von Etheria, in Sicherheit.

22

Dennervel, fünfzehn Jahre zuvor

Cyrens Hände zitterten. Zweifel nagten an ihm, während er in einer dunklen Ecke des Raumes saß, der bald, wenn alles gut ging, ihm gehören würde. Noch konnte er gehen, konnte den Raum durch diese Tür verlassen und dorthin zurückkehren, woher er gekommen war, und sein altes Leben wieder aufnehmen. Aber was war so schlecht an diesem Leben? Viele in der Kongregation verbrachten ihre Tage so wie er und hatten sich nie darüber beklagt. Gehorchen, Pflichten erfüllen, der gleiche Tagesablauf, Jahr für Jahr.

Er hätte nicht sagen können, wann ihn das alles zu langweilen begonnen hatte. Wahrscheinlich war es schrittweise geschehen, während die Wochen, die Monate, die Jahre ohne Abwechslung immer auf die gleiche Weise verstrichen. Vielleicht lag es auch daran, dass der Unterschied zwischen seinen Jungenträumen und dem, was er tatsächlich tat, zu groß war. Er hatte sich vorgestellt, die Welt zu verändern, etwas Bleibendes zu schaffen. Aber so war es nicht. Er war nur ein Rädchen in einem gigantischen Getriebe, und wenn er ging, oder starb, würde man ihn ersetzen. Eben das war es, was er nicht ertrug. Er war zu etwas Großem geboren, das hatte man ihm von klein auf eingetrichtert. Der Ruhm jedoch war ausgeblieben, und so hatte er beschlossen, ihn sich zu holen.

Er rieb sich die Hände, um das Zittern zu vertreiben. *Warum habe ich ausgerechnet jetzt Angst? Ist es nicht genau das, was ich immer wollte?*

Das Türschloss sprang auf, und unwillkürlich schrak er zusammen. Wie wild hämmerte sein Herz in der Brust, und die Schläge dröhnten ihm in den Ohren.

Langsam wurde die Tür aufgestoßen, und eine ihm allzu bekannte Person trat ein. Algern, seit zehn Jahren das Oberhaupt der Kongregation, der Unbefleckte, der Mann, den alle verehrten, weil er so weise und so geradlinig war und weil er ihren Orden so selbstlos und erfolgreich führte. Der Mann, den er nicht mehr ertragen konnte.

Er ertrug seine väterlichen Predigten nicht mehr, wenn er ihn wieder wegen irgendwelcher Verfehlungen zu sich bestellte, ertrug die undankbaren stumpfsinnigen Arbeiten nicht mehr, die er ihm aufgab, so als sei er zu etwas Anspruchsvollerem nicht zu gebrauchen. Ständig schickte er ihn in die Bibliothek, um irgendetwas nachzuschauen, aber nie, so wie all die anderen, in die Welt, um dort seine magischen Künste nutzbringend einzusetzen. Und das nur, weil er einmal einen Fehler gemacht hatte, der einem Elemental und einem Kind, das er nicht heilen konnte, das Leben gekostet hatte.

Jedem unterläuft mal ein Fehler, jeder hat eine zweite Chance verdient, dachte er voller Wut.

Mit schweren Schritten schleppte sich der Unbefleckte in den Raum. Er trug noch sein schwarzes Ornat und die undurchdringliche schwarze Maske, die sein Gesicht verbarg. Als er den Kerzenleuchter auf dem Tisch abstellte, glänzte sein kahler Schädel im matten Lichtschein. Dies war das Einzige, was von seinem wahren Aussehen bekannt war: Er war ohne Haare, weder auf dem Kopf noch am Körper, zur Welt gekommen. Nur das konnte die Maske nicht verbergen.

Cyren rührte sich nicht, während sein Herz weiter heftig schlug. Dies war der Moment. Länger konnte er nicht warten. Er musste handeln oder den Plan aufgeben. Ergreifen, was ihm rechtmäßig zustand, oder sich noch tiefer in einer Ecke verkriechen und dort für immer bleiben, ohne noch einmal je hervortreten zu können.

Das ist nicht das, was dir versprochen wurde.

Er besann sich wieder auf die Gestalt des *Unbefleckten.* Dieser beugte sich über sein Bett und setzte die Maske ab. Kurz war Cyren versucht, den Blick abzuwenden, wie er es gelernt hatte. Doch dieser Mann war nichts Besonderes, es war nichts Frevelhaftes daran, ihm ins Gesicht zu schauen. Im Gegenteil. Endlich würde er dessen wahres Gesicht unter der Götzenmaske erblicken.

Als Algern aufsah, erkannte Cyren ein Gesicht, das so glatt wie das eines Kindes wirkte. Denn nicht nur der Bart, auch die Augenbrauen fehlten. Doch mehr noch erinnerte es an einen schrumpeligen Apfel, denn so weich und kahl seine Haut auch sein mochte, war sie doch von einem Netz von Furchen und Falten durchzogen, und seine Augen waren trübe.

Ein alter Mann, dachte Cyren verwundert, *er ist nur ein alter Mann.*

Er hätte nicht sagen können, was er erwartet hatte, aber mit Sicherheit nicht das, was er vor sich sah: einen kleinen Mann, alt und gebrechlich, unfähig, die Kongregation in einer sich ständig wandelnden Welt zu lenken, einer Welt, in der es die althergebrachten Regeln nicht mehr gab.

Cyren erinnerte sich wieder, was der andere ihm vor wenigen Tagen gesagt hatte: *Willst du wirklich weiter diesem ängstlichen Alten gehorchen? Er passt nicht mehr in unsere Zeit, Cyren. Im Gegensatz zu dir. Es ist eine furchtbare Verschwendung, dass man dich so kaltgestellt hat. Aber du kannst etwas daran ändern. Es liegt bei dir.*

Mächtig und unauslöschlich hallten ihm diese Worte durch den Kopf. Wieder konzentrierte er sich auf den Unbefleckten, den Hass und die Verachtung, die er für ihn empfand, während all die anderen ihn bewunderten. Er dachte an dessen Rang, an die Macht, die er besaß und nicht zu nutzen wusste. Plötzlich waren alle Zweifel wie weggefegt.

Er wusste wieder genau, was er zu tun hatte. Weil es sein *musste.*

So sprang er aus dem Halbschatten hervor. Der Unbefleckte fuhr herum und erkannte ihn. Er raunte seinen Namen, verwundert, aber auch enttäuscht, so als wisse er schon, was geschehen würde, so als habe er es im Grunde seines Herzens schon lange gewusst.

»Cyren …«

Weitersprechen ließ er Algern nicht. Tief stieß Cyren ihm die Klinge in die Brust. Dessen trübe Augen weiteten sich vor Schmerz. Er musste fast blind sein, und doch blickte er ihn voller Mitleid an, mit diesem verdammten Mitleid, mit dem er ihn bei all ihren Gesprächen gequält hatte.

Noch fester bohrte Cyren ihm die Klinge in den Leib, und Blut quoll aus Algerns Mund und lief ihm das Kinn hinunter. Dann verzogen sich seine Lippen zu einem tieftraurigen Lächeln.

Er hob eine zitternde Hand und legte sie Cyren auf das Gesicht. »Damit wirst du nichts gewinnen«, flüsterte er.

Eine rasende Wut stieg in Cyren auf. Er zog die Klinge hervor und stach wieder zu, wieder und wieder, und als sein Opfer vom Bett hinunterglitt, beugte er sich über den leblosen Leib und hörte immer noch nicht auf, sondern tobte eine Wut aus, die sich über Jahre in der Bedeutungslosigkeit angestaut hatte.

»Jetzt ist Schluss!«, schrie er. »Jetzt ist endlich Schluss!«

Da berührte ihn jemand an der Schulter, und er fuhr herum. Er war es. Der Mann, der ihm die Kraft gab, der Mann, der ihn auf diese Idee gebracht und bei der Umsetzung begleitet hatte.

Graffias.

»Still«, sagte dieser in einem Ton, der keinen Widerspruch duldete.

Cyren atmete einmal tief durch, bevor er sich aufrichtete und den Dolch fallen ließ.

Geschwind hob Graffias ihn auf und steckte ihn in eine Tasche. »Wenn du so schreist, hört dich noch jemand, und dann wird es dir schwerfallen, das hier zu erklären.«

Er deutete in den Raum. Algerns Leib war nur noch ein Bündel gemartertes Fleisch, der Unbefleckte kaum noch wiederzuerkennen. Alles war voller Blut. Auf dem Bett, auf dem Fußboden und dem Schrank. Überall.

Cyren wurde übel, und er erbrach sich in einer Ecke.

Ungerührt stand Graffias daneben, ließ ihm die Zeit, die er brauchte. Er ging erst neben ihm in die Knie, als Cyren in Tränen ausbrach.

»Was ist los?«, fragte er. »Du hast es doch selbst so gewollt, oder nicht?«

Cyren versuchte, sich zu fassen. »Ja …«, sagte er, wobei er sich umblickte, »… aber so etwas habe ich noch nie getan.«

»Du musst es nie wieder tun«, antwortete Graffias, »jetzt bin ich an der Reihe. Nun kommt die Stunde des Mannes im Schatten.« Er half ihm auf und fuhr fort: »Du gehst jetzt in dieses Wirtshaus, und ich kümmere mich um alles.« Er lächelte.

Ein Raubtierlächeln, das Cyren einen Schauer über den Rücken jagte.

Graffias schob ihn zum Fenster und klopfte ihm auf die Schultern. »Herzlichen Glückwünsch auch, Unbefleckter«, sagte er.

Nun fiel die Anspannung von Cyren ab, und eine unsagbare Freude überkam ihn. Er hatte es geschafft. Er hatte den Alten aus dem Weg geräumt und würde nun selbst über den anderen stehen und von niemandem mehr Befehle empfangen. Die gesamte Kongregation war in seiner Hand.

»Du wirst sehen, ich werde Großes schaffen«, sagte er mit strahlenden Augen.

»Daran zweifle ich nicht«, antwortete Graffias.

Cyren kletterte aus dem Fenster und gelangte unversehrt zum Boden.

Graffias schaute sich noch einmal um, ob ihn jemand beobachtet hatte, und schloss dann die Fensterflügel. Als er sich dem Zimmer zuwandte, glitt ein Lächeln über sein Gesicht.

Alles war nach Plan verlaufen.

Am nächsten Morgen fand man in einem Kanal eine Leiche, die jemand als die von Cyren identifizierte. Die Tasche, mit der er gewöhnlich unterwegs war, fehlte, ebenso alles Geld, das er dabeigehabt hatte. Offenbar ein Raubmord. Doch was trieb Cyren mitten in der Nacht außerhalb des Kongregationsgebäudes? Nach Aussage eines Kneipenwirtes hatte er bis tief in die Nacht bei ihm gesessen und sich volllaufen lassen. Alle wussten, dass Cyren sich sehr verändert hatte, seit ihm damals das Kind unter den Händen gestorben war, das er hätte heilen sollen. In seiner Weisheit hatte der Unbefleckte ihm danach andere Aufgaben übertragen, die keine Magie verlangten, ihm aber dennoch erlaubten, sich als wertvolles Mitglied der Kongregation zu fühlen. Doch es hatte nicht geholfen. Man richtete eine schlichte Trauerfeier nach dem Ritus der *Reinen* für Cyren aus, bestattete ihn vor der Stadtmauer, und das Leben ging weiter.

Nicht aber für ihn, den echten Cyren.

Graffias hatte ihm eine Botschaft geschickt, die ihn im Wirtshaus erreichte. Ein Elemental war unter den Tätowierungen an seinem Arm aufgetaucht und hatte ihm die Nachricht überbracht. Cyren war leicht zusammengezuckt, als er den Elemental erblickte, und hörte eine innere Stimme, die ihm sagte, dass es *falsch* war, zutiefst falsch. Allerdings hatte Graffias ihm zuvor versichert, dass sie dieses Mittel nur sparsam einsetzen würden, und erklärt: »Mir gefällt es auch nicht, Elementale so zu missbrauchen, aber es geht nicht anders.«

An diesem Abend hatte Cyren sich klarzumachen versucht, dass dies alles wirklich geschehen war, und dann solche Mengen Alkohol in sich hineingekippt, die den stärksten Mann umgehauen hätten. Zuvor aber hatte er noch ein bitter schmeckendes Mittel geschluckt, das ihm Graffias mit den Worten ausgehändigt hatte: »Damit kannst du saufen, soviel du willst, ohne dass es Wirkung zeigt. Aber vergiss nicht: Tu so, als wärst du betrunken.«

Cyren hatte diese Rolle gut gespielt.

Als er in dieser Nacht wieder durch das Fenster in das Zimmer des *Unbefleckten* einstieg, war er sprachlos: Alles sah aus, als sei nichts vorgefallen, nirgendwo Blut, die Leiche war fortgeschafft, und mit ihr alles, was auf einen Mord hätte hinweisen können. Es war, als hätte Algern nie gelebt. Erleichtert atmete er auf. Dann fiel sein Blick auf das Ornat des Unbefleckten. Graffias hatte es auf dem Bett neben der Maske ausgelegt. Er musste nur noch hineinschlüpfen. Cyren war ergriffen. Andächtig fuhr er über den Stoff, der angenehm weich war. Dann legte er die Gewänder an, ohne Hast, wie eine rituelle Handlung, durch die er in ein neues Leben aufgenommen wurde. Zum Schluss setzte er die Maske auf.

Sie fühlte sich seltsam an auf dem Gesicht, und sie erschwerte das Atmen, würde aber von nun an seine ständige Begleiterin sein. Niemand durfte jemals sein wahres Gesicht sehen. Einen Moment lang beunruhigte ihn dieser Gedanke: Er hatte es zuvor nicht bedacht, aber dieses dünne Holz vor seinem Gesicht entschied über Triumph oder tiefen Fall. Vergaß er sie auch nur einmal, wäre das sein Untergang.

Verängstigt drehte er sich um und betrachtete sich im Spiegel. Und schon lösten sich alle Ängste, alle Bedenken in Luft auf.

Das Spiegelbild zeigte ihm das, was er immer hatte sein wollen. Er war Herr der Kongregation, und wenn es stimmte, was Graffias ihm gesagt hatte, würde er später einmal Herr der Welt sein. Eine so vollkommene Freude durchströmte ihn, dass es fast schmerzte. Diesen Moment wollte er sich ins Gedächtnis einbrennen: Hier fing alles an. Und es war fast unwichtig, dass niemand wusste, wer er wirklich war, dass ihn alle Algern und nicht Cyren nennen würden. Was zählte, war die Macht. Und die besaß er nun.

Er war der Unbefleckte, war es immer gewesen.

Einige Tage lang schien alles vollkommen.

Umgehend setzte er eine Gedenkfeier für sich selbst an und sprach dabei über Cyren, der trotz allem in Erfüllung seiner Pflicht gestorben sei und ein würdiges Andenken verdient habe. Halblaut hörte er jemanden murren, und das machte die Genugtuung noch vollkommener, weil er das Sagen hatte und sein Wort Gesetz war. So begann er mit Planungen, den Kapitelsaal nach seinem Geschmack umbauen zu lassen und ihn bequemer einzurichten. Alles lief bestens. Endlich fühlte er sich am Ziel.

Eines Abends aber, als er sein Zimmer betrat, erwartete ihn dort jemand.

Er schrak zusammen, erkannte ihn dann aber. »Ach, Graffias, du bist es«, sagte er und seufzte erleichtert. Er setzte sich auf das Bett und nahm die Maske ab. Das tat er selten, denn stets fürchtete er, dass ihn jemand sehen könnte. Nur hier, in seinem Privatgemach, fühlte er sich sicher.

»Nun, fühlst du dich wohl in deinen neuen Gewändern?«, fragte Graffias.

Cyren lächelte. »Sogar noch besser, als ich es mir vorgestellt habe.«

Graffias blieb ernst. »Vergisst du nicht etwas?«

Einen Moment lang war Cyren verwirrt, meinte dann aber zu begreifen. »In der Tat, ich habe mich noch gar nicht richtig bei dir bedankt. Aber als ich in jener Nacht zurückkam, warst du verschwunden, und …«

Graffias trat einen Schritt vor und baute sich vor Cyren auf. »Ich meinte nicht fehlende Dankbarkeit, sondern etwas Konkreteres.«

Cyren erkannte das Bedrohliche in Graffias Stimme, und er bekam Angst. »Du hast nichts von mir verlangt. Du sagtest nur, du wolltest mir helfen.«

»Und das habe ich getan. Aber hast du dich nie gefragt, warum ich keine Gegenleistung verlangt habe?«

Cyren wurde immer nervöser. »Ich kann dich bezahlen, wenn du das willst. Ich bin der Unbefleckte, Geld kann ich beschaffen.«

Endlich lächelte Graffias und nahm neben Cyren Platz. »Ich

will kein Geld. Die Kongregation ist jetzt in deiner Hand. Und die will ich haben.«

Cyren sprang auf und nahm das bisschen Mut zusammen, das er besaß. »Ich bin der Unbefleckte. Die Kongregation ist mein«, rief er.

Da erhob sich auch Graffias und trat nah an den anderen heran. »Bist du dir ganz sicher? Und was, wenn dir bei einem deiner nächsten öffentlichen Auftritte zufällig die Maske verrutscht?«

Cyren erstarrte. »Das wagst du nicht«, stieß er mit zitternder Stimme hervor.

Graffias lachte. »Warum nicht? Was habe ich zu verlieren? Mich kennt niemand. Ich bin der Mann im Schatten.«

»Ich werde deinen Namen preisgeben und allen erklären, dass du mir geholfen hast, dass alles deine Idee war!«, rief Cyren erregt.

»Aber das wird dich nicht retten.«

»Immerhin wirst du mit mir untergehen.«

»Glaubst du wirklich, Cyren? Wenn die *Reinen* erst dein Gesicht gesehen haben, welches Gewicht werden sie dann deinen Worten beimessen? Es werden die Worte des Mörders von Algern sein, eines der geachtetsten und beliebtesten Unbefleckten in der Geschichte der Kongregation. Und wenn doch jemand nach mir suchen sollte, so wird man mich nicht finden. Ich habe es dir ermöglicht, ihr Oberhaupt zu töten und seinen Platz einzunehmen, ohne dass jemand Verdacht geschöpft hat. Und ich kann dich jederzeit demaskieren, ohne dass jemand herausfindet, dass ich dahinterstecke. Dann würde ich zu deiner Hinrichtung kommen und jeden Moment deines Todeskampfes genießen, denn ich selbst bin praktisch tot und jederzeit bereit, erneut zu sterben und wiederaufzuerstehen, damit ich das bekomme, wonach ich verlange.«

Cyren sackte zusammen. Das war das Ende seines Traumes, und vielleicht auch seines Lebens. Er hatte seinen Herrn getötet, nur um einem anderen Herrn dienen zu müssen.

Kurz schoss ihm der Gedanke durch den Kopf, über Graffias herzufallen und auch ihn zu töten, aber er hatte keine Waffe. Außerdem kannte er Graffias. Der war selbst eine tödliche Waffe. Gegen diesen Mann kam niemand an.

Er spürte dessen Hand, die wohlwollend auf seinem Kopf lag, und seine Verzweiflung wuchs.

»Keine Sorge. Solange du tust, was ich dir sage, hast du nichts zu befürchten. Ich werde der verborgene König deines Reiches sein, und die Gläubigen werden dir huldigen, so wie du es dir gewünscht hast. Sie werden dich lieben und dir gehorchen. Und nicht wissen, dass deine Befehle von mir kommen.«

Cyren schwieg und beruhigte sich langsam. Seine Ruhmsucht und sein Ehrgeiz hatten ihn in eine Falle gehen lassen, aus der es keinen Ausweg gab. Aber Graffias hatte recht: Er selbst war der Unbefleckte und genoss alle Vorteile und Annehmlichkeiten, die damit verbunden waren.

»Wenn ich dir gehorche, lässt du mich also in meinem Amt schalten und walten?«

»Ja, es sind nur wenige Dinge, die ich von dir verlange. Darüber hinaus bist du frei.«

Nach einem kurzen Augenblick nickte Cyren. »Einverstanden. Also, was willst du?«

»Ich will das, wonach ihr schon jahrhundertelang sucht.«

23

24. bis 27. November

Der Flug über den Wald, in dem man sie eine Woche zuvor überfallen hatte, dauerte nur kurz. Binnen sieben Tagen hatten die Kastanien fast alle Blätter verloren, und der Schnee am Boden lag zwei, drei Zoll hoch. Die Stämme waren gräulich geworden, der Winter nahte, und das Leben zog sich tief ins Holz zurück.

Auf einer Lichtung am südlichen Rand schwebte der Drache hinunter. Zu einer Seite ragte eine Felswand auf, an der ein kleiner Wasserfall niederging. Über moosbefleckten Stein suchte sich das Wasser seinen Weg und ergoss sich in einen kleinen runden Teich. Myra war hingerissen vom Frieden dieses Ortes. Sie spürte die Elementale, ihr emsiges verborgenes Wirken, das im scharfen Kontrast zur Beschaulichkeit dieser Landschaft stand.

Sie stieg vom Drachen ab, und die beiden schauten sich an. »Bist du in Ordnung?«, fragte sie ihn, obwohl sie gerade selbst erlebt hatte, dass Icenwharth keineswegs geschwächt war. Dennoch musterte sie seinen mächtigen Leib und vor allem seine Flügel, ob das Netz, in dem er gefangen gewesen war, Wunden hinterlassen hatte. Aber es waren nur blasse Spuren zu erkennen, die man noch nicht einmal Narben nennen konnte. Myra war sich sicher, dass sie mit der Zeit völlig verschwinden würden.

Sie legte ihm eine Hand auf die Stirn, und so verharrten sie. Wie schön fühlte sich seine lederne Haut an. Sie war glücklich, dass es ihm gut ging, dass er sie geholt hatte und sie wieder zusammen waren.

Schließlich blickte sie zu Marjane, die immer noch auf Icenwharth saß. Das Mädchen hatte die Augen geschlossen und hielt sich krampfhaft an einem Höcker seines Rückenkammes fest.

»Komm«, sagte Myra und hob die Arme, »ich helfe dir.«

Als Marjane auf dem Boden stand, wollten die Beine sie nicht tragen, und sie sank zitternd in sich zusammen.

Myra aber ließ ihr keine Zeit, zu sich zu kommen. »So, wir beide haben eine Abmachung. Jetzt sag: Wo ist Vesnis?«

»Du musst mich aber mitnehmen.«

Blitzschnell zog Myra eine Walud-Klinge und hielt sie ihr an die Kehle. »Es war ausgemacht, dass ich dir zur Flucht verhelfe. Mehr nicht. Nun bist du frei. Jetzt erfüllst du deinen Teil der Abmachung. Los!«

Marjane spürte die Wärme der Klinge auf ihrer Haut. Sie biss die Zähne zusammen und zwang sich, nicht nachzugeben. »Hier draußen überlebe ich alleine keinen halben Tag.«

»Das ist mir egal.«

»Und warum hast du mich dann vor dem Gladiator gerettet?«

»Weil ich etwas von dir erfahren wollte.«

»Das glaube ich nicht«, sagte Marjane. »Du weißt, was es bedeutet, versklavt zu sein. Das spüre ich. Wenn du mich allein lässt, bin ich verloren. Sie werden nach mir suchen, mich finden und in die Arena schaffen.«

Einen Moment lang sah Myra wieder sich selbst vor sich, an jenem Tag, als sie hingerichtet werden sollte.

»Das wäre, als würdest du mich eigenhändig töten!«

Myra verspannte sich, zog aber die Klinge an Marjanes Hals keinen Zoll zurück. Dieses Mädchen war noch so jung und so wenig gerüstet für ein Überleben im Dominium, das sie selbst fast verschlungen hätte, obwohl sie doch so viel stärker gewesen war.

Mit einem Seufzer ließ sie die Klinge sinken.

»Meinetwegen, ich nehm dich mit. Aber wenn wir weit genug von Isserios' Anwesen weg sind, trennen sich unsere Wege.«

Marjane nickte erleichtert.

»Nun, wo ist Vesnis?«

»Er sagte, dass er nach Eridia müsste. Er will dort ein Geschäft abschließen und sich danach einschiffen.«

»Einschiffen? Wohin?«

Marjane schüttelte den Kopf.

»Wann wollte er in Eridia sein?«

»Weiß ich nicht, ich kann mich nicht erinnern.«

»Denk nach!«, drängte Myra.

»Er konnte ja nicht an den Spielen teilnehmen, deswegen denke ich, ungefähr zu dieser Zeit wollte er wohl dort sein … Warte, am Siebenundzwanzigsten!«, sagte Marjane schließlich. »Das Schiff soll am Siebenundzwanzigsten ablegen.«

Myra dachte nach. Bis dahin waren es noch drei Tage. Drei Tage nur, um das Scheitelgebirge zu überqueren und von Melania nach Leucania zu gelangen. Außerdem waren sie zu zweit, und Marjane war sicher weder an lange Tagesmärsche noch an die Kälte gewöhnt, die ihnen auf den Pässen zusetzen würde.

So würden sie Vesnis nie erwischen. Es sei denn …

Sie drehte sich zu Icenwharth, der sie mit seinem einen Auge ansah. Schon längst wusste er, noch bevor sie einen Ton sagen musste, dass er gebraucht wurde.

»Ich will dich zu nichts zwingen«, sagte sie nur, aber ihrer Stimme war anzuhören, wie sehr sie auf die Hilfe des Drachen baute. Wenn er sie flog, würden sie vielleicht rechtzeitig ankommen. Zumindest lohnte es einen Versuch.

Mit unergründlicher Miene blickte Icenwharth sie weiter an. Dabei fiel Myra wieder der Anhänger an seiner Tatze auf, das Pfand seiner Vergangenheit.

Sie senkte den Kopf. Bis zu diesem Moment war sie zu allem bereit gewesen, um ihr Ziel zu erreichen: Acrab zu verraten, ihr eigenes Leben aufzugeben, aber aus irgendeinem Grund widerstrebte es ihr, Icenwharth um etwas zu bitten, was ihm vielleicht nicht entsprach. Wenn sie ihn weiter unter Druck setzte, war sie nicht viel besser als die Blutmagier, die die Elementale auspressten, bis deren Kräfte verschlissen waren.

Da berührte der Drache sie an der Schulter, und sie zuckte zusammen. Das Tier wandte den Kopf, und als es auf seinen Rücken deutete, löste sich etwas tief in Myras Innern.

Sie legte den Kopf an seine Stirn. »Nur bis Eridia. Nur bis dorthin«, flüsterte sie mit ihrer heiseren Stimme.

Sie flogen von früh bis spät, fast ohne Pausen. Marjane bemühte sich sichtlich, keine Furcht mehr vor Icenwharth zu zeigen und auch nicht über die langen ermüdenden Stunden auf seinem Rücken zu klagen. Wenn sie rasteten, machte das Mädchen sich nützlich, sammelte Brennholz und kochte etwas mit dem Wenigen, das ihnen zur Verfügung stand. Dennoch verhielt sich Myra ihr gegenüber weiterhin kühl. Sie war schweigsam, verschlossen und richtete kaum ein Wort an sie. Ihr reichte die unerwartete Freundschaft mit einem Drachen vollkommen. Außerdem konnte Icenwharth ihr helfen, das Ziel ihrer Mission zu erreichen. Da würde sie sich gewiss nicht noch eine solch nutzlose Last wie dieses Mädchen aufladen. Was konnte Myra schon für sie tun? Marjane war eine Thyrren, und ihr schreckliches Schicksal war vorgezeichnet. Helfen konnte sie ihr nur, indem Myra so schnell wie möglich zu Acrab zurückkehrte und an seiner Seite für ein anderes, gerechteres Dominium kämpfte, in dem es keine Magie gab und keine Sklaverei.

Acrab.

Der Gedanke an ihn füllte Myra, neben der Planung der nächsten Schritte, fast vollkommen aus. Anderthalb Monate waren seit ihrem Aufbruch vergangen, und wahrscheinlich hatte Acrab seinen Eroberungsfeldzug bereits begonnen. Ohne sie. Wie er ihr

Verschwinden wohl aufgenommen hatte? Ließ er nach ihr suchen? Oder hatte er sie vergessen?

Am Morgen des dritten Tages kam Eridia in Sicht. Myra drängte sich der Gedanke auf, dass sie erst vor ein, zwei Wochen in der Nähe gewesen war. Es war entmutigend, welch lange unnütze Umwege sie gemacht hatte, um schließlich dorthin zu gelangen.

»In Eridia trennen wir uns«, erklärte sie Marjane trocken.

Das Mädchen erwiderte nichts. Sie schaute hinunter und konnte den Blick nicht abwenden von der Landschaft, die unter ihnen vorüberzog. Sie flogen über eine Lagune, die nicht weit von der Stadt entfernt war und sich vorwiegend im Delta des Eridiano ausbreitete. Ihre vielen Inseln und Inselchen waren über unzählige Stege miteinander verbunden. In dieser Jahreszeit lag auf dem Wasser eine dünne, rissige Eisdecke, und es war, als schwebten sie über eine gesprungene überdimensionale Glasscheibe, die bei der leisesten Berührung bersten würde.

Sanft landete Icenwharth im Schilf. Um sie herum spiegelte sich der Himmel in den zugefrorenen Seen. Es war kalt, und der Atem des Drachen bildete vor seinem Maul große weiße Wolken.

Myra half Marjane vom Drachenrücken hinunter, und während sich das Mädchen ein wenig entfernte, blieb sie bei Icenwharth.

»Einen treueren Gefährten als dich hätte ich mir nicht wünschen können«, murmelte sie und strich ihm mit der Hand über die Stirn.

Der Drache schnaubte und legte ihr die Schnauze auf die Schulter.

Myra schloss die Augen und genoss zum letzten Mal diese Berührung. Schon breitete sich eine Leere in ihrem Herzen aus.

Du wusstest, dass es nicht für immer sein würde. Nun ist es so weit.

Sie machte sich los.

»Flieg«, sagte sie und stieß ihn ein wenig an.

Aber der Drache rührte sich nicht und ließ den Blick auf ihr ruhen, und darin lag etwas, was Myra nicht zu denken und nicht zu hoffen wagte. Denn dieser Blick sagte, dass in den schweigsamen, zurückliegenden Tagen etwas entstanden war, das unmöglich in dieser Ebene enden konnte, wo Himmel und Eis unmerklich ineinander übergingen.

Aber es ist richtig, dass wir uns trennen, machte sie sich selbst Mut.

Da stieß Icenwharth ein Brüllen aus, hob ab und flog davon. Myra sah ihm nach, wie er am Himmel kleiner und kleiner wurde.

Als sie sich Marjane zuwandte, war ihr Blick hart. »Wir verabschieden uns auch hier.«

»Erlaube mir wenigstens, dich in die Stadt zu begleiten«, schlug Marjane vor.

»Nein. Wir haben eine klare Abmachung.«

»Aber wir müssen doch in dieselbe Richtung. Bitte …«

Myra sah Marjane an, wie sie auf ihren Storchenbeinen dastand und sich schlotternd in ihren Umhang wickelte. Dann seufzte sie, drehte sich um und schlug entschlossen den Weg zur Stadt ein. Hinter sich hörte sie, wie Marjane mühsam mit ihr Schritt zu halten versuchte.

Nach einer Stunde erreichten sie die Stadtgrenze. Eridia lag in Leucania, jenem Teil des Doppelreiches Metalien, der sich längs der Küste des Weißen Meeres erstreckte. Folglich war die Stadtmauer aus weißem Marmor und mit schwarzen Mustern verziert. Die Wachen trugen Uniformen so weiß wie die Stadtmauer, während die großen Tore, die sie bewachten, das Schwarz der Verzierungen wieder aufnahmen.

»Setz deine Kapuze auf«, sagte Myra zu Marjane.

»Wozu?«

Wie unbedarft dieses Mädchen doch war und wie schnell sie in so einer großen Stadt, in der es von zwielichtigen Gestalten wimmelte, unter die Räder kommen würde.

»Könnte sein, dass sie auch hier schon nach dir suchen.«

Als die Wachen sie anhielten, drückte Myra den Männern, zur

Sicherheit, ein paar Sterls in die Hand, und schon ließ man sie passieren.

Marjane schaute Myra bewundernd an, aber die ging weiter, ohne das Mädchen eines Wortes zu würdigen.

Durch den Hafen herrschte in der Stadt ein noch hektischeres Gewimmel als in den anderen großen Städten Metaliens. Mehr noch als die ärmlichen Holzhäuser prägte ein Wald aus Schiffsmasten das Bild, die sich sanft von den Wellen schaukeln ließen. Praktisch jedes Inselchen war von Anlegeplätzen umgeben. Diese Hafenanlagen schienen wichtiger als die Stadt selbst zu sein und machten sie zu einer Durchgangsstation für Waren und Menschen von überallher. Wer aus Metalien fliehen wollte, landete hier und fand mit Sicherheit jemanden, der ihm zur Flucht verhalf.

Marjane war sofort verzaubert. Während sie Myra folgte, blieb sie immer mal wieder zurück und schaute sich irgendwas an. Es war offensichtlich, dass sie noch nie gereist war und keine fremden Orte gesehen hatte. Aber das wunderte Myra nicht: Wie es für die meisten Thyrren-Kinder üblich war, hatte sie sicher nur einem einzigen Herren gedient, Isserios, und so war sie nie aus Etheria herausgekommen.

»Du weißt wahrscheinlich nicht, wo genau Vesnis' Schiff ablegt, oder?«, fragte Myra sie irgendwann.

Marjane schüttelte den Kopf. »Nein, das hat er nicht erwähnt, als er bei Isserios war.«

Warum hätte er das auch tun sollen? So blieb Myra nichts anderes übrig, als alle Anlegeplätze abzuklappern.

Es sei denn …

Mit Marjane im Schlepptau betrat sie ein Wirtshaus auf dem Wasser, das auf einigen fest verankerten Booten eingerichtet war. Diese waren durch Stege, die auf Fässern auflagen, miteinander verbunden und durch ein großes Dach aus Stroh und Teer ein wenig gegen die Witterung geschützt. Auf dem Wasser trieben große Eisbrocken. Auch hier hatten die Blutmagier mit dem Schmelzen des Eises alle Hände voll zu tun. Sie wählte mit Bedacht einen Tisch und ließ sich nieder. Unweigerlich nahm Marjane ihr gegenüber Platz.

»Dir ist hoffentlich klar, dass wir diese Stadt nicht gemeinsam verlassen.«

Marjane zuckte mit den Achseln. »Jetzt bin ich erst mal hier.«

Myra bestellte für sich gegrillten Fisch und eine Suppe für Marjane, die das Mädchen hinunterschlang, als habe sie seit Ewigkeiten nichts mehr gegessen.

Als sie bezahlte, ließ Myra der Bedienung ein sehr großzügiges Trinkgeld zukommen. Die Magd schaute sie mit strahlenden Augen an.

»Hast du vielleicht einen großen, muskulösen Mann mit Glatze gesehen?«, fragte Myra sie.

»Solche Männer gibt's hier viele.«

»Aber der, den ich suche, ist wirklich ein Riese«, sagte Myra. »Und er trägt ein sehr langes Schwert auf dem Rücken.«

Die Bedienung dachte nach und schüttelte dann den Kopf. »Nein, wirklich nicht. An den würde ich mich sicher erinnern.«

Myra stand auf. »Hör dich um, dann bekommst du mehr Geld.«

In einer anderen Kneipe tranken sie etwas, und wieder war Myra besonders freundlich und großzügig zu dem Mädchen, das sie bediente, und fragte sie nach Vesnis. Wieder ohne Erfolg, aber auch hier würde das ansehnliche Trinkgeld, wie Myra hoffte, Wirkung zeigen. Zum Abendessen kehrten sie in einer weiteren Schenke ein, aber auch hier erreichten sie nichts.

»Vielleicht ist er schon auf See«, sagte Marjane.

»Wenn dem so ist, kann ich dich noch weniger gebrauchen«, entgegnete Myra.

Zum Schlafen kehrte Myra in das zweite Wirtshaus zurück. Sie verlangte ein Bett, und man schickte sie in den ersten Stock.

Auf der Treppe kam Marjane ihr wieder nach, doch Myra blieb

stehen. »Such dir irgendwo einen Schlafplatz«, sagte sie und drückte ihr ein paar Münzen in die Hand.

»Warum kann ich denn nicht bei dir bleiben?«

Da packte Myra sie am Kragen. »Weil ich es nicht will! Wie oft muss ich dir das noch sagen?«, knurrte sie. »Ich suche einen Mörder und kann nicht für ein kleines Mädchen die Amme spielen. Hau ab!«

Sie ließ Marjane stehen und stieg weiter die Treppe hinauf. Dieses Mal hörte sie keine Schritte mehr hinter sich.

Der Schlafsaal war spartanisch eingerichtet und erinnerte Myra an das Gasthaus in Ostar, wo sie hatte nächtigen wollen. Sie suchte sich ein Lager und hüllte sich in ihren Umhang, hielt aber die Augen offen.

Mitten in der Nacht kam die junge Magd zu ihr. Myra war noch wach.

»Der Mann, den Ihr sucht ... den hat heute jemand gesehen, zusammen mit einem Kapitän, einem gewissen Burmhaan. Bei dem will er sich wohl einschiffen. Das Schiff legt von Mole 45 auf der Großen Insel ab.«

Myra drückte der Frau ein paar Münzen in die Hand und verschwand dann eilig, ohne sich zu bedanken.

Sie trat hinaus in die kalte Nacht, blieb aber gleich wieder stehen. Neben der Tür hockte eine zitternde Gestalt.

»Bist du wahnsinnig?«, fuhr Myra sie an.

Die Lippen von der Kälte fast blau, schaute Marjane zu ihr auf. »Ich hab auf dich gewartet.«

»Was soll das? Ich hab dir Geld gegeben. Warum hast du dir keine Bleibe gesucht?«

»Ohne dich gehe ich hier unter«, antwortete Marjane, und ihre Miene war so ernst und entschlossen wie nie zuvor.

Myra seufzte, griff in ihre Tasche und holte ein Fläschchen mit ihrem Tonikum hervor. »Komm, trink erst mal.«

Marjane trank.

»Aber jetzt gehst du rein und wartest auf mich.«

»Nein!«

»Ich habe keine Zeit, mich zu streiten. Ich muss los.«

»Und ich komme mit.«

Myra seufzte. »Also gut. Dann komm.«

Und schon machte sie sich auf den Weg, ohne auf die andere zu warten.

Es war nicht leicht, in der Dunkelheit Myras Umhang zu folgen, zumal Marjanes Glieder immer noch steif waren von der Kälte. Aber das Tonikum wirkte, und als sie Myra einmal fast verloren hätte, verlangsamte diese ein wenig ihre Schritte.

Vielleicht will sie mich gar nicht loswerden, überlegte Marjane mit einem schwachen Lächeln.

Schließlich erreichten sie eine enge Gasse zwischen einem hohen hölzernen Gebäude und einem Kanal, aus dem es erbärmlich stank. Marjane erkannte zwei Gestalten, die mitten auf der Gasse standen, und ging arglos auf sie zu. Plötzlich wurde ihr eine Hand auf den Mund gepresst.

»Pst«, machte Myra.

Die beiden Männer redeten miteinander.

»Was willst du?«, sagte der eine.

Marjane erkannte seine Stimme: Sie war tief und unheimlich und verfolgte sie manchmal bis in ihre Träume. Ein Angstschauer lief ihr über den Rücken.

»Auskunft«, antwortete der andere.

Diese Stimme, die jünger und ein wenig hochmütig klang, kannte sie nicht.

»Ich hab keine Zeit, ich muss mein Schiff erreichen.«

»Und zwar suche ich …«, sagte der andere noch.

»Scher dich fort!«

Myra vernahm das unverwechselbare Geräusch, wie ein Schwert gezogen wurde. Schon machte sie einen Satz auf die beiden zu und blockierte das Schwert mit ihren gekreuzten Waluds. »Jetzt bin ich dran!«

Beide Männer erstarrten, und der größere stierte sie mit flammendem Blick an, ohne sie zu erkennen.

Sie aber wusste, wer dieser Mann war: Vesnis.

Er war es, kein Zweifel. Myra erkannte seine brutalen Gesichtszügen und seine imposante Gestalt.

Der andere trug eine graue Tunika und darüber einen Mantel in der gleichen Farbe. Unter der tief ins Gesicht gezogenen Kapuze quollen weiße Haarbüschel hervor. Er hätte ein Magier sein können, aber kein Blutmagier, denn die rasierten sich die Schädel. Von Nahem wirkte er fast wie ein Jüngling.

»Und wer bist du?«, fragte er und sah sie an.

Einen Moment ließ Myra sich ablenken.

Vesnis befreite mit aller Kraft sein blockiertes Schwert und holte zu einem seitlichen Schlag gegen den Jüngling aus.

Der warf sich rechtzeitig zu Boden. Auch Myra wich aus, und so hatte sich der Gladiator Platz verschafft und floh.

»Warte!«, rief der Jüngling ihm nach. Seine Kapuze war heruntergerutscht, und sein Gesicht war klar zu erkennen. Er war ein Alboniter, vielleicht zwanzig Jahre alt, mit recht markanten Gesichtszügen, einer schmalen, geraden Nase und der Andeutung eines Bartes auf den eingefallenen Wangen. Sein leicht gelocktes Haar fiel bis in den Nacken.

»Idiot!« Myra sprang über ihn und setzte Vesnis nach.

Mochte der auch sehr viel stärker sein, so war er nicht annähernd so flink wie sie. Das war er schon nicht, als sie ihm das erste Mal gegenübergestanden hatte, und jetzt noch viel weniger, da sie herangewachsen und zu einer fantastischen Kämpferin geworden war. Schon hatte sie ihn erreicht, sprang mit einem gewaltigen Satz über ihn hinweg, rollte sich am Boden ab, sprang hoch und baute sich vor ihm auf.

»Ich muss dich sprechen«, sagte sie, ruhig atmend.

Wieder starrte Vesnis sie an, und langsam schien er zu begreifen. War das nicht dieses Mädchen, das ihm so einen Ärger gemacht hatte, dass er es nie hatte vergessen können?

»Heute scheint der Abend der Nervensägen zu sein«, brummte er, während er sein langes Schwert zum Angriff ausrichtete. Die Zacken an dessen Spitze funkelten blutrot. Er grinste hinterhältig. »Aber für dich nehme ich mir gern etwas Zeit.«

24

27\. *November, nachts, bis* 28. *November, morgens*

»Ich will nur mit dir reden«, sagte sie, ließ aber ihre Klingen nicht sinken.

»Tatsächlich?« Auch Vesnis bewegte sich nicht. »Zu schade für dich, aber ich habe diesen Tag damals nie vergessen. Nie zuvor und nie danach ist mir eine Hinrichtung misslungen. Aber das werde ich jetzt nachholen.«

»In wessen Auftrag handelst du?«, fragte Myra. »Wen sollst du diesmal töten? Jemanden in Eridia?«

Vesnis antwortete nicht, sondern brüllte los und stieß sein Schwert vor, um ihr die gezackte Spitze in den Bauch zu rammen. Doch Myra parierte blitzschnell, riss ihre Waluds hoch und blockierte sein Schwert. Ihr Gesicht dicht an seinem, starrten sie sich einige Sekunden lang an.

»Mir reicht es, wenn du mir meine Fragen beantwortest. Dann kannst du deiner Wege gehen und dir deine Freiheit verdienen.«

Vesnis lachte höhnisch. »Und mir reicht es, wenn du dich umbringen lässt. Darauf habe ich acht Jahre lang gewartet.«

Mit einer raschen Bewegung wollte Myra ihm das Schwert aus der Hand schlagen, doch stattdessen bekam er es frei und hob es an. Er öffnete seine Deckung, doch bevor Myra zustechen konnte, fuhr seine gewaltige Waffe mit aller Kraft nieder. Im letzten Augenblick sprang Myra zur Seite, doch Vesnis setzte nach und griff noch wütender an. Und je wütender er wurde, desto gefährlicher wurde er. Nie würde er ihr etwas sagen, wenn sie ihn nicht besiegte.

Sie musste gegen ihn kämpfen, ohne ihn zu töten.

So fügte sie ihre Waluds zur Doppellanze zusammen und verteidigte sich nur, während Vesnis mit wuchtigen präzisen Hieben aus allen Richtung auf sie einschlug. Immer wieder krachten die Klingen aufeinander, und in der dunklen Gasse stoben die Funken auf. Doch indem sie nur parierte, konnte Myra den Riesen ermüden. Sie war schneller und technisch versierter, auch wenn ihr Gegner an Kraft weit überlegen war.

Gerade als sich Vesnis zum nächsten Hieb aufbäumte, stieß sie die Lanze vor, wollte seinen Oberschenkel treffen. Er aber wich aus und ließ die Klinge niederfahren. Sie traf. Mit blutender Schulter sprang Myra zurück.

Vesnis setzte nach, hin und her raste sein Schwert. Plötzlich traf ihn ein Stein und riss seinen Kopf zur Seite. Er taumelte.

Myra setzte nach, traf ihn mit der Doppellanze im Bauch, allerdings mit der Klingenseite und nicht mit der Spitze, um ihn nicht allzu schwer zu verletzen, und während der Riese rückwärts stolperte, versetzte sie ihm einen Tritt ans Kinn.

Vesnis sank zu Boden. Stille breitete sich in der Gasse aus.

Myra atmete tief durch, trennte die Waluds wieder und steckte sie zurück. Als sie sich umdrehte, lächelte Marjane sie triumphierend an.

»Na, kann ich zielen?« Sie hatte den Stein geworfen.

Zum Dank nickte Myra nur und wandte sich dem Jüngling zu, der sich, trotz des heftigen Zweikampfes, nicht von der Stelle gerührt hatte. Seinem Äußeren nach konnte sie ihn schlecht einschätzen: Seine Kleidung wies auf einen Magier hin, seine Frisur sprach dagegen.

»Wer bist du? Und was wolltest du von Vesnis?«, fragte sie ihn, und seltsamerweise schien er völlig unbeeindruckt von ihrer Stimme.

»Ich heiße Kyllen, und von dem Mann wollte ich wahrscheinlich das Gleiche wie du: ihn befragen.«

»Wozu?«

Der Jüngling zögerte. »Das ist eine lange Geschichte.«

Drohend machte Myra einen Schritt auf ihn zu. »Ich habe Zeit.«

Wiederum schien der Jüngling nicht allzu beeindruckt. »Was weißt du über Magie, Blutmagier und *Reine*?«

»Was man eben so weiß.«

»Also nichts. Nun, entweder erzähle ich dir alles, während der Riese zu sich kommt und sich davonmacht, oder wir befragen ihn beide, und dann trennen sich unsere Wege.«

Myra überlegte einen Augenblick, dann nickte sie. »Hilf mir mal«, sagte sie zu Marjane.

Mit einigen Seilen aus ihrem Quersack fesselten sie Vesnis und schleiften ihn zu dritt in einen unbenutzten Lagerraum in einem verlassenen Holzhaus in der Gasse.

»Na, siehst du, dass du mich brauchen kannst«, keuchte Marjane.

Myra beachtete sie nicht und durchsuchte stattdessen die Tasche, die Vesnis noch quer über der Schulter trug. Sie fand einen Geldbeutel und Proviant – alles, was man brauchte, wenn man unterwegs war. Als sie weiterstöberte, fand sie zwei Pergamente. Das eine war befleckt, zwei Namen waren darauf geschrieben.

Haggen und Ossader.

Der erste war durchgestrichen, der zweite nicht.

Ihr Herz machte einen Sprung. Es stimmte also: Vesnis war Haggens Mörder, der Mann, den sie suchte.

Doch wer war Ossader?

Auf dem anderen war das Gesicht eines Mannes, offenbar eines Biaswaden, gezeichnet. Und diese Zeichnung war ein echtes Kunstwerk. Mit nur wenigen Strichen hatte jemand alle charakteristischen Züge der Person perfekt festgehalten. Es wirkte so echt, als stände sie vor einem.

War das etwa einer der Männer, die zusammen mit Haggen ihren Vater umgebracht hatten? Hatte Vesnis von seinem mysteriösen Auftraggeber den Befehl erhalten, alle zu töten, die an dem Überfall in jener verhängnisvollen Nacht dabei gewesen waren und noch lebten?

Der Riese am Boden grunzte, und Myra zog ihre Waluds. »Setz ihn aufrecht hin und binde ihn an«, forderte sie Marjane auf. Das Mädchen gehorchte, Kyllen half ihr, und zu zweit fesselten sie den Hünen an einen der Pfeiler, die die Decke des Lagerraums trugen.

Langsam kam der Gefangene zu sich. Er schüttelte den Kopf, und schien benommen. Doch als er begriff, dass er gefesselt war, brüllte er los, wand sich und warf sich wild hin und her.

Myra hielt ihm eine Klinge unters Kinn, so dicht, dass sie ihm die Haut verbrannte, und er schrie vor Schmerz.

»Ganz brav«, sagte sie kühl und entfernte ein wenig die Waffe. Sie hatte ein kleines Brandzeichen hinterlassen.

Hasserfüllt starrte Vesnis sie an und beruhigte sich schließlich.

»Irgendwann erwische ich dich«, zischte er.

»Das hat Zeit. Ich habe noch so viel vor.«

Sie hob wieder die Klinge und setzte die Spitze an den Hals des Mannes. Der stöhnte, während Myra ihm mit der anderen Hand die Zeichnung vor die Nase hielt. »Ist das der Mann, den du töten sollst?«

Vesnis schwieg, presste aber vor Schmerz die Zähne zusammen.

»Du verdingst dich als Auftragsmörder, um dich freikaufen zu können, und ich weiß, dass du Haggen getötet hast. Wer ist dieser Mann? Ist das Ossader?«

Vesnis schwieg weiter, doch ein Blitzen in seinen Augen verriet ihn.

»Warum hat dich Graffias beauftragt, sie zu töten? Was haben sie getan?«

Myra schrak auf.

Nicht sie, sondern Kyllen hatte gesprochen.

Auch Vesnis horchte auf. »Von wem sprichst du?«

Kyllen blieb ruhig. »Von Graffias. Deinem Auftraggeber.«

»Woher zum Teufel willst du das wissen?«

Myra verstand nichts mehr, und so stach sie Vesnis mit der Klinge in den Oberschenkel.

Der schrie auf.

»Was soll das?«, fuhr Kyllen sie an und hielt ihre Hand fest.

»Lass los, ich weiß, was ich tue.«

Sie beugte sich zu Vesnis vor. »Jetzt erzählst du mir alles der Reihe nach, von Anfang an, oder ich schneide dich in Stücke. Ich bin nicht mehr das kleine Mädchen, an das du dich erinnerst, und schon damals hast du mich nicht besiegen können.«

Vesnis bedachte sie mit einem wütenden Blick.

»Vor einiger Zeit nahm ein Mann, den ich nicht kannte, Kontakt zu mir auf«, sagte er schließlich. »Er habe Arbeit für mich, meinte er. Ich erhielt zwei Namen, zwei Zeichnungen und einige Informationen.«

Seine Wunde im Bein war nicht tödlich, darauf hatte Myra geachtet, aber zweifellos hatte er höllische Schmerzen.

»Was für Informationen?«

»Er sagte mir, das seien Kameraden, die zusammen unter seinem Kommando Söldner waren. Graffias hieß er.« Vesnis schaute zu Kyllen, der nicht überrascht wirkte. »Insgesamt waren es sechs, aber einer ist bei der Aktion getötet worden.«

Myra spürte ihr Herz in den Schläfen pochen. »Wo hat diese Aktion stattgefunden?«

»Bei Antraph, in Biaswad«, sagte Vesnis, ohne zu zögern, und jetzt gab es für Myra keinen Zweifel mehr.

Dort war ihr Zuhause gewesen. Die Umstände stimmten, und

den Mann, der bei der Aktion gestorben war, hatte sie damals getötet.

»Erzähl mir mehr von diesem Graffias.«

Auch Kyllen beugte sich vor.

»Über den weiß ich gar nichts.« Vesnis keuchte. »Ich habe ihn nur ein Mal getroffen, und dabei hat er genau darauf geachtet, dass ich sein Gesicht nicht sehen kann.«

»Hatte er einen Akzent?«

Vesnis schüttelte den Kopf. Sein Gesicht war blass und mit einer feinen Schweißschicht überzogen. Das Reden fiel ihm schwer. »Nein … Ich hinterlege ihm die Beweise … dass die Morde geglückt sind … an einem bestimmten Ort … dann bekomme ich das Geld …«

»Wie war er gekleidet?«

»Ganz in Schwarz … wie ein Biaswade …«

Bald würden Vesnis die Sinne schwinden.

»Wo befindet sich dieser Ossader?«

»In Bizzef …«, murmelte Vesnis und schloss die Augen.

Mit einem Ruck zog Myra die Klinge aus dem Fleisch, aber er reagierte nicht.

»Wunderbar. Jetzt haben wir den Einzigen verloren, der uns vielleicht all die Fragen beantworten kann«, stöhnte Kyllen hinter ihr.

»Er ist nur bewusstlos. Wenn er wieder zu sich kommt, überlasse ich ihn dir.« Myra schaute ihn an. »Was weißt du über diesen Graffias?«

Kyllen ließ sich nichts anmerken, doch ein leichter Schauer lief ihm über den Rücken. »Nicht viel, aber was ich weiß, ist sehr beunruhigend.«

»Was meinst du damit?«

Mit dem Kinn deutete Kyllen auf Vesnis. »Zuerst helfen wir ihm.«

»Ich glaube nicht, dass wir noch viel aus dem herausholen können.«

»Das meine ich nicht. Ich habe nur was gegen sinnloses Blutvergießen.«

»Die Wunde ist nicht tödlich.«

»Sie könnte es aber werden, wenn wir ihn hier liegen lassen.«

Einen Augenblick schauten sie sich an, dann nickte Myra. Sie untersuchte Vesnis' Wunde, schnitt dann mit einer Walud-Klinge den Stoff darum herum auf und brannte damit die Wundränder aus. Schließlich griff sie zu einem ihrer Tonika.

»Erzählst du mir jetzt mehr über diesen Graffias?«

Das tat Kyllen. Er kniete neben ihr nieder und berichtete in knappen Worten alles, was er wusste, erzählte von der Kongregation, von der Magie der *Reinen* und von dem, was er kürzlich herausgefunden hatte. »Und was ist mit dir? Wie bist du auf diesen Graffias gestoßen.«

»Nun, ich habe von ihm gehört, hätte ihm aber wohl mehr Beachtung schenken müssen«, antwortete Myra, während sie ihre Klinge zurücksteckte. Sie hatte die Wundbehandlung beendet. »Aber ich wusste nicht, dass Vesnis in Graffias' Auftrag mordet.«

Kyllen dachte nach. »Graffias war also der Auftraggeber dieser Morde, die vor Jahren verübt wurden, und jetzt lässt er die Mörder von damals aus dem Weg räumen.«

Myra konnte nur schwer an sich halten. Dieser fremde Jüngling sprach so ruhig über die Dinge, die ihr ganzes Leben geprägt hatten, und hatte keine Ahnung davon.

»Die Mörder wissen zu viel«, sagte sie.

Kyllen sah sie an, und sie erwiderte seinen Blick. »Er lässt sie umbringen, damit sie nicht auspacken können.«

Myra nahm die Zeichnung an sich, die Vesnis dabeihatte. Was wusste dieser Ossader so Bedeutsames, dass Graffias ihn unbedingt zum Schweigen bringen musste?

Sie rollte das Pergament zusammen und steckte es ein.

»Wo willst du hin?«, fragte Kyllen.

»Nach Bizzef«, antwortete sie. »Wohin sonst?«

»Ich komme mit«, rief Marjane, die sich bis zu diesem Augenblick abseits gehalten hatte und nicht richtig begriff, was vor sich ging.

Myra ließ sie. Wieder hatte sie das Bild vor Augen, wie Marjane starr vor Kälte vor der Herberge auf sie wartete, und dachte an diesen perfekt gezielten Steinwurf, mit dem sie ihr das Leben gerettet hatte, und widersprach ihr nicht.

»Warum interessierst du dich für diese Männer?«, fragte Kyllen sie. »Was hast du mit diesen Morden zu tun, die offenbar schon so lange zurückliegen?«

Myra antwortete nicht.

»Du wolltest, dass wir ihn befragen«, sagte sie nach einer Weile, wobei sie auf Vesnis deutete, »das haben wir getan, und das war's. Lebwohl.«

Sie trat zur Tür, mit Marjane neben sich, hörte aber, dass er ihr folgte. Sie fuhr herum und sah ihn an.

»Bleib, wo du bist. Ich brauche nicht noch mehr Begleitung.«

»Du verstehst nicht. Ich werde meine Suche auf keinen Fall aufgeben«, erklärte er, ebenso entschlossen wie sie. »Ich habe meinen Orden verlassen und Dinge getan, die vielen als Sakrileg gelten, und all das nur, um den Betrug des falschen Unbefleckten aufzudecken. Und natürlich des Mannes, der ihn lenkt. Wer immer dieser Graffias auch ist, er verfolgt einen finsteren Plan, der das gesamte Dominium betrifft, und das schon seit Jahren. Und diesen Plan will ich aufdecken und der ganzen Geschichte auf den Grund gehen. Deswegen führt meine nächste Etappe, so wie deine, zu diesem Ossader. Eine bessere Spur habe ich im Moment nicht.«

Myra hielt Kyllens Blick stand und begriff, dass er nicht aufgeben würde.

»Dann los. Sonst legt das Schiff ohne uns ab.«

Als sie den Hafen erreichten, begann das Morgengrauen gerade, den Himmel zu färben. An Mole 45 lag das Schiff noch vor Anker. Es war ein Schiff biaswadischer Bauart: Der Kiel war zum Bug hin gekrümmt, rollte sich oben wie eine Spirale ein und bildete als Zierelement eine Blume, die einst bunt bemalt gewesen sein musste, bevor die Farben durch Witterung und Salzwasser verblichen waren. Seitlich gab es quadratische Öffnungen, durch die bei Bedarf Ruder zu Wasser gelassen werden konnten. Gesetzt war nur ein Segel, groß und rechteckig, das mit blauen und schwarzen Mustern auf weißem Grund verziert war. Myra kannte solche Schiffe. Sie war früher einige Male in Bizzef gewesen und erinnerte sich, dass Fadi ihr immer die Schiffe im Hafen gezeigt hatte, weil sie Spaß daran hatte. Dann hatte sie die Segel betrachtet, und Fadi hatte ihr die Bedeutung der verschiedenen Ornamente erklärt, durch die man fast alles über die Herkunft der Schiffe erfahren konnte. In diesem Fall besagte das Blau, dass es aus Biaswad kam, das Weiß, dass es auf dem Weißen Meer kreuzte, und das Schwarz bezog sich wahrscheinlich auf die Familie des Kapitäns. Burmhaan hieß er, wenn Myra die Auskunft der Magd in der Herberge richtig in Erinnerung hatte. Weitere Muster waren im Grunde Schriftzeichen, oder genauer, Gebete an den Gott Ajel, damit er für eine sichere Überfahrt sorgte.

Für Myra war es seltsam, dieses Segel zu deuten, und ihr wurde bewusst, dass sie schon seit zehn Jahren nicht mehr in Biaswad gewesen war.

Ich fasse es nicht, dass ich in meine Heimat zurückkomme, dachte sie nervös.

Kyllen schien ihre Verstörung zu bemerken. »Alles in Ordnung?«

»Wie viel Geld hast du dabei?«, fragte sie statt einer Antwort.

»Nicht genug, um die Fahrt zu bezahlen.«

Also würden sie als blinde Passagiere reisen.

Myra schlich sich näher an das Schiff. Niemand war zu sehen.

Das Wasser schwappte sanft gegen den Rumpf, der ziemlichen Tiefgang hatte. Das Schiff war voll beladen und würde gleich ablegen.

Rasch erklomm Myra die Bordwand und schwang sich an Deck. Marjane folgte ihr mit einigen Schwierigkeiten. Kyllen hingegen kletterte flink hinauf.

Das Deck war recht breit, und weiter achtern gab es einen kleineren Aufbau, den wahrscheinlich die Mannschaft nutzte. Sie hingegen standen am Bug, und das gesamte Deck bis dorthin zu überqueren wäre zu riskant gewesen. Myra schaute sich um und entdeckte in der Nähe ein Gitter, das in die Planken eingelassen war. Sie stemmte es auf, blickte kurz durch die Öffnung und sprang hinunter. Kyllen folgte ihr. Marjane ließ sich als letzte von der Finsternis verschlucken und landete unglücklich, nicht nur auf den Füßen, sondern auch auf den Knien. Einen Moment war sie gelähmt vor Schmerz.

Kyllen war sofort bei ihr. »Oh, das hat sicher wehgetan. Aber du hast dir bestimmt nichts gebrochen«, tröstete er sie mit einem Lächeln, während er ihr aufhalf. Obwohl er ein Magier war, hatte Marjane Vertrauen zu ihm. Außerdem schien er die Lage im Griff zu haben. In diesem eigenartigen Grüppchen war sie zweifellos das schwächste Glied, und dadurch fühlte sie sich unwohl. Kyllen hob sie hoch, und so konnte sie das Gitter wieder schließen. Immerhin etwas.

Myra war vorgegangen, und ihre Augen hatten sich an das Dunkel gewöhnt. Sie wusste, was sie erwartete. Früher hatte sie manchmal mit ihrem Vater im Hafen zugeschaut, wie ein Schiff beladen wurde. Und einmal war sie sogar an Bord gewesen.

Der Laderaum nahm das gesamte Unterdeck ein. Auf einer Seite waren Stoffballen, auf der anderen große Holzkisten gestapelt. Myra nahm eine Walud-Klinge und hebelte eine Latte so weit hoch, dass sie hineinspähen konnte: Trockenfleisch. In einer anderen Kiste fand sie in Öl eingelegte Oliven mit Kräutern, in wieder einer anderen befanden sich Amphoren mit einer scharf riechenden Soße. Diese Spezialitäten wurden aus Ländern des Dominiums nach Bizzef verschifft, um dort die Gaumen der reichsten Familien Biaswads zu erfreuen oder weiter zu den Mönchen in den phoinikischen Klöstern transportiert zu werden.

»Verhungern werden wir jedenfalls nicht«, bemerkte Marjane.

Myra ging weiter in den hinteren Teil des Laderaums. Dort fand sie eine runde Öffnung, die ebenfalls mit einem Gitter gesichert war. Sie hob es an, und Marjane erblickte den gekräuselten Wasserspiegel eines Süßwassertanks.

»Und zu trinken haben wir auch«, sagte das Mädchen. Doch sogleich veränderte sich ihre Miene. »Aber das bedeutet auch, dass täglich irgendwer von der Mannschaft herunterkommt. Dann werden sie uns entdecken.«

»Das werden sie nicht«, antwortete Myra.

Dann schwieg sie und machte es sich auf dem Boden zwischen zwei Kisten bequem. Einen Moment lang schloss sie die Augen und nahm deutlich, seltsam verstärkt, alle Geräusche wahr, alle Gerüche, alle Empfindungen. Und wie so oft auf dieser Reise fühlte sie sich wieder in die Vergangenheit zurückversetzt.

In Bizzef hatte ihr Vater damals, in Begleitung von Noorjeb, das Stück Land überschrieben bekommen, auf dem er später ermordet wurde. In dieser Stadt hatte er sie adoptiert. Das hatte er ihr immer wieder erzählt. Später waren sie mehrmals hingefahren. Wenn sie sich nach Bizzef auf den Weg machten, war sie immer voller Vorfreude. Sie liebte diese Stadt, die so kunterbunt und quicklebendig war, diesen Knotenpunkt für Menschen aus allen Teilen des Dominiums, die dort ihre Geschäfte abwickelten. Ob sich Bizzef verändert hatte? Ganz sicher. Denn für sie war die Stadt so von Fadis Gegenwart durchtränkt, dass sie ohne ihn unmöglich die gleiche geblieben sein konnte. Es würde wehtun, allein durch diese Gassen zu laufen. Aber sie hatte keine andere Wahl. Sie hatte einen Punkt erreicht, an dem es nur noch eine Richtung gab: vorwärts.

Marjane setzte sich neben sie. Sie ließ es zu. Im Grunde hatte sich das Mädchen bewährt. Wenn sie ihr im Weg wäre, würde sie schon eine Möglichkeit finden, sie loszuwerden.

Das Gleiche galt für Kyllen.

Aber jetzt wollte sie nicht mehr darüber nachdenken.

Ruhig glitt das Schiff durch die Wellen. Myra überließ sich dem sanften Schaukeln und schlief ein, fast ohne es zu merken.

25

28. *November bis 7. Dezember*

Das Getrampel von Schritten und durcheinander gebrüllte Befehle, kaum gedämpft durch die Decke über ihm, rissen Kyllen aus dem Schlaf.

Einige Stunden zuvor war er regelrecht zusammengebrochen. Obwohl er Reisen eigentlich gewöhnt war, hatten ihm die Anspannung sowie das permanente Gefühl, in Gefahr zu sein, alle Kräfte geraubt. Seit er Graffias Spuren folgte, witterte er überall einen Hinterhalt. Denn er war sicher, dass sich jemand an seine Fersen geheftet hatte. Bislang war jedoch nichts vorgefallen. Vielleicht war er umsichtig genug gewesen und hatte mögliche Verfolger abgeschüttelt.

Er schlug die Augen auf. Draußen war es heller als vorhin, als sie sich an Bord geschlichen hatten, aber der Laderaum lag in einem beständigen Halbdunkel. Vor der Schiffswand erkannte er die Umrisse einer Gestalt, von Sonnenstrahlen umrahmt, die durch einen Spalt in der Bordwand fielen. Es war die junge Kriegerin. Kyllen konnte sie nicht einordnen. Bewaffnet war sie wie ein Rewadir, aber sie war keine Biaswadin – und auch keine Thyrren. Ihr dichtes weißes Kopfhaar wies darauf hin, dass sie ein Halbblut mit einem albonitischen Anteil war. Die Barschheit, mit der sie sich geweigert hatte, ihm zu erzählen, warum sie sich für diese Morde interessierte, ließ darauf schließen, dass ihr die Angelegenheit sehr nah ging.

Kyllen erhob sich, um Wasser zu holen. Doch als er an Myra vorüberkam, erstarrte er. Es war unglaublich: Rings um ihre zierliche Gestalt, im Lichtschein, der sie umgab, meinte er weitere Wesen zu erkennen. Es hätte auch eine Täuschung sein können, denn sie schienen nicht wirklich manifest zu sein, und so sah er sie weniger, als er sie spürte. Ruhig und gelassen schwebten sie in diesem Lichtkreis. So etwas hatte Kyllen noch nie gesehen: Es war völlig anders, als wenn die Elementale von einem Blutmagier herbeigerufen wurden, und auch anders als bei ihm selbst. Mochten ihm diese Naturgeister noch so sehr vertrauen, und mochte er selbst ihnen noch so viel Respekt und Rücksichtnahme entgegenbringen, so erkannte er in ihrem Blick immer etwas Leidvolles. Hier aber nicht. Hier schienen sie in Frieden mit sich selbst, drehten und umkreisten sich in sanften Spiralen, so als sei genau dies ihr Element, in dem sie beschützt wurden und nichts sie bedrohte.

Langsam trat Kyllen näher, wollte sich vergewissern, ob es real war, was er sah, bemüht, dass sich dieses friedliche Bild nicht plötzlich auflöste.

»Hey«, flüsterte er und berührte sanft Myras Handgelenk. Aber das reichte.

Blitzschnell zog sie eine Walud-Klinge und hielt sie ihm an den Hals, so dicht, dass er zwar die Hitze spürte, seine Haut aber noch nicht verbrannte.

»Fass mich nie mehr an! Nie!«, knurrte sie mit ihrer heiseren, drohenden Stimme.

Kyllen nickte, und sie steckte die Waffe zurück. Er taumelte ein wenig vor Schreck. Als er ihr wieder den Blick zuwandte, war der Lichtschein um sie herum leer. Die Elementale waren verschwunden.

»Tut mir leid«, murmelte er, »ich hatte da etwas gesehen.«

Sie hielt sich das Handgelenk, das er berührt hatte. »Du darfst mich nur nicht anfassen«, wiederholte sie. Sie schien zu spüren, dass sie überreagiert hatte. Doch sofort verhärtete sich ihre Miene wieder. »Was willst du?«

»Etwas trinken«, sagte er.

Während er sich Wasser holte, dachte er darüber nach, was er gesehen hatte. Oder glaubte, gesehen zu haben. Vielleicht war es wirklich nur eine Täuschung, weil er zu sehr daran gewöhnt war, immer und überall die Verbindung mit Elementalen zu suchen.

Oder er war einfach noch nicht richtig wach. Er blickte wieder zu der Kriegerin. Reglos stand sie neben ihm. Hielt sich weiter das Handgelenk und schaute zu Boden.

»Ich weiß noch nicht mal, wie du heißt«, sagte er.

Sie schaute auf. »Myra.«

›Blut‹ auf Biaswadisch, dachte Kyllen, und als sich ihre Blicke kreuzten, verstand er den Grund für diesen ungewöhnlichen Namen: Ihre Augen waren rot wie Blut, tiefgründig und geheimnisvoll. Nur kurz hielt er der Kraft dieses Blickes stand, und bevor er darin versinken konnte, wandte er sich ab.

Er zog sich wieder in die Ecke zurück, in der er geschlafen hatte, und saß lange schweigend da.

Für Marjane waren die ersten beiden Tage der Überfahrt die härtesten. Sie war noch nie auf hoher See gewesen und hatte nicht gewusst, wie unbarmherzig die Wellen ein Schiff herumschleudern konnten und wie sehr der Magen darunter litt.

Es kam ihr vor, als würde sie in den Armen eines Betrunkenen hin und her geworfen werden. Lust und Laune von Wind und Strömungen ausgeliefert, rollte und stampfte das Schiff durch die Wellen, und Marjane übergab sich ein ums andere Mal und behielt schließlich nicht einmal mehr das Trinkwasser bei sich.

»Tut mir leid ... mir geht's sicher bald wieder besser«, sagte sie mit verzweifelter Miene zu Myra, während sie sich vom letzten Brechreiz erholte und sich der nächste schon ankündigte. Im Grunde jedoch glaubte sie, die Fahrt nicht zu überleben. Da es aber nichts Wichtigeres für sie gab, als an der Seite der jungen

Kriegerin bleiben zu dürfen, wollte sie zeigen, dass sie sich tapfer gegen die Übelkeit wehrte und keine Last für Myra war.

Diese schien dem nicht viel Beachtung zu schenken. Sie blieb für sich und ignorierte sowohl Marjane als auch Kyllen. Und das, obwohl sie zusammen aßen und Tag für Tag in dem engen Lagerraum zusammenhockten.

Während Myra schwieg, versuchten Marjane und Kyllen Freundschaft zu schließen. Sie vertrieben sich die Zeit mit langen Gesprächen, denen Myra halb mürrisch, halb neugierig folgte. Einerseits wünschte sie sich Ruhe und alleine zu sein, andererseits beneidete sie die beiden um ihre Fähigkeit, sich zu öffnen. Seit vielen Jahren reichte es ihr, sich Acrab verbunden zu fühlen. Aber er war nicht da, und der Panzer, mit dem sie sich seit Fadis und Tallias Tod schützte, wurde ihr manchmal zu eng.

Den Gesprächen lauschend, erfuhr sie, dass Marjane tatsächlich nie aus Etheria herausgekommen war und dass sie sich an ihre Eltern kaum erinnern konnte. Sie hatte Vater und Mutter als kleines Kind während eines harten Winters vor zehn Jahren verloren, dem viele Menschen zum Opfer gefallen waren. In ihrem Sklavendasein war alles noch schwieriger für sie geworden, seit sie sich zur Frau entwickelte und lernen musste, sich geschickt der groben Hände von Gladiatoren und anderen männlichen Hausbewohnern zu erwehren. Sie erzählte, wie Vesnis ihr die Hände auf die Hüften gelegt hatte, und dass sie sich seitdem abends immer von einer anderen Dienerin begleiten ließ, wenn sie einem Mann etwas in die Zelle bringen musste. Selbst die schrecklichsten Dinge erzählte sie mit einer gewissen Unbekümmertheit. So unbekümmert schien auch ihr Wesen zu sein, denn sie lachte oft und gern und ihr Blick war offen.

Myra fragte sich, wie sie das schaffte, da sich Marjanes leidvolle Erfahrungen nicht so sehr von ihren unterschieden.

Kyllen war zurückhaltender. Er erzählte nicht viel aus seiner Vergangenheit, ließ sich aber leidenschaftlich über sein Fachgebiet, die Magie, aus. Er erklärte Marjane die Grundprinzipien und warum die Magie der *Reinen* besser war als die der Blutmagier. Er wünschte sich, dass sie bekannter würde, damit alle wählen könnten, welcher Magie sie sich anvertrauten.

Irgendwann ging er sogar von der Theorie zur Praxis über.

Als Myra an einem Morgen erwachte, sah sie ihn und Marjane vor dem Spalt in der Bordwand stehen. Im Lichtschein auf Kyllens offener Handfläche bewegte sich ein Elemental. Er zeigte ihn Marjane, die ihn hingerissen und gerührt betrachtete. Der Elemental war sehr klein, kleiner als alle, die Myra bisher gesehen hatte. Seine riesengroßen Augen aber waren wie Seen in einem kindlichen Gesicht. Sein zarter Körper, seine weiten, durchscheinenden Flügel und der leidvolle Ausdruck in seinem Gesicht rührten auch sie: Im ganzen Dominium konnte sie sich nichts Unschuldigeres und Wehrloseres vorstellen. Was der Elemental wohl sagen würde, wenn er sprechen könnte? Vielleicht war dies der Schlüssel zum Verständnis ihres Sklaventums: Die Elementale hatten keine Möglichkeit, sich auszudrücken und anderen mitzuteilen, was sie bewegte.

»Lass ihn los!«, sagte sie barsch.

»Ich halte ihn nicht fest«, antwortete Kyllen, ohne die Handfläche zu bewegen, auf der der Elemental kniete.

»Er gehört nicht hierher.«

Da blies Kyllen leicht auf seine Hand, und die Luft kräuselte die zarten Flügel des kleinen Elementals, der fast zu lächeln schien. Da erhob er sich von der Hand des Magiers und kreiste ein paar Mal darüber.

Myra hatte das deutliche Gefühl, dass er sie ansah, bevor er entschwand. Und dieser Blick ging ihr durch und durch. Eine Botschaft lag darin, aber sie konnte sie nicht entschlüsseln. Es war, als bestelle er sie zu einem Treffen, aber ohne Ort und Zeit zu nennen.

Dann eine letzte Drehung, und er verschwand in dem Licht, das ihn hervorgebracht hatte.

Myra bemerkte, dass Kyllen sie ansah. Sie wandte sich ab und ging davon. Wie fast immer, seit sie auf See waren, zog sie sich in eine Ecke zurück und trainierte.

Doch der Magier sah ihr unentwegt zu.

In dieser Nacht versuchte es Kyllen noch einmal. Marjane war sofort eingeschlafen. Seit einiger Zeit versuchte das Mädchen, sich einige Bewegungen, die sie bei Myra im Training sah, abzuschauen und nachzumachen.

»Lass es!«, hatte diese sie gebremst, als sie es zum ersten Mal bemerkte.

»Ich will es aber lernen.«

»Nicht hier.«

»Du könntest es mir beibringen.«

»Das mache ich sicher nicht.«

»Ich will mich doch nur verteidigen können, wenn ich alleine zurechtkommen muss. Denn das ist es doch, was du willst: mich schnell loswerden.«

Myra hatte nicht gewusst, was sie antworten sollte, und Marjane dann üben lassen und einige Male sogar ihre Bewegungen korrigiert. Doch das Training machte müde, und das Mädchen schlief tief und fest.

»Passiert dir das häufiger?«, fragte Kyllen Myra.

Diese saß, in ihren Umhang gehüllt, in ihrer Ecke und antwortete nicht.

Kyllen ließ sich nicht abschrecken. »Du weißt doch noch, am ersten Tag unserer Seereise habe ich dich berührt, als du dort im Licht standest … da warst du von zahlreichen Elementalen umgeben.«

»Leg dich schlafen«, versuchte Myra, ihn loszuwerden.

»Anfangs dachte ich, ich hätte mich getäuscht… Aber der eine Elemental hat dich angesehen. Er schien dich sogar erkannt zu haben.«

»Ja, und?«

»In deinen Adern fließt sowohl Alboniter- als auch Thyrren-Blut, nicht wahr?«

»Ich hab dir schon mal gesagt: Wir legen nur ein Stück Weg zusammen zurück. Mehr nicht. Wenn du reden willst, hast du Marjane.«

Kyllen schien völlig unbeeindruckt. »Ich bin Magier. Deswegen interessiert mich das Verhalten der Elementale. Bist du mit der Magie vertraut? Hattest du Unterricht?«

»Ich verabscheue die Magie«, antwortete Myra scharf. »Sie ist der Ausgangspunkt der Sklaverei im Dominium.«

»Das sehe ich auch so.«

Myra lachte höhnisch, ein kreischendes, beängstigendes Lachen. »Das ist gut.«

»Nein, im Ernst. Ich gehöre den *Reinen* an und habe immer nach einer besseren Magie gesucht.«

»Aber du stützt dich auch auf die Blutsklaverei«, erwiderte Myra, wobei sie auf seine Handfläche deutete, in der eine Blutpforte zu erkennen war.

Kyllen öffnete seinen Mantel und knöpfte seine Jacke ein Stück auf. Myra sah seinen dünnen, von festen Muskeln gezeichneten Oberkörper. Auf seiner weißen Haut war keine einzige Tätowierung zu sehen. Mitten auf der Brust erkannte sie nur eine weitere Pforte.

»Ich verwende keine *Käfige* und halte keine Elementale fest«, erklärte Kyllen und sah sie eindringlich an. Seine Augen, von einem kräftigen Grün mit goldenen Einsprengseln, wirkten entschlossen und erinnerten sie an die von Acrab. Sie musste den Blick abwenden.

»Das sind doch Ausreden. Der Elemental heute Morgen kam doch nur zu dir, weil du ihn mit der Pforte herbeigerufen hast. Auch du benutzt die Elementale, auch du fügst ihnen Schaden zu.«

»Aber so wenig wie möglich«, beharrte Kyllen. »Und das wusste der Elemental auch und hat mir vertraut, weil er sicher sein konnte, danach wieder entschwinden zu können. Doch andererseits hast du auch recht: So eifrig man in der Kongregation auch danach geforscht hat, bis jetzt ist es nicht gelungen, eine Magie ohne Blutpforte zu entwickeln, um Elementale zu evozieren. Doch zu dir kommen sie offenbar ganz von selbst. Wieso?«

Myra hätte es nicht sagen können: Sie hatte sich noch nie Gedanken darüber gemacht. Für sie war das normal. »Ich habe noch nie bewusst Elementale herbeigerufen.«

»Hast du es denn versucht?«

Myra antwortete nicht.

»Wer waren deine Eltern? Woher kommst du?«, drängte Kyllen weiter.

»Hör auf!«, schrie sie da. Ein schmerzhafter Stich durchfuhr ihre Kehle, und sie legte eine Hand darauf.

Marjane warf sich in ihrer Ecke kurz herum, wurde aber nicht wach.

»Ich will über diese Dinge nicht mit dir reden.«

Kyllen deutete auf ihren Hals. »Vielleicht könnte ich etwas für deine Stimme tun.«

Myra verzog das Gesicht. »Du bist wirklich ein richtiger Magier. Du glaubst, du könntest über alles und jeden verfügen, so als läge dir das Dominium zu Füßen.«

»Ich wollte dir nur helfen.«

»Du weißt doch gar nichts von mir.«

»Ja, weil du nichts von dir preisgibst.«

Eine Weile schauten sie sich schweigend an. Um sie herum war alles still.

»Schon gut«, lenkte Kyllen schließlich ein und senkte den Kopf, »ich will dich zu nichts drängen. Aber du hast etwas Besonderes, Myra. Eine Art Gabe. Ich würde gerne verstehen, was das ist ...« Er brach ab und schaute sie noch einen Moment lang an, rollte sich dann in seinen Mantel und legte sich schlafen.

Myra lag noch eine Weile wach. Sie ärgerte sich über dieses aufgezwungene Gespräch und diesen Magier, der sich solche Mühe gab, nicht als das zu erscheinen, was er in Wirklichkeit doch war: ein Ausbeuter, ein Sklavenhalter.

Aber noch etwas anderes hielt sie wach.

Plötzlich fielen ihr Jamleds Worte in Asgarö wieder ein: Haggen hatte ihm gesagt, dass sie Befehl hatten, das kleine Mädchen unbedingt lebend zu ergreifen und dass sie nach dem Tod ihres Vaters nach ihr gesucht hatten.

Du hast etwas Besonderes, Myra.

Wütend schüttelte sie den Kopf. Die Antworten auf all diese Fragen würde sie in Bizzef finden. Bis dahin musste sie sich gedulden. Dort würde sich alles klären.

Sie versuchte, an etwas anderes zu denken und einzuschlafen, aber der Schlaf wollte nicht kommen. Lange wälzte sie sich hin und her, schließlich stand sie missmutig auf. Sie ging zu der Stelle mit dem Spalt in der Bordwand und blickte hinaus aufs Meer. Es war eine kalte, sehr klare Nacht, und der Mond warf sein helles Licht auf das Wasser. Seit über einer Woche waren sie auf See, bis zur Küste konnte es nicht mehr weit sein. Myras Herz schlug schneller. Sie war Biaswad schon so nah, ihrer Heimat, in der sie unbeschwert aufgewachsen war, aber auch die völlige Zerstörung ihrer Welt erlebt hatte, sodass sie ein neuer, vollkommen anderer Mensch geworden war.

Da erregte etwas ihre Aufmerksamkeit, ein seltsames Flackern im Augenwinkel, das sie nicht einordnen konnte.

Sie rieb sich die Augen. Kyllen stand neben ihr.

»Was ist los?«

Sie wollte ihn schon angiften, weil er sie an diesem Abend nicht in Ruhe lassen konnte, da drängte er sich zwischen sie und die Bordwand, sodass sie ein wenig zur Seite rücken musste. Offenbar war auch ihm etwas aufgefallen. Durch den Spalt schaute er hinaus.

Myra beschlich eine ungute Vorahnung. »Siehst du das auch?«
Kyllen nahm den Kopf zurück.
»Wir müssen den Kapitän benachrichtigen.«
»Das ist nicht dein Ernst.«
Kyllen hastete bereits zur Luke. »Doch! Wir werden von Piraten angegriffen.«

26

7. Dezember, in der Nacht

»Das sind doch nur Lichter«, rief Myra, während sie ihm nachrannte, »und außerdem, hast du vergessen, dass wir als blinde Passagiere unterwegs sind?«

Kyllen war schon bei der Luke angekommen. »Hilf mir hinaus. Wir müssen zum Kapitän.«

Doch Myra rührte sich nicht.

Kyllen sah sie an. »Verflucht noch mal, das sind nicht nur Lichter. Was da leuchtet, ist ein Anstrich aus Kristallblut mit einem Elemental darin. Das ganze Piratenschiff ist damit getarnt, damit es unbemerkt bleibt, bis es zu spät ist, einen Angriff abzuwehren. Glaub mir, mit diesen Dingen kenne ich mich aus.«

Unterdessen war Marjane wach geworden. »Was macht ihr da?«, fragte sie verschlafen.

»Piraten zuvorkommen«, antwortete Kyllen trocken.

»Piraten?«, wiederholte sie erschrocken und verwirrt, doch Kyllen antwortete nicht.

Er wandte sich an Myra. »Du hast recht. Aber ich habe eine bessere Idee. Die Ruder …«

Myra verstand nicht, was er meinte.

»Wir müssen zu den Rudern«, fuhr Kyllen fort, »die sind über uns. Aber wie kommen wir da hin? Die Luke führt direkt aufs Deck.«

»Na, das ist kein Problem.« Myra griff zu ihren Walud-Klingen, verband beide mit einer Kette und lief zum hinteren Teil des Laderaums. Dort schleuderte sie eine Klinge an die Decke, sodass sie feststeckte, und zog sie dann mit einer flüssigen Bewegung so durch das Holz, dass sie einen Kreis hineinschnitt. »Hilf mir!«

Sofort war Kyllen bei ihr.

Marjane hingegen stand vor der Bordwand und spähte durch den Spalt hinaus. »Ich sehe es auch.«

»Sie kommen rasch näher«, murmelte Kyllen, während Myra auf seine Schultern stieg. Sie kletterte durch die Öffnung und zog Kyllen hinauf.

Sie gelangten auf das Ruderdeck. Niemand war zu sehen. In dieser Jahreszeit gab es immer genug Wind, und es hätte sich nicht gelohnt, Sklaven zum Rudern mit an Bord zu nehmen. An den Seitenwänden reihten sich die Holzbänke, jede mit drei Kettenpaaren ausgerüstet, die sich bei Bedarf um die Fußgelenke der Sklaven schlossen. Die langen schmalen Ruder lagen auf den Bänken und waren mit einem Seil gesichert, das sie alle verband.

»Halte dich bereit. Du musst das Seil kappen. Ich sage dir, wann«, erklärte Kyllen.

Myra gehorchte und stellte sich beim ersten Ruder in der Reihe auf.

Kyllen kniete in der Mitte des Ruderdecks nieder und legte eine Hand auf die Planken, um einen Kontakt zwischen seiner Blutpforte und dem Holzboden herzustellen. Er senkte das Haupt, und Myra hörte ihn eine Litanei sprechen, in einer Sprache, die ihr völlig unbekannt war. Plötzlich erhellte eine Schar kleiner blauer Lichtpunkte seine Jacke. In regelmäßigen Abständen umgaben sie seine Gestalt, und Myra begriff, dass es sich um Blutpforten handelte, zahllose Blutpforten, die Kyllen umschwirrten.

Sein Gesicht war schmerzverzerrt.

Weißer Rauch stieg wie Nebel vom Boden auf. Er war so transparent, dass man ihn kaum erkennen konnte. In Spiralen sank er langsam auf die Ruderbänke nieder und umfasste die Ruder.

»Jetzt«, rief Kyllen.

Myra hieb mit einer Walud-Klinge auf das Seil ein, und die Enden schnellten auseinander. Einen endlos erscheinenden Moment lang rutschten die Ruder zum Wasser. Noch entschlossener ballte Kyllen die Fäuste, um die Rauchspiralen zu stärken, und tatsächlich konnten sie die Ruder halten, die sich nun kontrolliert zum Wasser neigten. Sie tauchten ein und bewegten sich vorwärts, aber so langsam, als würden sie durch eine zähe Flüssigkeit gezogen, und als sie wieder auftauchten, war es, als werde eine schwere Last angehoben. Dann aber wurden die Ruderbewegungen flüssiger, und das Schiff nahm Fahrt auf.

Durch eine Luke spähte Myra hinaus und sah, dass ihnen das Piratenschiff schon sehr nah gekommen war. Nicht, dass es klar zu erkennen gewesen wäre, aber das, was ihr zunächst als Flackern erschienen war, hatte eine eindeutige Form angenommen: Der breite Bug eines Schiffes schob eine mächtige, weiß schäumende Welle vor sich her. Sie erkannte auch die Segel, die nicht nur zahlreicher als die ihres Schiffes waren, sondern auch breiter.

»Das schaffen wir nicht«, murmelte Marjane, die ihnen gefolgt war.

Plötzlich dröhnten Schritte, und rasch zog Myra die zweite Walud-Klinge, während fünf Seeleute mit Waffen in Händen auf das Ruderdeck stürmten. Die Männer erstarrten. Mit offenem Mund glotzten sie auf die Ruder, die nur von Rauchspiralen durch das Wasser gezogen wurden, und es dauerte einige Augenblicke, bis der erste begriff, dass ein Magier an Bord war. Mit gezücktem Schwert raste er schreiend auf Kyllen zu.

Myra warf sich dazwischen und blockierte seine Klinge. »Seht ihr das nicht? Wir werden von Piraten überfallen!«, rief Myra den

Seeleuten zu. »Dieses seltsame Flackern dort draußen ist ihr Schiff. Wenn wir ihnen entkommen wollen, müssen wir uns ins Zeug legen. Mein Freund kann uns helfen.«

Einer der Männer, ein korpulenter Seemann, wahrscheinlich der Kapitän, trat vor und schaute sie mit vorgereckter Waffe verdutzt und ratlos an.

»Wer zum Teufel seid ihr?«, fragte er schließlich.

»Wir haben keine Zeit, das zu erklären«, schrie Myra mit ihrer krächzenden Stimme. »Sie kommen näher. Schaut doch hinaus, wenn ihr uns nicht glaubt.«

Der Kapitän ließ die Klinge nicht sinken. »Ridhel, schau mal nach, was da los.«

Wenig später war der Matrose zurück. »Da ist was, nur noch ein paar hundert Ellen entfernt. In dem Licht könnte sich tatsächlich ein Piratenschiff verbergen«, berichtete er atemlos, und endlich schien auch der Kapitän die dramatische Lage zu erfassen.

»Setzt die Notsegel, volle Fahrt voraus!«, befahl er und wandte sich wieder an Myra. »Um euch kümmere ich mich später. Jetzt sag deinem Freund erst einmal, er soll alles geben.«

Der Kapitän kehrte an Deck zurück.

Myra schaute zu Kyllen. Die Blutpforten leuchteten, einige hatten ihm Löcher in Jacke und Hose gebrannt und schwelten weiter. Darum herum war seine Haut gerötet, wie versengt. Auf seiner zu Boden gerichteten Stirn stand der Schweiß.

»Schaffst du's?«, fragte sie.

Kyllen nickte nur. Mit voller Kraft glitten die Ruderblätter durch das Wasser, und in den Rauchspiralen meinte Myra die Elementale zu erkennen, die der Magier zu Hilfe gerufen hatte.

Sie ging zu Marjane, zog einen Dolch aus dem Stiefel und drückte ihn ihr in die Hand. »Du bleibst hier unten, und benutze den, falls es brenzlig wird.«

»Lass mich nicht allein«, flehte Marjane. »Wie soll ich mich verteidigen? Ich hab das nicht gelernt.«

»Kyllen ist ja auch da«, sagte Myra in einem Ton, als sei sie plötzlich eine andere. »Hier ist es sicherer für dich. Glaub mir, es wird dir nichts geschehen. Das schwöre ich dir.«

Und mit dem Walud in der Hand stieg sie an Deck.

Einen Moment lang verwirrten sie der Wind, der sie erfasste, der Salzgeruch der Luft und die schneidende Kälte. Nach der langen Zeit in der Enge des Laderaums war sie an diese Weite nicht mehr gewöhnt. Und auch nicht an so viele Menschen: Die Matrosen, viele bewaffnet, rannten aufgeregt hin und her, und es herrschte ein Trubel, der sie schwindlig machte. Das große Segel über ihr war zum Zerreißen gebläht, um auch noch den letzten Windhauch auszunutzen. In voller Fahrt rollte und stampfte das Schiff durch die Wellen, und dennoch kamen die Piraten immer näher. Auf der Steuerbordseite sah Myra die Verfolger. Durch das Kristallblut wirkte das Piratenschiff fast durchscheinend, doch wenn sie genauer hinsah, konnte sie seine Umrisse klar erkennen. Durch seinen schlanken Rumpf war es schnell und wendig und bestens geeignet, solch ein schwerfälliges Frachtschiff wie das ihre zu verfolgen. Es war ebenfalls mit Rudern ausgerüstet, und die wurden mit voller Kraft durch das Wasser gezogen. Der Kapitän begriff, dass ihnen die Flucht nicht gelingen würde, und gab Befehl, sich zum Kampf bereit zu machen.

Wie aus dem Nichts tauchten zwei Rewadir-Krieger auf. Es wurde ernst.

Myra lief wieder hinunter.

Marjane empfing sie mit gezücktem Dolch. »Ach, du bist's«, seufzte sie erleichtert.

»Gleich kommen die Piraten«, sagte Myra und blickte zu Kyllen. Einige Ruder waren ins Meer gerutscht, und der Rhythmus der übrigen war nicht mehr so gleichmäßig und kraftvoll wie zuvor. Die Rauchspiralen hatten sich gelockert, und sie erkannte keine Elementale mehr darin.

»Wir schaffen es nicht«, sagte sie zu Kyllen, »sie haben uns eingeholt. Wir müssen sehen, wie wir mit heiler Haut davonkommen.«

Da gab es einen Schlag, und ein heftiger Ruck durchlief das gesamte Schiff, während die Holzplanken ächzten und stöhnten. Die Piraten hatten sie gerammt und die Enterhaken ausgeworfen.

»Kyllen!«, rief Myra und schüttelte ihn.

Endlich nahm der Magier die Hand vom Boden, und der Rauch löste sich auf. Alle Ruder rutschten ins Meer, und, von den Enterhaken zum Piratenschiff herübergezogen, neigte sich das Schiff nach Steuerbord.

Myra ergriff seinen Arm, zog ihn hoch und rief Marjane zu: »Komm, wieder runter in den Laderaum!«

»Warte!« Kyllen blieb stehen. »Ich muss noch den Elementalen danken.«

Myra schaute ihn an, als habe er den Verstand verloren. »Was willst du …?«

»Den Elementalen danken«, antwortete Kyllen mit von der Anstrengung glasigem, aber entschlossenem Blick. »Das ist Pflicht. So verlangt es der Ritus.«

»Mach das später!«, sagte Myra und zog ihn mit.

Durch das Loch im Boden, durch das sie hochgestiegen waren, ließen sie sich wieder hinunter. Myra landete leichtfüßig im Laderaum, auch Marjane fing sich geschickt ab, nur Kyllen war zu erschöpft und verlor das Gleichgewicht.

»Geht's?«, fragte Myra und suchte seinen Blick.

Er nickte. »Aber lass mich einen Moment. Die Elementale haben die Hauptarbeit geleistet. Ich muss ihnen jetzt wirklich danken.«

Myra ging nicht darauf ein und wandte sich wieder Marjane zu. »Wir brauchen irgendetwas, das auf dem Wasser treibt. Etwas Großes. Da müssen wir alle drei draufpassen.«

Während sie den Laderaum durchsuchten, hörten sie den Tumult über ihren Köpfen, die Schritte verzweifelter Matrosen, Schreie, gebrüllte Befehle, dann wieder einen gewaltigen Schlag.

Die Piraten setzten den Rammsporn ein.

»Das da vielleicht?«, fragte Marjane aufgeregt.

Myra drehte sich zu dem Mädchen um. Sie deutete auf ein großes Holzfass.

»Ja, sehr gut, das könnte klappen.« Myra lief zu dem Fass, doch bevor sie es öffnen konnte, hörte sie einen Schrei und zog blitzschnell ihre Waluds.

Der Eindringling war ein Pirat, aus Lunya, seiner Kleidung nach zu urteilen. Kein Wunder, denn die Lunyarer beherrschten die Meere. Der Mann ging auf Kyllen zu, so als würde er ihn kennen, als hätte er gerade ihn gesucht.

Myra sprang herbei und hielt im letzten Moment den Schwertstreich auf, der auf den am Boden kauernden Magier niederfuhr. Der Pirat fluchte und drückte mit aller Kraft gegen ihre Klinge und wollte sie in die Knie zwingen.

»Lauf und hilf Marjane«, schrie sie Kyllen so laut zu, dass der Schmerz wieder ihre Kehle zerriss.

Der Magier kroch unter den sich blockierenden Klingen hindurch und lief zu Marjane.

Da ließ Myra los, und durch seinen eigenen Druck stürzte der Pirat nach vorn, sodass sich sein Schwert in die Holzplanken bohrte. Eine kurze Drehung, und Myra traf ihn im Rücken. Aber schon kamen weitere Piraten. Sie waren auf die Beute im Laderaum aus.

Myra warf sich ihnen entgegen und überließ ihrem Körper das Kämpfen. Mit Schwung stach sie den ersten nieder, fuhr herum und köpfte den nächsten. Zwei weitere griffen von beiden Seiten an, sodass sie ihre Waluds zusammenfügen musste und sie rotieren ließ.

In die Brust getroffen, sanken die Männer nieder, doch immer mehr Piraten strömten durch die Luke herein. Myra gab alles, obwohl sie sich auf dem wankenden Boden unter ihren Füßen nicht sicher fühlte. Diese Piraten waren es gewohnt, auf See zu kämpfen, sie nicht. Ein Stoß, und sie kam aus dem Gleichgewicht. Ein Pirat baute sich über ihr auf, und sie glaubte sich verloren.

Plötzlich explodierte alles um sie herum. Wie von einer unsichtbaren Hand geschleudert, flogen die Bodenplanken in die Höhe, und nur jene, auf der sie lag, rührte sich nicht. Zwei kräftige Hände zogen sie hoch.

Sie wandte den Kopf und sah in Kyllens lächelndes Gesicht. »Ich denke, es ist an der Zeit, diesen ungemütlichen Ort zu verlassen.«

Über die kreuz und quer liegenden Bretter hinweg hasteten sie zum Holzfass. Marjane war bereits hineingeklettert und winkte aufgeregt.

Kurz entschlossen sprang Myra hinein.

Kyllen blieb draußen.

»Was ...?«, fragte Myra ihn.

Doch der Magier konzentrierte sich bereits, legte die Hand auf die Bordwand am Heck, wo das Fass stand. Ein kurzer Moment, dann wieder eine Explosion, und ein paar Planken der Bordwand flogen in die Luft.

Myra und Marjane schrien auf, als das Fass ins Leere stürzte.

Der Aufprall war hart, und einen Augenblick verlor Myra die Orientierung. Von den Wellen hin und her geworfen, stieß sie schmerzhaft immer wieder gegen die Innenwand des Fasses, schluckte Wasser, hustete, rang nach Luft. Dann fing sie sich und fand Halt in dem Fass. Marjanes Körper war gegen ihren gepresst. Das Mädchen schluchzte.

Was war mit Kyllen? Myra reckte sich hoch und ließ den Blick suchend über das Wasser gleiten. Von Kyllen keine Spur. Da tauchte eine Hand immer mal wieder aus der aufgewühlten See auf. Ohne lange zu überlegen, sprang Myra aus dem Fass ins Wasser. Und die Kälte lähmte sie fast. Dann war ihr, als bohrten sich ihr Dutzende, Hunderte von Eisnadeln ins Fleisch.

Schwer atmend tauchte sie auf und schaute sich um. Zwischen

den Wellen entdeckte sie wieder Kyllens Hand. So schnell sie konnte schwamm sie hin. Zwei, drei Armzüge, dann sah sie ihn nicht mehr.

Erneut tauchte sie unter. Das Mondlicht erhellte das Wasser nicht tiefer als vielleicht zwei Ellen vor ihr, darunter war alles finster. Die Kiele der beiden Schiffe lagen nebeneinander, und darum Schwärme silberner Fische. Und da, nicht weit entfernt, sank ein zappelnder Körper langsam tiefer und tiefer.

Sie holte noch einmal kurz Luft und tauchte mit einigen kräftigen Zügen hinein in die Finsternis, in der der Körper versunken war, streckte blind die Hand aus und spürte kurz darauf etwas. Es war Kyllens Arm. Sie fasste ihn unter und kämpfte sich mit ihm zusammen wieder bis zur Oberfläche hinauf.

Ihr erster Atemzug, als sie auftauchten, war fast schmerzhaft. Aber sie hatten keine Zeit zu verschnaufen. Fest umklammerte sie Kyllen und schwamm mit ihm zum Fass zurück.

Marjane half ihnen hinein. »Danke …«, japste Kyllen.

Myra antwortete nicht. Sie zitterte so stark, dass sie nicht sprechen konnte.

Sie gönnten sich nur eine kurze Verschnaufpause, obwohl Kyllen in einem fort heftig hustete und Myra völlig erschöpft war. Denn hinter ihnen tobte die Schlacht weiter. Die Schiffe schienen wie zwei gigantische Seeungeheuer, die sich ineinander verbissen hatten und einen tödlichen Tanz aufführten. Und die Strömung trieb das Fass ausgerechnet in diese Richtung. Im matten Licht des Morgengrauens, das den Himmel zu erhellen begann, verfolgte Marjane wortlos dieses Schauspiel: Männer stürzten schreiend ins Meer, die Schwerter klirrten, die Taue ächzten und das Holz der Bordwände schlug gegeneinander.

Myra zog Kyllen am Kragen hoch. »Wir brauchen dich. Jetzt!«

Kyllen war völlig durchnässt und am Ende seiner Kräfte, aber er nickte, denn nur er konnte ihnen helfen. Er schüttelte sich ein paar Mal, um wieder klar zu denken, auch wenn es fast aussichtslos war.

Dann lehnte er sich aus dem Fass hinaus, und einen Moment lang drohte er, vornüber zu kippen.

Myra packte ihn im letzten Moment.

»Spinnst du?«

»Halt mich einfach gut fest.«

Schließlich gelang es ihm, eine Hand auf die Wasserfläche zu legen. Er spürte Myras eisernen Griff um seine Beine, konzentrierte sich aber nur auf seine Aufgabe.

Er schloss die Augen und sammelte seine letzten Kräfte. Schließlich durchströhmte ihn dieses bekannte Kribbeln, diese wohltuende Energie, die stets dem Erscheinen eines Elementals vorausging.

Das Wasser unter dem Fass schwoll an und formte sich mehr und mehr zu einer großen Welle, die es anhob und zunächst langsam, dann immer schneller der Küste zuschob.

Marjane richtete sich auf und ließ sich den Wind ins Gesicht wehen. Unter sich sah sie die Schaumkrone der Welle, die sie in Sicherheit brachte. Darin, fast durchscheinend, ein riesengroßer Elemental. Seine langen Haare waren aus Schaum und sein durchscheinender Körper aus Wasser. Er rettete sie aus der Gefahr.

Als Marjane wieder hochblickte, erkannte sie in der Ferne, schmal und braun, einen Streifen Küste.

»Land!«, jubelte sie.

Myra und Kyllen hofften, dass sie sich nicht täuschte, denn ihre Kräfte ließen rapide nach. Dennoch blickten sie nicht auf und konzentrierten sich weiter auf das, was sie taten.

Der Schlachtenlärm hinter ihnen verklang, die Umrisse der Schiffe waren kaum noch auszumachen. Um sie herum waren nur das Rauschen des Windes und der Geruch des Meeres. Immer heller wurde der Himmel, immer deutlicher zeigte sich die Küstenlinie vor ihnen.

Kyllen gab noch einmal alles, aber das war zu viel: Um den Elemental, so kurz vor dem Ziel, nicht noch zu verlieren, presste er die Hand zu fest auf das Wasser. Abrupt beschleunigte die Welle, und das Fass neigte sich gefährlich zur Seite.

»Wir kippen!«, kreischte Marjane. »Wir sind zu hoch und zu schnell.«

Doch Kyllen hörte sie nicht, merkte nichts mehr von dem, was um ihn herum geschah, spürte nur noch das Wasser unter seiner Hand dahinschießen. So rasten sie auf die Küste zu. Noch mächtiger türmte sich die Welle unter ihnen auf, und Marjane sah, wie sich auch der Elemental vor dem Strand zu voller Größe erhob. Es dauerte nur einen Moment, doch der schien ewig. Dann warf der Elemental den Kopf zurück und löste sich einfach auf, während die Welle, die er geschaffen hatte, auf den Strand hinab donnerte. Oben und unten wurden eins, und das Fass zerbarst in kleinste Stücke.

Das Wasser aber spülte sie weiter über den Sand, mit unwiderstehlicher Kraft, und kaum war die Welle ausgelaufen, zerrte sie wieder an ihnen, um sie mit ebensolcher Gewalt zurück ins Meer zu ziehen. Es gab nichts, woran sie sich hätten festhalten können, und Marjane zappelte und versuchte zu schwimmen. Da stießen ihre Hände gegen irgendetwas, und als sie sich daran festklammern wollte, merkte sie, dass es Myras lebloser Körper war. Verzweifelt rief sie ihren Namen, während die Brandung sie ins Meer zurücksog und sie erneut auf den Strand schleuderte.

Durch diesen Aufprall kam Myra zu sich. Es dauerte einen Moment, bis sie wusste, wo sie war. Aber als das Wasser sie wieder zurückzog, begriff sie es. Kurzentschlossen packte sie Marjane und schwamm mit ihr durch die Brandung, und als sie endlich festen Boden unter den Füßen spürte, stemmte sie sich gegen die Wassermassen und kämpfte sich Schritt für Schritt mit Marjane im Arm aus der Gewalt der Wellen hinaus. Es war, als marschierte sie durch Blei, aber schließlich schafften sie es und ließen sich in den Sand fallen.

»Wo ist Kyllen?«

Myra stemmte sich hoch auf die Knie. Um sie herum hatte das Meer Metall- und Holzreste angespült, und dahinter im Wasser, wo die Brandung nicht mehr so stark war, trieb ein Körper.

»Geh du«, sagte sie zu Marjane, »bring ihn her. Du schaffst das.«

Marjane lief hin, fasste Kyllen unter und zog ihn auf den Strand. Doch der Magier rührte sich nicht. Sein Körper war schlaff, und er atmete nicht mehr.

Myra trat hinzu, schlug ihm mit der flachen Hand auf die Wangen und rief seinen Namen.

Marjane hockte daneben und schien wie gelähmt vor Schreck. »Ist er tot?«, fragte sie mit belegter Stimme.

»Nein, der ist nicht tot«, antworte Myra fast barsch.

Sie beugte sich über ihn, hielt ihm die Nase zu und presste ihre Lippen auf seinen Mund. Dabei dachte sie nicht lange nach, sondern tat es einfach. Denn sie wusste, was Kyllen für sie getan hatte: Er hatte sich völlig verausgabt, um sie mit seiner Magie zu retten, und nur ihm hatten sie es zu verdanken, dass sie nicht tot oder gefangen in der Hand der Piraten waren.

Sie verdankten ihm ihr Leben.

Ein-, zweimal blies sie kräftig, und schon begann Kyllen zu husten und all das geschluckte Salzwasser auszuspucken.

Myra aber wurde langsam bewusst, was sie da tat. Sie entfernte sich ein wenig und wischte sich mehrmals mit dem Unterarm den salzigen Geschmack seiner Lippen von ihrem Mund.

Unterdessen richtete sich Kyllen, blass und zitternd, mühsam ein wenig auf.

»Geht's?«, fragte Marjane.

Der Magier nickte und blickte dann zu Myra. »Danke. Jetzt hast du mir schon zweimal das Leben gerettet«, sagte er stockend und versuchte ein Lächeln.

Myra antwortete nicht.

Entkräftet ließ sie sich wieder in den Sand fallen. Eigentlich war es aussichtslos gewesen, und doch hatten sie es geschafft. Sie waren gerettet.

Und erst jetzt wurde ihr mit klopfendem Herzen bewusst, dass der Sand unter ihr der ihrer Heimat war.

Nach all den Jahren war sie nach Biaswad zurückgekehrt.

27

Acrab

Der Schnee fiel in dichten Flocken und verbarg die Landschaft fast völlig. Der Luftwald hinter Ostar war nur noch ein verschwommener gräulicher Fleck. Alle Blätter waren gefallen, der Winter war da und schien alle Farben getilgt zu haben.

Acrab stand am offenen Fenster und sah hinaus. Obwohl er kein Asgarer war, gehörte die Kälte mittlerweile zu seinem Leben, manchmal sehnte er sich sogar danach. Die Eiseskälte ließ ihn zu sich kommen und führte sein Gehirn zu Höchstleistungen. Heute allerdings würde ihm nicht viel abverlangt werden: Es handelte sich lediglich um eine lästige Pflicht, die aber für das Gelingen seiner Pläne erforderlich war.

Jemand klopfte an der Tür, und er drehte sich um.

Ein Palastdiener trat ein und verbeugte sich.

»Die Königin ist bereit«, verkündete er.

»Ich komme.« Während der Diener wieder entschwand, trat Acrab zu dem Spiegel im hinteren Teil des Raumes. Er hatte sich keine besonders prunkvolle Unterkunft zuweisen lassen, viele andere Räume im Palast waren größer und prächtiger eingerichtet. Man hatte ihm erzählt, dass dies einmal die Kammer der Kindermädchen gewesen war. Ihm aber war wichtig, dass die Fenster nach vorn hinausgingen und er fast ganz Ostar überblicken konnte.

Das Spiegelbild zeigte ihn so wie immer – auch dies war Teil einer durchdachten Strategie. Er trug seine übliche Kampfmontur, einschließlich eines einfachen Brustpanzers, die schon viele Schlachten erlebt hatte. Auch Ostar hatte er darin eingenommen. Nur auf die Dofrir würde er verzichten. Denn diese Doppellanze war eine typisch asgarische Waffe, und es kam ihm darauf an, sich als aufgeklärter Herrscher aller Untertanen zu präsentieren.

Nach einem letzten prüfenden Blick verließ er den Raum.

Weiß glänzend lag der Korridor vor ihm. Er durchmaß ihn mit lauten Stiefelschritten bis zum anderen Ende, wo sich eine kleine, ebenfalls weiße Gestalt abzeichnete. Es war Detmarinde im Brautgewand.

Während er sich im Marschschritt näherte, konnte er sie ausgiebig betrachten und ihre melancholische Schönheit bewundern.

Ihr weißes Kleid fiel bis auf den Boden, und über den Schultern trug sie ein ebenfalls weißes Pelzjäckchen, das auch ihren Hals umschloss. Die Ärmel ihres Brautkleids waren am Saum gleichermaßen mit Pelz besetzt, und ihr eng geschnürtes überreich verziertes ledernes Mieder betonte ihre Wespentaille. Der Rock war weit ausgestellt und bauschte sich in mehreren Lagen.

Dieser Anblick erinnerte Acrab schmerzhaft an andere Zeiten, an ein anderes Leben. Doch jetzt war nicht der Augenblick, sich in Erinnerungen zu verlieren, wobei selbst die schönste Frau der Welt nicht in der Lage gewesen wäre, Emeles' Vollkommenheit aus seinem Gedächtnis zu tilgen. Wenn er daran dachte, sah er sie sofort wieder vor sich, wenn auch nicht in einem solch prachtvollen Kleid. Aber das war unwichtig. Keine andere Frau war so schön wie sie.

Er zwang sich, nicht mehr an sie zu denken, und betrachtete Detmarinde. Ihr rot leuchtendes Haar war zu einer kunstvollen Frisur aus weichen Zöpfen geflochten, in der einige Frjosinn-Kristalle wie Winterblumen funkelten. Dies war Acrabs Idee gewesen, denn schließlich feierte man an diesem Tage auch den Bund des asgarischen mit dem ostarischen Volk, und Frjosinn fand man nur in Asgarö. Was hätte also besser symbolisieren können, dass Detmarinde nun auch die Menschen im äußersten Norden des Dominiums repräsentierte.

Acrab streckte eine Hand zu einem der Kristalle in ihrem Haar aus.

Detmarinde schrak zurück.

Er lächelte. »Ihr müsst keine Angst vor mir haben.«

»Ich bin nicht aus freien Stücken hier«, erwiderte sie. Die Königin war so blass, dass sie schon kränklich aussah, und keine Schminke hatte ihren blutleeren Wangen etwas Farbe geben können.

»Ich auch nicht«, antwortete Acrab, weiter lächelnd, aber sie schien ihn nicht zu verstehen. *Das ist dein Problem, Hoheit, dass du es nicht verstehst*, fügte er in Gedanken hinzu. »Von Euch erwarte ich nur, dass Ihr Eure Rolle ordentlich spielt. Ich denke, darin seid Ihr recht gut, nicht wahr?«

Die junge Frau presste ihre blutroten Lippen zu einem schmalen Strich zusammen.

Acrab sorgte sich nicht deswegen. Sie würde das tun, was er von ihr verlangte, denn sie hatte keine andere Wahl: Einige Kinder der königlichen Familie hatte er ins Verlies bringen lassen, wo sie sich nun in der Obhut seines treuen Knappen Gotín befanden. Die Königin selbst war eben noch einmal, nur um ihr Gedächtnis aufzufrischen, zu einem kurzen Besuch bei ihnen hinuntergeführt worden.

»Wir sehen uns im Tempel«, sagte Acrab und ging.

Der Tempel erhob sich am Fuß des riesigen Wasserrades neben dem königlichen Palast. Die Menschen in Ostar, deren Wirtschaft stark von der Nutzung der Wasserkraft ihrer Flüsse abhing, glaubten an einen einzigen Gott, an Wassmek, den sie an allen Quellen anbeteten. Deswegen standen ihre Tempel auch immer in einer besonderen Beziehung zum Wasser.

An diesem Tag sorgte eine Reihe von Blutmagiern dafür, dass das Wasser nicht gefror und weiter das mächtige Wasserrad antrieb. So stürzten die Wassermassen laut rauschend zu Tal. Acrab hatte keine Einwände dagegen vorgebracht, obwohl er es eigentlich nicht gutheißen konnte, aber so war es nun einmal Brauch, und in dieser Angelegenheit hielt er es für besser, das Althergebrachte zu respektieren.

Während er darunter entlangging, schaute er zu dem mächtigen Wasserrad auf: Die Idee, den Palast von dort aus einzunehmen, war nicht nur von praktischen Erwägungen bestimmt gewesen. Dies war der kürzeste Weg gewesen, aber Acrab wusste genau, dass das Bild eines Eroberers, der das Herrscherhaus durch Ausnutzung des Wassers, der Macht Wassmeks also, einnimmt, auf lange Zeit im Gedächtnis der Menschen haften bleiben würde.

So berichteten ihm seine Männer, dass man in der Stadt über seine Tat als etwas Gotteslästerliches und gleichzeitig Ehrfurchtgebietendes redete: das tollkühne Bravourstück eines Mannes, der zu außerordentlichen Dingen fähig war. Acrab war beides recht, sowohl Bewunderung als auch Furcht, die beiden Seiten einer Medaille.

Der Tempel war ein schlankes Gebäude gleich neben dem Wasserfall, oder genauer, war sogar ein Teil von ihm. Dabei bildete der Fels so etwas wie ein Gerüst für das Eis und gab ihm seine eigentliche Form. Dieser durchscheinende, ungemein zerbrechlich wirkende hohe Bau war mit zahlreichen Spitztürmen verziert, die das Eis auf natürliche Weise sehr verschieden formte. Der Altar war vollkommen von Wasser bedeckt, das wie ein fließender Schleier über ihn hinwegströmte. In der breiten Eiswand dahinter konnte man eine Reihe von Rissen erkennen.

Acrab wunderte sich, dass das Gebäude noch nicht eingestürzt war, obwohl er wusste, dass die Konstruktion ein Werk der Magie war.

Im Tempel selbst waren nur Edelleute zugelassen, aber die

gesamte Bevölkerung Ostars war eingeladen, sich davor zu versammeln. Da aber nicht alle dieser Einladung nachkommen wollten, hatten die Asgarer etwas nachgeholfen und standen verteilt in der Menge. Denn jeder einzelne Untertan sollte begreifen, dass eine neue Epoche begann, in der die Grenzen ihren Sinn verloren.

Ostar und Asgarö waren nun eins und sollten es für immer bleiben.

Acrab wartete auf halbem Weg zwischen der Pforte und dem Altar, so wie man es ihm gesagt hatte. Zwar kannte er die Riten Ostars, so wie die aller Völker des Dominiums, hatte sich aber dennoch von der heimischen Priesterin, die schon hinter dem Altar stand, instruieren lassen.

Nach einigen Minuten erschien Detmarinde. In Begleitung ihres ersten Ministers, der auch ihr persönlicher Berater war, betrat sie den Tempel. Sie wirkte steif und noch blasser als zuvor. Winzige Flocken schmolzen auf ihrem Pelz und tropften, während sie voranschritt, zu Boden.

Ohne Gefühlsregung betrachtete Acrab sie. Er empfand nichts für diese junge Frau. Sie war ein Werkzeug für ihn, mehr nicht. Dann aber, als sie schon nah bei ihm war, sah er ihr Haar so stark, so blutrot leuchten, dass er betört war und meinte, dieses Rot erfülle den ganzen Raum.

Ihn schwindelte, und plötzlich begriff er, dass er nicht von Detmarindes Frisur betört war, sondern dass er sich in Myras Augen verlor. Und mit einem Mal sah er Myra durch das Tempelschiff schreiten, das kleine Mädchen, das er vor der Hinrichtung gerettet, die junge Frau, die er an den Waffen ausgebildet, seine rechte Hand, der er in den zurückliegenden acht Jahren blind vertraut hatte. Er sah sie in den königlichen Gewändern, jedoch mit ihrer gewohnt undurchschaubaren Miene und den schneeweißen Haaren, die ihr Gesicht umrahmten. Ihre Augen, in den Farben des Blutes und des Feuers, waren auf ihn gerichtet. Und nun stand sie neben ihm, aufrecht und stolz, so wie stets in der Schlacht.

Ich bin es, die du brauchst, Acrab, hörte er sie sagen, mit ihrer unverwechselbaren verletzten Stimme, dem untilgbaren Zeichen ihres Schmerzes.

»Unter dem wohlwollenden Blick Wassmeks bin ich gekommen, dir die Hand der Königin darzubieten«, sprach der erste Minister.

Acrab schrak zusammen. Schlagartig kehrte er in die Wirklichkeit zurück und sah Detmarinde neben sich, die junge Frau ohne besondere Eigenschaften, durch die er auf den Thron gelangte. Er atmete tief durch und war wieder Herr seiner Sinne. Er durfte nicht an Myra denken, nicht jetzt, und nicht auf diese Weise. Es war ihm stets bewusst, welche bedeutende Rolle sie in seinen Plänen spielte, aber bedeutender durfte sie nicht werden, sonst lief er Gefahr, alles zu verlieren.

Er lächelte den ersten Minister an und ergriff sanft die Hand der Königin. Unter den misstrauischen, bestürzten Blicken der Edelleute schritten sie Seite an Seite durch das Tempelschiff. In der Menge draußen, im Volk, das in Acrab einen Halbgott und ein Ungeheuer sah, reckten sie die Köpfe, um ebenfalls einen Blick auf die Brautleute zu erhaschen.

Sie erreichten den Altar, und die Trauung begann. Nach den Anrufungen Wassmeks, auf die Acrab mit den rituellen Worten in einem fehlerlosen Ostarisch ohne jeden Akzent antwortete, begann die Priesterin mit dem eigentlichen Ritus. Sie hielt einen Krug unter den Altar, fing von dem darüber rinnenden Wasser auf und hielt ihn dem Brautpaar entgegen.

»Bekundet nun vor Wassmek euren festen Willen, diesen Bund miteinander zu schließen.«

Kurz blickte Acrab zu Detmarinde: Sie war die Königin, und an ihr war es, als Erste das Wort zu ergreifen. Doch die junge Frau zögerte, und so drückte er ihre Hand ein klein wenig fester, während er ihr erneut den Blick zuwandte.

Detmarinde fasste sich. »Ich, Detmarinde von Ostar, Königin

des Tals der Flüsse, bekunde hiermit, den Ehebund mit Acrab von Asgarö, Herrscher der Eislande, schließen zu wollen.«

Acrab selbst hatte sich diesen speziellen Titel gegeben. Und von nun an würde er auch König von Ostar und Asgarö sein.

Jetzt war es an ihm, das Ehegelöbnis zu sprechen.

»Ich, Acrab von Asgarö, Herrscher der Eislande, habe die Ehre, Detmarinde von Ostar, Königin des Tals der Flüsse, zur Frau zu nehmen.«

Langsam goss die Priesterin etwas Wasser auf ihre verschränkten Hände, und das Dach des Tempels öffnete sich und ließ Schnee und Kälte hinein. Reglos stand das Brautpaar da, bis eine Schicht Raureif ihre Hände überzog.

»Wassmek segne Detmarindes und Acrabs Ehebund. Möge das lebensspendende Wasser immer fließen und ihre Ehe glücklich sein«, schloss die Priesterin.

Die Anwesenden applaudierten, und Hand in Hand verließ das Brautpaar den Tempel, um sich dem Volk zu zeigen. Applaus und Hochrufe der Asgarer brandeten auf, und Acrab bemerkte, dass sich auch eine Reihe von Ostarern anschloss. Überall unterwarfen sich Menschen bereitwillig einem starken Mann, wenn er ihnen Macht und Reichtum versprach.

Die weiteren Festlichkeiten verliefen ohne Zwischenfälle. Acrab gab sich herzlich und offen, während sich die Königin unauffällig verhielt, viel lächelte, sich aber bemühte, so wenig wie möglich zu reden. In allen Winkeln waren asgarische Soldaten verteilt, und alles vollzog sich genau nach Plan. Hin und wieder blickte Detmarinde mit banger Miene in die Menge, und Acrab ahnte, dass sie nach den Kindern ihrer Verwandtschaft Ausschau hielt. Aber die waren bei Gotín gut aufgehoben und würden es auch noch lange bleiben.

Die Nacht war schon weit fortgeschritten, als sich Acrab und Detmarinde zurückzogen. Wieder taten sie es Hand in Hand, mit kleinen gemessenen Schritten, wie es sich für frisch vermählte Herrscher geziemte. Die Anwesenden waren beeindruckt vom Auftreten des neuen Königs und gleichzeitig beruhigt durch das Verhalten der Königin. Vielleicht war doch nicht alles schlecht, und die Eroberung würde ihnen am Ende noch Vorteile bringen.

Kaum waren die Türen geschlossen, ließ sich Detmarinde zu Boden sinken, wobei sich ihre Röcke um sie herum wie eine weiße Blüte öffneten. Acrab trat zum Bett und setzte sich auf die Kante. Sie hatte eine Hand vor das Gesicht gelegt und schluchzte.

Acrab lachte. »Keine Sorge, ich habe nicht vor, diese Ehe zu vollziehen.«

Detmarinde schien hin und her gerissen zwischen Erleichterung und Furcht.

»Mir geht es nur darum, König zu sein. Eine Frau brauche ich nicht.« Er erhob sich, trat zu der noch am Boden sitzenden Königin und beugte sich über sie.

»Morgen wirst du Ostar und Asgarö zu einem einzigen Königreich erklären. Dem *Reich des Eises*. Es wird dein letzter öffentlicher Auftritt sein. Danach übernehme ich die Regierung.«

»Was willst du von uns?!«, schrie sie da. »Wir können dir nichts geben. Wir sind ein friedliches Volk.«

Er beugte sich noch tiefer zu ihr hinab. »Mir geht es nicht um euch, sondern um das Dominium, das ganze Dominium. Ich werde es zu einem Reich machen, in dem jedermann menschenwürdig leben kann. Ostar ist nur ein Mosaikstein in dem großen Bild.«

»Du bist wahnsinnig«, stöhnte sie.

Acrab lächelte. »Das sagt man allen Visionären nach. Aber ich erwarte nicht, dass du mich verstehst. Du hast immer in diesem Palast gelebt. Du bist als Königin geboren und hast keine Ahnung, was draußen vor sich geht, was es bedeutet, sich andernorts im Dominium durchschlagen zu müssen, so wie ich einst.«

»Wir sind ein friedliches Volk«, wiederholte sie stumpf.

»Zuweilen ist es notwendig, auch Unschuldige zu opfern für ein höheres Ziel.« Acrab richtete sich auf. »Ich erwarte von dir, dass du alles unterzeichnest, was ich dir vorlege. Von nun an bin ich der König, das heißt, ich könnte mich auch über deine Autorität hinwegsetzen. Aber das Volk liebt dich und vertraut dir.«

»Und was ist mit den Kindern?«, schrie sie, während Acrab auf die Tür zutrat.

»Denen geht's gut, und niemand wird ihnen ein Haar krümmen – solange du mir gehorchst«, antwortete er, öffnete die Tür und verließ den Raum. Er hörte Detmarinde wieder schluchzen. Es ließ ihn kalt.

Einen Augenblick lang schweiften seine Gedanken zu Myra, doch sofort verscheuchte er sie. Auch was sie betraf, war er nicht untätig geblieben.

Dann hielt er sicheren Schritts auf seine Unterkunft zu.

Das Schlafgemach des Königs.

28

7. bis 9. Dezember

Kaum hatten die drei sich ein wenig erholt, verließen sie den Strand. Sie brauchten einen geschützten Platz, vor allem um sich aufzuwärmen, denn sie waren völlig durchnässt, und die Luft war sehr kalt. Hinter dem Strand erhoben sich Dünen, die mit Büschen und einigen dickfleischigen Pflanzen bewachsen waren. Myra war diese Landschaft vertraut: Im Sommer war sie mit ihrem Vater häufig am Meer gewesen, das von ihrem Zuhause nicht mehr als anderthalb Tageswanderungen entfernt lag. Der Strand hatte dort genauso ausgesehen, und diese Tatsache erfüllte sie mit einer seltsamen Wut. Warum hatte sich nichts verändert? Warum war Biaswad nicht untergegangen, als ihr Leben zerstört worden war?

Marjane ging Brennholz sammeln. Währenddessen versuchte Myra, sich zu erholen. Sie war steif vor Kälte und bekam das Zittern ihrer Glieder nicht in den Griff. Noch schlechter ging es allerdings Kyllen. Er war am Ende seiner Kräfte. Myra nahm ihren Umhang ab und deckte ihn damit zu.

»Der ist zwar auch nass, schützt aber wenigstens gegen den Wind«, sagte sie.

»Es geht schon«, antwortete er, aber seine Stimme war so angeschlagen, dass sie ihn kaum verstehen konnte.

Myra entfuhr ein leises Lachen, das so unangebracht war, dass Kyllen sie verwundert anschaute.

»Warum lachst du?«

»Deine Stimme klingt fast wie meine.«

Auch er lächelte, dann lachte er los. So hockten sie halb tot in den Dünen und lachten wie blöde, ohne eigentlich zu wissen, wieso.

Schließlich machte Myra Feuer und baute aus einigen passenden Stöcken ein Gerüst, über dem sie ihren Umhang ausbreitete. Darunter war genug Platz für sie drei, und bald konnten sie die wohltuende Wärme genießen.

Nach dem kurzen Moment der Offenheit war Myra wieder so wortkarg und in sich gekehrt wie zuvor. Aber sie holte ein Fläschchen hervor und reichte es Kyllen, der sie fragend ansah.

»Trink nur«, sagte Marjane, »das hat mir auch gutgetan. Gegen die Kälte hilft das wunderbar.«

Kyllen nahm das Fläschchen und hielt es ins Licht. »Was ist das?«

»Ein Stärkungsmittel.«

Der junge Magier schien nicht überzeugt. »Hast du das selbst hergestellt?«

»Trink einfach«, brummte Myra.

»Ja, sag, woher kommt das?«, fragte auch Marjane.

»Aus Asgarö«, antwortete Myra, »ein Mann mit außerordentlichen Fähigkeiten stellt es her.« Mehr verriet sie nicht, denn jeder Gedanke an Acrab tat weh. Sie hätte nicht einmal mehr sagen können, wie lange es her war, dass sie ihn verlassen hatte.

Kyllen trank einen Schluck und fragte nicht weiter. »Ich wollte dir noch für vorhin danken«, sagte er stattdessen.

Myra spürte das gleiche Unbehagen wie zuvor, als sie während der Mund-zu-Mund-Beatmung ihre Lippen auf die seinen gepresst hatte. Schnell vertrieb sie das Gefühl. »Wir müssen dir danken. Ohne dich wären wir tot.«

»Ach, ich hab nur meine eigene Haut gerettet«, versuchte Kyllen zu scherzen. Dann schwieg er.

Myra merkte, dass sie sich gar nicht so unwohl fühlte, in diesem improvisierten Zelt an der Seite der beiden Fremden, und dass sie durchaus länger bleiben könnte. Hier schien es keine Vergangenheit und keine Zukunft zu geben, keine Mörder, denen sie nachstellen, keine Wahrheit, die sie herausfinden musste.

So saßen sie schweigend da, der Zeit entrückt, ruhten sich aus und wärmten sich. Die Wirklichkeit konnte bis morgen warten.

Bei Tagesanbruch wachten sie auf. Leise schlich Myra aus dem Zelt – ihr Umhang war mittlerweile trocken – und sah die Sonne über dem flachen Land ihrer Heimat aufgehen. In der Nacht hatte es geschneit, nur ein paar Flocken, die die Dünen mit einem feinen Schleier überzogen, unter dem der Sand noch zu sehen war. Da ergriff eine seltsame Sehnsucht sie, ihr wurde schwindlig, und einen Moment lang verschmolz die Gegenwart mit der Vergangenheit.

Sie ließ sich auf die Knie fallen und vergrub die Hände in Sand und Schnee, so wie sie es auch in Asgarö bei solchen Anfällen getan hatte, und kam langsam wieder zu sich.

Es war alles schwieriger als erwartet.

Kyllen überraschte sie, während sie so im Sand kniete.

»Was ist mit dir?«

Myra fuhr herum und sprang auf. »Gar nichts.«

Kyllen streckte sich, kniete dann ebenfalls nieder und sprach ein Gebet, wobei er mit Händen und Stirn den Sand berührte.

»Bist du sehr gläubig?«, fragte Myra ihn, als er endete.

Kyllen lächelte. »Ach, ich habe nur den Elementalen gedankt. Du weißt doch, gestern bin ich nicht dazu gekommen, und das gehört zum Ritus. Wir Magier der *Reinen* sind uns sehr wohl bewusst, dass wir die Kräfte anderer für uns nutzen.«

Dann hockte er sich vor die Feuerstelle und versuchte, die Glut neu zu entfachen. Unterdessen weckte Myra Marjane, und sie setzten sich zum Frühstück zusammen.

Langsam erhob sich die Sonne über der Ebene der Fülle, und Myra genoss ihre wärmenden Strahlen auf der Haut. »Bis Bizzef sind es höchstens zwei Tagesmärsche«, sagte sie irgendwann, »und die Straße dorthin dürfte auch nicht weit sein.« Sie deutete in die Richtung und wandte sich dann an Kyllen. »Aber wir beide müssen uns mal unterhalten.«

Das taten sie, während Marjane ihre Sachen für den Abmarsch packte.

»Dieser Pirat gestern ist so zielstrebig auf dich losgegangen«, sagte Myra. »Der hatte es eindeutig auf dich abgesehen.«

»Tja, das stimmt. Aber ich habe eben auch dafür gesorgt, dass unser Schiff fast entkommen wäre.«

»Aber die Piraten waren doch schon an Bord. Wozu noch die Fahrt verlangsamen?«

Kyllen seufzte. »Das habe ich mich auch gefragt. Aber du weißt ja, was ich getan habe und was ich herausfinden konnte. Deswegen befürchte ich schon lange, dass sich jemand an meine Fersen heften würde. Und das scheint nun passiert zu sein. Was soll ich tun? Kehrtmachen kann ich nicht mehr, und wir haben nun mal den gleichen Weg. Tut mir leid. Sobald es möglich ist, ziehe ich meiner eigenen Wege.«

Myra erwiderte nichts, griff in ihren Stiefel und zog einen Dolch hervor. Er sah genauso aus wie der, den sie zuvor Marjane gegeben hatte. Einen Moment lang war Kyllen besorgt. Dann warf Myra ihm die Waffe vor die Füße.

»Die suchen nach einem *Reinen*. Du solltest dir den Schädel rasieren wie die Blutmagier. Um die passende Kleidung kümmern wir uns in Bizzef.«

Sie stand auf und ging davon.

Kyllen sah ihr nach. Diese Frau war ihm ein Rätsel, ein Geheimnis, das er nur zu gern ergründet hätte.

Mit der neuen Frisur sah Kyllen seltsam bedrohlich aus. In einem fort fuhr er sich über den geschorenen Schädel mit dem weißen Haarstreifen in der Mitte.

»Und das ausgerechnet mir ... Die Haartracht eines Blutmagiers«, stöhnte er, während Marjane mühsam ein Lachen unterdrückte.

»Steht dir aber gut. Jetzt siehst du viel mehr wie ein Magier aus.«

»Genau das, was ich nicht wollte.«

»Ob es dir passt oder nicht, die Frisur kann dir das Leben retten«, bemerkte Myra, ohne stehen zu bleiben.

Sie waren losmarschiert.

Einen halben Tag wanderten sie durch eine Lagunenlandschaft: Der Naharar, der breite Strom, der mit seinen regelmäßigen Überschwemmungen der Ebene der Fülle ihre Fruchtbarkeit schenkte, verzweigte sich in unzählige Flüsschen und Bäche, die das Land wie Tränenströme durchzogen.

Diese Landschaft hatte Myra stets durchquert, wenn sie mit ihrem Vater auf dem Weg nach Bizzef war. Immer schon war sie fasziniert davon: Im Sommer spiegelten sich die Wolken im unbewegten Wasser, und sie hatte das Gefühl, zwischen den Wolken einherzuschreiten. Die Gegend hatte sich seit damals kaum verändert. Nur hatte der Winter sie erstarren lassen.

Schließlich erreichten sie die Straße, die nach Bizzef führte. Sie war die wichtigste Verkehrsader des Landes und verband alle großen Küstenstädte Biaswads. Sie war so breit und verkehrsreich, dass sie in jede Richtung in zwei Spuren unterteilt war: Eine für Wanderer und eine für Karren, Fuhrwerke und Transporte jeder Art. Parallel verlief ein schiffbarer Kanal, auf dem Lastkähne mit Lebensmitteln und anderen Gütern dahinzogen.

Je weiter sie in ihre alte Heimat vordrangen, desto verschlossener wurde Myra. Sie hätte nicht gedacht, dass die Heimkehr so schmerzhaft sein würde. In einem fort quälte sie der Gedanke, dass in dieser feuchten fruchtbaren Erde der Körper ihres Vaters verwest war. Etwas von ihm steckte in dieser Erde, in dieser Luft, diesem Wasser, etwas, das unsichtbar und nicht zu greifen war.

Am Abend regte Marjane vorsichtig an, sich ein Lager in einer Herberge zu suchen. Längs des Weges waren sie schon an einigen vorübergekommen.

»Seit Etheria haben wir nicht mehr im Bett geschlafen. Ich denke, eine erholsame Nacht hätten wir uns verdient.«

»Niemand hat dich gezwungen, mir zu folgen«, erklärte Myra barsch und jede weitere Diskussion erledigte sich.

Sie fanden eine Lichtung etwas abseits der Straße und lagerten dort. Der Himmel war klar, und so konnten sie hoffen, dass es in dieser Nacht nicht schneien würde.

»Das könnte ein Pixiens sein«, sagte Kyllen, »hier fühlen sich auch die Elementale wohl. Eine gute Wahl.«

Myra schaute sich um. Diese kreisrunde Lichtung ähnelte jener, auf der sie damals gerastet hatte, bevor sie den Weg über das Weiße Massiv eingeschlagen hatte.

»Ich habe nicht eigens danach gesucht.«

»Das tut man nie.«

Sie aßen von den wenigen Vorräten, die noch übrig waren, und errichteten mit Myras Umhang wieder solch ein Zelt wie in den Dünen.

Obwohl die Temperatur mittlerweile stark gesunken war, blieb Marjane zunächst draußen und übte mit dem Dolch, den Myra ihr während des Piratenangriffs gegeben hatte.

Diese beobachtete das Mädchen eine Weile bei ihren ungeschickten, wenig koordinierten Bewegungen und wurde immer gereizter. »Komm endlich rein.«

»Wieso? Ich will noch üben. Du weißt, was auf dem Schiff passiert ist. So wehrlos möchte ich mich nie mehr fühlen.«

»Das ist kein Training. Du stocherst nur wild mit dem Dolch herum.«

»Wie meinst du das?«

»Dir fehlt die Dynamik, und du kommst ständig aus dem Gleichgewicht.«

Sie zeigte Marjane ein paar einfache Angriffe mit den Waluds und erklärte ihr, wie sie den Dolch wirkungsvoller einsetzen konnte.

Kyllen saß etwas abseits und beobachtete sie.

»Schon besser«, brummte Myra, nachdem Marjane es noch einmal versucht hatte. »Aber jetzt komm endlich rein«, setzte sie trocken hinzu, während sie ihre Klingen zurücksteckte.

Marjane tat es mit einem breiten Lächeln.

In der Nacht fand Myra keinen Schlaf. Ihre Gedanken flatterten wie aufgeregte Vögelchen umher und wollten keine Ruhe geben. So blieb ihr nichts anderes übrig, als sich irgendwann wieder zu erheben und aus dem Zelt zu schleichen, in der Hoffnung, in der Kälte möge sich diese Unruhe legen, die ihr seit der Rückkehr nach Biaswad so zusetzte.

Der Himmel über ihr war vollkommen klar. Myriaden von Sternen leuchteten, kalt und ungerührt. Wie viele Male hatte sie diesen Himmel zusammen mit Fadi betrachtet? Ihr Vater hatte Sterne geliebt, hatte ihr deren Namen und die Sternbilder erklärt und Geschichten darüber erzählt, die ihr wieder einfielen. Sie erkannte das Sternbild des Helden, dessen Sage Fadi ihr vorgetragen hatte.

Plötzlich überkam sie das Verlangen, irgendwo anders zu sein und dieses Land mit all seinen schmerzlichen Erinnerungen auf der Stelle wieder zu verlassen, denn sie fürchtete, sich andernfalls ständig wie das kleine Mädchen zu fühlen, dessen Leben damals so brutal zerbrochen war, und diesem Gefühl nicht mehr entkommen zu können.

Immer stärker bedrängte sie diese Furcht, als sie ein Geräusch hörte. Sie sprang auf und griff zur Waffe. Als sie ausholen wollte, ergriff jemand ihre Hand. Es war Kyllen. Einen Moment verharrten sie so, dicht voreinander, mit seiner Hand um ihr Gelenk, während ihre Blicke sich trafen. Und dabei erkannte er in ihren Augen etwas von dieser unsagbaren Furcht, die sie gepackt hatte.

»Keine Sorge, ich bin's nur«, sagte er.

Myra senkte den Kopf, ließ aber die Hand in seinem Griff. Alles war ihr recht, wenn es sie nur aus diesen Erinnerungen herausriss. Schließlich senkte sie ihren Arm und entzog sich ihm sanft, um ihre Waffe zurückzustecken.

»Leg dich wieder schlafen«, sagte sie, und ihre raue Stimme war erfüllt von einer ausweglosen Traurigkeit.

Kyllen war, als spüre er sie am eigenen Leib. Er fuhr sich mit der Hand durch den Haarstreifen. Seit er den Rest geschoren hatte, tat er das in einem fort, auch weil die Haut darum unangenehm gereizt war.

»Ganz schön kalt am Kopf«, sagte er, um irgendetwas zu sagen, und lächelte dabei. »Ich setze mich ein wenig«, fügte er hinzu und ging in die Hocke, »aber ich bin ganz still. Und störe dich nicht.«

Myra blieb noch einen Moment lang stehen. Stark spürte sie die Gegenwart dieses jungen Mannes neben sich. Er störte sie wirklich nicht. Dann setzte sie sich zu ihm, um noch deutlicher zu spüren, dass sie nicht allein war.

Geh nicht fort, dachte sie einen Augenblick und fühlte sich dabei dumm und verletzlich, aber auch zu schwach, um dagegen anzukommen.

»Bei uns heißt es, dass auch die Sterne von Elementalen bewohnt sind«, sagte Kyllen irgendwann. »Deswegen haben wir in Albon ganz eigene Sternbilder.« Und er zeigte zum Himmel. »Das dort ist der Jäger. Er steht bei uns für den Magier, der ja, genauer betrachtet, auch etwas nachjagt. Für die *Reinen* ist diese Figur natürlich negativ besetzt. Und das dort ist die Welle, von der alle Wasser-Elementale abstammen.« Und so erzählte er weiter, deutete zum Himmel und erklärte.

Myra lauschte, und währenddessen verblassten mehr und mehr die Sternbilder ihrer Kindheit, um neuen unbekannten Heldensagen Platz zu machen. Nichts von all dem, was über ihr funkelte, hatte mit den Schrecken ihrer Kindheit zu tun. Dieses Himmelszelt war neu, und langsam legte sich ihre innere Unruhe.

»Glaubst du wirklich, dass es dort oben am Himmel Elementale gibt?«

»Keine Ahnung. Die Sterne sind so weit weg … Woher soll ich wissen, ob dort Elementale wohnen. Und wie sollte ich sie erreichen, falls es so ist?« Er machte die gleichgültige Geste, die man häufig bei ihm sah, wobei er mit den Achseln zuckte, als wollte er sagen, dass nichts wirklich wichtig und alles vergänglich sei. »Ich konzentriere mich lieber auf die Dinge, die ich wirklich weiß: dass die Sterne nachts den Weg weisen können, dass sie im Verlaufe eines Jahres bestimmten Bahnen folgen und dass sie unterschiedliche Farben haben.«

Zum ersten Mal dachte Myra, dass es vielleicht doch gut war, nicht allein unterwegs zu sein, sondern mit zwei Menschen wie Kyllen und Marjane, die so anders waren als sie selbst. Denn in manchen Momenten kam sie mit sich selbst nicht gut zurecht.

»Und würdest du das gerne wissen?«

Myra schaute Kyllen nachdenklich an, nickte dann und blickte wieder zum Himmel. »Wenn es dort oben tatsächlich Elementale gibt, wären sie die Einzigen, die wirklich frei sind auf dieser Welt. Und das fände ich … irgendwie tröstlich.« Sie schüttelte den Kopf. »Morgen erwartet uns wieder ein langer Marsch. Gute Nacht.«

Sie hätte ihm gern gedankt, wusste aber nicht, wie. Und außerdem hatte sich ihr Zusammensein nur so zufällig ergeben: Er hatte auch nicht schlafen können und ihr nur ein wenig Gesellschaft geleistet und ihr seine Versionen der Sternbilder erzählt.

Sie zögerte noch einen Moment und ging dann zu ihrem Zelt.

»Selbst in Ketten kann man frei sein«, sagte Kyllen hinter ihr.

Myra blieb stehen. »Das kann nur jemand sagen, der noch nie Sklave war.«

»Du bist keine Sklavin mehr. Aber fühlst du dich frei?«

»Und du?«

»Ja«, sagte Kyllen. »Seit ich die Kongregation verlassen und mich auf den Weg gemacht habe, fühle ich mich frei. Freiheit ist nichts, was man geschenkt bekommt oder was angeboren ist. Man muss sie sich erkämpfen.«

Myra sah ihn noch einen Moment an und verschwand dann in ihrem Zelt. Sie hätte gedacht, dass er nachkäme, aber das tat er nicht. Und plötzlich fühlte sie sich so erschöpft, als hätte sie eine schwere Schlacht hinter sich.

Rasch schlief sie ein, im Herzen nicht einmal mehr der Hauch jener Furcht, die sie zuvor bedrängt hatte. Sie war wieder Myra, die asgarische Kriegerin, und würde es nicht mehr zulassen, eine andere zu sein.

29

10. Dezember

Es war ein kalter, grauer Morgen, als sie in Bizzef eintrafen. Wie eine schwere Glocke lastete der Himmel auf der Stadt. Die Luft stand, und das Meer war eine glatte silberne Fläche. Myra war es recht: So hatte sie die Stadt noch nie gesehen. In ihrer Erinnerung war sie mit dem Sommer verbunden, mit unbeschwerten Ferientagen. Dies war ein anderes Bizzef, ein Ort, an dem sie sich aufhalten konnte, ohne von der Vergangenheit eingeholt zu werden.

Die Stadt lag auf der größten Insel im grenzenlosen weiten Naharar-Delta. Eine Reihe von Zugbrücken, die nachts hochgezogen wurden, verbanden sie mit dem Festland. Deswegen zählte sie zu den wenigen Städten im Dominium, die keine Stadtmauer besaßen. Darüber hinaus lag sie nur vier Ellen über dem Meeresspiegel, und wegen des regelmäßigen Hochwassers hatte man die gesamte Stadt auf Pfählen errichtet. Da der Naharar zu dieser Jahreszeit extrem wenig Wasser führte, erhob sich Bizzef am Horizont wie eine Stadt auf Stelzen.

Warme Farben dominierten: das Braun der Holzstege und der Pfähle, die die Stadt trugen, das Gelb und Rot, in dem die Häuser gestrichen waren. Über allem, auf den nicht mehr als zwei Stockwerke hohen Häusern, glänzte das Schwarz der Dächer mit den erhöhten Dachkanten, wie sie für Biaswad typisch waren. Doch an diesem Morgen lag alles unter einem feinen Schneeschleier, sodass die Stadt aus der Ferne wie eine rötliche Blume auf weißem Grund aussah.

Im Zentrum Bizzefs erhob sich der Tempel des Gottes Ajel, ein Gebäude mit zahlreichen, länglich in die Höhe strebenden Kuppeln unterschiedlicher Größe. Bei diesem Anblick krampfte sich Myras Herz zusammen: In diesem Tempel war der Bund zwischen ihr und ihrem Vater geschlossen worden, es war der Ort, wo sie, mit dem Segen des Gottes Ajel, Fadis Tochter geworden war.

Sie senkte den Blick. Kyllen war neben ihr. Er schien ihre Stimmungswechsel zu bemerken und sah sie an, ohne etwas zu fragen.

»Lass uns weitergehen«, sagte sie.

Sie mussten keinen Zoll entrichten und keine Wache bestechen, um nach Bizzef zu gelangen. Die Stadt gab sich offen und gastfreundlich. Die Gassen der Innenstadt kreuzten sich rechtwinklig und bildeten ein dichtes, geordnetes Netz. Nur wenige Straßen waren breiter als zehn Ellen, und so kamen Fuhrwerke und Karren nur langsam voran. Die Stände der Läden mit ihren Auslagen verstopften zusätzlich die Gassen. Durch die Luft zog der Duft von Gewürzen und Gebratenem, kunterbunt waren die Planen über den Ständen und die Stoffballen, die von den Händlern feilgeboten wurden. Das Leben pulsierte und der Handel blühte, ein farbenfrohes Treiben an einem trüben Tag.

Während sich Marjane von einem Stand mit herrlichen Dolchen aus Astoria fesseln ließ, schaute Myra sich nachdenklich um.

»Wie willst du vorgehen?«, fragte Kyllen sie.

»Ich werde mich umhören«, antwortete Myra, während sie sich weiter umsah.

»Vielleicht kann ich dir helfen«, versuchte es Kyllen noch einmal. »Zeig mir doch mal die Zeichnung.«

Myra kramte in ihrem Quersack und holte das Pergament hervor.

Kyllen entrollte es und betrachtete das hervorragend gezeichnete Gesicht. Dann bog er um die Ecke in eine leerere Gasse und legte die rechte Hand an eine Hauswand.

Myra folgte ihm und hörte, wie die Blutpforte auf dem Holz zu pochen begann.

»Willst du das wirklich tun? Dein Rettungszauber vor zwei Tagen hat dich doch völlig ausgelaugt.«

Kyllen antwortete nicht. Er hatte die Augen geschlossen und konzentrierte sich. Als sich die Blutpforte öffnete, verzog er vor Schmerz leicht das Gesicht. Und schon lösten sich aus den Hauswänden ringsum geisterhafte Elementale und versammelten sich um ihn. Einer von ihnen tauchte regelrecht in die Zeichnung ein.

Da zog Kyllen die Hand zurück und wartete. Myra fragte sich, was er vorhatte. Schließlich tauchte der Elemental wieder aus der Zeichnung auf und ließ sich auf der Hand des Magiers nieder. Dort verweilte er einen Augenblick und flog dann auf.

»Los geht's«, sagte Kyllen und folgte ihm.

Unterdessen stand Marjane immer noch, nur wenig entfernt, hingerissen vor dem Stand mit den Dolchen. Myra ergriff ihren Arm und zog sie mit sich.

»Was ist denn los?«

»Komm schon!«

Sie folgten Kyllen und der winzigen geisterhaften Gestalt, die mit unglaublicher Sicherheit die Straßen von Bizzef durcheilte.

»Da die Häuser aus natürlichen Materialien errichtet sind«, erklärte Kyllen, zu dem sie mittlerweile aufgeschlossen hatten, während sie durch die Gassen hasteten, »bleibt darin immer etwas von den Elementalen erhalten. Es ist das gleiche Prinzip wie auf dem Schiff, als wir vor den Piraten geflohen sind. Diese Geister bekommen alles mit, was in der Stadt vor sich geht. Ich habe sie gebeten, den Mann, den wir suchen, für uns ausfindig zu machen.«

Marjane hörte ihm voller Bewunderung zu. »Es gibt wohl nichts, was ihr *Reinen* nicht könnt.«

Kyllen kicherte. »Oh doch. Auch unseren Fähigkeiten sind Grenzen gesetzt. Nur zeigen wir sie nicht.«

Bald befanden sie sich am westlichen Stadtrand, zwischen baufälligen Häusern, Schuppen und Lagerhallen. Der Elemental schlüpfte in eine Halle.

»Dort müsste er sein«, sagte Kyllen, und Myras Herz begann, schneller zu schlagen.

Ossader.

»Ich nehme ihn mir vor«, sagte sie und zückte ihre Waffen.

Ohne etwas zu erwidern, trat Kyllen zur Seite.

Myra aber hörte, wie Marjane neben ihr den Dolch zog. Sie ergriff ihre Hand. »Nicht nötig. Ich mache das schon.«

»Nur für den Notfall.«

Myra seufzte. »Meinetwegen, aber halte dich hinter mir und mische dich nicht ein.«

Das Mädchen nickte, und Myra zog vorsichtig die Lagertür auf und spähte hinein. Durch einige Ritzen im Dach fiel ein wenig Licht ein. Unter einer dicken Staubschicht stand eine Reihe kreuz und quer gestapelter Kisten. Sonst war der Raum leer und verlassen. Kyllen hielt sich einige Schritte hinter ihnen, und obwohl er sich nicht bemerkbar machte, spürte Myra ihn deutlich – wie schon in der Nacht zuvor. Sie wollte sich gerade zu ihm umdrehen und ihm sagen, dass er sich wohl getäuscht hatte, als sie ein Geräusch vernahm.

Vielleicht war es nur eine Maus oder irgendein anderes Tier, das sich dort verkrochen hatte. Aber das wollte sie genauer wissen. Sie bedeutete Kyllen und Marjane zurückzubleiben und schlich sich weiter hinein. Wieder schabte es, als würde etwas über den Fußboden geschleift. Es kam hinter einem Stapel ramponierter Kisten hervor, im düstersten Teil der Lagerhalle.

Leise trat Myra näher und spähte dahinter: Am dreckigen Boden bewegte sich ein Bündel Kleider. Es schien ein Mann zu sein, der sich über etwas beugte und ihr den Rücken zuwandte.

Myras Herz klopfte heftiger.

War das Ossader? War das einer der letzten Überlebenden jenes Kommandos, das ihren Vater und Tallia auf dem Gewissen hatte?

Da trat sie auf eine Glasscherbe am Boden. Es knirschte laut. Der Mann fuhr herum und wich zurück, während er zu einem Stock neben sich griff.

»Wer bist du?«, kreischte er.

Eine Hand am Heft ihrer Waffe trat Myra einen Schritt auf ihn zu.

»Schon gut, ich will dir nichts tun«, sagte sie und musterte ihn. Man musste schon sehr genau hinschauen, um zu erkennen, dass es sich tatsächlich um den Mann auf der Zeichnung handelte. Es waren seine Züge, doch sein Gesicht war von tiefen Falten und einem zotteligen Bart verunstaltet. Die Zeit war unbarmherzig mit ihm umgegangen. Immer weiter wich der Mann zurück und zog dabei sein rechtes Bein nach.

»Ich hab kein Geld. Ich bin ein armer Teufel, lass mich in Ruhe.«

»Ich sag doch, ich will dir nichts tun«, versicherte ihm Myra noch einmal.

Da ging der Mann in die Knie und warf sich weinend vor ihr nieder.

So hatte sie sich diese Begegnung mit einem der Mörder ihres Vaters nicht vorgestellt.

»Hör auf zu heulen!«, fuhr sie ihn an, wobei sie näher auf ihn zutrat, aber der Mann wimmerte weiter. »Hör endlich auf, sonst mache ich dich kalt!«

Ossader hob den Blick und sah sie, immer noch am Boden liegend, abwartend an. Er stank und schien völlig am Ende zu sein.

»Vor zehn Jahren hast du für einen Mann namens Graffias gearbeitet. Darüber will ich alles wissen«, sagte Myra.

Ossader riss die Augen auf, und langsam begriff er. Da brach er wieder in haltloses Weinen aus. Die Stirn am Boden, lag er da, während das Schluchzen seinen Körper schüttelte. Nun war es nicht mehr Angst, die ihn bewegte, sondern Verzweiflung und Gewissensbisse.

»Verzeih mir«, jammerte er, ohne den Kopf zu heben. »Verzeih mir … Es war die schlimmste Nacht meines Lebens. Kein Tag vergeht, ohne dass ich mich dafür schäme.«

Reglos stand Myra vor diesem Wrack eines Mannes. Wieder spürte sie Kyllens Nähe, der hinter sie trat.

»Ist er das?«

»Ja«, murmelte Myra und begriff es endlich. »Das ist er.«

Sie gaben ihm ein Stück Trockenfleisch, über das er sich gierig hermachte.

Das war Marjanes Idee gewesen. »Du wirst sehen, das löst seine Zunge.«

Wie versprochen, hielt Kyllen sich abseits, und doch spürte Myra die ganze Zeit, dass er bei ihr war.

Sie steckte die Waluds zurück und wartete, bis Ossader sich etwas erholt hatte. Der Mann war nur noch ein Schatten seiner selbst: Er hatte sich wohl seit Jahren nicht mehr gewaschen, und sein rechtes Bein schien völlig steif zu sein. Um ihn herum lag, was er besaß: der Stock, mit dem er sie vorhin bedroht hatte, eine zerschlissene, schmutzige Decke, unter der er nachts wahrscheinlich schlief, und ein angeschlagener Tonbecher mit einigen Münzen darin. Offenbar schlug er sich mit Betteln durch.

Myra wusste nicht, was sie ihm gegenüber empfinden sollte. Einerseits konnte sie nicht vergessen, wer er war: In ihrer Tasche steckte eine exakte Zeichnung seines Gesichtes, wie es damals ausgesehen hatte, als sie ihren Vater umgebracht hatten. Andererseits fiel es ihr schwer, in dieser gebrochenen Kreatur einen Feind zu sehen. Eigentlich hätte sie sich über sein Schicksal freuen können: Das Glück hatte sich gewendet und in gewisser Weise ihren Vater gerächt. Aber das konnte sie nicht.

Irgendwann, als sich Ossader ihrer Meinung nach genug gestärkt hatte, beugte sie sich zu ihm vor.

»Ich bin hier, weil ich ein paar Dinge von dir erfahren will«, sagte sie.

Über Ossaders Wangen rann immer noch vereinzelt eine Träne. Er nickte und starrte sie plötzlich aus irren Augen an. »Deine Stimme ... das ist immer noch von diesem Schrei, stimmt's? Ich hab ihn nie vergessen können. Jeden Tag hallt er mir durch den Schädel.« Er senkte den Kopf und presste sich die Hände auf die Ohren. »Ich wusste damals nicht, was ich tat, verstehst du? Ich brauchte Geld. Eigentlich war ein Freund von mir angeworben worden, der konnte aber nicht, und so bin ich eingesprungen ... Es schien ein leichter Auftrag zu sein.« Er blickte wieder zu ihr. »Wir waren sechs gegen einen. Was brauchte es schon, einen einzelnen Mann zu überraschen und zu töten? Und du warst ein Kind ... Wir würden dich ohne Schwierigkeiten mitnehmen können, glaubten wir.«

Myras Mund wurde trocken. »Ich will alles wissen. Von Anfang an. Wer ist dieser Graffias?«

Obwohl er sich weiterhin nicht einmischte, hörte auch Kyllen noch aufmerksamer zu.

Ossader schüttelte den Kopf. »Ich weiß es nicht ...«

Myras Blick verhärtete sich. »Lüg mich nicht an!«

Erschrocken wich Ossader zurück. »Ich war damals noch nicht mal ein echter Söldner ... Klar, ich hatte bei den Rewadir-Kriegern gelernt, aber ich war ein Dummkopf und wollte lieber ein schönes Leben haben. Als das Geld meines Vaters zur Neige ging, drohte er, mich aus dem Haus zu jagen, wenn ich nicht endlich zur Vernunft käme. Eines Tages erzählte mir mein Freund Samerhan dann, dass er sich einer Gruppe von Söldnern angeschlossen hat, und sie würden für einen ganz außergewöhnlichen Mann arbeiten. Dem soll er mich auch vorstellen, habe ich gesagt, aber er meinte, vielleicht für den nächsten Auftrag. Als der dann kam, konnte er aber nicht. Er hatte eine Hure nicht bezahlt, und die hatte ihn mit einem Dolch verletzt. So schlug er vor, dass wir halbe-halbe machen: Ich soll seinen Platz einnehmen, und dann würden wir teilen. Ich war einverstanden. So konnte ich diesem Graffias zeigen, was ich drauf habe, und er würde mich in seine Truppe aufnehmen.«

»Dann hast du Graffias also kennengelernt«, unterbrach Myra ihn.

»Ja, am selben Abend noch. Samerhan hatte mir gesagt, wo sie sich treffen wollten, und da bin ich hin. Graffias war misstrauisch, als er mich sah. Bevor ich noch etwas sagen konnte, packte er mich. Das ging so schnell, dass ich gar nicht wusste, wie mir geschah. Er hielt mir sein Messer an die Kehle.«

»Wie sah er aus?« Myra spürte das Blut in ihren Schläfen pochen.

Ossader schüttelte den Kopf. »Wir waren alle maskiert. Er auch.«

»Aber irgendwas muss dir doch an ihm aufgefallen sein, verflucht noch mal!«, fuhr Myra ihn an. »Seine Augen, wie waren seine Augen? Und seine Gestalt? Wie war er gebaut?«

Ossader schien wieder in Panik zu geraten. »Darauf … darauf habe ich nicht geachtet …«

Marjane legte Myra eine Hand auf die Schulter und sah sie kurz an, bevor sie sich zu Ossader hinabbeugte. »Keine Angst, denk in Ruhe nach. Ich bin sicher, an irgendetwas wirst du dich erinnern.« Sie lächelte ihn an.

Ossader war immer noch verwirrt, schien aber ruhiger zu werden. Er blickte zu Myra. »Er hatte dunkle Augen. Und er war jung, noch keine dreißig.«

»Aus welchem Volk kam er?«

Ossader schien angestrengt nachzudenken. »Ich weiß es nicht, wirklich …« Er schaute zu Marjane, die beruhigend nickte. »Die Augen waren irgendwie länglich«, sagte er, wieder an Myra gewandt.

Wahrscheinlich ein Alkaker, dachte Myra. Das war nicht viel, konnte aber wichtig sein.

»Wie lautete euer Auftrag genau?«

»Das hab ich dir schon gesagt, wir sollten diesen Mann töten und seine Tochter entführen.«

Dann stimmte es also, was Jamled gesagt hatte. Sie war auf der richtigen Fährte. Es war um sie gegangen. Nur um sie.

Myra ließ sich zu Boden sinken.

»Warum?«, flüsterte sie.

»Ich weiß es nicht. Graffias hatte gesagt, dass es um zwei Dinge gehe: zum einen, dass der Mann getötet wird – aber das würde er erledigen, hat er gesagt – und dass das Mädchen lebend geschnappt wird. Das hat er sogar mehrmals betont und uns gedroht, dass wir es bereuen würden, wenn ihr auch nur ein Haar gekrümmt wird. Er sagte, sie sei etwas Besonderes, sie sei einzigartig, und sie gehöre ihm. Genau das waren seine Worte: ›Sie gehört mir.‹«

Myra fühlte sich wie unter Wasser, und nur gedämpft und verzerrt erreichten Ossaders Worte sie. Andere Worten hallten ihr durch den Kopf, die letzten Worte ihres Vaters: *Ich geb sie nicht her. Niemals! Hast du verstanden? Sie gehört mir!* Mir*!*

Sie hatte nie richtig verstanden, was er gemeint hatte. Sie hatte geglaubt, es gehe um ihre Parzelle mit den Reisfeldern, war sich aber nicht sicher gewesen.

Nun aber war ihr alles klar.

Sie gehört mir.

Ihr Vater hatte sie, seine Tochter, gemeint. Er hatte viel mehr über sie gewusst, als er ihr je verraten hatte. Plötzlich rückten alle Mosaiksteinchen an ihren Platz: Die Hartnäckigkeit, mit der Fadi darauf bestanden hatte, dass sie Fechten lernte und dass ihr jeden Morgen der Kopf rasiert wurde, um das zu beseitigen, was sie von allen anderen Mädchen im Dominium unterschied: ihre weißen Haare, die Haare des einzigen thyrrisch-albonitischen Halbbluts weit und breit.

Das war sie.

Ossader fuhr mit seiner Erzählung fort. Offenbar war ein Damm gebrochen, und es sprudelte aus ihm hervor, als habe er jahrelang nur darauf gewartet. »Aber es ging alles schief. Denn der Mann war keineswegs so wehrlos, wie man uns gesagt hatte. Im Gegenteil. Er war ein Rewadir, und dazu noch ein sehr guter. Es dauerte, bis Graffias ihn töten konnte.«

Myra sprang auf. »Dann hat Graffias selbst ihn getötet?«

»Ja, das hat er. Ich glaube, er hatte irgendeine Rechnung mit ihm offen, wer weiß ... Aber wer hätte gedacht, dass es so ausgehen würde«, seufzte Ossader, wobei er sich die Seite hielt. »Die Alte hat mich verwundet. Als ich am nächsten Tag zu mir kam, lag ich immer noch da. Die anderen hatten mich einfach zurückgelassen, weil sie mich wohl für tot hielten. Es hat Monate gedauert, bis ich wieder einigermaßen beisammen war, aber mein Bein ...« Er begann wieder zu schluchzen. »Jedenfalls lebe ich seither auf der Straße, als Bettler. Mein Vater hat mich damals verstoßen. Mein ganzes Leben fiel an diesem Abend in Trümmer.«

Eine unbändige Wut stieg in Myra auf. »Wie bitte? Dein Leben?!«, schrie sie und streckte ihre Waluds nach Ossader aus. Ihr Hals schmerzte, aber sie achtete nicht darauf. Die nie vernarbte Wunde war wieder aufgerissen. »Diese ›Alte‹, wie du sie nennst, war wie eine Mutter für mich. Doch ihr habt sie getötet. Und meinen Vater habt ihr abgestochen wie ein Tier. Du warst dabei. Und das zu Tode erschrockene kleine Mädchen, das damals durch die Wiesen davongelaufen ist, das war ich. Acht Jahre war ich damals alt. Ich war es, die an dem Abend alles verloren hat! Zwei Jahre lang war ich Sklavin. Dann sollte ich hingerichtet werden und stand in der Arena schon meinem Henker gegenüber. Ich habe Dinge gesehen, die du dir noch nicht einmal vorstellen kannst. Ich hab die Hölle gesehen.«

Ein Hustenanfall nahm ihr den Atem. Sie spuckte Blut und merkte, dass Kyllen zu ihr eilte.

Doch sie packte Ossader, riss ihn hoch wie eine Puppe und hielt ihm die Klinge an die Kehle. »Jetzt wirst du für deine Schandtaten büßen«, krächzte sie. Schon wollte sie zustoßen und das wiederholen, was sie acht Jahre zuvor in einer Gasse in Melania schon einmal getan hatte. In sich spürte sie dieselbe blinde, rasende Wut: Dieser Wurm hatte den Tod verdient.

Sie hob den Arm, da hielt eine Hand sie auf.

»Nein, Myra.«

Sie fuhr herum und sah in Kyllens Gesicht, das kaum eine Handbreit von ihr entfernt war.

»Tu's nicht«, sagte er mit ruhiger, fester Stimme.

»Was weißt du schon? Was weißt du schon über all das, was mir angetan wurde? Was weißt du schon, wie ich gelitten habe, wie ich immer noch leide. Ich muss es tun«, brüllte sie ihn zornig an.

Ein weiterer Hustenanfall erstickte ihre Stimme. Sie krümmte sich und musste Ossader loslassen. Der sank zu Boden und kroch so weit wie möglich davon. Marjane beugte sich zu Myra nieder, um ihr zu helfen, doch die stieß sie fort.

Sie schaute wieder zu Kyllen, und ihre Augen blitzten. »Dir geht's doch nur um deine eigenen Nachforschungen. Gib's zu!«

Kyllen ging nicht darauf ein. »Weshalb willst du ihn töten? Der Kerl ist doch praktisch schon tot«, sagte er und zeigte auf Ossader.

Myra schaute zu dem Mann hinüber, der verdreckt und zerlumpt in einer Ecke kauerte, und in einem fort vor sich hin brabbelte. »Ja, töte mich, aber mach schnell. Das ist das Beste für mich … Das Beste für alle …«

Da sah sie ihn als das, was er wirklich war: ein Nichts. Dies war nicht mehr einer der Mörder, dies war nicht mehr der Mann, der sie durch die Felder verfolgt hatte, einer der Schuldigen an ihrem Unglück. Dieser Mann war nur noch eine leere Hülle.

Langsam löste Myra den Griff um die Waluds, die Waffen entglitten ihr und fielen scheppernd zu Boden. So stand sie da und fühlte sich wieder genauso verzweifelt wie an dem Tag, als ihr Vater gestorben war. Nichts konnte sie dagegen tun, nichts gab ihr zurück, was sie verloren hatte.

»Es muss doch irgendwie möglich sein«, murmelte sie ratlos. »Es muss doch irgendwie möglich sein, das alles endlich in Ordnung zu bringen.«

Erschöpft und verzagt sank sie zu Boden und schlug die Hände vor das Gesicht. Sie dachte an Acrab. Er war ihre einzige Hoffnung. Er würde das Dominium verändern, er würde es vereinen und diese Welt unter seiner weisen Herrschaft besser und gerechter machen. Dann würde sie zurückerhalten, was sie verloren hatte, zumindest würde ihr Gerechtigkeit widerfahren.

Langsam fasste sie sich. Marjane hatte sich über sie gebeugt und sah sie besorgt an. Es war der Blick eines Menschen, dem tatsächlich etwas an ihr lag. So hatten nur Tallia und Fadi sie angesehen. Und Acrab.

Ein wenig entfernt stand Kyllen reglos da.

Schließlich erhob sich Myra, wies Marjanes Hilfe freundlich zurück, und trat zu ihm. Die Worte, die er auf dem Schiff zu ihr gesagt hatte, gingen ihr durch den Kopf.

Du hast etwas Besonderes, Myra.

»Ich will endlich wissen, was dieses Besondere an mir ist«, sagte sie, wobei sie ihn mit feurigem Blick ansah. »Ich will es wirklich wissen.«

Kyllen fiel es schwer, diesem Blick standzuhalten, doch er nickte. »Ich hab so eine Ahnung. Aber genau weiß ich es natürlich nicht.«

»Aber du kannst es rausfinden, oder? Warum verhalten sich die Elementale so zu mir? Warum kann ich ihre Gegenwart so deutlich spüren? Warum hat Icenwharth ...«

Sie brach ab.

Kyllen zögerte und nahm dann allen Mut zusammen. »Mein Meister«, sagte er. »Er ist ein viel mächtigerer Magier als ich und weiß viel mehr …« Er starrte Myra an. »Vielleicht könnte er feststellen, ob du jener bist, auf den wir schon ein Leben lang warten: der *Befreier*, der die Ketten der Blutsklaverei sprengen wird.«

30

Dennervel, 16 Jahre zuvor

Der Mann, den er verfolgte, saß schon seit Stunden in der Bibliothek der albonitischen Stadt Louthis über einem Stapel Bücher, aber Graffias konnte warten. Niemand war auf ihn aufmerksam geworden. Er hatte sich irgendein Buch aushändigen lassen, hatte es mit zum Tisch genommen und angefangen, darin zu blättern und sich Notizen zu machen, so wie jeder andere in diesen Räumen auch. Dabei kannte er das Buch bereits in- und auswendig, so wie viele der Bücher dieser Bibliothek. Allerdings standen darin nicht die Dinge, die er wirklich wissen wollte, und diese Dinge waren auch nicht von Menschen des Dominiums geschrieben worden. Die wahren Erkenntnisse fanden sich anderorts, in den Skriptorien der phoinikischen Klöster oder auch in der unzugänglichen Bibliothek der Kongregation in Dennervel. Viele Menschen hatten diese Schriften vor Augen gehabt, aber ihre Bedeutung nicht erkannt. Zudem musste man, um sie zu verstehen, die Sprache der *Ersten* beherrschen, denn übersetzt hatte diese Texte nie jemand. Außer ihm.

Nicht einen Moment hatte er den Mann aus den Augen gelassen. Er traute ihm nicht, und eben deswegen, weil er ihm nicht traute, hatte er ihn ausgesucht. So ging er immer vor: Er suchte den schwachen Punkt einer Kette, das Glied, an dem er ansetzen konnte, weil es am leichtesten brach. Der Weg zur Macht führte über die Unzufriedenen des Dominiums, über all jene, die glaubten, dass das Leben und das Schicksal ihnen noch etwas schuldig sei.

So wie er.

Nur hatten nicht alle die Kraft und den Verstand, um diese Schulden auch einzutreiben. Und so benutzte er sie, indem er sich als ihr Unterstützer ausgab, und ließ sie fallen, wenn es ihm genehm war. Nur auf diese Weise konnte man im Dominium erfolgreich sein, konnte man an die Macht gelangen und alles an sich reißen, um es dann umzustürzen.

Der Mann stand auf und gab seine Bücher zurück. Graffias tat es ihm nach, beendete seine kleine Komödie, und machte sich auf den Weg nach draußen. Dort herrschte dichtes Schneetreiben. Auch wenn Albon nicht die kälteste Region des Dominiums war, besaßen die Städte durch ihre Lage in einem Talkessel das unangenehmste Klima. Während der kurzen Sommer ging fast unablässig ein feiner Nieselregen nieder, der unter die Kleider kroch. Tagsüber war man erfolglos bemüht, diese unerträgliche Feuchtigkeit, die einen so ermattete und die Gelenke knirschen ließ, von sich fernzuhalten. Und im Winter zogen die Schneestürme über das Land.

Er sah kaum die Hand vor Augen, die Kälte biss in seine Haut, und der Umhang des Mannes vor ihm, grau, in der Farbe der *Reinen*, verschmolz mit all dem Weiß um ihn herum. Doch Graffias' Blick war geübt, und so fiel es ihm nicht schwer, ihm zu folgen. Der Mann betrat ein Wirtshaus, und kurz darauf trat er ebenfalls ein. Er wartete, bis er sich gesetzt hatte und nahm dann ihm gegenüber Platz.

Der Mann zuckte zusammen und schaute sich verstohlen um.

»Hier waren wir nicht verabredet«, zischte er, während er sich die Kapuze aufsetzte.

»Stell dich nicht so blöd an, es haben dich alle gesehen, so machst du dich erst recht verdächtig«, erwiderte Graffias ruhig, bestellte sich ein gewürztes Bier und wandte sich wieder dem anderen zu. »Nun, was ist? Die zwei Tage sind verstrichen, und du hast dich nicht gemeldet.«

Dem anderen trat der Schweiß auf die Stirn. »Sollten wir nicht lieber draußen darüber sprechen? Hier könnten uns Ordensbrüder beobachten.«

»Deine Ordensbrüder interessieren mich nicht. Du hast dich nicht gemeldet«, wiederholte Graffias. Sein Bier kam, und er nahm einen großen Schluck.

»Ich brauche mehr Zeit«, sagte der andere.

Graffias lehnte sich ein wenig zu ihm vor. »Du hast schon mal gesagt, dass du mehr Zeit brauchst, und ich habe sie dir zugestanden. Zuerst eine Woche, dann zwei weitere Tage, aber du hast die Zeit vergeudet und nur in der Bibliothek herumgesessen.«

»Du hast mich beobachtet!«, rief der Mann.

»Natürlich. Ich bin es gewohnt, dass man sich an Absprachen hält.«

Nun beugte sich der andere vor. »Ich habe gearbeitet. Für dich.«

»Dann hast du also gefunden, worum ich dich gebeten habe«, sagte Graffias, ohne die Miene zu verziehen.

»Nun, nein, noch nicht ganz ...«

Graffias stellte den Bierkrug ab und ließ die Hände unter die Tischplatte gleiten. Der andere erstarrte.

Graffias hob sein Schwert ein wenig an, gerade so weit, dass die Spitze den Bauch des anderen streifte. »Ich habe keine Zeit zu verlieren«, zischte er.

Hektisch begann der Mann in seiner Tasche zu wühlen und holte schließlich einige mit Notizen vollgekritzelte Pergamentblätter hervor. Er reichte sie Graffias. »Das ist alles, was ich gefunden habe!«

Graffias ließ sein Schwert sinken und überflog die Blätter. All diese Dinge waren ihm bekannt. Und das, worum es ihm ging, war nicht darunter. »Das ist nicht das, was ich von dir wollte.«

»Die Kongregationsbibliothek ist nicht so leicht zugänglich, und von dort Bücher mit hinausnehmen, ist unmöglich«, flüsterte der Mann. »Was du da von mir verlangst, kann dir niemand beschaffen.«

»Allmählich bekomme ich den Eindruck, dass ich dich immer weniger gebrauchen kann. Weißt du, was ich mit Leuten mache, die zu nichts nütze sind?«

»Nein«, erwiderte der andere erregt, »nein, das ist nicht wahr, ich kann noch so viel für dich tun.«

»Ich brauche die Prophezeiung. Den fehlenden Teil. Ich habe ihn dir beschrieben und dir genau gesagt, wo du suchen sollst. Das kann doch nicht so schwer sein.«

»Es dürfen eben nicht alle Brüder alle Bücher einsehen. Der Bibliothekar entscheidet …«

»Dann soll ich mich also lieber an den Bibliothekar wenden und dich fallen lassen?«

»Nein, nein, so war das nicht gemeint«, sagte der andere rasch. Er versuchte, seinen Atem zu beruhigen, bekam aber seine Erregung nicht in den Griff.

Graffias fragte sich, ob er sich nicht doch den Falschen ausgesucht hatte. Es reichte nicht, jemanden zu finden, der sich bestechen ließ. Er musste auch genügend Mut besitzen, das Verlangte erfolgreich auszuführen. Diesen Mut besaß Jaren nicht.

»Ich werde alles tun, was in meiner Macht steht.«

»Dann beschaff mir den Text mit der Prophezeiung zur Ankunft des *Befreiers*«, sagte Graffias.

»Morgen. Morgen bekommst du ihn.«

»Deine Worte reichen mir nicht. Das Gleiche hast du vor drei Tagen auch schon gesagt.«

»Was soll ich denn machen?«

Graffias lächelte. »Du hast gesagt, du willst alles tun, was in deiner Macht steht?«

Jaren nickte verzweifelt.

Graffias kam dicht an ihn heran. »Gut, dann sage ich dir jetzt, was du tun sollst.«

Dieser Idiot ließ ihn wieder warten. In seinen Umhang gehüllt, stand Graffias im Schneesturm an dem Ort, den er mit Jaren abgemacht hatte.

Er glaubte immer weniger, dass Jaren der richtige Mann für diesen Auftrag war. Die Suche, die er ihm übertragen hatte, hatte kein brauchbares Ergebnis gebracht. Wenn es Jaren überhaupt gelingen sollte, diesen wichtigen Text aufzutreiben, konnte das noch Ewigkeiten dauern, und so viel Zeit hatte Graffias einfach nicht. Eine Idee nahm in seinem Kopf Gestalt an.

Endlich ging die Tür auf, und ein blasses, eingefallenes Gesicht erschien: Es war Jaren, der eine Lampe vor sich hielt. Er schaute sich um, trat zur Seite und ließ Graffias ein. Sie befanden sich in der Küche der Kongregation, in einem großen Raum mit einem mindestens zehn Ellen hohen Tonnengewölbe. An der hinteren Wand war ein riesiger Kamin, in dem noch Feuerreste glommen, und in der Mitte standen einige Tische, an denen das Essen für die Ordensbrüder zubereitet wurde. In den Becken an einer Seitenwand verrichtete man alle Arbeiten, für die man Wasser benötigte.

Graffias nahm die Kapuze ab und klopfte sich den Schnee vom Umhang. »Geh voraus!«

Jaren blickte ihn an. »Bitte …«

Schon zog Graffias seinen Dolch und hielt ihn dem anderen unter das Kinn. »Willst du sterben?«

Jaren wimmerte noch einen Moment, gab dann nach und gehorchte. Sie verließen die Küche und bogen in einen schmalen Flur ein. Eine Weile liefen sie durch die Gänge im Herzen des Gebäudes. Anfangs schöpfte Graffias noch keinen Verdacht, doch als sie zum zweiten Mal an derselben Ecke vorüberkamen, erkannte er, welches Spiel der andere versuchte.

Er packte ihn am Kragen und stieß ihn gegen die Wand. »Führ mich sofort zur Bibliothek, oder ich steche dich ab.«

»Du willst es nicht verstehen. Ich habe dort keinen Zutritt. Ich habe keinen Schlüssel.«

»Ein Schloss hat mich noch nie aufgehalten«, erwiderte Graffias kalt. »Was ist los mit dir? Hast du Gewissensbisse? Sagtest du nicht, dass du diesen Ort satt hast? Dass du einmal etwas wirklich Bedeutsames vollbringen möchtest?«

Da verlor Jaren die Fassung, und er begann haltlos zu heulen. »Ohne die Kongregation bin ich ein Nichts. Wenn ich dort einbreche und wir entdeckt werden …«

Vielleicht lag es an der Wut, die Graffias gepackt hatte, weil er sich kurz vor dem Ziel wähnte und ihm wieder etwas im Weg stand. Jedenfalls hörte er die Schritte nicht. Plötzlich stand ein anderer *Reiner* vor ihm, und einen Moment lang trafen sich ihre Blicke. Er war jünger als Jaren, trug ein Buch unter dem Arm und in der Hand eine Lampe.

Jaren suchte sofort den Blick des Mitbruders.

Graffias begriff, dass er im nächsten Augenblick um Hilfe rufen würde. Da zog er seinen Dolch und stieß ihn Jaren tief zwischen die Rippen.

»Du hast mich zum letzten Mal enttäuscht«, zischte er ihm ins Ohr, ließ ihn los und packte den Neuankömmling. Er hielt ihm mit einer Hand den Mund zu, streifte mit dem Dolch seine Kehle und schleifte ihn von dem Sterbenden weg. Im Stillen fluchte er: Er hatte sich auf den Falschen verlassen und steckte in einer vertrackten Lage.

Da hörte er weitere Schritte im Gang. Was sollte er tun? Den anderen mit sich schleifend, fand er irgendwie aus dem Gebäude hinaus. Dort trieb der Sturm ihnen den Schnee ins Gesicht.

Graffias stieß den *Reinen* zu Boden, betrachtete ihn einen Moment lang und holte mit dem Dolch aus.

»Nein, ich flehe dich an!«, rief der Mann und riss schützend sein Buch hoch.

Da wurde Graffias bewusst, dass dieser *Reine* aus der Bibliothek gekommen war. Dass er also zu jenen Ordensbrüdern gehörte, die dort nachts Zutritt hatten. Er zog ihn hoch und stieß ihn in eine windgeschützte Ecke. »Wie heißt du?«, fragte er, wobei er ihm den Dolch unter die Nase hielt.

»Cyren«, stammelte der *Reine*. »Ich heiße Cyren.«

»Arbeitest du in der Bibliothek?«

Der Mann nickte, ein klein wenig gefasster. »Vor ein paar Jahren wurde ich dorthin versetzt, und da versauere ich nun.«

Graffias horchte auf und senkte ein wenig die Klinge. »Nun, Cyren, wir beide haben zwei Möglichkeiten: Entweder schneide ich dir die Kehle durch und lasse dich in deinem Blut verrecken oder wir suchen uns ein wärmeres Plätzchen und lernen uns etwas besser kennen. Was meinst du?«

»Ist das ein Scherz?«

Graffias ließ die Klinge noch weiter sinken, bis die Spitze auf den Boden zeigte. »Nein. Wir beide haben viel zu bereden.«

Fast die ganze Nacht verbrachten sie im Wirtshaus. Sie tranken viel, und bald war Cyren nicht mehr Herr seiner Sinne. Er war ein junger Kerl, so um die zwanzig, und von einer großen Unzufriedenheit erfüllt. Das war leicht an seiner Körperhaltung zu erkennen und daran, wie er den Alkohol in sich hineinschüttete und bald begann, Graffias seine Lebensgeschichte zu erzählen. Für Cyren sprach seine Jugend, die Unternehmungsgeist bedeutete, während Jaren alt gewesen und wahrscheinlich deswegen nicht ausreichend motiviert war, Graffias Forderungen auszuführen. Dieser junge Mann aber war ehrgeizig – das hörte Graffias aus allem heraus, was er sagte. Cyren überschätzte sich und hielt sich für viel schlauer, als er war. Schließlich hatte er sich ohne langes Zögern einem Mörder anvertraut. Auch das durfte er nicht vergessen.

»Wer bist du eigentlich?«, lallte er mit glasigen Augen. »Und was hast du in der Kongregation gemacht?«

»Ich interessiere mich für euren Glauben und eure Erkenntnisse der Magie.«

»Bist du ein Magier? Du scheinst mir nicht aus Albon zu sein.«

Graffias lächelte. »Nein, das bin ich nicht. Aber ich bin ein Gelehrter.«

»Aber ein Gelehrter, der auch mit dem Dolch zurechtkommt ...«

Graffias sah ihn eindringlich an. »Du gefällst mir, Cyren, und ich glaube, wir könnten gut zusammenarbeiten.«

Cyren erwiderte einen Moment lang schweigend seinen Blick, dann sagte er: »Ja? Wie denn?«

»Ich müsste in eurer Bibliothek einige Texte konsultieren. Dafür hat mich Jaren heute Abend eingelassen.«

»Ach ja, Jaren ...« Cyren schüttelte den Kopf. »Der taugte doch nichts, das war ein Hasenfuß.«

»Deswegen hat er auch so ein unschönes Ende genommen.« Graffias kicherte, lenkte aber das Gespräch weiter in seine Richtung. Dieser Cyren war genau der Mann, den er brauchte. »Du hast doch Zugang zur Bibliothek, weil sie dich nach deinem Missgeschick dorthin abgeschoben haben, nicht wahr?«

Cyren hatte ihm von diesem »Missgeschick« erzählt. Der Magier nickte und seine Miene verfinsterte sich. »Die verkennen mich alle.«

»Das glaube ich auch.«

»Ich bin nämlich gut. In der Bibliothek sind meine Talente verschenkt.«

»Da hast du sicher recht.«

»Glaubst du das wirklich?«, fragte Cyren und sah ihn mit glasigen Augen an.

»Aber natürlich. Deswegen will ich dir helfen.«

»Mir helfen?«

»Ja. Dir helfen, das zu erreichen, was dir zusteht, und dir einen angemessenen Platz in der Kongregation zu verschaffen.«

Cyren machte eine abwehrende Handbewegung.

»Aber das geht doch nicht. Wie willst du das anstellen? Du bist kein *Reiner*, ja noch nicht mal ein Magier!«

»Aber ich bin ein Gelehrter, Cyren, ein Wissender. Das ist meine Stärke. Mehr noch als der Umgang mit dem Dolch. Das, was man euch in der Kongregation lehrt, ist nur ein winziger Teil des Ganzen, nur die Oberfläche. Es gibt Erkenntnisse, die sich im Dominium niemand vorstellen kann, und diese Erkenntnisse habe ich mir angeeignet. Dabei geht es um Dinge, die die Welt verändern werden ... und dein Leben auch.«

Cyren war gebannt. »Was erwartest du von mir?«

Graffias lehnte sich gegen die Wand. »Mich interessiert die Prophezeiung des *Befreiers*. Einen Teil davon, den ihr nicht kennt, besitze ich bereits. Doch mir fehlt der andere Teil.«

»Um den *Befreier* zu finden?«

Graffias lächelte erneut.

Cyren nahm es für ein Ja.

»Aber wieso interessierst du dich so für den *Befreier*? Mit seinem Erscheinen wäre letztlich das Ende der Magie verbunden, und das ist ein Thema, das eher uns *Reine* angeht.«

»Du fragst zu viel. Aber später wirst du alles verstehen. Dann wirst du ein Teil dessen sein, was da geschieht. Und glaub mir, es wird etwas ganz Großes sein.«

»Und jetzt?«

»Jetzt kehrst du in euer Haus zurück.«

Cyren schüttelte den Kopf. »Das geht nicht. Ab einer bestimmten Stunde darf niemand mehr rein oder raus.«

»Ich werde dich hineinbringen, ohne dass es jemand merkt. Du aber besorgst mir zunächst einmal einen Plan eures Gebäudes. Kannst du das?«

»Kein Problem.«

Das ist mein Mann, dachte Graffias. »Und dann sehen wir uns häufiger«, fuhr er fort. »Wo und wann, teile ich dir kurz vorher mit. Dann reden wir auch über deine Zukunft in der Kongregation.«

Cyren nickte wieder.

»Zunächst aber müssen wir mal deinen Rausch beseitigen.«

»Und wie?«

»Ich habe alles, was dazu nötig ist.«

»Du kennst dich wirklich auf vielen Gebieten aus«, lallte Cyren lachend.

»Mehr noch, als du dir vorstellen kannst. Und was ich nicht weiß, finde ich mit deiner Hilfe heraus.«

Graffias legte ein paar Münzen für ihre Zeche auf den Tisch, fasste Cyren unter und ging so mit ihm hinaus und dann in Richtung Kongregationshaus weiter.

Die ersten Schritte eines langen Weges.

DRITTER TEIL

DIE WAHRHEIT

31

Sechs Jahre zuvor

Acrab und Myra sitzen allein vor einem kleinen Feuer. Er lässt es sich noch schmecken, während sie schon mit der Mahlzeit fertig ist. In jüngster Zeit isst sie wenig, so als wäre es etwas anderes, das sie nährt, das ihr Kraft gibt. Und das ist vor allem dieser Mann neben ihr, dessen Profil sie im flackernden Licht des Lagerfeuers betrachtet. Es brauchte seine Zeit, bis sie ihm vertrauen konnte, doch in den zurückliegenden zwei Jahren, seit jenem Tag, da er ihr in der Arena das Leben gerettet hat, hat sie seinen Mut, seine Kraft und seine Intelligenz immer mehr zu schätzen gelernt.

Und Acrab hat ihr unzählige Male gezeigt, wie viel sie ihm bedeutet. Sogar ein Verständigungsmittel für sie beide hat er sich ausgedacht, weil sie nicht sprechen kann. Daher schreiben sie sich mithilfe eines vereinfachten Buchstabensystems, das er entwickelt hat, und können nun rasch miteinander kommunizieren. So hat Myra ihm, nach und nach, immer mehr von ihrer Geschichte erzählt.

Das hatte sie zuvor noch nie getan, und es war jedes Mal befreiend und schrecklich zugleich. Doch Acrab nahm ihr immer wieder alle Ängste und holte sie wieder in die Gegenwart zurück, bevor die Vergangenheit sie verschlingen konnte.

»Ich werde Nachforschungen anstellen und herausfinden, wer deinen Vater getötet hat. Damit meine ich nicht die Ausführer, sondern den Auftraggeber, den Mann, der beschlossen hat: ›Fadi muss sterben.‹ Ich werde ihn finden. Für dich, Myra.«

Diese Worte, fast ein Jahr zuvor ausgesprochen, haben alles verändert. Nun sollen sie wahr werden, denn in dieser Nacht soll sich das Schicksal erfüllen und der Mann, der für Fadis und Tallias Tod verantwortlich ist, sein verdientes Ende finden.

Myra betrachtet Acrab im Schein des Feuers. Sie liebt alles an ihm: seine spitze Nase, seine olivfarbene Haut, seine länglich geschnittenen dunklen Augen, in denen sie sich in jüngster Zeit häufig verliert. Sie liebt seine Ideen, seine Pläne, seine Träume. Sie liebt, was er sagt und was er tut.

Er bemerkt ihren Blick, und sie schlägt die Augen nieder.

»Was ist?«

Myra möchte ihm vieles sagen: dass sie nicht weiß, wie sie ihm für das danken soll, was er für sie tut; dass sie ihm auf vielfältigste Weise ihr Leben verdankt; dass sie ohne ihn gestorben wäre, und zwar nicht nur in der Arena. Sie war schon dem Tode geweiht, bevor Vesnis ihr gegenübertrat. Doch ihre Stimme ist stumm, und ihre Finger finden keinen Weg, ihm mitzuteilen, was sie fühlt.

Und so schreibt sie auf das Blatt, das zwischen ihnen liegt, lediglich: »Nichts. Ich habe an unseren Plan gedacht.« Pause. Dann fügt sie hinzu: »Danke.«

Acrab zuckt mit den Achseln. »Das hatte ich dir versprochen. Nun ist es so weit.«

Myra schreibt weiter: »Ab morgen muss aber wieder deine Mission im Vordergrund stehen. Deine Leute sind dir treu ergeben, aber ich glaube, so langsam wollen sie auch das Ergebnis ihrer Treue sehen.«

Acrab kichert. »Glaubst du wirklich, die sind erpicht darauf, in die Eiswelt Asgarös zu ziehen? Ich komme ja aus Alkak, eine trostlose Gegend, aber Asgarö ist viel schlimmer. Harte Jahre erwarten uns. Ich glaube nicht, dass meine Truppen sich danach sehnen.«

Myra zögert einen Moment und sucht nach den richtigen Worten. »Ich will keine Last für dich sein.«

Acrab hält im Essen inne und schaut sie an. »Ist dir die Sache nicht mehr wichtig? Hast du es dir anders überlegt?«

Myra schüttelt heftig den Kopf. Dieses dringende Verlangen zu handeln, für Gerechtigkeit zu sorgen, brennt in ihr.

»Wenn du etwas unbedingt willst, so musst du es auch tun. Wer wie du und ich im Schlamm kämpft, um zu überleben, und da raus will, kann sich keine Zweifel erlauben.«

Myra nickt, schreibt aber: »Ich will nur nicht, dass du den Preis für meine Rache zahlst.«

Mit einem Mal ist da ein trauriger Zug in Acrabs Miene. So kennt Myra ihn nicht. »Nein, das ist schon richtig. Wenn du erreichen willst, was du dir vorgenommen hast, darfst du keine Rücksicht nehmen. Auch nicht auf mich.« Sie macht eine Handbewegung, wie um ihn zu bremsen, doch er fährt fort: »Wirklich frei zu sein bedeutet, dass man sich auch von allen menschlichen Bindungen löst. Gefühle können eine Falle sein. Letzten Endes sind wir alle in dieser Welt allein.«

»Dann dürftest du mir auch nicht helfen«, schreibt sie.

»Tja …«, murmelt er und wendet den Blick ab.

Das Feuer prasselt.

Myra weiß sein Schweigen nicht zu deuten. Sie wartet.

Dann schaut Acrab sie wieder an. »Es ist der letzte Schritt, Myra. Nur der fehlt noch. Die Munaks stecken dahinter. Mokthen Munak. Von ihm kam der Befehl.«

Dies hat die Suche nach den Hintermännern des Überfalls ergeben, eine Suche, die Acrab monatelang beschäftigt hat. »Er muss mit seinem Leben bezahlen. Bist du bereit, ihn zu töten?«

Myra starrt in die Flammen. Wenn sie Skrupel bekommt und auf ihre Rache verzichtet, war alles umsonst.

Sie nickt wieder, entschlossen. Sie ist bereit.

Acrab lächelt. »So gefällst du mir, Myra.« Er gießt Wasser ins Feuer und erhebt sich.

Myra legt die Hände auf ihre Waluds. Auch diese sind ein Geschenk von Acrab, der ihr die Waffen wiederbeschaffen konnte, nachdem er sie aus der Arena gerettet hat. Sie nimmt die Hefte fester in die Hand.

So machen sie sich auf den Weg.

Das Haus der Munaks ist für Myra ein bedeutungsvoller Ort. Als Noorjeb Munak noch lebte, war sie mit Fadi einige Male zu Besuch, hat aber nur eine vage Erinnerung daran.

Sie sieht die Umrisse wie einen riesengroßen Schatten aus der Dunkelheit auftauchen. Unbändiger Hass überkommt sie. In diesem Haus wurde der Mord an ihrem Vater geplant – gegen den Willen Noorjebs, des einstigen Familienoberhaupts, und auch gegen den Willen ihres Gottes Ajel. Dort hat das Drama begonnen, und dort soll es enden.

Acrab zwingt sie, ihm ins Gesicht zu schauen. »Du musst dich beruhigen«, sagt er, »ich weiß, was in dir vorgeht, aber du musst dein Herz und deinen Kopf leer machen. Keine Gefühle. Tu es, mehr nicht.«

Myra schließt die Augen und atmet einmal tief durch. Sie denkt an ihre Ausbildung, die Unternehmungen an Acrabs Seite in den vergangenen Jahren. Auch dies ist nur eine weitere Aufgabe, die sie erledigen muss. Sie darf nicht an den Mann denken, der schon in der Nähe ist, nicht an den Ort, den sie gleich betreten werden: Es ist nur ein Haus, in dem sich das Ziel befindet, das sie treffen muss. Weiter nichts. Sie fasst sich. Öffnet die Augen, und der Blick, den sie Acrab zuwendet, ist hart und entschlossen.

Er nickt. »Dann los.«

Das Haus wird streng bewacht. Die Zeiten in Biaswad müssen schwierig sein, wenn ein Munak gezwungen ist, sich so viele potenzielle Feinde vom Leib zu halten.

Vor dem ersten Atrium will Myra sich auf die Wachen stürzen, doch Acrab hält sie zurück. »Warte. Hier, nimm.« Er reicht ihr eine hölzerne Maske mit einigen schmalen Schlitzen. Die Innenseite ist mit einer herb riechenden Substanz bestrichen, und Myra kann nur mit Mühe ein Husten unterdrücken. Acrab setzt sich ebenfalls solch eine Maske auf. Dann streckt er eine Hand zum Vorraum aus, und aus dem Lederarmband um sein Handgelenk schnellt eine kleine Kugel. Fast lautlos zerschellt sie auf dem Boden und gibt einen gelblichen Rauch frei. Die Wachen schauen sich verwirrt um, da sinken sie bewusstlos zu Boden.

»Meine neueste Entwicklung«, hört Myra Acrabs gedämpfte Stimme hinter der Maske.

Auf diese Weise dringen sie im Erdgeschoss vor. Sobald die kleinen Kugeln ihren Rauch entwickeln, sinken die Wachen lautlos in sich zusammen. Und ebenso leise rücken die beiden weiter vor.

Über eine Treppe erreichen sie das Obergeschoss, biegen entschlossen in einen Gang ein und schleichen weiter, vorbei an einer Tür, hinter der einmal Tallias

Kammer lag. Sie steht offen, den Raum hat nach dem Tod der Frau niemand mehr genutzt. Aber all das kann Myra nicht wissen, denn sie hat sie nie dort besucht.

Plötzlich presst sich Acrab mit dem Rücken gegen die Wand und streckt diesmal den linken Arm aus. Er zielt, und schon bohrt sich ein silberner Pfeil ins Auge einer Wache. Ein zweiter Wachsoldat will ihnen entgegentreten, doch Acrab kommt ihm zuvor: Blitzschnell wirft er ihm eine feine Schlinge um den Hals und zieht zu, fester, immer fester, alle Muskeln angespannt. Der Mann zappelt, dann erschlafft er, und Acrab lässt ihn zu Boden gleiten. Wieder ist alles still, der Flur ist verlassen, und rechts liegt eine Tür.

Es ist die Tür, die sie gesucht haben.

»Da ist es«, flüstert Acrab und nimmt die Maske ab.

Myra tut es ihm nach, hat aber immer noch das Gefühl, dass sie nicht richtig atmen kann.

Der Moment ist gekommen.

Acrab schaut sich noch einmal um, bricht dann mühelos das Schloss auf und drückt die Klinke hinunter.

Doch die Tür ist blockiert. Jenseits der Schwelle hat sich ein Hüne aufgebaut. Acrab schrickt zurück, und einen Moment lang starren sich die beiden Männer an.

Nur Myra zieht blitzschnell eine Walud-Klinge und schnellt unter Acrabs Arm hindurch. Sie sticht zu, und das Fleisch des Mannes zischt, als sich die Klinge tief in seinen Leib bohrt. Sie trifft ihn genau ins Herz. Der Hüne reißt die Augen auf und stürzt lautlos zu Boden.

Sie dringen in den Raum ein. Acrab schließt die Tür hinter sich.

Kurz muss Myra sich an die Wand lehnen. Es riecht nach Blut und verbranntem Fleisch. Dann hebt sie den Blick, und alle anderen Empfindungen lösen sich auf.

In der Mitte des Raumes steht ein Bett, in dem ein schmächtiger Mann schläft. Mokthen Munak. In den zurückliegenden Wochen hat Myra ihn sich immer wieder vorgestellt und erwartet, auf einen stattlichen, bedrohlichen Mann zu treffen. Aber der Körper in dem Bett sieht wie eine Larve aus.

»Los jetzt«, zischt Acrab.

Sie steht immer noch nah an der Tür und rührt sich nicht.

»Du musst es tun.«

Myra lässt den Blick durch den Raum schweifen. Die Schritte, die sie von dem Bett trennen, kommen ihr endlos vor. Seit vier Jahren sehnt sie sich nach Rache, nun ist alles bereit. Danach wird alles anders sein. Sie wird eine andere sein.

Danach wird sie frei sein.

Sie tritt näher, steht vor dem Bett und sieht auf ihn herab: Dieses Phantom hat sie so lange verfolgt, dieser Mann hat ihren Vater auf dem Gewissen. Er ist klein und schmächtig. Seine Haut ist dunkel, seine Stirn liegt in Falten. Er schläft, doch es scheint ein unruhiger Schlaf zu sein.

Vielleicht träumt er von all denen, die sterben mussten, um ihm den Aufstieg zu ermöglichen, *überlegt Myra.* Vielleicht verfolgt ihn auch Noorjeb im Traum, weil er dessen treuen Diener hat abschlachten lassen.

Sie könnte ihn jetzt töten, kurz und schmerzlos, und der Mann würde nichts mitbekommen. Aber so ist ihr Vater nicht gestorben.

Sie springt auf das Bett und presst Mokthen eine Hand auf den Mund.

Der Mann schrickt aus dem Schlaf auf und schaut sich mit seinen grauen Augen verwirrt um. Unwillkürlich gleitet seine Hand zum Nachttisch, auf dem eine Glocke steht, mit der er Alarm schlagen kann.

Da taucht Acrab neben Myra auf, hebt seinen Dolch, lässt ihn niederfahren und nagelt Mokthens Hand auf der Platte fest. Myras Hand dämpft den Schmerzensschrei des Mannes. Noch fester pressen sich ihre Finger auf seinen Mund. Sie genießt diesen Schrei. So hat sie es sich vorgestellt, es ist sogar noch besser. Vergangenheit und Gegenwart verschmelzen, und Myra findet sich auf der Fläche vor den Feldern wieder, wo ihr Vater gestorben ist, spürt unter ihren Knien aber auch die weiche Matratze und das kostbare Seidenlaken von Mokthens Bett. Sie wartet, bis dieser zu schreien aufhört, und beugt sich dann so tief zu ihm herab, dass ihre Nasen sich fast berühren. Er soll sie erkennen und verstehen. Aber in Mokthens Augen liest sie nichts als Angst. Er schüttelt den Kopf, versucht, frei zu kommen, will etwas sagen. Aber Acrab hält den Dolch, mit dem Mokthens Hand auf den Nachttisch genagelt ist, fest umklammert, und auch Myra löst die Hand nicht vom Mund ihres Opfers. Der Mann presst ein paar verstümmelte Worte hervor, vielleicht will er beteuern, dass er unschuldig sei. Er lügt. Vier

Jahre zuvor hat er einen Mord in Auftrag gegeben, hat ihn bestellt, so wie man sich in einem Gasthaus etwas zu essen und zu trinken bringen lässt. Denn so gehen Männer wie er vor. Und glauben, ihre Handlungen hätten keine Folgen für sie, rechnen nicht damit, dass jemand kommen könnte, der sie ihre Taten mit Blut bezahlen lässt.

Myra spürt, dass Acrab sich neben ihr über das Bett beugt. Er wird ihre Stimme sein, jene Stimme, die sie an jenem verhängnisvollen Tag verloren hat.

»Ich hoffe für dich, dass du dich in den vergangenen vier Jahren an Fadis Land erfreuen konntest. Und dass du dein Leben genossen hast. Denn damit ist es jetzt vorbei. Fadis Tochter wird es dir nehmen.«

Diesmal versteht Myra, was Mokthen hervorpresst. Der Mann hat die Mordlust in ihren Augen erkannt und winselt um Gnade. Sie ist versucht, ihn reden zu lassen und seine Todesfurcht noch ausgiebiger zu genießen. Aber dann riefe er um Hilfe, und weitere Wachen würden sie stören.

So richtet sie sich auf, erhebt sich über ihn.

»Für Fadi«, sagen ihre Lippen, dann stößt sie dem Mann die Klinge in die Kehle. Sein Fleisch zischt, wird verbrannt und zerteilt. Vor Schmerz bäumt er sich auf, starrt sie panisch und fassungslos an, so als verstehe er immer noch nicht den Grund, warum sie ihn tötet.

Dann sinkt er zurück. Es ist vorüber.

Den Walud in der Hand, verharrt Myra über ihm, während ein grausames Gefühl der Leere sie überkommt, zusammen mit einer tiefen Erschöpfung.

Da wird die Tür aufgestoßen, Wachen stürmen herein.

Die niedergemachten Kameraden sind entdeckt worden, und jetzt auch sie.

Acrab streckt seine Arme aus und schießt. Da wird er selbst getroffen, ein Pfeil bohrt sich in seine Schulter, und er taumelt zurück. Myra schreit, ein rauer Schrei, krächzend, nicht menschlich, aber es ist der erste Ton, den sie nach vier Jahren vollkommenen Schweigens von sich gibt.

Acrab packt sie, sie rollen vom Bett, springen auf und hasten zum Fenster. Myra landet auf den Füßen, Acrab aber strauchelt, und ein unterdrücktes Stöhnen entfährt ihm. Dennoch fährt er herum und kann eine weitere Kugel mit Betäubungsgas abschießen. Dann hält er sich und Mund und Nase zu, während er in seiner Tasche wühlt und die Masken hervorholt, die sie rasch aufsetzen.

Myra bemerkt, wie lang der Pfeil, der Acrab getroffen hat, aus seiner Schulter hervorragt, und für einen Moment verschleiert sich ihr Blick. Schon ergreift er wieder ihr Handgelenk, und so rennen sie durch den Garten davon.

Da erhebt sich die Grundstücksmauer vor ihnen.

»Streck meinen Arm aus«, fordert Acrab sie auf.

Myra tut es, und Acrab schreit vor Schmerz, doch das Geschoss löst sich. Die Mauer explodiert, und sie steigen durch die Öffnung.

Sie laufen durch die Felder und erreichen einen Kanal. Sie springen hinein, und alles ist so wie in jener Nacht vor vier Jahren, als Fadi ermordet wurde: das Wasser, die Angst, das Gefühl, ausgeliefert zu sein. Sie waten tiefer hinein. Myra muss Acrab stützen, und als sie den Boden unter den Füßen verliert, schwimmt sie mit seinem schweren Körper im Arm auf die andere Seite hinüber. Schließlich erreichen sie eine Stelle, wo sie hinter dichten Büschen Deckung finden. Sie steigen aus dem Wasser, verkriechen sich und versuchen, zu Atem zu kommen.

Um sie herum Stimmen, Rufe, Schritte – aber niemand schaut in ihre Richtung.

Nach einer Weile macht Myra sich wieder auf den Weg, dicht am Ufer entlang, durch seichteres Wasser, mit Acrab im Arm, dessen Körper immer kraftloser wird.

Halte durch! Bitte, halte durch!, *denkt sie, während sie die Tränen hinunterschluckt. Ein Leben ohne ihn kann sie sich nicht vorstellen, einen weiteren Verlust würde sie nicht verkraften, es darf nicht sein, dass sie auch ihn noch sterben sieht.*

Der Weg, bis sie sich endlich sicherer fühlen können, kommt ihr endlos vor. Sie befinden sich noch auf dem Grundbesitz der Munaks, lassen aber langsam Mokthens Haus immer weiter hinter sich. Irgendwann mündet der Kanal in einen größeren ein, und Myra lässt sich von der Strömung mitziehen. Erschöpft umklammert sie Acrab mit allen verbliebenen Kräften und denkt dabei in einem fort: Halte durch! Bitte, bitte, gib nicht auf! Halte durch!

Als sie glaubt, weit genug entfernt zu sein, klettert sie ans Ufer und zieht Acrab hinauf. Seine Atmung ist flach, seine Stirn vor Schmerz gerunzelt. Er zittert und ist kaum noch bei Bewusstsein.

Myra schüttelt ihn, schlägt ihm leicht auf die Wangen, aber er scheint nichts zu spüren. Er liegt auf dem Rücken am Ufer, sein nasses Haar im Schlamm. Myra kann die Tränen nicht mehr zurückhalten, und so umklammert sie weinend seine Brust. Plötzlich streichelt er ihre Wange. Sie hebt den Kopf und sieht, dass er sie schwach anlächelt.

»Bleib ganz ruhig«, flüstert er. »Tu, was ich dir sage, und alles wird gut.«

Sie nickt.

»In meiner Tasche ... das blaue Fläschchen.«

Mit zitternden Händen wühlt Myra in seinem Quersack und holt einige Fläschchen hervor. Es ist zu dunkel, um die Farben zu unterscheiden, und sie hat Angst, ihm das falsche zu reichen.

Acrab berührt sie am Arm und zeigt auf eines. »Das da.« Mit glänzenden Augen schaut er sie an. »Und nun zieh den Pfeil heraus.«

Myra hat schon andere diese Operation ausführen sehen, selbst aber noch nie jemandem einen Pfeil aus dem Fleisch entfernt. Sie schüttelt den Kopf.

»Los, ich weiß, dass du es kannst.«

Wieder schüttelt sie den Kopf, ist verzweifelt, weint.

»Hör auf zu heulen und zieh endlich den Pfeil raus«, will Acrab schreien, aber er ist zu schwach, es ist nur ein Flüstern, und ermattet lässt er den Kopf zurücksinken. »Myra, der Pfeil ist vergiftet. Du musst es tun! Sofort! Los!«

Myra umfasst den Pfeil, nimmt allen Mut zusammen und beginnt langsam zu ziehen.

Acrab schreit laut auf vor Schmerz. »Nein. Mit einem Ruck. Jetzt!«

Da nimmt Myra den Pfeil fester in die Hand und reißt ihn entschlossen heraus. Acrabs Körper bäumt sich auf, genau so – schießt es Myra durch den Kopf – wie Mokthen vorhin unter ihrer Hand, aber sofort verscheucht sie diesen Gedanken. Sie wäscht die Wunde aus und verteilt etwas von der Substanz in dem Fläschchen darauf. Aus einer andersfarbigen Ampulle gibt sie ihm etwas zu trinken und legt ihm schließlich noch, mit einem Stoffstreifen von ihrem Umhang, einen Verband an. Aber Acrab ist nicht mehr ansprechbar.

Myra umarmt ihn, nimmt die Wärme seines Körpers, seinen Geruch in sich auf.

»Wozu nur, Acrab, wozu?«, murmelt sie. Ihre Stimme ist rau, brüchig, nicht *wiederzuerkennen. Aber sie ist wieder da, nach jahrelanger Stummheit, nachdem Myra so aufgeschrien hat, als Acrab getroffen wurde.*

Acrab stöhnt, seine Augen sind geschlossen, doch er muss sie gehört haben, in dieser Finsternis.

»Dafür, Myra … für deine Stimme … für dich …«, raunt er, dann ersterben ihm die Worte auf der Zunge.

Da trifft sie eine Entscheidung. Sie wird für immer Acrab gehören, wird ihre Waffen für niemand anderen mehr einsetzen, will selbst seine Waffe, seine treueste Dienerin sein. Nur für sie hat er sein Leben aufs Spiel gesetzt, hat sich für sie verwunden lassen, hat sie gerettet, hat ihr die Rache ermöglicht und ihr die Stimme wiedergegeben.

Myra beugt sich über ihn und legt ihre Lippen auf die seinen. Sein Atem ist ruhig, sein Mund reagiert nicht auf diese sanfte Berührung. Er schläft.

Morgen werden die Kameraden sie finden, und sie werden zusammen aus Biaswad fliehen. Dann kann ihr neues Leben beginnen. Nun aber besinnt sich Myra auf diesen Moment, in dem sie sich wie neugeboren fühlt. Sie ist nicht mehr die, die sie einmal war. Nun ist sie eine treffsichere tödliche Waffe und will nichts anderes mehr sein.

Mit Acrab und für Acrab, bis zum Ende aller Tage.

32

10. bis 14. Dezember

Einen Moment lang taumelte Myra, und ihr wurde schwindlig. Sie befanden sich noch in dieser verlassenen Lagerhalle in Bizzef. Ossader lag, in sich zusammengefallen, am Boden. Marjane stand neben ihr, und vor ihnen Kyllen. Gerade hatte der Magier diesen Namen ausgesprochen: *Befreier*.

Plötzlich fühlte sich Myra gefangen in einem Geschehen, das weit über ihre eigene Existenz hinausging und viel größer war als sie selbst. Gefangen in etwas Überwältigendem, Althergebrachtem. Etwas Machtvollem und Obskurem.

Es war das erste Mal, dass sie diesen Namen hörte, und doch wusste sie sofort, was auf dem Spiel stand.

Es ging nicht mehr nur um die Ermordung Tallias und ihres Vaters, nicht mehr nur um ihr Leben und ihre Zukunft, sondern um die Existenz des gesamten Dominiums.

Doch trotz aller Verwirrung zögerte sie kurz. Sie war schon zu weit gegangen, um aufzugeben. Alles hatte sie aufs Spiel gesetzt, und wollte sie nicht alles verlieren, musste sie dem eingeschlagenen Weg weiter folgen.

Kyllen hatte gesagt, dass sein Meister ihnen Genaueres zu seinem Verdacht sagen konnte.

Sie blickte ihn entschlossen an. »Also gehen wir zu deinem Meister.«

Ohne lang zu planen, machte sie sich Richtung Hafen auf, Kyllen neben ihr, Marjane folgte ihnen. Schweigsam durchquerten sie mit großen Schritten die Gassen von Bizzef.

»Reisen wir wieder als blinde Passagiere?«, fragte Marjane irgendwann.

Myra nickte nur.

»Vielleicht gibt es ja noch eine andere Möglichkeit«, warf Kyllen ein. »Es wird eh nicht leicht sein, ein Schiff zu finden. Die meisten setzen nach Eridia und Leucania über, wir aber müssen nach Alkak. Dort wohnt mein Meister. Die Hafenstadt heißt Plasek. Doch die Route dorthin wird kaum befahren, wir müssen uns an jemanden wenden …«

»Wir haben aber kein Geld«, erwiderte Myra kurz.

»Schon. Aber lass mich mal machen.«

Der Hafen war riesengroß und erstreckte sich über drei vor Bizzef gelegene Inseln, von denen jede ringsum mit Anlegestellen ausgestattet war. Schiffe in allen Größen und Bauarten lagen vor Anker, und unzählige Menschen hasteten hin und her.

Sicheren Schritts führte Kyllen sie über verschiedene Brücken auf eine dieser Inseln und weiter zu einem kleineren Landungssteg. Hier sahen die vertäuten Schiffe schon sehr viel bescheidener aus. Aber sie befuhren auch die Route nach Alkak, einer der ärmsten und rückständigsten Gegenden im gesamten Dominium. Myra fragte sich, wieso sich ein großer Magier wie Kyllens Meister in solch einem unterentwickelten Land niederließ.

Entschlossen führte Kyllen sie den Steg entlang bis zu einem kleinen Schiff, an dessen Deck ein korpulenter Mann mit olivfarbener Haut und mandelförmigen Augen das Beladen dirigierte.

»Hazid!«

Der Mann fuhr herum und winkte dann mit beiden Armen. »Warte. Ich komme.«

Er ließ seine Arbeiter allein und kam zu ihnen herüber. Dabei bewegte er sich unsicher, nicht wegen seines Körpergewichts, sondern weil sein linkes Bein in einen Holzstumpf auslief. So hinkte er auf Kyllen zu und umarmte ihn so stürmisch, dass der junge Magier kaum Luft bekam.

»Wie lange ist das her?!«, sagte Hazid, ohne ihn loszulassen, schaute ihn dann genauer an und bemerkte den Haarschnitt. »Hast du die Seiten gewechselt?«

Kyllen errötete. »Ach, weißt du, die Zeiten sind nicht leicht …«

»Von dir hätte ich das nicht erwartet.« Hazid schien enttäuscht.

»Es ist nur, damit ich leichter Arbeit finde«, erklärte Kyllen, »aber meine Einstellung hat sich nicht geändert.« Er legte Hazid einen Arm um die Schultern und nahm ihn zur Seite. »Ich muss nach Alkak.«

»Du willst dich wohl von deinem Meister beschimpfen lassen?« Hazid kicherte.

Kyllen ging nicht darauf ein.

»Hast du Geld?«, fragte Hazid ernst.

»Nun ja«, begann Kyllen verlegen, »meine Lage ist etwas schwierig, und …«

»Meine auch«, sagte Hazid. Er deutete auf die Fracht, die seine Männer an Bord schleppten. »Die Geschäfte laufen schlecht. Weizen, ein wenig Wein … vielmehr ist es nicht. Der Winter steht vor der Tür, das wird wohl die letzte Fahrt sein, und dann …« Er machte eine Handbewegung. »Lebewohl!«

»Verstehe. Aber ich kann dir nützlich sein. Schließlich bin ich Magier. Und in meiner Begleitung …«, er zeigte auf Myra, »… ist diesmal sogar eine Rewadir-Kriegerin.«

Hazid schaute zu Myra und wandte dann wieder Kyllen den Blick zu. »Die ist aber keine Biaswadin.«

»Nein, aber sie ist hier aufgewachsen und wurde hier ausgebildet. Glaub mir, sie ist sehr gut. Auf der Hinfahrt wurden wir von Piraten überfallen, und nur sie hat dafür gesorgt, dass wir entkommen konnten.«

Myra hütete sich, Kyllen zu widersprechen.

»Also, überleg doch mal: Eine Rewadir, die deine Fracht auf der Überfahrt bewacht, und ein Magier, der dir hilft, wenn ein Sturm aufkommt.«

Hazids Miene blieb skeptisch. »Und was ist mit ihr?«, fragte er und zeigte auf Marjane.

»Ich bin ihr Knappe«, erklärte das Mädchen rasch, wobei sie zu Myra trat.

Die schwieg auch dazu.

»Ein Maul mehr, das zu stopfen wäre.« Hazid schüttelte den Kopf. »Pass auf, Kyllen, du weißt, eigentlich mag ich dich, und ich würde dir auch gern einen Gefallen tun, aber die Zeiten sind schwierig …«

»Also, spuck's aus. Wie viel verlangst du?« Myra war auf ihn zugetreten.

Hazid schien nervös zu werden. Er war kein Dummkopf und hatte genau verstanden, was sie war und wie gefährlich sie werden konnte.

»Mal sehen … Jedenfalls ist die Kleine da schon mal zu nichts nütze.«

»Für das Mädchen zahle ich.« Myra drückte ihm einen kleinen Beutel mit Münzen in die Hand.

Hazid zählte sie und schien nicht zufrieden. Dann aber seufzte er und wandte sich an Kyllen. »Gut, meinetwegen, aber nur weil du's bist.«

Während sie an Bord gingen, ergriff Marjane Myras Hand. »Danke.«

Unwillkürlich wollte Myra sich dem Griff entziehen, unterdrückte aber den Impuls und ließ ihre Berührung zu.

»Schon gut«, sagte sie, ohne sie anzusehen.

»Du wirst es nicht bereuen«, entgegnete Marjane, »ich mache mich schon nützlich.«

Myra schwieg.

An Bord machte Hazid ihnen unmissverständlich klar, wie er sich ihren Aufenthalt vorstellte. Sie sollten an Deck schlafen und dürften nur bei Regen in die Kajüte. Essen sollten sie das, was sie bei sich hatten. Für Kyllen hatte er eine besondere Aufgabe.

»Du sorgst dafür, dass wir mindestens einen Tag früher ankommen, sonst nehme ich dich in Plasek gleich wieder mit zurück.«

Kyllen konnte sich nicht erklären, wieso sich sein Bekannter so unfreundlich verhielt. Er versuchte zu lächeln, wusste aber, dass er es ernst meinte.

»Ja, mache ich«, sagte er und wandte sich ab, um sich in einer Ecke an Deck einzurichten.

Myra folgte ihm. »Bist du sicher, dass du das schaffst?«

»Ich muss es.«

Myra sah ihn an. Unter seinem Jackenärmel schaute eine Blutpforte mit einer Kruste aus geronnenem Blut hervor.

»Sei vorsichtig.«

Er schaute sie verwundert an. »Ja, klar.« Und dabei lächelte er.

Bis zum Abend ruhten sie sich aus. Bei Tagesanbruch sollten sie in See stechen.

Myra suchte sich einen Platz an Deck, wo sie ungestört war, stand an der Reling und blickte auf das Wasser, das gegen die Bordwand schwappte. Wieder war ihr, als gehöre sie nirgendwohin und nirgendwo dazu. Nach dem, was Ossader gesagt hatte, waren all ihre Gewissheiten dahin. Im Grunde hatte sie erwartet, dass sich doch herausstellen würde, dass die Munaks den Mord wirklich in Auftrag gegeben hatten, um Fadis Land wieder an sich zu reißen. Es wäre jene Bestätigung gewesen, nach der sie während ihrer langen Reise gesucht hatte, eine Bestätigung, dass ihr Leben nicht auf einer Lüge aufgebaut und der Mord schon längst gerächt war. Mit anderen Worten, dass Acrab recht hatte.

Denn dies war der springende Punkt, wie ihr jetzt klar wurde: Acrab hatte ihr damals gesagt, dass die Munaks die Schuldigen seien und hatte es vor ihrer Reise, als sie ihm von ihren Zweifeln berichtete, noch einmal voller Überzeugung bekräftigt.

Aber wieso? Wie war er zu diesem Schluss gekommen?

Die Nachforschungen zu den Hintergründen des Mordes an ihrem Vater hatte Acrab allein angestellt. Sie war nicht beteiligt gewesen. Und sie hatte sich auch nie gefragt, welche Beweise oder Indizien Acrab so sicher machten, dass Mokthen Munak der Auftraggeber gewesen war.

Seit er sie aus der Arena gerettet hatte, war er ihre einzige Orientierung gewesen. Die Worte, die aus seinem Mund kamen, waren die Wahrheit schlechthin für sie. Unzählige Male hatte ihr Acrab bewiesen, welch ein wunderbarer Mann er war und wie sehr er an ihr hing. Wieso also hatte er sie zuletzt nicht mehr verstehen wollen?

Ein entsetzlicher Verdacht regte sich in ihr, ein Verdacht, den sie nicht zu Ende denken konnte, denn damit würde alles einstürzen, was ihr Leben ausmachte, und restlos zerstört werden.

»Alles in Ordnung?« Kyllen stand plötzlich neben ihr an der Reling.

Myra nickte und sah ihn eine Weile schweigend an. »Wer soll das sein, dieser *Befreier?*«, fragte sie dann.

Kyllen schien die Frage erwartet zu haben. »Vor vielen Jahren prophezeite der Gründer unserer Bruderschaft, dass eines Tages ein Mensch kommen und das Band zerreißen würde, das die Elementale an das Kristallblut kettet. Sein Tun würde es für alle Zeiten unmöglich machen, die Naturgeister zur Ausführung von Magien zu zwingen. Das wäre das Ende des Wirkens der Blutmagier. Für die Kongregation ist diese Prophezeiung von größter Bedeutung. Der derzeitige Unbefleckte, oder genauer, der Schwindler, der sich für ihn ausgibt, ist wahrhaft besessen davon: Seit fünfzehn Jahren lässt er nach ihm suchen, wahrscheinlich auf Graffias' Befehl.«

»Und ich soll das sein?«, fragte Myra leise und fügte in Gedanken hinzu: *Deswegen mussten Vater und Tallia sterben?*

»Das scheint zumindest Graffias zu glauben.«

»Und du?«

»Der Text der Prophezeiung ist unvollständig. Bekannt sind nur einige Fragmente. ›Ein Krieger unreinen Bluts, gestählt durch tausend Schlachten, wird kommen und das Kristallblut wandeln‹«, zitierte er. »›Nur ihm allein, und ohne die Bande des Kristallbluts, werden die Geister gehorchen bis in den Tod.‹ Das ist alles, was wir kennen. Die Sätze stammen aus einem Text, der teilweise verbrannt und zerstört ist. Darüber hinaus gilt es als sicher, dass dem *Befreier* eine Prüfung auferlegt wird, durch die er allen zeigt, dass er es wirklich ist.«

»Und warum bist du nicht überzeugt, dass ich es bin?«, fragte Myra mit einem Anflug von Verzweiflung in ihrer rauen Stimme. »Du hattest ja recht, als wir auf dem Schiff nach Bizzef waren ... Da waren tatsächlich Elementale, die mich umgaben, und das nicht zum ersten Mal. Und dann meine Verbindung mit Icenwharth ...« Sie brach ab. Sich an den Drachen zu erinnern tat weh. Wo mochte er sein? Würden sie sich jemals wiedersehen?

»Der Grund dafür könnte auch lediglich dein thyrrisch-albonitisches Blut sein.«

Myra seufzte und griff sich in die Haare, die wieder gewachsen, aber immer noch sehr kurz waren. Ihre Haare verrieten, was sie war.

»Mein Meister wird uns Auskunft geben können, was mit dir los ist«, sagte Kyllen, wobei er sich zu ihr vorlehnte. »Anders als ich hat er die Geschichte der *Ersten* von Grund auf erforscht, und ich bin überzeugt, dass dort der Schlüssel zu allem zu finden ist.«

»Glaubst du wirklich, dass er mir weiterhelfen kann?«

»Ja. Er ist ein hervorragender Magier, viel besser als ich, und sehr weise«, antwortete Kyllen.

Myra bemerkte einen traurigen Unterton in seinen Worten.

»Danke«, sagte sie leise.

Kyllen lächelte. »Wofür denn? Wenn du der *Befreier* bist, ist das auch für mich von großer Bedeutung, nicht zuletzt, weil Graffias so entschlossen nach ihm sucht.«

»Trotzdem danke«, sagte sie und schaute ihn so lange und so eindringlich an, dass er immer verlegener wurde.

Schließlich schlug er die Augen nieder und wandte sich ab. »Ich ruhe mich noch ein wenig aus. Und du solltest dich auch besser schlafen legen«, sagte er, bevor er sich entfernte.

Myra blieb jedoch und stand noch eine Weile weit vorgelehnt an der Reling. Das Wasser unter ihr war schwarz wie die Nacht.

Bei Tagesanbruch legten sie ab. Es war kalt, und auch hier im Süden wurde es von Tag zu Tag kälter. Myra saß unter dem Großmast, während Marjane am Bug stand und beobachtete, wie der Kiel durch die Wellen schnitt.

Kyllen war im Laderaum. Hazid hatte ihn dorthin verbannt, damit er auf offener See die Wellen zähmte und dem Schiff eine schnellere Fahrt ermöglichte.

Nach und nach verschwand Bizzef hinter ihnen, vor ihnen lag Alkak. Myra war nie dort gewesen, verband also weder gute noch schmerzliche Erinnerungen damit. So hätte sie die Überfahrt eigentlich unbeschwert hinter sich bringen können. Aber das gelang ihr nicht. Ossaders Worte ließen ihr keine Ruhe, und auch alles andere konnte sie nicht abschütteln.

Der *Befreier*.

Graffias.

Als sie die offene See erreichten, schwoll das Meer zu einer bedrohlichen grauen Wassermasse an.

Haushoch türmten sich die Wellen auf, hoben sie an und ließen sie tief hinabstürzen. Marjane wurde übel und sie erbrach sich. Hazid stieg in den Laderaum hinunter, und als er wieder heraufkam, hatte sich die Lage beruhigt. Wie auf einer Eisfläche glitt das Schiff sanft über die Wellen, und das Wasser schien sich vor ihnen zu glätten.

Als Myra sich über die Reling beugte, erkannte sie, kaum wahrnehmbar, unzählige Elementale, die Kyllen offenbar mit seinen magischen Kräften aktiviert hatte.

Es war, als würden sie das Schiff über das Wasser schweben lassen.

Die ganze Fahrt über waren Myra und Marjane allein an Deck. Kyllen saß im Laderaum fest, und wenn er nicht mit seiner Magie beschäftigt war, stärkte er sich und versuchte, sich von den Anstrengungen zu erholen. Marjane hingegen schien sich, nachdem sie die Seekrankheit am ersten Tag überstanden hatte, immer schneller an das Meer zu gewöhnen.

Neu war, dass Myra es ihr erlaubte, mit ihr zu trainieren. Marjane war überglücklich und brannte darauf, von ihr zu lernen.

»Mach dir keine falschen Hoffnungen«, sagte Myra, »ich mache das nur, weil man schlecht alleine trainieren kann. Zu zweit ist es immer besser, auch wenn der andere kein echter Gegner ist.«

Zumeist spulte Myra ihr übliches Trainingsprogramm herunter und ließ Marjane die Übungen nachmachen. Hier und da griff sie ein, wenn deren Bewegungen zu unkoordiniert oder fehlerhaft waren. Regelmäßig erprobten sie das Gelernte, indem sie gegeneinander kämpften, was durch das Rollen des Schiffes noch erschwert wurde. Bald aber stellte sich Myra darauf ein und nutzte den Wellenrhythmus für ihre eigenen Bewegungen. Aber auch Marjane passte sich schnell an die ungewohnten Bedingungen an, erwies sich als recht gewandt und flink auf den Beinen und schien für den Umgang mit Waffen nicht unbegabt zu sein.

Es war sinnvoll, mit ihr zu trainieren, sagte sich Myra: Vielleicht konnte ihr Marjane tatsächlich als Knappe dienen. Dass sie sogar ihren Spaß daran hatte und längst nicht mehr nur eine Last in dem Mädchen sah, wollte sie sich allerdings nicht eingestehen.

Plötzlich zogen schwere Wolken auf und türmten sich wie eine schwarze Wand zwischen Himmel und Meer vor ihnen auf. Die erste Orkanbö drückte das Schiff bedrohlich zur Seite. Donner, Blitz und Schneesturm folgten. Wütend warf das Meer sich auf, und bald waren sie nur noch eine Nussschale in seiner Gewalt. Und inmitten dieser zerbrechlichen Hülle stand ein junger Mann und bemühte sich zu zähmen, was nicht zu zähmen war.

Während der Sturm mit voller Kraft wütete und alle Matrosen unter Deck flüchteten, um dort abzuwarten und zu beten, stieg Myra zu Kyllen in den Laderaum hinunter.

Er stand am Bug, wo die Bordwände im spitzen Winkel aufeinander trafen, und hatte die Handflächen auf das Holz gepresst. Sie trat nicht näher. Sein Körper krümmte sich in höchster Anspannung und Konzentration, er gab alles, um den Naturgewalten zu begegnen. Myra bewunderte ihn dafür. Unzählige Schlachten hatte sie miterlebt, hatte mit angesehen, wie Männer sich gegenseitig niedermetzelten, wie Krieger, bis zum letzten Atemzug kämpfend, Unbegreifliches vollbrachten, verwundet, demoralisiert, nur beseelt von dem eisernen Willen, nicht zu unterliegen. Doch keiner dieser Kämpfe war ihr so verzweifelt vorgekommen wie der von Kyllen.

»Ich weiß, dass du da bist«, sagte er plötzlich. Seine Stimme klang schwach.

Sie trat näher.

»Das hättest du wohl nicht gedacht, dass ich so stark bin, oder?« Er begann zu husten und konnte nicht mehr weitersprechen.

Myra beugte sich zu ihm hinab und verharrte schweigend. Unwillkürlich legte sie eine Hand neben seine auf das Holz. Sie wollte ihm bei diesem Kraftakt nah sein.

Plötzlich stieg aus dem Holz feiner Rauch auf, in dem Myra einen Elemental erblickte, von dem sie nur das Gesicht mit den übergroßen Augen erkannte. Lange schaute er sie an, so als würde er sie kennen, so, wie es auch der Elemental auf der Überfahrt nach Bizzef getan hatte.

Verzaubert und sprachlos stand Myra da. Die Welt um sie herum verschwand, und sogar das Schiff schien eine gewisse Stabilität gefunden zu haben, als hätten die Wellen sich gelegt.

Bin ich tatsächlich der Befreier?, fuhr es ihr durch den Kopf, eine stumme Frage, an dieses Wesen vor ihr gerichtet, und ihr war, als würde der Elemental antworten, jedoch in einer Sprache, die sie nicht verstand.

»Was?«, flüsterte Myra, verzweifelt bemüht, ihn zu verstehen. »Was?«

Der Elemental sprach weiter und gab vielleicht jene Wahrheiten preis, nach denen sie so verlangte. Aber sie verstand es nicht.

Da riss ein heftiger Ruck ihre Hand von der Bordwand fort. Die Rückkehr in die Wirklichkeit war brutal: Offenbar von einer Riesenwelle erfasst, neigte sich das Schiff weit zur Seite, das Salzwasser spritzte bis in den Laderaum. Myra wurde zu Boden geschleudert, riss Kyllen mit, und so rollten sie nebeneinander über die Planken. Da rammte sie eine Walud-Klinge ins Holz, packte gleichzeitig den Magier am Arm und konnte ihren Sturz aufhalten.

Langsam richtete sich das Schiff wieder auf und sie krochen zum Bug zurück.

»Was war das?«, fragte Myra.

Kyllen schüttelte den Kopf und schien mindestens so ratlos wie sie selbst. Rasch legte er wieder eine Hand auf das Holz, die Blutpforte leuchtete auf, und langsam kam ihr Schiff wieder auf Kurs und wurde im gleichen regelmäßigen Rhythmus wie zuvor von den Wellen auf und ab getragen.

»Ich weiß es auch nicht.«

Da zerriss ein Schrei die Luft. Für Myra klang er fast vertraut, jagte ihr dennoch einen Schauer über den Rücken.

»Was zum Teufel ist das?«, rief Kyllen und wandte ihr kurz den Blick zu.

Myra sprang auf. Aber schon wurde das Schiff hochgerissen und mit aller Gewalt Richtung Steuerbord geschleudert. Das Holz ächzte, und Myra knallte gegen die Bordwand. Doch sie blieb auf den Beinen und hastete an Deck. Der Sturm heulte und peitschte ihr den Schnee ins Gesicht, und die Finsternis, so undurchdringlich als wäre es Nacht, wurde von Blitzen zerrissen.

Sie brauchte einen Moment, um sich zu orientieren. Fest klammerte sie sich an der Brücke fest und spähte in den Sturm hinaus.

Der Anblick nahm ihr den Atem.

33

14. bis 15. Dezember

Anfangs zeichnete sich nur ein Schatten gigantisch vor dem violetten Himmel ab. Doch Myra spürte, dass es mehr war, etwas Entsetzliches, etwas, von dem sie zuvor nur gehört hatte und dem sie nie begegnen wollte.

Wieder erhellte ein Blitz alles um sie herum, und jetzt konnte Myra es klar erkennen.

Es war mindestens zwanzig Ellen hoch, doch das, was aus dem Wasser herausragte, war nur ein Teil seines mächtigen Leibes. Wie eine Schlange wand es sich zum sturmzerrissenen, wolkenschweren Himmel auf, und seine helle Haut glänzte im grellen Licht der Blitze.

Allein der Hals war sechs Ellen lang, und sein Kopf war schmal mit einer spitzen Schnauze. Aus seinem aufgerissenen Maul ragten in drei Reihen lange, scharfe Reißzähne hervor, und über seinen Kopf zog sich ein knöcherner Kamm, mit spitzen Dornen besetzt. Seine gespreizten Flügel waren so transparent, dass Myra durch sie hindurch die turmhohen Wellen und die regensatten Wolken erkennen konnte.

Ein Wasserdrache, der Schrecken all jener, die im Dominium die Meere befuhren. Niemand konnte dieses sagenumwobene Fabelwesen beschreiben, denn niemand, der ihm zu nah gekommen war, hatte die Begegnung überlebt, um davon berichten zu können. Selbst die Lunyarer, die auf See zu Hause waren, fürchteten diesen Drachen.

Noch höher bäumte sich das Untier auf und brüllte wütend in den Sturm, reckte sich vor und packte mit seinem Maul den Großmast. Entsetzt beobachtete Myra, wie der Drache ihn mit einer kurzen Kopfbewegung abriss und ins Meer schleuderte, während splitterndes Holz auf sie und die vor Schreck erstarrten Seeleute herabregnete.

Der Drache tauchte ab und warf eine gewaltige Welle auf, die das Schiff fast zum Kentern brachte. Wer konnte, hielt sich am Tauwerk fest, um nicht von Bord gespült zu werden. Plötzlich stand Kyllen neben Myra. Blass und entkräftet sah er aus. All seine Reserven waren durch die Arbeit, zu der Hazid ihn gezwungen hatte, verbraucht, und die fehlten ihm nun, um sie zu retten.

»Du musst etwas tun!«, rief sie gegen den Sturm.

Kyllen schüttelte den Kopf. »Gegen so ein Seeungeheuer bin ich machtlos.«

Da tauchte der Drache auf der anderen Schiffsseite wieder auf, schoss aus dem Wasser und stürzte sich auf den zweiten Mast. Er reckte seinen Hals weit vor, genau vor Myra.

Unwillkürlich zog sie die Waluds und schlug zu. Das Fleisch zischte, als sich die Klingen in den Drachenhals bohrten, wobei sie spürte, wie sich die Muskeln des Tieres verkrampften.

Mit einem Ruck wandte das Tier den Kopf, packte Myra und riss sie von Deck. Er wollte sie hochschleudern und dann mit sich in die Tiefen zerren. Doch Kyllen und Marjane waren schneller und bekamen ihre Beine zu fassen. So hielten sie Myra fest, während diese ihre Waffen noch kraftvoller umklammerte und zustieß. Wieder zischte es, als die Klingen Haut und Fleisch versengten. Sie fiel auf das Deck zurück. Während sie dalag, spritzte weißes Blut in Mengen auf sie herab, das so höllisch brannte, als ergieße sich ein Funkenmeer über sie. Myra schrie vor Schmerz, denn dieses Drachenblut war ätzend: Wenn es so brannte, hatte sie das Ungeheuer tief getroffen.

Sie sprang auf.

»Ich kann es schaffen!«

»Nein!«, versuchte Kyllen, sie aufzuhalten. »Du hast es nur gekratzt. Das Ungeheuer ist zu stark.«

Suchend blickte sich der Drache auf Deck nach diesem Wesen um, das ihn verletzt hatte. Und fand sie. Einen Moment lang verharrten Myra und der Drache voreinander und starrten sich an, als würden sie sich wiedererkennen, als sei ihr Kampf seit langem vorherbestimmt. Dann blitzte in den Drachenaugen eine mörderische Wut auf.

Entsetzt sah Myra, wie der Drachenkopf merkwürdig verlangsamt auf sie niederfuhr. Gleich würde sein Maul sie wieder packen, und diesmal würden seine Reißzähne sie zerfleischen. Es gab keine Rettung mehr.

Da hallte ein anderes Brüllen durch die Luft. Mitten im Sturm hörte Myra das mächtige Schlagen von Flügeln und erkannte ihn als einen bläulichen Lichtschein, der sich zwischen sie und ihr Ende schob. Noch bevor der Wasserdrache sie packen konnte, stieß er mit der Schnauze seinen Kopf weg. Der Luftzug, als er vorüber flog, war eine Wohltat.

»Icenwharth«, murmelte sie.

Der Drache verbiss sich in den Kopf des Seeungeheuers und bohrte ihm einen Reißzahn ins Auge, aus dem Ströme von Blut flossen.

Neben dem gigantischen Leib des Ungeheuers, des größten Drachen des Dominiums, wirkte Icenwharth zierlich, doch er kämpfte mit bewunderswertem Eifer. Der Wasserdrache schüttelte brüllend den Kopf und befreite sich aus dem Maul des anderen.

Myras Drache versank mit einem dumpfen Schlag im Wasser und tauchte nicht wieder auf.

»Icenwharth«, kreischte sie.

Da fasste jemand sie an der Schulter und versuchte, sie wegzuziehen. »Komm, wir bringen uns in Sicherheit«, rief Kyllen.

Wütend fuhr sie herum. »Auf keinen Fall! Und was ist mit Icenwharth?«

Suchend blickte sie über die Wasserfläche. Lang rührte sich nichts.

Plötzlich schoss er zwischen den Wellen hervor, flog brüllend an ihr vorbei und stürzte sich wieder auf das Seeungeheuer. Der Wasserdrache bekam seinen Flügel zu fassen und riss ihn auf, doch Icenwharth schlug ihm die Reißzähne in den Hals. Tief bohrte er sie ihm in die Kehle. Das Ungeheuer zappelte und schlug wild mit den Krallen um sich. Immer wieder traf er Icenwharths Brust und riss ihm das Fleisch auf, und Myra musste es mit ansehen und hatte das Gefühl, dass die Bestie auch sie selbst traf.

Das hielt sie nicht aus. Bevor Kyllen oder sonst wer sie aufhalten konnte, rannte sie die Brücke entlang und hob ab zu einem mächtigen Sprung, schwang dabei ihre Klingen und schlug sie der Bestie in den Hals. Sie klammerte sich fest und kletterte den sich windenden Hals hinauf.

Beim Kopf angekommen, holte sie aus und bohrte dem Wasserdrachen eine Klinge in das noch unverletzte Auge. Vor Wut und Schmerz brüllte die Bestie auf. Da zog Myra die Waffe heraus, verband sie mit der anderen Walud-Klinge zur Lanze und stieß sie dem Ungeheuer tief in den Schädel. Sengend und spaltend durchdrangen die Klingen die Knochen, dann das weiche Gewebe im Schädel.

Mit letzter Kraft sprang sie auf den Rücken von Icenwharth, der sich von seinem Gegner löste und aufflog. Das Seeungeheuer unter ihm riss noch einmal das Maul zum Himmel auf, sank dann leblos in sich zusammen und verschwand in den Fluten.

Kyllen sah, wie Icenwharth und Myra am stahlgrauen Himmel kleiner und kleiner wurden. Der Drache flog unsicher, offenbar hatte er Mühe, mit den Flügeln zu schlagen. Kyllen aber rannte rasch wieder in den Laderaum hinunter und nahm seine Stellung am Bug ein. Er war todmüde, aber vielleicht hatten sie noch eine Chance, vielleicht kam die Küste bald in Sicht.

Er legte beide Hände ans Holz der Bordwand und konzentrierte sich. Schmerzhafte Stiche durchfuhren ihn, als sich die Blutpforten erhellten, aber auch ohne Masten und Segel nahm das Schiff wieder Fahrt auf.

Irgendwann erreichten sie das Ufer. Marjane musste Kyllen von Bord helfen, weil er sich vor Schwäche kaum noch rühren konnte. Die Pforten an seinen Händen bluteten, und er selbst fühlte sich mehr tot als lebendig. Nach wenigen Schritten brach er zusammen.

Er hatte nicht die leiseste Ahnung, wo sie waren.

Das Verlangen, einfach liegen zu bleiben, war stark, aber es ging nicht: Er hatte nicht vergessen, wie mühsam der Drache fliegen konnte. So würden die beiden nicht weit kommen.

»Wir müssen Myra finden«, sagte er mit schwacher Stimme zu Marjane. Das Sprechen fiel ihm schwer, und selbst das Atmen schmerzte.

»Du musst dich erst einmal erholen.«

»Nein, es geht schon. Wenn du mir hilfst, schaff ich es.«

Marjane fasste ihn unter und half ihm auf.

Kyllen blickte sich um. Sie waren in einer kleinen Bucht, die von hohen Klippen umgeben war. Ihr Schiff lag ein Stück entfernt gekentert im Wasser. Kyllen konnte Hazid an Deck erkennen und hörte ihn verzweifelt rufen.

»Gehen wir«, sagte er nur und wandte sich ab.

Als die Nacht hereinbrach, mussten sie sich ein Lager suchen. Es war stockdunkel, und Kyllen konnte nicht mehr. Sie fanden eine kleine Höhle zwischen den Klippen und kletterten mühsam hinein.

»Wir ruhen uns nur ein paar Stunden aus und machen uns dann wieder auf den Weg.«

Marjane nickte. Sie entzündete ein Feuer und fragte leise: »Glaubst du, dass wir Myra finden?«

»Na klar. Du hast doch selbst gesehen, wie das geht: Ossader habe ich nach einer zehn Jahre alten Zeichnung ausfindig gemacht. Wir werden sie schon finden.«

Marjane setzte sich neben ihn. »Sie hat mir so viel gezeigt. Du kannst es nicht wissen, aber auf Deck hat sie mit mir trainiert.«

Kyllen lächelte. »Doch, ich weiß.«

»Aber du hast uns doch gar nicht gesehen.«

»Trotzdem weiß ich's.« Er seufzte und schloss die Augen. »Wir werden sie finden, Marjane«, sagte er noch einmal, »schließlich gehören wir zusammen.«

Und mit diesen Worten sank er in einen tiefen traumlosen Schlaf.

Marjane betrachtete ihn und war einen Moment lang versucht, noch näher an ihn heranzurücken und sich von seinem Körper beschützen zu lassen. Auch wenn er schlief, war er doch stärker als sie: Er war ein Magier, und sie hatte ihn fantastische Dinge zaubern sehen. Aber dann dachte sie daran, wie schwach und ausgeliefert sie sich als Sklavin in Isserios' Haushalt gefühlt hatte und dass sie mit Myra geflohen war, um dieses Gefühl hinter sich zu lassen. Daher zog sie den Dolch, den Myra ihr gegeben hatte, nahm ihn fest in die Hand und wandte sich dem Höhleneingang zu.

In dieser Nacht würde sie jemanden beschützen.

34

16. Dezember

Als Marjane am nächsten Morgen erwachte, war Kyllen schon auf den Beinen und schien sich erholt zu haben. Er stand da und betrachtete die Blutpforte in seiner Handfläche.

»Ich brauche deinen Dolch«, sagte er.

»Was hast du vor?«

»Etwas, was du dir besser nicht ansehen solltest«, antwortete er mit einem kurzen Lächeln.

Zögernd reichte Marjane ihm die Waffe. Kyllen nahm sie und stach sich, ohne lange zu überlegen, die Klinge in die Hand.

Marjane schrak zusammen.

Mit schmerzverzerrter Miene, aber ohne das leiseste Stöhnen, drehte er die Klinge in seiner Handfläche hin und her, und der violette Kristall, der seine Blutpforte bildete, sprang heraus, sodass nur noch ein schwarzes Loch in seinem Fleisch zurückblieb.

»Bist du wahnsinnig?«, schrie Marjane.

Kyllen ließ sich nicht aus der Ruhe bringen, holte aus seinem Quersack einen Verband und wickelte ihn sich um die Hand. »Die Pforte war verbraucht. Wenn der Kristall so blass ist, hat er seine magischen Kräfte verloren. Ich werde mir von meinem Meister einen neuen *Blutkristall* einsetzen lassen«, erklärte er mit einem Achselzucken.

»Du bist wirklich verrückt.«

»Vielleicht ein wenig. Aber jetzt müssen wir los.«

Sie machten sich wieder auf den Weg und kletterten zwischen den Felsen die Steilküste hinauf. Alkak war nicht viel mehr als felsige Klippen, die steil zum Meer abfielen, dahinter ein steppenartiger Streifen Land, an den sich bald ein finsterer Wald anschloss, der Schattenwald. Dieser Wald dehnte sich beständig weiter aus, und die Alkaker wehrten sich dagegen und schnitten zurück, was sich an neuem Astwerk bildete, um ihr weniges Land zu verteidigen. Doch der Schattenwald war stärker und würde früher oder später, wie Kyllen wusste, den Kampf gewinnen. Denn dort hatte Palamud, der Baumgott, seine Heimstatt. Aus diesem Grund hatte sich auch sein Meister dort niedergelassen, weil er den Bewohnern Alkaks andere Möglichkeiten zeigen wollte, wie sie mit dem Wald umgehen konnten.

Der Pfad war steil und unwegsam, aber mit letzter Kraft gelangten sie hinauf auf die Klippen.

Zur einen Seite breitete sich das eisfarbene Meer grenzenlos weit vor ihnen aus. Dunkle schwere Wolken trieben über den Himmel, und Hunderte von Ellen unter ihnen schlugen die Wellen tosend gegen die Felsen, schliffen sie ab und formten sie. Zur anderen Seite lag die Steppe, über die ein eiskalter Wind fegte. Er wirbelte feine Schneeflocken auf und drückte gelbliche Büsche und Pflanzen nieder, aus denen die Vegetation dieses kargen Landes bestand. Dahinter erhoben sich, nur als Streifen am Horizont erkennbar, die ersten Ausläufer des Schattenwalds.

Kyllen hielt darauf zu.

»Bist du sicher, dass die Richtung stimmt?«, fragte Marjane.

»Ich denke, ja. Myra ist sicher verletzt, und ein verletzter Krieger sucht Deckung: Sie wird im Wald Unterschlupf gefunden haben.«

Gegen Mittag erreichten sie die ersten Bäume. Marjane blieb

stehen. Ihr Magen verkrampfte sich. In ihrem früheren Leben war sie manchmal im Wald unterwegs gewesen, und das hatte ihr Spaß gemacht. Dort roch es angenehm, die Luft war frisch, aber sie waren immer zu mehreren gewesen und hatten sich sicher gefühlt.

Doch dieser Wald war anders.

Der Schattenwald war ein dichtes Geflecht aus abgestorbenen grauen Ästen und Zweigen, die bis zu vierzig Ellen hoch über dem Erdboden ineinander wuchsen, sodass es stockdunkel darin war. Aber das war es nicht allein. Auch der Geruch war unangenehm, faulig und unheimlich.

»Müssen wir wirklich hier durch. Dieser Wald kommt mir irgendwie … böse vor.«

Kyllen unterdrückte ein Lächeln und schaute zu dem Dickicht über ihnen. »Hast du von diesem Schattenwald überhaupt schon mal gehört?«

Marjane schüttelte den Kopf.

»Es ist ein Zauberwald, der das ganze Gebiet zwischen Alkak und dem Finsteren Meer und sogar einen großen Teil der Küste Phoinikas bedeckt. Und das Besondere an ihm ist, dass der ganze Wald nur aus einem einzigen Baum besteht.«

»Was?«

»Ja. Diese Stämme sind Wurzelteile die aus dem Boden ragen, aber der eigentliche Stamm, der Stamm des Baumgottes Palamud, erhebt sich in der Mitte des Waldes. Nur wenige sind bis dorthin vorgedrungen und haben ihn gesehen.«

»Hier gefällt es mir nicht«, beharrte Marjane.

»Du musst keine Angst haben. Der Wald ist nicht ›böse‹, wie du sagst. Er ist eben … anders als wir es kennen.«

Marjane blickte Kyllen verständnislos an.

»Nun, dieser Wald ist vielleicht einer der wenigen Orte im Dominium, in denen der Geist unserer Welt, so wie sie vor den Hundert Tagen des Schattens war, noch unverfälscht erhalten ist. Palamud ist wie die Drachen oder das Meer: eine Naturgewalt, ein mächtiges ursprüngliches Wesen, an dem gemessen wir winzig und nichtig sind. Er lebt nach seinen eigenen Gesetzen und duldet uns nur, wohl oder übel, wenn wir in sein Reich eindringen.«

»Und warum willst du ihn dann stören?«

»Weil Myra nur hier sein kann. Aber du musst dir wirklich keine Sorgen machen. Wäre ich irgendein Blutmagier, könnte es ein schlimmes Ende mit uns nehmen. Ich aber bin ein *Reiner,* ich kenne die Elementale und achte sie. Es wird uns nichts geschehen.«

Er lächelte, dann schritt er, ohne auf sie zu warten, zum Waldrand. Dort blieb er stehen und beugte das Knie. Er legte die Handfläche, in der die Blutpforte noch intakt war, auf die Erde und murmelte ein Gebet.

Eine leichte Windbö fuhr durch das Astwerk.

Kyllen stand auf und ging tiefer in den Wald hinein. Marjane folgte ihm.

Die Atmosphäre änderte sich. Die Temperatur schien plötzlich gefallen zu sein, und nicht der leiseste Lufthauch regte sich. Im Schatten der Bäume stand alles still und wartete.

Immer unwohler fühlte sich Marjane, während Kyllen sicheren Schritts einen Weg für sie bahnte. Plötzlich blieb er stehen und wiederholte noch einmal das gleiche Ritual, diesmal aber länger und noch konzentrierter. Und als er schließlich ein wenig totes Laub zur Seite schob, erkannte man eine hauchdünne leuchtende Spur.

Kyllen seufzte. »Puh, das war nicht leicht. Die Elementale gehorchen hier nämlich fast alle Palamud, und man muss sie erst dazu bringen, dass sie auch anderen helfen«, erklärte er Marjane.

Geschwind folgte er der Spur, die sich durch den Wald zog, und sie lief ihm nach. Bald lichtete sich das Dickicht, und sie erblickten Myra und Icenwharth. Der Drache lag gekrümmt am Boden, und sein gewaltiger Leib nahm fast die gesamte Lichtung ein. Er schien zu schlafen, aber seine Atmung war schwach. Seine an mehreren Stellen verwundeten Flügel hüllten ihn fast völlig ein. Myra neben ihm hatte den Kopf an seine Schnauze gelehnt. Ihre Jacke war völlig zerrissen, und darunter erkannte man ihre Wunden. Sanft streichelte sie den großen Kopf des Drachen und war so versunken, dass sie die Gefährten nicht bemerkte.

»Myra«, rief Kyllen leise.

Sie fuhr hoch und zog ihre Waffen, ließ sie aber wieder sinken, als sie ihn erkannte, und rannte zu ihm. »Du musst ihn retten!«

Kyllen hatte Myra noch nie so aufgelöst gesehen. Ihre Hände zitterten, und obwohl auch sie selbst verletzt war, galt ihre Sorge nur dem Drachen.

Kyllen blickte zu Icenwharth: Noch nie in seinem Leben war er einem Drachen so nah gewesen. Als Kind hatte man ihm beigebracht, dass diese Tiere tückische Bestien seien, von denen man sich fernhalten müsse, und in seiner Magierausbildung war er in dieser Auffassung noch weiter bestärkt worden. Nun aber konnte Kyllen nicht anders, als die herrliche Gestalt dieses Geschöpfes zu bewundern.

Mit vorsichtigen Schritten trat er näher. Dieses Tier war gigantisch, und obwohl es verwundet dalag, spürte Kyllen die verheerende Kraft, die es entfesseln konnte. Sanft legte er eine Hand auf seine Schuppen. Sie fühlten sich kalt an, und unter der durchscheinenden Haut erkannte er das riesige pumpende Herz.

Seiner Seele als Magier und Heiler gehorchend, legte er auch die andere Hand auf den Drachenleib. Er spürte das Tier unter der Berührung beben, spürte die Feindseligkeit, die es ihm entgegenbrachte, und wunderte sich, dass Myra den Drachen für sich gewinnen konnte.

»Sein Herz scheint in Ordnung zu sein«, sagte er und wandte sich den Wunden zu, die der Drache im Kampf gegen das Seeungeheuer davongetragen hatte. Sie waren zahlreich, aber die meisten nicht sehr tief. Besorgniserregend waren die aufgerissenen Flügel, und der Blutverlust schien Icenwharth sehr geschwächt zu haben.

»Warum wacht er nicht auf?«, fragte Myra.

Kyllen ging nicht darauf ein und näherte sich dem Drachenkopf. Icenwharth atmete ruhig, aber flach. Mit einem Finger zog er ihm behutsam ein Augenlid hoch und betrachtete das große rote Auge darunter.

Die gleiche Augenfarbe wie Myra, schoss es ihm durch den Kopf.

»Ich denke, keine Wunde allein ist lebensbedrohlich, aber es sind eben sehr viele, und die müssen behandelt werden.«

»Worauf wartest du dann noch?«

Kyllen seufzte. Myra war ihm immer wie ein Mensch vorgekommen, der niemanden so leicht ins Herz schließt, aber an diesem Drachen schien sie sehr zu hängen.

»Ich bin ein *Reiner* …«

»Ja, und? Was willst du damit sagen?«

»Ich will damit sagen, dass es hier keine Heil-Elementale gibt, die ich nutzen könnte. Dieser Wald ist vollkommen von Palamuds Geist durchdrungen, und die Wasserquellen, in denen sich vielleicht welche finden ließen, sind zu weit entfernt.«

»Willst du mir damit sagen, dass du überhaupt nichts tun kannst?«

»Im Moment nicht.«

»Du musst aber etwas tun!«, schrie Myra. »Was ist denn das für eine verdammte Magie?! Schiffe lässt du fliegen, aber diesen Drachen …«

»Da war ich zwar auf hoher See, aber von Holz umgeben, das ich nutzen konnte. Denn nur so funktioniert meine Magie. Du weißt doch, dass ich mir keine Elementale im Körper halte, die mir dienen müssen. Und das ist nun mal der Preis, der dafür zu zahlen ist.«

Myra kam noch näher an ihn heran. »Den aber nicht du bezahlst.«

Noch bevor Kyllen etwas erwidern konnte, wankte Myra plötzlich. Ihre Beine gaben nach, und er konnte sie gerade noch auffangen, bevor sie stürzte.

»Was ist denn los?«

»Nichts, es geht schon.« Myra hatte sich wieder im Griff.

Kyllen schaute sie zweifelnd an. »Hör mal, Myra. Wir *Reinen* können zwar heilen, aber unsere Mittel sind beschränkt. Mein Meister dagegen ist anders: Er kann auf einen reichen Schatz an Magien zurückgreifen. Und von hier ist es nicht mehr weit zu ihm.«

Myra wand sich aus Kyllens Griff. »Worauf wartest du dann? Renn los und hol ihn.«

»Aber du brauchst auch Hilfe. Wahrscheinlich mehr als der Drache.« Er deutete auf ihren Arm. »Das sind keine normalen Wunden. Der Wasserdrache hat dich verletzt, und sein Blut ist giftig und gärt in deinen Wunden und muss unbedingt entfernt werden. Wenn wir nichts tun, wird das immer schlimmer.«

»Gilt das auch für Icenwharth?«

»Nein. Ihm kann Wasserdrachenblut nichts anhaben.«

»Gut. Aber warum holst du dann nicht endlich deinen Meister? Wenn du Icenwharth nicht helfen kannst, dann mir doch sicher auch nicht.«

»Doch, das kann ich. Die Elementale, die ich dazu brauche, finde ich hier in der Gegend.«

»Ach, deine Magie kann doch nichts«, stieß Myra hervor.

»Und ob sie was kann! Sie kann dich heilen.«

Verärgert ließ Kyllen sie stehen und wandte sich an Marjane. »Du kommst doch von Thyrra, nicht wahr?«, fragte er.

Marjane erbleichte. Sie ahnte, worum er sie bitten würde, bemühte sich jedoch, ihre Angst zu verbergen, und nickte.

»Das Haus meines Meisters liegt weniger als eine halbe Tageswanderung von hier entfernt. Das schaffst du leicht. Denk immer dran, dir liegt der Wald sozusagen im Blut, auch wenn der in deiner Heimat anders ist als dieser hier.«

»Ja, das kann sein«, sagte Marjane mit leicht brüchiger Stimme. »Es gibt da wohl eine Verbindung. Das habe ich gleich gespürt, als wir ihn betreten haben.«

Kyllen umfasste ihre Schultern und lächelte sie an, kniete dann nieder und legte eine Hand auf den Erdboden. Sofort leuchtete wieder die feine Spur auf, die sie hierher geführt hatte. Sie strahlte nur schwach, war aber erkennbar.

»Folge ihr. Und durchquere diesen Wald so respektvoll, wie es ihm zukommt.«

Marjane nickte. »Was soll ich deinem Meister sagen?«

Mit einem Mal wurde Kyllen verlegen. »Red nicht von mir. Sag einfach, dass du dich verirrt hast und dass eine Freundin von dir mit einem Drachen Hilfe braucht.«

Einige Augenblicke schaute Marjane ihn nachdenklich an, wandte dann den Blick der leuchtenden Spur zu und machte sich ohne weiteres Wort auf den Weg.

Kyllen kehrte zu Myra zurück, stellte sich vor sie und wollte ihren Arm ergreifen. Doch sie zog ihn brüsk zurück.

»Du rührst mich nicht an, bis Icenwharth außer Gefahr ist.«

»Dann ist es zu spät. Dann bist du tot.«

Myra presste die Lippen zusammen, gab ihren Arm aber nicht frei.

»Myra, du musst dir helfen lassen.«

Sie wandte sich ab. »Ich kann nicht.« Schließlich blickte sie wieder zu ihm. »Jahrelang war ich allein, mein Leben hing nur von mir allein ab, von der Schärfe meiner Waluds und der Schnelligkeit meiner Reflexe. Nur einmal hat jemand sein Leben für mich aufs Spiel gesetzt. Und dabei hätte er es fast verloren.« Sie hatte wieder Acrabs bleiches Gesicht vor Augen, damals im Schlamm des Kanalufers, seinen lebloser Körper in ihren Armen, auf der Flucht, nachdem sie Mokthen Munak getötet hatte, und es versetzte ihr einen furchtbaren Stich. »Ich will nicht mehr, dass andere meinetwegen leiden, wegen der Kämpfe, die ich auszufechten habe.«

»Dein Drache hat es selbst so entschieden. Ihr hattet euch schon Lebewohl gesagt, und er ist zu dir zurückgekehrt, als er dich in Gefahr wusste«, erwiderte Kyllen.

»Ich will aber trotzdem nicht, dass das noch mal passiert!«, schrie sie. Dann schwieg sie einen Moment und murmelte schließlich: »Ich will niemanden mehr verlieren.«

Das kommt dabei heraus, wenn man sich auf Bindungen einlässt, dachte sie, *man verliert die, die man ins Herz schließt und muss mit ansehen, wie sie sterben, weil sie einem helfen wollen.*

»Das verstehe ich ja alles«, versicherte ihr Kyllen, »aber eigentlich könntest du stolz sein, dass ein Wesen wie Icenwharth so fest an deiner Seite steht und sich sogar dafür verwunden lässt. Du solltest alles tun, damit sein Opfer nicht umsonst war, und dich behandeln lassen. Denn alles, was er getan hat, hat er nur für dich getan!«

Myra hatte wieder Tallia vor Augen, die ihren Mörder anflehte, wenigstens das kleine Mädchen zu verschonen, und auch ihren Vater, der so lange den Mördern widerstanden hatte und schließlich tödlich getroffen zu Boden gesunken war, nur um ihr Gelegenheit zu geben, fliehen zu können.

»Du und Marjane, ihr solltet euch von mir fernhalten. Und Icenwharth auch. Ich bringe nur Tod und Verderben«, flüsterte sie.

»Aber wir sind nun mal zusammen. Was willst du tun? Warten, bis die Säure deinen Körper vergiftet hat? Dann war alles umsonst, was wir bisher erreicht haben.«

Myra blitzte ihn an. »Ich hasse dich!«

Kyllen ließ sich nicht aus der Ruhe bringen. »Das ist mir gleich, wenn du mich meine Arbeit tun lässt.«

Eine Weile noch hielt sie seinem Blick stand, dann reichte sie ihm wütend den Arm.

Kyllen umfasste ihn sanft mit einer Hand. Selbst diese leichte Berührung entriss Myra ein Stöhnen.

»Das sieht nicht gut aus. Aber zum Glück kann man gegen dieses Drachengift etwas machen.«

Erst in diesem Moment bemerkte Myra, dass aus seiner einen Handfläche der Kristall der Blutpforte verschwunden war, und sie erinnerte sich, dass es die war, aus der es bei ihrer verhängnisvollen Schiffsreise geblutet hatte. Und plötzlich sah sie ihn wieder, wie er auf dem Schiff am Boden kauerte, niedergedrückt von der Gewalt eines der vielen Zauber, mit denen er ihnen auf ihrer gemeinsamen Reise das Weiterkommen ermöglicht hatte. Diese Erkenntnis traf sie mit aller Macht: Auch er hatte geblutet und blutete noch immer. Gewiss, nicht nur für sie. Seine eigenen Pläne deckten sich zum Teil mit ihren, und so tat er das alles auch für sich selbst. Doch die Berührung seiner Hand war so sanft, und die Aufmerksamkeit, mit der er sich ihr widmete, ging tiefer als die übliche Konzentration, die ein Magier für die Ausübung eines Zaubers benötigte.

Nicht nur Marjane, auch Kyllen hing an ihr.

35

15. bis 16. Dezember

Marjane rannte, was ihre Beine hergaben, und hielt dabei den Blick fest auf die feine Leuchtspur gerichtet, die ihr einziger Wegweiser im Dickicht des Waldes war. Kein einziges Mal schaute sie auf. Denn sie hatte das Gefühl, wenn sie es tat, würde sie sich von Scharen böser Geister umschwirrt sehen. Deutlich spürte sie, dass der Geist, von dem dieser Ort erfüllt war, sie misstrauisch beobachtete. Aber sie konnte nichts anderes tun, als sein Reich so bald wie möglich wieder zu verlassen.

Da strauchelte sie über eine Wurzel und stürzte. Die Kälte des Schnees zog ihr durch den Körper. Plötzlich war ihr, als gehe etwas auf sie nieder und fahre ihr über den Rücken. Vor Angst schaudernd stemmte sie sich erschrocken hoch. Die feine Leuchtspur war verschwunden. Hektisch fegte sie den Schnee und die Blätter beiseite, und als sie schon die Hoffnung aufgeben und ihr die Tränen kommen wollten, erkannte sie ein schwaches Licht zwischen den Fingern.

Mit einem Seufzer richtete sie sich auf.

Du hast doch die ganze Zeit auf eine Gelegenheit gewartet, dich zu beweisen. Also hör auf zu jammern und lauf weiter!

Tatsächlich spürte sie eine neue Entschlossenheit, und auch die Atmosphäre des Waldes kam ihr mit einem Mal verändert vor. Nun fühlte sie sich nicht mehr, als würde sie misstrauisch beäugt und gejagt, sondern als habe Palamud, oder wie der Gott dieses Labyrinths aus Stämmen und Zweigen auch immer heißen mochte, ihre Unerschrockenheit erkannt und respektiere sie.

So lief sie weiter, während das Tageslicht immer mühsamer das Dickicht über ihr durchdrang. Die Luft roch faulig und abgestanden, aber Marjane zügelte ihre Angst und folgte der Spur, die Kyllen für sie gelegt hatte.

Immer dichter schien die Vegetation zu werden. Große Farne versperrten ihr den Weg, und das Astwerk verflocht sich fast auf Kopfhöhe über ihr. Ein ums andere Mal musste sie sich tief bücken. Seltsame Klänge waren erwacht, tiefes Rauschen und andere Laute, die sie nicht einordnen konnte. Sie war nicht allein, und es war nicht nur der Baumgott, der ihren Weg verfolgte. Dieser Wald beherbergte noch andere Wesen, die sie genau beobachteten.

Trotz allem blieb Marjane nicht stehen, denn diese besondere Kraft trieb sie voran. War sie wirklich ein Geschöpf des Waldes? Solch eine Bindung hätte ihr gefallen. Die Stadt Etheria, in der sie fast ihr ganzes Leben verbracht hatte, war ihr fremd, und auch als Thyrren fühlte sie sich nicht, denn auf Thyrra war sie nie gewesen und wusste nichts von den Menschen dort. Sie hatte sich immer nur als Sklavin gesehen, und Sklaven besaßen nichts, keine Bindungen, keinen Ort, an den sie gehörten. Und während sie das dachte, überkam sie eine vage Traurigkeit.

Wenigstens bist du keine Sklavin mehr, tröstete sie sich.

Mit einem Mal wurde das Rauschen so laut und schien so nah, dass Marjane erschrocken stehen blieb. Sie schaute sich um. Nichts. Alles war wieder still. Aber irgendetwas war da, irgendetwas lauerte ihr auf, und das war kein Geist.

Während sie weiterlief, schaute sie kurz durch das Astwerk hinauf zum Himmel, der seine Farbe verändert hatte. Bald würde die Dunkelheit hereinbrechen. Da huschte ein Schatten über sie hinweg, groß und deutlich.

Entsetzt rannte Marjane schneller. Sie spürte den Schatten hinter sich und hörte wie irgendetwas mit seinem mächtigen Leib durch das Geäst brach. Ein fremdes Geräusch erfüllte den Wald, das ihr das Blut in den Adern gefrieren ließ.

Wieder stürzte sie und wollte sich aufrappeln, aber der Boden war glitschig, und sie fand keinen Halt. Ihr Verfolger wurde langsamer und näherte sich ruhig, wohl in der Vorfreude auf eine leichte Beute. Marjane zog ihren Dolch, schrie und streckte ihn aus.

Da erstrahlte um sie herum alles in einem violetten Licht, das wie eine Welle über sie hinweg glitt, über den Boden unter ihr und die Baumstämme um sie herum. Wieder stieß ihr Verfolger seinen furchtbaren Schrei aus, der nun wie ein enttäuschtes Jaulen klang. Und im nächsten Augenblick hörte Marjane, wie er umkehrte und sich entfernte.

Sie ließ den Kopf sinken und stieß ein langes, erleichtertes Stöhnen aus. Doch als sie sich hochstemmen wollte, hörte sie wieder Schritte, die rasch näher kamen, und schrak erneut zusammen.

»Und wer bist du?«, fragte eine Stimme.

Scharen von Elementalen bewegten sich in Myras Wunden und veränderten ihre Farbe. Sie waren so winzig klein, wie Myra noch nie welche gesehen hatte, und schenkten ihr ein Gefühl angenehmer Frische. In einem fort saugten sie das Gift aus ihren Wunden, erhoben sich und flogen davon.

»Was geschieht jetzt mit ihnen? Sie strahlen kaum noch«, sagte sie zu Kyllen.

»Anderswo würden sie wahrscheinlich sterben. Aber dies ist ein besonderer Wald. Denn Palamud seinerseits absorbiert das Gift, das sie aufgenommen haben, und so können die Elementale unbeschadet dorthin zurückkehren, wo sie hergekommen sind.«

Myra sah ihnen weiter zu, wie sie in ihrem geschundenen Fleisch hin und her wuselten.

»Das hast du dir gerade ausgedacht, stimmt's?«

Kyllen machte eine wegwerfende Handbewegung. »Denk, was du willst«, antwortete er.

Ein wenig schämte sich Myra, dass sie so wenig Vertrauen zu ihm hatte, aber sie schwieg und wandte ihre Aufmerksamkeit wieder Icenwharth zu, der immer noch nicht zu sich gekommen war und weiter gekrümmt auf der Lichtung lag.

»Mein Meister wird nicht vor morgen früh hier sein können«, sagte Kyllen, der ihren Blick bemerkte.

Die Angst um den Drachen packte Myra fester. »Wird Icenwharth so lange durchhalten?«

Die Elementale hatten ihre Arbeit beendet, Kyllen wusch ihre Wunden noch einmal mit Wasser aus einer Feldflasche und verband sie mit Stoffstreifen, die er sich von seinem Mantel abgerissen hatte.

»Ja, sicher, das schafft er schon«, antwortete er. »Aber mach dir nicht so viele Gedanken um andere. Dir geht's auch nicht gut, und du kannst ausnahmsweise auch mal an dich denken.«

Myra schwieg und verfolgte die sicheren Bewegungen, mit denen Kyllen ihre Wunden versorgte. Sie fühlte sich entsetzlich müde, jede Faser ihres Körpers verlangte nach Schlaf, und sie konnte die Augen kaum noch offenhalten.

Mit letzter Kraft schleppte sie sich zu Icenwharth, der ihr furchtbar wehrlos vorkam, wie er so dalag, trotz seines noch kräftigen Atems, der seinen immensen Leib mit jedem Zug hob und senkte. Die zahlreichen Wunden an seinem Körper, die geschlossenen Augen und seine leidende Miene, alles drückte eine Schwäche aus, die Myra sich bei diesem Drachen nicht hatte vorstellen können. Und es war ihre Schuld.

Leise trat sie näher und streichelte seine Schnauze.

»Wieso bist du nur zurückgekehrt?«, flüsterte sie.

Erschöpft ließ sie sich zu Boden sinken und kauerte sich dicht an den Drachen. Obwohl er verletzt war, vermittelte er ihr dennoch ein Gefühl der Sicherheit, wie sie es sonst nur neben Acrab verspürt hatte.

Kyllen saß vor einem kleinen Lagerfeuer, das er entzündet hatte, und blickte unentwegt zu ihr und dem Drachen hinüber. Sein Mantel war nicht mehr groß genug, um sich vollständig darin einzuwickeln, und offensichtlich fror er.

»Komm doch her.«

Kyllen schaute sie verwundert an.

»Nun komm schon.«

Er lächelte etwas gequält, stand auf und setzte sich vor sie. Myra seufzte und zog ihn dann am Arm zu sich heran, nicht so nah, dass er sie berührt hätte, aber nah genug, dass sein Rücken an dem Drachenleib lehnte.

Zunächst blieb Kyllen misstrauisch, sein Körper steif. Aber nach und nach entspannte er sich und gab sich der wohltuenden Wärme hin, die Icenwharths gigantischer Leib verströmte.

Myra betrachtete ihn, während sie der Müdigkeit nachgab, dann fielen ihr die Augen zu, und Icenwharths ruhiger, starker Herzschlag wiegte sie in den Schlaf.

Nur mit Mühe durchdrang die Sonne das Astwerk und wob ein Geflecht aus Licht und Schatten über ihnen. Dennoch spürte Myra, dass es Tag war. Sie erwachte und fühlte sich besser. Zwar schmerzten die Wunden noch, brannten aber nicht mehr so höllisch wie noch einige Stunden zuvor.

Sie hob den Kopf und wollte sich nach Kyllen umschauen. Da stand jemand über sie gebeugt und betrachtete sie aufmerksam.

Myra sprang auf und griff zu den Waffen. Die Gestalt aber hielt ihr einen Stock an die Brust. Schlagartig verließen Myra die Kräfte. Sie sank nieder, und die Waluds entglitten ihr.

Sie blickte hoch. Wer hatte sie mit nur einer Berührung außer Gefecht gesetzt? Es war eine Frau mit auffallend hellen Augen und weißen Haaren, die im Nacken zu einem Knoten gebunden waren.

Der Ausdruck ihres von feinen Falten durchzogenen Gesichts war hart und streng. Ihre Ohren waren spitz, ihre Lippen schmal. Sie trug ein langes weißes Gewand, das ihren mit den Jahren füllig gewordenen Leib umhüllte.

»Rühr dich nicht!«, herrschte die Frau sie an und wandte sich dann zu Kyllen, der immer noch neben ihr schlief, mit dem Kopf auf Icenwharths Leib.

Die Frau sah ihn verächtlich an und versetzte ihm dann einen Schlag mit dem Stock.

Kyllen schrak auf und schaute sich verwirrt um. Als er die Frau erkannte, erbleichte er, sprang auf und trat einen Schritt auf sie zu.

»Meister ...«

Doch sie streckte wieder den Stock zu ihm aus und stieß ihn so heftig zurück, dass er fast gefallen wäre. Und schon beachtete ihn die Alte nicht mehr, sondern wandte sich dem Drachen zu.

Auch Myra war verwirrt. Sollte das etwa Kyllens »Meister« sein? Warum hatte er so getan, als ob es sich um einen Mann handelte? Sollte das vielleicht besondere Ehrfurcht ausdrücken? Doch wenn die Alte tatsächlich Kyllens Meisterin war, dann war sie die große Magierin, die Icenwharth retten musste.

Schnell stand Myra auf und trat zu ihr: »Er hat gegen einen Wasserdrachen gekämpft, und ...«

»Ich weiß. Das hat mir das Mädchen gesagt.«

Aber Marjane war nicht da. »Wo ist Marjane?«, fragte Myra.

»Es geht ihr gut. Sie ist bei mir im Haus geblieben«, erklärte die Frau, während sie den Drachen zu untersuchen begann. Furcht schien sie nicht zu kennen und betrachtete ihn wie irgendein Geschöpf, das geheilt werden musste. Als sie die Wunden abtastete, zuckte Icenwharth vor Schmerz zusammen.

Myra sah es und wollte näher herantreten, doch die Frau hielt sie zurück. »Lasst mich allein. Ich will in Ruhe arbeiten.«

Myra zögerte, doch Kyllen bedeutete ihr zu gehorchen. »Es

ist besser so, glaub mir.« Bevor sie sich entfernten, drehte Kyllen sich noch einmal zu der Frau um. »Ich freue mich, Euch wiederzusehen, Meister.«

»Ich mich nicht«, antwortete die Magierin, über den Drachen gebeugt, ohne ihn anzusehen.

»Sie hat mir alles beigebracht, was ich kann. Bevor ich sie kennenlernte, war ich nur ein Magier wie alle anderen. Sie hat mich in die Welt der *Reinen* eingeführt«, erklärte Kyllen.

Myra saß vor ihm, die Knie an die Brust gezogen, und war immer noch verwirrt. Soweit sie wusste, gab es im Dominium keine weiblichen Magier, weder unter den Blutmagiern, noch unter den *Reinen*. Wieso hatte Kyllen so verlegen reagiert, als sie plötzlich vor ihm stand? Und dann hatte die Frau ihm auch noch deutlich gesagt, dass sie sich nicht freue, ihn wiederzusehen.

»Was ist zwischen euch vorgefallen?«, fragte sie.

Kyllen blickte zu Boden. »Irgendwann stellte sich heraus, dass sich unsere Auffassungen von der Magie der *Reinen* zu sehr unterscheiden. Ich habe sie fast im Streit verlassen.«

»Aber sie wird uns doch helfen?«

»Sie ist eine große Magierin. Niemals würde sie wegen persönlicher Differenzen ihre Aufgaben vernachlässigen. Natürlich wird sie Icenwharth helfen, und sie ist die Einzige, die dazu in der Lage ist. Du hast doch ihren Stock gesehen, oder?«

Natürlich hatte Myra den gesehen. Immer noch fragte sie sich, wie die Frau sie so leicht hatte kampfunfähig machen können.

»In ihm stecken Elementale, die aus freien Stücken dort leben«, fuhr Kyllen fort. »Verstehst du, was das bedeutet? Eileenna verfügt jederzeit über einen Quell magischer Kräfte, der nicht auf Ausbeutung beruht. Ich kenne niemanden sonst, der über solche Möglichkeiten gebietet.«

»Sie heißt Eileenna?«

»Ja.«

»Und sie verwendet keine Pforten und Blutkristalle für ihre Zaubereien?«

»Doch, doch. Andernfalls müsste sie der *Befreier* sein. Auch Eileenna lässt die Elementale in ihren Stock mittels Pforten aktiv werden. Aber die Geister bleiben immer dort, freiwillig, obwohl sie wissen, dass es sich bei dem Stock um ein Instrument handelt, das ein Magier benutzt. Sie entscheiden selbst, in Aktion zu treten.«

Myra zweifelte weiter. Das war alles so anders als bei den Magiern, die sie kannte. Da zerriss ein Brüllen die Stille auf der Lichtung.

Myra sprang auf und lief zu Icenwharth, Kyllen folgte ihr. Da stand der Drache in seiner imposanten Größe und fauchte Eileenna drohend an. Die aber wirkte alles andere als verängstigt.

Myra trat zwischen die beiden.

»Ist schon gut, sie gehört zu uns«, sagte sie zu Icenwharth, »sie ist eine Freundin von Kyllen und will dir helfen.«

Icenwharth ließ sich auf die Vordertatzen fallen und betrachtete die Frau.

Ohne lange zu zögern, trat Eileenna wieder an ihn heran. »Wenn du weiter leiden willst, bitteschön, mir ist das egal«, sagte sie.

Icenwharth blickte fragend zu Myra, die nickte, und das reichte, damit sich der Drache, ein wenig zögerlich, wieder auf dem Boden zusammenrollte.

Nun holte Eileenna einige Fläschchen aus ihrer Tasche und machte sich ans Werk.

»Wie geht's ihm?«, fragte Myra.

»Ganz gut. Nur die Wunde am Hals ist besorgniserregend. Die muss ich zu Hause behandeln, und zwar mit seinem eigenen Speichel. Um die anderen kann ich mich hier kümmern.«

Myra entspannte sich, und auch Kyllen war beruhigt und trat zu Eileenna.

»Ich wusste doch, dass Ihr es schaffen würdet.«

»Du hast wohl ganz die Seiten gewechselt«, bemerkte die Magierin feindselig.

Kyllen fuhr sich mit der Hand durch das Haar. »Nein, nein, das ist nur Tarnung.« Er hielt inne.

»Wisst Ihr, ich muss etwas Wichtiges mit Euch besprechen«, fuhr er dann fort, »es geht um die Kongregation, und auch um sie.« Damit deutete er auf Myra.

Endlich drehte sich Eileenna zu ihm um und sah ihn lange an. Bis zu diesem Moment hatte sie ihn keines Blickes gewürdigt. Ihre Augen jedoch waren voller Verachtung und Zorn, und Myra fragte sich, ob Kyllen ihr nicht doch einen Teil der Geschichte verschwiegen hatte.

»Erinnerst du dich, was ich vor fünf Jahren zu dir gesagt habe?«

»Ja, Meister, aber ich ...«

»Nenn mich nicht Meister!«, schrie die Frau, und ihre Stimme ließ Myra vor Schreck zusammenfahren. »Du hast mich verlassen, und nichts verbindet uns mehr. Ich bereue alles, was ich dich gelehrt habe, denn du hast es verraten.«

Kyllen blickte sie zerknirscht an. »Ich weiß, ich habe einen großen Fehler gemacht.«

Eileenna lachte böse. »Und damit soll alles vergessen sein?« Sie trat näher an ihn heran. »Nein! Für mich nicht! Mir ist es egal, ob du deinen Fehler einsiehst. Als du dich damals von mir abwandtest, sagte ich dir, dass ich dich nie mehr sehen will. Und daran hat sich nichts geändert.«

Kyllen verdrängte seine Enttäuschung und setzte noch einmal an. »Die Kongregation wird von einem Hochstapler geführt, und diese junge Frau hier könnte, so denke ich, der *Befreier* sein.«

Eileenna horchte auf. Sie schaute zu Myra, dann blickte sie Kyllen erneut zornig an. »Na wenn schon.«

Kyllen schien verwirrt. »Ihr hasst mich, und das kann ich verstehen. Ich war dumm und hochmütig, als ich damals von Euch fortging, und Ihr habt recht behalten. Aber für mich seid Ihr immer noch mein Meister, daran kann nichts und niemand etwas ändern.«

»Auch an dem, was du damals getan hast, lässt sich heute nichts mehr ändern«, erwiderte Eileenna mit versteinerter Miene.

»Auch damit habt Ihr recht. Und wenn Ihr nichts mehr von mir wissen wollt, muss ich das hinnehmen. Aber nicht für mich bitte ich Euch, mich anzuhören. Tut es für das Dominium, tut es für das, woran Ihr glaubt. Und danach, das schwöre ich Euch, werde ich aus Eurem Leben verschwinden und in Einsamkeit für meinen Hochmut büßen. So wie ich es übrigens schon seit langem tue.«

Eileenna ließ noch einen Moment ihren entsetzlich strengen Blick auf ihm ruhen.

Dann wandte sie sich Myra zu. »Ich versorge noch den Drachen so gut ich kann. Danach fliegst du mit ihm zu mir nach Hause. Und du zeigst ihr den Weg«, fügte sie hinzu, wobei sie Kyllen mit eisigem Blick anstarrte.

36

16. Dezember

Myra und Kyllen bestiegen Icenwharth, und kraftvoll wie immer erhob sich der Drache in die Lüfte. Offenbar ging es ihm schon sehr viel besser. Die Wunden waren nicht verschwunden, jedoch mit einer Art dünner Gelatine überzogen und schienen ihm nichts mehr auszumachen.

Nach einigen Meilen machte sich bei Icenwharth dann doch die Anstrengung bemerkbar, seine Flügelschläge wirkten müde, und es war unübersehbar, dass er noch nicht völlig geheilt war.

Myra streichelte ihm über den Hals, wo Eileenna die Wunde verbunden hatte, und der Drache schnaubte kurz, wie zum Einverständnis, und hielt durch.

Den Flug über sprachen sie kein Wort. Kyllen schien sehr enttäuscht, und Myra wollte ihn nicht mit Fragen belästigen. Was zwischen ihm und seiner Meisterin vorgefallen war, ging sie nichts an. Schließlich hatte Kyllen nach ihrer Begegnung mit Ossader auch nichts gesagt, und sie hatte das Gefühl, Gleiches mit Gleichem vergelten zu müssen.

Eileennas Haus lag in einem natürlichen, kleinen Amphitheater im dichten Wald. Daneben rauschte ein Wasserfall, der in einen glasklaren Bach mündete. Dieser Bach trieb ein Wasserrad an, wie es in Ostar verbreitet war, ein Rad, das mittels eines einfachen Systems aus Stangen und Zahnrädern mit dem Haus verbunden war. Dieses Haus war um einen baumstammstarken Wurzeltrieb des Baumgottes errichtet und fügte sich so harmonisch in das natürliche Ganze ein, dass man nur schwerlich sagen konnte, wo das Gebäude endete und der Baum mit seinen Trieben und seinem Geäst begann. Den Eingang erreichte man über eine steile Treppe, die ebenfalls aus Ästen des Baumgottes gefertigt war.

Icenwharth landete sanft, und Kyllen stieg als Erster ab. Vor dem Haus blieb er stehen: Fünf Jahre zuvor hatte er es in aller Eile verlassen, weil es ihm wie ein Gefängnis vorgekommen war.

»Das hier will ich nicht!«, schreit Kyllen.

»Was hast du von mir erwartet? Wenn du auf Abenteuer aus bist, hättest du Blutmagier werden sollen«, brüllt Eileenna zurück. Sie denkt nicht daran, sich von diesem Jungen auf der Nase herumtanzen zu lassen.

»Ihr wisst, dass ich deren Vorstellungen von Magie ablehne. Aber was Ihr tut, kann ich auch nicht gutheißen.«

Fassungslos und wütend reißt Eileenna die Augen auf.

Kyllen bekommt fast Angst vor ihr und macht sich klein. Aber er muss für die Dinge kämpfen, an die er glaubt und die gerade sie ihn gelehrt hat. »Mein Platz ist nicht mehr bei Euch«, sagt er.

Eileennas Lippen werden schmal und sind nur noch ein dicker Strich in ihrem faltigen Gesicht. »Wenn du auch nur einen Schritt aus diesem Haus setzt, lass ich dich nicht mehr herein. Nie mehr!«

Kyllen denkt noch einmal nach. Die Entscheidung, die er treffen will, wäre endgültig. »Aber warum nur? Warum können wir denn nicht mit der Kongregation zusammenarbeiten. Hier sind wir völlig abgeschnitten von allem, hier hat unsere Magie keinerlei Einfluss.« Er ist jung, und Eileennas Verhältnis zur Magie der Reinen *kommt ihm sinnlos vor. Seine alte Meisterin verweigert jeden Kontakt zur Kongregation, in der er selbst aber ein Bollwerk sieht, um die* reine Magie *im Dominium zu verteidigen. Hier in Alkak vertun sie nur ihre Zeit, denkt er, hier besteht ihre Arbeit darin, die Einheimischen zu einem neuen Zusammenleben mit dem Schattenwald zu bewegen, einem Zusammenleben, das nicht auf den Raubbau an der Natur ausgerichtet ist.*

Das reicht Kyllen nicht mehr.

»Die Kongregation ist korrupt«, erklärt Eileenna kurz und bündig.

»Aber doch nicht so wie die Blutmagier.«

»Doch, wenn auch auf andere Weise.«

»Hier trägt unsere Arbeit aber kaum Früchte.« Kyllen schaut einen Moment lang zur Tür.

»Du denkst, du wärest bereit, um dort draußen zu bestehen. Aber das bist du nicht«, sagt Eileenna. »Du bist bloß ein arroganter Bengel, der sich für einen fantastischen Magier hält, in Wirklichkeit aber von der Welt, von der Magie und auch von den Reinen *keine Ahnung hat. Ich hätte dir noch sehr viel beibringen können, aber du spuckst auf mein Wissen und willst alles im Stich lassen.«*

»Das will ich ja gar nicht. Ihr seid es, die mich davonjagt.«

Eileenna schüttelt entmutigt den Kopf. »Die Welt lässt sich nur Schritt für Schritt ändern. Es gibt nicht den einen großen Zauber, mit dem sich das Dominium urplötzlich in ein Reich der Gerechtigkeit und des Friedens verwandeln ließe. Und in der Kongregation wirst du niemals finden, wonach du suchst.«

»Ist das Euer letztes Wort?«, fragt er entschlossen.

Eileenna sieht ihn eindringlich an. »Es ist dein letztes Wort.«

Da tritt Kyllen zur Tür. Es bleibt ihm nichts anderes übrig, glaubt er, er hat keine andere Wahl. Wieder geht ihm durch den Sinn, dass sie selbst ihm immer wieder eingeschärft hat: Du musst deinen eigenen Weg zur Magie finden. Ich kann dir nur die Richtung vorgeben, aber bewegen musst du dich schon allein.

Bevor er hinausgeht, bleibt er noch einmal auf der Schwelle stehen. »Meister …«

»Wenn dies deine Entscheidung ist, so verschwinde«, sagt sie, mit einer Stimme so kalt wie Eis. »Ich kann dich nicht daran hindern, aber eines Tages wirst du zu mir zurückkehren wollen. Ich bin sicher, dass es so kommen wird, und dann werde ich nicht mehr für dich da sein.«

Da dreht Kyllen sich um, ohne sie noch ein letztes Mal anzuschauen, und verlässt für immer dieses Haus.

Plötzlich überkam Kyllen eine so starke Wehmut, dass er glaubte, es nicht aushalten zu können. Auch wenn er nicht vergessen hatte, was ihn damals aus diesem Haus getrieben hatte, fand er diese Gründe nur noch kindisch und lächerlich.

Ich habe alles falsch gemacht, dachte er.

Gefolgt von Myra, nahm er die Stufen hinauf zum Eingang, die Tür ging auf, und Marjane strahlte sie an.

»Herzlich Willkommen«, begrüßte sie die beiden fröhlich. Offenbar fühlte sie sich in diesem Haus wohl.

Kyllen antwortete mit einem betrübten Lächeln.

So traten sie ein. Das Haus war schlicht eingerichtet. In dem zentralen Raum stand ein aus einem Wurzeltrieb geschreinerter Tisch, und an der hinteren Wand befand sich ein offener Kamin. Etwas Besonderes war aber das fließende Wasser, wie man es aus den Häusern reicher Familien in Metalien kannte und das gewiss von dem Wasserrad draußen geschöpft wurde. Durch eine offene Tür ging es in ein kleines Arbeitszimmer, das mit allen möglichen Büchern vollgestopft war, und daneben war eine weitere Tür, hinter der das Schlafzimmer lag.

So stand Kyllen mitten in dem zentralen Raum, schaute sich um und überlegte, inwiefern das alles mit seinen Erinnerungen übereinstimmte. Es hatte sich nichts verändert, überhaupt nichts, so als hätten die vergangenen fünf Jahre, die für ihn so reich an Ereignissen, Erfahrungen und Enttäuschungen waren, überhaupt nicht stattgefunden. Eileennas Zeit schien stillzustehen und allein vom Wechsel der Jahreszeiten bestimmt. Nur in ihrem Arbeitszimmer schien die Menge der Bücher und Schriftrollen weiter angewachsen zu sein und belegte den Fortgang ihrer Studien während seiner Abwesenheit.

Gegen Mittag tauchte auch Eileenna aus dem Wald bei dem Wasserfall auf. Mühsam erklomm sie die Stufen zur Eingangstür, und so eilte Myra ihr entgegen und bot ihre Hilfe an, die Eileenna zurückwies. »Ich bin nicht krank!«

Marjane hatte den Mittagstisch gedeckt und den Topf mit dem Essen, das sie gekocht hatte, darauf gestellt. Wortlos nahm Eileenna Platz, Myra ebenso, nur Kyllen blieb abseits stehen.

Eileenna sah zu ihm. »Das Gesetz der Gastfreundschaft gilt auch für undankbare abtrünnige Lehrlinge. Also setz dich.«

Kyllen gehorchte, ohne etwas zu erwidern.

Als Eileenna die Hände faltete, tat er es ihr nach. Sie murmelten einige Worte und legten dann die Handflächen an den mächtigen Stamm, der den Tisch durchlief. Marjane tat es ihnen gleich, und auch Myra schloss sich an.

»Für die Nahrung und das Leben, die du uns schenkst, danken wir dir!«, sprach die alte Magierin.

Und die anderen sprachen ihr nach.

Nach dem Essen wandte sich Eileenna an Myra. »Komm mal mit, Halbblut.«

Sie führte sie die Treppe hinunter zu einem tiefer gelegenen Raum hinter dem Haus, der eine zweite Speisekammer zu sein schien. In einer Ecke lag ein großes totes Tier.

»Gib das deinem Drachen zu fressen«, sagte sie, »ich denke, aus deiner Hand wird er es nicht verweigern.«

Myra wollte sie schon darauf hinweisen, dass Icenwharth eigentlich nicht *ihr* Drache war, unterließ es dann aber, nahm den Kadaver, ging hinaus und warf ihn vor den Drachen.

Icenwharth schaute ihn fragend an.

»Ein Geschenk unserer Gastgeberin.«

Der Drache sah zu Myra und dann auch zu der Magierin hinter ihr, die seinem Blick furchtlos standhielt.

»Nun friss schon!«, sagte Myra und nickte dem Drachen aufmunternd zu.

Endlich tat er es, und als er alles verschlungen hatte, wandte sich Eileenna an Myra. »Ich brauche seinen Speichel«, und damit reichte sie ihr eine Art Feldflasche.

Myra zögerte kurz, trat dann zu Icenwharth und legte ihm eine

Hand auf die Schnauze. »Nicht erschrecken! Das muss sein, damit es dir bald wieder richtig gut geht«, sagte sie, obwohl sie sicher war, dass er bereits verstanden hatte, was sie wollte.

Und so legte er den Kopf zurück und sperrte das Maul auf, sodass Myra eine größere Menge seines Speichels mit der Flasche auffangen konnte.

»Danke, dass du zurückgekommen bist«, flüsterte sie ihm zu.

Schließlich reichte sie Eileenna die Flasche. Die Magierin mischte den Inhalt mit einigen getrockneten Kräutern aus ihrem Lederbeutel und strich dann das fertige Heilmittel auf die Wunde an Icenwharths Hals, die sie anschließend noch verband. Ruhig ließ der Drache alles über sich ergehen.

»Morgen schauen wir noch mal nach, aber ich denke, über Nacht wird die Wunde verheilen.« Damit wandte sich die Magierin zum Gehen und bedeutete Myra, ihr zu folgen.

Und das tat sie.

Eileenna setzte sich in ihrem Arbeitszimmer hinter den Schreibtisch. Myra trat ein, während Kyllen, an den Türrahmen gelehnt, auf der Schwelle verharrte. Neugierig, aber auch ein wenig eingeschüchtert, hielt sich Marjane hinter ihnen.

Eine Zeitlang schwieg Eileenna und schaute Myra nur an. »Erzähl mir, wie du den Drachen kennengelernt hast«, sagte sie schließlich.

Und Myra tat es, während die alte Magierin ohne erkennbare Gemütsbewegung zuhörte.

»Die Elementale verhalten sich höchst eigenartig in Myras Gegenwart«, fügte Kyllen hinzu, als diese geendet hatte. »Ich war Zeuge, wie sie ohne die Vermittlung durch das Kristallblut oder eine Pforte herbeiströmten und aktiv wurden. Und außerdem, wenn man ihre Lebensgeschichte betrachtet …«

Myra blitzte ihn böse an.

»Was ist das für eine Geschichte?«, fragte die Magierin, hellhörig geworden, den Blick weiter auf Myra gerichtet, ohne Kyllen zu beachten.

»Die hat gar nichts damit zu tun«, wehrte Myra ab.

»Das scheint mein beschränkter Ex-Lehrling anders zu sehen.«

»Ja, Myra ...«, begann er.

»Halt endlich den Mund!«, fauchte Myra.

Eileenna blickte sie noch aufmerksamer an. »Hat er dich etwa gegen deinen Willen hergebracht?«

Myra schüttelte den Kopf. »Nein, das nicht ...«

»Du weißt aber nicht, was der *Befreier* eigentlich ist, oder? Das heißt, Kyllen hat dir zwar davon erzählt, aber dich interessiert das gar nicht, oder?«

»Nein, so stimmt das auch nicht. Ich will schon die Wahrheit wissen.«

»*Welche* Wahrheit?«

Mit einem Mal begriff Myra, dass Kyllen recht hatte. Ihre Vergangenheit war ein Teil von ihr, und wenn sie Klarheit wollte, musste sie frei darüber sprechen, auch wenn es noch so wehtat.

Sie senkte den Kopf, ballte die Fäuste und begann zu erzählen, ohne auch nur einmal den Blick zu heben. »Vor zehn Jahren wurde der Mann getötet, der mich aufgezogen hat und für mich mein Vater war. Lange Zeit glaubte ich, es wäre ein Streit um ein Stück Land gewesen, eine Vergeltungsmaßname reicher Großgrundbesitzer gegen einen einfachen Mann, der sein Recht auf Landbesitz verteidigt hatte. Aber heute glaube ich nicht mehr daran. Heute denke ich, dass es um mich ging, dass man hinter mir her war. Ein Mann namens Graffias wollte mich entführen.«

Eileenna schwieg.

»Und jetzt will ich wissen, was ich so Außergewöhnliches an mir habe, dass Vater dafür sterben musste«, schloss Myra.

»Und was hast du vor, wenn du es weißt?«

Myra wurde schwindlig. Sie hatte keine Ahnung. Offenbar hatte sie sich so tief in ihre Suche verrannt, dass sie allmählich die

Kontrolle verlor. Rastlos hatte sie das ganze Dominium von Land zu Land durchquert, war Hinweisen nachgejagt, die immer unbestimmter, immer abwegiger wurden, und wusste selbst nicht mehr, welches Ziel sie eigentlich verfolgte.

»Graffias aufzuspüren, nur darum geht es mir«, antwortete sie. Wenn der Mann bereits vor zehn Jahren hinter ihr her war, ließ er vielleicht noch immer nach ihr suchen. »Er ist meine einzige Spur. Nur an ihn kann ich mich halten, wenn ich den Mord an Vater rächen will.«

»Du willst also wissen, wer du in Wahrheit bist, um dann erneut zu töten. Und du erwartest von mir, dass ich dir dabei helfe? Offenbar weißt du nicht, wer ich bin.«

»Ich *muss* endlich die Wahrheit erfahren«, rief Myra. »Diese Morde damals habe ich nie überwunden. Wir waren eine ganz normale glückliche Familie, und in jener Nacht wurde auf einen Schlag alles zerstört. Ich verstehe das einfach nicht und muss immer wieder daran denken. Diese Lücke, die damals in mein Leben gerissen wurde, kann ich einfach nicht füllen.«

»Und was macht dich so sicher, dass die Wahrheit dir helfen wird? Weißt du nicht, dass die Wahrheit kein Wert an sich ist? Sie kann zum Guten führen, aber genauso auch zum Schlechten.«

Myra wusste nicht, was sie antworten sollte. »Ich weiß nur, dass ich so nicht weiterleben kann. Es geht nicht.«

Eileenna schwieg eine Weile.

»Wie sich der Drache zu dir verhält, ist einzigartig«, sagte sie dann. »Eisdrachen lassen sich eigentlich nicht zähmen, sie gehen kaum Bindungen zu Menschen ein, und wenn doch, sind die nie so tief wie deine zu diesem Drachen. Offenbar nimmt er etwas Besonderes in dir wahr.«

»Aber was?«, fragte Myra mit erstickter Stimme.

»Das kann ich noch nicht sagen. Dazu weiß ich noch zu wenig von dir. Aber in deinen Adern fließt offenbar Mischblut, du bist halb Thyrren, halb Albonitin. Es könnte einfach nur das sein.«

Dies waren die beiden Völker, die auf bestimmte Weise mit den Elementalen in Kontakt treten konnten. Die Thyrren, weil sie gegen das Kristallblut immun waren, die Alboniter wegen ihrer Fähigkeit, die Elementale zu beschwören.

Verzweiflung stieg in Myra auf. »Wollt Ihr mir damit sagen, dass auch dieser Weg umsonst war? Dass ich weiter durch das Dominium irren muss, um die Wahrheit zu finden, durch eine Welt, die ich aus tiefstem Herzen verachte?«

Eileenna antwortete eine Weile nicht und blickte sie aufmerksam an.

»Als vor vielen Jahrhunderten«, begann sie dann langsam und hob einen Finger, »in den Hundert Tagen des Schattens die *Ersten* ausgelöscht wurden und mit ihnen alles, was sie aufgebaut hatten, überlebte ein Mann, dessen Namen wir nicht kennen und von dem wir nicht wissen, wer er war. Doch bevor er starb, war es ihm vergönnt, in die Zukunft zu blicken, und so hinterließ er uns etwas, das kostbarer ist als alles andere: die Hoffnung.«

Sie stand auf, trat zu ihrer Bücherwand und griff zu einem schweren, in Leder gebundenen Band. Auf ihrem Schreibtisch schlug sie ihn auf und entnahm ihm ein verstaubtes Pergament. Die Schriftzeichen waren verblichen und fast unleserlich.

Myra lehnte sich vor und versuchte, etwas zu erkennen.

»Gib dir keine Mühe, das kannst du nicht verstehen. Der Text ist auf Alt-Albonitisch, durchsetzt mit einigen Worten aus der Sprache der *Ersten*.«

Fast ehrfürchtig betrachtete Myra das Pergament, diese obskuren Schriftzeichen, die im Laufe der Jahrhunderte verblasst waren.

»Die *Pforte des Himmels* durchschreitend gibt er sich zu erkennen … Heerscharen von Geistern begleiten ihn, und nur ihm allein, ohne Bande des Bluts, werden sie gehorchen bis zum Tode«, trug Eileenna vor.

Kyllen, hinter den beiden, zuckte zusammen. »Die Prophezeiung … der fehlende Teil …«

»Nur dieser kurze Abschnitt ist von der Prophezeiung erhalten geblieben, einer Prophezeiung, die unzählige Magier, so wie ich, zu ergründen versuchten und für die sie gestorben sind. Viele Generationen kamen und gingen, seit dieses Pergament beschrieben wurde«, erklärte Eileenna, wobei sie das brüchige Blatt behutsam anhob. »Die Jahrhunderte sind verflossen, die Worte verblichen, und übrig geblieben ist nur eine schwache Hoffnung: dass eines Tages jemand kommen werde, jemand, von dem wir nichts Näheres wissen, der aber dazu ausersehen ist, die Blutsklaverei abzuschaffen.«

Die Magierin ließ den Blick ihrer so klaren, fast transparenten grünen Augen durch den Raum gleiten. »Spürst du diese Kraft, Myra, die von diesem Pergament ausgeht? Über Jahrhunderte hat dieses Blatt Menschen darin bestärkt, nicht aufzugeben. Bis heute, bis zu dir und mir, hier in diesem Raum.« Eileenna seufzte. »Bist du nun das Wesen, von dem die Prophezeiung spricht? Ist es das, was der Drache in dir wahrnimmt, ist das der Grund, weshalb er dir folgt? Ich weiß es nicht. Aber hätte ich vor anderthalb Jahren nicht dieses Pergament gefunden, würde ich heute sagen, dass diese Prophezeiung ein Hirngespinst ist und die Hoffnung vergeblich, und dass wir nicht mehr tun können, als den Schaden zu begrenzen, die Elementale respektvoll zu behandeln und sie so wenig wie möglich auszubeuten.«

Myra blickte sie an. »Aber Ihr könnt mir nicht sagen, ob ich der *Befreier* bin?«

»Nein, das kann ich nicht.«

»Jedenfalls habe ich in meinem ganzen Leben nie einen Elemental beschworen. Für Magie habe ich nichts übrig. Für mich ist das reine Ausbeutung.«

Erstmals, seit sie sich begegnet waren, gönnte Eileenna ihr einen Anflug von Lächeln: »Wärest du eine Albonitin, könnte ich dich als meine Schülerin aufnehmen.«

»Ich muss wissen, ob Vater und Tante Tallia meinetwegen

gestorben sind.« Zum ersten Mal sprach Myra dies laut aus und gestand es sich selbst offen ein. Vielleicht war diese Reise im Grunde nichts anderes als der verzweifelte Versuch, Vergebung zu erlangen. Vielleicht verlangte sie genau danach: sich von Schmerz und Schuldgefühlen zu befreien.

»Aber vielleicht weiß ich, wie du dir Gewissheit verschaffen kannst«, fuhr Eileenna fort. »In Phoinika gibt es ein altes, zerstörtes Kloster. Kurrah heißt es. Und in diesem Kloster wurde früher in einem Tempel, der dem Gott Urak geweiht ist, auf einem samtenen Kissen ein Schwert als Reliquie verehrt. Woher dieses Schwert stammte, war nicht bekannt, aber für die Mönche war es ein heiliges Objekt, das sie keinesfalls berühren durften. Aus diesem Grund blieb die Reliquie, als das Kloster zerstört wurde, auch an seinem Platz. ›Phylaitek‹ nannten die Mönche das Schwert – ein Wort aus dem Alt-Phoinikischen –, und Phylaitek hatte eine finstere Eigenschaft. Wer immer es auch berührte, büßte es mit entsetzlichen Konsequenzen: Die meisten starben, andere wurden schwer verwundet, wieder andere verloren den Verstand. Die wenigen, die mit heiler Haut davonkamen, berichteten übereinstimmend von einem entsetzlichen Kampf, den sie nur wie durch ein Wunder überlebten.«

Eileenna nahm ein anderes Buch zur Hand und schlug es auf dem anderen, jenem mit dem antiken Pergament, auf. In der Mitte einer mit Miniaturen verzierten Doppelseite sah man ein Gebäude, das Kloster, wie Eileenna erklärte, das vollständig aus Holz errichtet und mit zahlreichen Spitztürmchen besetzt war.

Die Magierin schlug die Seite um, und die Abbildung des Schwerts erschien: Die breite flache Klinge war von einer langen, violetten Intarsie durchzogen. Darum herum Inschriften in einer fremden Sprache und Symbole, die Myra ebenso wenig sagten.

»Der Name ›Phylaitek‹ ist wahrscheinlich die phoinikische Variante eines Wortes aus der Sprache der *Ersten*, von ›Phylaither‹

nämlich. Dieses Wort zählt zu den wenigen, die mir aus deren Texten zu übersetzen gelungen ist, und bedeutet *Pforte des Himmels*.«

Myras Herz schlug schneller. Sie blickte zu Eileenna auf. »Ist es das, was ich tun soll? Ich soll das Schwert finden und holen?«

Eileenna klappte das Buch zu. »Vielleicht bin ich gar nicht so alt, wie du glaubst, aber müde bin ich. Das schon. Dein Freund hier«, sie zeigte auf Kyllen, »mein so törichter früherer Schüler, der dennoch der beste war, den ich je hatte, ist dem Phantom dieser Prophezeiung fünf Jahre lang nachgejagt, obwohl er Tag für Tag weniger daran glaubte.«

Kyllen schrak auf. Sein Meister wusste auch das.

»Dennoch steht fest: Diese Welt muss gerettet werden.«

Myra musste wieder an Acrab denken und warum sie seinen Kampf immer unterstützt hatte. »Ich glaube nicht, dass ich dazu imstande bin.«

»Es zählt aber nicht, was du glaubst, sondern das, was tatsächlich *ist*: Entweder kannst du das Schwert zur Hand nehmen und überlebst es oder nicht. Dies ist das letzte Rätsel deiner langen Reise.«

Myra nahm die Hände vors Gesicht. Dann lag die Wahrheit also in Phoinika, nicht allzu weit entfernt von diesem Ort. Aber der Preis für diese Wahrheit war extrem hoch: Wenn sie nicht der *Befreier* war, bezahlte sie mit dem Leben. Doch wenn es ihr gelang, das Schwert zu nehmen, ohne Schaden zu nehmen … Dann wäre die Macht der Magie ein für alle Mal gebrochen. Denn das war es, was der *Befreier* schaffen würde: Er würde alle Elementale um sich scharen und deren Versklavung durch das Kristallblut beenden. Deswegen musste jeder, der im Dominium herrschen wollte, bemüht sein, den *Befreier* auf seine Seite zu ziehen, weil nur er allein über die Elementale gebot.

Nun passte alles, wirklich alles zusammen.

Das war es, worauf Graffias aus war. Dies war der Grund, weshalb er Fadi und Tallia getötet hatte, und danach auch alle Männer, die in jener Nacht an dem Überfall teilgenommen hatten, die einzigen, die wussten, wer der *Befreier* war: sie.

»Aber wie kam Graffias zu der Annahme, dass ich der *Befreier* sein könnte. Die Prophezeiung sagt doch nichts, was darauf schließen ließe. Da wird ja nicht erwähnt, wie er aussehen wird, oder …«

Eileenna zuckte mit den Achseln. »Vielleicht ist er ein Magier und hat in dir erkannt, was auch mein törichter früherer Schüler in dir wahrgenommen hat. Oder vielleicht weiß er mehr von der Prophezeiung, als uns bekannt.«

Myra schwieg und dachte nach. Sie musste eine Entscheidung treffen. »Wollt Ihr, dass ich mich auf den Weg in dieses Kloster mache?«, fragte sie schließlich.

Eileennas Blick verlor sich in der Ferne. »Jetzt, am Ende meiner Tage, wünsche ich mir schon, etwas zu hinterlassen, was wirklich zählt, und nicht diese Wüste, die ich um mich herum erblicke.« Sie sah zu Myra. »Aber es ist deine Entscheidung. Denn es ist dein Leben, das auf dem Spiel steht.« Sie machte eine rasche Handbewegung. »Und nun lasst mich allein.«

Myra verharrte noch einen Moment. Im Raum lag eine Traurigkeit, eine Einsamkeit, die sie bedrückte, und sie hätte der Magierin gern noch etwas gesagt. Aber was?

Eileenna stellte in Ruhe die Bücher an ihren Platz zurück.

Dann wandte Myra sich zum Gehen. Marjane folgte ihr.

Kyllen aber blieb.

Eileenna drehte sich zu ihm um. »Ich habe getan, worum du mich gebeten hast. Jetzt geh, wie du es mir versprochen hast.«

Kyllen rührte sich nicht. »Ihr müsst mich anhören …«

»Nein. Du hast deine Lehre bei mir abgebrochen, hast mich verlassen und bist gescheitert. Mehr ist dazu nicht zu sagen.«

»Doch. Und ich gehe nicht eher, bis ich es Euch gesagt habe.«

37

Acrab

Auch heute fiel der Schnee wieder in dichten Flocken, die nur deshalb nicht auf dem hart gefrorenen Boden liegen blieben, weil zu viele Sohlen sie zertrampelten. Im Hof des Gardepalastes war noch nie solch ein Betrieb gewesen.

Bevor Acrab König wurde, hatte man auf diesem Platz morgens und abends gerade einmal die Gardisten zum Appell antreten lassen. Nun jedoch war auch hier alles revolutioniert worden.

Die erste, augenscheinlich unbedeutende Veränderung, hatte die Uniformen betroffen. Die traditionellen schwarz-weißen Röcke wurden abgeschafft und durch weiß-blaue ersetzt, wobei das achtspeichige Rad, das Wappen Ostars, von den Uniformen verschwand. Mochte das anfangs noch als eine Laune des neuen Souveräns erschienen sein, so begriff man spätestens, als die Reihe der Valenkji-Gardisten um zahlreiche Asgarer erweitert wurde, dass es bei den Veränderungen nicht bloß um die Form ging, sondern um die Substanz.

»Wir sind jetzt ein Volk und kämpfen zusammen für ein gemeinsames Schicksal. Zwischen euch soll es keine Unterschiede geben, egal welcher Herkunft ihr seid, egal welchem Volk ihr entstammt. Solche Unterscheidungen dulde ich nicht«, hatte Acrab erklärt.

Dann begann die militärische Ausbildung.

Alle erwachsenen Männer wurden aufgerufen, sich zu melden.

Auch Frauen waren willkommen, konnten allerdings frei entscheiden, ob sie sich den Truppen anschließen wollten oder nicht, wobei bereits eine Reihe von Asgarinnen mit Acrab in den Kampf zogen. Schon bald war die Halle im Innern des Gebäudes für all die Menschen zu klein geworden, die in die Armee eintraten, sodass auch der Hof für die Ausbildung der Rekruten genutzt wurde.

Zu den Veränderungen zählte zudem, dass viele Mühlen Ostars in Waffenschmieden umgewandelt wurden, wodurch die Waffenproduktion sprunghaft anstieg. Gab es hier und da Beschwerden darüber, brachte der König solche Stimmen mit üppigen Entschädigungen rasch zum Verstummen. Auch der Sold, der in der Armee gezahlt wurde, war ansehnlich. Offenbar verfügte der König über stattliche Einnahmequellen und war bereit, sie für sein Volk anzuzapfen.

Am stärksten aber beeindruckte die Bewohner Ostars, dass Acrab sich völlig anders verhielt als all die anderen Herrscher, die das Land zuvor regiert hatten. Über Jahrhunderte hatten die Könige zurückgezogen in ihrem Palast gelebt und sich nur bei offiziellen Anlässen und bei einigen wenigen Reden an ihr Volk gezeigt. Daher hatten die Menschen sie als unnahbar, fast göttlich wahrgenommen. Auch Detmarinde hatte noch für diese Welt gestanden, die sich selbst genug war und sich nie verändert hatte.

Acrab war anders.

Der neue König nahm aktiv am Leben in seinem Königreich teil, mischte sich unter das Volk, überzeugte sich vom Fortgang der Waffenproduktion und hielt sich oft und lange bei seinen Kriegern auf.

So auch an diesem Morgen.

In der Kälte des ostarischen Winters, im eisigen Wind, der die Schneeflocken vor sich her trieb, war Acrab nicht wie die Königin im warmen Palast, sondern bei seinen Männern zu finden. Dies gehörte zu seinem Tagesablauf. Wie üblich trug er seine Waffen und seine Kampfmontur: Rock und Hose aus weißem Leder, einen

Brustpanzer und darüber seinen Pelzumhang, der am Hals von einer einfachen Schnalle zusammengehalten wurde. In der Hand sein Schwert.

Begleitet nur von seinem Leibwächter Gotín, diesem dunkelhäutigen Asgarer, groß und stattlich wie ein junger Gott, verließ er den Palast und ging zu den Valenkji-Gardisten, um mit ihnen zu trainieren. Er suchte sich einen aus und kämpfte gegen ihn.

Beim ersten Mal hatte der Gardist, der ihm gegenüberstand, noch gezögert. Acrab nicht: Mit zwei blitzschnellen Bewegungen hatte er den Mann in die Knie gezwungen. Dann hatte er den Blick gehoben und die anderen, die sie umstanden, angeschaut.

»So geht das nicht!«, hatte er wütend gerufen. »Wir sind nicht zum Spielen hier. Jeder, der mir gegenübersteht, hat zu kämpfen, als hätte er einen Feind vor sich, ohne Zaudern, ohne Gnade. Genauso wie ich!«

Weitere drei Krieger hatte er zu Boden werfen müssen, bevor die anderen endlich begriffen. Der vierte hatte ihn am Arm getroffen. Die Wunde war nicht mehr als ein Kratzer, aber der Krieger erbleichte und warf sich, in Erwartung einer Strafe, auf die Knie.

Doch Acrab ließ ihn aufstehen. »Das war gut. Genauso machst du es später in der Schlacht.«

So lernten die Valenkji-Gardisten nach und nach ihren König zu schätzen und begannen, ihn als einen der ihren zu betrachten.

An diesem Morgen trat Acrab gegen seinen Leibwächter an. Gotín war in Ostar mittlerweile gut bekannt. Die Frauen verehrten ihn und ließen sich verzaubern von seinen tiefblauen, kalten, pupillenlosen Augen. Doch Gotíns Herz schien nur für seinen Herrn zu schlagen. In völliger Hingabe folgte er ihm wie ein Schatten.

Acrab konnte ihm blind vertrauen. Ohne zu zögern hätte Gotín sein Leben gegeben, um das seines Herrn zu schützen. Außerdem war er einer seiner stärksten und tapfersten Krieger.

Aber er war nicht Myra.

Acrab konnte diesen Gedanken nicht verdrängen, wenn er gegen Gotín kämpfte. Denn Myra war ganz und gar sein Geschöpf, der einzige Mensch, mit dem er sich auch auf einer Ebene auseinandersetzen konnte, jenseits von Krieg und Politik. Bei ihr musste er nicht jene Rolle spielen, die es ihm ermöglicht hatte, ein asgarisches Heer aufzubauen, und die ihm die Bewunderung der Ostarer eintrug. Myra war seine Zuflucht, wenn er müde und erschöpft war.

Ich habe zugelassen, dass sie so wichtig für mich wurde, dachte er wütend und ließ die Klinge noch wuchtiger auf Gotín niederfahren, der ihr nur mit knapper Not ausweichen konnte. Er war zu weit gegangen. Wenn er sich nicht besser im Griff hatte, würde er es eines Tages bitter bereuen. Das wusste er. *Nur die Ruhe*, sagte er sich, *es läuft doch alles nach Plan.* Mit einem letzten Hieb zwang er Gotín zu Boden und setzte ihm die Klinge an die Kehle. So verharrten sie, während ihr keuchender Atem vor ihren Mündern weiße Wölkchen bildete.

Dann reichte Acrab seinem Leibwächter die Hand, der ergriff sie und ließ sich hochziehen.

»Bist du wütend auf mich? Habe ich etwas falsch gemacht?«

Acrab schüttelte den Kopf. »Nein, nein, ich war nur etwas abgelenkt.«

Als sie sich wieder zum Angriff aufstellen wollten, spürte Acrab es, noch bevor er das Rascheln von Kleidern und das Zischen der Klinge hörte. Er warf sich zur Seite, und der Hieb streifte seine Hüfte. Der Angreifer fiel nach vorn, konnte sich aber abfangen, fuhr herum und griff erneut an.

Mit einer blitzschnellen Bewegung packte Gotín ihn von hinten und hielt ihn fest.

»Lass ihn los!«, befahl Acrab.

Gotín schaute seinen Herrn verwirrt an. Im Hof war es still geworden, und alle blickten zu ihnen.

»Jetzt lass ihn schon los«, rief Acrab noch einmal.

Gotín zögerte einen Moment und gehorchte dann, woraufhin sich der Angreifer sofort wieder auf Acrab stürzte. Doch der ließ sich nicht mehr überraschen. Er packte den bewaffneten Arm, drehte ihn um, sodass das Schwert zu Boden fiel, drückte den Mann auf die Knie und setzte ihm die Klinge an den Hals.

»Was willst du von mir?«, fragte er laut, sodass alle ihn hörten.

»Meinen Sohn«, schrie der Mann. Seine verzweifelte Stimme hallte über den Hof. »Ihr habt ihn mir genommen, und ich weiß nicht, was aus ihm geworden ist! Wir waren freie Menschen, bevor Ihr kamt. Wir waren immer ein friedliches Volk, und nun schmieden wir Waffen ohne Unterlass, und unsere Söhne verschwinden in der Finsternis.«

Die Soldaten im Hof blickten einander an. Von diesem Gerücht hatten sie gehört: Einige junge Männer sollen aus ihren Häuser verschleppt worden sein, und niemand wusste etwas von ihrem Schicksal. Es hieß, diese jungen Leute hätten den Militärdienst verweigert und seien auf diese Weise bestraft worden. In der ersten Zeit nach der Eroberung war das häufig geschehen, und wer einmal verschwunden war, tauchte nie wieder auf.

»Du hast noch nicht verstanden, dass sich die Zeiten geändert haben«, erklärte Acrab gleichmütig, »dass Ostars Bestimmung nicht die Trägheit ist, zu der eure Herrscher dieses Land in früheren Zeiten verdammt hatten.« Er stieß den Mann zu Boden und gab Gotín ein Zeichen. »Schaff ihn fort und lass ihn verhören«, befahl er und setzte hinzu: »Und dann ruf mein Volk für heute Nachmittag zusammen. Ich habe ihm etwas mitzuteilen. Alle müssen kommen.«

Wie verlangt, hatte sich ganz Ostar versammelt. Aus dem Fenster des Schlafgemachs spähte Acrab auf die Menge.

»Willst du dich nicht zeigen?«, fragte Gotín. Allein diese Frage machte deutlich, wie groß der Unterschied zwischen diesem treuen Diener und Myra war. Sie hätte ihn verstanden. Wieder versuchte Acrab, den Gedanken an sie zu vertreiben. Er konnte beruhigt sein. Was Myra anging, hatte er zuletzt einiges in die Wege geleitet, und der Erfolg würde nicht auf sich warten lassen. Er musste sich auf seine Rede konzentrieren. »Es ist besser, auf sich warten zu lassen. Die Leute müssen sich ungeduldig fragen, was ich wohl von ihnen will. Ja, sie müssen danach verlangen, mich zu sehen und mir zuzuhören.«

Einige Minuten blieb er noch am Fenster stehen, dann wandte er sich ab und trat auf den Balkon hinaus, auf dem er sich an dem Tag der Eroberung Ostars dem Volk gezeigt hatte.

Er atmete tief durch. »Wahrscheinlich wisst ihr es schon«, rief er. »Heute kam ein Mann zu mir und hat sich über die Politik der Krone bitter bei mir beklagt. Ostar sei immer ein friedliches Land gewesen, sagte er, das sei seine Natur, und es sei falsch, es auf einen Krieg vorzubereiten.« Er hielt inne und ließ den Blick über die Menge schweifen.

Kein Laut war zu hören.

»Aber wisst ihr auch, was die Bewohner anderer Länder des Dominiums über euch Ostarer denken? Für die seid ihr Ausbeuter, die ihren Wohlstand durch das Leid anderer mehren. Eure Mühlen halten sie für Teufelswerk und euch selbst für verflucht von den Göttern, weil ihr es nicht lassen könnt, die Wasserkraft zu nutzen.«

Diese Dinge waren den Ostarern bekannt, aber sie konnten damit leben, weil bisher noch niemand diese Anklage so deutlich und unerbittlich formuliert hatte. Ein Raunen durchlief die Menge.

»Und das ist auch der Grund, weshalb wärmere Länder wie Biaswad keine Nahrungsmittel an euch liefern. Das ist der Grund, weshalb ihr nur mit den nördlichen Ländern des Dominiums Handel treibt. Das ist der Grund, weshalb ihr in den unerträglich langen und harten Wintern Ostars auf euch selbst gestellt seid!«

Es war wieder still geworden.

Acrab sprach weiter: »Der Frieden im Dominium, dieser Frieden, den einer aus eurer Mitte heute vor mir beschworen hat, ist nichts weiter als die Herrschaft derer, die viel besitzen, über die, die in Armut leben. Es ist die Herrschaft der Blutmagier über jene, denen der Zugang zur Magie verschlossen ist, die Herrschaft der reichen Großgrundbesitzer Biaswads über jene, die in weniger fruchtbaren, kargen Gegenden leben, die Herrschaft derer, die sich vollstopfen können auf Kosten jener, die Hunger leiden!« Acrab hatte die Stimme erhoben und schrie fast, als er hinzufügte: »Ich bin gekommen, um all dem ein Ende zu setzen. Wahrer Friede verlangt nach Gerechtigkeit. Ich werde das Dominium verändern und es zu einem Reich machen, in dem alle Hungernden ihr Auskommen finden und niemand sich auf Kosten anderer bereichern kann. Dies ist die Welt, wie ich sie mir erträume!«

Wieder durchlief ein Raunen die Menge, nun war es ein zustimmendes Raunen, mehr noch, ein Schauder, der alle ergriffen hatte, und Acrab spürte, dass sich die Herzen der Ostarer ihm zuwandten. Er gab Gotín ein Handzeichen und ließ den Mann vortreten, der ihn am Morgen angegriffen hatte. Dieser lag in Ketten, wies aber keine Spuren von Misshandlung auf.

Acrab deutete auf den Gefangenen und rief: »Das ist er! Das ist der Mann, der mich heute Morgen töten wollte. Ich habe mich ihm im Kampf gestellt und ihn besiegt, ohne die Hilfe meiner Soldaten, aus eigener Kraft. Und so wie ich mir aus eigener Kraft meinen Weg bis hierher gebahnt habe, gebe ich jedem die Möglichkeit, seine Kräfte zu beweisen. Wäre dieser Mann stärker gewesen und hätte entschlossener gehandelt, spräche er jetzt vielleicht von diesem Balkon zu euch.« Er legte eine weitere wohldurchdachte Pause ein. »Meiner Willensstärke hält nichts stand, und nichts kann meinen Willen beugen. Vergesst das nie!« Er packte den Mann am Arm. »Was soll mit ihm geschehen?«

Das Stimmengwirr aus der Menge hob wieder an und wurde rasch lauter.

Acrab wartete: Er wollte, dass die Leute sich äußerten, sich miteinander verständigten. Sie wussten genau, was am Morgen geschehen war, denn er selbst hatte dafür gesorgt, dass sich die Nachricht rasch verbreitete, so wie er immer darauf bedacht war, dass sich seine Taten überall herumsprachen und der Respekt vor ihm wuchs. Alle sollten erkennen, wer er war und wie er vorging, sollten um seine Tapferkeit wissen, um seine Redlichkeit und seinen eisernen Willen.

»Der Mann ist ein Verräter. Er hat den Tod verdient«, rief jemand aus der Menge.

Acrab wusste nicht, ob es sich um einen Asgarer, also einen seiner Leute, oder um einen Ostarer handelte. Aber das war gleich. Es zählte einzig, dass dieser Ruf lauter wurde, dass er sich verbreitete und mehr und mehr von anderen geteilt wurde. Macht übte man aus, indem man im gleichen Maße Furcht säte und Belohnungen verteilte, und er verstand sich darauf, diese Zutaten perfekt zu dosieren. Und so schritt er, als die Menge im Chor lauter und lauter den Tod des Mannes forderte, zur Tat.

Er umfasste den Mann mit einem Arm, zog mit dem anderen sein Schwert und schnitt ihm die Kehle durch. Es war nur ein kurzer Augenblick.

Die Menge erstarrte.

Acrab hob sein blutbesudeltes Schwert. »Wer sich sonst noch mit mir messen will, kann das tun. Ich bin hier und warte.«

Ohne ein weiteres Wort steckte er das Schwert zurück, wandte sich ab und verließ den Balkon. Er hatte noch etwas vor. Und zwar allein.

Das Untergeschoss des Palastes war bislang für Ställe und als Lager genutzt worden. Daneben gab es zwei größere Räume mit Maschinen, die von dem großen Wasserrad draußen angetrieben wurden: In dem einen wurde Wäsche gewaschen, in dem anderen Mehl gemahlen.

Acrab erinnerte sich noch, wie er zum ersten Mal hier unten

gewesen war: So viel ungenutzter Raum, hatte er gedacht, und solch ein primitives Räderwerk, völlig unzulänglich, um die ganze Kraft des Wasserfalls auch nur annähernd zu nutzen. Und so hatte er sich noch am selben Abend ans Werk gemacht und seinen kostbaren Nachtschlaf geopfert. Aber es hatte sich gelohnt: Am Morgen waren die Pläne für die neuen Maschinen fertig. Der Hoftechniker, dem er sie übergab, hatte ihn angeschaut, als sei er nicht von dieser Welt.

»Das funktioniert«, hatte Acrab gesagt. »Das werden die besten Maschinen, die du je gesehen hast.«

Nun stand er wieder dort unten und betrachtete die Hallen, die sich vollkommen verwandelt hatten: Die Fackeln brannten Tag und Nacht, und mit einem Höllenlärm drehten sich die Maschinen und Getriebe in einem fort. Es dampfte und rauchte und roch nach Eisen. Schwitzend und mit eingeschwärzten Gesichtern waren überall Männer bei der Arbeit. Zumeist handelte es sich um Valenkji-Gardisten, die sich freiwillig gemeldet hatten, oder um Arbeiter, die aus den Werkstätten in der Stadt hierher versetzt worden waren. Andere hatte man zwangsrekrutiert, so wie den Sohn des Mannes, der Acrab am Morgen hatte töten wollen.

Acrab kannte sie alle: Er besaß ein Gedächtnis, das alles speicherte. Eine Gabe und ein Fluch zugleich. Denn war ihm dies beim Erlernen der Sprachen des Dominiums und all seinen weiteren Studien sehr zugutegekommen, so hinderte es ihn auch daran, die Vergangenheit hinter sich zu lassen und alles Unliebsame schlicht zu vergessen. War sein unaufhaltsamer Aufstieg zur Macht im Grunde nicht ein Versuch, den Schmerz der Wunden, die ihm das Leben geschlagen hatte, zu lindern?

Da stand der Sohn des Attentäters über einen Tisch gebeugt und feilte an einem Zahnrad. Eine Fußfessel kettete ihn an seinen Platz. Acrab wäre es lieber gewesen, auf solche Zwangsarbeiter zu verzichten, denn dadurch untergrub er das Vertrauensverhältnis, das er mit seinem Volk aufbauen wollte. Diese Tatsache belegte auch das Attentat an diesem Morgen. Doch er brauchte immer mehr Hände, denn seine Maschinen hatten für ihn absolute Priorität.

Er überschritt die Schwelle und trat zu dem Hoftechniker. So wie alle anderen hatte auch er seit dem Beginn der Arbeiten kein Tageslicht mehr gesehen.

»Wie geht's voran?«, fragte Acrab, ohne lange Vorrede.

»Gut, Majestät«, antwortete der Mann. Auch er war verschwitzt und wirkte sehr erschöpft.

»Sind wir noch in der Zeit?«

Der Techniker nickte. »Ich habe alles so geregelt, wie Ihr es verlangt habt.« Er hob den Blick und sah Acrab flehentlich an. »Kann ich jetzt meine Frau wiedersehen?«

Acrab schaute in die Pläne und verglich sie mit einigen bereits fertigen Teilen. »Noch nicht«, antwortete er zerstreut.

»Aber ich ...«

»Du erfüllst eine Aufgabe von allergrößter Bedeutung für die Zukunft Ostars. Das sollte dir genügen.«

Der Mann senkte den Kopf und nahm eine Hand vor die Augen. Er war mit seinen Kräften am Ende.

»Ich werde sehen, was ich für dich tun kann.«

Damit machte Acrab sich auf zu einem Rundgang durch die Halle. Jedes einzelne Teil auf den Werktischen erkannte er und setzte es im Geiste zur fertigen Maschine zusammen. Keiner der Männer, die hier unten arbeiteten, wusste, wie das Resultat aussehen würde. Er schon, und das so genau, als stände es bereits vor ihm. Nur ein Teil fehlte noch, das wichtigste, und dieser Umstand brachte ihn um den Schlaf. Aber er war sich sicher, dass er es bald bekommen würde. Jahrelang hatte er dafür gearbeitet, und jetzt würde es keine Rückschläge mehr geben.

Zufrieden mit dem Fortgang der Arbeiten machte er sich schließlich auf den Weg zurück, hinauf zu seinen Gemächern, wo ihn Gotín oben an der Treppe erwartete.

»Weißt du, wo die Frau des Hoftechnikers zu finden ist?«, fragte er ihn.

»Gewiss.«

»Lass sie zu ihrem Mann bringen.«

»Ich kümmere mich darum. Wie lange darf sie bleiben?«

»Du hast mich nicht richtig verstanden«, entgegnete Acrab, wobei er Gotín fest in die Augen sah. »Lass sie runterbringen. Und dort soll sie bleiben.«

38

16. Dezember, abends

Eileenna starrte Kyllen wütend an. »Sag, was du zu sagen hast, und dann geh!«

Der junge Magier bemühte sich, Ruhe zu bewahren. Es schmerzte ihn, dass alle Entscheidungen falsch gewesen waren, die er seit seinem Weggang aus diesem Haus getroffen hatte. Aber mehr noch schmerzte ihn die Verachtung dieser Frau, der er alles zu verdanken hatte.

Doch er brauchte sie.

Und so erzählte er, wie in einem Geständnis, von Anfang an, was er erlebt hatte. Während er erzählte, begriff er noch einmal das ganze Ausmaß seines Scheiterns, die lange Reihe von Fehlern, die ihn schließlich wieder zu ihr zurückgeführt hatte.

Ohne etwas einzuwerfen, ließ Eileenna ihn reden, und als er endlich fertig war, schien sie nicht sonderlich beeindruckt. »Und was erwartest du jetzt von mir?«, fragte sie scharf.

In dem Blick seiner Meisterin erkannte er immer noch dieselbe Enttäuschung wie fünf Jahre zuvor, als er sie verlassen hatte.

»Was bildest du dir eigentlich ein? Dass ich auf dich warte, um dich wieder mit offenen Armen zu empfangen? Durch diese Tür bist du gegangen und hast deine Entscheidung in die Tat umgesetzt. Ein Schritt, durch den du zu einem selbstverantwortlichen, erwachsenen Magier wurdest. Ich kann dir nichts mehr beibringen.«

»Auf der Fahrt hierher habe ich etwas Seltsames erlebt. Wir waren auf hoher See, auf dem Schiff, das uns nach Bizzef bringen sollte, und wurden von Piraten überfallen. Und einer dieser Piraten rannte geradewegs auf mich zu, um mich zu töten, so als habe er den Auftrag dazu, so als habe er gewusst, wer ich war. Versteht Ihr?«

Eileenna presste die Lippen zusammen.

»Ich erwarte keine Hilfe von Euch«, sprach Kyllen weiter, »ich dachte nur, es sei meine Pflicht, Euch darüber zu unterrichten, weil ich weiß, wie viel Euch unsere Magie bedeutet, und weil es im Dominium niemanden mehr gibt, der so aufrichtig wie Ihr den wahren Glauben der *Reinen* vertritt.«

»Mir zu schmeicheln wird dir nichts nützen.«

»Das tue ich gar nicht«, stieß Kyllen hervor. »Ich bin zurückgekommen und wusste genau, mit welcher Verachtung Ihr mir begegnen würdet. Doch ich war überzeugt, dass Ihr mir trotzdem Glauben schenkt. Wenn jemand im Dominium meine Befürchtungen ernst nehmen würde, dann Ihr.«

Einen Moment lang schwiegen beide.

Dann gab Kyllen auf. »Auch das war ein Fehler! Ich hätte niemals zurückkommen dürfen.«

Mit müden Schritten ging Eileenna zu ihrem Schreibtisch hinüber und nahm Platz.

Der Zorn in ihrer Miene war einem Ausdruck trauriger Resignation gewichen. »Du warst ein sehr guter Schüler, vielleicht der beste, den ich je hatte. Und das nicht nur wegen deines großen Talents, sondern auch, weil du von einem echten Glauben an unsere Magie erfüllt warst. Du hattest alles aufgegeben und alles gewagt, um zu mir zu kommen.«

Kyllen sah sich als den jungen Burschen wieder, fast noch ein Kind, der damals seine Familie verlassen und seine Ausbildung bei einem Blutmagier abgebrochen hatte, damit er ein *Reiner* werden konnte. Er hatte sein Leben aufs Spiel gesetzt, um sie zu finden.

Und das alles, weil er zutiefst von dem überzeugt war, woran auch Eileenna glaubte, nämlich dass es sich lohnte, für eine bessere Welt einzutreten.

»Ich habe so viele Fehler gemacht«, sagte er leise, »aber ich war sehr jung und spürte in mir den unwiderstehlichen Drang, alles zu verändern, was mich umtrieb. Und es war wirklich so, wie Ihr gesagt habt: In meinem Hochmut glaubte ich, es allein schaffen zu können. Aber ich wurde zum Werkzeug jenes Mannes, der den Unbefleckten in der Hand hat, und meine Leidenschaft stumpfte in der sinnlosen Arbeit ab, die ich in der Kongregation verrichten musste. Ich habe alles falsch gemacht, was man nur falsch machen konnte, und auch wenn es jetzt zu spät ist, bitte ich Euch, mir zu vergeben.«

Eileennas Miene war weiter erfüllt von einer tiefen Traurigkeit. »Soll ich dir mal sagen, was ich in den vergangenen Jahren getan habe?«, fragte sie. »Ich habe irgendwann aufgegeben. Das ist leider die Wahrheit. Immer wieder habe ich versucht, die Alkaker davon zu überzeugen, dass sie ihren Boden nur erhalten können, wenn sie im Einklang mit dem Wald leben und ihre Lebensweise umstellen. Aber was tun sie? Sie brennen den Austrieb der großen Wurzel einfach nieder, die dadurch Jahr für Jahr nur noch stärker austreibt.«

»Aber das ist doch der Weg, den Ihr mich gelehrt habt. Ihr habt immer zu mir gesagt: Die Menschen ändert man nur in kleinen Schritten, einen nach dem anderen …«

»Aber damit bin ich gescheitert! Wenn ich tot bin, werden die Alkaker weiter den Wald abbrennen, der sich seinerseits dafür ihr Land einverleibt. Nichts wird sich ändern.«

Kyllen wusste nicht, was er sagen sollte. Er hatte Eileenna noch nie so niedergeschlagen gesehen und fragte sich, ob das auch seine Schuld war, weil er sie allein gelassen hatte, anstatt ihr zur Seite zu stehen und sie mit seinem Enthusiasmus anzustecken und zu stärken.

Eileenna schüttelte den Kopf, als wollte sie dieses Gefühl, gescheitert zu sein, vertreiben, und sagte: »Auf alle Fälle ist Graffias ein phoinikischer Name.«

Kyllen nickte und lehnte sich vor. »Wie es aussieht, hat er eine Zeitlang in einem Kloster gelebt.«

»Das würde dazu passen, dass in Klöstern häufig Schätze gehütet werden. So wie das Pergament, aus dem ich vorhin zitiert habe.«

»Glaubt Ihr, wir können es schaffen, die wahre Identität dieses Mannes aufzudecken und herauszufinden, was er eigentlich will?«

»Was er will, liegt auf der Hand: den *Befreier*. Wenn er den *Befreier* findet und ihn unter Kontrolle bekommt, kann er in einer Welt ohne Magie seine Ziele verfolgen. Denn er ist kein Magier und auch kein *Reiner*: Er ist ein Krieger.«

Kyllen bewunderte Eileennas logischen Scharfsinn. Darauf war er selbst nicht gekommen. »Könnt Ihr Euch wirklich vorstellen, dass Myra der *Befreier* ist?«

Eileenna wandte ihm den Blick zu. »Im Moment kommt es vielleicht gar nicht so sehr darauf an, ob sie der *Befreier* ist oder nicht.«

Kyllen stutzte. »Aber wenn sie doch …«

Eileenna unterbrach ihn mit einer Handbewegung: »Ja, gewiss, für uns wäre das sehr wichtig. Für das ganze Dominium wäre es das. Worauf es in der jetzigen Situation aber ankommt, wissen wir bereits: Graffias ist davon überzeugt, dass sie es ist …«

»Klar, darum hat er sich die Kongregation gefügig gemacht und ist hinter Myra her.«

Eileenna nickte. »Das bedeutet aber nicht, dass wir die Wahrheit nicht kennen müssten, und sei es nur, um Myra zu beschützen, wenn sie tatsächlich der *Befreier* sein sollte.«

Kyllen musste lächeln. Er konnte sich keinen Menschen vorstellen, der weniger schutzbedürftig war als Myra. Nicht zuletzt hatte sie ihm um einiges häufiger das Leben gerettet als er ihr.

Plötzlich erinnerte er sich daran, wie er in Biaswad am Strand des Schwarzen Meeres wieder zu sich gekommen war und ihre Lippen auf seinem Mund gespürte hatte. Er errötete.

»Woran denkst du?«

»Ach, an gar nichts.«

»Sei auf der Hut, Kyllen, ich spüre in diesem Mädchen etwas Mächtiges, Unheimliches.«

Eileenna sah ihm so fest in die Augen, dass Kyllen den Blick abwenden musste. »Unsere Wege haben sich rein zufällig gekreuzt.«

»Natürlich. Aber jetzt seid ihr Weggefährten.«

»Ja, aber jeder hat sein eigenes Ziel.«

Eileenna wandte den Blick nicht von ihm ab. »Nun gut. Ich werde einige Nachforschungen zu diesem Graffias anstellen. Es ist wichtig zu wissen, wer er wirklich ist und wie weit seine Pläne gediehen sind. Du hingegen wirst das Mädchen begleiten und mich auf dem Laufenden halten.«

Kyllen lächelte. »Dann arbeiten wir wieder zusammen?«

Eileennas Miene verhärtete sich. »Mach dir keine falschen Hoffnungen. Es ist nicht alles vergeben und vergessen. Ich bin nicht mehr deine Meisterin und werde es auch nie wieder sein. Doch die Lage ist sehr ernst, nur deshalb handeln wir gemeinsam. Verstanden?«

Kyllen blieb nichts anderes übrig, als zu nicken.

»Und nun lass mich allein. Ich muss schlafen.«

Mit einer angedeuteten Handbewegung verabschiedete sich Kyllen und wandte sich zur Tür. Auf der Schwelle drehte er sich noch einmal um. Die Sonne war untergegangen, und durch das Fenster fiel nur das Mondlicht in den Raum und hob in Eileennas Gesicht jede einzelne Falte hervor. Anfangs war es ihm so vorgekommen, als habe sie sich überhaupt nicht verändert – jedenfalls hatte er das glauben wollen. Nun aber erkannte er, dass auch an ihr die Zeit keineswegs spurlos vorübergegangen war. Sie war alt geworden. Und doch war es immer noch die Frau, der er einst nachgeeifert war, etwas müde, etwas mutlos, aber nicht gebrochen.

»Nur Ihr allein werdet für mich immer mein Meister sein«, sagte er und verließ leise, ohne weiteres Wort, den Raum.

Während sich die anderen im Haus schlafen legten, ging Myra zu Icenwharth hinaus. Sie wollte lieber bei ihm die Nacht verbringen, dort fühlte sie sich wohler. Durch das, was der Drache zwei Tage zuvor für sie getan hatte, war eine Grenze überschritten worden, hinter die sie unmöglich zurückkehren konnte. Nun gehörten sie zusammen und würden es für immer bleiben.

Icenwharth schien sich rasch zu erholen, sie trat zu ihm und wollte ihm eine Hand auf die Schnauze legen, als sie Schritte hinter sich hörte.

Es war Marjane, die sie mit ernster Miene ansah. »Willst du das wirklich tun? Willst du wirklich dieses Schwert holen, obwohl das vielleicht deinen Tod bedeutet?«

Myra blickte das Mädchen eine Weile schweigend an. Bisher hatte sie diesen Gedanken noch von sich ferngehalten, war ihm ausgewichen, aber nun musste sie sich ihm stellen. »Was bleibt mir anderes übrig? Ich würde gerne darauf verzichten, aber ich habe bereits so viel riskiert, um die ganze Wahrheit zu erfahren, dass ich kaum noch zurück kann.«

»Ich werde an deiner Seite stehen«, erklärte Marjane, »ich will dein Knappe sein.«

Myra deutete ein Lächeln an. »Leg dich wieder schlafen. Aber nach Kurrah gehe ich auf alle Fälle. Wenn du mitkommen willst, morgen früh breche ich auf.«

Marjane nickte und kehrte ins Haus zurück.

Myra aber machte es sich bei Icenwharth bequem, lehnte sich mit dem Rücken gegen seinen mächtigen Leib und versuchte, an nichts zu denken. Doch der Schlaf wollte nicht kommen.

Auch Kyllen konnte nicht einschlafen. Nach dem langen Gespräch mit Eileenna hatte ihn eine seltsame Unruhe ergriffen. Er dachte an Myra. Was, wenn sie nicht der *Befreier* war?

Wenn die Prüfung ihren Tod bedeutete?

Mit einem Ruck stand er auf und ging nach draußen ins Freie. Es schneite ein wenig, die Nacht war kalt und klar.

Er sah Myra bei Icenwharth ruhen, ging zu ihr und setzte sich neben sie.

»Bist du gar nicht müde?«, fragte Myra.

»Doch. Es war ein harter Tag auch für mich. Aber mir geht nicht aus dem Kopf, was Eileenna dir erzählt hat.«

»Dabei bin ich es doch, die das Schwert berühren wird.«

Dies so offen auszusprechen machte die Sache noch realer. Marjane gegenüber hatte sie noch ein wenig gezögert, doch nun hatte sie die Entscheidung bereits getroffen. Sie brauchte Klarheit, sie musste wissen, ob es bloß die Wahnidee dieses Graffias war, durch die ihr Leben zerstört wurde, oder ob dieser Mann, von dem sie nichts wusste, doch recht hatte und seit ihrer Geburt etwas in ihr schlummerte, das, genau genommen, Fadis und Tallias Tod verursacht hatte.

»Du hast dich also entschieden?«, fragte Kyllen.

Myra sah ihn an. »Ja. Und tu nicht so unbeteiligt. Ich weiß doch, wie wichtig das auch für dich ist.«

Kyllen starrte auf das Wasserrad vor dem Haus, das sich langsam um seine Achse drehte, während der Schnee sanft weiterfiel. »Schon. Aber was auch immer der Hochstapler, der sich heute als Unbefleckter ausgibt, verbreiten mag, es ist eine Grundüberzeugung von uns *Reinen*, dass jeder Einzelne die Konsequenzen seines Handelns tragen muss. Zwar nutzen auch wir, so wie die Blutmagier, die Elementale für unsere Zauber, aber in erster Linie bezahlen wir mit unserem körperlichen Einsatz und unserem Blut dafür.«

Myra erinnerte sich an die vielen Male, an denen er gezaubert hatte, sah wieder vor sich, welche Anstrengung ihn das gekostet, welche Qualen es ihm bereitet hatte.

»Deswegen würde ich dich auch nicht drängen, wenn du dich doch gegen diese Prüfung entscheidest. Zudem habe ich ja nie so ganz an diese Prophezeiung glauben wollen und mich nur deswegen damit befasst, weil man es mir in der Kongregation befohlen hatte.«

»Aber deine Meisterin wäre alles andere als begeistert.«

Kyllen lächelte traurig. »Sie ist nicht mehr meine Meisterin. Aber trotz aller Differenzen zwischen uns denkt sie im Grunde so wie ich.«

»Und du würdest mich wirklich nicht drängen? Schließlich würde euch damit die Chance entgehen, eure Träume zu verwirklichen.«

»Meine Träume sehen anders aus. Auch die *Reinen* sollten sich auf andere Dinge konzentrieren.«

Myra schwieg. »Du würdest mich also meiner Wege ziehen lassen und nicht versuchen, mich aufzuhalten?«, fragte sie noch einmal.

»Wenn es dein Wille ist«, antwortete Kyllen und schaute sie eindringlich an. Einen Augenblick fürchtete er, es könnte das letzte Mal sein, dass sein Blick auf ihr ruhte, und bei diesem Gedanken krampfte sich ihm das Herz zusammen.

Myra schüttelte den Kopf. »Nein, nein, ich werde mich nach Kurrah aufmachen. Es muss sein. Ich kann jetzt nicht aufgeben.«

Kyllen nickte.

»Wahrscheinlich willst du mich begleiten«, sagte sie.

»Ja. Ich möchte dir gerne helfen, wenn ich es kann.«

»Weil ich vielleicht der *Befreier* bin?«

»Nein, weil wir Gefährten sind.« Kyllen stand auf und lächelte sie an. »Gute Nacht, Myra.«

Sie erwiderte sein Lächeln ohne ein weiteres Wort.

Als sie erneut mit Icenwharth allein war, lehnte sie sich gegen den Drachenleib zurück. Und endlich überkam sie der Schlaf.

Aber lange ruhen konnte sie nicht.

Mitten in der Nacht fuhr sie hoch, nicht weil sie etwas gehört, sondern weil ihre durch den Krieg geschärften Sinne irgendetwas wahrgenommen hatten.

Eine Bedrohung.

Unwillkürlich glitten ihre Hände zu den Waluds, aber als sie sich umschaute, war nichts Ungewohntes zu erkennen. So wie immer lag der Schattenwald da, sanft plätscherte der Wasserfall, und der Schnee, der weiter fiel, breitete leise ein weißes Tuch über der Lichtung aus. Icenwharth hinter ihr schlief.

Doch Myra war hellwach, denn sie spürte, dass jemand in der Nähe war.

Dann ein Rascheln. Myra sprang auf und stürzte zu der Stelle, von der das Geräusch gekommen war. Sie erkannte nur einen Schatten, aber das reichte: Mit einem Arm packte sie die Gestalt von hinten und hielt ihr mit der anderen Hand die Klinge an die Kehle.

»Wer bist du?«, zischte sie.

Langsam hob der Schatten die Hände, und plötzlich kam Myra dieser Körper vertraut vor.

»Myra, erkennst du mich nicht?«

Doch, das tat sie.

39

16. Dezember, nachts

Myra ließ die Arme sinken, steckte die Waffen wieder in die Scheide, trat einen Schritt zurück und schaute den Mann fassungslos an. Alles um sie herum schien sich zu verwandeln, nahm etwas Unwirkliches, Vages an, so als erlebe sie es in einem Traum. Denn vor sich hatte sie einen Teil ihrer Vergangenheit, einen Teil jener Welt, die sie für diese absurde Reise verlassen hatte.

»Begrüßt man so einen alten Kameraden?«, fragte Brennar.

Immer noch verwirrt, legte Myra eine Hand vor den Mund, doch dann wich alles der Freude, den alten Soldaten wiederzusehen. Acrab hatte sie also nicht vergessen, sondern hatte jemanden losgeschickt, um nach ihr zu suchen.

»Was tust du hier? Ist in Asgarö alles in Ordnung? Was macht Acrab?« Ihre Worte überschlugen sich vor Aufregung.

Brennar betrachtete sie kühl. »Sollte ich dich nicht eher fragen, was du hier tust?«

Myra schaute sich verstohlen um. Icenwharth schlief immer noch: Offenbar hatte er, anders als sie, sofort wahrgenommen, dass sie nicht in Gefahr waren. In Eileennas Haus schien niemand wachgeworden zu sein.

»Komm.«

Am anderen Ende der Lichtung fegten sie den Schnee von zwei Felsblöcken und setzten sich. Immer noch schneite es leise, und

Myra fröstelte und wickelte sich in ihren Umhang ein. Halb mitleidig, halb tadelnd sah Brennar sie an. »Du bist wohl nichts mehr gewöhnt. Hast du die eisige Welt Asgarös schon vergessen?«

»Nein, gar nicht. Aber wie geht's euch denn dort oben?«

Brennar schien fassungslos. »Was ist nur los mit dir, Myra? Als du nach vier Tagen nicht zurückgekehrt bist, habe ich dich vor allen in Schutz genommen, habe sie beschworen, auf dich zu warten. Und dann habe ich sogar einen Rettungstrupp organisiert, weil ich überzeugt war, dass dir etwas passiert sein musste … Und jetzt fragst du mich so leichthin, wie es uns denn so geht, da oben in Asgarö?«

»Ich habe euch nicht im Stich gelassen.«

»Ach nein? Das hat sich in deinem Brief aber anders angehört.«

»Wie hat Acrab denn reagiert, als er ihn gelesen hat?« Myra spürte ihr Herz wie wahnsinnig in der Brust hämmern.

Brennar schüttelte den Kopf. »Du machst es dir wirklich zu leicht, Myra. Was tust du hier an diesem von Modir und den Menschen verlassenen Ort? Hast du eine Ahnung, was ich auf mich genommen habe, um dich zu finden?«

»Du kennst meine Geschichte«, erwiderte Myra trocken. »Meine Reise war nicht sinnlos. Ich hatte recht: Mein Vater ist nicht umgebracht worden, weil jemand hinter seinem Grund und Boden her war. Hinter seiner Ermordung steckt etwas, das sehr viel weiter reicht, etwas, das auch Acrab interessieren müsste.«

Noch bevor Myra ihre Erklärung beendet hatte, schüttelte Brennar den Kopf. »Du folgst Gespenstern.«

»Nein, das ist nicht wahr. Wenn du mir zuhörst …«

»Wir haben miteinander geredet, bevor du gingst«, unterbrach Brennar sie. »Ich habe mich dir geöffnet und dir Dinge erzählt, die sonst niemand von mir weiß. Und am Tag darauf hast du uns verlassen und alles verraten, was uns heilig ist. Und ich spreche nicht nur von mir.«

»Er schickt dich, hab ich recht?«

Brennar nickte, und Myra konnte einen Seufzer der Erleichterung nicht unterdrücken.

»Ich hätte dich vergessen. Denn du hast uns verraten«, sagte Brennar weiterhin kühl. »Für mich ist so etwas unverzeihlich. Aber nicht für ihn. Für ihn bist du praktisch sein Geschöpf. Du bist seine Tochter.«

Myra senkte den Kopf und schlug sich den Umhang vor das Gesicht. Immer wieder in den zurückliegenden Wochen, bei jedem Schritt dieser langen Wanderung, war ihr genau das durch den Kopf gegangen. Doch dies von jemandem zu hören, der die gesamte Geschichte kannte, tat weh. Am liebsten hätte sie sich gleich auf den Weg gemacht, zurück zu Acrab, um sich vor ihm niederzuwerfen, ihn neben sich zu spüren und an seiner Seite zu kämpfen. Er gab ihrem Leben die einzig wahre Richtung vor, tat es, seit sie ihren Bund mit Blut besiegelt hatten.

Aber sie konnte nicht.

Eileennas Worte hallten ihr durch den Kopf, hart und belastend, und verurteilten sie zu einem anderen Weg.

»Lass mich dir erklären, warum ich das getan habe und weshalb ich diesem Weg noch weiter folgen muss. Ich bin nicht verrückt geworden, es gibt gute Gründe für mein Handeln, und wenn du mich ausreden lässt, bin ich sicher, dass du mich verstehen wirst.«

Brennar seufzte. »Dann sprich.«

Und Myra erzählte ihm alles, erzählte von jedem Schritt dieser Reise, die ihr selbst endlos vorkam, erzählte von jeder Entdeckung, jeder falschen Spur und vor allem von dem, was Eileenna ihr am Nachmittag eröffnet hatte. Mit zweifelnder Miene hörte Brennar ihr zu, und keines ihrer Worte schien so weit zu ihm durchzudringen, dass es ihn überzeugen konnte.

Doch sie hoffte weiter, dass etwas davon bei ihm ankam. »Versteh doch! Es geht nicht mehr nur um meine Rache, sondern um etwas sehr viel Größeres. Wenn ich tatsächlich der *Befreier* bin …«

»Früher warst du anders«, warf Brennar wenig beeindruckt ein. »In Asgarö warst du einfach eine Kriegerin. Deine Schwerter und der Kampf, nur das hat dich interessiert. Ja, du warst selbst eine Waffe, Myra, und zwar eine der besten! Jetzt aber fantasierst du dir da etwas zusammen über Magien und Prophezeiungen und dieses Zeugs. Bei uns gibt es aber keine Magier, hast du das vergessen? Hast du vergessen, wofür wir kämpfen?«

»Nein, das habe ich nicht. Und ich könnte eine noch viel bessere Waffe sein, wenn ich wirklich ...«

»Ach, das ist doch reiner Aberglaube.«

»Ein Eisdrache folgt mir. Wie erklärst du dir das?«

»Das muss ich mir nicht erklären. Für mich zählt nur die Klinge und die Schlacht, und die muss man nicht erklären. Vielleicht hast du eine besondere Gabe. Meinetwegen, dann danke Modir dafür. Aber ein Krieger braucht keine Erklärungen.«

»Warum bist du so kalt zu mir?«

»Weil du dich verändert hast, Myra. Du bist nicht mehr die junge Frau, die ich auf den Eisfeldern kennen- und schätzen gelernt habe. Diese Kriegerin hätte Acrab nie im Stich gelassen wegen so eines idiotischen Pergaments, wäre nicht monatelang solchen Hirngespinsten nachgejagt und hätte niemals den Worten eines Magiers geglaubt.«

Myra war ratlos. Offenbar redeten sie beide, Brennar und sie, nicht mehr in derselben Sprache. Hatte die Reise sie so stark verändert, dass sie sich nicht einmal mehr einem der wenigen Menschen verständlich machen konnte, denen sie sich je nahe gefühlt hatte?

»Was willst du von mir?«

»Ich nichts. Ich bin nur hier, weil Acrab mich geschickt hat. Was mich betrifft, können wir auf solche Krieger verzichten, die nicht bereit sind, alles für unsere Sache zu geben. Koste es, was es wolle. Jedenfalls hat Acrab mich eines Abends zu sich kommen lassen. Wie hätte ich mir in diesem Moment gewünscht, dass du ihn siehst, dass du erlebt hättest, in welcher Verfassung er sich befand, um zu begreifen, was du ihm angetan hast.«

Myra fühlte sich wie gelähmt. Ihre schweren Schuldgefühle in den zurückliegenden Wochen hatten also ihre Berechtigung gehabt.

»So verzweifelt habe ich ihn noch nie gesehen. Wie ein Raubtier im Käfig ist er mit großen Schritten im Raum auf- und abgelaufen. Ich sagte ihm dann in aller Offenheit, dass er dich für tot halten soll. Denn du hast gezeigt, dass dir deine Vergangenheit wichtiger sei als er, und daher soll er dich ruhig deinem Schicksal überlassen. Aber er hat den Kopf geschüttelt. ›Du verstehst das nicht‹, hat er gesagt, ›sie ist unersetzlich für mich, ich brauche sie. Sie gehört zu mir.‹«

Ein langer Schauer, schmerzhaft und gleichzeitig beglückend, durchfuhr Myra wie eine Klinge, und aus der Wunde trat alles hervor, was sie so lang verleugnet hatte: Die Liebe zu diesem Mann und die Hingabe an ihn, die alles überstieg, was sie je für einen anderen Menschen empfunden hatte.

Warum habe ich ihn nur verlassen? Warum?

»›Du musst sie zu mir zurückbringen‹«, gab Brennar Acrabs Worte wieder.

Myra war, als höre sie es Acrab sagen.

»›Sie weiß nicht, was sie tut. Du darfst nicht so hart über sie urteilen, du weißt nicht, was sie durchgemacht hat.‹ Und so trug er mir auf, dich zu suchen. Das gesamte Dominium habe ich durchquert, um dich zu finden, und jede Station, von der du erzählt hast, habe auch ich passiert, immer einen Schritt hinter dir, immer auf der Suche nach dir.« Der alte Soldat hielt inne, so als sei er plötzlich sehr müde. Sein Blick verschleierte sich. »Damit du es weißt: Ich habe das nur für ihn getan. Dabei habe ich dich einmal sehr gemocht. Aber ich kann dir nicht verzeihen, dass du uns so einfach im Stich gelassen hast.«

Myra suchte nach Worten, aber es gab keine, um das zu reparieren, was zerbrochen war. »Ich konnte nicht anders«, sagte sie leise.

»Man hat immer eine Wahl.«

Brennar griff mit einer Hand unter sein Gewand, zog eine Pergamentrolle hervor und reichte sie ihr.

Schon während Myra die Rolle entgegennahm, wusste sie, worum es sich handelte. Ihre Hand zitterte. Kühl fühlte das Pergament sich an, und sie überlegte, dass Acrab es berührt hatte. Vielleicht war etwas von ihm in dem Pergament erhalten geblieben, und als sie es behutsam, wie etwas sehr Kostbares entrollte, meinte sie, seinen Duft zu riechen.

Myra, ich hoffe sehr, dass es noch nicht zu spät ist, wenn dich diese Zeilen erreichen. Als ich den Brief las, den du für mich zurückgelassen hattest, konnte ich es nicht glauben, obwohl ich, als du nach vier Tagen noch nicht vom Wasserfall heimgekehrt warst, bereits wusste, was geschehen war. Ich erkenne dich in dem, was du mir geschrieben hast, nicht wieder. Das bist nicht du. Du kehrst zurück in eine Vergangenheit, die du doch, so hoffte ich, längst überwunden hattest. Auch durch mich. Ich habe dich gerettet, als du ein verlorenes, von allen verlassenes kleines Mädchen warst. Wie gut erinnere ich mich noch an dein Gesicht damals in der Arena, und ich erinnere mich auch an deine Augen, in der Zeit danach, als ich dich immer besser kennenlernte. Ja, ich kenne dich. Deswegen musst du keinen Augenblick daran zweifeln, dass ich verstehe, was in dir vorgeht. Aber dies ist nicht die Zeit, um den Dämonen der Vergangenheit nachzujagen. Wenn du willst, können wir das immer noch tun, wenn das Dominium erobert und der Traum, den wir gemeinsam geträumt haben, endlich in Erfüllung gegangen ist. Dann werden wir Zeit haben, die wahren Hintergründe der Mordtaten aufzudecken und die Angelegenheit ein für allemal abzuschließen. Wir werden gemeinsam nach der Wahrheit suchen, so wie wir in den vergangenen acht Jahren immer alles gemeinsam getan haben. In deinem Brief schreibst du, du hoffst, dass ich mich trotz allem nicht von dir abwende: Wie könnte ich? Das würde ich niemals tun. Und das weißt du auch. Von allen, die je an meiner Seite standen, von allen, die mir je ewige

Treue schworen und von denen nicht wenige ihr Leben für mich auf dem Schlachtfeld ließen, bist du die Einzige, die ich bis zum Ende meiner Tage an meiner Seite wissen will. Ich brauche dich, um das erreichen zu können, was mir aufgegeben ist. Ich brauche dich. Und es stimmt, wenn du sagst, dass du zu mir gehörst: Du bist mein, Myra. Du bist meine Waffe und meine Stütze, du bist meine einzig wahre Gefährtin bei dem gewaltigen Unternehmen, das mich seit Jahren in Atem hält. Deswegen habe ich Brennar zu dir gesandt. Komm zu mir zurück! An meiner Seite ist der einzige Platz, wo dein Leben einen Sinn erhält.

Acrab

Eine einzelne Träne fiel auf das Pergament, genau auf Acrabs Unterschrift. Rasch wischte Myra sie mit der Hand fort, doch der Name verschwamm.

Brennar wartete.

»Es ist nicht zu spät, Myra«, hörte sie ihn sagen, »für Acrab nicht.«

Myra dachte an den langen Weg, den sie Seite an Seite mit Acrab zurückgelegt hatte, an ihre gemeinsame Geschichte. Daneben kam ihr alles andere nichtig vor, wie ein banaler Satz in einer langen Rede, gerade mal eine Stunde in den Jahrzehnten eines Lebens.

Dann vernahm sie ein vertrautes Geräusch, ein tiefes Brummen, das sie in die Wirklichkeit zurückholte. Icenwharth war wachgeworden und sah sie mit seinem feuerroten Auge an, knurrte bedrohlich und stieß aus seinen Nüstern dünne Rauchwolken aus.

Myra erwiderte seinen Blick, und in diesem Moment traf sie ihre endgültige Entscheidung.

Brennar war aufgesprungen und hatte zur Lanze gegriffen, die er auf dem Rücken trug.

Myra breitete beruhigend die Arme zu beiden aus und wandte sich Icenwharth zu. »Schon gut, schon gut, das ist ein alter Kamerad von mir.« Dann drehte sie sich zu Brennar und sagte: »Tut mir leid, ich kann nicht mit dir kommen. Würde ich jetzt umkehren und meine Suche aufgeben, wäre mein Weggehen tatsächlich Verrat gewesen. Damit das alles einen Sinn erhält, muss ich diesem Weg bis zum Ende folgen.«

»Du redest irre …«

»Ich werde zurückkommen, wenn ich die Wahrheit erfahren habe. Und wenn ich wirklich der *Befreier* sein sollte, werde ich für Acrab eine unschlagbare Waffe sein. Schwöre mir, dass du ihm das genauso ausrichtest, damit er weiß, dass ich es auch für ihn tue und dass ich niemals einem anderen als ihm meine Waluds und meine Kräfte leihen werde.«

Brennar schnaubte. »Acrab hat mir aufgetragen, kein Nein zu akzeptieren.«

Bleischwer ließ der alte Kamerad diese Worte fallen, und Myra verstand. Sie blickte wieder zu Icenwharth, der kampfbereit den Kopf reckte. »Lass nur. Das muss ich mit ihm alleine austragen.«

Der Drache schien weiter misstrauisch, rührte sich aber nicht.

Myra konzentrierte sich auf Brennar. »Es dient nicht unserer Sache, wenn wir gegeneinander kämpfen.«

Wieder glitt die Hand des alten Kriegers zu seiner Waffe, und diesmal zog er sie, und Myra sah die eisige Frjosinn-Spitze seiner Dofrir funkeln, der Doppellanze, die er schon in seiner Zeit als asgarisches Stammesoberhaupt getragen hatte. »Unserer Sache dient es auch nicht, wenn du hier deine Zeit vergeudest.«

Myras griff nach den Waluds. »Bitte, zwing mich nicht dazu.«

»Du hättest Acrab sehen sollen … Du hast ihn schwer verletzt, du hast ihn geschwächt, und er ist unsere ganze Hoffnung. Ich werde dich zu ihm zurückbringen, koste es, was es wolle, falls nötig, auch in Stücken.«

Einen Augenblick lang schloss Myra die Augen. Alles lief auf einen Kampf Eis gegen Feuer, Frjosinn gegen Waluds, hinaus, das Letzte, was sich Myra hätte vorstellen können. Aber es gab keinen anderen Weg.

Sie öffnete die Augen und war bereit.

Die Waluds vorgereckt, stürzte sie sich auf Brennar. Der aber parierte den ersten Angriff.

Wieder standen sie einander gegenüber, reglos, alle Muskeln angespannt, die Klingen ausgestreckt, in ihren Blicken größte Zuneigung und unendliches Bedauern.

Da öffnete Brennar die Deckung und ließ seine Dofrir herumwirbeln. Einen Moment aus dem Gleichgewicht gebracht, konnte Myra sich ducken und die Waluds auf Kniehöhe Brennars über den Boden ziehen. Der aber sprang hoch und wich dem Hieb aus.

So begann der Todestanz.

Obwohl sich Myras Körper präzise wie immer bewegte, kam ihr alles merkwürdig verlangsamt und unwirklich vor. Wie tief war sie gesunken, dass sie gegen einen Kameraden kämpfte, gegen einen Freund – und gegen Acrabs Willen. Ihre einzige Hoffnung bestand darin, dass Brennar sie sicher nicht töten durfte, und sie selbst würde versuchen, ihn zu entwaffnen, sodass er sie ziehen lassen musste. Notfalls würde sie ihn auch verwunden, aber nur um ihn aufzuhalten, damit er verstand, wie ernst es ihr mit ihrer Entscheidung war.

Sie hatte noch nie gegen Brennar gekämpft, ihn aber häufig auf dem Schlachtfeld erlebt und immer schon seine Kraft bewundert, seine Zähigkeit und auch seine Technik, so wenig raffiniert sie auch wirken mochte.

Ihn aber zum Gegner zu haben war etwas völlig anderes. Er war wirklich stark, sehr viel stärker als sie, und sah ihre eleganten Bewegungen voraus und wusste instinktiv immer, was sie vorhatte. Jeden ihrer Hiebe parierte er und griff dann ungestüm an. Bald war sich Myra nicht mehr so sicher, dass sie den Kampf ohne größere Wunden für sie beide würde beenden können. Mittlerweile war bei Brennar auch nichts mehr von Sympathie zu spüren, und voller Groll führte er jeden Angriff aus. In seinen pupillenlosen Augen flammte jene Wut, die sie während ihrer gemeinsamen Schlachten im ewigen Eis so häufig bei ihm erlebt hatte. Wäre da nicht Acrabs anderslautender Befehl gewesen, hätte er sie getötet, sobald sich die Gelegenheit bot. Immer mehr geriet sie ins Hintertreffen. Sie musste etwas tun.

So fügte sie ihre Waluds zusammen und focht nun mit dieser Lanze gegen Brennars Dofrir. Und dennoch kämpften sie mit ungleichen Waffen, denn während sie gehemmt war durch ihre Verbindungen von einst, schien er das alles vergessen zu haben.

Auch Myras nächster Stoß verfehlte sein Ziel, und die Klinge bohrte sich ins Holz eines Wurzeltriebs. Da trennte Brennar mit einem Tritt die Waluds, und Myra verlor das Gleichgewicht. Mit nur noch einer Klinge in Händen stürzte sie rückwärts zu Boden. Gleich würde Brennar sie töten.

Doch etwas drängte sich zwischen sie.

Eine schreiende zierliche Gestalt schwang etwas Funkelndes.

Myra wollte aufspringen, aber es ging alles zu schnell. Mit ihrem Dolch fest in der Hand stürzte sich Marjane auf den überraschten Brennar. Nicht ungeschickt bewegte sie sich, und auch ihr Mut war bewundernswert.

Brennar fuhr herum, konnte aber nicht mehr verhindern, dass die Klinge sich ihm ins Bein bohrte. Dabei hatte er fast sein gesamtes Leben auf dem Schlachtfeld verbracht, und Marjane war fast noch ein Kind, wenn auch von einem eisernen Willen durchdrungen. Aber das reichte nicht.

Kurz stöhnte Brennar vor Schmerz auf, verpasste ihr dann aber mit dem Handrücken einen wuchtigen Schlag gegen das Kinn, packte sie und setzte ihr die Lanzenspitze an den Hals.

»Nein!«, schrie Myra.

»Rühr dich nicht, sonst ist sie tot!«

»Lass sie los!«, ertönte da eine andere Stimme hinter ihm.

Blitzschnell führte Brennar eine Hand zur Seite, fuhr herum und schleuderte ein Messer in die Richtung, aus der die Stimme gekommen war. Die Klinge flog durch die Luft und bohrte sich in Kyllens Schulter.

»Sind das deine neuen Freunde?«, schrie Brennar. »Ein verdammter Magier und eine Sklavin? Für die hast du uns verlassen? Für die hast du Acrab verraten?«

Myra starrte ihn an, in ihrem Blick eine rasende Wut. »Das Mädchen hat nichts damit zu tun!«

»Vielleicht kommst du wieder zu dir, wenn ich sie töte. Vielleicht macht ihr Tod dir klar, was du angerichtet hast.«

Brennar bewegte den Arm, eine unmissverständliche Geste, er setzte an, der Kleinen die Kehle durchzuschneiden. So deutlich nahm Myra das wahr, dass einen Augenblick lang alles andere erlosch.

Sie schleuderte den Walud, und kaum hatte das Heft ihre Hand verlassen, blieb die Zeit fast stehen. So sah sie Brennars Arm im Begriff, seine Bewegung zu vollenden, und gleichzeitig den Walud geradewegs auf sein Ziel zufliegen: Brennars Herz. Und bevor die Frjosinn-Spitze Marjanes Kehle zerteilte, bohrte sich Myras Klinge tief in Brennars Brust.

Fassungslos, vom Schmerz überwältigt, riss er die Augen auf und taumelte zurück.

Wieder schrie Myra, so als könne ein Schrei ungeschehen machen, was sich vor ihren Augen abspielte. Aber es war zu spät: Sie konnte nur zusehen, wie das Blut im Bogen aus Brennars Brust spritzte und er rückwärts stolpernd gegen eine Wurzel prallte und zu Boden sank.

Die Zeit fand zurück zu ihrem gewohnten, unerbittlichen Lauf.

Myra lief zu Brennar und beugte sich zu ihm nieder, zu seinem blassen Gesicht, zu dem Walud, der ihm aus der Brust ragte. Sie wollte danach greifen, spürte aber den schwieligen Griff seiner Finger auf ihrem Handrücken.

»Nein …«, murmelte er, »es ist zu spät.«

Er hatte recht. Es hatte keinen Sinn mehr. Brennar würde nicht mehr zurückkehren in die Eiswelt Asgarös, er würde hier sterben, ohne Ruhm und Ehre, getötet von der Hand eines Kameraden.

Myra zitterte. Sie fand aus diesem Albtraum nicht heraus.

»Auch du wirst fern von ihm sterben, genau wie ich …«, murmelte Brennar. Immer noch loderte Hass in seinem Blick, und wie ein Urteil trafen seine Worte Myra.

Schon erlosch das Licht in Brennars Augen, sein Körper erschlaffte, und sein Atem stand still.

Myra war, als entweiche auch ihrer Lunge alle Luft. Das war das Ende. Sie hatte einen Kameraden getötet, einen der tapfersten Offiziere des asgarischen Heeres. Nach dieser Tat war eine Rückkehr, war Vergebung ausgeschlossen.

Acrab würde sie verstoßen. Für immer.

40

17. bis 21. Dezember

Lange kniete Myra neben Brennars Leiche. Sie vergaß Marjane und Kyllen, um die sich Eileenna kümmerte. Doch was gerade geschehen war, war zu dramatisch. Sie hatte nicht nur einen Kameraden getötet, einen Freund, sondern auch einen Teil von sich selbst, der nun für immer verloren war.

Nichts würde mehr sein wie vorher. Selbst wenn es ihr gelänge, nach Asgarö zurückzukehren, vielleicht sogar mit dem Wissen, dass sie über ungeheure Kräfte verfügte, wie sollte sie Acrab Brennars Tod erklären? Das konnte er ihr unmöglich verzeihen.

Und was war mit ihr selbst? Würde sie sich irgendwann einmal vergeben können?

Nach einigen Stunden tauchte Kyllen bei ihr auf. Mit einem weißen Verband um die Schulter kam er vom Wasserfall zu ihr. Ein paar Ellen von ihr entfernt ließ er sich auf der Lichtung nieder. Lange bemerkte Myra ihn nicht. Zu versunken war sie, zu beschäftigt mit dem, was sie getan hatte und was es im Grunde bedeutete. Dies war ihre größte Schwäche: Sie konnte sich nicht von den Fesseln der Vergangenheit losreißen und ging darin unter. Und nun würde auch dieser Moment, da sie Brennar getötet hatte, zu einem Mosaikstein in jenem Bild werden, das sie immer daran erinnerte, wer sie war, was sie erlebt und getan hatte.

»Wie geht's dir?«, fragte Kyllen sie irgendwann.

Der junge Magier hatte Mühe, sie zu verstehen. Ihre Stimme klang rauer als je zuvor. »Ganz gut, es ist nur ein Kratzer.«

Wieder schwiegen beide.

Schließlich glaubte Kyllen, es wagen zu können.

»Wer war er?«, fragte er, wobei er mit dem Kinn auf den Toten deutete.

»Ein Kamerad von mir, aus Asgarö, wo ich herkomme«, antwortete Myra und sah ihn an. Sie hatte Kyllen einiges von sich erzählt, aber nicht alles. »Dort in Asgarö lebt auch der Mann, dem ich Treue gelobt habe. Der Tote war einer seiner tapfersten Krieger. Er ist mir gefolgt, um mich zu ihm zurückzubringen. Zu Acrab, dem Mann, für den ich kämpfe, dem Mann, der mich gerettet hat, aufgezogen, ausgebildet ... Acrab ist mein ein und alles.«

Kyllen hielt ihrem Blick stand. »Er hat Marjane bedroht und hätte sie getötet. Da bin ich mir sicher.«

Myras Augen blitzten. »Ich weiß selbst, was er getan hätte, und was ich getan habe.« Sie legte den Kopf in den Nacken und fuhr sich mit einer Hand über das Gesicht.

Kyllen spürte den dringenden Wunsch, ihr irgendwie zu helfen, gleichzeitig trennte sie jedoch eine unüberbrückbare Distanz. Das, was am Abend zuvor zwischen ihnen gewesen war, schien ausgelöscht.

Mit einem Ruck stand Myra auf. »Hilf mir mal.«

Kyllen gehorchte schweigend, und so trugen sie Brennars Leiche zu Eileennas Haus. Dort stand auch Marjane, neben der alten Magierin.

Das Mädchen errötete, als sie Myra sah. »Danke. Und verzeih mir bitte, ich ...«

»Schon gut«, antwortete Myra trocken. »Geht ins Haus.«

»Wer war der Typ? Was wollte er von dir? Warum hat er dich angegriffen?«

»Ich hab gesagt, ihr sollt ins Haus gehen. Ich habe etwas zu tun, das ihr euch lieber nicht ansehen solltet.«

Eileenna verstand. Eine Hand auf Marjanes Schulter, führte sie das Mädchen fort, die Treppe hinauf.

Myra drehte sich zu Kyllen um.

»Ich bleibe«, sagte er.

»Das ist nichts für Alboniter, sondern nur für Acrabs Krieger, die Asgarer.«

»Aber wir sind Gefährten, ob es dir passt oder nicht. So ist es abgemacht, und das kannst du nicht zurücknehmen. Ich bleibe.«

Myra erwiderte nichts, wandte sich ab und ging zu Icenwharth.

Der Drache stand etwas abseits, nicht weit von Eileennas Haus entfernt und hatte alles beobachtet. Einen Schritt vor ihm blieb Myra stehen.

»Fern von Zuhause und fern der Schlacht, die seine Heimat war, habe ich diesen Mann getötet. Jetzt schulde ich ihm wenigstens eine würdevolle Beisetzung«, sagte sie, und Icenwharth verstand. Einige Augenblicke schauten sie sich an, dann schob sich der Drache mit seinem immensen Leib an ihr vorbei und stapfte, stark und respektgebietend, zu Brennars Leiche.

Myra hatte das noch nie mit eigenen Augen gesehen. Üblicherweise wurden in Asgarö die Leichen der Gefallenen fern der Ansiedlungen in Gebieten niedergelegt, die als Drachenterritorium bekannt waren.

Niemand wohnte dem sakralen Mahl bei. Doch hier, weit entfernt vom ewigen Eis Asgarös, hatte sie das Gefühl, sich nicht abwenden zu dürfen. Es würde ihre Strafe sein.

Icenwharth schaute sie noch einmal an, bevor er sich über die Leiche beugte. Mit diesem Blick sagte er alles, was nötig war: Er tat es für sie, für sie allein.

Dann begann er.

Beim ersten Bissen zuckte Myra zusammen. Sie versuchte, sich an die Gebete der Asgarer zu erinnern, wenn sie ihre Toten im Eis zurückließen, aber kein einziges fiel ihr ein. So stand sie nur da und sah Icenwharth zu, wie er Brennars Leiche verschlang und ihn dadurch, dem Glauben der Asgarer nach, schützend in sich aufnahm. Plötzlich schüttelte ein heftiger Schauer sie.

In diesem Moment spürte sie, dass Kyllen hinter ihr stand, spürte die Wärme seines Körpers an ihrem Rücken. Sie erinnerte sich an Acrabs breite Schultern hinter ihr in der Schlacht, die immer dann da gewesen waren, wenn sie zu unterliegen drohte oder die Erschöpfung übermächtig wurde.

Das war zu viel.

Wie ein kleines Mädchen brach sie in Tränen aus und schluchzte so heftig, dass es ihr den Atem nahm. Und als Kyllen ihren Arm ergriff, machte sie sich nicht los, sondern überließ sich seiner festen, tröstenden Hand. Und so kam es, dass sie sich trotz ihrer tiefen Verzweiflung und der unerträglichen Last dessen, was sie getan hatte, in dieser schrecklichen Stunde nicht allein fühlte.

»Hier liegt Phoinika, mit dem Drachen müssten wir in sechs Tagen dort sein«, erklärte Kyllen und zeigte auf eine Stelle auf einer vergilbten, abgegriffenen Landkarte.

Offenbar hatte er diese auf seinen Reisen häufig benutzt, auch wenn Myra bislang auf ihrer gemeinsamen Fahrt noch nicht beobachtet hatte, dass er sie zurate zog.

»Die genaue Lage des Klosters Kurrah kennen wir nicht, aber wir werden es schon finden.« Er schaute sich zu seiner Meisterin um und hoffte auf eine Bestätigung. Die aber schwieg. »Jedenfalls sollte es mit Icenwharth eine sichere Reise werden.«

»Verlass dich da nur nicht drauf«, sagte Myra.

»Aber er will doch in deiner Nähe sein.«

»Du hast doch keine Ahnung. Halt lieber den Mund!«

Myra musste husten. Seit Brennars Tod war ihre Stimme noch angegriffener, und sie war kaum noch zu verstehen.

Sie ging zu Icenwharth und betrachtete ihn. Der Blick seines roten Auges wirkte entschlossen. Es stimmte, sie gehörten zusammen, und das nicht erst seit heute. Sie war nicht mehr allein: Sie hatte Reisegefährten, die ihr Leben für sie aufs Spiel setzten, die sie unterstützten und ihr zur Seite standen. Daran war sie nicht gewöhnt, konnte sich dem aber auch nicht entziehen.

Brennar hatte recht gehabt: Sie hatte sich verändert.

Sie drehte sich zu den anderen um. »Einverstanden. Morgen bei Tagesanbruch machen wir uns auf den Weg.«

Die Verabschiedung am anderen Morgen dauerte nicht lange. Eileenna gab sich kühl.

Als sie sich von Kyllen verabschiedete, packte sie ihn am Kragen und zog ihn zu sich heran. »Häng dein Herz nicht an sie«, flüsterte sie ihm ins Ohr. »Ich sage es dir noch einmal: Das Mädchen trägt etwas Finsteres in sich. Sie ist nicht mit sich im Reinen und kann dir sehr wehtun.«

Kyllens Herz hüpfte. »Ihr sorgt Euch um mich?«

Doch Eileenna antwortete nicht. Nur Marjane gegenüber gab sie sich herzlicher. Ihr streichelte sie über den Kopf.

»Danke für alles«, sagte Marjane, »ich hoffe, dass wir uns eines Tages wiedersehen.«

Eileenna deutete ein Lächeln an. »Ich denke schon.«

Kyllen hörte es und fragte sich, ob seine Meisterin nicht doch die Gabe hatte, in die Zukunft zu schauen. Ein Schauer überkam ihn, und schnell verscheuchte er den Gedanken. Davon durfte er sich nicht ablenken lassen.

Alle drei kletterten auf Icenwharths Rücken, dem das Gewicht nichts auszumachen schien. Brüllend stellte er sich auf die Hinterbeine, sodass Kyllen, der hinten saß, sich festhalten musste, um nicht abgeworfen zu werden. Dann spreizte Icenwharth seine langen Flügel und hob ab.

Eileenna sah ihnen nach, wie sie in einer weiten Schleife über dem Wald höher und höher stiegen und davonflogen. Eine dunkle Vorahnung überkam sie, so als sei in diesem Moment ein unaufhaltsamer Mechanismus in Gang gesetzt worden, der sie alle zermalmen würde.

»Ach, Kyllen, mein törichter Schüler«, murmelte sie, »pass gut auf dich auf.«

Die ersten vier Reisetage verliefen ruhig. Sie flogen immer an der Küste entlang, und der Flug schien Icenwharth nicht sonderlich zu ermüden.

Sie redeten nicht viel an diesen ersten Tagen. Zum einen, weil Myra das Geschehene noch längst nicht überwunden hatte, zum anderen, weil Kyllen in seinen Büchern las und alte Karten studierte, die Eileenna ihm mitgegeben hatte.

»Hast du etwas über Kurrah gefunden?«, fragte Myra ihn an einem Abend.

»Nun, ich denke, es müsste mehr im Landesinnern liegen. Die Klöster an der Küste habe ich wohl alle lokalisiert, aber Kurrah ist nicht dabei«, antwortete er, wobei er auf eine selbst angefertigte Skizze zeigte. »Wahrscheinlich müssen wir uns durchfragen.«

»In den alkakischen Siedlungen können wir aber nicht mit unserem Drachen auftauchen. Die Menschen geraten in Panik, wenn sie uns sehen.«

»Vielleicht sollte ich mich alleine umhören.«

»Nein. Wir lassen Icenwharth irgendwo zurück. Dann kann er sich ausruhen, und wir ziehen zu dritt los.«

So taten sie es. Am vierten Tag fanden sie eine Kalkhöhle, in der Icenwharth bleiben konnte, und von dort machten sie sich auf die Suche nach der nächsten Ansiedlung.

Es schneite in dichten Flocken, und die Kälte war schneidend. Alkak war hier nur Steppe, zwischen Meer und dem drohenden Schattenwald, dem Zeichen einer Schlacht, die von Anfang an verloren war.

Nach kurzer Zeit erreichten sie ein trostlos und ärmlich wirkendes Dorf. Im Grunde waren es nicht mehr als eine Handvoll Lederzelte. Sie waren mit einer schwärzlichen Substanz bestrichen, die sie offenbar wasserundurchlässig machen sollten. Mittendrin stand das einzige Gebäude aus Holz, das genauso trostlos wirkte. An einer Seite des Dorfes lag ein eingezäunter Bereich, in dem ein Dutzend Drachen gehalten wurden, kleine Tiere, von nicht mehr als drei Ellen Höhe und fünf Ellen Länge. Sie hatten keine Flügel, dafür aber ein Gefieder, dessen Farbe perfekt an die Steppe angepasst war. Wenn sie sich bewegten, konnte man sie auf den ersten Blick für vom Wind gepeitschtes Steppengras halten.

»Was sind denn das für Tiere?«, fragte Marjane.

»Die Alkaker nennen sie ›Daralkaks‹ und nutzen sie als Reittiere«, erklärte Kyllen. »Sie sind zahm, ganz anders als ihre größeren Artgenossen.«

Sie betraten das Holzhaus, das nur ein einziger großer Raum voller Bänke war. In der Mitte umgrenzten Steine einen Feuerplatz mit einem trichterförmigen Rauchabzug darüber.

Myra erstarrte. Was sie vor sich hatte, überlagerte sich mit dem Bild des großen Zeltes, in dem sie mit ihren Kameraden im Lager in Asgarö die Mahlzeiten eingenommen hatte. Sie erinnerte sich an das letzte Fest kurz vor ihrem Aufbruch, mit Gotín, der sie geneckt hatte, mit Acrab, den seine Leute auf den Schultern trugen, einen Becher Kylirash in Händen.

»Myra?«

Sie fuhr herum und blickte in das faltige Gesicht von Brennar. Es dauerte einen Augenblick, bis sie die grünen Augen und die weißen Haare von Kyllen erkannte.

Eine kleine Schar alkakischer Dorfbewohner hatte sich um sie herum versammelt. Sie hatten bräunliche Haut und lockiges, schwarzes Haar. Auch ihre länglichen Augen waren dunkel. In jedem Gesicht meinte Myra etwas von Acrabs Blick zu erkennen, denn dieses Land war seine Heimat.

»Was ist denn los mit dir?«, flüsterte Kyllen an sie gewandt, während die Schar der Alkaker sie betrachtete.

»Nichts. Mir ist nur etwas schwindlig«, antwortete Myra auf Albonitisch, und nur eine Frau in einem rot-schwarz verzierten, kurzen Ledergewand verstand sie.

»Komm, setz dich«, sagte sie zu Myra, fasste sie an den Schultern und führte sie zu einer Bank.

In einem solch armen Land war Gastfreundschaft Pflicht. So wurden die drei Fremden herzlich aufgenommen. Man ließ sie an einem Tisch beim Feuer Platz nehmen und brachte ihnen einen Becher dampfenden Apmathil, einen starken alkakischen Likör. Myra kippte ihren in einem Zug hinunter. Sie brauchte das, um zu sich zu kommen.

»Mach langsam, das Gebräu steigt bestimmt zu Kopf«, sagte Kyllen.

Aber Myra wandte sich der Frau zu, die so freundlich zu ihr gewesen war.

»Wir wollten eigentlich nur nach dem Weg fragen«, sagte sie, wieder auf Albonitisch.

»Wohin wollt ihr denn?«, antwortete die Frau in der gleichen Sprache mit starkem Akzent.

»Wir suchen ein phoinikisches Kloster.«

Sofort legte die Frau eine Hand an die Stirn und murmelte einige unverständliche Worte, offenbar ein Gebet. In diesem Grenzgebiet zu Phoinika glaubte man bereits an die phoinikischen Götter, und die Klöster galten als geweihte Orte. So hoffte jede Familie, zumindest einen Sohn dorthin entsenden zu können, um ihm das schwere Leben in der Steppe zu ersparen.

»Von welchem heiligen Kloster sprichst du?«, fragte sie.

»Es heißt Kurrah.«

Die Frau schien verwirrt. »Das kenne ich nicht …«

»Es ist nicht mehr bewohnt«, sagte Kyllen. »Es muss irgendwann zerstört worden sein.«

»Ich höre mich mal um.«

Die Frau erhob sich und ging zu einem anderen Tisch. Fast alle

Dorfbewohner waren in diesem großen Raum versammelt, so wie es allgemein in Alkak Brauch war: Abends kamen die Leute zusammen, sie aßen gemeinsam und ließen den Tag ausklingen.

Bald darauf kehrte die Frau an ihren Tisch zurück, in Begleitung eines älteren Mannes.

»Er kennt sich aus«, sagte sie nur.

Der Alte begann zu erzählen, allerdings in einem für die drei völlig unverständlichen Alkakisch, und die Frau musste übersetzen.

»Er sagt, er kennt das Kloster«, begann sie, »sein Sohn hat vor Jahren dort Mönch werden wollen.«

Myra bemerkte, dass die Augen des Alten feucht geworden waren. Sie hatte gehört, dass der Initiationsritus zur Aufnahme in ein phoinikisches Kloster extrem hart war und dass manche ihn nicht überlebten. Doch Genaueres wusste sie nicht.

»Sein Sohn ist nach Kurrah gereist und dort zwei Jahre geblieben, daher war er überzeugt, dass er Mönch geworden ist.«

»Wo liegt das Kloster genau?«, fragte Kyllen.

Die Frau bedeutete ihm, Geduld zu haben. »Eines Tages ist sein Sohn erschöpft und abgemagert zu ihm zurückgekehrt und hat erzählt, dass er die Aufnahmeprüfung zwar bestanden hat, aber als er dann ins Kloster zurückkehrt ist, war es völlig niedergebrannt. Ein Mönch soll das Feuer gelegt haben, hat er erzählt.«

»Dass das Kloster zerstört wurde, wissen wir«, warf Myra ein, an der die Ungeduld nagte, »aber wo liegt es denn nun?«

Die Frau übersetzte die Frage, und der Alte schüttelte den Kopf.

»Das weiß er auch nicht. Er hat seinen Sohn nie danach gefragt. Irgendwo im Norden Phoinikas, glaubt er, im Landesinnern.«

»Das ist viel zu vage«, stöhnte Myra und wandte sich an den Alten. »Ich würde gern mit deinem Sohn sprechen«, sagte sie auf Alkakisch.

Der Mann verstand sie nicht, aber Myra war klar, dass das Problem nicht die Sprache war, sondern ihre Stimme: Selbst in ihren eigenen Ohren klangen ihre Worte unverständlich.

Kyllen wiederholte die Frage, und der Alte brach in Tränen aus.

Tröstend legte ihm die Frau einen Arm um die Schultern und sagte mit vorwurfsvollem Blick zu den Gästen: »Sein Sohn ist ein Jahr nach seiner Rückkehr gestorben, an den Folgen der Entbehrungen, die man zur Aufnahme ins Kloster von ihm verlangt hatte.«

Myra stand auf. Der Weg in dieses Dorf war sinnlos gewesen. Ohne ein Wort wandte sie sich ab und ging.

Marjane folgte ihr.

»Ihr müsst ihr verzeihen, auch sie hat Schweres durchgemacht«, erklärte Kyllen der Frau und dem Alten. Dann legte er einige Münzen, die Eileenna ihm gegeben hatte, auf den Tisch. »Vielen Dank für eure Hilfe«, fügte er verlegen hinzu und folgte seinen beiden Gefährtinnen.

Myra war schon auf dem Weg aus dem Dorf in die Finsternis hinaus, während Marjane ihr nachstolperte.

Er lief den beiden hinterher.

»Wirklich, Myra. Diese armen Leute waren freundlich und haben versucht, uns zu helfen. Du hättest dich wenigstens bedanken können«, sagte er, ein wenig atemlos, als er sie erreicht hatte.

»Die haben uns nicht geholfen! Was haben wir schon erfahren? Wir wissen immer noch nicht, wo dieses Kloster liegt.«

»Das ist doch nicht ihre Schuld, und der alte Mann war am Boden zerstört. Verdammt noch mal, Myra, renn doch nicht so!«, herrschte er sie an, weil Myra ihre Schritte immer weiter beschleunigte.

Da blieb Myra stehen und drehte sich zu Kyllen. »Du verstehst einfach nicht, was Brennars Tod für mich bedeutet, wie entsetzlich das ist, was ich getan habe!« Sie hätte es geschrien, aber selbst das gelang ihr nicht mehr.

»Ich bin sicher, wenn du diesen Mann, Acrab, wiedersiehst und ihm alles erklärst, wird er dich schon verstehen …«

»Nein, ich habe ihn verlassen, um dieser Wahnidee zu folgen, ich habe ihn verlassen, als er mich am meisten brauchte, ich …« Weiter kam sie nicht. Ihre Stimme versagte. Sie fasste sich an den Kehlkopf. Es war, als habe sie diese Stimme, die sie durch Acrabs Hilfe wiedergefunden hatte, erneut verloren. Dennoch fuhr sie mit einem gequälten Flüstern fort. »Morgen machen wir uns auf den Weg in den Schattenwald. Wir werden das Kloster schon irgendwie finden.«

Sie wandte sich ab und marschierte mit großen Schritten weiter.

Kyllen blieb noch einen Moment mit Marjane stehen. Dann folgte er Myra, wie üblich.

Sie schritt stumm voran und entfernte sich immer weiter.

41

22. bis 23.Dezember

In der Nacht trieb der Wind immer dunklere Wolken am Himmel zusammen, Blitze zuckten, und der Schnee fiel noch dichter. Wild tobte die Brandung unten vor den Klippen, und immer mehr Eisschollen schwammen auf dem Wasser, die die Wellen gegen die Felsen warfen. Es war bitterkalt.

Am Morgen hatte sich über alles ein dichter Dunstschleier gelegt. Immer noch fiel der Schnee auf die weiße Steppe.

»Macht euch fertig, wir brechen auf«, sagte Myra. Ihre Stimme war nur noch ein leises Krächzen, das selbst für die anderen beiden kaum noch zu verstehen war. Weder Kyllen noch Marjane erwiderten etwas, und so traten sie vor die Höhle, in der sie die Nacht verbracht hatten.

Draußen war kaum etwas zu erkennen. Nach wenigen Ellen verlor sich die Steppe im dichten Nebel, und vom Schattenwald war nichts zu sehen.

Besorgt blickte Kyllen ins Nichts. »Was machen wir jetzt?«

»Wir fliegen los. Hier in Meeresnähe bildet sich häufig Nebel. Davon dürfen wir uns nicht aufhalten lassen«, erklärte Myra.

»Hast du überhaupt eine Ahnung, in welche Richtung wir müssen?«

Myra deutete auf Icenwharth. »Er findet den Weg.«

»Wir werden uns verirren.«

»Wenn ihr nicht wollt, keiner zwingt euch mitzukommen.«

»Warum bist du bloß wieder so abweisend?«, stieß Kyllen hervor.

»Weil ich keine Zeit zu verlieren habe«, zischte sie, »ich mache mich auf den Weg, ob es dir passt oder nicht.« Sie schaute sich um und deutete in eine Richtung. »Dort müsste Phoinika liegen. Also wenn das Weiße Meer rechts von uns ist …«

»Hört mal, ich glaube, ich kann weiterhelfen«, mischte sich da Marjane ein. Es waren ihre ersten Worte an diesem Tag.

Das Drama vor Eileennas Haus hatte auch sie mitgenommen, wenn auch auf andere Weise als Myra. Dumm und unnütz kam sie sich vor. Klar, sie hatte Myra helfen wollen, aber sie wusste sehr genau, dass im Grunde sie die Schuld an Brennars Tod trug. Wie töricht von ihr, in den Kampf einzugreifen und zu glauben, es mit einem erfahrenen starken Krieger wie ihm aufnehmen zu können … Myra hatte ihr keine Vorhaltungen gemacht, aber dadurch fühlte sie sich nur noch schlechter. Als sie aus Etheria geflohen war, glaubte sie, endlich frei zu werden. Aber nun fühlte sie sich immer noch wie eine Gefangene, eine Gefangene ihrer eigenen Schwäche, ihres Körpers, der noch kindlich und längst nicht stark genug war.

An diesem Morgen aber hatte sie etwas in sich gespürt.

»Nicht hier«, sagte sie, als sie Myras zweifelnden Blick bemerkte, »später im Wald.«

Kyllen verstand. »Du glaubst, dich im Wald orientieren zu können?«

»Ja«, antwortete Marjane, »ich spüre ihn schon, wenn auch nicht ganz deutlich. Aber das wird daran liegen, dass wir noch zu weit weg sind. Lasst uns der Küste folgen, dann stoßen wir wieder auf ihn. Und im Wald finde ich dann den Weg, so wie zu Eileennas Haus.«

Im Nebel flogen sie den ganzen Vormittag an der Küste entlang. Schließlich bat Marjane Myra, den Drachen nach links schwenken und noch tiefer hinunter gehen zu lassen. Kurz darauf tauchten unter ihnen die kahlen Kronen des Schattenwaldes auf. Die Äste wirkten wie dürre Finger, die sich aus einem weißlichen Meer zu ihnen emporreckten, wie von Ertrinkenden, die gleich im Wasser versinken würden.

Marjane bemühte sich, sich von dieser gespenstischen Atmosphäre nicht überwältigen zu lassen, und kaum entdeckte sie eine Lichtung, bat sie Myra, Icenwharth landen zu lassen.

Bald waren sie umgeben von baumstammstarken grauen Trieben mit ihren kahlen Ästen und Zweigen. Alles schien tot, nur für Marjane war es das nicht. Sie spürte das pulsierende Herz des Baumgottes Palamud, aber auch seine abweisende feindselige Haltung, so als beobachtete er sie von jedem Zweig aus mit misstrauischem Blick. Und dennoch meinte Marjane zu spüren, dass diese Feindseligkeit nicht direkt gegen sie gerichtet war.

Eine Weile schaute Marjane sich um, drehte sich ein paarmal.

»Osten ist dort. Da müssen wir hin«, sagte sie schließlich mit fester Stimme und zeigte in eine Richtung. Dabei gab sie eine Sicherheit vor, die sie nicht empfand.

Sie warf Kyllen einen Blick zu und hoffte auf eine Bestätigung. Der Magier zog eine Karte hervor.

»Nun, der greise Alkaker hat doch gesagt, dass Kurrah im Norden Phoinikas, im Landesinnern liegt. Das könnte also hinkommen.« Er klopfte Marjane auf die Schultern. »Gut gemacht.«

Das Mädchen errötete.

Sie stiegen wieder auf Icenwharths Rücken und setzten den Weg fort. Der Nebel wurde noch dichter und immer undurchdringlicher. Von der Sonne war nichts mehr zu sehen, und sie hätten nicht sagen können, welche Stunde des Tages war. So flogen sie immer weiter, während es langsam dunkelte. Die Dämmerung brach herein und tauchte alles in ein fahles gelbliches Licht. Schließlich war alles stockdunkel.

Kyllen versuchte es mit einem Zauber, fand aber an diesem Himmel keinen einzigen Elemental, der sie mit Licht hätte versorgen können. Auch die *Mixtur*, in die Myra ein Läppchen tauchte und anzündete, war keine große Hilfe. Die *Mixtur* war zum Wärmen und nicht zum Leuchten gedacht, und so warf die Fackel nur ein flackerndes, sehr mattes Licht. Längst konnten sie sich nur noch auf Marjanes untrüglich scheinenden Instinkt verlassen.

»Osten ist noch weiter in diese Richtung, das spüre ich genau«, sagte sie mit sicherer Stimme und zeigte dorthin.

Icenwharth aber, der sie trug, schien müder und müder zu werden. Merkwürdig langsam, so als bewegten sie sich in einer zähen Flüssigkeit, peitschten seine Flügel die Luft.

»Wir müssen rasten«, erklärte Myra schließlich. Obwohl sie sich nichts sehnlicher wünschte, als schnell voranzukommen, wollte sie Icenwharth keinem unnötigen Risiko aussetzen, nicht nachdem er sich über dem Weißen Meer für sie so schwer hatte verwunden lassen.

Doch der Versuch, in der Dunkelheit eine Stelle im Wald zu finden, wo er landen konnte, schien aussichtslos. Überall war das ineinander verflochtene Astwerk unten ihnen zu dicht und gefährlich spitz. Da zerriss ein Blitz den Himmel und beleuchtete alles wie am helllichten Tag. Es war nur der Bruchteil eines Augenblicks, aber Marjane genügte das.

Sie streckte einen Finger aus. »Dort!«

In einem weiten Bogen ließ Myra den Drachen über der Stelle kreisen, während sie sich vorlehnte und den Wald unter ihnen mit ihrer Fackel zu erhellen versuchte.

Da war eine Öffnung im Geäst, fast perfekt rund, und der Boden darunter war schwarz und erdig, als habe sich ein Feuer hindurch gefressen.

Plötzlich änderte sich Marjanes Gesichtsausdruck. »Nein«, sagte sie zweifelnd, »nein, ich glaube, wir sollten von hier verschwinden.«

Myra aber spürte die angespannten, zuckenden Muskeln des Drachen zwischen ihren Beinen. »Das geht nicht, Icenwharth ist zu erschöpft.«

»Aber das ist kein guter Ort hier. Da ist etwas Böses und ...«, beharrte Marjane.

»Jetzt hör aber auf!«, fuhr Myra sie mit der kärglichen Stimme an, die ihr geblieben war. »Soll Icenwharth vielleicht draufgehen?!«

Schon wollte sie ihn landen lassen, doch unwillkürlich schlang Marjane dem Drachen einen Arm um den Hals und zog ihn ein wenig zu sich heran. »Ich flehe dich an! Vertrau mir!«, bat sie ihn.

Icenwharth zögerte und kreiste unsicher über dem eingebrannten Ring im Geäst.

Da stieß Myra einen Fluch aus und sprang kurzerhand hinunter, wobei sie im Flug die Waluds zog.

Die Landung war hart, aber sie rollte sich ab und sprang wieder auf. Sie blickte sich um. Über die Fläche, auf der sie stand, pfiff der Luftzug von Icenwharths Flügelschlag, aber sonst herrschte absolute Stille.

»Alles in Ordnung, kommt runter!«, wollte sie rufen, aber ihre Stimme war zu schwach.

Da brachen sie aus dem Geäst hervor und umzingelten Myra. Im matten Licht ihrer Fackel sahen sie wie Schlangen aus, die zischend auf sie zu krochen. Deutlich aber erkannte sie ihre Reißzähne, spitz und weiß, und ihre roten Augen.

Drachen. Im Nu waren sie bei ihr und stürzten sich auf sie.

Da schoss Icenwharth laut brüllend auf die Lichtung nieder und richtete sich auf den Hinterbeinen auf. Ein paar Drachen sprangen ihn an, verbissen sich in seinen ledernen Schuppen und krallten sich an ihm fest.

Myra schrie auf, schleuderte die Fackel zu Boden, zog auch den zweiten Walud und kämpfte. Marjane und Kyllen halfen ihr, das Mädchen mit ihrem Dolch, der Zauberer mit seiner Magie.

Doch um sie herum waren mindestens zehn wütende Drachen. Vier hingen an Icenwharth, die anderen sechs gingen auf sie los.

Sie waren etwa zwei Ellen hoch und vier Ellen lang, also klein, dafür aber umso aggressiver. Und sie waren pfeilschnell. Myra sah ihre Krallen auf sich zu schießen, riss die Waluds hoch und trieb sie zurück. Währenddessen hatte Kyllen eine Baumbarriere um sie herum errichtet, doch schon schlugen die Bestien ihre Reißzähne hinein.

Als sich wieder ein Drache mit einem Sprung auf Myra stürzte, ging Marjane dazwischen. Das Heft mit beiden Händen umfassend, riss sie den Dolch hoch und bohrte die Klinge tief in den Leib des Drachen hinein. Jaulend brach er zusammen und blieb tot am Boden liegen.

Marjane konnte es kaum glauben, wie gut sie getroffen hatte, doch schon stürmte von der Seite das nächste Tier heran. Myra holte aus und schlug ihm den Kopf ab.

Wie lange würde sie durchhalten können? Es waren zu viele Drachen, und offenbar wurden es immer mehr.

Da ertönte ein schrilles Geräusch, das die Drachen zu verwirren schien. Sie ließen ab und bewegten sich im Kreis, so als suchten sie nach der Quelle dieses seltsamen durchdringenden Tons. Dann rief eine Stimme etwas auf Alkakisch.

Myra brauchte einen Augenblick, um es zu verstehen, aber dann rief sie, so laut es ging: »Auf den Boden runter! Schnell!«

Sie packte Marjanes Kopf und drückte ihn nieder, während Kyllen sich flach hinwarf.

Myra blickte zu Icenwharth. Und der verstand sie. Er stieß eine mächtige Flamme aus und drehte sich dabei im Kreis. Noch lauter jaulten die Drachen, während dieser fürchterliche schrille Ton nicht abbrechen wollte, und endlich flüchteten die Tiere in den Wald, aus dem sie gekommen waren.

Eine tiefe Stille senkte sich über die Lichtung. Nur der keuchende Atem von Myra, Marjane und Kyllen war zu hören.

Da bewegten sich die Zweige hinter ihnen, und Myra fuhr herum. »Komm zeig dich. Wer bist du?«, rief sie.

Aus dem Gebüsch trat ein junger Mann, mit einem eigenartigen Holzinstrument in der Hand, das aus einem Stock und einigen gezackten Stäben bestand, die von Metallklammern zusammengehalten wurden. In der Linken hielt er eine Fackel und wirkte verschreckt.

Er sagte etwas auf Alkakisch, das Myra nicht verstand.

Kyllen versuchte es auf Albonitisch. »Was hast du gesagt?«

»Das ist ein Drachennest«, antwortete der Jüngling. »Wir müssen hier weg.«

Er bedeutete ihnen, ihm zu folgen, doch der Magier hob eine Hand. »Warte, was ist mit unserem Drachen?«

»Ihr könnt auch fliegen. Anderthalb Meilen in diese Richtung. Da ist ein Fluss. Dort sind wir in Sicherheit.«

Myra sprang auf Icenwharths Rücken und half Kyllen und Marjane hinauf.

»Die letzte Anstrengung heute«, flüsterte sie dem Drachen zu und ließ ihn abheben. Nach wenigen Minuten erkannten sie die matte Wasserfläche.

Icenwharth landete am Ufer. Sie stiegen ab und schauten sich um. Ein Stück weiter leuchtete ein schwaches Licht. Sie folgten ihm und erreichten ein alleinstehendes Zelt in typisch alkakischer Bauart, und daneben ein noch schwach brennendes Lagerfeuer. Niemand war dort.

»Seid ihr in Ordnung?«, fragte Myra, wobei sie sich zu ihren Gefährten umwandte. Sie schaute in zwei blasse, vom Schein des Feuers ein wenig erhellte Gesichter, doch beide nickten.

Icenwharth hatte sich hinter ihnen niedergelegt, und Myra trat zu ihm. Er hatte nur ein paar Kratzer abbekommen. Für ihn waren die Baumdrachen keine allzu große Gefahr gewesen, jedenfalls nicht in dem Maße wie für sie drei.

»Es war wieder meine Schuld.«

Marjane trat neben Myra, den Dolch, mit dem sie einen der Drachen getötet hatte, noch in der Hand. »Aus der Entfernung war ich sicher gewesen, dass es ein geeigneter Platz für uns wäre, wirklich …«

Myra schüttelte den Kopf. »Lass nur. Du hast es doch noch rechtzeitig gemerkt und auch verhindert, dass Icenwharth landet. Nur ich habe nicht auf dich gehört. Und dann hast du mir auch noch das Leben gerettet.« Sie blickte Marjane in die Augen. »Danke.«

Das Mädchen errötete und presste den Dolch an die Brust. »Ich möchte so gerne helfen. Aber ich habe immer das Gefühl, ich bin zu schwach und nur ein Last für euch.«

»Dein Dolch spricht eine andere Sprache.«

Marjane warf einen Blick darauf. Das Drachenblut glitzerte auf der Klinge.

»Das schwache Glied in der Kette bin jetzt ich«, schloss Myra und ballte die Fäuste.

Die beiden sahen sich noch einen Moment lang an.

Dann hörten sie jemanden am Fluss näherkommen, und kurz darauf erschien der junge Alkaker bei ihnen. Auch er war noch blass im Gesicht und atmete schwer, schien sich aber sicherer zu fühlen als vorhin. Er war vielleicht einige Jahre älter als Marjane, und als Myra ihn im Schein des Feuers genauer betrachtete, spürte sie einen Stich im Herzen: Er hatte Acrabs Augen und auch dessen olivfarbene Haut.

»Das wäre geschafft«, sagte er in einem, abgesehen von dem recht starken Akzent, hervorragenden Albonitisch.

»Ja, durch deine Hilfe. Vielen Dank noch mal«, antwortete Kyllen.

Der Jüngling zuckte ein wenig verlegen mit den Achseln. »Im Schattenwald muss man sich gegenseitig helfen. Wusstest ihr denn nichts von den Drachennestern?«

»Nein. Wie du gemerkt hast, sind wir nicht von hier«, antwortete Kyllen wieder, wobei er auf sich und seine Begleiterinnen zeigte.

»Ist der wirklich nicht gefährlich?«, fragte der Jüngling weiter und deutete aus sicherem Abstand auf Icenwharth.

»Nein, der gehört zu mir«, antwortete Myra.

»Nun gut, wenn er sich ruhig verhält, kann ich mich mit seiner Anwesenheit anfreunden«, erklärte der junge Alkaker und schaute wieder zu Icenwharth, der reglos dalag und ihn mit seinem roten Auge betrachtete.

»Wo wollt ihr eigentlich hin?«, fragte er dann und trat zu seinem Zelt.

»Nach Phoinika«, antwortete Kyllen.

Der Jüngling schien verwirrt. »Aber ihr seid doch keine Mönche!«

»Nein, das nicht. Aber wir sind unterwegs zu einem Ort, wo früher mal ein Kloster gestanden hat: Kurrah.«

Der andere zuckte zusammen, nur leicht, doch Kyllen bemerkte es. »Wir wissen nicht genau, wo das liegt. Kannst du uns vielleicht helfen?«

Der Alkaker kicherte.

»Was ist?«

»Ach, es gibt schon seltsame Zufälle … Ich bin Novize und kann euch wirklich helfen.«

42

23. Dezember, nachts

Der Jüngling hieß Bayresh, hatte die Kopfhaare geschoren, wenn auch nicht sehr sorgfältig, und trug ein langes schwarzes Gewand, das um den Bauch von einem Gürtel mit vielen kleinen Eisenringen gerafft wurde. Er holte ein paar Fische hervor und bereitete ein Abendessen zu. Am Nachmittag hatte er sie in dem Fluss gefangen, an dem sie saßen. Das sei der Ethorak, sagte er.

Kyllen nickte. Der Name war ihm schon mal untergekommen. »Dann müssten wir in der Nähe der Nordgrenze Phoinikas sein. Wir sind also nicht weit vom richtigen Weg abgekommen«, erklärte er, an Myra gewandt.

»Das stimmt«, sagte Bayresh.

»Seit wann bist du Novize?«, fragte Myra.

»Seit zwei Monaten. Das Kloster, in das ich aufgenommen werden möchte, liegt in den Lieblichen Hügeln. Ein schöner Ort.«

»Und was machst du dann hier?«, fragte Marjane, die mit den Aufnahmeregeln in ein Kloster und dem Zugang zum Mönchsleben am wenigsten vertraut war.

Bayresh schaute sie an. »Du hast wohl gar keine Ahnung von uns, oder?«, bemerkte er mit einem schiefen Lächeln. »Nun, es ist nicht so leicht, in ein Kloster einzutreten. Schon der erste Schritt ist schwierig: Man muss zu dem gewählten Kloster hinfinden, und bereits dieser Weg ist meistens lang und kompliziert. Ich habe fast einen Monat gebraucht, zu Fuß natürlich. Hat man es erreicht, wird man zu einem Gespräch bei dem Mönch bestellt, der für die Novizen zuständig ist, und muss zeigen, dass der Glaube und der Wille, in den Orden einzutreten, wirklich stark genug sind. Wird man für würdig befunden, und das war bei mir übrigens problemlos der Fall, darf man sich an die Aufnahmeprüfung wagen.«

»Und worin besteht die?«

»Ein Jahr allein im Schattenwald.«

Es entstand ein längeres Schweigen. Nach dem gerade bestandenen Abenteuer in diesem Wald, waren sie tief beeindruckt, besonders Marjane kam die Aufgabe kaum zu bewältigen vor.

»Man muss tief ins Herz des Waldes vordringen und eine Blume pflücken, die nur beim Palamud-Stamm wächst«, erzählte Bayresh weiter. »Nach einem Jahr kehrt man mit dieser Blume, es genügt auch der Stängel, ins Kloster zurück und kann so beweisen, dass man nicht tiefer in den Wald hätte eindringen können. Natürlich haben wir keine Karte oder etwas Ähnliches dabei, und wie tückisch es hier zugeht, habt ihr gerade selbst erlebt. Mit den Daralmeks muss man immer rechnen.«

»So heißen diese kleinen Drachen, die uns überfallen haben?«, fragte Marjane.

»Ja, Daralmeks oder Baumdrachen.«

»Wie hast du sie eigentlich vertreiben können?«, fragte Kyllen.

Bayresh nahm das seltsame Instrument zur Hand, mit dem er sie gerettet hatte. Mit einer gekonnten Bewegung aus dem Handgelenk setzte er die Holzstäbe mit den Metallklammern so in Schwingung, dass sie diesen unangenehm schrillen Ton erzeugten, den sie im Drachennest vernommen hatten.

»Die Daralmeks hassen diesen Klang, ich glaube, das hat mit der Art ihrer Ohren zu tun. Jedenfalls haben die Mönche und Novizen in diesem Wald immer dieses Instrument dabei. Und wie ihr gesehen habt, kann es einem das Leben retten.« Bayresh legte den Stock mit den Stäben wieder beiseite und fuhr fort: »Bekannt ist darüber hinaus auch, dass die Daralmeks Feuer hassen. Mit einem einfachen Lagerfeuer schon lassen sie sich fernhalten. Deswegen wollte ich auch, dass euer Drache Feuer spuckt. Denkt beim nächsten Mal daran. Aber schlauer ist es natürlich, solche Drachennester ganz zu meiden.«

Myra und ihre Gefährten schauten betreten drein.

»Aber macht euch nichts draus. Bedenkt, dass mehr als die Hälfte aller Novizen dieses eine Jahr im Wald nicht überlebt, also …«

»Und warum versuchst du es dann? Ich meine, warum risikierst du dein Leben, um in dieses Kloster zu gelangen?«, warf Marjane ein.

Der Junge blickte sie an. »Du bist eine Thyrren, nicht wahr?«

Marjane nickte, ein wenig gekränkt.

»Dann weißt du ja, wie furchtbar hart das Leben sein kann. Gewiss, wir Alkaker sind keine Sklaven, und so gesehen geht es uns auch besser als euch, doch unser Land ist eines der unfruchtbarsten im ganzen Dominium. Tag für Tag kämpfen wir gegen die Ausbreitung des Schattenwaldes, um ein paar Knollen anbauen zu können, mit denen wir kaum über den Winter kommen. Bei mir im Dorf achten die Frauen immer darauf, dass sie nur im Sommer Kinder zur Welt bringen. Ein Säugling, der im Winter geboren wird, hat praktisch keine Überlebenschance.« Bayresh legte die Stirn in Falten und schien sich einen Moment lang in Erinnerungen zu verlieren. »Aber in den Klöstern sieht das anders aus«, fuhr er dann fort. »Dort gibt es immer genug zu essen und man erhält eine Ausbildung, und alles was man dafür tun muss, ist zu beten und Bücher zu kopieren.«

»Bücher kopieren?«, fragte Marjane.

»Ja, natürlich. Das gesamte Wissen des Dominiums ging von den Klöstern aus. Es waren Mönche, die einige Texte der *Ersten* retten konnten, indem sie sie abschrieben, ohne zu wissen, was da eigentlich stand. Und es sind auch heute noch Mönche, die Bücher übertragen und sie in alle Länder des Dominiums verschicken, zu Herrschern, reichen Großgrundbesitzern, Magiern.« Er wandte sich an Kyllen. »Ich habe deine Landkarte gesehen. Solche Karten sind typisch für das Kloster von Burgas, wusstest du das?«

Kyllen nickte.

»Die werden dort zu Hunderten im Jahr hergestellt, manche Mönche kümmern sich den ganzen Tag um nichts anderes. Versteht ihr? Dieses Leben ist entschieden angenehmer als das, was mich zu Hause erwarten würde.«

»Aber du wirst vielleicht vorher sterben«, sagte Marjane.

»Wärest du nicht auch bereit, für die Freiheit dein Leben aufs Spiel zu setzen?«

Das Mädchen senkte den Blick. Eigentlich hatte sie das bereits getan: Sie hatte ihr Leben riskiert, als sie Myra half, und allein, dass sie ihr folgte, brachte sie ständig in Gefahr, genau wie Myra es ihr gesagt hatte, als sie darauf bestanden hatte, mit ihr zu gehen. Ihr Leben war seitdem sehr viel gefährlicher, als es im Haus von Isserios gewesen wäre. Aber dort wäre sie bis zu ihrem Tod nur Sklavin gewesen und hätte bald als Hure im Bordell dienen müssen.

In Myras Begleitung konnte alles Mögliche geschehen, aber dafür war sie frei.

Da mischte sich Kyllen wieder ein. Er wollte endlich Antworten. »Du hast angedeutet, du seist der richtige Mann, um uns den Weg nach Kurrah zu beschreiben. Und?«

»Nach Kurrah geht nie jemand«, sagte Bayresh.

»Wir schon.«

»Aber auf dem Ort liegt ein Fluch. Es ist ein heiliger Ort, das schon, aber er ist verflucht. Deswegen wohnt dort niemand mehr. Und außerdem, mit zwei Frauen dürftest du dich noch nicht mal in die Nähe wagen.«

»Aber das ist doch Aberglaube«, warf Myra ein, merkte aber, dass Bayresh sie wegen ihrer Stimme nicht verstand.

»Wir glauben nicht an solche Dinge«, sagte Kyllen.

»Aber das ist unser Glaube.« Bayresh verkrampfte sich. »In unseren Klöstern gibt es nur Mönche, Frauen sind dort verboten. Denn Frauen sind unrein. Deshalb haben sie dort nichts zu suchen. So einfach ist das.«

Kyllen hütete sich, ihm zu widersprechen. »Schon gut, aber das Kloster ist verlassen. Wir haben auch gehört, dass es von einem Fluch getroffen wurde. Ein Mönch soll es in Brand gesteckt haben.«

Bayresh wurde hellhörig. »Wer hat euch das gesagt?«

»Ein Alkaker, vor zwei Tagen.«

»Schon, aber das ist nicht die ganze Geschichte«, erklärte Bayresh, »die Mönche kennen sie, erzählen sie aber lieber nicht herum, weil sie … nun …«, er suchte nach dem passenden Wort und fügte dann mit einem bitteren Lächeln hinzu: »… wenig erbaulich ist.«

»Und die wäre?«

»Kurrah war eines der bedeutendsten Klöster in Phoinika. Eine kostbare Reliquie wurde dort aufbewahrt, ein Schwert der *Ersten*, das niemand berühren konnte, ohne Schaden zu nehmen oder gar zu sterben.«

Myras Herz schlug schneller. Sie waren auf der richtigen Spur.

»Es war ein großes Kloster mit etwa hundert Mönchen, die Bücher schrieben und übersetzten, welche im ganzen Dominium begehrt waren. Dazu kamen noch etwa fünfzig Bedienstete. Unter diesen war auch ein Alkaker, der jedoch, so heißt es, niemals in Alkak gewesen sein sollte. Er soll der Sohn eines Mönchs und einer Frau aus einem nahen Dorf gewesen sein, was seltsam ist, denn ein Kind aus solch einer Verbindung gilt als unrein. Aber so wird es erzählt. Dieser Mann hieß Graffias.«

Myras Herz hämmerte noch heftiger in der Brust. Aber auch Kyllen schrak auf. Und beide hörten noch aufmerksamer zu.

»Wie gesagt, war er ein Diener, strebte aber nach mehr. Er war noch sehr jung damals, so wie ich heute, also kaum den Kinderschuhen entwachsen, aber schon ein Genie. Er hatte sich selbst lesen und schreiben beigebracht, und ebenso mehrere Sprachen, und begann bald, sich für die Bücher im Kloster zu interessieren.«

Myra schloss einen Moment die Augen. Ein weiteres Mosaiksteinchen fügte sich in das Gesamtbild ein. Graffias wusste von ihr, weil er in Kurrah gelebt hatte. Ihr schwindelte, und sie war wohl blass geworden, denn sie spürte Kyllens besorgten Blick auf sich. So riss sie sich zusammen und hörte weiter, was der junge Novize erzählte.

»Genau weiß ich auch nicht, was dann passiert ist. Darüber gehen die Berichte auseinander. Vielleicht ist Graffias an der Aufnahmeprüfung gescheitert, vielleicht gab es auch einen anderen Grund, den niemand kennt. Jedenfalls hat er eines Nachts das Kloster in Brand gesteckt. Es gab eine derart verheerende Feuersbrunst, dass es tagelang weiterbrannte und niemand das Feuer unter Kontrolle bekam. Viele Mönche und Bedienstete verloren ihr Leben, zahllose Bücher verbrannten, und nur wenige konnten gerettet werden.«

Myra erzitterte am ganzen Körper.

»Weiß man, was aus Graffias geworden ist?«, fragte Kyllen.

Bayresh schüttelte den Kopf. »Manche behaupten, er sei selbst bei dem Feuer ums Leben gekommen.«

Myra wusste, dass das nicht stimmte. Also hatte in Kurrah ihre Geschichte begonnen, mit einem Diener, der zu neugierig und zu ehrgeizig gewesen war.

»Wie lange ist das alles her?«

»Mehr als zwanzig Jahre.«

»Weiß man etwas über Graffias Aussehen? Gibt es ein besonderes Kennzeichen, irgendeine Kleinigkeit, an der man ihn erkennen kann?«

Bayresh schüttelte den Kopf. »Nicht, dass ich wüsste. Das ist ja auch eine alte Geschichte, die wie eine Sage überliefert ist. Die Mönche reden nicht gern darüber. Ich habe es getan, weil ich noch Novize bin, aber ein älterer Mönch hätte euch sicher erzählt, dass es sich um ein Unglück handelte, das niemand verschuldet hat. Wer würde auch schon zugeben, dass ein Sklavenjunge eines der größten und bedeutendsten Klöster ganz Phoinikas dem Erdboden gleichmachen konnte.«

Myra senkte den Kopf und schaute zu Boden. Auf dieser Reise der Wahrheit näherte sie sich stets bis auf einen Schritt und musste dann erleben, wie sie ihr wieder durch die Finger glitt. Wie ein gesichtsloses Gespenst erschien und verschwand Graffias vor ihren Augen.

Nun aber sollte sie sich auf das nächstliegende Ziel konzentrieren und herausfinden, ob sie über außerordentliche Kräfte verfügte, mit anderen Worten: ob sie der *Befreier* war oder nicht.

»Nun gut, über Graffias weiß man nicht mehr«, fasste Kyllen zusammen. »Aber was kannst du uns zur genauen Lage von Kurrah sagen?«

»Gib mir mal deine Karte.«

Kyllen holte sie hervor und reichte sie Bayresh.

Der Novize hatte sich schnell orientiert und zeigte auf eine Stelle. »Kurrah liegt hier«, sagte er, wobei er auf eine Gegend im Nordosten Phoinikas deutete. »Aber viel werdet ihr dort nicht mehr finden. Ein Freund von mir ist während seines Noviziats dort vorübergekommen und hat mir erzählt, dass kaum noch etwas erhalten ist.«

Kyllen trug die Stelle in die Karte ein und studierte sie dann. »In zwei Tagen müssten wir es schaffen«, sagte er zu Myra.

Die nickte nur.

Der Magier lächelte Bayresh an. »Du hast uns sehr geholfen und bist überhaupt sehr freundlich zu uns.«

»Ich habe nur getan, was jeder Mönch tun würde«, sagte der Novize, »aber wenn ich euch einen Rat geben darf: Verzichtet auf den Besuch. Der Ort ist verflucht, und es gibt dort nichts mehr zu sehen.«

Myra antwortete nicht.

Den restlichen Abend verbrachten sie meist schweigend, ein

jeder in seine Gedanken versunken. Myras Verlangen, sich zu rächen, war neu entfacht. Graffias' Name hatte gereicht. Und so saß sie brütend neben den anderen, während der Rachedurst sie quälte, in dieser sternenlosen, nur von den Flammen ihres Lagerfeuers erhellten Nacht.

Bald legten sie sich schlafen. Myra ging zu Icenwharth, und während sie sich ein Nachtlager zurechtmachte, spürte sie, dass jemand hinter ihr war.

Sie brauchte sich nicht mehr umzudrehen, sie wusste, wer es war.

»Was gibt's, Kyllen?«

»Ich wollte nur hören, wie es dir geht. Du warst vorhin so schweigsam.«

Ärger stieg in Myra auf. Sie wollte in Ruhe gelassen werden. »Ach, es ist nur wegen Graffias«, antwortete sie. »Und dann kommt Acrab ja auch hierher, aus Alkak.«

»Du hast erzählt, dass du für ihn kämpfst und dass er dir das Leben gerettet hat.«

»Stimmt.«

»War er ein Mönch?«

Myra wusste nicht, was sie antworten sollte. Acrab hatte immer mal wieder seine niedere Herkunft erwähnt, war aber nie so weit gegangen, ihr ausführlich zu erzählen, was er vor ihrer Begegnung in der Arena getan und wie er gelebt hatte. Mit der Zeit hatte sie sich daran gewöhnt und sich gesagt, dass es nicht wichtig sei. »Ich habe keine Lust über ihn zu reden.«

»Acrab ist ein seltsamer Name für einen Alkaker. Das Wort kommt jedenfalls aus dem Biaswadischen«, ließ Kyllen nicht locker.

»Ich hab doch gesagt, ich will nicht über ihn reden«, wiederholte Myra in schärferem Ton.

»Schon gut. Aber es ist ein merkwürdiger Zufall. Sowohl Graffias als auch Acrab bedeutet ›Skorpion‹.«

Myra machte einen Schritt auf ihn zu. »Was willst du damit unterstellen?«

Kyllen hob beide Hände. »Ich unterstelle gar nichts. Es ist nur, weil beide aus Alkak stammen und …«

Myra sprang vor, zog die Waffe und hielt ihm die Klingenspitze an den Hals. Das ging so schnell, dass Kyllen noch nicht einmal Zeit hatte, Angst zu bekommen, aber umso unwohler wurde ihm, als er die Wärme der Klinge unter dem Kinn spürte. Er stöhnte.

»Du hast keine Ahnung von Acrab und mir. Du solltest nicht mal seinen Namen in den Mund nehmen.«

Kleine Schweißperlen traten auf Myras Stirn, und ihre Stimme klang noch dünner und gebrochener als sonst.

Kyllen hielt ihrem Blick stand.

»Natürlich habe ich keine Ahnung. Weil du mir auch nichts erzählst. Dieser Mann flattert wie ein Gespenst über deinem Leben, du erwähnst ihn immer wieder, aber dann beißt du dir auf die Zunge und schweigst. Für mich sieht das so aus, als drehe sich bei dir alles immer noch um ihn.«

»Was zwischen ihm und mir entstanden ist, kann man nicht erklären. Schon gar nicht dir.«

»Warum? Weil ich ein Magier bin? Weil ich dir das Leben gerettet habe und weil ich dich bis zum Ende der Welt begleite?«

»Das tust du nur, weil deine Meisterin es so will und weil du selbst wissen möchtest, ob ich der Heilsbringer bin, den ihr erwartet. Für dich bin ich nur ein Werkzeug, für Acrab aber bin ich ein Kamerad in der Schlacht.«

Kyllen war, als hätte er einen Schlag in die Magengrube erhalten. Er war fassungslos und verletzt. »Ich will überhaupt nicht, dass du zu diesem Kloster gehst. Meinetwegen können wir sofort umkehren«, sagte er und verzog das Gesicht zu einem traurigen Lächeln. »Ach, du hast wirklich nichts von mir verstanden.«

Er ergriff die Hand, in der sie den Walud hielt, und machte sich frei. Dann ging er wortlos davon, und Myra blieb allein zurück.

43

24. bis 26. Dezember

Am nächsten Morgen wachte Myra als erste auf. Der Nebel hatte sich aufgelöst, doch der Himmel war immer noch bleigrau. Still lag der Wald hinter ihnen, wie ein Tier auf der Lauer.

Langsam erwachten auch die anderen und versammelten sich um das Feuer. Einige Schneeflocken schwebten herab, und auf dem Fluss trieb Eis.

»Im tiefsten Winter friert er ganz zu und man kann hinübergehen«, sagte Bayresh.

»Wie finden wir denn am leichtesten nach Kurrah?«, fragte Kyllen.

»Folgt einfach dem Fluss. Kurrah liegt nur wenige Meilen vom Ufer entfernt. Dann müsst ihr nicht durch den Wald.«

Sie bedankten sich bei ihrem jungen Gastgeber, und Kyllen wünschte ihm viel Glück für seine Aufnahme ins Kloster, dann bestiegen sie Icenwharth und erhoben sich in die Lüfte. Um sie herum Schneeflocken und eine unwirkliche Stille. Von oben betrachtet wirkte Alkak wie ein weißgraues Meer unter einem Geflecht laubloser Äste. Dazwischen der Ethorak, der gemächlich dahinfloss. Es war wie in einer Welt, in der alle Farben und Klänge erloschen waren.

Am Abend lagerten sie wieder am Flussufer. Der Schattenwald um sie herum schien weniger dicht zu sein.

»Wir müssten Alkak bald hinter uns lassen«, sagte Marjane.

»Das haben wir schon«, antwortete Kyllen. »Wir sind schon im nördlichen Phoinika.«

Marjane schaute sich um. »So sehr anders als in Alkak sieht es aber auch nicht aus.«

Kyllen lächelte. »Grenzen haben immer etwas Willkürliches. Im Grunde sind es meistens nur gedachte Linien, die der Mensch gezogen hat. Hier wohnen nur wenige Leute, und niemand hat sich die Mühe gemacht, den Grenzverlauf genau zu bestimmen. Aber du wirst sehen, allmählich wird sich die Landschaft schon noch ändern. Sehr sogar.«

»Warst du schon mal hier?«

Kyllen schüttelte den Kopf.

»Und woher weißt du das dann?«

»Es gibt viele Arten zu reisen: zu Fuß, mit dem Schiff oder auf einem Drachenrücken, wie wir. Aber man kann auch im Geiste reisen, indem man sich mit fremden Ländern befasst. Und das habe ich ausgiebig getan.«

»In einem Buch über ein Land zu lesen ist aber etwas ganz anderes, als wirklich dort zu sein«, erwiderte Marjane.

»Einerseits schon, andererseits führe ich euch jetzt, obwohl ich nie hier gewesen bin«, sagte Kyllen, mit einem raschen Blick zu Myra.

Ein halber Flugtag reichte, und die Landschaft änderte sich radikal. Immer lichter wurde der Wald und verschwand schließlich ganz. Sie überflogen Anhöhen, die mit niedrigen Büschen und Sträuchern bewachsen waren.

»Das sind die Lieblichen Hügel«, erklärte Kyllen Marjane.

Das Mädchen lehnte sich vor. »Etwas Liebliches kann ich aber nicht erkennen.«

»Das bezieht sich darauf, dass die Hügel nicht sehr hoch sind. Aber es stimmt schon, die Landschaft ist eher karg. Hier lebt man hauptsächlich vom Handel mit Biaswad.«

Als Kind hatte Myra häufiger Schiffe in Richtung Phoinika auslaufen sehen. Fadi hatte sie ihr gezeigt und von den Lieblichen Hügeln erzählte, deren Namen er als hinterlistig bezeichnete. »Manchmal dienen Namen auch dazu, etwas als schön darzustellen, was eigentlich hässlich ist«, hatte er gesagt.

Hier und da waren die niedrigen, ockerfarbenen Anhöhen mit weißen Schneefeldern getüpfelt und gingen fließend ineinander über. In den Senken zwischen den Kuppen wuchsen Sträucher.

Kyllen erklärte, dass es Talisphenai waren. »Jetzt ist Winter, und alles sieht grau aus, aber im Sommer tragen diese Sträucher bunte Beeren, und alles ist voller Farben. Es gibt viele verschiedene Talisphenai-Sorten und jede bringt andersfarbige Beeren hervor. Sie werden ausgepresst, und aus dem Saft stellt man die Tinten her, die die Mönche in den Klöstern nutzen, um ihre Bücher mit bunten Miniaturen zu verzieren.«

Da entdeckte Myra etwas vor ihnen. Der Himmel hatte sich in ein dunkles Violett gefärbt, während der Schnee nun wieder dichter fiel, in kleinen eisigen Flocken, die wie Nadelstiche ihr Gesicht trafen. Doch vor diesem Abendhimmel zeichnete sich etwas mit gezackten Umrissen schwarz ab. Es stand auf einem Hügel, der unzugänglicher schien als die anderen, und sah nicht aus wie von der Natur geformt, sondern von Menschenhand gefertigt.

Je näher sie kamen, desto deutlicher erkannte sie eingestürzte Wände, die schwarzen Umrisse von Pfählen sowie einen fast unversehrten Turm.

Es sah aus wie eine zerstörte Burg.

»Das muss es sein«, rief Myra und schlug Icenwharth sacht die Fersen in die Flanken, um ihn anzutreiben.

So schossen sie dahin, während ihnen der Wind die Flocken ins Gesicht peitschte. Sie brauchten nicht mehr lange, und doch war es fast dunkel, als sie bei der Ruine eintrafen. Mächtig ragte der Turm über ihnen auf, daneben das zerstörte Hauptgebäude, und davor erkannten sie die Reste einer Brücke, über die der Weg ins

Kloster hinein führte. In den Anblick versunken, stand Myra schweigend da, bis sie wieder Kyllen hinter sich spürte.

»Wir sollten hier lagern und es morgen erkunden. Es ist schon zu dunkel«, sagte er.

Myra nickte und blickte wieder auf die zerstörte Anlage. Die Dunkelheit hatte die Umrisse fast verschluckt. Unwillkürlich lehnte sie sich zurück, bis ihr Rücken Kyllens Brust berührte und sie an ihm lehnte.

Ungeachtet dessen, was sie am Vorabend zu ihm gesagt hatte, war sie froh, nicht allein zu sein.

Sie verharrte noch einen Moment, löste sich dann von ihm und richtete sich ein Lager für die Nacht her.

Myra schlief wenig und unruhig. Wie eine Bedrohung spürte sie die mächtige Klosterruine von Kurrah neben sich. Tausend Gedanken huschten ihr durch den Kopf. Etwa, dass sie am nächsten Tag entweder die Wahrheit erfahren oder durch die Berührung des Schwertes sterben würde. Oder das, was Bayresh von Graffias erzählt hatte. Und schließlich Kyllens Bemerkung zur Bedeutung von Acrabs Namen. Obwohl sie sich immer wieder sagte, dass das nichts heißen musste, und obwohl auch er die Sache offenbar nicht so wichtig nahm, ging es ihr einfach nicht mehr aus dem Sinn.

Wieder dachte sie an die Nacht, als sie mit Acrabs Hilfe Rache genommen hatte, an seinen leblosen Körper in ihren Armen, an den Geschmack seiner Lippen. Es war der einzige Kuss, den sie ihm je gegeben hatte. Aber nun wusste sie, dass die Munaks unschuldig gewesen waren und mit dem Tod ihres Vaters nichts zu tun gehabt hatten.

Warum, so fragte sie sich erneut, war Acrab damals nicht zu dieser Erkenntnis gelangt? Warum war er nicht auf den Namen Graffias gestoßen? Und warum war es Graffias nicht mehr gelungen, sie aufzuspüren? Fadis Ermordung war Jahre her, und es stimmte: Sie hatte dann bei Acrab gelebt, in seinem Schutz. Aber zuvor hatte es auch eine lange Phase gegeben, in der sie allein durch das Dominium geirrt war.

Da wäre sie eine leichte Beute gewesen. Und doch hatte Graffias sie nicht erwischt.

All das kam ihr wirr und unverständlich vor. Oder war es vielleicht doch die Anspannung, die verhinderte, dass sie die logischen Zusammenhänge der Ereignisse erkannte?

Morgen werde ich es wissen, dachte sie, und vielleicht würde sich dann der Abgrund, den sie in sich verspürte, doch noch schließen. Aber sie hatte auch Angst. Zu sterben, ihr Leben wegzuwerfen, für nichts, wenn sie nicht der *Befreier* war und das Schwert zur Hand nahm. Und schließlich hatte sie Angst vor dem, was sie andernfalls erfahren würde, Angst vor der Wahrheit.

Was macht dich so sicher, dass die Wahrheit dir helfen wird? Weißt du nicht, dass die Wahrheit kein Wert an sich ist? Sie kann zum Guten führen, aber genauso auch zum Schlechten, hatte Eileenna gesagt.

An Icenwharths warmen Leib gelehnt, wälzte Myra sich ruhelos hin und her. Plötzlich schlang der Drache sanft seinen Schwanz um sie. Und so lag sie in dieser Berührung, die so etwas wie eine Umarmung war, vergrub ihr Gesicht in seinen Schuppen und genoss seine Wärme, ließ sich von seinen schweren Atemzügen wiegen und ließ nach und nach alle Gedanken los, wobei sie sich auf den Takt seines Herzschlags konzentrierte. Und eine merkwürdige Ruhe überkam sie. Sie brauchte nichts weiter zu tun, als zu warten.

Letztendlich würde sie die Wahrheit erfahren.

Bei Tagesanbruch hatte es zu schneien aufgehört, doch eine weiße Decke hüllte alles ein. Immer noch war die Stille vollkommen.

Dieses Mal erwachte Kyllen als erster, aber kurz darauf erhob sich auch Myra. Ihr war, als hätte sie kaum geschlafen, und wenn doch, dann nur unruhig und nie tief. Sie setzte sich zu ihm, und eine Weile schwiegen sie.

Schließlich blickte Kyllen zu ihr und fragte: »Bist du wirklich sicher, dass du da hinein willst?«

Sie zuckte leicht zusammen, und wieder begannen ihre Gedanken zu rasen.

»Ich habe dir doch schon erklärt …«

Kyllen unterbrach sie. »Aber jetzt sind wir hier. Das ist etwas anderes.«

Myra schwieg einen Moment und schüttelte dann den Kopf. »Nein, das ist es nicht. Ich muss die Wahrheit erfahren.« Das Sprechen kostete sie große Mühe, ihre Stimme war nur noch wie ein dünner, zerschlissener Faden, und es kam ihr so vor, als sei sie in jene erste Zeit mit Acrab zurückgekehrt, als sie noch stumm gewesen war.

Kyllen sah zu der Ruine vor ihnen. »Ich werde jedenfalls bei dir sein. Und wenn irgendetwas nicht stimmt, brichst du einfach ab.«

Myra spürte eine seltsame Wärme in der Brust. »Ich werde auf mich aufpassen«, sagte sie mit einem schwachen Lächeln. »Also los, gehen wir. Ich will nicht länger warten.«

Im Tageslicht wirkte die Klosterruine Kurrah noch schauerlicher. Es handelte sich um eine mächtige Anlage aus Holzgebäuden, die zum Teil eingeschwärzt, zum Teil vollständig niedergebrannt waren. Das Feuer musste entsetzlich gewütet haben.

Zuvor aber musste die Anlage eine wahre Pracht gewesen sein. Hier und da gab es noch kunstvoll geschnitzte Zierelemente im Holz, das unterschiedlich getönt war, sodass ein anmutiges Spiel verschiedenster Farben entstand.

Das Fundament aus überlangen Pfählen ließ erahnen, dass es sich um einen schlanken, aber enorm hoch aufragenden Gebäudekomplex gehandelt hatte. Einen Turm hatte das Feuer in der Mitte gefällt, und in den geschwärzten Wänden des unteren Teils waren noch die fantasievoll angeordneten Fensterreihen zu erkennen. Ein zweiter Turm aber war nahezu unversehrt erhalten. Er war mindestens achtzig Ellen hoch, schlank und, besonders in der oberen Hälfte, reich verziert mit geometrischen Mustern. Ein Berg aus Balken und Brettern daneben ließ darauf schließen, dass es noch weitere solcher Türme gegeben hatte.

Mit bedächtigen Schritten ging Myra auf die Hängebrücke zu. Sie war ebenfalls aus Holz und wurde nur noch von einem Seil gehalten, das zweite war verbrannt. So hing die Brücke schief über dem breiten Graben, mit losen Planken, die knarrend im leichten Wind des Morgens schaukelten.

Den Dolch in der Hand, trat Marjane noch näher heran.

»Nein, lass mich vorgehen«, hielt Myra sie auf.

»Wartet, ich habe eine bessere Idee.« Kyllen hatte bemerkt, dass das zweite Seil auf ihrer Seite noch an einem Pfosten befestigt war. Er nahm es zur Hand, konzentrierte sich, und seine Blutpforten leuchteten auf. Nichts geschah.

Der Magier war verwirrt, versuchte es noch einmal, aber wieder ohne Erfolg.

»Was ist?«, fragte Marjane.

»Sie funktioniert nicht.«

»Was?«

»Meine Magie.«

Kyllen wechselte einen Blick mit Myra, die eine dunkle Vorahnung überkam. Sie schüttelte sie ab. »Dann müssen wir uns eben an dem heilen Seil entlanghangeln«, erklärte sie trocken.

Und das taten sie.

Für Myra war es nicht schwer, gelenkig und trainiert wie sie war. Kyllen und Marjane brauchten länger. Auf dem letzten Stück schien das Mädchen der Mut zu verlassen. Sie zögerte, und Myra kletterte ein Stück zurück, um ihr zu helfen. Doch Marjane wies sie ab. »Lass nur, ich schaffe das schon.«

Tatsächlich hatten sie den Graben bald überwunden.

Vor ihnen öffnete sich ein breites Tor, in dessen spitzbogigen Architrav gut erhaltene Verzierungen und Schriftzeichen eingeschnitzt waren. Die Sprache war Phoinikisch. Selbst Kyllen verstand nicht, was sie bedeuteten.

Dahinter: Schutt und Trümmer.

Die großen Bronzetüren lagen am Boden und waren teilweise geschmolzen, so groß musste die Hitze gewesen sein, die das Feuer entwickelt hatte. Sie traten einige Schritte vor und gelangten in einen Bereich, der einmal die Eingangshalle des Klosters gewesen sein musste. Auf dem Boden eine Schicht aus Schnee und Asche. Das Dach war eingebrochen, und einige Balkenenden zeigten in alle Richtungen, während eine geschwungene Treppe vier Stufen hoch aufragte und dann in der Luft abbrach. In einer Ecke, etwas abseits der Tür, schimmerte etwas.

Neugierig geworden, wollte Marjane dorthin klettern, doch Myra hielt sie zurück. »Nein!«

Es waren vom Feuer gebleichte Knochen, wahrscheinlich von Mönchen, die im Kloster gelebt hatten und gestorben waren. Marjane schien zu begreifen, denn sie schlug die Hände vor den Mund.

»Du kannst doch hier warten«, sagte Kyllen, wobei er auf sie zu trat.

Marjane schluckte, schaute beide an, schüttelte den Kopf und nahm ihren Dolch noch fester in die Hand.

Ohne genau zu wissen, welche Richtung sie einschlagen sollten, durchquerten sie die Vorhalle. Von den Wänden war nicht viel stehen geblieben, und so fiel die Orientierung schwer. Weitere Treppen führten ins Nichts, Türen öffneten sich ins Leere.

Schweigend streiften sie durch die Räume, wohl wissend, dass sie sich in einem Grab bewegten. Knochen überall, aber auch Schädel, die sie aus leeren Augenhöhlen anstarrten.

Was besonders auffiel in diesem Trümmerfeld waren die vielen losen Blätter und Pergamentseiten. Nicht nur das Leben der Mönche war zerstört worden, sondern auch ihre Arbeit. Schließlich gelangten sie in einen Raum, dessen Boden mit besonders feiner Asche überzogen war. Daraus ragten Buchrücken hervor, Bucheinbände ohne Seiten und wieder lose Blätter, von denen einige erstaunlich gut erhalten waren.

Kyllen hob einen mit herrlichen Miniaturen verzierten Band vom Boden auf: Nur der innere Teil war versengt, während weiter außen die prächtigen Farben der Verzierungen erhalten waren. Ehrfürchtig, wie eine Reliquie, betrachtete er sie, und sogar Myra, die anderes im Sinn hatte, war beeindruckt.

»Was ist das?«, fragte sie.

»Könnte ein historisches Werk sein. Die Sprache ist Phoinikisch, aber ein paar Worte verstehe ich.«

Kyllen steckte das Buch ein und stöberte weiter herum. Offenbar war dieser Raum einmal die Bibliothek gewesen, und einen Moment schwindelte Myra bei dem Gedanken, wie viele Bücher wohl bei dem Brand zerstört worden waren. Mit einer gewissen Distanz hatte sie Bayreshs Beschreibung des Klosterlebens angehört, aber da sie nun die Verwüstungen mit eigenen Augen sah, ging ihr auf, was für eine Schandtat verübt worden war.

Das war Graffias, dachte sie erschaudernd, dieser nicht zu greifende Mann, der Böses säte, wohin er auch kam.

So streiften sie weiter umher, ohne recht zu wissen, wo sie waren und wie sie sich orientieren sollten. Myra spürte, wie sie immer unruhiger wurde, so als habe das Böse, das dieses Kloster zerstört hatte, die Zeit überdauert und vergifte die Luft, die sie in diesen Räumen atmeten.

Sie wollte nur das Schwert finden und dann wieder fort.

»Schaut mal da!«, rief Marjane plötzlich und zeigte in eine Richtung.

Eine Steintreppe, die wundersamerweise intakt war, führte in ein Untergeschoss hinunter.

Ohne lange zu überlegen, nahm Myra die Stufen, und zum ersten Mal, seit sie das Kloster betreten hatten, gelangten sie in einen völlig geschlossenen Raum. Er war in den brüchigen Sandstein des Hügels gegraben und hätte eine natürliche Höhle sein können, wäre da nicht das bunte Fußbodenmosaik gewesen, mit geometrischen Figuren und Mustern, ähnlich denen am noch intakten Turm.

In der Mitte stand ein marmorner Altar. Der Sockel war weiß, und darüber erhoben sich vier schlanke schwarze Säulen, die einst geglänzt hatten, nun aber durch eine dicke Staubschicht matt geworden waren. Sie umschlossen ein Kissen, das ebenfalls mit einer grauen Schicht überzogen war.

Darauf lag das Schwert. Phylaitek.

Es sah genauso aus wie auf dem Bild in Eileennas Buch. Staub und Asche schienen ihm nichts anhaben zu können, denn es funkelte in einem übernatürlichen Licht. Die Klinge, mit einer violetten Intarsie darauf, sah aus, als sei sie erst kürzlich poliert worden oder frisch aus der Schmiede gekommen. Es war das einzige Objekt an diesem verwüsteten Ort, das von Feuer und Zeit völlig unbeschadet war.

Marjane trat einen Schritt näher. »Sieht wie ein ganz normales Schwert aus.«

Myra schob sie sanft zur Seite und stand allein vor dem schicksalhaften Objekt. Sie spürte, welche Kraft von ihm ausging, und begriff, dass nun der Moment gekommen war, auf den sie so lange gewartet hatte. Vor ihr lag die Wahrheit – oder das Ende. Entweder würde wahr, was sie ahnten, oder sie würde sterben. Ein Zurück war unmöglich.

»Myra«, sagte Kyllen hinter ihr leise.

Doch sie hörte ihn nicht mehr. Sie nahm einen tiefen Atemzug und streckte die Hand aus.

Die unwiderstehliche Kraft des Schwertes zog sie an.

Ihre Finger schlossen sich und umklammerten den kalten Stahl.

Und die Welt explodierte.

44

Metalien, achtzehn Jahre zuvor

In dem Haus am Rande der Stadt herrschte das Chaos. Flammen schlugen hoch, Rauch hüllte alles ein und biss in der Kehle. Es war nicht leicht, den Weg zu finden, doch ohne zu zögern, schritt Graffias voran. Er mit seinem Schwert.

Es war eine Gelegenheit, die er sich nicht entgehen lassen würde, und so mähte er skrupellos alles nieder, was ihm im Weg war, im Kopf nur den Mann, hinter dem er her war.

»Wer Rubellis tötet, kann sich ein Kopfgeld von zweitausend Sterls abholen«, hatte ihr Auftraggeber gesagt.

Und er wollte das Geld. Unbedingt. Er hatte es satt, sich von anderen herumkommandieren zu lassen, er wollte sein eigener Herr sein, und mit dieser Summe würde er das endlich schaffen.

Mit einem einzigen Hieb streckte er eine Wache nieder, die sich vor ihm aufgebaut hatte, und ebenso einen Sklaven, der leider zur falschen Zeit am falschen Ort war. So bahnte er sich seinen Weg, durchdrungen von der Überzeugung, dass Blut fließen musste, damit sein Traum wahr würde, und er würde es fließen lassen.

Am Ende des Korridors entdeckte er eine Tür. Sie war verschlossen. Dort musste er sich verkrochen haben, wahrscheinlich mit einer Schar Wachen. Für Graffias kein Problem. Er holte einige Metallkugeln hervor und schleuderte sie gegen die Tür, die sofort zerbarst. Dann stürzte er hinein und hieb blind drauflos, ohne sich darum zu kümmern, wen er da niedermachte. Dazu hatte er keine Zeit.

Plötzlich krachte seine Waffe auf eine andere Klinge aus feuerrotem Stahl.

»Was tust du da?«

Graffias lächelte wild. »Ich verdiene mir mein Brot.«

»Das sind aber Sklaven«, sagte der andere, wobei er mit seinen Waluds auf sie zeigte.

Graffias schaute sich um. Zu seinen Füßen lagen nur Thyrren. Er fluchte. »Und wo ist er?«

Der andere schüttelte den Kopf: Er war ein biaswadischer Krieger, groß und schlank, mit einer Haut so dunkel wie die Nacht. Bewaffnet war er mit zwei roten Waluds, die einzigartig waren. Sie waren nicht nur ungeheuer scharf, sondern verbrannten auch das Fleisch, in das sie eindrangen, weil der astorianische Stahl, aus dem sie gefertigt waren, von einer inneren Glut erfüllt war.

»Ich muss ihn finden«, sagte Graffias.

Da hörten sie ein Stöhnen, das anders klang als die Klagelaute derer, die Graffias niedergestreckt hatte.

Fadi, der Mann mit der nachtschwarzen Haut, hielt ihn zurück, indem er ihm eine Hand auf die Brust legte, dann bahnte er sich einen Weg durch den Rauch und drang in den Raum vor, aus dem das Stöhnen gekommen war.

An der hinteren Wand lehnte eine verängstigte Frau, eine Thyrren-Sklavin, auf deren geschorenem Kopf der Schweiß stand. Sie trug ein weites Gewand, denn sie war schwanger, hielt sich den Bauch und wimmerte leise.

Instinktiv beugte sich Fadi über sie. Die Frau war noch sehr jung, vielleicht noch nicht einmal zwanzig, und kauerte sich in ihrer Angst zusammen.

»Ganz ruhig, ich tue dir nichts«, sagte er, fast akzentfrei, auf Thyrrisch.

Sie schaute ihn überrascht an, stöhnte dann wieder und sagte flehend: »Das Kind kommt … Hilf mir …«

Fadi erschrak. Er war Söldner und hatte mit seinen Waffen alle möglichen Taten verübt, und dennoch in all den Jahren immer versucht, sich trotz seiner schmutzigen Arbeit eine gewisse Aufrichtigkeit zu bewahren. So widerstrebte es ihm, die junge Frau in dem brennenden Haus unter all den Leichen zurückzulassen. Doch eine Geburt war etwas, womit er nie auch nur annähernd in Berührung gekommen war.

Er drehte sich um und schaute Graffias an, der hinter ihn getreten war. Dessen Blick war kalt.

»Hilf mir.«

»Bist du wahnsinnig? Wir haben Rubellis noch nicht gefunden und hier brennt alles nieder. Hilf du mir lieber, dann teilen wir das Kopfgeld.«

»Wir können sie nicht zurücklassen.«

Graffias warf einen Blick auf die junge Frau. »Die schafft es ohnehin nicht.«

»Sie schafft es nicht, wenn wir sie hier zurücklassen!«, schrie Fadi.

Graffias starrte ihn einen Moment lang an und trat dann näher. »Das bezahlst du mir«, sagte er, während er den Arm der Frau packte und ihn sich um den Hals legte.

Fadi ergriff den anderen Arm. »Du bist schlimmer als ein Tier.«

»So muss man eben sein, wenn man im Dominium überleben will«, antwortete er.

Sie schleppten die Frau aus dem Raum. In der kurzen Zeit hatte das Feuer gewaltig um sich gegriffen. Das Haus stand vollständig in Flammen, und der dichte Rauch schnürte ihnen die Kehlen zu.

Graffias fluchte wieder. Sie mussten aus dem Haus hinaus, und das schnell.

Fadi umfasste die Frau fester. »Du bekommst von mir hundert … nein, zweihundert Sterls, wenn du mir hilfst.«

Kleingeld, dachte Graffias, sagte aber nichts, denn wenn ihnen Rubellis entkommen war, war das immer noch besser als nichts, und er brauchte das Geld für die Dinge, die er plante.

Sie durchquerten den Innenhof des brennenden Gebäudes, hielten sich geduckt, um atmen zu können. Die Hitze des Feuers war unerträglich. In regelmäßigen Abständen verkrampfte sich der Körper der Frau in ihrem Griff, ihre Beine trugen sie nicht mehr, und so sehr sie sich auch bemühte mitzuhelfen, konnte sie sich nur schleppen lassen.

Fadi vertraute Graffias: Der hatte ein erstaunliches Gedächtnis und sich den Weg nach draußen sicher gemerkt. Und so war es, denn bald gelangten sie zum Ausgang. Mit einem Tritt öffneten sie die Haustür, und während die junge Frau weiter verzweifelt schrie, hasteten sie hinaus, in die Felder, zwischen denen die Villa lag. Sie schleppten die Frau noch ein weiteres Stück zwischen Obstbäumen entlang, dann konnte sie nicht mehr und ließ sich zu Boden sinken.

Fadi zog sie zu einem Baum, lehnte sie mit dem Rücken gegen den Stamm und schaute ihr ins Gesicht. Am Himmel stand der Halbmond, doch auch in diesem schwachen Licht erkannte er, wie bleich sie war.

»Keine Angst, es wird alles gut«, sagte er auf Thyrrisch zu ihr und wandte sich dann an Graffias, der mit gleichgültiger Miene hinter ihnen stand.

»Weißt du, was sie hat?«

»Wahrscheinlich stimmt irgendetwas mit dem Kind nicht.«

»Dann hilf ihr.«

Graffias sah Fadi verwundert an, kniete dann aber bei der Schwangeren nieder und betastete ihren Bauch. »Wie ich dachte: Das Kind hat sich nicht gedreht.«

Verwirrt und ängstlich hörte die Frau die beiden Männer reden. Sie sprachen Albonitisch, und sie verstand kein Wort.

»Kannst du etwas für sie tun?«, fragte Fadi.

»Ich könnte es versuchen, aber ich bin weder Heiler noch Magier. Und eigentlich …«

»Sie ist doch selbst fast noch ein Kind, und sie ist in Gefahr. Was gibt es da zu überlegen?«

»Sie ist eine Sklavin, auch ihr Kind wird ein Sklave sein, und jetzt sind sie sogar herrenlos. Wir verschwenden nur unsere Zeit. Lass uns lieber zusehen, dass wir an unser Geld kommen.« Das Kopfgeld hatten sie verloren, doch als Söldner stand ihnen allein für den Auftrag ein Lohn zu.

»Dann sag mir, was zu tun ist, dann mache ich es.«

Graffias verzog mürrisch das Gesicht, beugte sich dann aber selbst über die Schwangere und legte beide Hände auf ihren Bauch. »Hat dir schon mal jemand gesagt, dass dich dein gutes Herz noch ins Grab bringt?«

»Lieber ein Herz haben und sterben, als ohne Herz leben«, antwortete Fadi scharf.

Graffias erwiderte nichts, sondern wandte der Frau den Blick zu. »Das wird gleich sehr wehtun«, sagte er in einem völlig akzentfreien Thyrrisch zu ihr. »Reiß dich zusammen.«

Fadi reichte ihr ein Stück Holz, auf das sie beißen konnte, und strich ihr über die Stirn.

»Es wird alles gut«, sagte er wieder, »wir helfen dir. Es ist gleich vorüber.«

Graffias griff in ihren Schoß, versuchte rasch, das Kind von Hand zu drehen, aber es dauerte und dauerte, und er musste immer mehr Kraft aufwenden. Das Mädchen biss mit aller Kraft auf das Holz, das ihre Schreie dämpfte. Unverdrossen machte Graffias weiter, doch Fadi bemerkte, dass ihm der Schweiß auf die Stirn trat und sein Blick besorgt wirkte.

Der Mann hatte also doch ein Herz, anders als Fadi gedacht hatte.

Ein weiterer Schrei, und Graffias richtete sich auf.

»Hat es sich gedreht?«, fragte Fadi.

Graffias nickte. »Aber ich weiß nicht, ob sie die Geburt übersteht.«

»Kannst du ihr nicht helfen?«

»Was soll ich denn tun?«

»Und wenn wir nichts tun?«

»Dann stirbt sie.«

Die Männer blickten sich an.

Graffias beugte sich wieder über die Frau. Sie wand sich vor Schmerz, und das Stück Holz fiel ihr aus dem Mund, während ihre Schreie durch die Nacht gellten.

Dann ein letzter Schrei, und das Kind glitt aus ihr heraus.

Graffias hob es auf. Das winzig kleine Mädchen begann sofort laut zu schreien. Und er musste lächeln. *Das Schreien einer kleinen Kriegerin*, dachte er.

Er trennte die Nabelschnur durch und goss der Kleinen etwas Wasser aus der Feldflasche über den Kopf, die Fadi ihm reichte. Währenddessen schrie sie wütend weiter und schaute ihn immer mal wieder mit ihren feurigen Augen an: Sie waren rot wie Blut. Auf ihrem Kopf aber wuchs ein dichter Flaum weißen Haars.

Reglos stand Graffias mit dem Kind im Arm da und konnte den Blick nicht davon abwenden.

»Gib sie mir.« Fadi riss ihn aus seiner Erstarrung und nahm ihm die Kleine sanft aus den Händen. Er legte ihr seinen Umhang um und reicht sie der Mutter.

Die junge Frau war völlig erschöpft, hatte die Augen halb geschlossen und rang nach Luft. Doch sie nahm ihr Kind entgegen, drückte es an sich und legte es sich an die Brust. Sie lächelte.

»Sie scheint immer schwächer zu werden«, sagte Fadi zu Graffias, aber der hatte schon einen Blick auf ihren Bauch geworfen.

»Sie hat starke Blutungen.«

»Kannst du sie stoppen?«

»Hier nicht, und nicht ohne geeignete Instrumente …«

Graffias sprach den Satz nicht zu Ende, und so knieten er und

Fadi schweigend neben der Frau, die schwer atmete und die Augen geschlossen hatte, aber weiter lächelte, während sie ihre Tochter stillte.

Irgendwann schlug sie die Augen auf und blickte Fadi an. Ihre Miene wurde ernst. »Rette sie«, sagte sie.

Dann ergab sie sich wieder dem stillen Dämmerzustand, in dem sie mehr und mehr versank. Noch vor dem Morgengrauen starb sie.

»Als erstes müssen wir eine Amme finden. Und dann jemanden, der sie aufnimmt. Das Kind hat weiße Haare, vielleicht geht sie als Albonitin durch«, sagte Fadi, während er den Säugling im Arm wiegte. Er war vollkommen hingerissen. Sie war so klein und wohlgeformt und schlief in seinen Armen, ohne den leisesten Anflug von Angst. Eine winzige Kriegerin, zwischen Blut und Flammen geboren.

Graffias kümmerte sich um die Leiche der Frau. Unter dem Baum hob er eine Grube aus und legte sie hinein. Es war Frühling, und trotz der üblichen Kälte, standen die Bäume in Blüte. So brach Graffias einen Zweig mit kleinen roten Blüten ab, steckte ihn der toten Frau zwischen die Hände und füllte die Grube wieder mit Erde. Fadi sah ihm schweigend zu. Der Mann überraschte ihn erneut. Er kannte ihn nur gnadenlos und brutal und zu widerlichsten Taten fähig, und nun war er bemüht und voller Mitgefühl. Wie konnte das sein?

Doch dann saß Graffias neben ihm und schien wieder der Alte zu sein. »Die Kleine hat rote Augen. Offenbar ist sie ein Halbblut, wahrscheinlich durch eine Vergewaltigung gezeugt.«

»Was schlägst du vor?«

Graffias hatte ein anderes Stück Holz zur Hand genommen und schnitzte daran herum. »Wie du gesagt hast, wir suchen eine Amme. Aber das Kind behalten wir.«

Fadi starrte ihn an. »Hast du den Verstand verloren?«

Graffias blickte ihn selbstbewusst an. Er hatte keineswegs den

Verstand verloren: Er hatte einen Plan. »Hast du nicht gesehen, wie sie geschrien hat, als sie zur Welt kam? Hast du nicht ihre Wut gehört? Das ist eine kleine Kämpferin.«

Graffias sah wieder zu dem Säugling, und in seinem Gesichtsausdruck nahm Fadi einen Anflug von Rührung wahr, aber auch eine Gier, die er nicht verstand.

Da blickte Graffias wieder zu ihm. »Weißt du, wie viele Säuglinge das überleben würden, was ich bei ihrer Mutter getan habe, um die Geburt zu erleichtern? Nur wenige, fast keiner. Aber diese Kleine hier …«

»Wie sollen wir sie denn aufziehen?«

»Wer redet denn davon? Wir brauchen erst einmal Milch für die ersten fünf, sechs Monate, also eine Frau mit vollen Brüsten.«

»Wir sind Söldner«, warf Fadi ein.

»Das will ich aufgeben.«

Fadi schaute ihn verständnislos an. »Du hast doch etwas vor. Du wolltest die Frau gar nicht retten.«

»Mag sein.«

»Was hat die Kleine an sich? Warum interessierst du dich so für sie?«

Graffias sprang auf und steckte das Stück Holz, das er bearbeitet hatte, in die lose Erde auf dem Grab der jungen Frau. Er hatte Blumen hineingeschnitzt: Ein schlichtes Grabmal für eine schlichte Ruhestätte. »Bist du dabei oder nicht?«

Fadi blickte zum Mond hinauf. Wie sollte er sich entscheiden? Graffias kannte sich auf vielen Gebieten aus, und Fadi zweifelte nicht daran, dass es ihm sogar gelingen würde, einen Säugling aufzuziehen. Aber dieser Mann machte nichts umsonst. Dabei ging es nicht nur darum, dass er brutal war und gnadenlos zu Werke ging. Vor allem war er gefährlich, weil er eiskalt seine Ziele verfolgte, von denen ihn niemand abbringen konnte. Und so musste Fadi davon ausgehen, dass alles, was Graffias jetzt tat, Teil irgendeines undurchschaubaren Planes war.

Ohne eine Antwort und mit dem Kind im Arm wandte er sich zum Gehen. »Komm, wir holen uns unseren Lohn«, sagte er nur.

Graffias nickte zufrieden. Und folgte ihm.

Ein wenig außerhalb ihres Lagers trafen sie auf Curros, einen Kameraden, der ebenfalls an dem Überfall teilgenommen hatte. Er humpelte und war voller Asche. Über seiner Schulter hing eine blutverschmierte Tasche, in der er etwas Schweres trug. Er presste sie an die Brust, als er die beiden kommen sah, und bedachte die Männer mit einem unschuldigen Lächeln.

Auch Fadi trug etwas in seiner Tasche. Er hatte den Säugling hineingebettet, und hielt sie versteckt hinter dem Rücken.

Graffias trat unbekümmert vor. »Na, hast du dich auch in dem Gebäude verirrt?«, fragte er Curros.

»Ja, das ging uns doch allen so. Das Feuer hat zu schnell um sich gegriffen. Irgendwann wusste man gar nicht mehr, wo es langging.«

Graffias deutete mit dem Kinn auf Curros' Tasche. »Hast du dir eine Trophäe mitgenommen.«

Curros zuckte mit den Achseln. »Nur eine kleine Entschädigung«, antwortete er knapp, wandte sich ab und wollte seinen Weg fortsetzen.

Es dauerte nur wenige Augenblicke. Graffias ergriff seinen Arm, zog ihn zu sich heran und riss gleichzeitig mit der anderen Hand sein Schwert hoch und schnitt ihm die Kehle durch.

Ohne einen Laut sank Curros zu Boden.

Fadi war zusammengeschreckt und weckte dadurch die Kleine, die zu weinen begann. »Was hast du getan?«, rief er, während er das Kind aus der Tasche hob, um es zu beruhigen.

Graffias beachtete ihn nicht. Er griff nach Curros' Tasche, öffnete sie und holte den Inhalt hervor: einen Kopf mit kastanienbraunen Locken, das Gesicht verzerrt vor Schreck und Schmerz.

Rubellis. Curros hatte ihn gefunden und getötet und war auf dem Weg, sich das Kopfgeld auszahlen zu lassen.

»Die zweitausend Sterls streiche ich ein«, sagte Graffias, wobei er Fadi den Kopf zeigte und ihn dann wieder in die Tasche steckte.

Dann trat er zum Säugling, den Fadi im Arm wiegte.

Der wich unwillkürlich zurück, und Graffias bedachte ihn mit einem drohenden Blick. »Komm mir nicht in die Quere, Fadi. Halte dich an das, was wir besprochen haben.«

Und das taten sie. Graffias kassierte das erschlichene Kopfgeld und erklärte, das sei sein letzter Auftrag für diese Leute gewesen, er werde fortan auf eigene Rechnung arbeiten. Auch Fadi ließ sich seinen Lohn auszahlen und suchte dann wieder Graffias auf. Gemeinsam zogen sie in die Stadt, wo sie bald eine Amme fanden, die Graffias bezahlte.

»Ein wirklich ganz besonders hübsches kleines Mädchen«, sagte die Frau, als das Kind an ihrer Brust lag und gierig trank. »Woher stammt es?«

»Ihre Mutter ist tot«, antwortete Graffias nur.

Fadi fiel auf, dass sich der Kamerad an der Kleinen nicht sattsehen konnte, dass er sie mit jener Begierde anstarrte, die ihm zuvor bereits merkwürdig vorgekommen war.

In einem Wirtshaus aßen sie zu Abend, und dieses Mal ging die Rechnung auf Fadi. Sie ließen sich ein Zimmer im Obergeschoss geben, in das sie sich bald zurückzogen.

»Ab Morgen baue ich meine eigene Söldnertruppe auf«, erklärte Graffias, bevor er sich schlafen legte. »Bist du dabei?«

Fadi neben ihm schaute zur Decke. Er war in Gedanken gewesen. Dann aber nickte er.

Graffias lächelte. »Ich habe Großes vor, Fadi. Für mich gibt es keine Beschränkungen, ich will alles. Und du wirst an meiner Seite sein.«

Es war nicht das erste Mal, dass Graffias von solchen Plänen redete, aber er erklärte nie genau, was er damit meinte. Nur einmal hatte er von einem gerechteren Dominium und der Abschaffung der Sklaverei gesprochen. Fadi hatte Graffias nie als einen Menschen erlebt, dem die Gerechtigkeit besonders am Herzen gelegen hätte, zweifelte aber nicht daran, dass sein Ehrgeiz grenzenlos war.

Wieder nickte er zerstreut.

»Und sie spielt auch eine Rolle dabei«, sagte Graffias, wobei er dem Säugling über die Wange streichelte. Nachdem sie gut gegessen hatte, schlief die Kleine friedlich zwischen ihnen. So winzig und zerbrechlich wirkte sie, und doch schon stark.

Schließlich legte sich auch Graffias nieder. Er war zufrieden. Mehr als das, denn er spürte in sich eine nie gekannte Sicherheit. Alles lief so, wie er es sich immer gewünscht hatte. Endlich musste er sich nicht mehr den Befehlen anderer fügen, sondern konnte all das in die Tat umsetzen, was er in den düsteren Jahren der Dienerschaft geplant hatte. Und nun auch noch das Glück, dieses Kind gefunden zu haben. Wäre er gläubig gewesen, hätte er darin ein Zeichen der Götter gesehen oder zumindest angenommen, dass es das Schicksal gut mit ihm meinte. Aber das war Aberglaube.

Dieses Kind war schlicht eine Gelegenheit für ihn. Nicht mehr und nicht weniger. Und diese Chance würde er nutzen.

Mitten in der Nacht wachte er auf. Die Amme hatte ihnen gesagt, dass das Kind noch mal Hunger bekäme, und deswegen hatten sie Ziegenmilch besorgt. Vielleicht war er dadurch geweckt worden. Vielleicht war es aber auch eine Vorahnung gewesen.

Er schlug die Augen auf, und sein Blick ging zur Decke. Um ihn herum war es vollkommen still.

Mit einem Ruck drehte er sich um, doch er wusste bereits, was geschehen war. Eine unbändige Wut überkam ihn, auf sich selbst, weil er es nicht verhindert hatte. Fadi hatte ein weiches Herz, aber er war kein Dummkopf, und die Fragen, die er ihm am Tag zuvor gestellt hatte, bewiesen es. Doch er war sicher gewesen, dass Fadi Angst vor ihm hatte und daher nichts unternehmen würde. Außerdem war er ein Mann ohne Ehrgeiz, der sich von den Ereignissen lenken ließ.

Doch stattdessen war Fadi, wie befürchtet, mit der Kleinen auf und davon. Hektisch durchsuchte Graffias den Raum nach irgendwelchen Hinweisen, wohin sie unterwegs sein konnten. Ohne Erfolg. Nicht nur der Rewadir war fort, sondern auch alles, was für das Kind gebraucht wurde. Wann hatte er sich hinausgeschlichen? Unmöglich zu sagen. Jedenfalls hatte er ihm das Kind unter der Nase weggeschnappt.

Graffias ballte die Fäuste.

Bis vor wenigen Stunden war er keineswegs sicher gewesen, dass das kleine Mädchen tatsächlich das war, was er in ihr zu sehen glaubte. Schließlich war die Prophezeiung nur fragmentarisch, und das, was feststand, konnte auf viele Kinder zutreffen.

Doch nun, da Fadi das Mädchen entführt hatte, spürte er einen ungeheuren Verlust. Und er spürte, dass sie die Richtige war.

Sie war zum *Befreier* auserkoren.

Er trat zum Fenster und blickte auf die schlafende Stadt. Er würde Nachforschungen anstellen, um ganz sicherzugehen, dass dieses Kind wirklich der Verheißene war, und es aufspüren.

»Sie gehört mir, und ich hole sie mir zurück«, murmelte er.

45

26. Dezember

Um Myra herum war nur Weiß. Nichts als Weiß.

Aber es war kein Licht, es war Leere, das Fehlen von allem: Da waren weder Klänge noch Gerüche, und noch nicht einmal den Raum konnte sie erkennen.

Es war das Nichts.

Die Klosterruine war verschwunden, und ebenso Kyllen und Marjane. Auch die unterirdische Kammer, wo das Schwert aufbewahrt war, gab es nicht mehr. Es war, als sei sie mit einem Mal in ein Jenseits geschleudert worden, das ihr völlig fremd war.

Dann musste sie tot sein: Sie hatte die Wahrheit erfahren. An ihr war nichts Besonderes. Tallia und ihr Vater waren für nichts gestorben.

Ihr Körper allerdings nahm mit absoluter Klarheit etwas wahr: angespannte Muskeln, das Herz hämmerte wie verrückt in der Brust, die Hände umklammerten instinktiv die Hefte der Waluds.

Sie zog beide, und die Klingen zeichneten rote Bögen ins Weiß. So wartete sie, denn sie war sicher, dass etwas geschehen würde. Und obwohl sogar die Zeit nicht mehr zu existieren schien, nahm ihr Kriegerinstinkt ein gespanntes Innehalten wahr, wie es jeder Schlacht vorausging.

Langsam nahm es Gestalt an, schälte sich aus dem Weiß um sie heraus: Zunächst war es nur ein etwas dunklerer Fleck, den Myra im ersten Moment für eine Täuschung hielt, weil sich ihre Augen nur langsam an all das Weiß gewöhnten. Der Fleck aber wurde größer und größer, kam näher, und Myra nahm die Waffen noch fester in die Hände und wartete. Dann war er nah genug – auch wenn sie nicht hätte sagen können, wie nah, denn in diesem Nichts gab es keine Orientierungspunkte. Endlich konnte sie erkennen, worum es sich handelte.

Es war ein durchscheinendes, vom Licht erschaffenes Wesen. Seine blassvioletten Umrisse schimmerten mit jeder Bewegung anders. Es hatte große grüne Augen, und sein Kindergesicht war von bläulichen Locken umrahmt, die es zierten wie Intarsien ein Schwert. Die schmächtige Brust war entblößt, die Muskeln kaum entwickelt. Seine Beine waren von einem weiten, in Falten liegenden Stoff umhüllt, der am Bauch und den Knöcheln anlag. Die Füße waren nackt.

Myra erkannte eine Ähnlichkeit mit Marjane: Der gleiche nicht mehr kindliche und doch noch nicht erwachsene Körper, die dünnen, zerbrechlich wirkenden Gliedmaßen. Besorgt fragte sie sich, wo sie wohl steckte und was aus Kyllen und der Klosterruine geworden war. Ob es ihnen gut ging? Sie hing an den beiden, es war sinnlos, weiterhin diese Gefühle zu leugnen. Aber jetzt war nicht der Moment, daran zu denken. Alles in ihr richtete sich auf diese Begegnung aus. Ihr Leben lang hatte sie auf diesen Augenblick gewartet.

Doch wieso?

Das Wesen trat noch näher zu ihr und blieb dann stehen. In Händen hielt es das Phylaitek, das Schwert aus der unterirdischen Kammer, das Myra berührt hatte. Es war das einzige Feste an dieser durchscheinenden Gestalt. Der Stahl funkelte auf mannigfaltige Weise, die violetten Intarsien waren so strahlend, dass sie ihr in den Augen schmerzten, und die Inschrift auf der Klinge war deutlich zu lesen.

Plötzlich konnte Myra sie verstehen.

Vom Blut wirst du die Farbe haben, und vom Schnee das Weiß, las sie. Ihre Augen und ihre Haare. Und bedeutete ihr Name nicht »Blut«?

Das Wesen hatte nichts Bedrohliches. Es trug das Schwert gesenkt, und der Griff um das Heft wirkte lasch. Mit einem traurigen Lächeln sah es Myra an. Es war ein Elemental, auch wenn sie einen Naturgeist dieses Aussehens und von solcher Größe – er war kaum kleiner als sie – noch nie gesehen hatte. Aber eine andere Erklärung gab es nicht.

»Wo sind wir?«, fragte sie und war überrascht, wie fest und voll ihre Stimme klang: Es war die schöne melodische Stimme einer jungen Frau. Myra erkannte sie nicht wieder und griff sich verwirrt an den Hals. Der Elemental aber antwortete nicht und betrachtete sie weiter mit dieser undurchschaubaren Miene.

»Bin ich tot?«, fragte Myra weiter, kannte die Antwort aber bereits. Sie lebte, in einer anderen Welt zwar, aber sie lebte.

Doch gerettet war sie noch nicht.

Der Elemental sah sie weiter schweigend an.

»Nur aus einem Grund bin ich hier«, erklärte Myra. »Vor zehn Jahren wurde mein Vater von einer Gruppe Männer getötet. Was ich für das Motiv hielt, hat sich als falsch erwiesen, und jetzt sieht es so aus, als hätte das alles nur mit mir zu tun und dem, was ich bin. Ich will die Wahrheit wissen. Eine Magierin hat mir geraten, an diesen Ort zu kommen, hier würde ich die Wahrheit erfahren. Und so frage ich: Bin ich der *Befreier*?«

Der Elemental rührte sich nicht.

Myra wartete, während sich Enttäuschung in ihr breitmachte und Wut. »Bin ich der *Befreier*?«, wiederholte sie, fast ungeduldig.

Da tauchte im Bruchteil eines Augenblicks der Elemental kaum eine Handbreit vor ihrem Gesicht auf, das Schwert an ihrer Kehle. Unwillkürlich sprang sie zurück, konnte dem Angriff aber nicht mehr ausweichen, und so zeichnete Phylaitek einen langen Schnitt in ihre Weste, gleich über den Brüsten. Der Stahl war so scharf, dass er das Leder durchtrennte und ihr die Haut verletzte.

Aus großen Augen starrte Myra das Wesen an, das blitzschnell und unerreichbar zur Seite gesprungen war. Myra wirbelte zur Verteidigung mit den Waluds, aber es war eher Zufall, dass sie den nächsten Hieb abwehren konnte. Schon baute sich das Wesen wieder auf der anderen Seite auf. Ein weiterer Hieb traf sie am Oberschenkel.

Diesmal drang die Klinge tief ein, und Myra schrie vor Schmerz. Sie rollte sich ab und versuchte, der Reichweite des Schwertes zu entkommen, aber plötzlich hatte sie den Elemental hinter sich, und schon streifte die Klinge ihren Kopf. Wieder rollte sie zur Seite, wieder und wieder, während das Schwert sie unaufhörlich streifte. Der Elemental war unermüdlich. Er glich keinem der Feinde, gegen die sie je gekämpft hatte. Seine Schnelligkeit und seine Präzision durchbrachen die Gesetze der Natur.

Myra war ihm nicht gewachsen.

In einem fort wich sie aus und sprang hin und her. So hätte das endlos weitergehen können, denn in diesem Nichts gab es keine Beschränkungen und Grenzen. Aber lange würde sie nicht mehr durchhalten. Sie hatte kaum noch Kraft, und alles tat ihr weh. Denn ihr Körper funktionierte wie in der wirklichen Welt, der Elemental jedoch schien nicht zu ermüden und griff immer wieder an, ohne eine Miene zu verziehen.

Da wagte Myra es: Sie drehte sich in der Luft und trat zu. Doch, wie befürchtet, traf ihr Stiefel nicht auf Fleisch und Knochen, sondern fuhr durch die Leere. Und doch hatte sie getroffen, denn die Gestalt des Elementals löste sich auf.

Einige Augenblicke war sie allein und hoffte, dass sie sich mit dem Tritt befreit hatte.

Doch der Elemental kehrte zurück. Er hatte das Schwert gesenkt und stand reglos vor ihr. Etwas hatte sich verändert: Neben seiner Waffe war noch etwas anderes aus festem Stoff. Denn auf seiner Stirn prangte ein Edelstein, der ebenfalls violett funkelte.

Myra konzentrierte sich darauf. Dort musste sie ihn treffen.

Noch einmal bedachte der Elemental sie mit einem traurigen Lächeln, dann griff er an, und das noch schneller als zuvor. Seine Attacken kamen heftiger, seine Bewegungen blitzartiger, und Myra konnte kaum noch parieren, und so verletzte seine Klinge sie immer wieder. Myra war am Ende und hatte kaum noch Kraft.

Aber sie war eine Kriegerin. So schnell durfte sie nicht aufgeben.

So wich sie mit einer Drehung aus, machte einen Salto rückwärts und schleuderte dabei einen Walud.

Scheinbar unendlich langsam schwebte die Waffe durch das Weiß, dann aber bohrte sie sich zischend in den Edelstein auf der Stirn des Wesens.

Der Elemental warf den Kopf zurück, aber der Edelstein hatte Feuer gefangen. Die Flammen erfassten seine Gestalt, die sich in einer Rauchwolke auflöste. Selbst Phylaitek verschwand.

Erneut war Myra allein. Sie konnte keinen Gedanken fassen, sondern hoffte nur, dass es vorbei sei.

Da durchfuhr ein furchtbarer Schmerz ihre Schulter.

Sie schrie auf und fuhr herum, beide Waluds wieder in den Händen. Ihr Blut gefror. Der Elemental hatte feste Gestalt angenommen, besaß einen Körper aus Haut, Muskeln und Knochen.

Sein Brustkorb hob und senkte sich mit jedem Atemzug, die Muskeln des Armes, mit dem er das Schwert hielt, waren angespannt. Doch sein Körper war kindlich, dieser Körper war Myra vertraut.

Die Haare waren geschoren, und sie erkannte einen feinen Flaum auf der Kopfhaut, auf der herrlichen Tätowierung, die eine erblühende Rose zeigte. Die Augen waren rot wie Glut und blickten entschlossen. Es war der Körper eines Mädchens, eines kleinen Mädchen von vielleicht acht Jahren.

Myra kannte das Mädchen sehr genau: Das war sie.

Sie wich einige Schritte zurück, doch das kleine Mädchen trat ihr entgegen als wäre es ihr losgelöstes Spiegelbild. Das war sie, in der Nacht, als ihr Vater ermordet worden war. Diese Tätowierung hatte Tallia ihr noch am Morgen gestochen. Und nun war schon ein weißer Flaum darüber gewachsen.

Myra schloss die Lider, als könne sie so vertreiben, was da vor ihr stand.

Doch als sie die Augen wieder öffnete, griff das kleine Mädchen wieder an.

Erneut versuchte Myra, sich irgendwie zu verteidigen. Doch ihre Schulter war verwundet, ihr rechter Arm fast steif, und nur mit größter Mühe fügte sie die Waluds zur Lanze zusammen, packte sie mit der Linken und stieß sie vor. Aber das Mädchen wich aus. Ihr Körper mochte der einer Achtjährigen sein, doch bewegte sie sich so blitzartig wie der Elemental.

Schon griff die Kleine wieder an. Myra parierte ihre Schläge, so gut es ging, doch hatte sie immer weniger Kraft. Sie würde verlieren.

Nein, das darf nicht sein, nicht nach allem, was ich durchgemacht habe, um hierher zu gelangen.

Sie spannte die Muskeln an, dass sie zitterten, lenkte das Schwert des Mädchens ab und stach zu.

Ihre Klinge traf.

Das Kind griff sich an die Seite. Im selben Moment durchfuhr Myra an der gleichen Körperstelle ein furchtbarer Schmerz.

Das Mädchen schrie auf. Und Myra erkannte den Schrei, es war der, den sie in jener verhängnisvollen Nacht ausgestoßen hatte, ein Schrei absoluter Verzweiflung, der die Zerstörung ihres Lebens begleitet hatte.

Sie fiel auf die Knie und presste die Hände auf die Ohren. Und ihr war, als werde sie unaufhaltsam in jene Zeit zurückgezerrt und versinke in dieser Nacht. Mochten auch so viele Jahre seitdem vergangen sein, ein Teil von ihr hing immer noch dort fest.

Sie blickte zu dem kleinen Mädchen, das auf sie zu humpelte, die Waffe gesenkt an der Seite, im Blick immer noch dieselbe kalte Entschlossenheit.

»Glaubst du vielleicht, ich sei nicht dazu bereit? Glaubst du vielleicht, ich würde nicht alles tun, um die Wahrheit zu erfahren?«, schrie sie.

Dann stürmte sie vor und rammte dem Kind die Lanzenspitze in die Kehle.

Der Schmerz durchfuhr sie. Schon schmeckte sie das Blut im Mund, röchelte und rang nach Luft.

Sie taumelte zurück und fiel, und ebenso das kleine Mädchen vor ihr. Bevor diese jedoch den Boden berührte, löste sie sich auf und wurde fortgetragen wie Sand vom Wind.

Myra hingegen prallte mit dem Rücken auf den Boden. Ihr wurde kalt, Blut tränkte ihre Lederweste, und so sehr sie sich auch mühte, sie bekam keine Luft. Während sich ihr Blick verschleierte, fragte sie sich, ob es das wert gewesen war. Sie würde sterben, ohne etwas Entscheidendes erfahren zu haben. Doch sie hatte es versuchen müssen, sagte sie sich, sie hatte keine andere Wahl gehabt.

So schloss sie die Augen vor all dem Weiß, und als der Gedanke dahinzuscheiden sie fast erleichterte, verschwand der Schmerz, und Luft strömte in ihre Lungen.

Langsam erhob sie sich. Sie war immer noch allein, umgeben vom Weiß. Sie griff sich an die Kehle, betastete ihre Arme, ihren Körper. Nichts, nirgendwo eine Wunde.

»Wie lange soll das noch weitergehen?!«, rief sie verzweifelt. »Ich will doch nur die Wahrheit wissen. Nur die Wahrheit!«

Was sie umgeben hatte, verschwand, und plötzlich war sie in ihrem Zuhause in Biaswad. Es war Nacht, und die Dunkelheit wurde von roten Feuerzungen erhellt, die alles verschlangen.

»Nein«, murmelte Myra. »Nein!«

Da legte ihr jemand von hinten eine Hand auf die Schulter. Es war der Elemental.

Aber zum ersten Mal sprach er. »Schau!«, sagte er. Seine Stimme war kalt, aber durchdrungen von jener Traurigkeit, die in seinem Blick lag.

Und sie beobachtete sich selbst, in jenem Kanal, in dem sie sich mit Tallia versteckt hatte, sah ihren Vater, der die Waluds gezückt hatte, während sechs Männer auf ihn zugingen. Ihre Gesichter waren nicht verhüllt. Die Kapuzen, die ihre Züge damals verborgen hatten, waren verschwunden, und Myra erkannte den jungen Ossader, Haggen, dessen Leichnam sie auf dem Totenacker untersucht hatte, und jenen anderen, den sie zwei Jahre nach der Mordnacht als Kind in dieser Gasse abgestochen hatte. Von den übrigen waren ihr zwei unbekannt. Aber einer davon musste der sein, den sie während des Überfalls hatte töten können. Wahrscheinlich aber war, abgesehen von Ossader, den sie hatte davonkommen lassen, von diesen niemand mehr am Leben. Es war der Auftritt von Leichen. Sie waren alle tot. Bis auf das durchnässte, zitternde Mädchen im Kanal und ihn. Graffias.

Er verbarg als Einziger das Gesicht, er war das große Geheimnis, der Mann, der hinter allem steckte.

»Ich will sein Gesicht sehen«, rief Myra.

Graffias stand im Hintergrund, während zwei der Männer ihren Vater verfolgten. Da rief Fadi: »Ich geb sie nicht her. Niemals!« Und nun wusste Myra mit absoluter Sicherheit, dass er von ihr sprach.

»Bist du sicher?«, fragte der Elemental mit stockender Stimme. Es war, als weinte er.

Myra war verblüfft. »Ja«, flüsterte sie.

Noch einmal sah sie ihren Vater auf seine Feinde einschlagen, hörte deren Fleisch zischen beim Kontakt mit den Waluds. Graffias trat vor, während Fadi herumfuhr, um zwei anderen Männern nachzusetzen, die auf sie selbst zu rannten. Graffias holte aus und versenkte seine Klinge in den Rippen ihres Vaters. Da fiel das Tuch, das Graffias Gesicht verborgen hatte, zu Boden.

Myra sah beides gleichzeitig: den Todesstoß und dieses Gesicht, dem sie monatelang nachgejagt war.

Ihr war, als reiße man ihr das Herz aus der Brust.

Er war noch jünger, doch sein Gesicht mit den scharfen Gesichtszügen war unverkennbar, ebenso das gewellte Haare, die olivfarbene Haut und seine Augen. Vor allem seine Augen: länglich, dunkel, fast schwarz, und erfüllt von einem eisernen Willen.

Acrab.

Er stieß ihrem Vater die Klinge in den Rücken und rief dann: »Bringt mir das Mädchen. Aber lebend.«

Das Bild löste sich auf.

Myra sank in sich zusammen. Ihre Knochen hielten sie nicht mehr, ihre Lebenssäfte versagten. Etwas in ihr war zerbrochen.

Da bewegte sich etwas. Der Elemental beugte sich über sie.

Myra sah ihn verzweifelt an.

Und er erwiderte diesen Blick mit der gleichen leidvollen Miene.

»Warum hast du mir das angetan?«

»Weil du es wolltest.«

»Das kann nicht stimmen. Das ist nicht die Wahrheit ... Das ist eine Lüge!«, schrie Myra, so laut, dass es ihr die Kehle zerriss, so wie in jener Nacht, als ihr Leben in Scherben zerbrochen war.

»Nein, du weißt, dass es wahr ist.«

Schreiend stemmte Myra sich hoch und stieß dem Elemental die Klinge in die Brust. Sie sah, wie er die Augen aufriss und sein Blut über ihre Finger rann. Reglos standen sie einander gegenüber. Schließlich lächelte er.

Er hob eine Hand und streichelte ihr über die Wange.

»Solange haben wir auf dich gewartet«, raunte er ihr zu. »Befreie uns, Myra, befreie uns und verändere diese Welt für immer.«

Verwirrt taumelte Myra zurück, während die Klinge langsam aus dem Leib des Elementals glitt. Sein Gesicht war schmerzverzerrt, und doch betrachtete er sie mit einem verständnisvollen, mitfühlenden Lächeln.

Dann bohrte er ihr das Schwert in den Bauch.

Kaum hatte Myra das Schwert berührt, war sie zusammengebrochen, wie von einem Zauber getroffen.

Marjane und Kyllen rannten zu ihr, und Kyllen fing sie auf und hielt sie in den Armen.

»Myra … Myra!«, rief er.

Marjane hinter ihm schluchzte.

Er legte ihr eine Hand an den Hals, um ihren Puls zu fühlen, und bemerkte, dass sich ihr Brustkorb hob und senkte.

»Sie lebt«, rief er erleichtert Marjane zu. »Sie lebt.«

Das Mädchen wischte sich die Tränen weg, kniete bei den beiden nieder und ergriff Myras schlaffe rechte Hand. Sie war warm. Myra schien nur zu schlafen. Aber wieso war sie zusammengebrochen?

»Was ist geschehen?«, fragte Marjane.

Kyllen schüttelte den Kopf. »Ich weiß es nicht.«

Er hatte Myra versprochen, ihr zu helfen. Aber wie?

»Hat dir Eileenna nicht noch irgendwas gesagt?«, fragte Marjane.

»Nein.«

»Du musst etwas tun.«

»Aber ich weiß nicht, was!« Kyllen wurde nervös. »Ich habe mich nie besonders für diese Prophezeiung interessiert. Ich dachte, das ist alles Unsinn.«

Da krümmte sich Myras Körper in seinen Armen.

»Myra, was ist?«, rief er. »Myra, hörst du mich? Wir sind bei dir, Myra. Ich flehe dich an.«

Etwas Warmes floss ihm über die Finger. Er blickte an ihr hinunter, während Marjane neben ihm aufsprang und eine Hand vor den Mund schlug.

Aus einer klaffenden Wunde in Myras Bauch, rann Blut.

Einen Moment lang war Kyllen wie erstarrt, während das Blut weiter herausquoll.

»Nein!«, schrie er und presste die Hände auf die Wunde. »Hilf mir!«

Marjane legte ebenfalls beide Hände auf Myras Bauch. Doch das Blut lief immer weiter, als habe ein Schwert sie durchbohrt.

So kniete Kyllen neben ihr, abgrundtiefe Verzweiflung überkam ihn. Fester presste er die Hände auf die Wunde, während er immer wieder rief: »Myra, bitte … Myra!«

Epilog

Mit langen Schritten durchmaß Acrab den Flur. Draußen heulte der Schneesturm, aber das war nichts, verglichen mit der Wut, die in ihm tobte.

Mit einem Tritt öffnete er die Tür zu Detmarindes Gemach.

Die Frauen darin schraken zusammen.

»Alle raus!«, schrie er, und die beiden Kammerzofen huschten mit gesenktem Blick aus dem Raum.

Acrab trat zu dem Bett, in dem Detmarinde lag. In den Tagen ihrer Gefangenschaft hatte sie sich verändert. Sie war abgemagert, und ihre weiße Haut war dünn und durchscheinend geworden. Man hatte Acrab berichtet, dass sie nur wenig aß, und mehr als einmal, hatte er ihr vor einem öffentlichen Auftritt mit Gewalt Nahrung zuführen lassen. Auch ihr herrliches Haar glänzte nicht mehr wie an jenem Tag, als er ihren Palast und ihr Reich erobert hatte: Es war stumpf und dünn geworden. Nur ihre grünen Augen hatten sich nicht verändert. In ihrem eingefallenen blassen Gesicht wirkten sie besonders groß und stachen wie Smaragde hervor.

Hasserfüllt starrten sie ihn an.

Gleich nach der Hochzeit hatte er sie in ihre Gemächer verbannt, die sie nur zu offiziellen Anlässen, bei denen ihre Anwesenheit erforderlich war, verlassen durfte. Dann ließ Acrab sie schminken und befahl ihr, die prunkvollsten Kleider anzulegen, damit er sie wie eine Trophäe vorzeigen konnte. Nach dem Auftritt ließ er sie wieder in ihre Gemächer führen und dort einschließen. Hin und wieder schickte er jemanden zu ihr, um sie irgendein offizielles Dokument unterzeichnen zu lassen, was sie dann tat, ohne es zu lesen.

Dieses Mal aber nicht.

»Wie ich höre, weigerst du dich, das Todesurteil zu unterzeichnen, das ich dir habe zukommen lassen«, sagte Acrab.

Detmarinde wirkte nicht erschrocken. Sie griff nach der Tasse neben ihrem Bett und trank einen Schluck. »So ist es«, antwortete sie ruhig.

Acrab blieb vor ihr stehen. »So war das nicht abgemacht.«

»Nein, in der Tat.«

»Deine Neffen sind immer noch in meiner Hand«, erinnerte er sie.

»Das werden sie immer sein«, erwiderte sie und nahm einen weiteren Schluck. »Vielleicht sind sie ja schon tot?«

»Ich habe dir mein Wort gegeben.«

»Was soll das Wort eines Mörders und Tyrannen schon wert sein?«

Da schlug Acrab zu, und die Tasse, die Detmarinde hielt, flog gegen die Wand, während der Tee eine rötliche Spur auf der Bettdecke hinterließ.

Die Königin blieb ruhig. »Ich werde dieses Todesurteil niemals unterschreiben.«

Acrab packte ihr Gesicht und hielt es fest. »Dann töte ich sie.«

»Ich kann es nicht verhindern. Aber ich habe nicht vor, zwei Jungen, die fast noch Kinder sind, zum Tode zu verurteilen.«

Es waren die Söhne des Mannes, der Acrab vor einiger Zeit mit dem Dolch angegriffen hatte und hingerichtet worden war. Sie hatten ihren Vater rächen wollen und waren gescheitert. Acrab aber konnte sie nicht auf der Stelle so bestrafen, wie er es wollte. Sie waren erst zwölf und vierzehn Jahre alt und in den Augen der meisten also noch Kinder. So hatte man, um das Volk ruhigzuhalten, einen Prozess abgehalten, der mit dem von Acrab gewünschten Urteil endete. Zur Durchführung jedoch war die Unterschrift der Königin erforderlich. In einer solch heiklen Angelegenheit, konnte sich Acrab nicht darüber hinwegsetzen, denn alle sollten wissen, dass diese Politik auch von der geliebten Königin getragen wurde.

Die Dinge in Ostar entwickelten sich im Grunde so, wie er es geplant hatte. Allerdings gab es immer noch einige Widerstandsnester, die Acrab bekämpften, und trotz all seiner Bemühungen, einhellige Zustimmung zu finden, war die Bevölkerung gespalten: auf der einen Seite jene, die die Ereignisse der vergangenen Wochen als feindliche Eroberung ansahen und Detmarinde als Gefangene, die befreit werden müsse; auf der anderen die, die Acrabs Faszination erlegen waren und ihm bei seinem Abenteuer blind folgten.

Nun wollte Acrab das Volk wieder einen. Und dazu brauchte er Detmarinde.

»Du unterzeichnest das jetzt!«

»Hast du nicht gehört, was ich gesagt habe?«, entgegnete die Königin völlig ruhig. Es war die Gelassenheit eines Menschen, der sich mit dem Tod abgefunden und eine unwiderrufliche Entscheidung getroffen hatte. »Du kannst mir nichts antun, was mich zwingen würde, dieses Papier zu unterzeichnen. An diesem grausamen Schandurteil beteilige ich mich nicht. Du dachtest, du hättest mich gebrochen, dabei bin ich nur stärker geworden. An dem Tag, als du hier eingedrungen bist und mir alles genommen hast, war ich nur eine verwöhnte Prinzessin. Aber ich bin eine andere geworden. Jetzt bin ich *wirklich* eine Königin, Acrab. Und das ist dein Verdienst.« Sie lächelte triumphierend.

Acrab war fassungslos. Er packte sie an den Haaren, zog sie aus dem Bett und zerrte die Schreiende durch den Raum bis zum Tisch. Er stieß sie auf den Stuhl, beugte sich zu ihr hinab und sah ihr fest in die Augen. »Du unterzeichnest das Urteil oder ich töte dich!«

Detmarinde erschrak, aber noch nicht genug. »Ich habe dir schon gesagt, es gibt nichts, womit du mich zwingen könntest.«

Da trat Acrab hinter sie, hielt ihr mit einer Hand den Mund zu und ergriff mit der anderen ihr rechtes Handgelenk. Detmarinde wand sich in seinem Griff. Es war erstaunlich, wie heftig sich diese ausgezehrte Frau wehrte. Acrab hatte ihr geholfen, ihre Beschränkungen zu überwinden. Alles, was er ihr angetan hatte, hatte ihre Entschlossenheit, sich nicht zu fügen, nur gestärkt, und nun blieb ihm nur noch eins: Gewalt.

Alles, was ich berühre, zerbricht, kam es ihm in den Sinn, ein Gedanke, der ihn schon lange nicht mehr bedrängt hatte und der ihn an schlimme Zeiten erinnerte.

Er verscheuchte jeden Anflug von Mitleid und presste Detmarinde die Hand noch fester auf Nase und Mund. Sie bekam kaum noch Luft, und ihr Körper erschlaffte. So führte Acrab ihre Hand zu Feder und Tintenfass und dann zu dem Pergament. Heraus kam eine krakelig Unterschrift, die aber doch als die ihre erkennbar war.

Er ließ Detmarinde los, die nach Luft ringend auf dem Stuhl zusammensank.

Acrab ergriff das Blatt und wandte sich zum Gehen. Schon lange war er nicht mehr mit solcher Brutalität vorgegangen. Er war nicht mit sich im Reinen. Etwas trübte seinen klaren Verstand, und er wusste, was es war. Doch das wollte er sich nicht eingestehen.

Da hörte er einen Schrei. Detmarinde krallte sich an seinen Kleidern fest. Eine blinde Wut erfasste ihn. Er fuhr herum, packte die Frau am Hals und schleifte sie zum Bett. Er griff zu einem Kopfkissen und presste es ihr auf das Gesicht.

Eine eiskalte Ruhe überkam ihn.

Noch fester drückte er zu, während sie sich immer hektischer unter ihm wand und zu befreien versuchte. Aber Acrab erhöhte den

Druck, legte sich mit dem Oberkörper auf das Kissen und spürte, wie sich seine Frau immer kraftloser unter ihm bewegte, während das Leben aus ihr entwich, und drückte zu, bis sie sich nicht mehr rührte.

Auch er blieb reglos liegen. Die Ruhe war einer grenzenlosen Erschöpfung gewichen.

Er glitt vom Bett und sank zu Boden. Die Last all dessen, was er in den zurückliegenden Monaten vollbracht hatte, ging wie ein Axthieb auf ihn nieder. Er war allein. Bei allem, was er getan, bei allem, was er erreicht hatte, war er allein. Schon immer. Es gab niemanden, mit dem er seine Gedanken teilen konnte, seine Ängste oder seine Pläne.

Er stand allein gegen das gesamte Dominium, und mit einem Mal schreckte ihn diese Erkenntnis und schmetterte ihn nieder.

Aber nur einen Moment, denn er wusste genau, woher diese Krise rührte. Es war der Gedanke an jemanden, der ihn nie in Ruhe ließ und ihn wie ein Gift innerlich zerfraß.

Myra.

Er hätte ihr niemals erlauben dürfen, einen solch großen Platz in seinem Herzen einzunehmen. Aber von einem bloßen Werkzeug war sie zu einer Verbündeten geworden, einer Gefährtin, auf die er nicht mehr verzichten konnte. Und dann hatte sie ihn verlassen.

Dabei war sie sein Geschöpf, hatte ihm zu gehorchen, nicht anders als die Frau, die tot hinter ihm auf dem Bett lag.

Eines Tages wirst du dich auch von ihr befreien und sie töten müssen, dachte er, und diese Aussicht versetzte ihn in Panik.

Er sprang auf, trat zum Fenster und riss es auf, um sich die eiskalte Schneeluft ins Gesicht wehen zu lassen. Und wie so oft, sorgte die Kälte dafür, dass seine Gedanken sich ordneten.

Er hatte noch immer alles im Griff. Er hatte ihr Brennar hinterher geschickt. Er würde sie ihm zweifellos zurückbringen. Wenn sie dann wieder an seiner Seite war, würde sich alles andere fügen.

Sie liebte ihn, und dagegen kam sie nicht an. Die von ihm geschaffene Ordnung würde wiederhergestellt, und er würde weiter seine Vorhaben umsetzen, so wie er es von Anfang an geplant hatte.

Du musst nur deiner Unruhe Herr werden, sagte er sich. *Dein überlegener Geist allein bringt dich ans Ziel. Lass ihn in Ruhe arbeiten, er hat dich immer gerettet.*

Er drehte sich um. Detmarindes Leiche lag auf dem Bett. Auch dieses Problem würde er lösen. Die Königin war immer mehr zu einem Hindernis geworden, und ihr Tod war nur eine Frage der Zeit, also unvermeidlich gewesen. Er hatte darauf geachtet, sie umzubringen, ohne Spuren zu hinterlassen. Ein plötzlicher Tod konnte jeden hinwegraffen, vor allem im Winter.

Mit einem schwachen Lächeln dachte er daran, dass er nun der Alleinherrscher von Ostar und Asgarö war. Darüber sollte er sich freuen.

Mit einigen Handgriffen brachte er das Zimmer in Ordnung und deckte den Leichnam mit einem Leintuch zu und ließ nur das Gesicht frei. Rasch schloss er ihr die Augen, die ihn weiter anklagend und hasserfüllt anstarrten.

Leise verließ er den Raum und traf auf Gotín, der, pflichtbewusst wie immer, Haltung annahm und auf Befehle wartete.

»Lass bis morgen niemand hinein. Sag jedem, dass sich die Königin nicht gut fühlt. Morgen nach Tagesanbruch kannst du den Zugang für die Zofen freigeben.«

Gotín nickte ehrerbietig, ohne etwas zu erwidern. Und erst nach einer Weile fragte er: »Und was ist mit der Hinrichtung?«

Acrab reichte ihm das Pergament. »Sie wird vollstreckt«, antwortete er mit einem bösen Lächeln.

Er schlug den Weg zu den unterirdischen Hallen ein. Er brauchte die Nähe zu den Wurzeln seines Traumes. Dort, zwischen Dampf und Rauch, zwischen dem Hämmern und Klirren von Metall, umgeben von den Maschinen, die sein Geist ersonnen hatte, fühlte er sich zu Hause. Er musste sich zwingen, alles andere zu vergessen, und durfte es nie wieder zulassen, dass ihm Gefühle in die Quere kamen, so wie mit Myra.

Alles war ein Werkzeug, ein Mittel, alles, auch sein Gehirn. Die Welt war ein Mechanismus, der von anderen Mechanismen in Gang gehalten wurde, und nur er kannte die Hebel, die betätigt werden mussten, um sie so zu gestalten, wie er das wünschte.

In den unterirdischen Hallen angekommen, vertiefte er sich in Skizzen und prüfte die schon gefertigten Teile, kontrollierte den Fortgang der Arbeiten und sprach mit dem Hoftechniker, der noch mitgenommener und besorgter wirkte als zuletzt.

»Nun zufrieden? Ich habe deine Frau kommen lassen, wie du es dir gewünscht hast«, sagte Acrab mit einem gemeinen, amüsierten Unterton.

Der Hoftechniker antwortete nicht, senkte nur, wie zum Dank, den Kopf.

Schließlich folgte Acrab dem Durchgang bis ins Freie. Es war eisig kalt, und der Schneesturm wütete noch heftiger als zuvor. Alles war weiß, und nur seinen geschulten Augen gelang es, etwas in dieser Eishölle zu erkennen. Es war der Blick, mit dem ein aufmerksamer, liebevoller Vater seinen Sohn betrachtet. Denn dort, in der Nähe des Flusses, ragte ein Wald von Holzgerüsten auf, die schwere Balken und Stangen mit vielerlei eisernem Räderwerk trugen. Wegen des Sturms ruhten die Arbeiten, doch Acrab hörte bereits, wie die Maschinen rotierten und die Zahnräder der mächtigen Getriebe zuverlässig und exakt ineinandergriffen.

Außer ihm hätte im Moment niemand sagen können, was es einmal werden sollte. Im Kopf füllte er die Lücken zwischen den Bauteilen, zog Wände hoch, wo im Moment nur Schneegestöber war, vollendete dieses einzigartige Bauwerk, das sich bereits gigantisch und bedrohlich vor dem Himmel abzeichnete. Mit dieser riesigen Festung würde er das gesamte Dominium erobern. Sie war die entscheidende Waffe, mit der er endlich dorthin gelangen würde, wo sein rechtmäßiger Platz war.

In den Anblick versunken, stand er eine Weile zitternd da und hätte nicht sagen können, ob vor Kälte oder Ergriffenheit. Dann aber beruhigte er sich.

Er war wieder er selbst: Acrab, der aus Schmutz und Staub aufgestiegen war, bis auf den Thron.

Und am Ende würde die ganze Welt ihm gehören.

Glossar

Acrab	Asgarischer Heerführer mit großen Plänen; Retter und väterlicher Freund von Myra
Ajel	Gott der Biaswader
Albon	Land der Magier im Norden des Dominiums
Algern	Der alte, rechtmäßige *Unbefleckte*
Alkak	Karges Land im Südosten des Dominiums am Weißen Meer
Antraph	Stadt in der Ebene der Fülle in Biaswad, Heimatstadt von Myra
Apmathil	Likör, Spezialität in Alkak
Asen	Tochter von Brennar
Asgarö	Von ewigem Eis bedecktes nördlichstes Land des Dominiums, in dem Acrab seinen Eroberungsfeldzug vorbereitet und beginnt
Astoria	Land im Westen des Dominiums
Axis	Währung in Metalien
Bayresh	Novize
Biaswad	Fruchtbares Land im Süden des Dominiums; Heimat von Myra
Bizzef	Hafenstadt in Biaswad
Bljkiadir	Vielfarbige Nordlichter in Asgarö

Blutkristall	Violett schimmernder Kristall, dient als Pforte zur Aktivierung der Elementale bei den Magien der *Reinen*
Blutmagier	Missbrauchen Elementale für ihre Magien
Blutpforte	Violett schimmernder Kristall zur Aktivierung der Elementale, wird sowohl von Blutmagiern als auch von *Reinen* verwendet
Blutsklaverei	Versklavung der Elementale durch das Kristallblut
Brennar	Ältester asgarischer Krieger in Acrabs Heer
Brinner	Bär, in Albon beheimatet
Burmhaan	Kapitän in Eridia
Curros	Söldner, Kamerad von Graffias und Fadi
Cyren	Betrüger, der sich als *Unbefleckter* ausgibt
Dagorlas	Wird von Myra zwei Jahre nach der Ermordung ihres Vaters getötet, die dafür zum Tode verurteilt wird
Daralkaks	Kleine gefiederte Drachen, die in Alkak als Reittiere genutzt werden
Daralmeks	Aggressive Baumdrachen im Schattenwald
Dennervel	Stadt in Albon; Sitz der Kongregation
Detmarinde	Junge Königin von Ostar, auch »Königin des Tals der Flüsse«
Dofrir	Doppellanze der asgarischen Stammesoberhäupter
Dominium der Tränen	Kontinent, der nach den *Hundert Tagen des Schattens* vom *Reich des Überflusses* erhalten blieb
Ebene der Fülle	Fruchtbare Ebene in Biaswad
Eileenna	Magierin im Schattenwald; war in früheren Zeiten Kyllens ›Meister‹
Eirif	Gladiator in Etheria in der Truppe von Isserios

Eislande	Anderer Name für Asgarö
Elementale	Urgeister, die von den Blutmagiern heraufbeschworen werden, um ihre Magien auszuführen. Dazu werden sie mittels Tätowierungen mit dem Kristallblut unter der Haut getragen und so gefangen gehalten
Emeles	Frühere Geliebte von Acrab
Eridanio	Fluss in Metalien, durchfließt die Eridea-Ebene
Eridea-Ebene	Große Ebene in Metalien
Eridia	Hafenstadt in Leucania
Ersten, die	Urbewohner des Dominiums mit einer hoch entwickelten Technik und Kultur; verschwanden nach den *Hundert Tagen des Schattens*
Etheria	Stadt in Metalien
Ethorak	Grenzfluss zwischen Alkak und Phoinikia
Ezren	Freund von Kyllen in der Kongregation der *Reinen*
Fadi	Rewadir-Krieger; Vater, aber nicht Erzeuger von Myra
Fafrjos	Eisdrachen; imposante, stolze Tiere, die den Kontakt mit Menschen meiden
Frey	Asgarisches Stammesoberhaupt
Frjosinn	Transparentes Material; das härteste im gesamten Dominium
Gotín	Junger asgarischer Krieger; später Knappe und Leibwächter von Acrab
Graffias	Geheimnisvoller »Mann im Schatten«, der im Hintergrund die Fäden zieht und dessen Gesicht unbekannt ist
Haggen	Einer der Mörder Fadis und Tallias
Hazid	Kapitän in Bizzef, Bekannter von Kyllen

Hermia	Metalienische Göttin des Handels
Hürlichtürme	Gigantische Türme auf einer Insel der Istris, die wie aus einem Fels errichtet sind
Hundert Tage des Schattens	Katastrophe, durch die die *Ersten* ausgelöscht wurden
Icenwharth	Eisdrache, den Myra rettet und mit dem sie sich anfreundet
Isserios	Spieleveranstalter in Metalien
Isteve	Sklavenhändler in Etheria, von dem sich Myra gefangen nehmen lässt; eigentlich selbst ein Thyrren
Istris, die	Gewaltiger Strom in Ostar
Jamled	Biaswade, taucht in Acrabs Lager in Asgarö auf
Jaren	Einer der *Reinen*, arbeitet für Graffias, wird von diesem getötet
Jovas	Wichtigste Gestalt in der metalienischen Götterwelt
Käfig	So werden Thyrren-Sklaven genannt, die mittels Tätowierungen mit dem Kristallblut, gegen das sie immun sind, Elementale transportieren müssen
Kossuth	Biaswadische Süßspeise
Kristallblut	Durch Tätowierungen mit dem Kristallblut werden Elementale versklavt
Kuhnd	Rind, das in Ostar als Nutztier gehalten wird
Kurrah	Klosterruine in Phoinika; Aufbewahrungsort des magischen Schwertes Phylaitek
Kylirash	Alkoholisches Getränk aus vergorenem Kyliroth-Saft
Kyliroth	Pflanze, die im ewigen Eis Asgarös wächst und große milchige Früchte hervorbringt

Kyllen	Magier und Mitglied der Kongregation der Reinen; vom *Unbefleckten* mit der Suche nach dem *Befreier* beauftragt
Leucania	Nördliches Teilreich von Metalien
Liebliche Hügel	Karge Landschaft in Phoinika
Louthis	Stadt in Albon
Luftwald	Wald mit Fliegenden Bäumen zwischen Asgarö und Ostar
Lunyarer	Seefahrervolk aus Lunya
Marjane	Junge Thyrren-Sklavin in Etheria; schließt sich Myra an
Melania	Westliches Teilreich von Metalien
Melhak	Biaswadische Süßspeise
Mellus	Grieß in Metalien
Mero	Weit verbreitetes alkoholisches Getränk in Metalien
Metalien	Land mit florierendem Sklavenhandel; Doppelkönigreich im Herzen des Dominiums, mit den Teilreichen Leucania (am Weißen Meer gelegen) und Melania (am Schwarzen Meer gelegen)
Missentia	Veranstalter von Gladiatorenkämpfen in Metalien
Mixtur	Blaue Flamme, die mit Wasser nicht zu löschen ist
Modir	Gott der Asgarer
Mokthen Munak	Wird aus Rache von Myra ermordet
Munaks	Familie von Großgrundbesitzern in Biaswad
Myra	Halbblut; wird nach einem Mordüberfall mit acht Jahren Waise, sinnt auf Rache
Naharar	Strom mit großem Delta in Biaswad
Neveen	Früchte der metalienischen Kastanienart
Noorjeb	Früheres Familienoberhaupt der Munaks

Oppias	Gefangener im Kerker, früherer Kumpan von Graffias
Ossader	Einer der Mörder von Fadi und Tallia
Ostar	Technisch höher entwickeltes Königreich im Norden des Dominiums; wird von Acrab erobert
Palamud	Baumgott des Schattenwalds in Alkak
Pforte des Himmels	Bedeutung des alt-phoinikischen Wortes »Phylaitek«, des Namens des magischen Schwertes
Phoinika	Land im Südosten des Dominiums, bekannt für seine zahlreichen Klöster
Phylaitek	Magisches Schwert im phoinikischen Kloster Kurrah
Pixiens	Kreisrunde Lichtung, in früheren Zeiten Heimstatt der Elementale
Ragnad	Ehefrau von Haggen
Reinen, die	In der Kongregation zusammengeschlossene Bruderschaft von Magiern, die eine Magie ohne Missbrauch von Elementalen entwickeln wollen
Reich des Eises	Neues Königreich, das durch den Zusammenschluss von Asgarö und Ostar entsteht
Reich des Überflusses	Heimat der *Ersten* vor der Katastrophe der *Hundert Tage des Schattens*
Rewadir	Krieger in Biaswad, die mit dem Walud kämpfen
Ridhel	Seemann auf Burmhaans Schiff
Rotbäume	Gigantische Bäume in Albon
Rubellis	Soll bei einer gemeinsamen Aktion von Fadi und Graffias getötet werden
Samerhan	Freund von Ossader

Schattenwald	Magischer Wald in Alkak, besteht aus nur einem Baum, dem Baumgott Palamud; alle Bäume sind seine Wurzeltriebe
Songvarish	Asgarisches Saiteninstrument
Sterl	Währung im Dominium
Talisphenai	Sträucher mit bunten Beeren in Phoinika
Tallia	Thyrren-Sklavin, Amme und Ersatzmutter für Myra
Thommas	Menschenjunge, der sich mit einem Eisdrachen anfreundet und diesem den Namen »Icenwharth« gibt
Thyrra	Großes Inselreich im Schwarzen Meer, die Bewohner werden als Sklaven verschleppt und ausgebeutet
Thyrren	Bewohner der Insel Thyrra, die als Sklaven missbraucht werden
Unbefleckte, der	Oberhaupt der Kongregation der *Reinen*
Urak	Gott der Phoiniker
Vak	Fluss in Ostar
Valenkji	Gardisten im Land Ostar
Vesnis	Henker und Gladiator in Etheria
Walud	Waffe der Rewadir-Krieger in Biaswad, besteht aus zwei gekrümmten Klingen, die sich zu einer zweispitzigen Lanze zusammenfügen lassen. Myras Walud zeichnet sich dadurch aus, dass es glüht und daher nicht nur schneidet, sondern auch verbrennt
Wassmek	Gott des Wassers in Ostar